O PORTADOR

Sophie Hannah

O PORTADOR

Tradução de Alexandre Martins

Título original
THE CARRIER

Primeira publicação na Grã-Bretanha em 2013 pela Hodder & Stoughton
uma empresa Hachette UK

Copyright © Sophie Hannah, 2013

O direito de Sophie Hannah de ser identificada como autora desta obra foi assegurado por ela em conformidade com o Copyright, Designs and Patents Act 1988
Os extratos de C.H. Sisson's poetry, *copyright* © Espólio de C.H. Sisson, reproduzido com autorização de Carcanet Press Ltd.
O poema 'Unscheduled Stop' de Adam Johnson, *copyright* © Espólio de Adam Johnson, reproduzido com autorização de Carcanet Press Ltd.
Extrato de 'Sonnet' de *The Jupiter Collisions* de Lachlan Mackinnon, *copyright* © Lachlan Mackinnon, reproduzido com autorização de Faber and Faber Ltd.
Extrato de 'The Somelier and Some Liar' de *Small Talk* de Nic Aubury, *copyright* © Nic Aubury, reproduzido com autorização de Nasty Little Press.
Extrato de 'Kings' de *Collected Poems* de Elizabeth Jennings, *copyright* © Elizabeth Jennings, reproduzido com autorização de Carcanet Press Ltd.
Os extratos de *Boys at Twilight: Poems 1990-1995* de Glyn Maxwell, *copyright* © Glyn Maxwell, reproduzido com autorização de Bloodaxe Books. Todas as autorizações que estão ainda em andamento pelos direitos norte-americanos; Hodder & Stoughton e a autora terão prazer em agradecer numa futura reimpressão, se forem confirmados os detentores dos direitos.
Versos de 'i carry your heart with me (i carry it in my heart)' de *Selected Poems 1923-1958* de E.E. Cummings, publicado por Faber and Faber Ltd. Todas as autorizações que estão ainda em andamento pelos direitos norte-americanos; Hodder & Stoughton e a autora terão prazer em agradecer numa futura reimpressão, se forem confirmados os detentores dos direitos.

Todos os direitos reservados. Nenhuma parte desta obra pode ser reproduzida, ou transmitida por qualquer forma ou meio eletrônico ou mecânico, inclusive fotocópia, gravação ou sistema de armazenagem e recuperação de informação, sem a permissão escrita do editor.

Todos os personagens nesta publicação são fictícios e qualquer semelhança com pessoas reais, vivas ou não, é mera coincidência.

Direitos para a língua portuguesa reservados
com exclusividade para o Brasil à
EDITORA ROCCO LTDA.
Av. Presidente Wilson, 231 – 8º andar
20030-021 – Rio de Janeiro, RJ
Tel.: (21) 3525-2000 – Fax: (21) 3525-2001
rocco@rocco.com.br
www.rocco.com.br

Printed in Brazil/Impresso no Brasil

CIP-Brasil. Catalogação na publicação.
Sindicato Nacional dos Editores de Livros, RJ.

H219p

Hannah, Sophie
O portador / Sophie Hannah; tradução de Alexandre Martins. – 1. ed. – Rio de Janeiro: Rocco, 2019.

Tradução de: The carrier
ISBN 978-85-325-3153-7
ISBN 978-85-8122-779-5 (e-book)

1. Ficção inglesa. I. Martins, Alexandre. II. Título.

19-58533

CDD: 823
CDU: 82-3(410.1)

Vanessa Mafra Xavier Salgado – Bibliotecária – CRB-7/6644

O texto deste livro obedece às normas do
Acordo Ortográfico da Língua Portuguesa.

Para Peter Straus, meu adorável agente com poderes mágicos

PROVA POLICIAL 1431B/SK — TRANSCRIÇÃO DE CARTA MANUS-
CRITA DE KERRY JOSE PARA FRANCINE BREARY DATADA DE 14 DE
DEZEMBRO DE 2010

Você ainda está aqui, Francine?
    Eu sempre acreditei que as pessoas podem determinar a própria morte. Se nossa mente consegue fazer com que despertemos exatamente um minuto antes que nossos despertadores toquem, então deve ser capaz de interromper nossa respiração. Pense bem: cérebro e respiração têm uma ligação mais poderosa do que cérebro e mesinha de cabeceira. Um coração que recebe um pedido de parar de uma mente que não aceita um não como resposta — que chance ele tem? Pelo menos foi o que sempre achei.
    E não consigo acreditar que você queira ficar por aqui. Mesmo que queira, isso não vai durar muito. Alguém vai matá-la. Logo. Todo dia eu mudo de ideia sobre quem será. Não sinto necessidade de tentar detê-los, apenas de lhe contar. Ao lhe dar a oportunidade de se colocar longe, fora de alcance, eu estou sendo justa com todo mundo.
    Deixe-me admitir; estou tentando convencê-la a morrer porque tenho medo de que se recupere. Como o impossível pode parecer possível? Isso deve significar que ainda sinto medo de você.
    Tim não sente. Sabe o que ele me perguntou uma vez, há anos? Ele e eu estávamos na sua cozinha, em Heron Close. Aqueles prendedores de guardanapos brancos que sempre me lembravam coletes cervicais estavam sobre a mesa. Você os havia tirado da gaveta, juntamente com

os guardanapos marrons com patos na beirada, e batera com eles na mesa sem dizer nada; Tim deveria fazer o resto, independentemente de achar ou não importante que guardanapos fossem enfiados em prendedores apenas para serem retirados quinze minutos depois. Dan havia saído para buscar comida chinesa, e você fora para os fundos do jardim, ressentida. Tim havia pedido algo saudável e cheio de brotos de feijão que todos sabíamos que ele ia odiar, e você o acusou de escolher aquilo pela razão errada: satisfazê-la. Lembro-me de tentar conter as lágrimas enquanto arrumava a mesa, depois de ter tirado os talheres da mão dele desajeitadamente. Não havia nada que eu pudesse fazer para salvá-lo de você, mas podia poupá-lo do esforço de arrumar garfos e facas, e estava determinada a fazer isso. As coisas pequenas eram as únicas que Tim permitia que fizéssemos por ele naquela época, então Dan e eu fazíamos isso, o máximo possível, dedicando a elas o máximo de esforço e cuidado. Ainda assim, não consegui tocar naqueles malditos prendedores de guardanapos.

Quando tive certeza de que não ia chorar, me virei e vi uma expressão familiar no rosto de Tim, aquela que significa: "Há algo que eu quero que você saiba, mas não estou preparado para contar, então em vez disso vou confundir a sua cabeça." Você não será capaz de imaginar essa expressão a não ser que a tenha visto, e estou certa de que nunca viu. Tim desistiu de tentar se comunicar com você uma semana depois de se casar. "O quê?", perguntei a ele.

"Estou pensando em você, Kerry", ele disse. Ele queria que eu ouvisse a desconfiança fingida na voz dele. Eu sabia que ele não desconfiava de nada em mim, e imaginei que tentava descobrir uma forma disfarçada de falar sobre si mesmo, como costumava fazer. Perguntei o que estava pensando, e ele disse em voz alta, como se para uma plateia de várias fileiras em um grande salão: "Imagine Francine morta." Três palavras que cravaram um instantâneo desejo doído em meu peito. Eu queria muito que você não estivesse mais lá, Francine, mas estávamos presos com você. Antes de seu derrame, eu achava que você provavelmente viveria até os 120.

"Você ainda sentiria medo dela?", Tim perguntou. Qualquer um que escutasse e que não o conhecesse bem teria achado que ele estava me provocando e gostando disso. "Acho que sim. Mesmo que soubesse que estava morta e nunca mais voltaria."

"Você fala como se houvesse uma alternativa", alertei. "Morta e voltando."

"Você ainda ouviria a voz dela na sua cabeça, dizendo todas as coisas que diria caso estivesse viva? Você estaria mais livre dela do que está agora? Se não pudesse vê-la, imaginaria que ela devia estar em algum outro lugar, observando-a?"

"Tim, não seja idiota", reagi. "Você é a pessoa menos supersticiosa que eu conheço."

"Mas estamos falando de você", ele disse em um tom de completa inocência, novamente chamando a atenção para sua encenação.

"Não. Eu não sentiria medo de alguém morto."

"Se você sentisse igual medo dela morta, então matá-la não resultaria em nada", prosseguiu Tim como se eu não tivesse dito nada. "A não ser provavelmente em uma sentença de prisão." Ele tirou de um armário quatro taças de vinho com hastes grossas em vidro verde opaco. Eu também sempre as odiara, por causa do efeito de limo no fundo da bebida.

"Nunca entendi por que alguém acha interessante especular sobre a diferença entre assassinos e o restante de nós", Tim comentou, tirando da geladeira uma garrafa de vinho branco. "Quem se importa com o que torna uma pessoa disposta e capaz de matar e outra não? A resposta é óbvia: graus de sofrimento, e em que ponto do espectro bravura--covardia você está; não é nada mais do que isso. A única distinção que merece ser investigada é aquela entre aqueles de nós cuja presença no mundo, por mais apagada e caótica, não esmaga e destrói o espírito dos outros, e aqueles de quem isso não possa ser dito, por mais gentis que queiramos ser. Toda vítima de assassinato é alguém que inspirou, em pelo menos uma pessoa, o desejo de que ela não existisse. E espera-se que sintamos alguma simpatia quando elas têm um triste fim", concluiu, e fez um som de desprezo.

Eu ri daquele ultraje, depois me senti culpada por cair nessa. Tom nunca é melhor em me alegrar do que quando não identifica esperança de consolo para si mesmo; eu devo me sentir mais feliz e imaginar que ele está tendo a mesma trajetória emocional. "Você está dizendo que todas as vítimas de assassinato pedem por isso?", pergunto, intencionalmente mordendo a isca. Se ele quer discutir alguma coisa, por mais ridícula que seja, mesmo agora, eu discuto até que ele decida que é o suficiente. Dan também faz isso. É uma das formas, existem milhões delas, que o amor pode assumir. Duvido que você entenda.

"Você está supondo, equivocadamente, que a vítima de um assassinato é sempre a pessoa que foi morta e não aquela que matou." Tim se serviu de uma taça de vinho. Não me ofereceu uma. "Causar a alguém tanta inconveniência a ponto de a pessoa ficar disposta a arriscar sua liberdade e sacrificar o que restou de sua humanidade para removê-lo da face da Terra deveria ser visto como um crime mais sério do que pegar uma arma ou um instrumento contundente e eliminar uma vida, considerando todas as outras coisas equivalentes."

Com inconveniência, ele queria dizer dor. "Você tem uma distorção", eu disse. Sabia que Dan poderia voltar com a comida a qualquer instante, e queria dizer algo mais direto do que normalmente teria arriscado. Decidi que, ao iniciar aquela conversa extraordinária, Tim me dera sua permissão tácita. "Se você acha que Francine destrói espíritos, se a única razão pela qual não a matou é ter mais medo dela morta do que viva...", falei.

"Não sei de onde você tirou isso", retrucou Tim, sorrindo. "Está ouvindo coisas novamente?" Ambos entendíamos por que ele estava sorrindo. Eu recebi a mensagem dele, e não deveria me esquecer dela. Ele sabia que estava segura comigo. Foram necessários anos conhecendo Tim para descobrir que mudança não é aquilo que ele busca; tudo o que ele quer é estocar a informação importante com alguém em quem possa confiar.

"Você pode abandoná-la mais facilmente do que pensa", disse a ele, ansiando pela mudança — do tipo gigantesco, irreversível — mais do que o suficiente para ambos. "Não precisa ser um confronto. Você não precisa dizer a ela que está indo embora, nem ter qualquer contato com ela após ter partido. Dan e eu podemos ajudá-lo. Deixe que Francine fique com esta casa. Vá morar conosco."

"Você não pode ajudar", Tim disse com firmeza. Ele fez uma pausa, longa o suficiente para que eu compreendesse — ou entendesse mal, como sabia que ele insistiria se eu criasse caso —, antes de acrescentar: "Porque eu não preciso de ajuda. Estou bem."

Eu o escutei falando com você ontem, Francine. Ele não estava pesando todas as palavras, planejando diversas jogadas da conversa com antecedência. Estava simplesmente falando, lhe contando outra história de Gaby. Envolvia um aeroporto, claro. Gaby parece viver em aeroportos, quando não está em pleno ar. Não sei como ela consegue suportar — isso me deixaria maluca. Essa história em particular era sobre quando a máquina de escaneamento do aeroporto de Barajas, em Madri, comeu um dos sapatos dela, e ele estava adorando contar. Soava como se estivesse dizendo tudo que passava pela cabeça sem absolutamente se censurar. Nada calculado, nenhum elemento de encenação. Muito atípico em Tim. Enquanto escutava, eu me dei conta de que qualquer medo que ele tivesse sentido um dia desaparecera havia muito. O que eu não consigo entender é: isso significa que ele provavelmente a matará ou que precisa que você viva para sempre?

1

Quinta-feira, 10 de março de 2011

A jovem ao meu lado está mais aborrecida do que eu. Não apenas do que eu; está mais aborrecida do que todas as outras pessoas no aeroporto somadas, e quer que todos saibam disso. Atrás de mim, as pessoas resmungam e dizem "Ah, *não*", mas ninguém mais chora além dessa garota, ou treme de fúria. Ela consegue tagarelar com o funcionário da Fly4You e chorar copiosamente ao mesmo tempo. Fico impressionada com o fato de ela não precisar jamais interromper sua diatribe para engolir em seco, do modo incoerente como as pessoas que soluçam normalmente fazem. E também, diferentemente das pessoas comuns, ela parece não saber a diferença entre um atraso em viagem e uma desolação.

Não sinto pena dela. Poderia, caso sua reação fosse menos radical. Sinto mais pena das pessoas que insistem em parecer totalmente bem, enquanto seus órgãos estão sendo consumidos em alta velocidade por um micróbio comedor de carne. Isso provavelmente revela algo ruim sobre mim.

Não estou absolutamente aborrecida. Se não chegar em casa hoje, chegarei lá amanhã. Isso será logo.

— Responda à minha pergunta! — grita a garota com o pobre alemão educado que teve o azar de ser colocado no portão de embarque B56. — Onde está o avião *agora*? Ainda está aqui? Está lá embaixo?

Ela aponta para a passagem temporária de paredes sanfonadas que se abre atrás dele, aquela pela qual, cinco minutos antes, todos esperávamos passar para encontrar nosso avião ao final.

— Está lá embaixo, não está? — ela cobra. Seu rosto não tem rugas nem marcas, e é estranhamente achatado; uma boneca de pano maldosa. Parece ter uns dezoito anos, no máximo. — Escute, *camarada*, há centenas de nós e apenas um de vocês. Poderíamos passar por você e entrar todos no avião, um bando de britânicos raivosos, nos recusando a sair até que alguém nos leve para casa! Eu não arrumaria confusão com um bando de britânicos raivosos, se fosse você!

Ela tira a jaqueta de couro preta como se estivesse se preparando para uma briga física. A palavra "PAI" está tatuada no alto do braço direito em grandes letras maiúsculas, tinta azul. Veste jeans pretos apertados, cinto de balas e muitas tiras nos ombros: de sutiã branco, corpete rosa e camiseta vermelha sem mangas.

— O avião está sendo redirecionado para Colônia — diz o funcionário alemão da Fly4You pacientemente, pela terceira vez. Há uma plaqueta de identificação presa em seu uniforme castanho: Bodo Neudorf. Eu acharia difícil falar com rispidez com alguém chamado Bodo, embora não espere que outros partilhem esse escrúpulo específico. — O clima está perigoso demais. Não há nada que eu possa fazer. Lamento.

Um apelo racional. No lugar dele, eu provavelmente tentaria a mesma tática — não porque vá funcionar, mas porque se você tem racionalidade e o hábito de utilizá-la com regularidade, com certeza é um admirador e possivelmente valoriza demais sua utilidade potencial, mesmo ao lidar com alguém que considera mais útil acusar pessoas inocentes de esconder aeronaves dela.

— Você continua dizendo que *está sendo* redirecionado! Isso significa que vocês ainda não o mandaram para lugar nenhum, certo?

Ela limpa as bochechas molhadas — um gesto violento o suficiente para ser confundido com golpear o próprio rosto — e gira para se dirigir à multidão atrás de nós.

— Ele ainda não o mandou embora — ela diz, a vibração de sua voz ultrajada superando o som de guerra junto ao portão de embarque B56, abafando os constantes apitos eletrônicos que anunciam as confirmações iminentes de aberturas de portões para outros voos, os quais com mais sorte que o nosso. — Como ele poderia ter mandado embora? Há cinco minutos estávamos todos sentados aqui prontos para embarcar. Você não pode mandar um avião para algum lugar tão rápido assim! Eu digo que não vamos deixar que ele o mande embora. Estamos aqui, o avião *tem* de estar aqui, e todos queremos ir para casa. Não ligamos para o maldito clima! Quem está comigo?

Eu gostaria de me virar e ver se todos estão achando seu espetáculo solo tão constrangedoramente compulsivo quanto eu, mas não quero que nossos colegas não passageiros imaginem que ela e eu estamos juntas simplesmente por ficarmos uma ao lado da outra. Melhor deixar evidente que ela não tem nenhuma relação comigo. Dou um sorriso encorajador para Bodo Neudorf. Ele retribui com o próprio sorriso discreto, como se dizendo: "Agradeço o gesto de apoio, mas seria tolice sua imaginar que qualquer coisa que você possa fazer compense a presença da monstruosidade ao seu lado."

Felizmente, Bodo não parece indevidamente alarmado com as ameaças. Ele provavelmente notou que muitas das pessoas com passagens para o Voo 1221 são cantoras extremamente bem-comportadas, com idades aparentemente entre 8 e 12 anos, ainda vestindo seus trajes de coro depois do concerto em Dortmund hoje mais cedo. Sei disso porque o regente e cinco ou seis pais acompanhantes estavam recordando, orgulhosos, enquanto aguardávamos o embarque, como as garotas cantaram bem algo chamado "Angeli Archangeli". Não pareciam o tipo de pessoas que iriam rapidamente derrubar um funcionário de aeroporto alemão em uma enorme correria ou insistir em expor suas crias talentosas a condições tempestuosas perigosas apenas para chegar em casa no momento previsto.

Bodo pega um pequeno equipamento preto, preso à mesa do portão de partida por um fio preto enrolado, e fala nele, tendo primeiramente apertado o botão que produz o apito que precisa anteceder todas as falas no aeroporto:

— Este é um comunicado para os passageiros do Voo 1221 com destino a Combingham, Inglaterra. Aquele é Fly4You Voo 1221 com destino a Combingham, Inglaterra. Seu avião está sendo redirecionado para o aeroporto de Colônia, onde se dará o embarque. Por favor, dirijam-se à área de coleta de bagagens para pegar suas malas, depois esperem do lado de fora do aeroporto, bem em frente ao saguão de embarque. Estamos tentando conseguir ônibus que os peguem e levem ao aeroporto de Colônia. Por favor, dirijam-se ao ponto de coleta do lado de fora do saguão de embarque assim que possível.

À minha direita, uma mulher elegantemente vestida, com cabelos vermelhos do tom do correio inglês e sotaque americano, diz:

— Não precisamos nos apressar, pessoal. Esses são ônibus hipotéticos: o tipo mais lento.

— Quanto tempo de ônibus daqui até Colônia? — grita um homem.

— Ainda não tenho detalhes sobre o horário dos ônibus — Bodo Neudorf anuncia. Sua voz se perde na onda de resmungos que se espalha.

Fico contente por não precisar fazer uma visita à coleta de bagagens. A ideia de todos caminhando para lá a fim de pegar a bagagem que despacharam em uma fila arrastada e cercada por cordas em zigue-zague, pouco mais de uma hora antes, me deixa exausta. São 8 horas da noite. Eu deveria pousar em Combingham às 20h30, horário da Inglaterra, e ir para casa tomar um longo banho em uma banheira quente com espuma, bebendo uma taça gelada de Muscat. Acordei às 5 da manhã para pegar o 0700 de Combingham para Dusseldorf. Não sou uma pessoa matinal, e me ressinto de qualquer dia que me obrigue a me levantar antes de 7 da manhã; aquele já durara demais.

— Ah, que porra de piada é essa? — diz Boneca de Pano Psicótica. — Você está de sacanagem comigo!

Se Bodo imaginara que ao amplificar a voz e projetá-la eletronicamente conseguiria impor à sua nêmese um silêncio obsequioso, se enganou.

— Não vou pegar mala nenhuma!

Um homem magro e careca de terno cinza se adianta e diz:

— Nesse caso, você provavelmente chegará em casa sem sua mala. E tudo dentro dela.

Aplaudo por dentro; o Voo 1221 tem seu primeiro herói silencioso. Ele tem um jornal debaixo do braço. Agarra o canto com a outra mão, esperando uma reação.

— Fique fora disso você! — Boneca de Pano berra na cara dele.

— Veja só: achando que é melhor do que eu! — Eu não tenho sequer uma mala; você não sabe de nada! — conclui, depois volta a sua atenção novamente para Bodo. — O quê, vocês vão descarregar as malas de todo mundo do avião? Qual o sentido disso? Me diga se isso faz sentido. É simplesmente... Lamento a baixaria, mas isso é uma idiotice fudida!

— Ou — me pego dizendo a ela, porque não posso abandonar o herói careca ali parado sozinho, e ninguém mais parece estar saindo em sua ajuda — você é a idiota. Se você não despachou uma mala, então é claro que não vai coletar bagagem alguma. Por que faria isso?

Ela me encara. Lágrimas ainda correm por seu rosto.

— Além disso, se o avião estivesse aqui no momento e pudesse voar em segurança para o aeroporto de Colônia, poderíamos ir *para* lá nele, não poderíamos? Ou mesmo ir para casa, que é o que todos idealmente gostaríamos de fazer — digo. *Merda*. Por que abri a boca? Não é obrigação minha, nem mesmo de Bodo Neudorf, corrigir o raciocínio distorcido dela. O careca foi embora com seu jornal e me largou ali. *Cretino ingrato*. Continuo em minha missão de disseminar a paz e a compreensão. — Por causa do clima, nosso avião não pode voar *para* Dusseldorf. Ele nunca esteve aqui, não está aqui agora, e sua mala, caso você tivesse uma, não estaria nele, e não precisaria ser tirada dele. O avião está em algum lugar no céu — acrescento, apontando para cima. — Estava indo para Dusseldorf, e agora mudou de direção e está seguindo para Colônia.

— Nããoo — ela diz, insegura, me olhando de cima a baixo com uma espécie de repulsa chocada, como se horrorizada de se ver obrigada a se dirigir a mim. — Isto não está certo. Estávamos todos sentados lá — diz, agitando um braço na direção dos assentos plásticos laranja curvos nas fileiras de estruturas metálicas pretas. — Foi dito para irmos ao portão. Só se diz isso quando o avião está lá pronto para embarque.

— Normalmente isso é verdade, mas não esta noite — digo a ela secamente. Quase consigo ver as engrenagens girando atrás dos olhos dela enquanto seu maquinário mental luta para colocar um em contato com o outro. — Quando eles nos disseram para ir ao portão, ainda esperavam que o avião conseguisse chegar a Dusseldorf. Pouco depois de termos nos reunido aqui, eles se deram conta de que isso não seria possível.

Lanço um olhar para Bodo Neudorf, que em parte concorda, em parte dá de ombros. Ele está se submetendo a mim? Isso é insano. Ele deveria saber mais sobre as operações de bastidores da Fly4You do que eu.

A Garota Chorosa Raivosa desvia os olhos e balança a cabeça. Posso ouvir seu desprezo silencioso. *Acredite nisso se quiser.* Bodo está falando em alemão em um walkie-talkie. Garotas cantoras próximas começam a perguntar se irão para casa hoje. Os pais respondem que não sabem. Três homens em camisas de times de futebol discutem quanta cerveja conseguirão beber entre aquele momento e qualquer que seja o instante em que partamos, especulando se a Fly4You pagará a conta do bar.

Uma mulher grisalha, preocupada, de cinquenta e tantos ou sessenta e poucos anos, diz ao marido que só tem mais dez euros.

— O quê? Por quê? — ele reage, impaciente. — Isso não é suficiente.

— Bem, não achei que fôssemos precisar de mais — ela responde, se agitando ao lado dele, aceitando a responsabilidade, esperando misericórdia.

— Você não *achou*? — ele cobra, com raiva. — E quanto a emergências?

Esgotei toda a minha capacidade de intervenção, do contrário poderia perguntar se ele já ouvira falar de caixa eletrônico, e o que planejava fazer caso sua esposa entrasse em combustão espontânea e todo o numerário em sua bolsa se transformasse em fumaça. *E quanto a emergências, valentão? Sua esposa, na verdade, tem trinta e cinco anos e só parece ter sessenta porque desperdiçou os melhores anos da vida com você?*

Não há nada como um aeroporto para fazer com que você perca a fé na humanidade. Eu me afasto da multidão, passando por sucessivos portões de embarque vazios, sem nenhum destino específico.

Estou farta de cada um de meus colegas de viagem, mesmo daqueles cujos rostos não notei. Sim, mesmo das gentis meninas cantoras. Não estou ansiosa para ver nenhum deles novamente — no desamparado e esperançoso grupo que iremos formar do lado de fora do saguão de embarque, onde passaremos horas de pé sob chuva e vento; do outro lado do corredor do ônibus; caídos semiadormecidos em vários bares pelo aeroporto de Colônia.

Em contrapartida. É um avião atrasado, não uma desolação. Eu voo muito. Esse tipo de coisa acontece o tempo todo. Ouvi as palavras "Lamentamos anunciar..." com a mesma frequência com que vi o piso de linóleo pesado salpicado de cinza do aeroporto de Combingham, com a lateral espalhada de azul em todas as beiradas, para dar contraste. Fiquei de pé abaixo de painéis de informação e acompanhei pequenos atrasos se transformarem em cancelamentos com a mesma frequência com que vi as pequenas linhas paralelas que formam os quadrados sem limites, que, por sua vez, criam o padrão de um milhão de conjuntos de degraus prateados de avião; uma vez sonhei que as paredes e o teto do meu quarto eram cobertos de uma trama de alumínio texturizado.

A pior coisa de um atraso sempre é telefonar para Sean e lhe dizer que, mais uma vez, não vou voltar quando disse que voltaria. É um telefonema que não suporto dar. Embora... Neste caso, pode não ser tão ruim. Eu poderia fazer com que não fosse tão ruim.

Sorrio comigo mesma à medida que a ideia brota em minha mente. Então enfio a mão na bolsa — sem olhar, ainda caminhando — e aperto a mão ao redor de uma caixa retangular embrulhada em plástico: o teste de gravidez que tenho carregado comigo nos últimos dez dias e que nunca encontro o momento certo de usar.

Com frequência me preocupo com minha tendência a procrastinar, embora evidentemente esteja evitando lidar com o problema. Nunca fui assim quanto a nada relacionado a trabalho, e continuo não sendo, mas se é algo pessoal e importante me esforço ao máximo para adiar por tempo indeterminado. Pode ser por isso que não choro em aeroportos quando meus voos não partem no horário; atraso é meu ritmo natural.

Parte de mim ainda não está pronta para encarar o teste, embora a cada dia que passe toda a coisa complicada de urinar em uma vareta plástica e esperar seu veredicto comece a parecer cada vez mais sem sentido. Estou obviamente grávida. Há um trecho de pele estranhamente sensível no alto de minha cabeça que nunca esteve lá, e me encontro mais cansada do que nunca.

Confiro o relógio, imaginando se teria tempo para fazer aquilo, depois debocho de minha própria ingenuidade. A americana estava certa. Não há ônibus físicos reais vindo nos resgatar. Só Deus sabe quando haverá. Bodo não tinha nenhuma ideia do que estava acontecendo. Ele nos induziu a supor que estava no comando dos preparativos por ser alemão. O que significa que tenho pelo menos quinze minutos para fazer o teste e telefonar para Sean enquanto o resto deles recupera sua bagagem. Por sorte, Sean se distrai facilmente, como uma criança. Quando lhe disser que não voltarei essa noite, ele vai se preparar para começar a reclamar. Quando lhe disser que o teste de gravidez foi positivo, ficará tão encantado que não vai ligar quando eu não voltar.

Paro no toalete feminino mais próximo e me obrigo a entrar, repetindo de cabeça tranquilizações silenciosas. *Isto não é assustador. Você já sabe o resultado. Ver uma pequena cruz azul não mudará nada.*

Desembrulho a caixa, tiro o teste, jogo o folheto de instruções de volta na bolsa. Já fiz isso antes — uma vez, ano passado, quando sabia que não estava grávida e só fiz o teste porque Sean não aceitava meu instinto como sendo suficientemente bom.

Não é uma cruz, é um sinal de mais. Não vamos chamar de cruz, é ruim para o moral.

Não demora muito para que surja algo para ver. Há um toque de azul. Ah, Deus, não consigo fazer isso. Quero apenas ligeiramente ter um bebê. Acho. Na verdade, não faço ideia. Mais azul: duas linhas se estendendo horizontalmente. Ainda nada de sinal de mais, mas é só uma questão de tempo.

Sean vai ficar contente. É nisso que tenho de me concentrar. Sou o tipo de pessoa que duvida de tudo e nunca consegue estar descomplicadamente feliz. A reação de Sean é mais confiável do que a minha, e sei que ficará fascinado. Ter um bebê vai ser legal. Se eu não quisesse ficar grávida, teria passado o ano anterior engolindo Mercilon em segredo, e não fiz isso.

O quê?

Não há uma cruz azul na maior janela da vareta. E mais nada está ficando azul. Já se passaram mais de cinco minutos desde que fiz o teste. Não sou especialista, mas tenho a forte impressão de que todo o azul que deveria acontecer já ocorreu.

Não estou grávida. Não posso estar.

Uma imagem surge em minha mente: uma pequena figura humana, dourada e sem traços, socando o ar em triunfo. Desaparece antes que eu consiga examiná-la em detalhes.

Agora realmente não quero falar com Sean. Tenho duas notícias decepcionantes para dar em vez de uma. A perspectiva de dar o telefonema está me deixando em pânico. Se tenho de fazer isso, preciso superar. Parece terrivelmente injusto que não possa lidar com este problema, fingindo não conhecer ninguém chamado Sean Hamer e desaparecendo em uma nova vida. Isso seria muito mais fácil.

Saio do toalete feminino e começo a retornar ao saguão de embarque, tirando o BlackBerry do bolso do paletó. Sean atende depois de um toque.

— Oi, gata — ele diz. — A que horas você volta?

Quando estou fora, ele fica sentado e assiste à TV de noite com o telefone ao lado, para não perder nenhum telefonema ou mensagem minha. Não sei se esse é o comportamento normal do cônjuge amoroso. Eu me sentiria desleal perguntando a alguma amiga, como se a estivesse convidando a falar mal dele.

— Sean, eu não estou grávida.

Silêncio. E depois:

— Mas você disse que estava. Disse que não precisava fazer o teste, que sabia.

— Eu sei o que isso significa, você não sabe?

— O quê? — ele pergunta, esperançoso.

— Que sou uma idiota arrogante que não merece confiança. Eu realmente, realmente achei que estivesse esperando, mas... Obviamente estava errada. Devo estar me sentindo cheia de hormônios por alguma outra razão.

— Não aceite o resultado de apenas um teste — Sean diz. — Confira. Compre outro. Você pode comprar um no aeroporto?

— Eu não preciso.

Claro que você pode comprar um teste de gravidez em um aeroporto. Digo a mim mesma que Sean não sabe disso por ser homem, não por não ter qualquer desejo de se aventurar além de nossa sala de estar e passar todas as noites no sofá assistindo a programas esportivos na TV.

— Se você não está grávida, por que está tão atrasada? — ele pergunta.

Eu gostaria de culpar as condições climáticas do aeroporto de Dusseldorf, mas sei que não é o que ele quer dizer.

— Não tenho ideia — respondo e suspiro. — Por falar em atraso, meu voo também está atrasado. O avião foi redirecionado para Colônia; devemos ir para lá de ônibus. Supostamente. Com esperança, chegarei em algum momento amanhã. Talvez esta noite bem tarde, se tivermos sorte.

— Certo — fala Sean secamente. — Então, mais uma vez, minha noite vira fumaça.

Acalme-o. Não discuta com ele.

— Não deveria ser mais uma vez a *minha* noite vira fumaça? Sou eu que provavelmente passarei esta noite dormindo de pé na cabine de controle de passaportes do aeroporto de Colônia.

Eu me odeio quando uso frases começando "Sou eu que...", mas tenho uma forte ânsia de deixar claro que não é Sean quem está preso em um grande prédio cheio de apitos eletrônicos e vozes de estranhos ecoando, prestes a ser mandado para outro prédio cinza e branco iluminado por neon e apitando. Não é Sean quem está lutando contra a sensação de estar sendo lentamente desmontado em nível molecular, que todo o seu ser está sendo pixelado e não irá recuperar a devida personalidade até passar novamente por sua porta da frente. Caso ele se visse nessa situação, eu no sofá, tomando cerveja e vendo meu programa de TV preferido, gosto de pensar se ele iria demonstrar alguma simpatia.

E, a despeito do teste de gravidez, ainda sou uma idiota arrogante que acha estar certa sobre tudo. Tentei ser mais humilde, mas, francamente, reconhecer que você poderia estar errada não é fácil quando a pessoa com quem você está discutindo é Sean.

— *Com esperança* você voltará amanhã? — ele reage. Nos poucos segundos desde que falou pela última vez, ele esteve jogando combustível sabor cerveja Carlsberg na fornalha de sua indignação. — O quê, quer dizer que pode ser no dia seguinte?

— Isso pode parecer novidade para você, Sean, mas não sou exatamente um figurão no aeroporto de Colônia. Eles não precisam me apresentar sua programação de todos os voos. Sou uma passageira impotente, assim como no aeroporto de Dusseldorf. Não tenho ideia de quando voltarei.

— Ótimo — ele retruca. — Você vai se preocupar em me ligar quando souber?

Resisto à ânsia de esmagar meu BlackBerry na parede e reduzi-lo a uma fina poeira preta.

— Suspeito que o que vai acontecer é eles nos dizerem uma coisa, depois outra, e finalmente algo totalmente diferente — respondo, pacientemente. — Qualquer coisa que nos mantenha afastados enquanto eles buscam desesperadamente um plano para nos levar para casa e nós ficamos de pé diante do Free Shop fechado, sacudindo a grade de metal e suplicando que nos deixem entrar antes de ser abatidos pelo tédio.

Não perdi a esperança de que Sean perceba que eu mesma não estou aproveitando a noite.

— Você deseja realmente que eu telefone de hora em hora com uma atualização, é isso? Por que você não acompanha pelo Flight Tracker?

— Então você não se importa o suficiente para me manter atualizado, mas eu devo ficar sentado ao computador, olhando para...

— Não, você não *deve* fazer isso. Aceite que eu voltarei logo, mas que nenhum de nós sabe exatamente quando, e comece a lidar com isso como uma pessoa adulta.

Sean murmura alguma coisa em voz baixa.

— O que foi isso? — pergunto, relutando em deixar que uma declaração irritante passe ignorada e não contestada.

— Eu perguntei quem a leva.

Eu paro de andar.

É chocante ouvir essas palavras ditas com tanta indiferença. Isso me faz pensar em outras palavras, as quais permanecerão para sempre em minha cabeça mesmo que ninguém as diga novamente em voz alta para mim.

Eu carrego seu coração comigo, eu o carrego em meu coração...

Eu pigarreio.

— Desculpe, o que você disse?

— Cacete, Gaby! Quem. A. Leva?

Uma imagem de Tim brota em minha mente: no alto de uma escada na Proscenium, olhando para mim lá embaixo, segurando um livro na mão direita, agarrando a escada com a esquerda. Ele acabou de ler um poema para mim. Não, *eu carrego seu coração*; um poema diferente. De um poeta que morreu jovem e de forma trágica, cujo nome não recordo, sobre...

Minha pele começa a formigar com a estranheza da coincidência. O poema era sobre um trem atrasado. Não me lembro de nada dele, exceto os dois últimos versos: "Nosso tempo, nas mãos dos outros, e breve demais para palavras". Tim o aprovou. "Está vendo?", disse. "Se um poeta tem algo importante a dizer, ele o diz da forma mais simples que consegue." "Ou ela", retruco, petulante. "Ou ela", Tim concorda. "Mas, em grande medida como um poeta, se um contador tem algo importante a dizer, ele o diz da forma mais simples que consegue." Quem, a não ser Tim, teria pensado nessa resposta tão rapidamente.

Tim Breary é quem me leva. Mas Sean não pode querer dizer isso.

— Você está perguntando por qual companhia aérea estou viajando? Fly4You.

Quem a leva? Por que ele escolheria dizer assim? Não há nenhuma chance de ele saber. Caso soubesse, teria deixado claro imediatamente. Não é mesmo?

Você está sendo paranoica.

— Número do voo? — Sean pergunta.
— 1221.
— Peguei. Então... Imagino que a verei quando a vir.
— Há-há — digo, descontraída, e aperto o botão de "encerrar chamada". *Graças a Deus que terminou.*

Algumas vezes fiquei imaginando se as esteiras rolantes dos aeroportos estão lá para nos fazer crer que o resto do piso não está se movendo para trás. Ainda não estou onde preciso estar, e me sinto como se caminhasse há anos, seguindo as muitas placas que me guiam para Embarque. Muito em breve ver a palavra não será o suficiente para me manter animada. Poderei começar a gargalhar como uma feiticeira-monstro alucinada e andar de lado como um caranguejo na direção oposta, sem qualquer justificativa.

Faço uma curva e me deparo com um braço com "PAI" tatuado. Sua dona de olhos vermelhos parou de chorar. Está atacando um pacote de cigarros do tamanho de uma pequena maleta.

— Desculpe — murmuro.

Ela se afasta de mim como se temendo que eu fosse agredi-la, enfia o pacote de Lambert & Butler semiaberto de volta na bolsa a tiracolo e começa a ir na direção da placa que indica o caminho para outras placas. Aparentemente, a sensação reconfortante de um cigarro entre os dedos é uma prioridade menor do que se afastar de mim.

Será possível que minha descompostura arrogante a tenha assustado? Decido testar isso acelerando o passo. Não demora muito para que a alcance. Ela olha rapidamente para mim, acelera. Está ofegante. Isso é ridículo.

— Você está correndo de mim? — pergunto, esperando que isso me ajude a crer no inacreditável. — O que acha que vou fazer a você?

Ela para, encolhe os ombros, se preparando para o ataque. Não olha para mim, não diz nada.

Eu a ajudo.

— Dá pra você relaxar? Sou relativamente inofensiva. Apenas tive de impedir você de atacar Bodo.

Os lábios dela estão se movendo. O que quer que esteja saindo deles pode ser dirigido a mim. É como um indivíduo de uma espécie alienígena pareceria caso estivesse tentando se comunicar com um ser humano. Eu me inclino mais para perto para escutá-la.

— Eu preciso ir para casa esta noite. Eu *preciso*. Nunca saí do país sozinha antes. Só quero estar em casa — ela diz, erguendo os olhos para mim, o rosto branco de medo e confusão. — Acho que estou tendo um ataque de pânico.

Maldita idiota, Gaby. Você perseguiu essa garota. Você puxou conversa. Tudo o que ela queria era evitar você — algo que poderia ter beneficiado ambas —, e você estragou tudo.

— Você não seria capaz de falar caso estivesse tendo um ataque de pânico — digo a ela. — Você estaria hiperventilando.

— Eu estou! Escute minha respiração! — ela diz e agarra meu pulso, prendendo-o com os dedos, inclusive o polegar, como uma algema, e me puxando na sua direção. Tento sacudir e me soltar, mas ela não larga.

— Você está sem fôlego porque correu — digo, tentando manter a calma. Como ela ousa me agarrar como se eu fosse um objeto? Protesto. Fortemente. — Você também fuma muito. Se quiser melhorar a sua capacidade pulmonar, deveria largar o cigarro.

A raiva queima nos olhos dela.

— Não me diga o que fazer! Você não sabe o quanto fumo. Você não sabe nada sobre mim.

Ela continua agarrando meu pulso. Rio dela. O que mais posso fazer? Soltar os dedos um a um. Se chegar a esse ponto, talvez precise.

— Você poderia me soltar, por favor? Os lucros da venda apenas dos cigarros em sua bolsa deixarão a Lambert & Butler confortável nas próximas doze recessões globais.

Ela franze a testa em um esforço para descobrir o que quero dizer.

— Complicado demais para você? Que tal isso: a ponta dos dedos amarela? Claro que você fuma muito.

Ela finalmente me solta.

— Você se acha muito melhor do que eu, não é? — ela diz, com desprezo: a mesma coisa que disse ao homem careca com o jornal. Fico pensando se é uma acusação que ela faz a todos que encontra. É difícil imaginar uma pessoa que pudesse encontrá-la e ser atormentada pela agonia da inferioridade.

— Ahn... Provavelmente sim — digo, respondendo à pergunta.

— Olhe, eu estava tentando ajudar, de um modo escroto, imagino, mas, na verdade, você está certa: realmente estou me lixando se você continua a respirar ou não. Lamento tê-la ofendido fazendo uma piada que você é obtusa demais para entender...

— Isso mesmo, você é *muito* melhor do que eu! Mocinha Escrota Metida, você! Eu a vi esta manhã, superior demais para retribuir o sorriso quando sorri para você.

Mocinha? Por Deus, tenho 38. Ela não pode ter mais de dezoito. Além disso, do que está falando?

— Esta manhã? — consigo dizer. Ela estava em meu voo saindo de Combingham ao alvorecer?

— Muito melhor do que eu — repete, amarga. — Claro que é! Aposto que você nunca deixou um homem inocente ir para a cadeia por assassinato.

Antes que eu tivesse uma chance de absorver as palavras, ela desaba em lágrimas e lança o corpo na minha direção.

— Não aguento mais isso — ela diz, soluçando e molhando a frente da minha camisa. — Eu estou desmoronando aqui.

Antes que meu cérebro produza todas as razões pelas quais não deveria fazer, já passei os braços ao redor dela.

Que diabos acontece agora?

2

10/3/2011

— Então — Simon falou lentamente. Ele observava Charlie, que não olhava de volta para ele. Ela olhava, mas na verdade não via, um programa na TV, e tentava agir com naturalidade. Como alguém que não estava escondendo um segredo. O programa era do tipo em que celebridades experimentavam a vida em uma favela africana, antes de correr de volta para casa em Hampstead no instante em que as câmeras eram desligadas.

— Então o quê? — perguntou. Ela odiava esconder coisas de Simon; ele tivera sucesso em doutriná-la ao longo dos anos, incutira nela a convicção de que era seu direito concedido por Deus saber tudo, sempre. Para distraí-lo, ela apontou para a tela. — Olhe: essas condições de vida são piores do que as nossas? Quero dizer, eu sei que *são*, mas... devíamos ir comprar papel de parede quando estivermos os dois de folga... Ou um daqueles rolos, pelo menos, e uma lata de tinta branca.

Ela estava farta das paredes da sala serem uma barafunda de cores desbotadas que ninguém queria havia anos: uma elevação irregular de papel de parede dos anos 1970 aqui, uma ponta de massa velha ali. O efeito contrastante de colagem irregularmente listrada parecia uma cordilheira de montanhas psicodélica, e às vezes dava a impressão de uma forma de tortura visual.

— Você está me encarando — ela disse a Simon.

Ele olhou explicitamente para o relógio de pulso.

— Estou imaginando a que horas você espera sua irmã.

— Liv? — reagiu Charlie, imaginando se valia a pena negar. — Como você sabia?
— Você está tensa, e não para de pegar no telefone.
Ele se levantou. *Ótimo*, Charlie pensou. *Outra bela conversa relaxante.*
— Você evidentemente espera que algo aconteça. Sei que Liv está em Spilling hoje, sei que você almoçou com ela...
— Ela está atrasada — disse Charlie, intrigada. — Deveria estar aqui entre oito e meia e nove.
Simon puxou as cortinas e apoiou as costas na janela. Tamborilou os dedos no parapeito.
Se ele queria procurar Liv, estava olhando para o lado errado. Charlie esperou, certa de que sua irmã era a última coisa que ele tinha na cabeça, grata por ser poupada de uma reclamação sobre visitantes inesperados. Simon não via nenhuma diferença moral entre um parente aparecer sem se anunciar, para dizer um olá rápido e tomar uma xícara de chá, e uma horda invasora erguendo archotes acesos enquanto derrubava a sua porta da frente, com a intenção de reduzir sua casa a cinzas.
— Por que você lhe perdoou? — ele quis saber.
— Quem, Liv?
Ele confirmou.
— Eu não lhe perdoei, exatamente. Bem, nunca disse a ela que lhe tinha perdoado. Eu simplesmente... Voltei a vê-la — disse Charlie, escondendo o rosto na gola de seu pulôver preferido de ficar em casa. Ela o esticara tanto ao longo dos anos que provavelmente podia ser passado pelas cabeças de três ou quatro pessoas ao mesmo tempo, se ficassem de pé bem juntas. Especialmente a gola rulê estava muito embeiçada. Charlie falou através da lã: — Nunca foi concedida nenhuma absolvição formal.
— Em um minuto você a odeia por ter começado a sair com Gibbs, no seguinte volta a conversar com ela na maioria dos dias como se nada tivesse acontecido. E ela continua a sair com Gibbs. Nem mesmo planejar seu iminente casamento com outro homem a deteve.

Charlie podia sentir seu peito e seus ombros enrijecendo-se.
— Nós temos mesmo de conversar sobre isto?
— Gibbs ainda é casado, nós ainda trabalhamos com ele. Liv continua invadindo o seu território; pelo menos foi assim que você considerou quando eles ficaram juntos pela primeira vez. E ainda fizeram isso no nosso casamento, ela ainda pegou um dia que deveria ter sido nosso e o tornou dela.
— Obrigada pela lembrança. Quando ela aparecer, vou cuspir em seu rosto. Satisfeito?
— Estou perguntando o que mudou.
— Bem, vejamos. Gibbs agora é pai de duas gêmeas prematuras, tão bonitinhas quanto frágeis.
Simon parecia impaciente.
— Você sabe o que quero dizer. Gibbs é pai desde o mês passado. Você perdoou a Liv ano passado.
— Não perdoei não — contestou Charlie, indo até a janela, tirando-o do caminho e fechando as cortinas. — Se ela aparecer agora, ótimo. Ela perdeu sua chance. O que você chama de perdoar eu chamo de enterrar a cabeça na areia e tentar fingir que o passado nunca existiu. E vamos cuidar do presente que é melhor. Patético, não, a que ponto uma pessoa chega para se manter ligada a uma irmã?
Simon pegou o controle remoto. Zapeou pelos canais por alguns segundos antes de apertar o botão de "desligar".
— Você está fugindo da pergunta — disse. — De repente está disposta a enfiar a cabeça na areia e aproveitar Liv ao máximo a despeito de suas transgressões, quando antes não estava. Como assim?
— Não sei.
— Você não sabe, mas talvez eu saiba — disse, parecendo satisfeito, como se tivesse buscado a incerteza dela o tempo todo. — Teria sido porque...
Ele se interrompeu e começou a traçar um pequeno círculo ao lado dela, como um brinquedo mecânico cuja pilha estivesse se esgotando. Seus estados de emergência sempre começavam da mesma

forma: movimentos inquietos, erráticos, que reduziam para uma imobilidade à medida que cada vez mais energia era dirigida para o cérebro acelerado.

— Simon?

— Ahn?

— Você está tentando *adivinhar* por que voltei a falar com Liv?

— Não. O contrário.

— O que isso...

— Shhh.

Charlie estava farta.

— Seu peão está indo à cozinha para consumir álcool enquanto enche a lava-louças — ela disse. — Se quiser continuar brincando, terá de levar o jogo para lá.

Simon chegou antes dela à porta da sala e a bateu com força, prendendo-a ali.

— A lava-louças pode esperar. Você lhe perdoou por ter se dado conta de que seus pais não vão ficar mais jovens e que, quando morrerem, Liv será a última parente que lhe restará?

— Não. Mas, novamente, obrigada pela alegre lembrança. Talvez os relacionamentos de Gibbs e Liv desmoronem, eles se casem um com o outro e eu consiga ser a tia querida das gêmeas prematuras. Ou, pelo menos, a irmã tolerada da madrasta galinha destruidora de lares.

— Pare de se fazer de vítima. Não? Está dizendo que esse não foi o motivo pelo qual você lhe perdoou? Então qual foi?

— Ah, Deus, Simon, não *sei*.

— Foi porque ela teve câncer quando era mais jovem? Você ficou com medo que a doença voltasse se fosse dura demais com ela?

— Não! Absolutamente não.

— Dois não. Certo, então: por que você lhe perdoou?

Um, dois, três, quatro... O problema era que você podia contar até dez e ainda se ver casada com Simon Waterhouse no fim.

— Há um histórico de demência na sua família? — Charlie perguntou.

— Eu sei que continuo a perguntar, mas, por favor, pode tentar pensar? Não se permita escapar do anzol tão facilmente.

— Se eu não fizer isso, quem fará? Não você. Eu poderia passar a vida inteira pendurada em seu anzol. Isso não foi uma indireta, aliás.

— Faça uma força para pensar. Tem de haver uma razão, bem no fundo, que você deve saber qual é, ou então...

Ele se interrompeu. Mordeu o lábio. Tinha dito mais do que pretendia.

— Ou então...

Charlie se concentrou em tentar adivinhar o resto da frase dele em vez de lidar com a pergunta, já que tinha quase certeza de que ele não estava realmente interessado em seus sentimentos com relação a Olivia. Revirar o cérebro em busca da resposta certa apenas para ele ignorar totalmente o conteúdo emocional seria demasiadamente frustrante.

— Ah, saquei. Isso não diz respeito a mim e a Liv. É sobre um dos seus casos. Vou adivinhar: alguém foi assassinado. E... alguém confessou. Mas está dizendo que não sabe por que fez isso. Você achou ter descoberto o motivo, mas quando sugeriu isso à pessoa ela negou... Disse que não, que não foi por isso. Você acha que se esse assassino sabe por que *não fez* isso tem de significar que sabe por que *fez*. Você está errado.

— Foi isso que sua irmã lhe contou? — Simon perguntou, raivoso. — O que Gibbs contou a ela?

— Não. Foi tudo obra minha — Charlie respondeu. — Eu proibi Liv de falar sobre seus casos e os de Gibbs desde que ela interferiu ano passado. Ela tem sido bastante boa nisso.

— Então como...

— Porque estou presa a você por correntes invisíveis. Porque abri mão de todas as partes de meu próprio cérebro, que não são imediatamente necessárias, de modo a abrir espaço para circular tendo em minha cabeça uma reluzente réplica dourada do *seu* cérebro, tão grandemente superior.

Simon retrucou, aborrecido.

— Que porra você está falando agora?

Charlie o empurrou para fora do caminho, abriu a porta e seguiu para a cozinha, que, naquela noite, parecia menos um aposento propriamente dito e mais uma embalagem desnecessariamente elaborada para uma garrafa de vodca.

— Eu sei como a sua mente funciona, Simon. Não sei por que isso o surpreende. Assim que a cobaia sabe ser uma cobaia, é muito mais difícil surpreender a mencionada cobaia. O quê? O que está pensando?

— Realmente quer saber? — ele retrucou, seguindo-a até a cozinha: um novo espaço no qual confiná-la caso ela dissesse a coisa errada. — Estou pensando que ninguém que não seja uma mulher deveria um dia ter de conversar com uma mulher.

Charlie sorriu. Tomou um gole de Smirnoff direto da garrafa.

— Isso é engraçado — disse. — Você não tem ideia de como a maioria das mulheres fala, então supõe que eu sou representativa. Eu não falo nem um pouco como uma mulher. Mais como um... — falou, se interrompendo para procurar uma metáfora adequada.

— Discípulo realmente maltratado de um messias desequilibrado.

Ela riu do horror no rosto de Simon.

— E sempre que posso falo como você, na esperança de que me escute. Como agora. Você está errado: é perfeitamente possível não saber por que fez algo, mas saber com certeza de que não foi pela razão X.

— Não acredito nisso. Não, a não ser que você tenha alguma noção, bem no fundo — disse, batendo o punho cerrado sobre o peito. — Em algum lugar aqui dentro, você sabe por que perdoou a Liv. Se não soubesse, não seria capaz de dizer que não foi por alguma das razões que sugeri, não com certeza.

— Sim, eu seria — disse Charlie, pousando a garrafa de vodca e abrindo a lava-louças. — Pense em algo que você fez sem saber por quê — pediu, e depois de um tempo acrescentou: — E então me conte.

— Eu tentei isso comigo e provei que estava certo. Se não sei por quê, então não sei por que não.

— Mesmo? Qual exemplo você usou?

Simon hesitou. Obviamente não lhe ocorreu nada que pudesse isentá-lo de responder. Finalmente falou:

— Proust. Por que deixo que ele se safe? Por que nunca vou ao RH, conto a eles o que acontece atrás das portas fechadas do esquadrão de detetives? Eu deveria. Não tenho ideia de por que não o faço.

— Perfeito — disse Charlie, esfregando as palmas das mãos. — Será porque há um gato persa no escritório do RH e você é alérgico a gatos?

Mesmo em uma conversa com a esposa, na segurança de sua própria cozinha, Simon odiava o inesperado. Sua boca assumiu a forma de uma linha desalentada.

— Você está deliberadamente não ajudando.

— Assim como você com a ideia do câncer? Eu deveria acreditar que minha desaprovação poderia provocar um novo câncer em minha irmã?

Ela observou com satisfação a respiração controlada de Simon. A vez dele de praticar a contagem até dez. E quando chegasse lá, ainda se veria casado com Charlie.

— Não há nenhum gato no escritório do RH — ele disse. — E sei que não sou alérgico a gatos. Você não pode alegar que uma conhecida falsidade...

— Acabei de provar que é possível, em algumas circunstâncias, saber qual *não é* a sua motivação, sem saber qual é. A defesa encerra. Guarde isso — disse, dando a Simon duas tigelas de macarrão saindo fumegantes da lava-louças. — Há algumas razões que temos que identificamos, algumas outras que não identificamos e algumas que *não* temos e que, quando as ouvimos, reconhecemos como sendo razões que *nunca* teríamos porque não são o tipo de coisa que passaria pela nossa cabeça.

— Digamos que você tenha matado alguém, certo?

— Será que você pode guardar essas tigelas antes que se distraia e as deixe cair?

— Você admite isso.
— Eu admito isso. Fui eu.
— Eu pergunto por quê. Você diz que não pode me dizer; não há motivo. Você não sabe por quê. Simplesmente fez aquilo.
— Eu planejei fazer?
— Você diz que não. Foi coisa de momento. Imagine que eu lhe sugira uma razão pela qual você poderia ter feito isso, e é uma razão que, caso você a confirme, poderia lhe dar uma sentença menor ou mesmo deixá-la fora da prisão caso tivesse sorte.

Charlie ergueu as sobrancelhas.

— O quê, você está falando de um motivo totalmente aceitável para cometer assassinato com o qual juízes e júris seriam lenientes?

— Um motivo que tornaria isso não um assassinato, mas um crime menos grave. Talvez.

— Mas... não foi o meu verdadeiro motivo?

Simon refletiu sobre a pergunta.

— Ou foi, e você está fingindo que não, ou não foi, e você não está disposto a fingir que foi para evitar uma pena de prisão. Em qualquer dos casos, por quê?

Charlie sorriu.

— Ou... — começou, e Simon a encarou, ansioso. — Você não vai gostar disso. É tão distorcido quanto improvável.

— Diga. Você sabe o que penso da Navalha de Occam. A resposta mais simples *não é* normalmente a certa. Há distorcido e improvável por toda parte.

— Você deveria lançar sua própria teoria. Poderia chamá-la de Barba de Occam. Certo, digamos que seu assassino pudesse reduzir pela metade o tempo atrás das grades confessando seu verdadeiro motivo, aquele que você sugeriu a ele. Se for desesperado ou pessimista, ele poderia apelar para isso. Mas se for confiante e um bom mentiroso poderia esconder seu verdadeiro motivo e insistir, do modo menos convincente possível, que o crime que cometeu foi um verdadeiro assassinato. Parte do implausível poderia incluir fingir que não tem ideia de por que fez isso.

Simon estava concordando.

— Se ele continua dizendo que não sabe o motivo e eu desconfio que mente, começo a achar que ele não é o assassino, que está protegendo alguém. Exatamente o que tenho pensado. Se descobrir alguém a quem atribuir o crime, então ele decididamente não irá para a prisão: consegue ser inocente do crime maior em vez de culpado do menor.

— Simon, isso é muito improvável; que isso ocorresse a ele, que tivesse a coragem de levar até o fim. Precisaria saber que havia alguém que pudesse ter feito, alguém com motivo e oportunidade. Mesmo então teria de supor que você não conseguiria provar isso, não é mesmo? Qualquer prova existente apontaria para ele, o verdadeiro assassino.

A campainha tocou, em seguida novamente sem parar, insistentemente.

— Certo, é uma grande ideia — Charlie disse por sobre o ombro enquanto ia atender. — Infelizmente é uma ideia minha, não do seu suspeito.

— Não a deixe entrar! — Simon berrou.

— Grite um pouco mais alto e você conseguirá expulsá-la antes que eu chegue lá.

Outro toque na campainha. Charlie xingou em voz baixa enquanto abria a porta.

— Lamento, você perdeu seu horário. Terá de marcar outra...

Consulta. A última palavra não foi pronunciada.

A mulher de pé à porta sob uma chuva horizontal não era Liv. Charlie não sabia quem era, embora houvesse algo de familiar nela. Ainda que aquele fosse um rosto que nunca vira antes, Charlie podia jurar.

— Você é a sargento Charlie Zailer?

— Sim. Quem é você?

— Meu nome é Regan Murray.

Não conheço o nome, não conheço o rosto. Ainda assim...

— Estou procurando o detetive Simon Waterhouse. Sei que ele mora aqui.

Como se Charlie estivesse prestes a negar isso.

— Simon — ela chamou, sem tirar os olhos da visitante. — Regan Murray está aqui para vê-lo.

Pelo menos ela não tinha de se preocupar com o que normalmente se preocupava. Regan Murray não era atraente; ninguém poderia achar que fosse. Tinha um rosto severo, especialmente para uma mulher. Os olhos eram pequenos demais, a testa muito parecida com uma cúpula.

Ela deveria ter alguma relação com o Assassino Não Sei o Motivo. Charlie se deu conta de que estivera supondo que a pessoa hipotética fosse um homem. Será que Regan Murray poderia *ser* a Assassina Não Sei o Motivo? Se ainda não tivesse sido presa ou acusada...

— Quem? — Simon perguntou.

Então não eram refugos do último caso lançados à sua porta. E pensando bem, como a sra. Murray sabia também do nome de Charlie e que ela e Simon viviam juntos? Também havia a coincidência do momento: Liv, que dissera que vinha, não aparecera, e aquela estranha sim.

— Minha irmã mandou você? — Charlie perguntou. Será por isso que parecia familiar? Uma das velhas amigas de escola de Liv?

Simon apareceu ao lado dela.

— Eu não conheço nenhuma Regan Murray — disse àquela à sua frente.

— Isso é um pouco constrangedor. Será que eu poderia entrar?

— Não, a não ser que nos dê um bom motivo — Charlie respondeu.

— Não, a não ser que qualquer coisa — Simon disse. — Eu não a conheço.

Olhe para nós, Charlie pensou. *Anfitrião e anfitriã do ano*. Era o que acontecia quando você lidava com pessoas perigosas e nada confiáveis todos os dias de sua vida profissional.

— Você me conhece — Regan Murray protestou, empurrando a porta enquanto Simon tentava fechá-la. — Ou melhor, você conheceria meu nome, aquele que costumava ser meu nome. Murray é o nome do meu marido, que adotei quando nos casamos, e Regan... não é meu nome de batismo. Se você me deixar entrar, eu explicarei.

— Terá de ser o contrário — Charlie disse. — Você tem dez segundos.

A mulher protegeu os olhos da chuva com a mão, para poder ver melhor Simon ao falar com ele.

— Bastante justo — disse. — Eu sou Amanda Proust. Filha do seu chefe.

3

Quinta-feira, 10 de março de 2011

— Lisa? Sou eu. Você não vai acreditar nisso, porra. Adivinhe onde eu estou agora? Em outra porra de ônibus. É. É, isso mesmo. Todos nós, em um ônibus nos levando *para longe* do aeroporto de Colônia, após termos acabado de levar duas malditas horas para chegar lá. Disseram que a tripulação que deveria nos levar para casa havia ultrapassado o limite, ou alguma coisa assim. O quê? Não sei. Todos estão dizendo que vamos para um hotel, mas, na verdade, ninguém sabe nada. Não, não sei. Vou perguntar a Gaby. Lisa quer saber se há alguém da companhia aérea aqui que possa saber o que está acontecendo?

— Ninguém — respondo. — Só nós e o motorista. Que não fala inglês.

Não faz sentido proteger Lisa da terrível verdade. Quando embarcamos neste ônibus pela primeira vez, em frente ao aeroporto de Dusseldorf, supus que Bodo Neudorf fosse conosco. Naquele momento, ele parecia muito ser um integrante do grupo: ajudando passageiros idosos e crianças a subir os degraus, nos apoiando e nos participando sobre tudo de tempos em tempos, como se a viagem rumo ao aeroporto de Colônia fosse seu projeto pessoal. Eu supus que ele fosse gostar de supervisioná-lo do começo ao fim, mas aparentemente não. Quando a porta finalmente deslizou e se fechou, ele ficou do lado errado dela, sem delegar a ninguém a tarefa de ser nosso vínculo tranquilizador com a Fly4You.

Eu me virei e vi sua figura magra e empertigada encolher a distância enquanto partíamos, e fiquei chocada com o quanto as aparências enganam. Era como se o tivéssemos abandonado, mas ele ficaria bem; nós, por outro lado, estávamos sozinhos, todos os duzentos — sozinhos de uma forma vazia e difusa que parecia interminável, de um modo que alguém como Sean não seria capaz de imaginar e certamente nunca experimentara. Ninguém tentou, a não ser que seja um passageiro aéreo constante. Ou talvez gravemente deprimido, doente terminal ou à beira da morte. Não há nada mais isolado que disparar por uma noite alemã chuvosa com um grupo diverso de estranhos ansiosos, todos perseguindo o ruído de um avião.

— Lisa pergunta como a equipe pode ter ultrapassado o limite de voo se passaram a noite inteira sentados tomando xícaras de chá e esperando por nós? Ela diz que não é como se eles estivessem transportando mais alguém para passar tempo, é? Alguém está mentindo para nós!

Lisa: manicure de 33 anos, com duas crianças pequenas de uma relação anterior, naquele momento casada com Wayne Cuffley e madrasta de Lauren Cookson, de 23 anos, que parece muito mais jovem do que é, e ao lado de quem me encontro no momento. Estou junto ao lado Jason dela, não junto ao lado Pai. A tatuagem de Jason é ainda maior, com corações vermelhos e caules verdes dentro dos buracos do "a" e do "o". Jason é o marido cuidador-jardineiro-faz-tudo de Lauren. Ele participou do Iron Man Challenge três vezes.

Seria difícil exagerar o quanto aprendi sobre Lauren e sua família nas duas horas anteriores — mais do que eu teria considerado possível. Tudo o que ela sabe sobre mim é o único detalhe que dei espontaneamente: que meu nome é Gaby.

— O tempo que eles passaram no aeroporto de Colônia esperando por nós é contado como horas trabalhadas — digo a ela. — Você realmente quer que alguém que passou tempo demais acordado a leve de avião para casa?

— Não ligo para quem me leva para casa, desde que alguém leve — Lauren diz com a voz trêmula ao telefone. — Lisa, eu juro, estou enlouquecendo aqui. Estou entrando em pânico. Preciso ir

para casa. O quê? É, claro que sim — ela fala, e depois agarra meu braço. — Lisa diz que eu tenho de ficar com você.
Obrigada, Lisa.
— O quê? Não, não posso. Ah, Lisa, não me peça isso; se eu tivesse lhe contado, teria deixado você incomodada. Está me deixando incomodada, cacete. Jason acha que estou na casa da minha mãe. Não, ele não sabe que estou na Alemanha. Não diga a papai, por favor. Ele ficaria preocupado; ele é tão ruim quanto Jason. O quê? Não, eu disse a Jason que estaria de volta onze e meia, quinze para meia-noite. Ele vai ficar maluco quando eu não tiver chegado essa hora. O que vou fazer? Estou em um ônibus, sendo levada para algum lugar, nem sei qual... — ela diz, e começa a chorar novamente. — O quê? É, tudo bem. É, eu vou. Só... não diga nada ao papai, tá? Tchau, Lisa.
Não! Não! Não desligue, Lisa!
— Eu preciso tentar me manter calma — Lauren me diz, enxugando os olhos. — Fácil para ela dizer isso. Nunca fui boa em manter a calma. Especialmente quando não sei para onde estou indo ou como irei um dia para casa, se é que irei um dia. Sorte que você esteja cuidando de mim. Se estivesse sozinha, estaria surtando.
Diga a ela. Diga a ela agora que você não está cuidando dela, que nunca concordou em fazer esse tipo de coisa.
— Eu sou estressada, isso sim — ela diz. — É como eu fico. Jason não tem medo de nada, nunca entra em pânico, mas eu? Eu surto quando fico estressada, totalmente.
Afasto da cabeça uma avalanche de pensamentos de autopiedade ao estilo "Quando eu posso chorar e agredir fisicamente estranhos?" e "Por que não podem cuidar de mim?". Mais dez minutos de Jason-isto-eu-aquilo realmente poderiam fazer minha cabeça explodir. Já ouvi que Jason não se incomoda com chuva e neve, mas que Lauren odeia ambos; Jason consegue dormir facilmente em ônibus, mas Lauren não; Jason é bom em planejamento, enquanto Lauren não consegue pensar mais de dois minutos à frente; Jason sabe o que fazer em uma crise, e Lauren não.

E perdi outra oportunidade: pela terceira vez deixei de pedir-lhe para me deixar em paz, deixar claro que não sou responsável por ela. Deveria ter feito isso quando se jogou nos meus braços soluçando, mas não fiz. Deveria ter feito isso quando ela ligou para Lisa pela primeira vez, no momento em que o ônibus partiu do aeroporto de Dusseldorf, e dito a ela que fizera uma nova amiga, uma dama gentil de meia-idade chamada Gaby que estava cuidando dela. Não fiz.

Será que Jason é inteligente o suficiente para se dar conta de que, se você descreve uma mulher de 38 anos como sendo de meia--idade, ela mais provavelmente irá querer matá-la do que ajudá-la? Porque Lauren não é.

— O que vou fazer? — ela me pergunta.

Trago na bolsa um livro com poderes mágicos: pelo menos cem páginas que ainda não li, e a capacidade de tornar suportável aquela provação noturna no ônibus. O que me impede de pegá-lo e abri-lo? Será minha relutância em descobrir o que "surtar" significa para alguém cuja ideia de normalidade envolve abrir o berreiro em público? Se eu tomar a decisão de desapontar Lauren, terei de sofrer as consequências sabe lá Deus por quanto tempo. Não haverá como me afastar dela até pousarmos em Combingham.

Ou quero que ela continue a me esmagar com seus problemas de modo a ficar em dívida para comigo — de modo a que não me sinta grosseira quando perguntar novamente sobre o homem inocente que está indo para a prisão por assassinato? Já perguntei sobre ele uma vez, no aeroporto de Dusseldorf. Indaguei assim que tive condições físicas, após ter me desembaraçado do abraço desconfortável e ela se recomposto um pouco. Ela se fechou. "Nada. Esqueça", disse. Até o momento eu não consegui fazer isso. Talvez ela baixe a guarda e volte ao assunto novamente se eu encorajá-la a falar.

— Jason não sabe que você está na Alemanha?

— Não. Eu nunca tinha mentido para ele antes. Nos quatro anos que estamos juntos. Esta é a primeira mentira que contei a ele. Não podia contar a verdade.

— Por que não?

— Porque. Não podia. Não meta o nariz nisto, certo?

Não posso forçá-la a me dizer. Embora sua boca tenha tanta culpa quanto o meu nariz. Ela não deveria ter mencionado seu conhecido prestes a ser equivocadamente condenado se não estava preparada para contar a história inteira.

Confiro o relógio.

— Você não estará de volta quinze para meia-noite, horário do Reino Unido. É impossível.

— Eu sei! É o que estou dizendo. Jason vai ficar puto.

— O que ele fará?

— Ele acha que estou na casa da minha mãe. Vai ligar para ela, não vai? Obviamente. Ela dirá a ele que não estou lá. Ambos ficarão loucos. Acredite em mim, você *não* quer ver Jason com raiva. Nem minha mãe, aliás.

— De qual você tem mais medo? — pergunto.

Ela olha para mim confusa, como se eu tivesse introduzido um tópico que não tem relação com o que estamos conversando.

— Jason. Normalmente não tenho medo da minha mãe, a não ser que tenha me comportado mal e ela for descobrir.

A impaciência zumbe em minhas veias. Vou ter de pular um estágio.

— Ligue para a sua mãe — digo. — Você ainda não mentiu para ela, então está com crédito. Você não contou nada a ela, certo? Pelo que ela sabe, você está passando a noite em casa com Jason. Telefone para ela agora, conte a verdade. Faça com que ligue para Jason e diga a ele que você está na casa dela, passou mal com a comida, não pode falar ao telefone... Etc.

— O que quer dizer com não menti para minha mãe? — ela retruca. Ninguém mais no ônibus está falando. Todos estão escutando a voz aguda de Lauren; que viaja melhor do que ela. — Claro que menti! Disse que estou na casa dela; como posso contar isso a ela sem revelar que menti?

— Você não mentiu para *ela*. Você não contou a *ela* que está na casa dela, contou?

Laura me examina com desprezo.

— Bem, eu não poderia fazer isso, poderia? Mamãe está na casa dela. Sabe que não estou lá. Pode ver com os próprios olhos.

Respirando fundo.

— Eu sei disso, Lauren. O que quero dizer é: se você contar a verdade a ela agora, revelar como precisou mentir para Jason...

— Não — ela reage, balançando a cabeça vigorosamente. — Ela me perguntaria por quê.

Arrá. Progresso.

— E você não quer contar a ela?

— Talvez eu pudesse contar, mas não com você grudada em mim, não com todas essas pessoas escutando. Achando que são melhores do que eu.

— Ah, dá um tempo — retruco, sem conseguir me conter.

— O quê?

— Seu refrão preferido. "Todo mundo se acha melhor do que eu." O homem inocente que você está mandando para a prisão acha ser melhor do que você?

— Eu lhe disse: não quero falar sobre isso.

— Ah, lamento — digo, descontraidamente. — Devo ter esquecido.

— Não — Lauren murmura após alguns minutos. — Ele é uma das poucas pessoas que não pensa assim.

E você o recompensa deixando que ele vá preso por assassinato. Interessante. No silêncio que se segue, fico pensando se vou tentar fazer algo por esse inocente não identificado assim que voltar à Inglaterra. Provavelmente não. O que poderia fazer? Ir à polícia e contar o que sei?

Sim. Eu poderia fazer isso. Se farei ou não, é outra questão. Em situações de grave anormalidade, acho difícil imaginar o que poderia fazer assim que voltasse à normalidade. Sean não entende isso. Muitas vezes ele briga comigo ao telefone, quando estou em um aeroporto, estação ferroviária ou em uma locadora de carros, por não saber se vou ou não querer jantar quando voltar para casa.

— Não sou eu quem o está mandando para a prisão — Lauren diz, emburrada, dando uma impressão convincente de alguém que de fato quer falar sobre isso. — Eu pareço ser da polícia?
— Deixar que vá para a prisão, mandá-lo para lá; há alguma diferença?
— Sim, há. Há uma diferença grande pra cacete — retruca, trocando o telefone de mão repetidamente.
— Dá para parar com os palavrões? Passe aquele maço de cigarros da sua bolsa. Vou escrever vinte novos adjetivos para que você aprenda.
— Vou fazer o que quiser, porra, Senhorita Escrota Metida Mandona — responde, sacudindo a cabeça. — Mandar para a prisão seria... seria.... não a mesma coisa que...
— Eis o que você está tentando dizer — interrompo para ajudar.
— Causar mal ativamente é moralmente mais nocivo do que não se adiantar e impedir o mal causado por outros. Certo? A diferença entre responsabilidade positiva e negativa, pecados de ação em oposição a pecados de omissão. Sim?
— Você é sempre assim? — ela retruca, fazendo careta para mim. — Sinto pena do pobre infeliz casado com você.

O ônibus desacelera. O motor faz um ruído que está a meio caminho entre um ronco e um arroto. Se o motorista estivesse sentado mais perto de nós e falasse inglês, eu ficaria imaginando se estaria esperando para ouvir minha resposta ao insulto de Lauren.

— Não sou casada — digo a ela. — E o que você sente é constrangimento, porque não entendeu o que eu disse, embora seja tão simples que até um sanduíche de salada de ovo entenderia. E antes que você me pergunte novamente, sim, eu acho que sou melhor que você. Mas não consideraria isso pessoal demais. Aqui entre nós, acho que sou melhor que muita gente. Você também acharia se fosse eu. Há oito anos fundei uma empresa que inventou uma peça para um robô cirurgião: uma luva de resposta tátil, como é chamada.

O ônibus acelera. Graças a Cristo. Agora posso admitir que fiquei preocupada com o ruído de arroto; soou de forma agourenta como uma avaria. Misericordiosamente, o motor agora soa como impecável, e corremos pela noite novamente. Logo chegaremos a um hotel e poderei me arrastar até um frigobar e uma bela cama limpa.

Continuo a contar à Laura sobre mim e minhas realizações, baixando a voz a fim de que ninguém mais escute.

— Minha empresa foi comprada por uma gigante do mercado por uma quantia assombrosa. Perto de cinquenta milhões de dólares. Não recebi esse dinheiro pessoalmente; bem, recebi uma parcela decente, mas meus investidores ficaram com a maior parte, mas isso me fez pensar no motivo pelo qual tantas pessoas realmente não tentam conseguir algo grandioso, criativo. Algo que mude o mundo. Não estou falando de você; não esperaria que fosse uma inovadora científica, porque obviamente não é inteligente o suficiente, mas outras pessoas que eu conheço, pessoas com as quais estudei na universidade. Pessoas potencialmente brilhantes. Por que elas não tentam fazer mais?

Lauren olha para mim boquiaberta.

— Cinquenta *milhões* de dólares? — pergunta.

Eu a ignoro. Estava gostando do meu monólogo desinibido, e não havia terminado.

— Acho que sou melhor que essas pessoas porque elas parecem querer passar pela vida com um esforço mínimo, e acho que sou melhor do que você não porque você seja idiota, o que não é sua culpa, mas porque você foi grossa com Bodo Neudorf. E com o homem careca.

— Bodo o quê? Quem? — reage Lauren, olhando ao redor, como se esperando ver alguém que não tinha notado antes. — Que homem careca? Do que está falando?

— Volte no tempo e descubra, ou continue ignorante — digo, feliz de demonstrar que o que vai, volta. *Conte sobre o sr. Inocente de Assassinato e lembrarei a você o homem que você agrediu mais cedo esta noite, aquele que tinha o nome claramente impresso em sua identificação de lapela.*

"Não acho que esta noite seja atípica para você, não é mesmo?", acrescento. "Sei que nossa situação atual está longe de ser ideal, mas aposto que você é maldosa e mal-educada mesmo nos momentos bons."

Absolutamente nenhuma reação.

— O motivo pelo qual não me importo de lhe dizer tudo isso é que você é muito idiota — continuo. — É como falar com uma folha de papelão. Absolutamente nenhum desdobramento. Não haverá desdobramentos porque você não sabe o que isso significa. Dentre as palavras que uso, você não sabe quais são as verdadeiras e quais estou inventando. Aposto que você tem a memória de um peixinho dourado, limitado a lembrar de como nadar. Logo estará me dizendo que estou cuidando de você, tendo esquecido de tudo que acabei de lhe dizer — digo e sorrio para ela, me sentindo bastante generosa agora que acabei de desabafar.

— Você é uma vaca grossa, é o que você é — anuncia Lauren depois de um breve silêncio.

— É o que eu sou — concordo. — Muito bem. Está vendo, você não tem dificuldade em me definir sem fazer referências a Jason. Talvez pudesse tentar fazer o mesmo em relação a você.

Ela baixa os olhos para o telefone, segurando-o com as mãos.

— Não fale comigo, certo?

Jason. Eis uma coisa estranha.

— Eu não saco isso — digo. — Você nunca esteve no exterior sozinha antes, está falando sobre ataques de pânico, mentiu para seu marido, correndo um risco significativo de que ele descubra, já que aviões atrasam o tempo todo... Por quê? O que você tinha a fazer na Alemanha que tomava menos de um dia e justificava o risco?

— Por que você não cuida da própria vida? Como sabe que demorou menos de um dia?

Eu fecho os olhos. *Você falou em ter me visto esta manhã. Mas você pode não se lembrar de ter dito isso, então não vamos complicar demais as coisas.*

— Sem malas — digo.

— E daí? Você também está sem bagagem!

Abro os olhos e o pesadelo continua a ser real. Meu mundo inteiro ainda é um ônibus. A retardada Lauren Cookson ainda é meu outro significante.

— É assim porque também eu passei apenas o dia na Alemanha — retruco pacientemente. — E fico feliz de lhe dizer o motivo.

— Não se incomode — corta Lauren.

— Certo. Não me incomodarei.

Atrás de mim surge a voz de uma garotinha.

— Papai? Está acordado agora?

Provavelmente uma das meninas cantoras; não vi nenhuma outra criança esperando para embarcar, além de um bebezinho.

O pai dela pigarreia.

— Sim, querida. O que é?

Eu me preparo, esperando que ela diga: "As duas mulheres na nossa frente estão sendo odiosas uma com a outra e isso está me assustando."

— Sabe como Silas quer ser um jogador de futebol famoso quando crescer?

Eu relaxo. Lauren está apertando o polegar no telefone. Alguns segundos depois ela fala:

— Mãe? Sou eu, Lauren.

— Ele quer jogar no Manchester United — diz a menina cantora.

— Bem, estou certo de que qualquer clube no qual jogue terá sorte de contar com ele.

O pai soa preocupado. Imagino que ele foi acordado, olhou pela janela do ônibus e viu a mesma escuridão vazia e a mesma ausência de marcos informativos que todos estamos vendo.

Ou talvez esteja imaginando como o nome Silas poderia ser um obstáculo significativo para um garoto cuja ambição é se tornar uma lenda do esporte. Pais são idiotas arrogantes. Fico encantada por não estar prestes a me tornar um deles.

— Mãe, eu me meti em uma confusão aqui. Estou na Alemanha — diz Lauren, chorando novamente. — É, Alemanha. Não, não estou na Inglaterra.

Isso provavelmente será frustrante. Ela vai levar meia hora para dizer à mãe o que eu poderia resumir em vinte segundos, mas, como uma estranha confessadamente hostil, não posso estender a mão na direção do telefone e dizer "Aqui, deixe que faço isso".

Será que eu deveria ligar para Sean? Outras mulheres na minha situação iriam querer ligar para seus companheiros — em busca de companhia, de consolo. Seriam aquelas com companheiros que não iriam imediatamente se lançar em outra maratona de acusações.

— Não posso lhe contar agora. Eu não contei ao Jason. Não. Jason não sabe que estou na Alemanha, não contei a ele. O quê? Não posso dizer. Não. Não até ver você. Estou em um ônibus com um bando de pessoas escutando tudo o que eu digo. Nosso avião está atrasado, e agora estão nos levando para um hotel. É horrível, mãe. Eu tive um ataque de pânico. Mas arrumei uma amiga, essa é uma coisa boa; uma senhora mais velha. O quê? Ela se chama Gaby. É. Ela está cuidando de mim. Está sendo brilhante. Você gostaria dela. Está dizendo tudo o que você diria.

O quê? Ah, Deus do céu.

— Se o Silas jogasse no Manchester United... Pai?

— Ahn? Desculpe, querida, só estava tentando ter uma noção de onde estamos.

— Se o Silas jogasse no Manchester United, você torceria por eles ou continuaria torcendo pelo Stoke City?

— Mãe, escute, preciso que ligue para o Jason por mim. Você vai ter de inventar alguma besteira. Eu disse a ele que estou na sua casa. É. Você vai ter de dizer que eu passei mal e não posso falar. Diga que voltarei para casa de manhã.

Toco no braço dela e balanço a cabeça.

— Espere, mãe, Gaby está dizendo que não.

— Se você estivesse doente, não saberia quando ficaria bem. Fale para ela dizer que você ligará assim que estiver bem o suficiente, com sorte amanhã de manhã, mas não pode ter certeza. Seja vaga.

Lauren concorda. Repassa à mãe uma versão menos coerente de minhas instruções. Se tiver sorte, vai funcionar.

Acabei de ajudar a disposta facilitadora de um grave erro judicial a evitar levar um esporro por mentir para o marido. Se perguntada por que fiz isso, acho que não seria capaz de explicar. Ah, bem. Como estou condenada a viver o resto de meus dias em um ônibus alemão, acho que isso não tem muita importância.

— Ah, este deve ser o hotel! — diz o homem atrás de mim à filha. Outras pessoas também o viram. Exclamações de alívio se elevam por todo o ônibus. Limpo a condensação da janela, dou uma olhada no prédio diante do qual paramos e fico pensando no que há de errado com todos eles. Todo esse inconveniente e a Fly4You não podia sequer nos colocar em algum lugar decente? Vamos passar a noite naquele prédio atarracado, cinzento e sem graça com janelas minúsculas junto a uma estrada de mão dupla?

— Lauren — eu a chamo com uma cotovelada nas costelas.

— Preciso ir agora, mãe, estamos no hotel. Ligo para você daqui a pouco. Mas você vai contar a Jason, né? É, ou vou ficar com Gaby — diz, e joga o telefone na bolsa. — Obrigada pra cacete por isso. Finalmente aqui. Minha mãe diz que eu tenho de ficar com você.

Ela estica os braços acima da cabeça, liberando uma rajada de suor misturado a desodorante floral.

— Nós não vamos ficar aqui — decido em voz alta.

— O que quer dizer com não vamos ficar aqui? Por que então eles nos trouxeram aqui?

— Todos os outros vão ficar aqui, mas você e eu vamos encontrar um hotel diferente para nós. Um melhor. Este parece um conjunto habitacional condenado.

— De que porra de planeta você vem? Estamos no meio da noite!

— Confie em mim: este lugar será ruim em todos os sentidos — digo, e tiro o BlackBerry da bolsa. — Vamos encontrar o cinco estrelas mais perto do aeroporto de Colônia.

— Hotel cinco estrelas? — pergunta Lauren retorcendo o corpo inteiro, como se recebesse um choque elétrico. — Você está de sacanagem comigo ou o quê? Não posso pagar uma estada em um hotel cinco estrelas! Eu sou uma cuidadora. Não ganho esse dinheiro todo.

— Vou pagar tudo. Pagar o seu quarto. — *Que tentarei garantir que fique a vários andares de distância do meu.* Estou começando a ansiar por espaço; especificamente um espaço que não abrigue Lauren. — Por minha conta.

— *Não!* — ela diz, caindo em lágrimas.

Fico tão chocada que só consigo olhar para ela.

— Não?
A reação dela faz ainda menos sentido para mim que minha oferta. Por que não estou aproveitando essa oportunidade para seguir meu caminho? Não há nada que me impeça de encontrar um hotel cinco estrelas sozinha.

Exceto que eu a ouvi dizer a duas pessoas que estou cuidando dela. E a mãe e a madrasta parecem achar que ela precisa ficar comigo.

Na minha vida real, eu não suportaria aquilo; neste universo alternativo, meu papel parece ser supervisionar Lauren com o objetivo de melhorá-la. Consigo pensar em muitas formas: primeiramente, quebrar sua resistência a hotéis bons, depois ampliar seu vocabulário, a seguir lidar com sua disposição de ver homens inocentes trancados por assassinatos que não cometeram.

— Não! — ela diz, balançando a cabeça vigorosamente e soluçando. Uma de suas lágrimas pousa no canto do meu olho. — Não. Não sou o tipo de pessoa que fica em um hotel cinco estrelas.

— Certo, esqueça.

— Não consigo fazer isso. Eu não saberia o que fazer.

— Você faria exatamente a mesma...

— Não! Eu não consigo!

— Certo. Não importa. Vamos ficar aqui. Lauren? Desculpe, apenas... finja que não disse nada. Este hotel vai servir.

Ela enxuga os olhos, tranquilizada.

— Ele parece legal — diz, avaliando pela janela do ônibus. — Espero que tenha alguma coisa que eu possa comer. Estou faminta. Não comi nada desde às seis horas da noite passada. Não consegui pensar em comida.

— Você estava nervosa — digo a ela. — Com o que teve de fazer hoje, por ter mentido para Jason. Agora que está a caminho de casa, começa a se sentir melhor. E com mais fome.

Ela me lança um olhar estranho, depois concorda. Discretamente.

Qual razão ilícita uma cuidadora de 23 anos tem para precisar vir à Alemanha passar o dia? Um amante? Caso positivo, não teria querido ficar pelo menos uma noite? Talvez ela e Jason sejam um daqueles casais que nunca passam a noite separados. Sean aprovaria isso. Ele deveria ir morar com eles e estabelecer um *ménage;* eles provavelmente o incomodariam menos do que eu.

Finalmente há um espaço na fila de pessoas que saem do ônibus.

— Venha — digo. Minhas pernas fraquejam quando tento me levantar.

— Não consigo sentir minha bunda, de tanto tempo que passei sentada nela — Lauren anuncia. Ela se levanta, tira o cinto de balas prateadas e o enfia na bolsa. O jeans escorrega e revela ossos de quadril angulosos, uma tanga vermelha e uma tatuagem de linhas onduladas paralelas. Não sei se é puramente decorativa ou se significa algo para Lauren; a mim aquilo diz: "Esta instalação tem piscina."

Sean diria que isso é culpa minha, não da tatuagem: eu passo um tempo desproporcional surfando por sites de hospedagem na internet porque meu trabalho envolve demasiados passeios, deslocamentos e diversões — três palavras que Sean prefere no lugar da mais simples "viagens". No Natal do ano passado, eu me dei uma antiga medalha de ouro de São Cristóvão, que uso em uma fina corrente de ouro branco no pescoço sempre que passeio e me divirto, embora não seja, absolutamente, religiosa. Eu precisava de alguma coisa que me fizesse sentir melhor com todo o tempo que passo cercada pela parede e o revestimento de teto salpicado e respingado dos aeroportos, então desenvolvi uma relação com São Cristóvão que implica em ele aceitar meu ateísmo e eu redefinir um pouco seu papel: santo padroeiro dos passeadores com companheiros egoístas resmungões.

Lauren e eu estamos entre as últimas a saltar do ônibus. Dois outros ônibus estão estacionados junto dele: pessoas saltam dos três veículos mancando e bocejando. A caminho do hotel passamos por uma mulher chorosa que sustenta um homem muito velho.

— Venha, papai — ela diz. — Estamos aqui agora. Você logo estará na cama.

— Olhe para eles, pobres sujeitos — Lauren me diz. — É terrível o que aqueles desgraçados fizeram conosco esta noite. Eles devem muito a nós, cacete. Não tenho sequer uma escova de dentes.

— O hotel deve ter algumas — comento.

Embora provavelmente não o suficiente para todos nós. Tento não pensar na gaveta de cima de minha mesinha de cabeceira, que contém pelo menos sete conjuntos miniatura de escova e pasta de dentes não usados, recolhidos de vários *nécessaires* de classe executiva de companhias aéreas ao longo dos anos. Na próxima vez em que viajar — daqui a seis dias, outra viagem de madrugada, para Barcelona —, levarei todos comigo, só para o caso de meu voo atrasar a noite toda e seis idiotas desequilibrados decidirem me escolher como cuidadora principal.

— Por que um hotel teria escovas de dentes? — Lauren pergunta, parecendo confusa. — As pessoas normalmente não levam as suas?

São Cristóvão? Quer responder a esta?

A recepção do hotel está lotada. Lauren e eu mal conseguimos entrar. Estamos de pé na beirada do carpete de boas-vindas marrom embutido. As portas automáticas ficam se fechando sobre nós, depois se abrindo ao sentir a presença de corpos. Eu vislumbro, a distância, uma loura roliça atrás de um balcão. Está falando, mas não consigo ouvir o que diz.

— Por que "PAI"? — pergunto a Lauren, olhando para seu braço.

— É o meu pai — responde.

— Cujo nome é Wayne. Você o chama de "Pai"?

— Não, claro que não — responde, rindo. — Eu o chamo de "Idiota" a maior parte do tempo. Mas morro de amor por ele. Ele queria que fosse "Pai". Wayne poderia ser qualquer um, não é mesmo? Foi meu presente de aniversário para ele, aos quarenta anos. Ele sempre quis que eu tivesse seu nome tatuado em alguma parte do corpo. Algum lugar decente; ele não é assim, desse tipo. Lisa fez uma dizendo "Marido" ao mesmo tempo.

Um ronco baixo vem em nossa direção lá do balcão da recepção, pela multidão de corpos: o som de insatisfação geral, ficando mais alto à medida que se aproxima. *Más notícias*. As primeiras palavras compreensíveis que escuto vêm da americana de cabelos vermelhos pintados, que está de pé a cerca de um metro à minha frente.

— Eles não podem fazer isso. Não podem nos obrigar.

Ela se vira, claro que sim. Nesse tipo de situação, as pessoas sabem que é sua obrigação transmitir a infelicidade assim que a recebem.

— Inacreditável! Eles não têm quartos suficientes — ela diz a todos nós atrás. — Quem estiver sozinho terá de dividir. Com alguém que nunca viu antes! — anuncia, e dá uma risada de ultraje enquanto lança as mãos para cima. — Não consigo ver Hugh Grant em nenhum lugar aqui, então... eu vou embora daqui, encontrar um hotel com serviço de quarto, TV por satélite e um spa. Estou farta da Fly4You.

Ela está dizendo todas as coisas que eu quero dizer. Exceto a parte sobre Hugh Grant — eu iria preferir o jovem David Bowie, mas ele também não está aqui. Quero ir embora, assim como a ruiva, para longe deste hotel vagabundo. Então por que não faço isso? Eu *não posso* — não posso, não irei — dividir um quarto com Lauren.

Sinto alguma coisa ao redor de meu pulso. Ela me algemou com os dedos novamente.

— Nem pense nisso — diz, chorosa.

Deveria soar como uma ordem que ela não tem o direito de me dar, mas tudo o que ouço é desespero. Alguma coisa ruim aconteceu a ela, penso de repente. Não é apenas o voo atrasado. Ela está traumatizada; por isso sua reação ao ouvir que o voo fora redirecionado para Colônia foi tão exagerada. *Alguma coisa a ver com o motivo para vir para a Alemanha. Talvez algo relacionado a um assassinato.*

Será que a mãe sabe o que há de errado com ela? Por isso disse a Lauren para garantir que ficaria comigo? Será que a ex-sra. Wayne Cuffley, primeira esposa de "Marido", está tão preocupada com a filha que coloca todas as esperanças em uma mulher que nunca viu?

— Prometa que não irá embora, me deixando — Lauren sibila em uma censura, como se imaginar minha traição e ela ocorrer sejam a mesma coisa ao mesmo tempo.

— Eu prometo — digo, distraída. Parte do meu cérebro está anestesiada. Não há como escapar. Passar a noite com Lauren Cookson no pior hotel da Europa. Não adianta pensar nisso. Não se você vai ter de fazer.

Ela solta meu braço.

— Então está tudo bem.

É tão longe de tudo bem quanto Colônia é de Combingham.

— Nós temos sorte, temos mesmo.
— Temos?
Se temos, devo estar sofrendo de dismorfia cognitiva.
— Estamos juntas — Lauren diz. — Muitos desses pobres coitados terão de dividir um quarto com um completo estranho.

4

10/3/2011

Simon estava preparando café para Regan Murray, derramando água e grânulos por toda parte. Inconscientemente deliberado, Charlie imaginou, para que ele tivesse de desperdiçar dez minutos limpando depois, e talvez preparar a bebida novamente, por sua primeira tentativa ter sido caótica. Desperdiçar não era a palavra que Simon teria usado: no seu livro, se houvesse sucesso em adiar uma conversa difícil, era um tempo bem empregado.

Havia alguma razão para supor que a conversa com a filha de Proust seria difícil? Pergunta idiota.

— Melhor ligar para sua irmã e dizer a ela para não vir — Simon disse em tom embotado. — O que ela queria, aliás?

— Você está me perguntando *agora*? — reagiu Charlie, apontando com a cabeça para a porta fechada. Para consolidar sua imagem de péssimos anfitriões, ela e Simon deixaram Regan Murray sozinha na sala e se fecharam na cozinha.

— Ela é uma intrusa. Deixe que espere. O que Liv quer, e por que o segredo?

— Não é segredo; é relutância em ser envolvida — Charlie respondeu. — Da minha parte. Liv queria que eu perguntasse a você. Eu disse que não, pois não fazia sentido, você nunca iria concordar. Se ela quiser tentar persuadi-lo, cabe a ela.

— Então ela disse que viria esta noite. E você não me contou.

Simon estava catando grânulos isolados de Kenco instantâneo e os transferindo da bancada para a caneca. Alguns estavam molhados demais por causa das poças de água onde haviam caído; tinham perdido a solidez e se desmanchavam sobre a ponta dos dedos.

— Como disse, eu não queria ter nada a ver com isto. Mas...

— Conte, cacete.

— Então me dê uma chance! Eu estava prestes a dizer, vamos pular a parte em que demonstramos que o que eu quero não poderia ser menos importante, já que estamos sem tempo. Liv quer suplicar a você; queria que eu suplicasse a você por ela; para ir ao casamento dela com Dom.

Simon ergueu os olhos.

— Por que eu não iria? Sou casado com você, a irmã dela. Você vai, não é mesmo?

Charlie ficou surpresa.

— Sim, mas eu imaginei, e Liv imaginou, que você seguiria sua avaliação moral. Você decidiu aprovar a infidelidade?

— Não é minha infidelidade, não é da minha conta — Simon retrucou, pegando a caneca. Água pingou dela para o chão. Ele a inclinou para limpar a base na camisa, derramou café na calça, recolocou a caneca na bancada. — O que você achou que eu iria fazer? Cooptar o casamento de Liv e Dom para minha corajosa odisseia moral, boicotando-o? Isso faria de mim um babaca pomposo. Algo que não sou.

— Desde quando? — Charlie reagiu. — Ninguém me informou.

— Muito engraçado.

— Não era a intenção. Certo, já que você está cheio de surpresas esta noite: Liv também queria que eu lhe perguntasse se você poderia ler alguma coisa. No casamento. Eu disse a ela que não havia nenhuma chance de você ficar de pé diante de uma multidão de figurões da imprensa e advogados...

— Eu vou ler — Simon disse.

— Você *vai ler*?

— Mas por que eu? Ela tem muitas pessoas entre as quais escolher que amam o som das próprias vozes; todos os amigos dela.

— Ela ficou toda tímida quando perguntei por que você. Acho que ela quer exibir você, seu cunhado, o brilhante detetive.

— Desde que eu não tenha de me apresentar, dizer meu nome, nada dessa merda. Se tudo o que tiver de fazer for ir para a frente, ler, sair e me sentar, farei isso. Lerei uma passagem de *Moby Dick*. Para Simon, ele soou entusiasmado. Charlie se sentiu culpada.

— Não exatamente — ela disse.

— O que quer dizer?

— Ela quer que você leia outra coisa. E não vou lhe contar o que é.

— Por que não? *Porque sou incapaz de transmitir a informação com um tom de voz neutro. Pois acho completamente ridículo, e não quero influenciá-lo.*

— E então? — Simon cobrou. — Estou esperando.

Ele não era o único. Charlie lançou um olhar na direção da porta fechada da cozinha. Estava começando a ficar ansiosa.

— Podemos discutir isto mais tarde? — pediu. — Não quer saber o que a intrusa quer?

Simon se virou.

— Por que ela tem dois nomes? — perguntou.

— Está perguntando à pessoa errada, Simon. Ela está sentada logo ali. Estou certa de que ficará contente em lhe contar.

— Como sabe nosso endereço? O que ela faz aparecendo aqui às dez horas da noite de uma quinta-feira?

Ele com frequência se referia a horas específicas de dias específicos de um modo que insinuava que só eram aceitáveis se absolutamente nada acontecesse nelas. Ele podia estar vivo, desperto, completamente entediado, mas ainda assim nada podia ocupar essas zonas proibidas. Outros nichos horários mais felizes — nove da manhã de uma segunda-feira, digamos — podiam conter acontecimentos. Charlie nunca chegara ao fundo desse *apartheid* horário específico, e aquele não era o momento.

— Se vou ler, vou ler o que eu quiser — disse Simon em voz baixa.

— O quê? Ah.

Ele tinha voltado ao casamento de Liv. No qual havia zero chance de ser autorizado a ler qualquer parte de *Moby Dick*.

— Ela parece com ele. É como ter uma parte dele em casa. Novamente de volta à filha de Proust. Alternar entre assuntos tão rapidamente não era o estilo de Simon. Nem era seu feitio ser distraído de pensamentos obsessivos sobre um caso em andamento. Ele estava mais ansioso do que parecia disposto a reconhecer, e não havia necessidade disso.

— Diga que não está preparado para conversar com ela e peça que vá embora — Charlie sugeriu.

A porta da cozinha se abriu. Regan Murray estava de pé no umbral.

— Por favor, não — ela pediu. — Por mais que você queira.

— Nosso equívoco foi permitir que você entrasse — disse Charlie, se colocando entre Simon e aquela versão feminina diluída do Homem de Neve, uma barreira de proteção. — Não há motivo para que você esteja aqui. Qualquer comunicação necessária entre Proust e Simon pode se dar no trabalho. Eles não têm uma relação pessoal fora do trabalho, e estou bastante certa de que qualquer coisa que você queira dizer é algo pessoal, o que faz disso algo que não queremos ouvir.

Regan deu um passo para o lado de modo a poder ver Simon.

— Você perguntou por que tenho dois nomes e como sabia seu endereço.

— Você estava com o ouvido colado na porta? — Charlie quis saber.

— Peguei seu endereço na caderneta de minha mãe. Eu tenho dois nomes porque... — começou, e suspirou antes de continuar: — Bem, a parte do sobrenome é óbvia. Murray é o nome do meu marido.

— Isso dá um bom trava-língua — disse Charlie. — Você poderia até aumentar um pouco: "Murray é o nome do meu marido. Meu marido é sr. Murray". Sabia que cantores de ópera repetem trava-línguas antes das apresentações para deixar os lábios mais flexíveis? Ouvi isso no rádio.

— Eu mudei meu prenome para Regan há dois meses. Papai não sabe. Nem mamãe. Eu não queria mais ser Amanda porque meu pai escolheu esse nome para mim, então mudei. É bastante fácil. Não tão fácil contar a meus pais.

Ela sorriu para Simon, que, resolutamente, não olhava para ela. Começara a olhar para Charlie assim que Amanda-Regan entrara, como se quisesse que ela cuidasse da situação. Não, obviamente, tagarelando sobre trava-línguas, embora Simon fosse o primeiro a admitir que era impossível chegar às boas ideias a não ser passando pelas ruins.

— Esse é o meu café?

Charlie o entregou a ela.

— Obrigada. Vocês conhecem o nome Regan? — ela perguntou. — De *Rei Lear*?

— E de todos os imóveis municipais de Culver Valley — acrescentou Charlie.

— Regan é a filha traidora e medrosa de Lear que não o ama, mas finge que sim.

— Você preferiu Regan a Goneril?

Sim, isto realmente está acontecendo. Você está de pé em sua cozinha, ao lado de uma estátua do seu marido, debatendo com a filha de Proust as escolhas de nomes de filhas pelo rei Lear.

— Eu sou covarde demais para contar ao meu pai que mudei meu nome — Regan disse a Simon, ignorando totalmente Charlie. — Ele me perguntaria por quê, e eu ficaria com medo demais para contar a verdade. Acabaria me odiando mais por criar outra oportunidade para que ele vencesse.

O problema das pessoas que se odeiam, Charlie pensou, é que você se identifica e simpatiza totalmente com elas, ao mesmo tempo em que decididamente não as quer como convidadas em sua casa.

— Você não acha estranho que a expressão "filho da puta" seja tão conhecida, mas que ninguém nunca chame alguém de "filha de um escroto"? — Charlie perguntou, olhando ao redor. *Todas as respostas são bem-vindas. Quanto mais, melhor.* — É um tipo estranho de sexismo, não acha?

— Ele me deixa aterrorizada — Regan prosseguiu. — Há quarenta e dois anos. E se não quero que ele saiba que mudei meu nome, também não posso contar à minha mãe. Ela é uma lacaia fiel dele.

Ambos querem que eu continue com medo de papai. Isso é bastante conveniente para eles. Se eu não tiver medo, poderei começar a contar a verdade sobre a minha infância.

Charlie tentou discretamente encher os pulmões com muito oxigênio para a provação que a aguardava. Aquilo era potencialmente pior do que qualquer coisa que poderia ter imaginado, no sentido de que ameaçava não terminar logo. As infâncias tipicamente duravam 18 anos.

— Eu fui criada em um regime totalitário — Regan disse. — Não há outro modo de descrever. Não acho que precise descrever isso, não para vocês dois.

Obrigada, Senhor.

— Estou certa de que podem imaginar pelo que passei. Vocês sabem como meu pai é — disse Regan, tomando um gole de café, fazendo careta e depois tentando disfarçar. — O motivo pelo qual estou aqui, e lamento por ser tão tarde em um dia de semana, lamento não ter escrito ou ligado antes para perguntar se não havia problema. Durante semanas não achei sequer que teria coragem suficiente para entrar em contato com vocês, então esta noite, quando me dei conta de que tinha, soube que precisava fazer isso imediatamente, antes que acordasse e descobrisse que havia me transformado em uma covarde novamente.

— O motivo pelo qual você está aqui? — estimulou Charlie.

Regan a recompensou com um pequeno sorriso, por finalmente dizer algo sensato.

— Estou tentando sair das sombras. Você entende? Com a ajuda de um bom terapeuta, eu estou tentando criar uma vida de verdade para mim, me transformar em uma pessoa de verdade.

— Isto está na minha lista de tarefas há anos — Charlie disse.

— Mas está demorando um pouco, não é mesmo?

— Poderia parar um pouco com o deboche? — murmurou Simon.

— Tudo bem — Regan disse a ele. — Sei que os estou colocando em uma posição desconfortável ao partilhar isto. Você tem de dizer algo, e o que pode dizer?

Charlie conseguia pensar em muitas coisas. Todas elas continham a palavra "foda".

— Continue — Simon disse.

Regan pareceu chocada com esse estímulo. Demorou alguns segundos para se recuperar.

— Obrigada — ela disse. — Bem... Ainda está no começo. Nem cheguei perto de estar pronta para confrontar meu pai, mas estou dando passos nessa direção. Passos importantes, diz meu terapeuta. Escolher um nome para mim que não é o nome que ele me deu foi o primeiro.

— Regan é vilã em *Rei Lear* — destacou Charlie.

— Quando você é criada por alguém como meu pai, você se sente uma vilã toda vez que tem um pensamento ou sentimento sobre ele que não seja idolatria ao herói. Como uma traidora. Regan é quem sou no momento. Quando isso não parecer mais comigo, mudarei meu nome novamente.

Charlie riu.

— E seu analista aprovou esta atitude? Eu conseguiria outro analista.

— Você poderia se calar? — Simon disse. — Você não entende nada disso.

Não exatamente verdadeiro. Ano passado, graças a um dos casos de Simon, Charlie tinha conhecido uma psicoterapeuta que falava muita coisa sensata: uma mulher chamada Ginny Saxon, que oferecera uma interpretação de Simon: por que ele era quem era. Charlie nunca contara a ele. Não sabia se contaria algum dia. Não sabia se seria benéfico ou prejudicial transmitir a teoria de Ginny sobre a síndrome psicológica de que ele poderia sofrer. Ela teria gostado de pedir o conselho de alguém, mas, se não podia contar a Simon, certamente não podia contar a um terceiro. Durante vários meses desejou não saber nada ela mesma, como se isso fizesse o conhecimento desaparecer.

— Este é o segundo passo — Regan estava dizendo. — Vir aqui e conhecer você, Simon. Sei que parece loucura, mas... você é importante para mim. Em minha cabeça, você é meu símbolo de coragem... A única pessoa que já enfrentou meu pai. Abertamente,

quero dizer. Muitas pessoas o odeiam, e não fazem nada quanto a isso, todos que ele conhece, a não ser minha mãe, mas ninguém nunca disse o que pensa na cara dele a não ser você.
Simon pigarreou.
— Como você sabe que fiz isso?
— Papai fala muito sobre você. Principalmente com mamãe, mas às vezes também comigo. Ele sempre diz a mesma coisa: que sempre é leal a você, dá apoio e estímulo. Que você joga isso na cara dele todos os dias, o traindo e insultando sempre que pode.
— Não é bem assim. Ou não tem sido assim — contestou Simon, desconfortável.
Charlie queria ajudá-lo, mas mal podia dar conselhos sobre como conduzir a conversa enquanto ela acontecia, e assim que tivesse terminado seria tarde demais. Ele precisava decidir: ou não ter qualquer relação, ou se jogar de todo o coração no comportamento de um ser humano.
— Ele não entende por que você é tão ingrato — Regan disse. — Acha que não poderia ser um chefe mais estimulante e justo.
— Ele está mentindo.
— Não — retrucou Regan, veemente. — É no que ele acredita. Ele também acredita que não poderia ter sido pai melhor para mim. Quer saber qual é a ideia dele de uma boa criação?
— Não — respondeu Simon, a voz insegura. — Quero que você vá embora e não volte.
Charlie viu a cor desaparecer do rosto de Regan.
— Simon, não seja babaca — disse.
— Não se preocupe, Charlie. Eu não vou desmoronar. Uma coisa boa em ser filha de Giles Proust é que, quando alguma *outra* pessoa me ataca, praticamente não tem efeito algum. Parece muito... ralo.
— Ele não queria ser tão...
Repulsivo não era a palavra certa, não quando Simon estava paralisado de choque e constrangimento. Não havia palavra certa.
— Eu falei sério antes — Charlie disse a Regan. — Eu desconfiaria de qualquer analista que acha que mudar de nome, toda vez que atinge um marco psicológico, é uma boa ideia. Se você se chama

por algo idiota por nenhuma outra razão que não ferir seu pai, ele está vencendo.

Olhando para Simon, mas falando principalmente para seu próprio ego, ela acrescentou:

— Eu *sei* um pouco sobre esse tipo de coisa. Faço parte de um fórum regional de prevenção de suicídio. Converso muito com conselheiros e terapeutas.

Charlie lembrou tarde demais que muitas dessas pessoas, em um momento ou outro, insistiram na importância de nunca pronunciar a palavra "suicídio", não antes que o indivíduo em situação de risco dissesse primeiro. A palavra "indivíduo" era usada demais na literatura de prevenção de suicídios que Charlie com frequência tinha de desbastar. Significava "pessoa".

Virando-se para Regan, ela disse:

— Entendo que você admire Simon porque ele enfrenta Proust, mas o que você quer dele além de lhe dizer isto?

— Apenas conversar. Sobre aquilo pelo que ambos passamos, se isso não soar dramático demais.

Ela fez soar como se fosse o pedido mais humilde do mundo. Pobre mulher. Ela não tinha como saber que Simon preferiria abrir mão de todos os seus órgãos vitais e de seu adorado e muito remendado exemplar de *Moby Dick* a ter de admitir a um estranho que havia "passado" por alguma coisa.

— Eu ainda estou no estágio em que preciso provar a mim mesma todos os dias que não sou uma desertora malvada — Regan continuou. — Realmente me ajudaria ouvi-lo descrever como é trabalhar com o meu pai; vocês dois. Talvez isso também os ajudasse. Todos fomos agredidos pelo mesmo valentão, certo? Durante anos.

— Eu não me incomodo de trocar histórias de terror de Proust — disse Charlie, imaginando se sua disposição faria qualquer diferença para Simon. Poderia ser divertido, ela pensou, embora soubesse que Regan estava procurando um bem muito menos frívolo: a confirmação da verdade mais importante em seu universo.

— Isso não vai acontecer — Simon cortou. — Você tem vinte segundos para ir embora.

Para surpresa de Charlie, Regan concordou.

— Essa é a reação que eu estava esperando. Caso mude de ideia, pode me procurar no trabalho: Focus Reprographics, em Rawndesley.

— Ele não irá mudar de ideia — Charlie disse a ela.

— Talvez mude ao compreender que estou do lado dele — retrucou Regan, falando a Simon sobre ele mesmo na terceira pessoa.

— Você tem um caso no momento: Tim Breary. A esposa Francine teve um derrame que a deixou presa ao leito? E ele está confessando tê-la matado, e alegando não saber por que fez isso?

Porra, aquela mulher tem pulsão de morte? O rosto de Simon ficou escuro e rígido de fúria. E Charlie soube o nome do Assassino Que Não Sabia Por Quê. Tim Breary.

— Há algo que você deveria saber, mas não sabe — Regan disse. — Quando Breary foi ouvido pela primeira vez você não estava lá, estava? Sam Kombothekra e Colin Sellers o ouviram. Papai disse que não era complicado o suficiente para você: nenhum mistério, uma confissão imediata.

Interessante, Charlie pensou, que Proust, assim como Simon e Gibbs, quando interessava a eles, partilhassem detalhes confidenciais de casos com não colegas: esposa e filha, e Deus sabe quem mais. Engraçado que ele tivesse deixado de mencionar isso nas muitas oportunidades em que ameaçara Simon com ações disciplinares por contar demais a Charlie.

— Você só se interessou quando descobriu que faltava o motivo — prosseguiu Regan. — Papai não está contente com seu novo entusiasmo pelo caso. Ele conseguiu a confissão de Tim, e quer tirar isso da mesa, então mandou que Kombothekra e Sellers deixassem você e Gibbs de fora. Mandou que eles alterassem as evidências. E aqui estou eu lhe contando algo que poderia mandar meu pai para a prisão — terminou Regan, expirando lentamente.

— Seu analista ficaria orgulhoso de você — Charlie disse. Havia algo errado na história, a despeito do detalhe convincente sobre Gibbs também ser excluído. Sim, Proust saberia que Gibbs iria diretamente até Simon com a verdade. Mas Sam também, Charlie estava certa. Sam Kombothekra adulterando evidências em um caso de assassinato?

De jeito algum. E Proust era esperto demais para dar a Sam e Sellers esse tipo de poder sobre ele; o poder de acabar com sua carreira. Será que Simon estava pensando o mesmo?

— Aquele primeiro depoimento de Tim Breary; a transcrição no arquivo não é a que estava lá originalmente — Regan recomeçou. — Há menos de duas horas eu ouvi papai se vangloriar com mamãe sobre saber quando ter a coragem de violar as regras. Foi bastante nauseante, mas não mais do que todas as outras conversas que meus pais têm. Em todas, ela serve para refletir a imagem dele de volta da forma mais elogiosa possível — disse, colocando a caneca na bancada. — Não sou detetive, mas se papai se importa tanto com você não descobrir então deve ser importante, certo?

Ela se virou e saiu do aposento: a mulher que estava tão aterrorizada pelo pai que daria a duas pessoas que o odiavam a chance de destruí-lo e explicar que tudo havia sido ideia da filha. Charlie não estava certa de que acreditava nisso.

A porta da frente bateu ao se fechar.

— Ela está mentindo, Simon. Quer que você vá atrás dela, para que possa mentir um pouco mais.

Simon pegou a xícara em que Regan estivera bebendo e a lançou na parede. Estava fora da casa em segundos, largando a porta da frente aberta e ar frio e chuva entrando. Deixando Charlie coberta de café frio, cercada de pedaços de caneca quebrada. Não que ela se importasse com isso. Também tentou não ligar, quando o ouviu gritando rouco na noite, que ele nunca tinha corrido atrás dela berrando seu nome como se sua vida dependesse de encontrá-la novamente.

5

Sexta-feira, 11 de março de 2011

Só há uma cama neste quarto no sótão, sem ventilação. É uma cama de casal pequena, do tamanho de um sofá-cama, e parcialmente coberta por uma colcha. Apenas um travesseiro. Sem armários ou gavetas, apenas prateleiras abertas nas quais não vejo cobertores extras, nenhuma almofada, nada útil. Eu faço um anti-inventário: sem frigobar, sem chaleira, sem saquinhos de chá ou café, sem telefone, sem mesinhas de cabeceira, sem luminárias de leitura, sem televisão, sem cardápio de serviço de quarto. Na parede mais distante há uma porta que teve um dos cantos raspado e foi enfiada no espaço. Suponho e espero que isso signifique que pelo menos temos um banheiro no quarto. Sei, sem olhar, que, se tivermos, ele terá aproximadamente o mesmo tamanho do cérebro de Lauren.

— Que porra é esta? — ela diz, olhando ao redor. — Ah, alguém está de sacanagem! Só tem uma cama. O que vamos fazer?

— Vamos aproveitar ao máximo, porque não temos escolha — digo a ela. Em casa, Sean e eu dormimos em uma cama com mais de dois metros de largura, extragrande. Quando estávamos comprando, Sean disse que achava que uma grande bastaria. Eu o ignorei.

Penso em dizer a Lauren que ela pode ficar na cama enquanto fico no chão, depois mudo de ideia. Eu não conseguiria dormir, e preciso disso, até mesmo três ou quatro horas seriam alguma coisa. Não tenho ideia do que o dia seguinte me reserva. Preciso cuidar de mim mesma, de modo que, o que quer que aconteça, eu consiga lidar com isso.

Estou tendo os pensamentos de um sobrevivente de desastres, tentando não pensar além do segmento de tempo seguinte e das ações e decisões necessárias nele.

— Não vou dormir em uma cama com uma mulher — diz Lauren, cruzando os braços em protesto. — Ou com um homem, a não ser que seja meu Jason. Ele ficaria maluco.

— Então durma no chão — digo, rezando para que ela concorde.

— Vá se foder! Olhe para o estado desse carpete. Há goma de mascar grudada ali. Está imundo. Que tal encontrar outro hotel, como você tinha dito?

— Essa era uma boa ideia há duas horas.

No tempo que a recepcionista demorou para arrumar todos os quartos e distribuir as chaves, poderíamos ter voltado ao aeroporto de Dusseldorf. Não que isso fizesse algum sentido. De algum modo, parece não fazer nenhum sentido estar aqui, nas vizinhanças do aeroporto de Colônia. Chegar em casa, em algum momento, de algum modo, parece muito improvável, embora logicamente eu saiba que isso irá acontecer.

— Estou cansada demais agora — digo a Lauren. — Não estou disposta a perder mais tempo de sono. O ônibus vai nos pegar às sete.

Supostamente.

O maxilar inferior de Lauren começa a se mover.

— Você pode ficar com a colcha e o travesseiro — digo a ela. — Usarei meu casaco como cobertor.

— Não! Não vou aceitar isto! Eles são escrotos de fazer isto conosco — ela reage, e tenta passar por mim. — Vou ao saguão dizer àquela mulher...

— Ela não está mais lá. Assim que todos recebemos quartos, ela foi embora.

— Como você sabe?

— Como você *não* sabe? — retruco. — Ela nos disse que era o que ia acontecer...

— Eu não ouvi.

— ... e depois nós a vimos sair. Até 6 horas da manhã este é um hotel sem funcionários. Um dos meus detalhes preferidos de nossa situação, que pretendo incluir em todos os futuros relatos desta história de terror, é que o café da manhã está marcado para começar sete horas em ponto, exatamente na hora em que nosso ônibus estará partindo para o aeroporto de Colônia. A recepcionista sorriu ao nos dar a notícia, sabendo que isso não a afetava; ela poderia tomar seu café.

— Muito bem, prove isso! — diz Lauren, os olhos se iluminando de repente. — Se não há funcionários aqui agora, vamos arrasar o lugar. Derrubar portas até encontrarmos outra cama! — ela diz, excitada.

Cubro o rosto com a mão e esfrego a testa com força, com o indicador.

— Lauren, quero que você escute com atenção. Você tem uma chance agora. Eu vou me deitar naquela cama — digo, apontando para ela. — E vou dormir. Você pode fazer o mesmo, ou pode se foder e fazer o que quiser, por conta própria. O que você não pode fazer é me impedir de dormir, porque, se fizer isso, eu lhe garanto que farei com que você lamente ter me conhecido.

Isso teria soado ameaçador se eu não tivesse bocejado enquanto falava. Ah, vamos lá.

Eu me preparo para o inevitável correr de lágrimas. Em vez disso, Lauren diz:

— Se vamos dividir uma cama, você tem de jurar que não vai encostar um dedo em mim. E eu não vou tirar minha roupa.

Eu ergo as mãos.

— Eu prometo não fazer tentativas românticas. Você realmente não poderia estar mais segura. Mesmo se o lesbianismo tomar conta de mim durante o sono, meu bom gosto se manterá firme e protegerá nós duas.

Lauren arregala os olhos. Recua para longe de mim.

— O quê? Fica chocada de ouvir a palavra "lesbianismo" dita em voz alta em uma sociedade educada? Desculpe, esqueci de estimular minha intolerância antes de sair de casa de manhã. Se eu soubesse que iria encontrá-la, teria me dedicado mais.

— Será que você não podia falar de um modo que eu entendesse?

— Lauren diz em voz baixa.

— Sim. Boa noite. Você entende isso?

Eu arranco os sapatos. Totalmente vestida, deito-me no lado mais distante da cama, me cubro com o casaco e fecho os olhos. Eu teria gostado de escovar os dentes, mas a recepcionista tinha ficado sem embalagens de escova e pasta de dentes antes que Lauren e eu chegássemos à frente da fila.

— Gaby?

— O quê?

— Estou morrendo de fome. Estou enjoada e tonta. Preciso comer alguma coisa.

Fico pensando se consigo fingir que adormeci após dizer "O quê?". Vale a pena tentar.

— Gaby? Gaby! Acorde!

Enganar um idiota não é divertido. É fácil demais. Eu abro os olhos.

— Há um posto de gasolina do outro lado da estrada, em frente ao hotel — digo. — Por que não vai lá e compra alguma coisa? Leve a chave do quarto.

— Eu não vou lá sozinha!

— Por que não?

Minha sugestão insensível de que ela deveria mergulhar na solidão pelos cinco ou dez minutos seguintes ativou o sistema interno de sprinkler de Lauren: ela está chorando novamente.

— Eles podem não falar inglês. Eu nunca estive sozinha em uma loja estrangeira.

Se eu tivesse energia, me chutaria. Eu sabia que ela estava com fome — tinha mencionado isso antes. Deveria ter mandado que fosse comprar comida enquanto eu esperava na fila.

— Por favor, Gaby. Venha comigo. Juro que depois deixo você dormir.

Eu me sento. Tontura faz minha cabeça girar. Eu me aferro ao que poderia ser um tênue consolo: eu também poderia comer algo. Não tinha percebido minha fome até aquele momento. Estive tentando me lançar em um insensato estado de transe de modo a não perceber como me sentia sobre o que estava me acontecendo.

— Certo. Vamos lá — digo, calçando os sapatos novamente. — O que você vai querer? Espero que eles tenham coisas engordativas quentes e um micro-ondas. Eu gostaria de um hambúrguer e uma barra Yorkie de sobremesa.

Lauren faz uma careta de desgosto.

— Você acha que eles teriam algo inglês? Comida estrangeira revira o meu estômago.

— Isso é ridículo. Cheeseburgers não têm passaportes.

— O quê, então gostar da comida do seu próprio país é ridículo, é isso? — ela reage, se virando para mim. — Os alemães é que são ridículos! A única música que ouvi o dia inteiro desde que cheguei aqui foi música em inglês; todos os rádios de carros que passam. Eles têm sua própria língua, mas escutam a nossa música. Quão idiota é isso?

Bem, você conhece os alemães; nenhum orgulho nacional, esse é o problema deles. Isso é o que digo em minha cabeça. A Lauren, digo:

— Acho que também vou querer uma lata de Coca.

Estou aprendendo as regras do diálogo cretino: quando responder parece impossível, ofereça uma declaração aleatória desconectada como se fosse relevante para o assunto em questão.

Dentro do posto de gasolina, encharcadas pela chuva, Lauren e eu nos reunimos com as três camisetas de futebol do portão B56 de Dusseldorf, aqueles que estavam esperando ficar bêbados à custa da Fly4You. É isso que gosto de ver: ambição sustentada com firmeza até que a meta seja alcançada. Aqueles homens não permitiram que exaustão, depressão ou uma ideia melhor os tirassem de seu caminho. Lá estão eles no caixa, euros na mão, dezesseis latas de cerveja empilhadas no balcão diante deles, ainda brincando sobre como logo estarão trocando as pernas. Fico pensando se é assim que funciona para a maioria dos que bebem muito: a atração não é tanto o álcool propriamente dito, mas a mina de ouro de comédia que isso representa, a oportunidade de dizer doze vezes: "Quão fodidos estaremos depois de tudo isto?"

— Não há nada aqui que eu possa comer — diz Lauren, olhando ao redor com tristeza.

Abro a porta da geladeira e tiro os dois últimos sanduíches. Não há nada potencialmente quente em oferta e nenhum micro-ondas.

— Presunto ou salada de atum? — pergunto. — Fico feliz com qualquer um.

— Eu não como sanduíches — Lauren responde.

— Por princípio?

— O quê?

— Por que você não come sanduíches? Um sanduíche de presunto no pão branco: a coisa mais inglesa que você poderia encontrar. Qual é o problema?

Ela torce o nariz.

— Não sei quem enfiou os dedos sujos nele. Estou bem. Vou pegar uma Pringles.

— Você precisa de mais que Pringles — digo, percebendo meu erro assim que as palavras saem da minha boca. *Lembre-se: você não liga para essa mulher. Você não se importa se ela comer grama do canteiro em frente ao posto de gasolina ou beber cinco litros de diesel.*

Não vou cometer outro deslize.

— Vou pegar a grande — ela diz. — É enorme. Não há como eu conseguir comer todas as Pringles.

— Vou ficar com a salada de atum, porque é a coisa mais nutritiva e volumosa aqui — digo, em minha posição de exemplo positivo.

— E um pouco de Häagen-Dazs de sobremesa.

Abro o freezer e tiro um tubo sabor Cookies & Cream.

— O que é Raguendás? — Lauren pergunta, incapaz de estabelecer a ligação entre a palavra e a coisa na minha mão que não é um sanduíche.

— Sorvete chique — digo a ela.

— Uau! — ela diz debochada, alto o bastante para virar as cabeças dos colecionadores de cerveja. — Quão pretensiosa de merda você é?

— Melhor pretensiosa de merda que menina mimada de merda, é o que sempre digo. Na verdade, eu não digo isso, nunca. Normalmente digo coisas como: "Então, qual é a cinética ideal para a ferramenta?" Só que esta noite não faz sentido dizer nenhuma das coisas que eu normalmente diria, porque a única pessoa que me escuta é uma intolerante provinciana grossa.

— Está falando de mim, não é? — reage Lauren com um brilho de triunfo nos olhos, como se tivesse me desmascarado.

Um dos camisas de futebol dá uma cotovelada em outro e diz:

— Parece que elas estão prestes a se chutar. As duas mulheres lá.

Não, na verdade parece que os breves pontapés já murcharam. E seus amigos não deveriam precisar de indicações, não sendo nem cegos nem surdos. Se eles não conseguem descobrir a qual discussão você está se referindo, o que o leva a achar que apontar fará alguma diferença?

Será que eu sou a esquisita — não apenas neste posto de gasolina, mas no mundo? Será que a maioria das pessoas são mais como Lauren do que como eu? Uma ideia assustadora.

— Vá pegar sua Pringles. Imagino que irei pagar por ela?

Ela não trouxe bolsa ou carteira.

— Não tenho mais euros. Também preciso beber algo. Posso tomar uma Diet Coke?

— Não. Você pode tomar uma Coca normal. Se eu vou pagar, eu escolho.

— Você o quê? — ela reage, rindo da minha ousadia. — Você é uma vaca metida, isso sim.

— Você é magra como um palito e não comeu nada há mais de 24 horas. Pode fazer bom uso das calorias. Além disso, Diet Coke é cheio de aspartame, que é ruim para você. Entre os efeitos colaterais está agir como babaca no aeroporto de Dusseldorf.

A preocupação faz murchar o sorriso no rosto dela.

— Eu tomo Diet Coke o tempo todo. É só o que eu bebo.

— Esqueça. Eu estava brincando.

— Você o quê?

— Era uma piada. Você não conhece ninguém que faz isso? Você não tem senso de humor, mas Jason tem, esse tipo de coisa?

— Você não conhece Jason — ela diz, desconfiada, como se temendo que eu pudesse conhecer.

— Eu sei. Esqueça. Mesmo. Eu vou parar de... ter um pugilato verbal com você e simplesmente aceitar que não há como tornar esta noite divertida.

— Então eu posso tomar uma Diet Coke?

— Não. Eu falei sério sobre isso. Na verdade, esqueça também da Coca. Pegue uma garrafa de suco de laranja recém-espremido. E duas escovas de dente e pasta de dente lá — digo, apontando.

Ela pega uma lata de Diet Coke e a segura, desafiadora.

— É suco de laranja ou nada — digo com firmeza. — Daqui a vinte anos, quando você estiver em seu leito de morte, poderá contar a seus bisnetos que uma vez experimentou vitamina C certa noite chuvosa em Colônia.

Eu pego uma Coca para mim mesma e pago nossa comida e bebida. Está chovendo ainda mais forte quando atravessamos a estrada de mão dupla vazia de volta para o hotel. Em nosso quarto, eu me sento no carpete nojento e digo a Lauren para fazer o mesmo, para podermos nos secar um pouco antes de ir para cama. Faria sentido secar as roupas nos aquecedores durante a noite — uma das melhores características daquele quarto é ter aquecedores — e dormir de roupa de baixo. Quais são as chances de eu ser capaz de sugerir isto e não ser confundida com uma predadora sexual cujo único objetivo é suplantar Jason no afeto de Lauren? Se tenho de dormir em uma cama minúscula com uma cretina, preferiria não ter de fazer isso de roupa molhada.

Lauren cospe um gole de suco de laranja de volta na garrafa.

— Eu não vou beber *isto*. É repulsivo. Tem coisas flutuando nele.

Fico contente por ela ter nos obrigado a sair; eu me sinto melhor agora que estou comendo. O sanduíche de atum está gelado e encharcado, mas mata a minha fome, e consigo passar por isso sabendo que no fim dele há um Häagen-Dazs.

Eu deveria ligar meu telefone, ver se Sean deixou a sequência de mensagens que evitei desligando. Não preciso falar com ele. Posso mandar uma mensagem de texto rápida dando os fatos básicos. De qualquer forma, ele já terá ido dormir a esta hora.

Ergo os olhos e vejo Lauren me encarando.

— O quê?

— Daqui a vinte anos eu terei 43. Por que eu morreria aos 43?

Fico tão chocada que quase aspiro o atum que está em minha boca. Consigo engolir. Ela devia ter se lembrado do que eu disse no posto de gasolina e feito as contas. Quero dar os parabéns, mas isso seria paternalista, e não desejo que seja — não no momento. Embora esteja certa de que logo irei querer.

— Ninguém com 43 anos tem bisnetos — Lauren anuncia.

— Não. Você está certa. Está vendo o que acontece quando você liga seu cérebro? Consegue vencer discussões.

— Então do que você estava falando? — ela pergunta, enfiando na boca um punhado de Pringles quebradas.

— Eu estava brincando.

— Como pode ser engraçado dizer algo que não é verdade?

Equilibro o que resta do meu sanduíche na perna molhada de minha calça, não querendo deixar que toque nenhuma parte do quarto de hotel.

— Eu estava debochando de você por ser um clichê operário, e sendo em geral sarcástica e horrível. Quero dizer, eu, não você. É uma forma de manter minha mente ativa. Em vez disso, poderia ler meu livro, mas você ficaria me interrompendo.

— Por que você precisaria ler um livro? — Lauren pergunta.

— Andar com você me faz sentir como se meu QI estivesse caindo — explico. — Eu gosto de dar um reforço nele.

— Seu QI. Ouça o que está dizendo! — ela reage, de repente, sorrindo. — Mal posso esperar para contar ao meu Jason como você é. Duas coisas que vou dizer: ela é uma vaca metida, vou dizer, mas é realmente legal. Por baixo.

— Ele achará que me conhece a vida inteira — digo, sorrindo de volta. — Olhe, Lauren, você não vai morrer aos quarenta e três anos, mas se continuar fumando no volume que fuma, e se não comer coisas saudáveis nunca, poderá muito bem morrer mais nova do que poderia. E... você também pode acabar tendo filhos jovens demais e ficar presa com o *seu* Jason. Ele não precisa ser seu, sabe? Ele pode ser de mais alguém.

— O que você está dizendo?

Exatamente o que eu mesma estava pensando.

— Você tem escolhas. Não precisa fazer o que todas as suas amigas fazem.

— O que você quer dizer ficar presa com Jason? Ele é meu marido. Eu quero ficar com ele.

Eu abandono os restos do meu sanduíche de atum e passo para o tubo de Häagen-Dazs. Pela primeira vez, acho que Lauren pode ter tido um argumento excelente.

— Desculpe, confundi você comigo. Sou eu quem deveria abandonar o companheiro e decididamente não ter um filho com ele.

Não consigo acreditar que disse isso em voz alta.

Apenas para Lauren. Isso não conta.

Ainda assim. Nunca antes dissera nem para mim mesma.

— Qual o nome do seu marido?

— Não somos casados. Apenas moramos juntos. Sean.

— Você não o ama?

— Não sei se ainda. Mesmo que sim, não é o suficiente.

Lauren ri.

— Você diz umas coisas esquisitas. Como amor pode não ser suficiente? É meio que o máximo que você pode se importar com alguém, não é?

— Eu não o acho impressionante e admirável. Não consigo me convencer de que não mereço mais.

Um verdadeiro adulto, autossuficiente. Alguém capaz de passar até quatro noites sozinho sem reclamar. Uma repentina onda de raiva me faz dizer:

— Se eu não estivesse tão ocupada com o trabalho, a esta altura já teria me organizado e o largado.

Será que eu me tornei uma procrastinadora por causa de Sean? Para poupar seus sentimentos, porque sei que não quero mais estar com ele?

Graças a Deus não estou grávida. Graças a Deus meu voo para casa atrasou. Esta é uma chance.

— Talvez você mereça mais do que Jason — digo a Lauren. — Ele é gentil com você? Ele a trata bem?

Ou ele é um valentão ou violento? Por isso você confunde agressão verbal de uma estranha com os cuidados reconfortantes de uma nova amiga?

— Ele é só um cara, não é? — diz Lauren, desviando os olhos.

— Eles são basicamente iguais.

Eu decido não pressionar por mais detalhes. Não acho que fosse gostar de ouvir.

— Uma vez conheci um homem que não era nem um pouco como qualquer outro que já tinha conhecido, homem ou mulher — digo a ela, saindo dos meus controles habituais. Eu teria me casado com ele sem pensar duas vezes.

E tatuaria seu nome no braço, nos dois braços. Às vezes penso que não há nada que eu não faria, absolutamente nada, caso pudesse ter Tim.

— O que aconteceu? — Lauren pergunta.

— Eu fodi tudo, depois culpei Sean.

— Culpou Sean? Por quê, o que ele fez?

— Nada. Mas descobri um modo de contornar isso: chama-se ser injusto.

— E quanto ao outro?

Por que ela parece e soa tão ávida? Não tendo demonstrado qualquer interesse por mim até este momento, de repente está me encarando de olhos arregalados, como se minhas teorias sobre minha vida amorosa realmente tivessem importância para ela.

— Por isso você não se casou com Sean, porque ainda espera fisgá-lo?

Eu rio. A palavra "fisgar" em relação a Tim é absurda.

Lauren enfia mais migalhas na boca: o suficiente para revelar que ela espera estar escutando, e não falando, no futuro imediato.

— Primeiro me conte sobre o seu homem — digo. — Não Jason; o inocente que está indo para a prisão por assassinato.

Lauren não é má pessoa. Ela parece ter uma forte noção de justiça, mesmo que a exiba de modo irresponsável em lugares públicos. E algo mais que acabou de me ocorrer: participantes intencionais e entusiasmados de perversão da justiça normalmente não usariam essa formulação de palavras: "deixar um homem inocente ir para a cadeia por assassinato". Esse é o tipo de coisa que você diria se fosse contra, não a favor. E Lauren não seria a favor. Por mais inacreditável que soe, sinto que a conheço bem o bastante para poder dizer isso. Não acredito que ela ficaria de lado e deixaria alguém ser incriminado por assassinato, a não ser que achasse não ter escolha.

A não ser que ela não possa ir à polícia com a verdade, porque tem medo demais do que o verdadeiro assassino poderia fazer com ela. Será que o verdadeiro assassino seria Jason, seu marido?

Ou eu estou tirando conclusões malucas?

Lauren se levanta.

— Você não vai desistir, não é? — diz, amarga. Limpa no carpete migalhas de Pringles dos dedos, pega sua bolsa e segue para a porta com o canto faltando. Antes que eu tenha tempo de me desculpar, sem sinceridade, já que não acredito que alguém fosse deixar pra lá, nem que devesse, ela se trancou no banheiro.

Será que não havia lhe ocorrido que eu poderia facilmente procurar a polícia? Mais que poderia, decido: eu vou. Não tenho medo de Jason Cookson; ele não tem poder sobre mim. Ninguém deveria cumprir pena por um crime que não cometeu.

Os versos do poema de que me lembrei em parte no aeroporto de Dusseldorf me ocorrem novamente. *Nosso tempo nas mãos dos outros / E breve demais para palavras.* Como eu poderia ter me esquecido do resto? Não gosto de pensar que perdi algo que veio de Tim. Originalmente elas eram as palavras de outra pessoa, mas quando Tim leu para mim o poema no Proscenium se tornaram dele.

Tiro meu BlackBerry da bolsa e ligo. Ignorando o símbolo que me diz que tenho mensagens de voz, aperto o botão do browser da internet e digito os dois versos de que me lembro na caixa de busca. O primeiro resultado que aparece é o que quero. Clico nele, e o poema aparece em minha tela como um velho amigo. "Parada não programada", é o nome, de Adam Johnson.

Eu me sento em Charles Hallé
No vento de Manningtree,
Enquanto gaivotas dançam seu balé
Acima do estuário.

"Parece que temos um problema..."
Explica uma voz incerta.
Eu espio, ao longo da plataforma,
Uma placa: "Cuidado com trens"

E imagino você, impaciente,
No estacionamento dos fundos
De uma estação sem graça de cidade de brinquedo,
Ou esticando o pescoço para os trilhos

Enquanto a tarde ensaia
Uma véspera de pássaros...
Nosso tempo nas mãos dos outros,
E breve demais para palavras

Para meu horror, descubro que estou chorando. Posso ver Tim no alto da escada da Proscenium, posso ouvi-lo me dizer que o poeta estava morrendo quando escreveu o poema. É a voz dele em minha cabeça, lendo em voz alta as palavras de cada verso.
    Limpo os olhos rapidamente, esperando que Lauren não saia logo do banheiro. Quanto mais velha fico, mais tempo demora para que perca a aparência de choro.

Quem a leva?
Tenho de parar com isto. Agora.
Estou prestes a desligar o telefone quando tenho uma ideia: será que uma busca na internet pode localizar o homem equivocadamente condenado de Lauren? Improvável, já que não sei o nome dele.
A não ser que o nome de Lauren resolva. Ainda mais improvável: "Lauren Cookson, esposa e protetora do verdadeiro assassino, Jason Cookson, se colocou de lado e não fez absolutamente nada para impedir a polícia de prender alguém que não tinha nada a ver com isso."
Ainda assim, digito o nome de Lauren na caixa de buscas, porque isso me dá algo em que pensar que não Tim. Mais rápido que a linha azul de um teste de gravidez, o resultado aparece. "Lauren Cookson, sua cuidadora de 23 anos..."
Pressiono a mão sobre a boca para garantir que nenhum ruído escape, nada que possa alertá-la. Isso esteve nos jornais locais, aqueles que nunca leio? No noticiário local que nunca vejo porque estou ocupada demais? Clico para ler a matéria inteira.
Deus, ah Deus, ah Deus. Isto não pode estar certo. Não pode estar acontecendo. Eu já tive exatamente essa sensação antes, então sei que, quando o que acontece diante dos seus olhos simplesmente não é possível, você ainda tem de lidar com isso. Tem de pensar, agir e respirar, e às vezes falar, embora já não acredite no mundo que contém todas aquelas coisas.
Seria ideal de muitas formas se aquilo se revelasse um sonho. Significaria que estou dormindo agora, para começar. Eu quis estar dormindo há muito tempo. Mas posso trocar este pesadelo por um sonho que não me faça querer gritar até acordar?
Meus olhos deslizam sobre a matéria, desorientados, tentando absorver o que puderem. "O corpo de Francine Breary, 40, foi encontrado por Lauren Cookson, sua cuidadora de 23 anos (...) marido Tim Breary foi acusado (...) o detetive Sam Kombothekra, da delegacia de Culver Valley."
As palavras não ficam quietas para que possa lê-las. Eu vou apagar. Tenho de fechar os olhos.
É Tim. O homem inocente de Lauren é Tim Breary.

PROVA POLICIAL 1432B/SK — TRANSCRIÇÃO DE CARTA MANUS-
CRITA DE DANIEL JOSE PARA FRANCINE BREARY DATADA DE 22 DE
DEZEMBRO DE 2010

Francine,
 Eu não quero escrever esta carta, e você nunca irá lê-la. Não exatamente o começo mais promissor.
 Para quem a estou escrevendo? Foi Kerry quem me pediu para fazer isto. Por Tim, ela disse, portanto, uma resposta melhor poderia ser Tim, exceto que ele também nunca a lerá. Kerry diz que isso não importa. Ele saberá que está lá, assim como sabe que as cartas dela estão lá. Ele poderia lê-las, ou não. Kerry acha que há uma boa chance. Eu discordo. E como eu disse que só faria isso se ela prometesse não ler o que escrevi, e tenho de dizer que confio nela quanto a isso, estou bastante certo de que agora estou lendo uma carta que ninguém irá ler. Essa ideia deveria fazer com que me sentisse livre para dizer o que quiser, mas, como contei a Kerry, não acho que isso funcione a não ser que você tenha algo que deseje dizer, e eu não tenho. Em geral, só me incomodo de dizer coisas às pessoas de quem gosto e que possam me escutar. Você nunca se encaixou em nenhuma dessas categorias, Francine.
 Então, imagino que eu tenha duas opções. O fingimento seria colocar uma folha de papel em branco em um envelope, fechá-lo, escrever "Francine" nele e enfiá-lo sob o seu colchão. Desculpe — ele não é seu e nunca será, mesmo que você permaneça deitada nele pelo resto de sua vida. É de Kerry e meu, emprestado para Tim (isso mesmo, Francine, para

Tim, não para você), pelo tempo que ele precisar, e essa é a única razão pela qual você pode usá-lo. Este parece um momento tão bom quanto qualquer outro para deixar claro que, se não fosse pela decisão de Tim de voltar a morar com você e a cuidar de você quando teve o derrame, Kerry e eu não teríamos nos envolvido. Você não teria dinheiro nem apoio vindo de nós. Só para que você saiba: é por Tim que nós faríamos qualquer coisa. Ele é a razão pela qual você tem o luxo de sua própria cuidadora 24 horas por dia. Você é aquela por quem não faríamos nada. No final das contas, parece que há algo que eu queria dizer.

Bem, este pedaço de papel não está mais em branco, de modo que, se eu escolher a primeira opção, terei de começar novamente com um novo pedaço, e não começar a escrever dessa vez. Não acho que Kerry vai verificar. Ela confia em mim. E deveria, já que nunca minto para ela. Mesmo se ela olhasse, não acho que um envelope fechado fosse deixá-la desconfiada, embora eu saiba que ela não coloca as cartas dela a você dentro de envelopes. Ela as deixa abertas e acessíveis, para que Tim possa lê-las.

Ela acredita ter encontrado uma falha na política dele. Comunicações diretas sobre qualquer coisa pessoal sempre foram proibidas (bem, não exatamente proibidas, mas evitadas, embora isso dê no mesmo), mas se Tim puder ler as cartas dela em segredo e colocá-las de volta sem precisar admitir tê-las lido o caso se torna diferente. Ele poderia considerar isso aceitável. Se a teoria de Kerry estiver certa e Tim evitar conversas sobre sentimentos por não estar preparado para o risco de se emocionar na frente de alguém, essa é a solução perfeita. Eu pessoalmente sou cético. Acho que Tim tem tanto medo de sentir as coisas difíceis em particular quanto tem de parecer fraco em público. Por isso tentou se matar. Ele teria conseguido escapar de você, Francine, e de mim, de Kerry e de todos os outros que o conheciam, mas não podia escapar do conteúdo de seu próprio coração e cabeça. (Ele diria: "Você está novamente sendo supersticioso quanto ao órgão musculoso que bombeia sangue pelo meu corpo?")

Uma pena que eu não esteja autorizado a ler esta carta para você, mas Kerry diz que não posso, e ela é a pessoa mais justa e sábia que conheço. Isso não significa que sempre concordo com ela. Não acho que haveria nada de errado em abrir uma exceção e ler para você, pelo menos, trechos. Você deveria saber sobre a tentativa de suicídio de Tim. Você merece saber que estar casado com você produz esse efeito. Você é uma tirana. Era, quero dizer, antes do derrame. Kerry e eu concordamos com essa definição de você cerca de seis meses após você e Tim se casarem. "Um tirano é alguém cuja morte libertaria alguém", Kerry disse. "Mesmo que apenas uma pessoa."

 Eu a culpo pelo que Tim fez a si mesmo, embora ele tenha rido de mim quando lhe disse isso, em seguida afirmando: "Nenhum aspecto de meu comportamento tem relação com Francine, agora ou em qualquer momento. Eu a ignoro tão escrupulosamente quanto você ignora meu livre-arbítrio." Vendo que eu queria ir mais fundo nisso, ele mudou de assunto à força. Mais tarde fiquei confuso com o que ele poderia ter querido dizer, e cheguei a esta conclusão: ele não tinha de se casar com você. Ele poderia tê-la deixado a qualquer momento. Ou poderia ter ficado com você, mas tê-la enfrentado quando tentasse controlar todas as mínimas facetas da vida dele. Quando finalmente a largou, poderia ter imediatamente procurado Gaby Struthers e lhe dito que ela era a mulher que ele amava e com quem desejava ficar. Não precisava ter dado as costas aos amigos e à sua carreira, alugado um conjugado mínimo em Bath, pesquisado na internet cinco meses antes em busca de conselhos sobre como cortar os pulsos de um modo que assegurasse sua morte. Em todos os estágios, ele teve escolhas — isso era o que estava tentando me dizer. A um observador externo, era como se ele obedecesse às suas ordens de modo impecável até o dia em que a largou, mas Tim escolheu definir de modo diferente. Gostava de pensar que a ignorou inteiramente e que todas as vezes escolheu o caminho que era melhor para ele. Se por acaso isso era o que a deixava feliz e, portanto, a tirava de cima dele, então beneficiar você era um efeito colateral. Kerry tem certeza de que é como ele via a coisa toda, e concordo com ela.

 Ele lhe contou sobre tentar acabar com a própria vida, Francine? Talvez tenha contado. Ele agora fala com você de um modo que não fazia antes, quando você podia responder. Ele não contou a mim e a Kerry quando nos telefonou do nada, após não fazer contato por cinco meses, e disse em seu tom de voz normal: "Imagino que estejam ocupados demais para vir aqui, não é mesmo?", como se ainda mantivéssemos contato e nada tivesse mudado. Kerry disse que não estávamos ocupados demais. Não existia, nem existe em nosso mundo algo como estar ocupados demais para Tim. Você não entenderia, Francine, mas ele é a nossa única família. Todas as nossas três famílias de verdade são piores que inúteis — muito piores. Não temos nada além de uns aos outros. Cheguei à conclusão de que as pessoas que sofrem nosso tipo específico de privação tendem a se atrair: aqueles de nós que procuram água que possa ser mais densa que sangue é para a maioria das pessoas, se você me entende.

Você conhece a história de Tim e sua família? Ele já lhe contou? Depois do derrame, não vejo por que não contaria.

Eu soube que era Tim ao telefone pelo modo como Kerry se sentou empertigada e acenou freneticamente para mim, fazendo sinal de emergência. Não havíamos tido notícias dele desde a carta que nos escrevera ao abandonar você e Heron Close, nos informando que nunca o veríamos novamente, nos consolando com a garantia de que ficaríamos melhor sem sua presença de terceira categoria em nossas vidas.

"Onde você está?", Kerry perguntou a ele. "Dê um endereço. Estamos a caminho." O endereço era em Bath, a três horas e meia de carro de Spilling. Era onze e meia da noite. Sabíamos que faltaríamos ao trabalho no dia seguinte. Nenhum de nós ligou. Kerry sugeriu que poderia ser a oportunidade perfeita de pedir demissão. Estávamos muito perto de ficarmos muito ricos graças a Tim, e Kerry estava convencida de que o telefonema inesperado dele significava que teríamos de abandonar nossas vidas habituais pelo futuro imediato e nos dedicar inteiramente a ajudá-lo. "Ele não teria ligado se sua situação não fosse desesperadora", ela disse a caminho de Bath. Tendo me delegado a direção, ela estava cuidando da preocupação.

Eu tentei discordar. "Ele pode simplesmente ter sentido nossa falta e querido entrar em contato", sugeri. "Não", Kerry discordou. "Tenha ou não sentido, ele não teria se permitido fazer isso a não ser que tivesse chegado a um ponto crítico. E é sobre Tim que estamos falando. Ele precisaria reconhecer que é uma crise; pense em quão grave teria de ser para que isso acontecesse. Se não for de vida ou morte..." Eu a ouvi expirar, tentando colocar a ansiedade para fora. "Tim não desfaz as coisas. Ele faz as camas mais desconfortáveis, depois se deita nelas até que o corpo inteiro esteja coberto de escaras." "Bela imagem", brinquei, tentando melhorar o clima. Eu desconfiava que ela estivesse fazendo barulho por nada, mas ela não aceitou isso. "Pense bem", falou. "Casar com Francine, deixar Gaby desaparecer de sua vida. É uma de suas regras: ele não valoriza nem gosta dele mesmo, então é rígido quanto ao que se permitirá ou não permitirá fazer."

Você mesma costumava estabelecer um bom número de regras, Francine: nada de sapatos na casa depois de ter comprado Heron Close 6 com seu piso de carvalho imaculado; nada de colocar algo molhado para secar em um aquecedor (por que não, porra?); nada de comida ou bebida na sala de estar; nada de aquecimento central e lareira a gás ao mesmo tempo, mesmo com o frio chegando a graus negativos; nada de arrumar uma mala para o feriado, e certamente nada de entrar em um supermercado sem antes fazer uma lista. Uma vez no supermercado, nada de comprar algo que não esteja na lista. E depois, as regras mais sutis, nunca diretamente explicitadas, que governavam as vidas psicológicas de todos aqueles ao redor de você: nada de preferir alguém a você, nada de encontrar alguém mais interessante que você, nada de estar mais perto de alguém que de você. Nada de sugerir, nunca, que Tim poderia querer aparecer sozinho caso você estivesse ocupada em alguma noite específica, ou que, se você precisasse ir ao escritório num domingo, Tim talvez pudesse vir almoçar com Kerry e comigo em vez de ficar sentado em casa sem fazer nada, sem nenhum motivo, exceto garantir que você não se sentisse excluída. Tivemos de retirar para você muito mais do que nossos sapatos, Francine. Tivemos de abandonar nossos verdadeiros eus (sim, sei que isso soa demais, mas a) ninguém nunca lerá isto, e b) estou me lixando). A ameaça sempre presente de que você proibiria Tim de nos ver: um de nós daria uma escorregada e faria algo que deixasse claro que os três éramos mais próximos um do outro do que qualquer de nós era de você, e então seria o fim — Tim nunca mais teria autorização para nos ver novamente. Nenhum de nós estava preparado para isso. Sem mim e Kerry, Tim não teria mais ninguém na vida além de você. Então engolimos a maioria das conversas que gostaríamos de ter e nos sentamos lá como robôs, dizendo o tipo de coisas que achávamos que seriam aprovadas por você. Usando malditas meias, a maior parte do tempo.

Além de nos obrigar a tirar os sapatos quando em sua casa, você não podia determinar o que Kerry e eu vestíamos, mas Tim não tinha a mesma sorte, tinha? Antes de conhecê-la, ele sempre usava roupas de um jovem envelhecido: ternos de tweed antiquados com coletes que faziam seus clientes olhar duas vezes para seu rosto e imaginar se ele poderia ser um homem de 70 anos com uma aparência excepcionalmente jovem. As roupas poderiam parecer estranhas em qualquer outro, mas ficavam bem em Tim. Em vez de parecer uma relíquia de uma era passada, ele parecia exatamente como todos sabiam que ele queria parecer e, ainda mais esquisito, ele de algum modo fazia com que todos ao redor parecessem errados. Admito livremente que pouco depois de a empresa de Tim ter se fundido com a minha, eu comecei a me vestir mais tradicionalmente, influenciado por ele. A ironia é que ainda me visto desse modo, embora Tim não o faça há anos. Quando ele ficou noivo, Francine, você disse que ele parecia o coronel Mostarda e comprou um novo guarda-roupas que o faria parecer exatamente como todos os outros. Tim pareceu não se importar. Quando perguntei, ele sorriu e disse: "Francine se importa mais do que eu com o que visto. Ela acha que tem importância. Eu sei que não tem." Eu não estava disposto a deixar pra lá. Falei: "Ela também dá importância a se casar. Você não quer realmente fazer isso, quer? Então por que está fazendo?" "Porque eu disse que sim, e ela quer isso de mim", Tim explicou, como se fizesse sentido. "Você está certo, ela se importa mais. Parece justo que aquele que tem o maior interesse faça do seu jeito, não acha?"

Mas Kerry diz que havia mais nisso. Em contraste com Gaby Struthers, que adorava Tim e acreditava que ele era especial (e, portanto, não podia ser confiável), você se comportava como se ele fosse um lixo inútil, o que combinava com o modo como ele se via. Você também era persuasiva — determinada a impor a sua vontade. Kerry acha que por isso Tim se casou e continuou com você. Você sempre parecia muito determinada a melhorá-lo. Talvez ele esperasse que você tivesse sucesso.

"Mas ela é incansavelmente horrível com ele", destaquei. "Ele tem zero liberdade. Acho que a essa altura eu teria desistido de toda esperança de melhoria e recuperado a minha vida." Kerry me disse que eu não entendia. "Tim não tem interesse em ser dono de si mesmo", falou. "Quem iria querer ter um produto que é visto como um dos piores no mercado? Francine o convenceu logo de que sua vida era mais um projeto dela do que dele mesmo. Ele não se tem em boa conta o suficiente para se dar uma segunda oportunidade."

Ela disse algo similar a caminho de Bath, sobre Tim ter telefonado para nós do nada, cinco meses após nos escrever dizendo que estava saindo de nossas vidas para sempre. "Estou certa de que em dias ele soube que seu exílio foi uma jogada ruim, mas este é Tim. Ele acredita que, caso se obrigue a viver com as consequências de seus erros, ele pelo menos se mantém na linha. Apenas o completo desespero provocaria uma meia-volta dessa grandeza — um telefonema tarde da noite, uma convocação vinda do outro lado do país, sem aviso."

Eu meio que soube que ela estava certa. Ou talvez isso seja retrospectivo. Acho que consigo me lembrar de estar prestes a dizer: "Mas ele deu meia-volta antes, quando largou Francine", depois me contive quando me ocorreu que em sua carta de despedida para nós Tim tinha escrito: "Francine talvez entre em contato com vocês com um relato histérico e asinino sobre eu tê-la abandonado. Caso isto aconteça, façam de tudo para dar a ela a impressão de que não fiz tal coisa. O que estou fazendo não diz respeito a qualquer outro, nem é algo que esteja fazendo 'a' alguém, como todos, exceto os mais egocêntricos, compreenderão. Decidi que seria benéfico para mim e para aqueles próximos se eu me isolasse, então foi o que fiz. E, mais importante, é tudo o que fiz. Eu não abandonei minha esposa."

"Só Tim", eu disse a Kerry. Ou talvez ela tenha me dito. Dizíamos isso um ao outro o tempo todo, e ainda o fazemos. "Só Tim largaria a esposa, depois alegaria enfaticamente não tê-la abandonado, e acreditaria em cada palavra."

Chegamos ao apartamento de Tim às 2:30 da madrugada do telefonema-surpresa, tendo feito a maior parte da viagem a ilegais 145 quilômetros por hora. Kerry colocou a mão no meu braço enquanto estacionávamos em frente ao número 8 da Renfrew Road. "Prepare-se. Não sei o que vamos encontrar, mas será ruim." A casa era uma dilapidada georgiana, em uma rua que era basicamente uma colina, quase íngreme demais para poder estacionar. A porta da frente estava aberta, mas o efeito era o oposto de boas-vindas. Sugeria mais que nenhum dos moradores se importava o suficiente para fechá-la corretamente. As áreas comuns eram repulsivas. O carpete gasto tinha todos os tons de lama incrustada, as paredes apresentavam rachaduras e manchas de umidade. O lugar cheirava a uma mistura de urina velha e cachorro molhado. Kerry e eu tentamos não tocar no corrimão enquanto subíamos a escada. Tim ocupava um dos dois quartos do andar de cima, ele tinha dito ao telefone. Imaginamos que fosse aquele com a porta aberta, de onde saía música para o patamar sem carpete ou janela: clássica. Canções em alemão, voz masculina. Eu olhei para Kerry. Provavelmente ergui as sobrancelhas de um modo um tanto otimista. Tim só costumava ouvir música clássica antes de conhecer você, Francine — antes que você a classificasse de deprimente e a banisse. Kerry balançou a cabeça: nenhuma razão para otimismo. Foi quando me dei conta de que o sujeito que cantava parecia muito desalentado. "Tim", Kerry chamou.

"Entrem", ele respondeu, alegre. A música foi abaixada, como se dando espaço para uma conversa amistosa. Eu novamente comecei a duvidar da avaliação de Kerry da situação. Seria típico de Tim, pensei, nos fazer dirigir por três horas no meio da noite e então nos receber com conversas banais, recomeçando do ponto em que tínhamos parado, como se ainda morássemos perto uns dos outros.

Percebi quão errado estava quando Kerry e eu entramos no conjugado. Tim estava sentado na cama, apenas de cueca e camiseta. Junto aos seus pés havia poças de sangue e uma faquinha, do tipo que você usa para picar alho. As poças não eram enormes, mas não eram pequenas. Era um volume como de um pinga-pinga lento do teto, lembro-me de ter pensado na hora, como se o teto do prédio de Tim tivesse telhas quebradas e deixasse passar chuva vermelha em diversos pontos.

Admito que me senti inútil, Francine. Paralisado. Não fiz nada, não disse nada. Bem, não exatamente nada: eu olhei muito, encarei. Tanto que consigo ver a cena claramente agora, anos depois. Havia cortes nos pulsos de Tim, manchas de sangue e sangue escorrendo até seus cotovelos. A pele tinha um tom esverdeado. Ele também cortara tornozelos e calcanhares, daí o sangue no chão. O quarto onde se encontrava apresentava estado tão lamentável quanto seu ocupante. Mofo subia pelas paredes e diversos vidros da janela estavam quebrados. Dois cantos do teto tinham teias de aranha do tamanho de redes: construções grossas de corda cinza que deviam estar lá havia anos. Fiquei horrorizado de pensar que Tim alugara o quarto naquela condição, que nem sequer tirara aquelas teias enormes. "Porque ele não planejava fazer nada naquele conjugado além de afundar e morrer", Kerry explicou depois.

"Não cheguem perto de mim", Tim ordenou, pegando a faca. "Vocês vão ficar molhados e viscosos." Pareceu e soou como se ele estivesse ameaçando se ferir mais, caso nos aproximássemos dele fisicamente, mas eu podia ter me enganado quanto a isso.

Kerry foi brilhante, Francine. Agiu como se nada impressionante e perturbador tivesse acontecido, como se aquilo fosse apenas uma questão prática com a qual podíamos lidar facilmente. "Posso lhe dizer agora que nenhum desses ferimentos é fatal", disse a Tim objetivamente, se afastando dele na direção da mesa onde o laptop dele estava aberto. Havia uma caneta e um bloco ao lado, com algo no bloco que parecia uma lista, salpicada de vermelho, onde Tim sangrara ao escrever. Kerry tocou no teclado e a tela se iluminou. "Essas são as suas instruções?", perguntou.

— Elas são um lixo — Tim respondeu. — Se tivessem algum valor, eu não estaria mais aqui. O tom esverdeado doentio de sua pele ficava mais forte a cada segundo. Como Kerry sabia que ele não corria risco de morrer? Eu não estava tão certo. O sangue escorria, não havia dúvida alguma disso. Kerry estava com o telefone na mão. "Não chame uma ambulância", Tim disse a ela. "Estou certo de que vai acontecer logo." Lembro-me de me sentir como se alguém tivesse jogado um balde de água gelada no meu estômago. Por isso Tim nos convocara? Para vê-lo morrer? Ele nos queria ali como apoio moral? Não ocorrera a ele imaginar qual efeito isso poderia ter sobre nós?

Kerry reagiu. "Eu vou chamar uma ambulância, e você vai calar a boca." E ela fez isso. E Tim permitiu. Ela perguntou quando ele havia feito aquilo. "Dez e meia?", ele respondeu, tentando adivinhar. Ele agarrava os joelhos a intervalos de segundos, como se fossem a parte do corpo que doía mais. "'Feliz navalhada'?", disse Kerry, lendo no site na internet. Estremeci ao ouvir essas palavras — literalmente, o corpo inteiro tremeu. Desejei que a internet nunca tivesse sido inventada, e esperei que todos os que colocavam instruções de suicídio nela praticassem o que pregavam e morressem, em dor, e logo. No segundo em que ouvi as palavras "Feliz navalhada", eu soube que nunca conseguiria tirá-las da cabeça, e estava certo. Nunca consegui.

Kerry disse ao pessoal da ambulância que era urgente: um homem cortara pulsos e tornozelos, e perdia sangue. "Fico feliz por você não ter dito a eles que tentei me matar", Tim disse. "Você não tentou?", perguntei. Ele evitou a pergunta, dizendo: "Sangue derramado é visível, cortes são visíveis. Intenções não são visíveis. Melhor se ater aos fatos." Kerry mandou que ele se calasse novamente e que não podia ter feito aquilo a si mesmo às dez e meia. "Você fez isso há meia hora, depois que liguei para lhe dizer que estávamos a pouco mais de trinta quilômetros. Não foi?"

Você acha que foi o que aconteceu, Francine? Tim lhe contou? Não que você fosse capaz de me dizer, caso ele tenha feito. Mas eu adoraria saber. Ele fez isso o mais tarde possível, para que tivéssemos tempo de salvá-lo? Esse sempre foi o plano: se queria viver, por que simplesmente não pular a parte dos cortes em pulsos e tornozelos? Alguém como Tim não teria escolhido uma forma mais digna de pedir ajuda? Ou queria se matar e fracassou? Nesse caso, por que não admitir isso, dizer "não consigo sequer me matar direito, sou mesmo tão inútil?". Falar mal de si mesmo tem sido um dos passatempos preferidos de Tim desde que o conheço. Disse isso a Kerry, e ela falou: "Mas ele também é orgulhoso. Você o ouviu insistir em que não perdeu Gaby. Ele fala mal de si mesmo de modo abstrato — 'Eu sou de terceira categoria, eu não sou original' — enquanto defende seu comportamento mais insano como um fanático e insiste que nunca tomou uma decisão errada."

Enquanto esperávamos a ambulância, Kerry interrogou Tim, tentando arrancar dele um relato coerente, seu tom insinuando fortemente que não acreditava em uma palavra do que ele dissera. Ela soava quase como você, Francine, e depois me disse que esperava aumentar as chances de sobrevivência de Tim, forçando-o a usar o cérebro para defender sua versão. "Por que anotou as instruções para cortar os pulsos à mão, no papel? Por que não simplesmente ler na tela? Você queria matar o tempo, não é? Queria se enganar de que estava avançando rumo ao seu objetivo. Você deu alguns poucos cortes iniciais, e estava postergando os outros." As respostas de Tim eram inconsistentes. Ele negou insistentemente ter postergado qualquer coisa, mas não admitiu ter tentado tirar a própria vida. Quando a ambulância parou do lado de fora, sirene tocando, ele disse: "Por que exatamente eu estou sendo salvo? 'Eu não aprovo e não estou resignado', como uma poeta disse uma vez. Essa poeta foi Edna St. Vincent Millay."

Você nunca aprovou o amor de Tim pela poesia, não é mesmo, Francine? Você achava isso efeminado. Quando ele entrou para a Biblioteca Proscenium, não lhe contou. Sabia que você diria que era desperdício de dinheiro e ficaria emburrada até que ele "decidisse" desistir da participação.

Tim ficou furioso com Kerry e comigo assim que ouviu os passos da equipe da ambulância subindo as escadas correndo, e se deu conta de que dificilmente morreria. "Por que todo esse esforço e agitação por minha causa?", ele cobrou. "Alguém em Spilling precisa pedir restituição de impostos? Todos os outros contadores estão ocupados? Eu não vou voltar pra lá, vocês sabem. Não é seguro para eu ficar perto de Francine. Vocês estão se iludindo se acham que posso ir morar com vocês, a não ser que tenham uma casa que eu desconheço e que não fique perto de Culver Valley." Após dizer isso, os olhos começaram a se fechar, e ele pareceu ir embora. Kerry caiu em lágrimas. Fiquei pensando no que quisera dizer com não ser seguro para ele ficar perto de você, Francine: seguro para ele ou seguro para você? O pessoal da ambulância entrou correndo no quarto e começou a fazer suas coisas, e foi um enorme alívio não ser mais o responsável. Passei os braços ao redor de Kerry, mas ela estava ocupada demais para ser consolada — já estava planejando. "Temos de sair de Spilling", disse. "Vamos vender a casa, comprar outra a quilômetros de Francine."

Bem, fizemos isso. E levamos Tim conosco. Não achamos que voltaríamos um dia, mas então você teve o derrame, e aqui estamos nós.

Tim alega que estamos aqui por sua causa — outra de suas distorções convenientes. Você poderia estar em qualquer lugar, não é mesmo? Todos poderíamos lhe dizer que você estava no quarto de uma casa em Spilling, e você não saberia a diferença. A mudança de volta para cá não teve nada a ver com você, Francine. Tudo foi por causa de Gaby Struthers.

Encerrando por ora,
Dan.

6

11/3/2011

A chuva da noite anterior tinha parado. Charlie abriu a porta e encontrou alguns pontos nada convincentes iluminados pelo sol e um inquieto Sam Kombothekra, cujos nervosismo e culpa não podiam ser mais evidentes.

— Eu gostaria de falar com Simon.

Então Regan não tinha mentido. E Sam estava ali para fazer a coisa certa.

— Você está atrasado — Charlie disse a ele.

— Ele não deveria ir trabalhar antes de meio-dia. Já saiu?

Se ela dissesse sim, estaria dando uma falsa impressão: a de que Simon estava a caminho do trabalho. Ele deixara instruções claras: ela não deveria revelar seu paradeiro ou seus planos, mas também não ia mentir.

— Ele não está aqui. É só o que posso lhe dizer. Apenas não espere que ele apareça para trabalhar como de hábito. E tampouco espere sua cooperação ou seu respeito a partir de agora.

Sam suspirou fundo, esfregando o rosto com a mão.

— Que porra você está pensando, Sam? Tramando com Proust e Sellers contra Simon? E Gibbs.

A respeito de quem Charlie não se importava porque a irmã se interessava demais, mas ainda assim.

— Adulterando transcrições de depoimentos, deixando de fora...

— Espere um minuto, Charlie. Isso não é... — Sam interrompeu, depois parou e balançou a cabeça. Riu. — Proust contou a Simon, não é mesmo?

— Não. Sellers? Não. Você não adivinharia quem nos contou nem em um milhão de anos. E agora eu vou voltar para a cama. Estou com o dia de folga, não consegui dormir antes de cinco horas, então... tchau — Charlie se despediu, tentando fechar a porta.

Sam a segurou e a manteve aberta.

— Essa é sua cara de pai desapontado que esperava mais? — Charlie debochou. — Se for, é só uma questão de tempo antes que seus meninos se viciem em crack, se quer a minha opinião.

Ela tentou novamente fechar a porta; Sam a impediu pela segunda vez. Ele parecia confuso: ela não podia realmente querer bater a porta na sua cara, podia?

Ele é uma boa pessoa. Você sempre achou isso.

É assim que funciona? Primeiro construa uma reputação de bondade, depois se comporte como quiser, confiando que ninguém irá reconhecer qualquer comportamento que conteste sua consagrada categoria? Ela não estava certa de que tinha energia para redefinir Sam, não depois de já ter tido o trabalho de defini-lo uma vez. Quem tinha tempo para reavaliar essas coisas? Formar opiniões sobre as pessoas não deveria ser como tirar o pó ou encher a geladeira: algo que você tinha de fazer regularmente.

Sam se virou e olhou para o carro, estacionado na rua, e depois novamente para Charlie.

— Venha comigo. Você seria de uma enorme ajuda. Eu gostaria de repassar as coisas com alguém que está chegando agora.

Ir com ele para onde? Ele dificilmente a convidaria a ir à delegacia, seu antigo local de trabalho. Então para onde? Curiosidade era um traço característico lamentável para uma sargento da polícia que não era mais detetive e estava de folga.

— Obrigada pela consideração de mencionar o que me espera — Charlie retrucou.

Embora ela conseguisse enxergar uma vantagem em ir com Sam: seria capaz de garantir que não fosse na mesma direção de Simon, HMP Combingham, para falar com Tim Breary. Improvável. Prisões não recebiam visitantes não anunciados, a não ser que esses visitantes se chamassem Simon Waterhouse. Charlie sabia, e Sam saberia, que ele não conseguiria colocá-la para dentro. Significando que aquele não era o dia em que iria conhecer Tim Breary, o Assassino Que Não Sabia Por Quê.

Charlie se ouviu dizer:

— Lamento ter deixado meu emprego na delegacia abrindo a oportunidade de que você entrasse.

Sam sorriu.

— Você nunca me disse isso. Mas eu sempre soube.

— Eu podia viver com isso quando achava que você era um santo e mais merecedor do que eu, e um bom equilíbrio para Simon, mas agora? — disse, balançando a cabeça, sabendo que iria lamentar ter dado voz a um segredo que mantivera cuidadosamente escondido dentro de si durante anos. Já podia sentir o ressentimento inchando, ganhando forma no mundo fora dela.

— Nada mudou — Sam disse. — Vista-se. Eu explico no caminho.

— No caminho para onde? Eu não concordei em ir com você — Charlie remarcou. — Estou mais puta com você do que já estive, e está me convidando para um passeio?

— The Dower House, casa de Kerry e Dan Jose. Vista alguma coisa... — Sam começou, mas depois mudou de ideia sobre o que iria dizer. Não importa. Vista qualquer coisa. Mas não elegante demais. Nada intimidador ou policialesco.

Charlie bateu na testa dele como se fosse uma porta.

— Eu estou com raiva de você, Sam. Não quero dar uma volta e não quero passar meu dia de folga fazendo o seu trabalho. Porra, você é tão mau quanto Simon.

Sam não costumava escutar o que as pessoas lhe diziam? Será que trabalhar com Simon o tinha mudado? Charlie se sentiu traidora por considerar a possibilidade. Simon violava regras, mas apenas...

Apenas quando as regras eram erradas?

— Se você ainda estiver com raiva quinze minutos depois de sairmos, eu paro o carro, chamo um táxi para trazê-la de volta e pago eu mesmo — propôs Sam. — Trato feito?

Era um trato que Simon não teria oferecido, e não teria cumprido, portanto era irresistível.

Charlie grunhiu enquanto subia as escadas.

— Frouxa — murmurou. — Capacho.

— Razoável e flexível — Sam corrigiu.

— Rá! Ambos sabemos que isso não é verdade. Roupas: liberal de esquerda preocupada?

— Você tem alguma coisa assim? — perguntou Sam, parecendo duvidar.

— Não. Apenas cota de malha com instrumentos de tortura como assessórios! — Charlie gritou do segundo andar.

Ela escovou os dentes, lavou o rosto e passou seu preferido batom vermelho brilhante rápido demais, de modo que ficou parecendo que a boca havia se chocado com um ferimento aberto. Ela xingou em voz baixa — um mantra calmante — enquanto removia a sujeira vermelha com água e lenço de papel. Ficou pensando se Sam esperava que alguém confiasse nela naquele dia, alguém que não confiaria nele, ou pelo menos não confiara até então.

The Dower House. Kerry e Dan Jose. Charlie uma vez fora a uma conferência em um hotel chamado The Dower House, em sua antiga vida acadêmica. Em Yorkshire; ela não conseguia lembrar exatamente onde, mas achava que poderia começar com "K". Perguntara a um funcionário sobre o nome do hotel, e acabou recebendo uma aula de história social longa, tediosa e levemente ofensiva no sentido de que considerava garantido que todos vinham de uma família rica, proprietária de terras, embora tanto a mulher palestrante quanto Charlie, as únicas duas participantes do diálogo, claramente não viessem. Ainda assim, era graças à memorável pretensão daquela mulher que Charlie sabia que uma *dower house* era o imóvel para onde a esposa de um proprietário de imóveis se mudava ao ficar viúva, já que o dono da propriedade morrera e a mansão maior tinha de ser transferida para o filho e herdeiro.

Charlie não achava provável que nada disso se aplicasse a Kerry Jose, especialmente não se ela era casada com o ainda vivo Dan Jose. Vestiu calça de lã cinza e tirou de uma gaveta um pulôver de lã de ovelha verde-sálvia com decote em V — nada de tecidos abrasivos, maciez para significar empatia — e ficou animada por fazer o que ainda considerava ser o verdadeiro trabalho policial, embora no pequeno compartimento de sua mente que ela mantinha como sendo rigidamente racional, no qual sua parcela sensível, permanentemente sofrida, eventualmente se entrincheirava de modo a sobreviver, ela soubesse que a polícia era mais do que apanhar assassinos. Havia outros tipos de assassinos a prender para os quais o corpo de detetives não olhava duas vezes. Por isso, Charlie fora para o fórum regional de prevenção de suicídios quando surgiu uma oportunidade.

Ela era tão contrária ao assassinato de si mesma quanto era a todos os assassinatos oficialmente classificados como tal. *Sim, em toda e qualquer circunstância; sim, mesmo em casos de dor e doenças terminais — qual o problema de uma avalanche de morfina? O suficiente para retirar a dor e mesmo a consciência caso necessário, mas não o suficiente para matar.* Charlie se defendia em sua cabeça porque nunca tivera a oportunidade de fazer isso na vida real. Ela não revelara seu ponto de vista a ninguém além de Simon, sabendo que era fora de moda e não seria popular.

Ridiculamente, a maioria dos outros membros do fórum de prevenção de suicídios alegava apoiar exatamente aquilo que buscavam impedir. Em teoria, defendiam vigorosamente o direito de todos a escolher morrer e tornar essa escolha uma realidade, enquanto ao mesmo tempo davam duro para reduzir o índice de suicídios. Charlie achava isso risível. Simon defendera os hipócritas brevemente, até Charlie tê-lo convertido ao seu modo de pensar, mas não parecia uma verdadeira vitória. Simon era católico. Ele provavelmente fora persuadido pelo fantasma da lavagem cerebral infantil, tanto quanto por Charlie. Uma das poucas vezes em que ela realmente o fizera rir foi quando disse: "Sei que isso soa bobo, mas o suicídio não faz bem nenhum a ninguém."

...

— Então vamos ouvir as suas desculpas — ela disse a Sam assim que partiram no carro dele. Estava muito mais claro naquela hora.

Mesmo com os quebra-luzes abaixados, o brilho do sol dificultava a visão da estrada. Sam continuava precisando se encolher e inclinar para o lado.

— Não consigo imaginar quem lhe contou, mas seja quem for... Proust não contava com isso. O que você sabe sobre a história de Tim Breary até agora?

— O Assassino Que Não Sabia Por Quê.

— Um nome perfeito para ele — comentou Sam. — Foi Simon quem pensou nisso?

— Não, fui eu. Mas estava de pé perto de Simon quando aconteceu. Talvez o cérebro dele seja como internet sem fio: se você estiver perto o suficiente, capta o sinal.

Sam riu. Ele não tinha problema com a ideia de que Simon era a fonte de todo brilhantismo, e supunha que Charlie também não.

— Na terça-feira, Proust passou a manhã revirando o caso Tim Breary, por conta própria, sem dizer o motivo a qualquer um de nós. No final da tarde, ele convocou Sellers e ordenou que alterasse a transcrição de nossa primeira entrevista com Breary; tirasse uma parte dela.

— Mas vocês mantêm a versão gravada também, certo?

— Mantemos. Exatamente.

— Exatamente o quê?

— Proust sabia que a gravação seria guardada como prova, para ser usada depois por qualquer um querendo provar que a transcrição de Sellers não era exata. Sellers compreensivelmente ficou preocupado com o pedido de criar uma transcrição incorreta, com a facilidade que seria provar que ele a adulterara. Então me procurou, e eu senti a mesma coisa: era loucura — disse Sam, balançando a cabeça. — E algo incomum para Proust pedir. Exceto pelo modo como nos trata, ele não viola as regras, e era mais do que uma violação o que pedia. Eu não podia acreditar que arriscaria seu emprego e sua reputação...

— Ele não arrisca nada — Charlie interrompeu. — É Sellers quem está fazendo isto, certo? Se um dia for descoberto, o Homem de Neve nega ter conhecimento. Você corrobora a versão de Sellers, Proust chama ambos de mentirosos...

— E são dois contra um — diz Sam, sequestrando aquilo que Charlie estava tentando provar. — Ele é universalmente odiado na delegacia. Sellers não é; nem eu. Por que ele correria esse risco, dando a Barrow e ao chefe de polícia a desculpa para se livrar dele antecipadamente?

— Você lhe perguntou isso?

— Sim. Ele disse que não havia riscos: Simon não iria descobrir e, mesmo que descobrisse, não faria nada a respeito.

— Provavelmente verdade — disse Charlie, suspirando. — É isso? Ele disse mais alguma coisa sobre Simon?

— Você não quer saber — Sam respondeu, o rosto vermelho. Virou a cabeça para a direita e disse algo em voz baixa sobre dirigir cego. O carro desviou.

Charlie protegeu os olhos com a mão e esperou que Sam lhe contasse o resto. Estava contente com o fato de que o sol o estava torturando por ela.

— Ele disse que Simon era um masoquista.

— Ah, não esse discurso novamente!

— Você já ouviu isso?

— Na íntegra. A criação de Simon foi tão pervertida que ele aprendeu a interpretar dor como prazer porque era só o que tinha. Por isso não poderia ser mais feliz trabalhando para alguém que o tratasse bem, e por isso o Homem de Neve é o melhor chefe possível para ele, um que atende a todas as suas necessidades. Na verdade, acho que há uma boa dose de verdade nisso — disse Charlie.

— Isso não explica por que o resto de nós tolera o comportamento inaceitável de Proust: eu, Gibbs, Sellers.

Eles deixaram Spilling para trás e saíam da cidade pela Silsford Road. Isto significava que logo veriam nuvens, e a visibilidade não seria mais um problema. Todos em Spilling sabiam que o clima era pior em Silsford, sempre.

— O ajuste padrão dos seres humanos é suportar merda infinita — Charlie disse. — Olhe para mim, embarcando no carro de um vira-casaca. Você convenientemente deixou de lado o final da história da transcrição: você fez isso. Ou mandou Sellers fazer. E concordou em esconder isso de Simon e Gibbs. Proust ameaçou você com demissão?

— Sim, ameaçou, mas não, não fizemos isso. Eu me recusei em nome de ambos, Sellers e eu. Proust não disse nada, apenas me mandou embora do seu escritório. Imaginei que ele sabia que tinha perdido. Achei que ficaria emburrado por algum tempo e depois se esqueceria disso; ele nunca inicia os procedimentos disciplinares que sempre promete. Mas então ontem eu verifiquei a transcrição e descobri que ele mesmo havia feito. A parte da entrevista que queria retirada foi retirada, assim como a gravação. Não há nada para provar que algo foi retirado, a não ser as minhas lembranças e as de Sellers do que Tim Breary nos disse e que desapareceu da gravação. O diário de evidências foi alterado: nenhuma referência à gravação onde antes havia. Não consegui acreditar. Não disse nada a Sellers, a Proust, a ninguém. Precisava de tempo para pensar direito.

— Você não contou a Simon — disse Charlie, querendo reforçar o ponto. Baixou a janela, apertando o botão com o cotovelo enquanto acendia um cigarro. — Você esteve com ele no Brown Cow depois do trabalho ontem à noite por pelo menos uma hora, e não disse nada.

— Ainda estava pensando. Eu deveria fazer uma queixa oficial, levar isso ao superintendente Barrow? Decisões tão importantes assim não podem ser tomadas de forma rápida.

— Sim. Entendo que você precisaria de pelo menos uma semana para decidir fazer vista grossa para uma violação evidente. É uma dessas difíceis áreas pantanosas.

— Charlie, eu nunca teria feito esse jogo. A questão era como *não* fazer, só isso. E não foi uma semana, foram menos de 24 horas. Fico contente por não ter me precipitado.

— Quando você vir Simon novamente, pergunte se ele partilha seu contentamento.

Menos de 24 horas. Simon precisava ser informado desse detalhe. Será que faria alguma diferença? Para alguém razoável sim, mas para alguém tão obsessivo quanto Simon, que nunca questiona seu direito de invadir as mentes dos outros e saber tudo imediatamente?

— Quando apareci lá esta manhã foi para deixar todos felizes — disse Sam. — E porque odeio esconder de Simon algo sobre um caso...

— Soa como se você tivesse tentado mais de uma vez — Charlie interrompeu.

— Não — disse Sam, solene. — Eu odiei isso, Charlie. Quis contar a história inteira ontem à noite no Brown Cow, mas não consigo fazer nada sem pensar primeiro, e sei que Simon *consegue* quando está furioso. Por isso esperei. E então, em casa, revirando-me na cama sem deixar Kate dormir, me dei conta de que, ficando calado, eu estava fazendo o *oposto* do que Proust queria.

Charlie abriu a boca para discordar, mas descobriu que não conseguia. Aquilo fazia sentido. Não havia como Proust fazer uma aposta tão grande se o risco fosse genuíno.

— Ele queria que você contasse a Simon de um modo que conquistasse toda a sua atenção — ela disse. — Embrulhado em uma falsa tentativa de esconder algo dele. Ele estava bancando que Simon não o denunciaria e, mesmo que o fizesse, Proust poderia apresentar as gravações desaparecidas da entrevista de Tim Breary e a transcrição original de Sellers, alegando que a coisa toda havia sido uma tática. Algo temporário.

Nada do que ele contou à esposa ou à filha, supondo que Regan Murray fosse uma testemunha confiável. Ela fora convencida de que o verdadeiro objetivo dele era manter Simon no escuro, de modo a não questionar a culpa de Tim Breary.

— Precisamente.

Sam soou aliviado por ter provado sua tese. Eles entraram em uma estrada de uma pista, margeada por árvores altas dos dois lados. Então estavam indo para Lower Heckencott ou Upper Heckencott, Charlie deduziu. Muito agradável. Cada aldeia não tinha mais de cinco casas, e, vistas de fora, todas pareciam ter um piano de cauda no saguão de entrada de 12 metros, fosse ela uma mansão do século XVIII ou uma ostentação recém-construída com um daqueles pórticos externos sobre colunas gordas, ou "portes-cochères", como Liv pretensiosamente os chamava.

— Então a eliminação foi... o quê? — Charlie perguntou a Sam. — Algo que lançava dúvidas sobre Tim Breary ter feito isso?

— Como você descobriu?

Dessa vez, Sam não sugeriu que sua boa ideia devia ter origem em Simon.

— Proust não acha que Tim Breary assassinou a esposa, mas Breary confessou — Charlie disse, batendo as cinzas pela janela aberta. — O Homem de Neve precisa que Simon questione essa confissão, porque não irá correr o risco de estar ele mesmo visivelmente errado. Ele sabe que Simon mais provavelmente fará algo se achar que descobriu isso contra a vontade de alguém, então encena a adulteração, sabendo que você irá choramingar com Simon sobre mau comportamento. Sem ofensa.

Sam estava concordando.

— Eu procuro Simon, choramingo, Simon me pergunta o que está faltando, o que Proust estava tão determinado a eliminar dos registros. Eu conto, ele se lança sobre isso de um modo que poderia não ter sido, caso tivesse apenas lido sem saber que alguém havia tentado esconder dele. Ele conclui que Breary não pode ter matado a esposa...

— Só que não foi você quem contou a Simon — Charlie lembrou a ele. — Foi a filha de Proust.

O carro desviou para um lado, depois voltou ao curso.

— A *filha* de Proust?

Charlie decidiu que não devia a Sam a historia inteira.

— O que Tim Breary disse que poderia ou não ser suspeito? — ela perguntou.

Simon sabia, mas não contara a ela. Charlie esperara por ele até duas e meia da madrugada passada. Ele não passara esse tempo todo com Regan Murray; ficara andando pelas ruas, pensando no que ela lhe contara. Resmungara alguma coisa para Charlie sobre não estar pronto para discutir isso antes de se enfiar na cama e adormecer instantaneamente, deixando-a deitada, acordada, se sentindo como se tivesse perdido algo importante, mas sem conseguir descobrir o quê.

Sam abriu a janela: uma rejeição silenciosa à dose de nicotina livre de culpa que Charlie estava lhe oferecendo.

— Quando Breary nos disse que havia matado a esposa, obviamente perguntamos por quê. Ele disse que não sabia. Não fora planejado; estava sentado ao lado da cama, falando com ela, e, sem saber por quê, pegou um travesseiro, o pressionou sobre o rosto dela e a sufocou até a morte.

— Ela reagiu? — Charlie perguntou.

— Não podia. Há dois anos ela teve um derrame que a deixou quase paralisada e incapaz de falar.

— Qual a idade?

— Francine tinha 40 anos quando morreu, 38 quando teve o derrame.

— Estava muito jovem.

— É — concordou Sam. — Também era saudável: fazia exercícios regularmente, não estava acima do peso, não bebia demais, não fumante, comia comidas saudáveis.

— Eis aí o seu motivo, então — Charlie disse. — Chato pra cacete viver com ela. Ainda mais depois do derrame, presumivelmente.

— Você é um amor — provocou Sam.

Uma forma diplomática de disfarçar seu choque, Charlie imaginou. Sam nunca dizia nenhuma das coisas que ninguém deveria dizer; ele certamente não se esforçava para ampliar os parâmetros tal como Charlie fazia.

— Falando sério — disse. — E quanto ao motivo: ele não queria ficar preso com uma esposa que era um vegetal?

— Francine não era... — Sam começou e se interrompeu.

Charlie fez um juramento silencioso: se as palavras "um vegetal" saíssem da boca dele, ela pararia de fumar para sempre; aquele seria seu último cigarro.

— Mentalmente, ela mantinha suas faculdades — Sam finalmente disse.

— Então não conseguia falar ou se mover, mas a mente estava intacta? — Charlie reagiu, estremecendo. — Horrendo. E também outro possível motivo: ele estava acabando com a infelicidade dela.

Deveria ser isso que Simon quisera dizer na noite anterior: se Tim Breary tivesse matado a esposa para poupá-la de mais sofrimento, se talvez tivessem combinado, como alguns casais faziam, que um mataria o outro por misericórdia, caso necessário, então a morte de Francine Breary poderia não ser assassinato. Em vez disso, o marido poderia se dizer culpado de ajudar e facilitar um suicídio, e ficar fora da prisão. E ganharia uma garrafa de vinho da Promotoria da Coroa e também uma caixa de chocolates, provavelmente; todos atualmente eram muito empolgados com a eutanásia.

— Os dois motivos foram sugeridos e rejeitados — Sam contou.

— Tim Breary nega com veemência a possibilidade de eutanásia, e quase com a mesma firmeza, mas não exatamente, nega querer Francine fora do caminho por estar farto de suportar o fardo.

— Então ele sabe por que não — Charlie disse, pensativa. — Duas razões por que não. Mas alega não saber por quê.

— Certo — confirmou Sam. — Nenhuma ideia, ele disse nesse primeiro depoimento, e é o que tem dito desde então. E eis a parte que Proust achou interessante o suficiente para eliminar no arquivo: quando Sellers e eu irritamos Breary nos recusando a esquecer a questão do motivo com a rapidez que ele desejava, quando lhe pedimos para pensar bem e descobrir se poderia sugerir algo, ele disse algo estranho.

Aí vem, Charlie pensou. *A Barba de Occam: a explicação mais bizarra é sempre a correta.*

— Ele disse: "É normal uma pessoa cometer um assassinato sem saber por quê. Acontece o tempo todo. Apenas em filmes e livros todo assassino tem um motivo convincente." Ele disse isso com confiança, como se soubesse do que estava falando, mas então... foi como se, de repente, ele duvidasse. Passou de nos contar para nos perguntar. Falou: "Não é comum alguém matar outra pessoa e então lhes dizer que não sabe por que fez isso? Algo aconteceu, ela agiu por impulso, esse tipo de coisa?" Sellers perguntou se ele conhecia alguém que trabalhava na polícia. Ele respondeu que não. "Então de onde você tirou isso?", Sellers perguntou. Breary foi ríspido. "Não sei, provavelmente Radio 4. Não tenho pensamentos originais na cabeça. Por favor, entendam isso e poupem tempo e problemas."

Esse cara, juro que nunca encontrei ninguém como ele antes. Diz as coisas mais estranhas que já ouvi.

— Ele parece ser um assassino inteligente e articulado que não quer que seu motivo seja conhecido — Charlie comentou. — Que imagina conseguir se passar pelo tipo de escroto drogado incoerente que fura alguém e diz: "Apenas aconteceu. A faca estava na minha mão e eu furei ele, não sei por quê."

— Ele sabe por quê — Sam disse. — Isso supondo que fez. Eu pessoalmente acho que fez, mas sou minoria. Simon, Sellers e Gibbs discordam, e se nossa teoria estiver certa, Proust também.

— O que o leva a pensar que ele é culpado? — Charlie perguntou.

— Tim Breary identificou o travesseiro que usou para sufocar a esposa. Havia quatro na cama. Estavam todos espalhados pelo chão quando Lauren Cookson entrou no quarto e encontrou Breary de pé acima do corpo de Francine. Lauren era a cuidadora que ajudava Francine.

— Não consigo entender como alguém faz esse serviço — Charlie disse.

— Breary nos disse que usou o travesseiro com fronha estampada. Os exames no nosso laboratório provaram que ele estava certo: estava coberta de saliva, muco e edema, todos de Francine. Os outros estavam limpos.

— Então você está certo — Charlie disse. — Ele a matou, e não quer dizer por quê.

— Acho que sim. A maior parte do tempo. Estaria mais seguro se fosse apenas Breary dizendo que usou esse travesseiro como a arma do crime e todos os outros dissessem que não tinham ideia do que aconteceu, talvez duvidando dele, dizendo que não conseguiam acreditar que ele faria isso.

— O que quer dizer? Quem são todos os outros?

Havia testemunhas do assassinato? Como poderia existir dúvida sobre a culpa de Tim Breary se houvesse?

— Kerry Jose. Dan Jose. Lauren Cookson. Jason Cookson — disse Sam, enumerando os nomes de modo inexpressivo. — Todos os moradores de Dower House estavam em casa no momento do assassinato. Aparentemente, apenas Tim estava no quarto da esposa quando o assassinato realmente foi cometido; é o que todos dizem, incluindo Tim, mas todos parecem saber o que aconteceu naquele quarto como se tivessem testemunhado diretamente. É uma pequena comunidade unânime de cinco.

Charlie notou a frustração na voz de Sam e tentou não sorrir. Ele odiava quando, a despeito de seus maiores esforços, não se sentia capaz de acreditar em testemunhas.

— Dos quatro que não são Tim Breary, nenhum deles está dizendo: "Perguntem a Tim o que aconteceu, ele era o único no quarto quando Francine morreu." Todos contam como se tivessem visto, e suas histórias são idênticas. Todos falam sobre o travesseiro estampado, citam Tim sem dizer que o estão citando. É como se todos *estivessem* no quarto com ele. Exceto que dizem que não estavam, dizem que ele lhes contou depois o que aconteceu, mas... não sei. Parece errado.

— Está pensando no *Assassinato no Expresso Oriente*? — Charlie perguntou. — Agatha Christie. Você já leu?

— Não, mas vi na televisão. Eles fizeram juntos; todos os suspeitos.

— E é ficção — destacou Charlie. — E a razão para todos fazerem juntos era que todos poderiam apresentar como álibi uma terceira pessoa supostamente não envolvida, para que parecesse que nenhum deles poderia ter feito. Uma ideia brilhante, mas só faz sentido se ninguém quer ser preso por assassinato. O seu Tim Breary parece ansioso para fazer exatamente isso; e, nesse caso, por que todos eles precisariam... — começou Charlie, antes de se interromper e rir sozinha. — Claro que eles não precisaram fazer juntos. Não é necessário cinco pessoas para segurar um travesseiro sobre o rosto de uma vítima de derrame semiparalisada.

No romance de Agatha Christie, a participação de todos os conspiradores não era necessária para garantir a morte do alvo, mas era simbolicamente significativa: todos queriam se vingar pessoalmente e a curta distância, desferindo o próprio ferimento a faca. Ferimento a travesseiro? *Pare com isso, Zailer.*

Sam parou o carro no acostamento gramado ao lado da estrada. Charlie jogou a guimba de cigarro pela janela aberta e escutou o tipo de silêncio que você só ouve perto das casas dos muito ricos. À frente, havia uma dupla de pilares de portão de pedra cinza encimados por grandes bolas de pedra.

— Bem-vinda a Lower Heckencott Hall — disse Sam. — A Dower House não tem acesso independente, então temos de passar pelo terreno da casa grande — acrescentou, e deu um risinho. — É como Kerry Jose chama a Hall. Você deveria ver o tamanho da casa dela.

Charlie não conseguia tirar os olhos dos pilares. Havia em cada um deles uma gravação que parecia um suporte de bolo com frutas empilhadas. Escolha estranha estando tão distante de uma cozinha. Charlie imaginou no lugar das travessas de frutas uma imagem de um travesseiro em cada pilar, com uma mulher sufocando abaixo, a mão forçando o travesseiro para baixo. Ou talvez várias mãos, cada uma pressionando aquela abaixo.

— E se Tim Breary fez isso, mas todos quisessem que fosse feito? — sugeriu Sam. — Não tenho provas, mas talvez seja a origem dessa coisa do grupo; a conspiração, caso queira chamar assim.

— Você obviamente quer.

Engraçado, ele também pensara na palavra. Charlie lembrou a si mesma que ainda não conhecera nenhuma dessas pessoas. Não estava em posição de teorizar com Sam.

Ele se virou para encará-la.

— Pessoalmente, eu acho que Tim Breary matou a esposa, mas isso não significa que ele não esteja mentindo. Qualquer que seja a história, todos a conhecem. Todos sabem a mentira idêntica que decidiram apresentar para consumo público, e todos conhecem a verdade. E nenhum deles está contando.

7

Sexta-feira, 11 de março de 2011

— Então o que você fez? — me pergunta o detetive Chris Gibbs. — Quando se deu conta de que Lauren estava falando sobre Tim Breary?

Pensei que tivesse concluído a história que vim contar aqui. Por isso parei de falar.

É difícil permanecer concentrada. Meus olhos anseiam por se fechar e não param de lacrimejar. O esquerdo treme a intervalos de segundos; tentei esfregar a pele ao redor dele, mas o espasmo é teimoso e se recusa a ser eliminado. Meus cabelos estão emaranhados, minha calça, marcada de lama, e há manchas de café em minha camiseta graças a uma turbulência durante o voo. Devo parecer repulsiva. Pobre detetive Gibbs; eu não gostaria de estar trancada comigo em uma sala de interrogatório muito pequena e quente demais.

— Tem alguma importância o que fiz? — pergunto. — Isto é sobre Tim Breary, não sobre mim. Ele não matou a esposa, portanto arquive as acusações e liberte-o. Vocês não processam quando não há chances de condenar, processam?

— Não é tão simples assim, e não cabe a nós — diz Gibbs. — Cabe à Promotoria da Coroa.

— Vocês, eles, tanto faz — digo, impaciente. — O que um júri irá pensar quando eu me levantar no tribunal e citar Lauren Cookson sobre a questão de deixar um homem inocente ir para a prisão por homicídio?

— É a sua palavra contra a dela; é o que eu pensaria. Também ficaria imaginando quais os seus sentimentos para com Tim Breary. Eu *realmente* fico imaginando quais são.

Ele me encara. E eu deveria me sentir culpada por ter sentimentos? Seria muito conveniente não ter nenhum. Conseguiria ficar sentada aqui e me concentrar em proteger meus interesses e os de Tim, sem nenhum redemoinho vermelho girando dentro de mim; detetives da polícia ouviriam meus argumentos racionais e não sentiriam o caos abaixo.

— Qualquer que seja ou tenha sido a sua relação com Tim Breary, em algum momento alguém irá descobrir — diz Gibbs. — Quando e como vocês dois se conheceram?

Não estou pronta para isto.

— Vou poupar trabalho para alguém não escondendo nada — digo, mal me escutando. Um discurso racional não é páreo para o redemoinho rugindo. — Tim e eu fomos bons amigos em dado momento. Isso não é segredo. Eu lhes direi isso, depois lhes direi o que Lauren disse sobre ele ser inocente de assassinato, e o júri irá inocentá-lo. Exceto que não haverá um júri. Não chegará a esse ponto. A promotoria desistirá da acusação assim que tiver lido a minha declaração.

Gibbs não discorda como eu esperava.

— Isso não acontecerá assim tão rápido — ele diz, distraído, como se algo mais interessante tivesse atraído a sua atenção para longe de mim. — Muito vai depender de Lauren confirmar ou negar o seu relato sobre a noite passada.

Então a liberdade de Tim depende do depoimento de uma idiota tatuada instável. Reconfortante saber disso.

— Ela irá negar, porque está morrendo de medo — digo.

— Você se surpreenderia com quantas pessoas desabam ao primeiro desafio — Gibbs diz.

Quero dizer a ele para parar de perder tempo especulando, sair e encontrar Lauren.

— Onde Tim está? Ele está aqui, numa cela em algum lugar? — pergunto. Se a resposta for positiva, vou achar difícil ficar sentada em minha cadeira. — Ele está na prisão? Eu preciso vê-lo.

Penso no que Lauren disse ontem à noite sobre sair derrubando portas.

— Ele está do lado da promotoria.

— O quê?

— Quem, em sua opinião, é uma testemunha mais confiável, Tim Breary ou Lauren Cookson?

Não consigo dar a ele a resposta rápida que quer. Nenhuma pergunta sobre o caráter de Tim pode ser respondida facilmente. Ele é ao mesmo tempo confiável e nada verdadeiro.

— Porque eles discordam — Gibbs diz. — Supondo que você esteja me dizendo a verdade e ela alegue que ele é inocente.

— Cada palavra que disse é verdadeira — retruco. As palavras de Gibbs são o problema, não as minhas. Eu não as compreendo. Quem discorda? Em quê? Foi assim que Lauren se sentiu ontem ao tentar conversar comigo? — Em um mundo ideal, eu estaria tendo esta conversa após dez horas de sono. Sei que você provavelmente não teve a intenção, mas poderia, por favor, não me confundir?

— Tim Breary confessou o assassinato da esposa.

Meu estômago revira. Engulo em seco, me esforço para respirar ao mesmo tempo que mantenho a garganta apertada. Compensei a falta de sono com um grande café da manhã no aeroporto de Colônia naquela manhã. Tinha aparência e gosto repulsivos, mas isso me daria energia suficiente para sobreviver ao dia, se não terminasse espalhado sobre a mesa diante de mim.

— Se ele confessou, está mentindo — digo, assim que as ondas em meu estômago se acalmaram. *Ele não pode ter feito isto.* A matéria que li não falava nada sobre uma confissão, dizia apenas que Tim havia sido acusado. — Por que ele iria confessar? Isso deve significar...

Fico silenciosa, temporariamente incapaz de encontrar o significado. Eu não esperava que uma delegacia de polícia fosse tão parecida com um aeroporto: estar ali me faz sentir granulada, indefinida. Simultaneamente perdida dentro de mim mesma e capturada do lado de fora de minha vida.

— Você está cansada demais para descobrir qualquer coisa — Gibbs diz. — Se quer ajudar Tim, responda às minhas perguntas. Você pode pensar depois.

Se disser a ele que normalmente consigo fazer os dois ao mesmo tempo — pensar e responder —, parecerei arrogante?

O PORTADOR

Você é patética. Quer que ele saiba que você é a grande Gaby Struthers, mas olhe para si mesma. Não consegue manter uma ideia coerente no cérebro por dois segundos.

— O que você fez após colocar o nome de Lauren Cookson no Google e descobrir sobre Tim? — Gibbs pergunta.

Desmoronei. Ainda estou desmoronando.

— Tentei me convencer a acreditar nisso. Não tinha ideia do que faria quando Lauren saísse do banheiro, o que diria. Eu queria sair correndo.

— Por quê?

— Não é evidente?

— A coisa evidente seria conversar com ela, não é mesmo? — devolveu Gibbs. — Dizer que conhece o tal homem inocente e que não acha que possa ser uma coincidência?

— Como pode *não* ser uma coincidência? — pergunto, limpando os olhos úmidos. — Sei que não pode ser, mas se não for, isso tem de significar que...

— Gaby — interrompe Gibbs. — Você está exausta. Por que ele está me falando coisas que eu deveria estar dizendo a ele?

— Não se pressione demais. É meu trabalho descobrir o que está acontecendo, não o seu — ele diz, sorrindo para mim como se quisesse fazer de uma vez sua prática diária de sorriso. Ou talvez queira ser caloroso e tranquilizador, mas não saiba como fazer isso.

— Por que quis sair correndo de Lauren assim que descobriu que o homem inocente acusado de assassinato era Tim Breary?

— Eu não estava pensando direito. Queria voltar ao Reino Unido e procurar a polícia assim que possível. Não que correr quilômetros por uma rodovia alemã de mão dupla de noite fosse fazer isso acontecer, motivo pelo qual fiquei ali.

— Você disse que queria sair correndo. Isso sugere correr de, assim como correr para.

Ele me pegou. Em troca de seu sorriso, decido lhe contar a verdade.

— Eu já tinha mencionado Tim a Lauren. Não nominalmente, mas contara a ela sobre um homem que havia sido importante para mim. E então descobri que ela devia estar falando de Tim...

O redemoinho vermelho ruge mais forte.

— Não tenha pressa — Gibbs diz em voz baixa.

Não há tempo. Tenho de ver Tim agora, ajudá-lo agora.

— Estava com medo de que ela saísse daquele banheiro, eu a agarrasse e sacudisse até que me contasse tudo; por que estava deixando Tim levar a culpa por um crime que não havia cometido, como sabia que ele não fizera aquilo, quem fizera se não ele. Eu não achava que conseguiria me conter. Ela tinha visto o quanto aquilo era importante para mim. Mesmo alguém tão idiota quanto Lauren teria adivinhado que era Tim o homem sobre quem eu havia falado.

— Caso ela já não soubesse — Gibbs diz.

Eu concordo. Tenho dificuldade de manter isso em mente: que Lauren devia estar em vantagem o tempo todo. *Tinha* de estar.

— Eu nunca teria lhe contado o que contei se soubesse que ela o conhecia — digo.

A ideia de ela narrar nossa conversa a Tim de modo impreciso faz meu estômago revirar de vergonha. *Ela diz que largaria o sujeito e pegaria você agora se tivesse uma chance.* Por favor, não permita que isso aconteça, Deus no qual não acredito.

Levo a mão à corrente em meu pescoço e a aperto entre a ponta dos dedos, imaginando se estou desesperada o suficiente para começar a rezar para um medalhão de ouro. *Eu ainda conto como viajante, São Cristóvão, embora esteja de volta ao Reino Unido? Você ainda é a pessoa certa com quem falar, ou encerrou seu turno quando pousei em Combingham?* Há um santo padroeiro das mulheres que amam homens inocentes acusados de assassinato?

— Eu tinha de descobrir a verdade, pelo bem de Tim. Isso era mais importante que todo o resto — digo. Ele não pode ter confessado. A qualquer momento, Gibbs vai me dizer que foi uma mentira, uma tática para produzir em mim uma reação. — A forma mais rápida de fazer isso era permanecer e confrontar Lauren. Ou foi o que pensei.

— Continue.
— Ela passou uma eternidade no banheiro. Fiquei contente. Isso me deu uma chance de me recompor. Quando finalmente saiu, tudo estava... diferente demais, rápido demais. Não tive de dizer nada. Assim que viu meu rosto e meu telefone na mão, ela soube. Nunca vi alguém parecer tão culpada. Ficou parada ali como um bloco de pedra, esperando que a acusasse. Falei: "Eu conheço Tim Breary, Lauren. Que porra está acontecendo?" Ela agarrou casaco e bolsa e saiu correndo.

Não conto a Gibbs, porque é humilhante demais, que eu estava sentada no chão de pernas cruzadas quando Lauren saiu do quarto em disparada, que em meu choque não havia me ocorrido que ela poderia tentar escapar, embora tivesse fugido de mim antes.

— Eu fui atrás, mas ela foi rápida demais; chegou ao elevador antes que eu chegasse à porta. Achei que conseguiria pegá-la se descesse as escadas correndo, mas não havia sinal dela no saguão. Eu fui para fora, gritei seu nome, subi e desci a estrada de mão dupla correndo como uma lunática. Cheguei até a voltar ao posto de gasolina imundo, mas ela não estava em lugar nenhum.

— Então o que você fez?

Não irá ajudá-lo saber que desabei no pátio molhado e enlameado sob a tempestade e uivei do fundo dos meus pulmões, desamparada de frustração e fúria.

— Voltei ao quarto. Tentei descobrir que porra estava acontecendo, tentei dormir um pouco. Fracassei em ambos. Acabei escrevendo a Lauren uma longa carta, basicamente suplicando que me contasse o que estava acontecendo.

— O que fez com a carta?

Nada ainda. Está na minha bolsa.

— Rasguei — minto. — Estava cheia de coisas pessoais sobre mim e Tim. Li inteira e decidi que não ficava à vontade com a ideia de que ela existia, muito menos com a ideia de Lauren lê-la um dia. Eu apenas tinha de fazer algo para me acalmar.

— E pela manhã? Lauren não estava lá para pegar o ônibus às 7 horas?

— Não. Nem no aeroporto, ou no voo para casa. Nós pousamos e vim diretamente para cá.

Gibbs escreve algo no bloco sobre a mesa entre nós. De onde estou sentada parece um padrão de garatujas que não melhoraria ficando de cabeça para cima.

— Se o medo dela de estar sozinha em um país estrangeiro era genuíno...

— Era — digo.

— Então ela estava com mais medo ainda de responder às suas perguntas assim que descobriu que você sabia. Estava disposta a ficar sozinha e perder o voo, voltar para o Reino Unido depois, aumentar o risco de o marido descobrir que havia mentido.

— Ela sabia que eu arrancaria a verdade dela — digo, imaginando se teria apelado para a violência física. Provavelmente não, não naquela ocasião. Mas sim hoje, agora que tive a oportunidade de pensar nisso. Colocaria as mãos ao redor de sua garganta idiota e apertaria até que me contasse tudo.

"Ela não teria conseguido sustentar uma mentira por um longo período, supondo que conseguisse inventar uma, para começar", acrescento. "Ela não tem os recursos psicológicos necessários. Quando você a encontrar, não será difícil fazê-la falar. Pode acelerar as coisas lhe dizendo o que descobriu. Então tudo que ela terá de fazer será concordar."

Gibbs ergue os olhos para mim.

— O que eu descobri?

— Ela está mentindo para proteger o marido. Jason Cookson matou Francine Breary. Tem de ser.

— Apenas por curiosidade, por que não poderia ter sido a própria Lauren? — Gibbs pergunta. — Pela sua descrição, ela parece temperamental, facilmente provocada.

— De acordo com a internet, Francine Breary teve um derrame há dois anos e não consegui se mover ou falar. Como você provoca alguém a cometer um assassinato quando você é mudo e imóvel?

Gibbs concorda objetivamente. Foi a segunda vez que apresentei uma boa argumentação e ele pareceu entediado. Um homem estranho.

— Lauren não é e não poderia ser uma assassina — digo a ele. — Ela acharia... injusto assassinar alguém, o que quer que tenha feito.

— Injusto? — ele repete, torcendo a boca. Está debochando de mim.

Não posso perder tempo explicando o que quis dizer.

— Sei que só a encontrei uma vez, mas foi uma vez muito longa, e pareceu ainda mais. Ela não fez isso. Você pode dizer a mesma coisa sobre o marido?

— Não posso, mas Tim Breary pode. Ele está bastante certo de que matou a esposa. Ele deveria saber, não acha? Ele nos disse coisas que apenas a pessoa responsável saberia.

— A não ser que a pessoa responsável tenha partilhado seu conhecimento com mais alguém, o que você não pode garantir que não fizeram — retruco. Por que todo mundo que eu conheço é tão idiota? — Por que ele a matou? Estava tentando ajudá-la? Foi para que não sofresse mais?

Gibbs descarta minhas perguntas não autorizadas com uma sua oficialmente chancelada.

— O que Tim Breary tem a ganhar protegendo Jason Cookson? Mencionar Jason foi um equívoco. Não posso ter certeza de que ele é o assassino.

— Se tivesse de escolher entre todas as pessoas que já conheci, a única que poderia confessar um assassinato que não cometeu por uma razão que faria todo o sentido para ele e absolutamente nenhum sentido para mais alguém, eu escolheria Tim Breary — digo.

Algo que Gibbs disse está cutucando desajeitadamente atrás da minha cabeça. Três palavras: *tem a ganhar*.

— Quem se beneficia financeiramente com a morte de Francine além de Tim? — pergunto.

— Essa é uma informação protegida.

— Imagino que Tim seja o principal beneficiário, se não o único. Sei que ele e Francine tinham seguro de vida.

— Como? — reage Gibbs, se lançando sobre isso como se fosse uma revelação.

— Ele foi meu contador durante anos — digo. Muito enganoso, embora totalmente verdadeiro. Isso faz com que minha relação com Tim pareça segura e tediosa. — Quando meu companheiro Sean e eu estávamos comprando nossa casa, Tim pesquisou hipotecas e seguros de vida para nós.

— Isso explica como ele saberia que *você* tinha seguro de vida — Gibbs disse. — Não explica você saber o mesmo sobre ele e Francine.

Espertinho.

— Ele me contou — digo, irritada. — Eu perguntei. Queria conferir se o que estava me recomendando era algo que ele mesmo fazia. Sempre faço isso. Nunca gaste dinheiro a não ser que a pessoa que a aconselha ache valer seu próprio dinheiro, certo?

Gibbs não está escutando. Ou melhor, está ouvindo a voz em sua cabeça que sussurra: "Ela está apaixonada por Tim Breary e sabia que a morte da esposa seria lucrativa."

Eu me recuso a pensar como uma pessoa culpada quando não tenho nada a esconder. E não assassinei Francine, e se alguém tentar sugerir isso, simplesmente perguntarei quando ela foi morta e depois encaminharei o detetive Gibbs a qualquer voo em que eu estava no momento e aos muitos funcionários de companhia aérea e passageiros que poderão confirmar meu paradeiro. Uma vantagem de ser uma *workaholic* com uma agenda lotada é a facilidade para conseguir álibis.

Sob o olhar incisivo de Gibbs, minha bravata desmancha rapidamente. Será que me meti e tornei as coisas piores para Tim? Como pode ser, se ele confessou o assassinato de Francine? Pelo que sei, ele está sentado em uma cela de prisão neste instante, segurando um cartaz que diz em letras maiúsculas: "EU FIZ ISSO POR DINHEIRO."

Exceto que esse não seria seu motivo. Nem em um milhão de anos.

Eu me ajeito na cadeira.

— Se Tim um dia cometesse assassinato, seria pelo bem de alguém, não pelo seu próprio. Ele não seria o beneficiado.

— É uma característica incomum — Gibbs diz, inexpressivo. — A maioria dos assassinos que conheço não tem tanto espírito público.

— É verdade. Tim não acharia que valia a pena só por ele. Mesmo por mais alguém, ele não faria. É radical demais. Tim odeia extremos... expressões, ações extremas, mais que tudo, porque elas deixam as pessoas vulneráveis. Elas permitem que os outros o controlem e conheçam intimamente demais. Tim gosta de deslizar pela superfície. Ele gosta de controle e ironia, de deixar que as coisas aconteçam, de fingir que nada importa, mesmo quando importa.

Percebo que perdi Gibbs em algum momento. *Seja simples.*

— Tim não é mais assassino do que Lauren é — digo.

— Você conheceu Jason Cookson?

— Não. Você está certo. Não sei nada sobre ele. Se pudesse retirar o que disse sobre ele, faria isso.

— Sempre é mais fácil acreditar que as pessoas que não conhecemos e com quem não nos preocupamos são as malvadas — Gibbs diz.

— Eu não *ligo* para Lauren — digo, indignada. — Dizer que ela não pode ser uma assassina não é exatamente uma declaração de amor imorredouro.

— Amor imorredouro. Expressão interessante — diz Gibbs, recostando-se na cadeira. — O que a levou a pensar nela?

— Minha ambição de encontrar formas novas e inventivas de ser sarcástica — falo secamente.

— Fale sobre seu relacionamento com Tim, além de ele ser seu contador.

eu carrego seu coração comigo, eu o carrego em meu coração.

Lágrimas enchem meus olhos, escorrem.

— Não posso — sussurro.

— Você disse que Lauren pareceu sentir medo de você no aeroporto de Dusseldorf quando falou com ela pela primeira vez.

Ele quer me ajudar com essa mudança de assunto repentina? Sou grata por isso de qualquer forma.

— Sim. Fiz um discurso bastante impiedoso para ela no portão de embarque. Ela estava gritando com os funcionários do aeroporto, gritando com outros passageiros, com qualquer um que lhe dizia algo que não queria ouvir. Assim que me meti, ela perdeu a vontade de brigar. Foi instantâneo. Simplesmente ficou ali de pé, olhando para

mim como se não acreditasse que eu estava falando com ela. Não sei se foi surpresa, horror ou o quê, mas o contato direto comigo foi um problema para ela. Agora faz sentido, mas não fazia na hora. Então, mais tarde, quando me deparei com ela no corredor, depois...
Eu me interrompo.
— Depois de quê?
Ele não precisa saber sobre o teste de gravidez.
— Depois que nos mandaram esperar o ônibus no Embarque. Ela fugiu de mim correndo, como se a estivesse perseguindo, o que então eu fiz.
Gibbs franze o cenho e olha novamente para suas anotações.
— Ela saiu correndo, mas alguns minutos depois se jogou nos seus braços, contou que ajudara a incriminar um homem em assassinato e mandou que você cuidasse dela até chegar em Combingham.
— Sim, isso não faz sentido.
— Eu não diria isso — diz Gibbs, se levantando e andando até a janela. Ele cerra os punhos e os pressiona sobre o vidro como se estivesse se preparando para esmagá-lo. — Faz sentido se os sentimentos dela por você são dúbios. Ela quer estar perto de você, do contrário por que estaria lá?

Ele deve estar certo. Mas por quê? Por que me seguir até Dusseldorf e de volta? Como ela sabia sobre mim? Será que ouviu Tim mencionar meu nome?

— Ela está nesse voo por sua causa e com medo de você descobrir o motivo dela para estar na Alemanha, que é *você* estar na Alemanha. A última coisa que ela quer é um confronto.

— Então o que ela quer?

— Vamos nos limitar às perguntas que podemos responder — Gibbs diz. — Ela também estava no seu voo da manhã?

— Foi a impressão que tive. Ela não levava mala, então não passara a noite lá, e ela mencionou ter me visto de manhã. Só há um voo de Combingham para Dusseldorf na manhã de um dia útil, aquele no qual eu estava, o de 7 horas.

— Você consegue imaginar como ela poderia ter sabido que você planejava ir para a Alemanha ontem, e o horário do voo?

— Eu tenho um blog — digo, constrangida. *Não consigo me comunicar com o homem que amo, então compenso partilhando coisas demais na internet.* — É principalmente sobre ciência e tecnologia, mas tem a minha agenda. *Para que Tim possa acompanhar o que estou fazendo. Para que um dia, caso queira, possa estar esperando por mim no aeroporto quando meu avião pousar.*

— Também tem muitos posts meus resmungando exageradamente sobre ter de acordar cedo de manhã para voar para diversos lugares. Incluindo Dusseldorf.

— Nome?

— Você sabe meu... ah, certo, do blog. Gaby Struthers ponto com barra blog.

— Qual é a sua área de trabalho? — Gibbs pergunta.

Odeio responder a essa pergunta a não ser que possa fazer corretamente. É difícil resumir, e sou apaixonada demais pelo meu trabalho para deixar de fora qualquer detalhe.

— No momento, eu faço parte de uma empresa chamada Rawndesley Technological Generics. Estamos trabalhando com uma empresa alemã em um novo produto. Daí a viagem de ontem.

— Novo produto no sentido de algo que você inventou?

— Algo que estamos tentando inventar.

Gibbs caminha de volta à mesa e se senta.

— O quê? — pergunta.

— Isso é relevante?

Ele dá de ombros.

— Eu me interesso por pessoas que inventam coisas. Eu mesmo nunca tive esse impulso. Tudo que eu quero já existe — ele diz, e algo passa por seu rosto: um pensamento problemático ou infeliz. Seu sorriso tenso, imediatamente depois, me convence de que não imaginei. — Sempre achei que pessoas que inventam coisas estão tentando tornar a vida complicada demais, mas provavelmente sou apenas eu.

— Sorte que a pessoa que inventou a roda não concordasse com você — digo.

— Isso é diferente. Não estou dizendo que nada *nunca* precisou ser inventado. Era diferente nos velhos tempos, antes de termos tudo de que precisamos.

Ele está falando sério?

— Então você não teria o trabalho de inventar uma corda inteligente?

Como se você pudesse ter qualquer porra de esperança de conseguir.

— O que é isso? — Gibbs pergunta.

— Exatamente o que soa. Imagine ser capaz de passar um pedaço de corda ao redor de uma caixa, digamos, e a corda medir as dimensões da caixa.

— É o que a sua empresa faz? Corda inteligente?

— Estamos tentando. Ainda não chegamos lá.

Precisamos de mais vinte milhões de libras em investimentos. Está interessado em participar?

Gibbs parece aborrecido.

— Eu já vi corda. Como você a tornaria inteligente? Não passa de corda.

Estou cansada demais para explicar que o que eu e meus colegas estamos lutando para criar não é o tipo de corda que ele imagina, que você compra em forma de bola da loja de materiais. Se fizesse isso, ele provavelmente me perguntaria por que chamo isso de corda quando não é.

— Eu preciso dormir — digo. — Eu posso... Quando poderei falar com Tim?

— Isso depende da HMP Combingham — Gibbs responde. — É onde ele está detido.

A palavra faz meu coração dar um baque como uma bola de chumbo largada.

Tim. Na cadeia. Porque Francine está morta. Se conseguisse entrar, eu o faria: viveria lá com ele para sempre, se preciso.

De onde estão vindo esses pensamentos? Quem é a pessoa que os tem, esse capacho que sacrificaria tudo pelo que trabalhou para viver na prisão com um homem que a rejeitou? Eu absolutamente não me reconheço.

Gibbs me dá um lenço tirado do bolso da calça.

— O que está pensando que a fez começar a chorar? — pergunta.

Eu estava indo tão bem, e agora está tudo arruinado. Lauren Cookson arruinou, e eu a odeio. Eu a odeio por me fazer sentir assim novamente, quando achei que tinha superado.

Na verdade, eu não estou pensando. As coisas estão passando correndo por mim: essa seria uma forma mais precisa de descrever.

— Qual é o hotel mais próximo da prisão? — pergunto, me levantando. Não suporto mais ficar naquele aposento apertado por mais um segundo.

— Você não vai para casa? — pergunta Gibbs, levantando-se de um pulo. Está prestes a me segurar e empurrar de volta para minha cadeira?

— Sim. Certo — digo, enxugando os olhos com o lenço. — Tenho de ir para casa antes.

Tenho de ir para casa para dizer a Sean que estou indo embora.

8

11/3/2011

— Não há necessidade de me visitar com tanta frequência quanto você faz — Tim Breary disse a Simon.

— Do seu ponto de vista.

— Eu não tentaria falar a partir do seu — retrucou Breary, sorrindo. Ele e Simon estavam na sala da HMP Combingham conhecida extraoficialmente como "sala de estar". Era espaçosa, recém-decorada, confortavelmente mobiliada e usada apenas por altos funcionários da prisão para reuniões importantes, a não ser naquele momento. Simon a pedira para sua entrevista, e ficara surpreso ao conseguir. Ele esperava que uma mudança do cenário cinzento e sujo de seus encontros habituais com Tim Breary fizesse toda a diferença.

Breary parecia não ter notado o novo ambiente.

— Não estou entediado ou solitário aqui, e não ficarei, por mais tempo que permaneça — ele disse. — Fiz duas amizades, e estou lendo muito mesmo para mim. Dan e Kerry muito gentilmente doaram mais livros para a biblioteca do que o pobre funcionário encarregado consegue lidar.

Se Breary estava tentando fazer uma expressão neutra, fracassava. Ele parecia satisfeito consigo mesmo.

— Um punhado de criminosos reincidentes foi apresentado aos primeiros trabalhos de Glyn Maxwell, o que poderia não ter acontecido de outro modo — ele disse.

Simon supôs que Glyn Maxwell fosse um poeta. Todos que Breary mencionava que não eram a esposa morta ou Dan e Kerry Jose eram poetas.

— "Não se esqueça" — disse com sua voz de citar, que era mais alta e de tom mais suave que a voz que usava para admitir matar Francine. — "Nada começará que já não começou / Não se esqueça / Isso, seu amigo, seu inimigo e seu oposto."

— Terei isso em mente — disse Simon, que estava determinado a não ficar impaciente.

Suspeitos com frequência diziam absurdos de modo a evitar perguntas que não queriam responder, mas Breary não tinha o mau comportamento padrão. Seus modos para com Simon eram quase... carinhosos devia ser a palavra errada, mas era quase isso. Simon estava se tornando cada vez mais convencido de que o objetivo de Breary não era obstruir, mas divertir e comunicar — estabelecer algum tipo de ligação. E seu absurdo não era absurdo, embora corresse o risco de parecer que sim. Simon descobriu que ele queria desmontar cada entrevista assim que terminava, analisá-la linha a linha. A abordagem críptica de Breary era uma forma de negar ou disfarçar a necessidade de se ligar?

Não se esqueça / Isso, seu amigo, seu inimigo e seu oposto.

Tudo no homem sentado à sua frente confundia Simon, e tinha sido assim desde o início. Breary era um ator à vontade, se divertindo com a apresentação contínua que era seu comportamento diário, mas ao mesmo tempo parecia totalmente legítimo. Como isso era possível? Seu encanto articulado não era falso como poderia facilmente ser. Havia algo sereno em estar em um aposento com ele. Mesmo quando estava determinadamente retendo informações, ainda havia a sensação de que em sua presença aquilo que você estava esperando poderia acontecer. *Totalmente falso, baseado em nada.* Simon podia muito bem acreditar que Breary convencera alguns dos escrotos mais facilmente guiados de que estavam tão interessados nos primeiros poemas de Glyn Maxwell quanto em descobrir de onde viria a próxima dose de heroína.

Naquele dia, a simpatia projetada por Breary estava mais palpável que de hábito. Ele parecia menos contido do que quando Simon falara com ele anteriormente. Seria a sala, com as cadeiras dispostas em um amistoso semicírculo? Simon estava contente de tê-la solicitado.

Ele queria Breary relaxado e expansivo, imaginando que se dera bem fingindo ser um assassino.

Simon estava certo de que ele não era nada disso, e estava preparado para passar o dia inteiro sentado ali — a noite toda também, se precisasse —, de modo a ouvir Breary admitir isso. Ele desligara o telefone e desfrutou da ideia de que Sam Kombothekra teria então entrado em contato com Charlie e descoberto que, no que dizia respeito a Simon, a perfídia de Sam o libertara de suas obrigações contratuais para com a polícia de Culver Valley por tanto tempo quanto ele quisesse que essa liberdade durasse. Proust não veria a coisa assim, mas Simon tinha outro trunfo guardado para essa rodada do jogo.

— Eu mesmo tenho escrito um pouco — Breary disse, depois sorriu. — Não se preocupe, eu me asseguro de rasgar todas as minhas criações assim que estão concluídas.

Quando Simon não respondeu, Breary olhou para as poltronas vazias que ocupavam o espaço entre eles, como se buscasse uma reação delas. Três cadeiras verdes vazias. *Francine Breary, Dan Jose, Kerry Jose.* Os outros jogadores, os ausentes. Simon ficou pensando nos periféricos, Lauren e Jason Cookson. Eles moravam com os Jose, ambos estavam na casa quando Francine foi morta. *Nada de cadeiras vazias para eles.*

Todos os cinco — Breary, os Jose e os Cookson — haviam dito separadamente, quando perguntados, que era incomum eles e Francine estarem em casa ao mesmo tempo. Tim Breary, segundo seu relato, escolhera um momento em que a casa estava mais lotada para assassinar a esposa, exceto que sua história era que não havia escolhido, absolutamente não tinha pensado nisso; ele se vira fazendo isso, sem aviso ou previsão, por nenhuma razão da qual tivesse consciência.

— O que fizemos para merecer tantas visitas extras? — ele perguntou a Simon. — É você ou sou eu quem está recebendo tratamento especial? Ah, esse é seu rosto tímido. Isso significa que deve ser você. Vai me contar o seu segredo?

— Se você me contar o seu — Simon retrucou.

Ele odiou a ideia de que tinha um "rosto tímido" e que Breary o reconhecera. Ficava constrangido com o tratamento preferencial que recebia da HMP Combingham e também de duas outras prisões. Quando Charlie o provocava sobre o que insistia em chamar de seu status de celebridade, ele normalmente saía da sala. Isso não a impedia. Da próxima vez em que ela tentasse isso, Simon lhe diria que Tim Breary nunca ouvira falar dele, de modo que sua reputação não podia ser tão poderosa quanto ela gostava de fingir que era.

— Por que matou sua esposa?

— Eu já lhe disse: não sei. Gostaria de saber, gostaria de poder ajudá-lo, mas não posso.

A prisão não costumava ser boa para ninguém, mas Breary não parecia mais subnutrido ou com olhos fundos ali do que já era como um homem livre. *Estranho*. Normalmente os marginais de lugares imundos resistiam mais; era uma mudança menor para eles. Profissionais de classe média alta tendiam a deteriorar rapidamente, mental e fisicamente.

Não Tim Breary. Os olhos dele brilhavam com o que Simon queria chamar de expectativa, embora não pudesse justificar a escolha da palavra; não era mais que uma impressão semiformada. A pele de Breary também parecia particularmente firme naquele dia, como se aquilo que dava alimento à pele a tivesse revigorado por dentro. Era frustrante não ser capaz de entrar na cabeça do homem e descobrir a causa de seu bem-estar, arrastar isso para a luz.

— Você está contente com a morte de Francine?

— Uma nova pergunta. Excelente — disse Breary, parecendo pensar um pouco no assunto. Finalmente falou: — Não. Não estou contente.

— Você parece.

— Eu sei — Breary concordou. Seu sorriso murchou, como se a discrepância o incomodasse tanto quanto a Simon. — Talvez... Talvez um dia eu fique, mas no momento eu preferiria... — disse, e se interrompeu.

— Preferiria que alguém não a tivesse matado?

— Eu preferiria que *eu* não a tivesse matado. A morte deveria acontecer naturalmente. E digo isso como alguém que um dia cortou pulsos e tornozelos.

Isso era novidade para Simon. Ele se preocupou em não parecer chocado.

— E como alguém que, mais recentemente, assassinou a esposa?

— Sim. Não achei que precisasse acrescentar isso porque você já sabe — Breary disse, no primeiro indício de irritação. — Não faz sentido tentar me pegar. Você não terá sucesso.

— Você diz que a morte deveria acontecer naturalmente, mas pegou um travesseiro, colocou-o sobre o rosto de sua esposa e a sufocou.

— Não há qualquer mistério nisso. Eu agi de um modo em desacordo com as minhas crenças, como tenho feito durante a maior parte da vida. Sempre achei isso educado, um modo de demonstrar cortesia para com os princípios muito estimados dos outros, embora negando os meus próprios. O espírito de contenção familiar estendido à planície da ética, caso prefira.

Simon não preferia. Será que Breary era maluco? Não, isso era fácil demais.

— Por que você cortou pulsos e tornozelos?

Breary franziu o cenho.

— Precisamos falar sobre isso? — perguntou, como se fosse Simon e não a si mesmo que ele estivesse tentando poupar com tato.

— Eu gostaria de saber.

— Eu fiz e não deveria ter feito pela mesma razão: o mundo ficará melhor se eu não tiver qualquer influência sobre nada nem ninguém nele. Esse é o dilema daqueles de nós que sabem não ter importância. Somos mais influentes se cometermos um ato de violência para nos eliminar de uma vez por todas ou se fizermos o máximo para desaparecer no fundo?

Simon tentou imaginar o destaque capaz de fazer Breary desaparecer. Fracassou. Não havia muitas pessoas cuja conversa fosse tão imprevisível ou dramática.

— "Você envia uma imagem saindo em disparada de portas / Quando depõe um rei e toma seu trono" — Breary diz, comprovando o que Simon disse. — "Você exila símbolos quando os toma à força."
— O que é isso?
Breary ergueu um dedo para indicar que não havia terminado.
— "E mesmo se você dissesse que o poder é seu. / Que você é seu próprio herói, seu próprio rei. / Não vestirá o significado da coroa."
— Você escreveu isso?
— Eu não tenho esse tipo de talento. Uma poeta chamada Elizabeth Jennings compôs.
— O que significa? Não em relação a reis — esclareceu Simon.
— Em relação a você. O que o levou a pensar nisso, em relação a cortar os pulsos?
A tentativa de suicídio era algo novo e concreto, disse a si mesmo, um consolo para o impasse no assassinato de Francine. Ele fez uma anotação mental para perguntar a Dan e Kerry Jose sobre isso.
— Significa o que disse antes — Breary respondeu. — Deixe que a natureza siga seu caminho. Não tire vidas; a sua própria nem a de ninguém. Não force o mundo a fazer suas vontades, não derrube um monarca e tente tomar seu lugar. "Você não vestirá o significado da coroa."
— Assim como você não está vestindo o significado da HMP Combingham? — Simon perguntou. — Você depôs um assassino e tomou o trono dele. Ou dela. Era o que você queria dizer? Que poderia receber uma pena perpétua, mas será fácil para você cumprir a pena sabendo que seu significado, a punição, não se aplica a você?
Breary jogou a cabeça para trás e riu.
— Simon, isso é brilhante. Errado, mas brilhante.
Elogio era a última coisa que Simon queria, e não se lembrava de ter pedido para ser chamado pelo prenome naquela entrevista ou em qualquer das anteriores. Estava lutando com o sentimento desconfortável de que ele e Tim Breary não eram parte da mesma realidade e que não havia nada que pudesse fazer para mudar isso.
— Quando o meu colega detetive Sellers o ouviu, você disse que as pessoas com frequência não sabem por que cometem assas-

sinato — disse. *Isso foi o que eu ouvi de segunda mão de uma mulher chamada Regan. Vamos esperar que seja verdade.* — Você pesquisou o que assassinos de verdade dizem e não dizem? Você deve ter querido se assegurar de saber direito, não sendo você mesmo um assassino.

— Eu não pesquisei nada — Breary respondeu. — E se tivesse feito, isso provaria que não matei Francine?

Simon achava que sim, mas sentia que estava prestes a ouvir que estava errado.

— Você nunca teve uma experiência e ficou pensando se mais alguém tivera a mesma experiência? Pesquisado, talvez, para descobrir se tinha companhia em seu sofrimento?

— Não — Simon respondeu sinceramente. — Por que algo que me acontece deveria ter alguma relação com outra pessoa e sua vida?

Breary se inclinou para frente.

— Você está falando sério?

Uma pergunta perigosa quando feita naquele tom meio divertido, meio chocado. Simon o conhecia bem: menos uma pergunta de verdade do que uma recomendação de que você abandone sua seriedade, porque quem pergunta a considera inadequada. A melhor resposta sempre é "não", a não ser que você queira se constranger, e Simon não queria. Ele optou pelo silêncio.

— Desculpe-me — Breary disse. — Estou começando a querer entendê-lo, assim como você provavelmente está pronto para desistir de mim. A questão é, eu deveria entender ou ser entendido?

— E a resposta?

— Entender.

O mesmo aqui. Sempre.

— Eu não estou desistindo de nada — Simon disse a ele, consciente de uma rigidez no peito que não existia segundos antes.

Por que era tão difícil manter as pessoas do lado certo da barreira? Estranhos aparecendo à sua porta querendo falar sobre trauma de assédio partilhado, suspeitos de assassinato desejando solucioná-lo como se ele fosse um quebra-cabeça... Assim era a vida, quando você a condensava: um quebra-cabeça humano tentando solucionar outro. Simon desejou poder se resignar a não saber, e que todos que ele encontrasse se contentassem em não conhecê-lo.

— Você terá de se contentar com a segunda opção e me ajudar a entendê-lo — disse. — Você matou sua esposa, você tentou se matar. Mas você desaprova matar.

— Sim.

— Exceto que algumas vezes é necessário, para evitar a dor, não é? Ficar deitada lá naquela cama não era uma vida para Francine, então a ajudou a terminar com uma vida que você sabia que ela não queria mais viver. Um assassinato por misericórdia.

— Seria muito gentil de minha parte se fosse verdade — disse Breary, com uma repentina amargura.

— Por que não fingir que é verdade e talvez evitar a prisão?

— Por que plantar a ideia em minha cabeça? Você não acha que assassinos merecem ser trancados?

— Sim, acho.

— Eu quero ser punido para poder avançar com consciência limpa.

— O único lugar para o qual você estará se mudando se continuar fingindo ter assassinado sua esposa é de uma cela de prisão para outra.

— Metaforicamente, quero dizer — disse Breary, não questionando a parte sobre fingir.

— Eu tive uma ideia a caminho daqui — Simon disse. — Fiquei pensando por que ele não pegara a boia da eutanásia que joguei para ele.

— Você não tem prestado atenção. Há outros objetivos na vida além de se safar o máximo que puder.

Simon estava desconfortável com aqueles olhos pensativos cravados nele. Levantou-se e caminhou até a janela. *Fora de alcance.*

— Você é um bom mentiroso, mas não acredito em você. Sendo todas as outras coisas iguais, você não quer estar aqui, trancado.

— Nunca entendi por que alguém usa essa expressão — Breary disse.

— Nem eu. Todas as outras coisas nunca são iguais.

— Concordo.

— Fiquei tentando pensar em um motivo para você — Simon disse. — Para um assassinato que não foi homicídio por misericórdia.

— Obrigado, mas eu não tinha um motivo. Não precisei de um. Fui capaz de matar minha esposa sem um.

— Eu fiquei pensando — continuou Simon, a despeito do cortês desestímulo de Breary. — A necessidade ou o medo de uma pessoa pode se transformar na obrigação de outra pessoa com grande facilidade.

Poderia não ter acontecido com Francine e Tim Breary, mas ocorria com frequência, e era errado. Todas aquelas pessoas que fariam tudo para dar meia-volta e correr na direção oposta enquanto empurravam os maridos ou esposas na cadeira de rodas para dentro da clínica Dignitas, desejando ter só mais um mês juntos, mesmo com dor — mais uma semana, mais um dia.

Simon estava se precipitando. Precisava criar o cenário para Breary, em vez de reagir a ele em sua mente. Como era frequente, tinha de se lembrar de que não estava sozinho na sala.

— Muitos casais têm a conversa quando ambos estão em forma e saudáveis — disse. — Um deles fala: "Se eu não puder cuidar de mim mesmo, se minha qualidade de vida se tornar uma merda e eu não puder acabar com ela..." E assim por diante — acrescentou Simon, que não gostava de pensar nos detalhes do que poderia ser dito. Era perturbador demais. — Você e Francine tiveram essa discussão? Ela o fez prometer que, se um dia estivesse tão incapacitada que não pudesse acabar com a própria vida, você faria isso por ela? Talvez tivesse descoberto um modo de se comunicar com você, mesmo não podendo falar.

— Isso não é possível — Breary disse. — Francine teve um derrame no hemisfério esquerdo que a deixou com afasia de Broca. Ela absolutamente não podia se comunicar. Antes que você faça a pergunta que todos fazem, não, ela não podia escolher letras em uma placa piscando. Nem todas as vítimas de derrame podem. Apenas aquelas que aparecem nas manchetes.

— Certo, então vocês conversaram sobre isso antes do derrame — Simon disse.

— Só que não.
— Francine o fez prometer matá-la se a escolha fosse deixá-la deitada como um vegetal dia após dia, ano após ano, sem controle próprio e sem dignidade. Como você se sentiu quando ela o fez prometer fazer isso? Talvez tenha dito que não estava certo, mas ela não aceitou um não como resposta.
— E isso significaria o quê? — perguntou Breary.
— Eu sei como me sentiria se minha esposa me pedisse. Não que ela fosse fazê-lo. Ela quer o oposto: "Pode me deixar vegetando", diz. "Sente junto à minha cama e leia..." — começou Simon, depois se interrompeu. Estivera prestes a dizer *Moby Dick*, e ficou contente por ter se interrompido. Tim Breary não precisava saber o nome do seu livro preferido.
— Leia...? — Breary estimulou.
— Ler um livro ao lado dela, fazer companhia, mas não matá-la. Ela nunca me pediria para fazer isso. Não seria justo. Eu não pediria a ela, pela mesma razão.
Breary assentiu.
— Então vocês combinam. Francine e eu não combinávamos tanto, mas nunca tivemos a conversa que você está descrevendo.
Simon sabia que sua teoria preferida era loucura, mas queria apresentá-la, ver como Breary reagia.
— Talvez Francine tenha lhe pedido para fazer isso, e talvez você achasse injusto. É demais para pedir a alguém, que a mate; especialmente a única pessoa que ficaria perdida sem você, a pessoa que iria querer que você vivesse de qualquer modo. Eu iria querer minha esposa viva, qualquer que fosse o seu estado, mesmo se com morte cerebral e máquinas respirando por ela e fazendo tudo por ela. Tê-la ali ainda seria melhor do que não ter.
Foi só quando Breary disse "Você evidentemente a ama muito" que Simon se deu conta de que perdera a concentração e permitira que suas questões particulares se misturassem com o que estava tentando conseguir ali. Sua satisfação de ter evitado mencionar *Moby Dick* foi cancelada.

— Ela sentiria a mesma coisa em relação a mim. Não é algo incomum de sentir. Foi como se sentiu? Concordou em matar Francine ou ajudá-la a se matar se esse momento terrível chegasse? Você se sentiu forçado a concordar? Porque não passa disso, toda essa babaquice de é seu dever me matar e acabar com meu sofrimento: chantagem, pura e simples. E sabe-se que chantagem provoca assassinatos.

— Nunca quando eu fui o assassino — disse Breary, e não havia nada de frívolo na reação dele. Ele parecia e soava sério ao tentar fazer Simon compreender. — Outros poderiam, mas eu nunca mataria por essa razão. Eu nunca mataria por qualquer razão. No instante em que despontasse um motivo, eu o questionaria. Acabaria fazendo-o em pedaços. Só poderia matar do modo como matei Francine; sem qualquer razão, porque simplesmente aconteceu, porque simplesmente *fiz*. Simplesmente fiz — repetiu, em voz baixa.

Que porra estava acontecendo ali? Breary insinuava que apenas assassinos grosseiros e inferiores agiriam com base em algo tão banal quanto um motivo, que ele de algum modo era mais orgânico e intelectualmente modesto por deixar que acontecesse sem saber por quê? Confuso, Simon voltou à sua teoria delirante, que era menos absurda do que a realidade de Tim Breary e todas as declarações que saíam de sua boca.

— Quão duro foi ver Francine deixada ali, incapaz de se mover ou falar, sabendo o que você havia prometido, sabendo que ela também sabia? O cérebro dela não estava danificado.

— Claro que estava — Breary disse, parecendo surpreso. — O que você acha que causou sua afasia de Broca e sua perda de mobilidade?

Simon descartou suas palavras, impaciente.

— Eu quero dizer que ela não tinha *morte* cerebral. Ela conseguia pensar, embora não pudesse falar.

Breary passou a língua para frente e para trás sobre o lábio inferior. Finalmente, falou:

— Se é possível confiar nos especialistas e seus intermináveis exames, o cérebro de Francine ainda funcionava. Ela podia prestar atenção, podia ouvir. Eu conversava com ela, tocava música, lia poesia... — Piscou duas vezes, depois olhou diretamente para Simon, como se dizendo a si mesmo *Chega disso*. — E então, em 16 de fevereiro, eu a matei.

— Você lia poesia para ela porque queria que vivesse. Por que mais se incomodaria — Simon disse secamente, aborrecido antecipadamente porque Breary ia abater sua teoria, e era uma boa teoria. — Você não queria fazer o que jurara fazer. Achava que, se Francine podia escutar e pensar, fazia sentido continuar viva. Mas sabia que ela discordava. Ela não podia dizer isso, mas não precisava: havia deixado seu ponto de vista claro no passado. Você sabia que ela odiaria ficar desamparada, e sabia que estaria se lembrando do que o fizera prometer. Sempre que lia um poema para ela ouvia a acusação não dita tão alto quanto se estivesse gritando. "Como pode me decepcionar tanto? Como pode me trair? Você prometeu me matar se eu acabasse assim."

Breary pigarreou.

— Continue — disse em voz baixa.

— Por quê, para que possa me dizer que estou errado? Certo. Acho que você talvez tenha começado a sentir sua própria fúria. Fúria defensiva. É, você estava decepcionando Francine, mas e quanto ao que ela estava fazendo a você? Deitada lá em silêncio suplicando que se transformasse em um assassino, fizesse algo que o assombraria para sempre; algo ilegal, além de tudo. Arriscasse sua liberdade. Você não conseguia suportar. Toda vez que entrava no quarto dela era mais difícil. Você passou a odiá-la? Sentia como se não houvesse saída?

Silêncio de Breary. Os olhos dele percorriam a sala, como se tentando localizar a fonte das palavras que estava ouvindo.

— Se fosse eu nessa situação, teria sentido a pressão aumentando — Simon disse. — O que você pode fazer? Tem de matá-la. Você prometeu, sabe que ela quer isso. Ela está presa. Dependendo de você. Você não consegue suportar a culpa que certamente pode ver nos olhos dela sempre que olha, mas também está furioso: ela não tem o direito de impor tal... obrigação destrutiva a você, destrutiva não apenas dela, mas também de você; *mais* de você. A obrigação de matá-la, sua esposa, de todas as pessoas. Violar seu próprio coração e sua alma, ignorar o que sabe que é certo e fazer a pior coisa que alguém pode fazer. Então tem uma ideia. É quase tão ruim quanto o que está tentando evitar, talvez até mesmo pior, mas é a única coisa em que consegue pensar, a única rota de fuga: você assassina Francine.

Simon estava menos convencido de que essa fosse uma possibilidade, agora que a apresentava em voz alta. Soava alucinada. *Era* alucinada.

— Você *quer* matá-la pelo que ela o obrigou a concordar a fazer, então o faz — disse, sentindo o desejo de apagar enquanto descrevia. Charlie uma vez o acusara de reservar toda a sua paixão para situações que só existiam em sua mente. Será que ela estava certa? — Francine esperava que você colocasse seus princípios e seu livre-arbítrio no gelo e fizesse sua vontade, algo que nenhum ser humano deveria pedir a outro. Quando você pensou nisso, decidiu que ela merecia assassinato, não misericórdia. Ficou contente de derrotá-la. Quando ela viu aquele travesseiro indo na sua direção, entendeu errado. Achou que você estava mantendo a promessa, pelo seu bem. "Finalmente", pensou. Ela não tinha ideia de que você a estava assassinando, mas você sabia, e isso era suficiente. Você estava conseguindo sua vingança.

Simon limpou o suor do lábio superior.

— É o que eu teria feito se fosse você — ele disse, tentando encontrar um meio de voltar à sua postura normal de entrevista depois de sua explosão. — Você lidou com sua obrigação para com sua esposa, sua culpa e sua raiva com um ato simples: um travesseiro sobre o rosto. Por isso nunca admite que o que fez foi suicídio assistido, não importando o quanto isso poderia ajudá-lo; porque se fosse isso, se você dissesse *nem que apenas uma vez*, que foi isso, então Francine teria vencido, não é mesmo? É ela quem manda, mesmo na morte, e você é um fraco.

Breary se levantou e tirou algo da cintura elástica de sua calça de prisão; a velocidade do movimento fez Simon recuar um passo, mas era apenas uma folha de papel dobrada, não uma arma.

— Pegue — disse Breary.

— O que é isso?

— Dê a Gaby; Gaby Struthers, Rawndesley Technological Generics. Não faça isso quando Sean estiver por perto, o homem com quem ela mora. Assegure-se de que esteja sozinha.

Simon desdobrou a página e viu um poema escrito à mão, um soneto. As palavras "se apaixonando" saltaram sobre ele; estava distraído demais para captar mais. Não havia nada indicando quem tinha escrito.

— Lamento pedir um favor quando não lhe dei nada — Breary disse.

Ele estava falando sério? Uma olhada em seu rosto disse a Simon que estava: queria que Simon entregasse um poema de amor a uma mulher. Seria esse seu modo de insinuar um motivo que até então não havia sido sugerido? O nome Gaby era novidade na investigação.

— Ela talvez consiga ajudá-lo — Breary murmurou. Simon mal pôde ouvir.

— Como?

— A sua resposta a essa pergunta será melhor que qualquer uma que eu possa dar.

Exceto que Simon não tinha uma resposta. *Será melhor*, futuro: assim que ele encontrasse Gaby Struthers e descobrisse... O quê? Nesse meio-tempo, ele teria alegremente aceitado a explicação mais fraca de Breary, aquela que ele sabia que não iria conseguir.

— Eu não tenho muita imaginação, mas a reconheço e admiro nos outros — Breary comentou. — A sua é sobre-humana. Eu enganei Francine e a fiz crer que a estava ajudando a morrer enquanto privadamente, em minha mente, a estava assassinando? Eu não teria pensado nisso nem se tentasse durante mil anos. E como você não está mais perto de saber o que eu fiz ou não, ou por que sim ou por que não, precisará vir e me ver novamente, e conceber mais teorias. O que me dará algo pelo que ansiar — Breary disse, olhando para longe e suspirando. — Escute, sei que essa pode ser a última coisa que você quer ouvir, e lamento, mas... eu me sinto irracionalmente orgulhoso de ser tema de suas ideias brilhantes. E ainda mais culpado por não ser capaz de ajudá-lo.

Simon não costumava se ver como alvo de louvores explícitos e não merecidos. Quando outras pessoas falavam sobre suas teorias impressionantes — e sim, ele não podia negar que normalmente estava certo —, elas tendiam a carregar suas vozes de exasperação. Correto, inspirado, mas ainda assim um saco; seria mais palatável se ele fosse mais comum e estivesse errado com maior frequência. Era o que a maioria das pessoas pensava de Simon. Foi bom conhecer a exceção.

Mesmo ele sendo um assassino?

Seria a lisonja de Tim Breary, assim como sua falta de motivo, parte de uma campanha cuidadosamente concebida para evitar uma condenação por homicídio? Ou para garantir uma?

Simon estava tendo dificuldade em pensar direito. Será que, para variar, ele não era a pessoa mais inteligente na sala?

— Você irá encontrar Gaby e dar a ela o poema? — Breary perguntou.

— Por que deveria?

— Dever não vem ao caso. Você o dará a ela porque eu preciso disso. Porque você manteria sua esposa viva, mesmo se ela tivesse morte cerebral. Porque você consegue imaginar.

Simon esperou que Breary lhe dissesse o que ele podia imaginar. Quando não foram dados mais detalhes, ele se virou para sair.

— Simon, espere. Quando você der o poema a Gaby...

— Eu não disse que o farei.

Era apenas no começo e no fim de suas sessões com Breary que Simon ficava muito consciente de suas circunstâncias diferentes: em alguns minutos, ele pisaria do lado de fora, aspiraria o ar puro para dentro de seus pulmões e partiria de carro, enquanto o funcionário que estivesse esperando do lado de fora da sala de visitas escoltaria Breary de volta à sua cela. Todas as vezes a ideia ativava o reflexo de fuga em Simon. Ele só se virou porque tinha ouvido mais do que palavras, e não queria perder as pistas visuais.

Breary parecia estar mastigando e engolindo ar; seu maxilar e seu pomo de adão trabalhando freneticamente. Alguns segundos se passaram antes que conseguisse falar:

— Não mencione meu nome. Não diga a Gaby que o poema vem de mim.

O pedido foi tão acintosamente inadequado que Simon teria se sentido um sádico chamando a atenção para isso.

Ele ainda estava pensando se e como deveria responder, quando Tim Breary disse:

— Diga a ela que vem do Portador.

PROVA POLICIAL 1441B/SK — POEMA "SONETO", DE LACHLAN MACKINNON.

UMA CÓPIA MANUSCRITA DESTE POEMA FOI DADA POR TIMOTHY BREARY AO DETETIVE SIMON WATERHOUSE EM 11/3/2011 NA HMP COMBINGHAM COM O PEDIDO DE QUE FOSSE ENTREGUE PELO DETETIVE WATERHOUSE A GABRIELLE STRUTHERS

"Soneto"

Suponha que não houve grande Verbo criador,
Que o tempo é infinito. Corolário?
O presente momento dá ao infinito
Um fim, por vir depois dele. Absurdo.

Digamos que o começo do mundo ocorreu
A tempo, e chame esse momento de momento T,
Tudo necessário para o mundo existir
Era, no ponto T menos X. Absurdo.

Apaixonar-se é um paradoxo assim.
Ou acontece como um trovão,
Então quando dá sentido às nossas vidas ele mente

O PORTADOR 139

Ou havia muito esperávamos pelo beijo
Que nos mudou, e, sabendo como sacudiria
Nosso ser, não podemos sentir surpresa.

PROVA POLICIAL 1433B/SK — TRANSCRIÇÃO DE CARTA MANUS-
CRITA DE TIMOTHY BREARY PARA FRANCINE BREARY DATADA DE
25 DE DEZEMBRO DE 2010

Querida Francine,
É dia de Natal. Se você é a mesma Francine que sempre foi, então pensará que, como eu sou seu marido, e como você não está morta, eu deveria lhe dar um presente. Eu concordo. Em anos anteriores não concordei, mas mudei de ideia. O poema nesta carta é meu presente para você este ano. É um dos meus preferidos.
A antiga Francine teria considerado um poema transcrito um presente inadequado. Pelo que eu sei, a Nova Francine poderia concordar. Tudo o que posso dizer em minha defesa é que, ao fazer minha escolha, não me preocupei em reduzir ao mínimo o custo ou o esforço. Se existe no mundo um presente melhor que a poesia, ainda não o descobri. (Não estou falando do que hoje passa por poesia — prosa inerte picotada que não tem valor evidente ou música inerente. Não que você se preocupe com tais distinções, Francine.)
Não vou enfiar estar carta sob seu colchão como Kerry gostaria que eu fizesse. Vou fazer o que sempre fiz com os presentes de Natal que comprei para você: eu o colocarei em sua mão. Antes o lerei para você, claro.

"Em uma floresta escura", de C. H. Sisson

Agora que tenho quarenta preciso lamber minhas feridas
O que foi sofrido não pode ser reparado
Eu escolhi o que qualquer adulto escolhe
Um lixo nauseante que não pode ser partilhado.

Meus erros foram escritos em meus sentidos
O corpo é um registro da mente
Meu toque está coberto de minhas antigas defesas
Como minha inteligência estava embotada, meu olho fica cego.

Não há crédito em uma longa defecção
E defeito e defecção são a mesma coisa
Eu não tenho o corpo certo para ressurreição
Então destrua minha forma em parte consumida.

Mas isso você não fará, pois isso era perdão
Os corpos que você perdoa, troca
E isso você reserva para aqueles que você irá endurecer
Para sofrer sob o mando rígido de sua Graça.

Cristãos na terra podem ter seus corpos reparados
Pela premonição de um celestial estado
Mas eu, pela carne bruta da Graça, protegido
Nunca consigo ver, nunca comunicar.

Agora tenho de descer para o jantar de Natal, mas voltarei mais tarde para ler o poema para você novamente e lhe contar o que acho que significa. "O corpo é um registro da mente." Você concorda, Francine?
Kerry está me chamando para jantar. Não tema — eu voltarei.

Seu marido, para o mal e para o pior, tendo perdido toda a esperança de bem,
Tim

9

Sexta-feira, 11 de março de 2011

Estaciono no acostamento gramado onde a estrada estreita termina. A casa de Tim está escondida de mim: a Dower House, no terreno de Lower Heckencott Hall. Não posso vê-la, mas sei que fica atrás daqueles portões de madeira altos, graças a um consenso de resultados de busca. The Hall é relacionado como Grau 1 e aparece em sites da internet com nomes como "Tesouros Arquitetônicos de Culver Valley" e "Melhores Casas Históricas da Grã-Bretanha".

A moradia de Tim, eu me corrijo. *Não sua casa.* Uma de minhas buscas levou a um PDF de plantas para uma ampliação projetada pelo Roger Staples Design Studios para Daniel e Kerensa Jose. Isso faz sentido; Dan e Kerry são aqueles com dinheiro. Graças ao nethouseprices.com eu sei que eles pagaram 875 mil libras pela Dower House em fevereiro de 2009.

Kerry nunca me contou que seu nome era um diminutivo de Kerensa. Tim deveria saber. Eu me odeio por supor que Francine não soubesse. Não faz nenhuma diferença, mas prefiro pensar nela como ignorante, alguém de fora.

A convicção que Kerry plantou em minha cabeça há seis anos permanece teimosamente, loucamente lá: Francine pode ter se casado com Tim, mas não fazia parte da vida dele. "Você é a quarta de nosso quarteto", Kerry me disse uma vez em que Dan e Tim estavam atrasados para nos encontrar em Omar's Kitchen. A ideia assentou raízes, rápido e com firmeza. Acreditei nela porque precisava que fosse verdade.

Eu ainda preciso que tenha sido verdade quando ela o disse. *Se foi verdade uma vez...* Tinha de ser; Kerry me contou sobre o pai — algo que ela, Dan e Tim haviam concordado nunca contar a Francine.

A chuva tamborila no teto do meu carro como um lembrete raivoso, me censurando por baixar a guarda e admitir fraqueza. Não importa que ninguém me escute além de mim mesma. A vida pune os carentes; admita que você não pode viver sem algo, e isso lhe é tomado.

Eu não preciso de Tim do modo como costumava precisar. Provei que posso viver sem ele. Quero ajudá-lo, apenas isso.

Se meus colegas cientistas pudessem me ouvir tentando driblar o Destino, pensariam duas vezes sobre voltar a trabalhar comigo.

Compreendo que, seja lá o que for, isso não é Tim sendo devolvido a mim. Ninguém me convidou de volta para nada. Olhe para esses portões fechados.

Quando conheci Kerry e Dan, eles não tinham portões atrás dos quais se esconder. Moravam na Burtmayne Road, em Spilling, em uma casa geminada de dois quartos sem jardim que era só fachada; da rua, ela o levava a pensar que tinha o dobro do seu tamanho real, mas só tinha a profundidade de um aposento. Tim e Francine moravam a um minuto de caminhada, em Heron Close, uma casa nova de três quartos com um jardim que dava para tantas casas novas idênticas que Tim se referia a ele como "o teatro da esquina", embora nunca na presença de Francine, segundo Kerry.

E agora Tim mora aqui, com Kerry e Dan. E eu moro com Sean.

O detetive Gibbs pediu meu endereço; foi uma de suas primeiras perguntas, uma formalidade. Horse Fair Lane 47, Silsford, informei. Soou como um endereço, e mais nada. Quando saí da delegacia, fui diretamente à Dower House, sem ser convidada e provavelmente sem ser bem-vinda. Vir para cá parecia tão acidental e incongruente quanto teria sido ir para casa. Eu sabia que precisava dormir, mas não conseguia imaginar fazer isso em minha própria cama. A ideia que tenho de uma cama, uma casa, um namorado, me parece algo em que posso ter querido acreditar, embora nunca tenha sido verdade: como se tivesse encontrado um conjunto de coisas todas convenientemente reunidas em um lugar, fingido que eram minhas, e todos tivessem sido educados demais para protestar.

Pare de enlouquecer. Faça algo útil.

Abro a porta do carro, fecho novamente. Os portões proibitivos são muito perturbadores. Digo a mim mesma que, se Tim mora ali, então meus sentimentos por ele justificam que eu esteja ali. E não há um "se" nisso: os sites de notícias concordam que era onde Tim e Francine estavam morando quando da morte de Francine. De graça: essa foi a parte que descobri sozinha. Kerry e Dan sairiam pulando pela rua nus antes de cobrar aluguel de Tim. Ele pode ter tentado insistir em pagar sua parte, mas eles não teriam permitido.

A ideia de que eu poderia ver Kerry novamente — que ela poderia estar em casa agora, atrás daqueles portões — faz meus olhos se encherem d'água. Pisco para conter as lágrimas. Fiquei tão devastada quando Tim saiu da minha vida que apenas meses depois consegui ver além da perda, a tristeza menor de que Kerry também tinha partido. Não fazia muito tempo que eu a conhecia, mas senti falta dela mais do que esperava. Ela me ajudara do modo mais importante que eu já havia sido: ela me explicou Tim. Não completamente — isso seria impossível, considerando que Tim é Tim —, mas o suficiente. Kerry me mostrou o sentido da minha vida quando eu havia perdido o contato.

Não posso me permitir esperar que ela consiga fazer isso novamente.

A chuva cessa tão de repente quanto começou. Saio do carro, deixando a bolsa no banco do carona, mas levando comigo meu telefone desligado. *Um meio-termo.* Se, de repente, decidir que estou pronta para conversar com Sean, posso ligar o celular e não perder mais tempo. Embora antes de fazê-lo eu provavelmente fosse querer escutar as dezoito mensagens raivosas que ele deixou para avaliar seu ânimo, e depois de ouvir provavelmente estaria ainda menos disposta a falar com ele do que estou agora, então que sentido faz?

Que também é minha reação instintiva à fortaleza de milionário à minha frente: qual o sentido de tentar entrar quando tanto esforço de projeto foi investido para manter as pessoas do lado de fora? A placa diz "Lower Heckencott Hall", mas deveria dizer "Abandonem a esperança todos os que querem entrar aqui", uma variação sutil, mas crucial, da frase conhecida. Tento não me sentir intimidada pelos pilares de pedra esculpida, o sistema de interfone com seus dois botões, o alto muro de pedra com uma sebe ainda mais alta formando uma camada extra de proteção acima. Agora que estou de pé consigo ver, a distância, um padrão repetido de janelas idênticas. Os dois andares mais altos de um enorme prédio quadrado que devia ser o Hall. A longa entrada de carros reta faz sua presença ser sentida ao mesmo tempo que sai de vista — mais longa que uma rua com trinta famílias vivendo de cada lado, a julgar pela posição da casa em relação aos portões.

A despeito de seus adornos de privacidade, Lower Heckencott Hall parece pública e prática, com seus cantos rígidos e suas linhas inflexíveis. Imagino uma grande sala de reuniões empoeirada dentro das paredes, cheia de homens gritando e agitando panfletos no ar. Um de meus resultados de busca a descreveu como "o maior exemplo de arquitetura local do sul da Inglaterra". Outro a chamava de mansão, o que me soa equivocado; "mansão" implica um luxo que está ausente aqui. Não há floreios, nenhum detalhe suavizante, nenhum toque decorativo, apenas um cubo de pedra sem nada além de janelas rompendo a monotonia da fachada. Nem mesmo um teto inclinado; o Hall tem teto reto.

A palavra me leva de volta doze anos, até quando conheci Sean na academia do Waterfront Health Club. Não quero pensar nele, mas ele continua invadindo minha mente. Será um reflexo culpado porque sei que provavelmente irei abandoná-lo?

Não provavelmente. Certamente.

Provavelmente.

Quando ele me chamou para sair, em vez de sim ou não eu disse que tinha uma confissão a fazer e soltei que durante meses pensara nele como Ovo Cozido Sensual, porque seu corte de cabelos reto criava a ilusão de que alguém havia removido o alto de seu crânio. "Evidentemente isso é em parte um cumprimento e em parte não, e você poderá não querer jantar comigo agora que sabe", disse. Sean riu educadamente. Ficou claro que não achou minha admissão nem engraçada, nem charmosa, nem ofensiva, meramente um obstáculo a ter sua pergunta respondida. Quando viu que eu também esperava uma resposta, disse que sim, ainda queria me levar para jantar. Ele me deu o local, a data e a hora como se fosse um arranjo já existente. O Slack Captain em Silsford, no sábado seguinte; ele me pegaria sete e meia.

Ele chegou com um novo corte escovinha, parecendo um pouco marginal e quatrocentas vezes mais sensual. Agradeci por ter ido me buscar e disse — para o caso de não ter lhe ocorrido, e para referência futura — que poderíamos ter nos encontrado no restaurante. Não disse que o Slack Captain não era minha ideia de restaurante. "Poderíamos ter nos encontrado lá, só que eu a convidei", concordou Sean. Perguntei o que queria dizer, e ele respondeu: "Significa que o jantar é por minha conta e minha responsabilidade. Eu a pego e levo para casa depois." Ainda no escuro, decidi deixar pra lá; sua aparência quatrocentas vezes mais sensual fazia todo sentido, mesmo que suas palavras não fizessem.

Coloquei de lado meu desconforto sobre ele ter definido todos os detalhes de nosso encontro antes que eu tivesse aceitado sair, decidi que sua resposta capilar rápida significava que era flexível e tinha mente aberta, e disse isso fazendo uma brincadeira sobre ser fácil manter a mente aberta quando alguém tinha cortado o topo da sua cabeça. Sean me lançou um olhar frio, e parei de rir.

Ele pediu a conta ainda mastigando o último pedaço de carne. Eu acabara meu prato principal alguns minutos antes, mas não havia me dado conta de que nosso jantar chegara ao fim. Não ocorrera a Sean que eu poderia querer sobremesa ou café; ele não queria, então por que eu iria querer?

Ele não quer uma carreira que envolva passar a noite retida em Dusseldorf; por que eu quero?

Expulso a imagem dele da cabeça — horizontal em nosso sofá. Fora — e estou prestes a apertar o botão inferior do interfone com a etiqueta "The Dower House" quando os portões começam a se abrir com o que parece ser grande relutância. Ouço o motor de um carro e imagino uma Mercedes prateada, um chofer uniformizado. Ele poderia morrer antes que haja uma abertura grande o suficiente para sua passagem.

Eu me coloco de lado enquanto um Volvo S60 azul imundo aparece. Ele para junto aos pilares. A janela escurecida do motorista desliza para baixo e vejo um homem magricela mais ou menos da minha idade com cavanhaque e cabelos castanhos desgrenhados até os ombros que apresentam uma marca, como se até recentemente estivessem presos em um rabo de cavalo. Ele me encara. Há uma árvore de Natal morta deitada no banco de trás do carro e, sobre ela, um grande saco verde de restos de jardinagem.

Sorrio para ele, agradeço por abrir os portões e passo pelo Volvo para o terreno de Lower Heckencott Hall. Aí está a longa entrada reta como uma régua, exatamente como eu imaginara.

— Ei! — o homem chama.

Será que está falando comigo? E volto sobre meus passos. Ele parece com raiva.

— Quem disse que você poderia entrar? — perguntou. O sotaque era o rude de Culver Valley.

— Eu toquei a campainha da Dower House e eles apertaram o botão — minto.

— Não, eles não fizeram isso. Eu abri o portão. Ninguém abriu para você. Eles estão ocupados na Dower House. Não querem ser incomodados.

— Kerry abriu para mim — digo, determinada a firmar posição.

— Sou uma velha amiga. Meu nome é...

— Gaby Struthers — ele diz, como se tivesse me desmascarado, embora eu estivesse prestes a contar.

— Como você sabia?

— Então é Kerry que você veio ver? Não Lauren?

— Lauren? Cookson? — repito. Nunca chegarei a lugar nenhum se continuarmos respondendo a perguntas com perguntas. — Por que eu viria aqui ver Lauren? Eu sei que ela trabalhava aqui, mas...

Não consigo me obrigar a dizer, *mas Francine Breary está morta, e pessoas mortas não precisam de cuidadoras.*

Ele faz um ruído que está a meio caminho entre um riso e um escárnio, e coloca o braço para fora da janela. O movimento faz a manga da camisa subir, revelando uma tatuagem que teria me feito pensar em Lauren se já não estivéssemos falando sobre ela. Quase ninguém que eu conheço tem tatuagem. Será que ela conhece alguém que não esteja coberto delas?

— Não finja que não sabe que Lauren mora aqui — diz o homem, mas não estou escutando. Estou olhando para as palavras azuis em seu braço magro: "IRON MAN."

Jason Cookson. O marido de Lauren, três vezes sobrevivente do Iron Man Challenge. Jardineiro-faz-tudo-removedor de árvores de Natal mortas.

Assassino de Francine Breary? Talvez.

— Lauren já voltou? — pergunto. — Eu também gostaria de vê-la, caso...

— Ela não está.

— Como você soube quem eu era?

— Lauren disse que você iria procurar por ela — ele responde, olhando para a estrada à frente. A mensagem é clara: ele pode ter de falar comigo, mas não tem de olhar para mim. — Ela não quer você se metendo na vida dela, de modo que está perdendo seu tempo.

— Estou aqui para ver Kerry. Não tinha ideia de que Lauren morava aqui até você me contar.

— Você está de sacanagem — diz Jason, olhando para o volante.

— Um conselho: nunca sacaneie um sacana. Eu se fosse você daria meia-volta e iria embora.

Então ele é um sacana, como reconhece. *Interessante.*

— Você não é eu.

— Melhor não estar aqui quando Lauren voltar.

— Está indo pegá-la no aeroporto?

— Se ela chegar em casa e encontrar você aqui, vai ficar louca. Fique longe dela. Ela não quer nada com você. Está morrendo de medo de você.

— Seja lá o que for que ela tenha dito...

— Esqueça o que Lauren disse, e escute o que eu estou dizendo: suma. Ninguém quer você aqui.

— Esquecer tudo que Lauren disse? — retruco. — Ou apenas a parte sobre Tim Breary ser inocente de assassinato?

— Vaca metida! — ele diz, apunhalando o ar com um dedo raivoso. Eu preferia quando ele não estava olhando para mim. — Por que você não volta para a porra da sua casa chique, yuppie, na Snob Street?

Ele vai embora antes que possa chamá-lo de hipócrita. Ainda que mais provavelmente seja estupidez do que falta de coerência; aplicar dois conjuntos diferentes de regras a duas situações similares estaria além das capacidades intelectuais de Jason Cookson. Ele deve ter se esquecido de que mora no terreno de uma casa majestosa.

Os portões tinham começado a se fecharem. Corro para dentro, depois me sinto constrangida, embora não haja ninguém me vendo, porque não havia razão para correr. À minha esquerda, uma trilha larga suficiente para um carro segue a linha do muro ao redor do limite mais distante do jardim e desaparece atrás do Hall. Eu pego o caminho mais direto: a grama. *Porque era gramada e carecia de desgaste...*

Um dos poemas preferidos de Tim: "The Road Not Taken", de Robert Frost. "É inacreditável quão pouco as pessoas entendem quando as palavras e a sintaxe não poderiam ser mais simples", ele disse durante um de nossos almoços na Proscenium. "Todos acham que o poema é uma celebração na inconformidade, mas não é nada disso. O autor está fazendo o narrador em pedaços por seu autoengano pomposo, por ser vaidoso demais para encarar a verdade." E perguntei qual era a verdade. "Que todas as nossas escolhas são insignificantes", Tim respondeu, sorrindo.

Após cruzar três-quartos de um gramado maior que a maioria dos campos cultivados, vejo à frente e à esquerda uma construção de tijolos e pedras de dois andares. A Dower House; tem de ser. É facilmente grande o bastante para acomodar doze pessoas, com uma torre do relógio se projetando do meio do telhado inclinado, janelas quadradas planejadas e uma trepadeira glicínia, que deveria ser bonita quando florida, cobrindo quase toda a fachada.

Posso entender por que Dan e Kerry a compraram. É mais suave e atraente do que o Hall, e me faz pensar em um vicariato de um romance do século XIX. Aposto que Kerry se apaixonou por ela antes mesmo de ter cruzado o umbral, quando ficou de pé pela primeira vez onde estou. Há do lado de fora uma generosa área de cascalho para estacionar, com três carros nela. Isso significa que Kerry e Dan têm visitas? Será que Jason estava dizendo a verdade quando falou que estavam ocupados e não queriam ser incomodados?

Não me importo. Preciso saber por que Tim está mentindo sobre matar Francine. Kerry saberá me dizer mais que qualquer outro.

A presença de tantos carros em um dia de semana sugere que em sua nova vida Dan e Kerry não têm empregos de nove às cinco, de segunda a sexta. Dan era contador quando o conheci. Trabalhava com Tim na Dignam Peacock. Kerry era cuidadora, assim como Lauren, talvez também tenham se conhecido no trabalho. E então um dia Kerry disse que estava saindo. Ela não teria dito por quê, não teria mencionado o dinheiro. Quão surpresa Lauren deve ter ficado, mesmo que muitos meses depois, ao receber uma oferta de trabalho de sua antiga colega, mais bem remunerado do que qualquer um que ela tivera antes e incluindo acomodações no terreno de Lower Heckencott Hall?

O que acontecerá com Lauren agora que Francine está morta? Será que Kerry encontrará outro trabalho para ela na Dower House? Estremeço ao imaginar uma mulher sem rosto, de pele cinzenta, vítima de derrame como Francine, sendo empurrada para dentro em uma maca como substituta. Para dar a Lauren alguém novo de quem cuidar.

Por que Lauren, Kerry? Tim? Por que escolher a grossa Lauren de boca suja?

Talvez Jason tenha vindo primeiro; Dan e Kerry o contrataram, depois descobriram que a esposa era cuidadora...

Ou...

Sacudo a cabeça para afastar a ideia. E novamente, sem sucesso. Ela está determinada a ficar por perto até que eu reconheça a sua presença, o que não quero fazer porque me assusta.

E se Tim, ou Kerry, queria que a cuidadora de Francine fosse o mais idiota e vazia possível? Para que não notasse... o quê?

Isso é inútil. Eu poderia passar o dia inteiro especulando e ainda não teria uma teoria coerente ao fim dele. Respiro fundo e marcho na direção da porta da frente da Dower House como alguém que sabe o que está fazendo, e toco a campainha, esperando que isso silencie a voz em minha cabeça que ainda murmura todas as piores possibilidades.

E se Tim e Lauren... Não. De jeito algum.

Mas e se?

Tim é uma das poucas pessoas que não se acha melhor que ela, disse. Lauren pareceu sentir afeto por ele. E se ela souber que Tim é inocente, não por saber que Jason é culpado, mas porque estava com Tim em um quarto de hotel absolutamente nada perto da Dower House quando Francine foi assassinada? E se ela for seu álibi e não puderem dizer à polícia por medo do que Jason poderia fazer caso descobrisse?

Eu preferiria que Tim fosse um assassino a saber que estava dormindo com Lauren. Fico nauseada por saber isso sobre mim mesma.

Há uma data gravada na pedra acima da porta da Dower House: 1906. As terminações do 9 e do 6 enlaçam o 0. Isso me faz pensar na tatuagem "Jason" de Lauren: corações vermelhos com caules verdes ao redor das vogais. Será que ele criou o design? E fez uma expressão sentimental ou uma ameaçadora ao exigir corações em caules? E quanto ao pai dela quando pediu a tatuagem de "PAI" no braço de Lauren como presente de aniversário?

Toco a campainha de novo, dessa ver com maior insistência. Fui deixada sozinha com meus pensamentos por tempo demais; estou começando a me sentir irreal.

Dan Jose abre a porta. Seus cabelos claros e finos estão mais compridos e desgrenhados do que costumavam ser quando ele trabalhava na Dignam Peacock. Está de óculos novos: armações pretas quadradas em vez das antigas metálicas de prata.

— Gaby — ele anuncia, como se eu pudesse não saber quem sou.

— Tim está dormindo com Lauren Cookson? — pergunto a ele.

Ele espera alguns segundos. Depois diz:
— Claro que não. Não há ninguém.
Isso é mais informação do que eu esperara. Ainda mais surpreendente, são boas notícias. Começo a chorar. Dan se adianta, me dá um abraço.
— É bom ver você, Gaby. Mesmo... sendo assim.
Acredito nele; claro que acredito nele. Ao mesmo tempo, não consigo tirar da cabeça a outra história inverídica: que Tim está envolvido com Lauren ou estava antes de ser mandado para a prisão. De todas as mulheres que já conheceu, ele a quer menos, a respeita menos. Por isso a escolheu; é o que Tim acha que merece. Ele teria podido ler para ela seus poemas preferidos e sorrir consigo mesmo quando pedisse para parar de falar um monte de merda velha tediosa. Se realmente queria provar que as escolhas que fazemos não podiam ter menos importância, Lauren seria seu caso perfeito.
— Tim nem sequer notava Lauren — Dan diz. — Era constrangedor. Kerry tentou ter uma conversa com ele sobre isso, mas não teve efeito. Ele não a via nos aposentos, não dizia olá para ela quando passava pelo salão. Achei que fosse algo esnobe, mas não era.
— Então o que era? — pergunto. Anos desde que nos vimos pela última vez, e nem mesmo dois minutos de papo furado. Bem. Seria insuportável ter de passar por toda a lenga-lenga sem sentido de "E então, o que tem feito?".
— Kerry saberia lhe dizer melhor que eu — Dan responde. — Ela avalia que depois... bem, depois de tudo o que aconteceu, Tim deliberadamente encolheu seu mundo, de modo que não havia ninguém além dele, de mim e de Kerry. E Francine, obviamente, depois que teve o derrame.
— Depois? — reajo. Que coisa estranha de dizer. — E antes, presumivelmente?
Dan olha por sobre o ombro, para dentro de casa. Não consigo ver muito, apenas um espelho acima de uma cômoda de madeira escura com gavetas e pernas. Não há luzes no saguão. A despeito do abraço tranquilizador, Dan não me convidou a entrar.

O que ele quis dizer com "tudo o que aconteceu"? O rompimento entre Mim e Tim? Mais que isso? Então, afinal de contas, teríamos de fazer o número do "então, o que tem feito"?

— Há muita coisa que você não sabe, Gaby. Tim largou Francine pouco depois de ter visto você pela última vez, então voltou para ela depois do derrame. Eu... Eu sei que Kerry iria adorar conversar com você, mas este não é um bom momento. A polícia está aqui.

Tim largou Francine. Tim largou Francine. As palavras rodopiam em meu cérebro.

Dan está certo: há muita coisa que não sei, porque ele e Kerry não me contaram. Um ano e dois meses depois de ver Tim pela última vez, Kerry me escreveu uma carta. Eu ainda a tenho; sei de cor. Tim se mudara para Cotswolds, ela escreveu. Não havia qualquer referência a Francine, e supus que, como era a esposa, tivesse se mudado com ele. Kerry me disse que ela e Dan se mudaram, já que não precisavam mais estar em Culver Valley por motivo de trabalho. A carta continha algumas referências vagas e passageiras a projetos de trabalho futuros: Kerry entrara em contato com uma reserva natural da região e esperava poder se envolver mais. Dan estava fazendo doutorado em narrativas de risco e como nossas posições em relação a apostas financeiras são mais determinadas pelas histórias que contamos a nós mesmos do que por nossas oportunidades de terminar mais ricos ou mais pobres. Essa parte teria me feito sorrir, não fosse pelo que viera imediatamente depois. Tim pedira a Kerry que me transmitisse uma mensagem: eu não deveria entrar em contato com ele novamente, nunca.

Kerry também queria que eu soubesse que ela e eu não poderíamos mais ser amigas. Não fiquei surpresa. Eu só conversara com ela duas vezes pelo telefone desde que Tim decidira me boicotar, e nas duas vezes ela soara desconfortável. Em sua carta, ela explicou como era importante para Tim saber que eu não fazia mais parte da vida dela ou de Dan, já que eram as únicas duas pessoas nas quais ele podia confiar. "Agora nós somos todo o mundo dele", escreveu. Não desconfiei que isso significava que Francine não estava mais em cena; supus que estivesse ao fundo, tão restritiva e venenosa como sempre, mas que Kerry não queria gastar tempo com o negativo. Achei que queria dizer que ela e Dan eram as únicas coisas boas na vida de Tim.

"Saber que eu estava almoçando com você, ou mesmo apenas conversando pelo telefone, o mataria", continuava a carta. "Você é o passado dele, nós somos seu presente. Se você aparecer em nosso presente, transbordará para o dele, e ele não poderia suportar isso. Realmente espero que compreenda. Tim a adora, e sempre irá adorar (não, ele não disse isso, mas eu SEI!), e não consegue lidar com o sentimento."

Toda noite, enquanto me deitava ao lado de Sean, ou sozinha em uma cama de hotel em algum lugar da Europa ou dos Estados Unidos, tentando dormir, eu escrevia de cabeça cartas para Kerry, cartas que nunca coloquei no papel ou no computador. *Eu tenho sido totalmente obediente, Kerry. Veja como tive sucesso em desaparecer: não apenas da vida de Tim, mas da minha própria. Eu me enterrei no ofuscante brilhantismo do meu trabalho e desapareço de minha vida doméstica cada vez mais a cada dia.*

— Qual polícia? — pergunto a Dan. — O detetive Gibbs?

Eu poderia ter dado a ele uma carona desde a delegacia.

— Você conversou com Chris Gibbs?

Digo a ele que vi Gibbs uma vez. Explico sobre Dusseldorf, meu voo atrasado, o encontro com Lauren. Eu a cito sobre deixar um homem inocente ir para a cadeia por assassinato.

A cor desaparece do rosto de Dan enquanto falo.

— Você contou a Gibbs que Lauren disse isso? — ele pergunta. Está brincando?

— Por que acha que o procurei, Dan?

— Porra — ele reage, fechando os olhos.

— O que está acontecendo? — pergunto. Dan tem o oposto de *poker face*; sempre teve.

— Este não é um bom momento, Gaby. Você vai ter de voltar.

— Vou esperar até Kerry estar livre — digo, forçando minha passagem por ele e para dentro da casa.

— Por que Lauren estava no seu avião? — ele pergunta atrás de mim.

Boa pergunta. Tim contou a Lauren sobre mim? Ou talvez tenha tentado não me citar, mas não conseguiu, e Lauren imaginou que eu sempre significaria mais para ele do que ela poderia; talvez o tenha flagrado olhando meu site na internet ou meu blog com frequência demais? Sentiu inveja suficiente para querer descobrir pessoalmente se tinha algo de que sentir ciúmes?

Não. Eles não estavam tendo um caso. Não há razão para pensar que sim.

Imagino Tim passando por Lauren no saguão onde estou de pé, evitando o olhar dela, fingindo não ter notado sua presença...

Se Dan está me seguindo enquanto começo a vasculhar sua casa, não tenho consciência. Passo apressada por portas fechadas, muitas delas em sequência. Dan e Kerry deveriam solicitar uma mudança de uso e reclassificar aquele lugar como um museu das portas. Lado errado. Volto por onde vim, viro à direita onde havia virado à esquerda.

As estradas se separavam em um bosque amarelo...

Esta parece mais promissora: um facho de luz no fim do salão que deve significar uma porta aberta. Ouço uma voz que não soa como a de Kerry. Uma mulher. Enquanto chego mais perto, ela diz:

— Estou interessada no seu dinheiro e de Dan. Vocês evidentemente não são carentes disso. Sam diz que Tim não trabalha há algum tempo, então não poderia estar pagando por tudo isto e uma cuidadora para Francine.

Quem é Sam?

— De onde veio o dinheiro? E como vocês podem ser tão generosos com ele?

Eu sei a resposta. Engulo em seco e entro na sala.

10

11/3/2011

— Será que eu poderia explicar sobre o dinheiro? — a mulher de pé junto à porta perguntou a Kerry Jose.

Ela se virou para Charlie, e disse:

— Sem mim não haveria nenhum; essa é a minha desculpa para me meter.

Tinha cabelos castanhos grossos até os ombros, aquela intrusa, pele clara, grandes olhos castanhos, sardas sobre a base do nariz. Charlie ficou confusa com as roupas dela. Tinham o brilho inconfundível de peças caras de estilista, mas muito amassadas e sujas em certos pontos, enlameadas, com manchas de comida. Os brancos dos olhos estavam injetados.

— Desculpem, mas vim diretamente de um exaustivo teste de resistência de atraso de voo — explicou, olhando para si mesma. Não parecia lamentar. Seu tom combinaria melhor com as palavras "Fodam-se". — Não tive tempo de me trocar — acrescentou, lançando um olhar desafiador na direção de Charlie.

Certo, então ela era inteligente; sabia no que Charlie estava pensando. E confiante: muito poucas pessoas se meteriam em uma investigação de assassinato em progresso declarando que não haveria dinheiro se não fosse por elas.

Charlie estava prestes a perguntar o nome da mulher quando foi distraída por um ganido de Kerry Jose. Ela se virou. Kerry, antes apoiada no puxador do fogão Aga, cobrira a boca com as mãos e chorava. Tinha os olhos secos e estava calma segundos antes.

— Gaby! Ah, graças a Deus!

Kerry atravessou o aposento de repente, fazendo Charlie dar um pulo, e agarrou o corpo desmazelado da visitante em um abraço apertado, prendendo os braços dela ao lado do corpo.

Então estava bem claro: de algum modo aquela mulher era importante. O lugar dela era ali, embora Kerry evidentemente não soubesse que estaria chegando.

Ela até mesmo parecia pertencer. Sua aparência, simultaneamente rica e suja de lama, combinava perfeitamente com o clima da cozinha, de paredes amarelo-girassol, de Kerry e Dan Jose, que era uma mistura similarmente bizarra de elegante e chocante. Era um aposento enorme, que engolia facilmente duas mesas, com seis cadeiras cada uma, e tinha nas paredes impressionantes pinturas a óleo não emolduradas. Também era um dos espaços domésticos mais bagunçados que Charlie já vira. Nenhuma superfície, ou parte dela, era visível; Charlie tivera de equilibrar a xícara de chá que Kerry Jose lhe dera em uma pilha de velhos cartões de Natal, levando Kerry a dizer: "Sim, use esses cartões como porta-copo, boa ideia!"

Todas as bancadas e os tampos das mesas exibiam instáveis torres altas de coisas que não tinham nada em comum umas com as outras e não combinavam juntas: um catálogo telefônico sobre um jogo de tabuleiro, em cima de uma caixa de cereal, sobre um livro de amostras de tecidos equilibrado em uma raquete de tênis. Junto a essa torre em particular havia uma tigela de frutas que continha uma trena, um broche de ovelha feito basicamente de lã rosa, um pacote de curativos, um par de meias enrolado, quatro palitinhos de picolé velhos com manchas vermelhas e laranjas na metade superior e um sutiã quebrado com a armação se projetando para fora do tecido preto. Entre as duas mesas — uma rústica, de madeira e redonda, a outra com elegantes pernas de madeira escura e um tampo de mármore branco com veios —, pelo menos quinze caixas de papelão empilhadas no meio do piso. Charlie só podia ver o conteúdo da camada superior: livros, mapas, um tapete dobrado, um relógio com o vidro quebrado e ponteiro grande curvado.

Se esta cozinha fosse minha, eu manteria a arte e jogaria todo o resto fora, Charlie pensou. Ela e Simon eram o oposto de acumuladores, se deu conta. Compravam o mínimo possível, jogaram fora o máximo possível assim que tinham comido ou bebido o conteúdo. Charlie podia ver facilmente que Kerry Jose devia pensar diferente; podia imaginar Kerry dando o que considerava uma boa razão para manter um palito de sorvete velho. Kerry se concentrava no positivo sempre que podia, isso ficara evidente na conversa breve que Charlie conseguira ter com ela antes que aquela tal Gaby interrompesse. E também era evidente a quase total falta de desejo de controlar ou conduzir a conversa; Kerry parecera feliz de deixar Charlie levar o diálogo para onde quisesse e responder a todas as perguntas de boa vontade e quase... Agradecida não poderia ser a palavra certa, poderia? Era como Kerry soara: gostando do estímulo de Charlie. A dinâmica entre Kerry e Dan, o marido, também parecera bastante estranha, mas Charlie sabia que era cedo demais para chegar a um veredicto sobre isso: os três haviam passado menos de um minuto sentados à mesa da cozinha antes que o telefone tocasse e Dan fosse atender, e depois a campainha soara diversas vezes — arrogantemente, Charlie achara. Devia ter sido Gaby, aquele toque insistente com o ar de "Algum escroto vai me deixar entrar?".

Mas Kerry ficara encantada em vê-la. A chegada produzira um "Graças a Deus". As duas obviamente eram amigas de alguma maneira, embora parecessem não ter nada em comum: a boêmia de saia com borlas e suéter felpudo e a mulher de negócios reluzente e determinada. Talvez não tão cintilante naquele dia, mas Charlie podia imaginar quão intimidadora impressionante Gaby pareceria depois de uma boa noite de sono.

A expressão de Gaby era mais de agonia que de encanto. Estava tentando se soltar do abraço de Kerry.

— Kerry, não. Você vai me perturbar. Eu não quero passar meu tempo limitado com a polícia chorando.

Kerry recuou, concordando, e limpou os olhos, visivelmente confortável por receber ordens.

Isso é o estranho: *tanto ela quanto o marido gostam que lhes digam o que fazer. Olham um para o outro hesitantes, esperando alguma espécie de dica, inseguros sobre quem está no comando. Casamento estranho.*

O roto falando do esfarrapado.

— Você é a policial, certo? — a voz confiante de Gaby interrompendo os pensamentos de Charlie.

— Sargento Charlie Zailer — ela disse, se levantando e estendendo a mão.

Gaby a apertou.

— Gabrielle Struthers, conhecida apenas como Gaby. Sou amiga de Kerry e Dan, de muitos anos atrás. E também boa amiga de Tim Breary.

— O que você disse sobre não querer perder seu tempo limitado com a polícia... — Charlie começou, sem saber exatamente aonde chegaria com aquilo ou, pensando melhor, o que estava fazendo ali sem Sam. Ele enfiara a cabeça para avisar que algo havia acontecido e tinha de voltar à cidade, disse a Charlie para mandar uma mensagem quando quisesse que a apanhasse. Um disfarce óbvio. Ele estava esperando que ela conseguisse estabelecer com Kerry Jose uma relação mais bem-sucedida do que conseguira, arrancar dela algo que ele não fora capaz. Ela planejava contar depois, orgulhosa, que deixara totalmente de lado o caminho empático-emocional, em vez disso perguntando pelas finanças familiares. Pelo que ela podia dizer, era o aspecto mais interessante da situação em Dower House, bem como o mais suspeito. Não em relação ao assassinato de Francine, talvez, mas ainda assim estranho e, portanto, merecedor de uma investigação. Verdade que Tim e Francine Breary eram amigos íntimos dos Jose, mas a maioria deles não estava disposta a apoiar um ao outro financeiramente até que a morte os separasse. Muitos pais não fariam isso nem mesmo pelos filhos.

Charlie teve consciência de que Gaby Struthers a encarava, sobrancelhas erguidas em expectativa. Esperando que terminasse a pergunta que começara a fazer.

— A maioria das pessoas não é assim tão disposta a conversar conosco — ela disse. — Culpadas ou inocentes, elas nos evitam quando possível.

— Culpadas ou inocentes, a maioria das pessoas é de covardes e supersticiosos — Gaby disse, puxando uma cadeira de sob a mesa para poder se sentar.

Havia algo redondo e prateado no assento. Um prendedor de guardanapo? Não, grande demais, beiradas muito afiadas. Um cortador de massa. Charlie conhecia pessoas que tinham um — pessoas cujo estilo de vida era muito diferente do seu. Ela teria mais utilidade para a aliança de um gigante gordo, o que a coisa de prata também poderia ser.

Gaby o pegou, jogou em um pirex na mesa que estava cheio de conchas, pedras, elásticos e pacotes de aspirina.

— Por que o seu tempo é limitado? — Charlie perguntou enquanto se sentava. — Precisa ir a algum lugar?

— Não. Imaginei que você sim. Veja, o que tenho a dizer não irá demorar muito. Por que não digo e então você pode seguir em frente descartando isso como o detetive Gibbs fez, e depois falar com pessoas que lhe dirão o que quer ouvir?

— Você deveria saber... Eu na verdade não estou diretamente envolvida na investigação sobre Francine Breary, eu era detetive, mas não sou mais. Então não sei o que Gibbs disse ou fez para aborrecê-la, mas se há uma linha definida nisto não faço parte.

— Você não está diretamente envolvida no caso de Tim? — Gaby perguntou, olhando para Kerry, que deu de ombros, desamparada.

— Não tive a oportunidade de explicar isso a Kerry antes da sua chegada — Charlie falou.

Uma boa amiga de Tim Breary. O caso de Tim. Estava claro com o que Gaby Struthers se importava e com o que não se interessava. Será que estava perturbada com o assassinato de Francine Breary, ou o bem-estar de Tim era sua única preocupação?

— Bem, se não é seu caso, se você não trabalha na delegacia, o que está fazendo aqui?

— Não estou certa. Sam Kombothekra estava vindo e me pediu para vir com ele... Ele é o sargento detetive encarregado — disse Charlie, dando de ombros. — Talvez ele ache necessário um toque feminino — comentou, permitindo que Gaby e Kerry ouvissem seu sarcasmo.

— Necessário para o quê? — Gaby perguntou. — O caso ainda está aberto? Isso significa que o detetive Kombothekra não acredita que Tim matou Francine?

A pronúncia do sobrenome de Sam por ela, após ouvir apenas uma vez, foi perfeita.

Charlie tinha de tomar cuidado. Uma opção era responder honestamente: "Sam acha que todos nesta casa estão mentindo sobre algo. A palavra conspiração foi mencionada." Uma frase assim, com poder de chocar, poderia ter um efeito positivo em Gaby Struthers, mas destruiria a relação que Charlie estivera criando com Kerry Jose, a partir da qual a verdade, supondo-se que ela a estivesse escondendo, teria de ser arrancada suavemente.

— Porque ele não a matou — Gaby disse com certeza.

— Gaby — Kerry murmurou, fechando os olhos. — Eu gostaria que ele não tivesse feito isso tanto quanto vo...

— Ele *não* fez isso, Kerry. Na quinta-feira eu viajei para...

— Dusseldorf, eu sei — cortou Kerry, como se lhe causasse dor pronunciar cada palavra. Os olhos ainda estavam semicerrados.

— Você *sabe* que Lauren estava no meu voo? — devolveu Gaby.

— Eu reservei os voos para ela. Ela me disse que ia visitar amigos, que Jason não podia saber nada sobre isso — Kerry disse, e suspirou. — Bem, ele sabe agora. Está indo para o aeroporto pegá-la. Aparentemente, ela não está em boa forma. Para ser honesta, não sei o que está acontecendo com Lauren.

— Dan não sabia que Lauren estava no meu voo — disse Gaby com firmeza. — Quando contei a ele há poucos minutos.

— Eu não tive a oportunidade de contar a ele — Kerry disse. — Ele estava em Londres esta manhã, só voltou há meia hora. Eu estive ocupada conversando com a sargento Zailer.

— Por favor, me chame de Charlie.

— Você sabe *por que* Lauren decidiu me seguir até a Alemanha? — Gaby perguntou. Seus modos lembraram a Charlie de Simon quando no papel de entrevistador. *Você vai me dizer o que quero saber, ou irá lamentar.* — Como ela sabe sobre mim?

Kerry balançou a cabeça. Estava se escondendo atrás de seus longos cabelos louros avermelhados, os segurando como um escudo diante do rosto. Com a outra mão, ela brincava com eles, simulava jogar algo no chão. Charlie não acreditava que houvesse alguma coisa nos cabelos que precisasse ser retirado; era apenas uma encenação, para não ter de olhar Gaby nos olhos.

Interessante. Kerry não tivera medo quando estava conversando com Charlie sozinha. Ainda assim, ficara genuinamente encantada quando a amiga entrara no aposento; aquilo não fora encenação.

— Ela não me contou nada, não me pediu nada — disse Gaby a Kerry, como se tivesse esquecido que Charlie estava ali. — Exceto o que deixou escapar por acaso...

— Será que alguém poderia me atualizar? — Charlie pediu, preocupada em ficar lamentavelmente para trás se desse às duas mulheres mais tempo de comunicação privada.

— Eu contei a história toda ao detetive Chris Gibbs esta manhã. Ele pode lhe dar os detalhes. Versão resumida? Eu fui para Dusseldorf ontem. Lauren Cookson, a cuidadora de Francine, me seguiu até lá. Ela soltou algo sobre deixar um homem inocente ir para a cadeia por um assassinato que não cometeu.

— O quê? — reagiu Kerry, largando os cabelos.

— Ela estava falando sobre Tim — Gaby disse. — De algum modo, ela sabe que ele não fez isso, e, como devia estar com Francine todos os dias, já que ela *mora* aqui, acredito nela cem por cento. Também sei que Tim não é um assassino, e nunca poderia ser. O que está acontecendo, Kerry? Por que ele está dizendo que matou Francine quando não o fez? Você precisa saber a verdade.

— Ele a matou, Gaby — disse Kerry, os músculos no rosto contraídos de ansiedade. — Lamento muito, mas estávamos todos aqui. Dan e eu...

— E Lauren? — cobrou Gaby.

Kerry assentiu.

— Lauren sabe... o que todos sabemos — ela disse, quase inaudível, baixando os olhos para o chão. — Não consigo entender por que diria o contrário.

— Gaby, tudo bem se eu lhe fizer umas perguntas? — Charlie perguntou.

— Vá em frente.

— Onde você estava em 16 de fevereiro?

— O dia em que Francine foi assassinada? — perguntou Gaby, enfiando a mão na bolsa, pegando uma agenda de couro escuro com "Coutts 2011" gravado na frente.

— Como você sabe quando Francine foi morta? — Charlie perguntou.

— Como alguém sabe alguma coisa? Google. Dezesseis de fevereiro: eu estava em Harston, uma aldeia perto de Cambridge.

— O dia inteiro?

Gaby afirmou que sim.

— Acordei às 5 horas, cheguei lá às 7 horas, fiquei em reuniões o dia inteiro.

— Reuniões?

O dia inteiro, em uma aldeia? Primeiramente no saguão da igreja sobre os arranjos de flores, depois nos correios para discutir a exposição de envelopes acolchoados na vitrine?

Como se pudesse ler a mente de Charlie, Gaby respondeu, impaciente.

— A sede da Sagentia no Reino Unido fica em Harston; é uma empresa de desenvolvimento de produtos. Terceirizamos uma parte pequena, mas crucial, de nosso trabalho para eles. Coloque meu nome no Google caso queira saber mais sobre qual é esse trabalho, e ligue para Luke Hares na Sagentia caso queira uma confirmação de que passei lá todo o dia 16 de fevereiro — falou, fez uma pausa, depois acrescentou: — Eu não matei Francine Breary mais do que Tim. Cristo, se ele fosse matá-la teria feito isso há anos.

Charlie viu o rosto de Kerry Jose endurecer. Decidiu não se concentrar nisso no momento e arquivou mentalmente o comentário de Gaby para referência futura.

— Você disse que ia me contar tudo o que precisava saber sobre o dinheiro.

— Fico feliz em fazer isso — Gaby disse. — Resumindo, Kerry e Dan têm muito e Tim não tem nenhum.

Kerry tinha colocado a chaleira para esquentar e estava pondo um saquinho de chá em uma caneca. Gaby perguntou a ela:

— O que aconteceu na casa de Heron Close?

— Ela foi retomada. Tim não trabalhou desde que largou Francine, que não foi muito depois de você tê-lo visto pela última vez. Ele não tinha dinheiro guardado. Não conseguiu pagar a hipoteca.

Gaby riu.

— Ele se preocupou? Odiava aquela casa.

Charlie viu os traços de Kerry se retorcendo, depois mudando. Seria útil se isso pudesse continuar a acontecer sempre que Gaby revelasse um detalhe que Kerry esperara manter em segredo; para Charlie, era como poder seguir uma estrada de tijolos amarelos de significados.

— Depois que Francine teve o derrame, ela também não conseguiu fazer os pagamentos. Eu... — Kerry disse, em seguida se interrompeu com um som travado, engasgando nas próprias palavras. Depois tentou novamente: — Eu lamento não ter entrado em contato, Gaby. Queria lhe contar tudo; sobre Tim largar o emprego, largar Francine, mas... — falou, e deu de ombros. — Bem, eu lhe expliquei na carta que escrevi. Você a recebeu?

Gaby fez um gesto afirmando que sim.

— Simplesmente não consegui — Kerry disse, os olhos se enchendo de lágrimas.

— Podemos voltar ao dinheiro? — Charlie estimulou. — Então Tim e Francine tinham uma casa em Heron Close que foi tomada pelo banco.

— Sim. Dan e eu sustentamos... Sustentávamos Francine, ainda sustentamos Tim — Kerry disse. — Sempre sustentaremos.

— Isso é extremamente generoso — Charlie disse.

— Somos uma família — Kerry disse com firmeza. — Não literalmente, mas somos tudo o que ele tem, e ele é tudo o que temos. E não é como se Dan e eu formos ter filhos — acrescentou, e ficou vermelha ao se dar conta do que havia dito. — Há... patologias em minha família biológica que não quero correr o risco de passar à frente.

— Kerry e Dan não seriam ricos não fosse por Tim — disse Gaby, enquanto Kerry levava a caneca de chá à mesa para ela. — Já ouviu falar de Taction?

Charlie balançou a cabeça.

— O robô cirúrgico Da Vinci? — Gaby insistiu, como se fosse a coisa mais comum do mundo. — No momento, o Da Vinci é o único no mercado, mas há duas empresas trabalhando em novos modelos de robôs que serão mais baratos de fabricar e menos invasivos que o Da Vinci, caso possam funcionar. Esse é um grande "se". Não há garantias, mas, se o principal concorrente conseguir a vantagem que está buscando, será em parte graças a mim. Minha primeira empresa, que eu criei e vendi, inventou um tecido táctil.

— Taction? — chutou Charlie.

Gaby assentiu.

— Nós o projetamos especificamente para ser usado na fabricação de luvas de resposta táctil. Também projetamos o protótipo de uma luva que não funciona com o Da Vinci, mas outra empresa a incorporou ao projeto de uma plataforma cirúrgica concorrente na qual estão trabalhando. A luva dá a quem está operando o robô dados que simulam com grande semelhança a sensação nos cinco dedos da própria mão, caso estivesse fazendo uma laparoscopia manual.

Então... Estou sentada aqui conversando com uma espécie de estrela genial da tecnologia de ponta. Charlie guardou o pensamento para si. Gaby Struthers não parecia precisar reforçar sua confiança.

— De modo a financiar desenvolvimento e testes, precisávamos de dinheiro — ela contou. — Tim me aconselhou sobre onde conseguir. Ele me trouxe investidores; todos os investidores de que eu precisava.

— Então Tim era seu... o quê, parceiro comercial? Seu contador? — Charlie perguntou.

— Meu contador, no final. Mas de início ele apenas viu exatamente do que minha empresa precisava e conseguiu para mim.

— Está se referindo ao dinheiro para fazer seu produto? — Charlie quis saber.

— Sim, mas não apenas isso. Eu poderia ter procurado qualquer empresa de capital de risco com meu plano de negócios, e eles teriam caído no meu colo — disse Gaby, com o que Charlie estava começando a reconhecer como sua modéstia e sua discrição características. — Eles também teriam querido o controle e tentado me colocar para fora. É o que essas pessoas fazem. Eu não aceitaria isso. Era *minha* empresa, minha experiência colocada naquele produto, eu sabia que se tivéssemos sucesso os investidores ficariam com a parte do leão do dinheiro; eu não tinha problemas com isso. Mas tinha um grande problema com a ideia de grandes desgraçados metidos entrando e me dizendo como comandar o espetáculo, porque, correndo o risco de soar metida, eu sabia o que estava fazendo, mais do que eles um dia saberiam.

— A empresa de Gaby foi vendida por quase cinquenta milhões de dólares — Kerry disse. — Para a Keegan Luxford.

Charlie assentiu. Ela sabia que deveria dizer "Uau" ou algo assim. Ficou pensando se a Keegan Luxford estaria interessada em comprar alguma coisa dela por cinquenta milhões de dólares. O cérebro de Simon, talvez. Mesmo isso era inútil. Remoção e entrega seriam complicadas demais.

— Então Tim encontrou para você investidores que dariam o dinheiro, mas deixariam que fizesse o que quisesse com ele?

— Exatamente. Ele só falou com pessoas que conhecia bem, que confiavam nele. Ele tinha uma confiança inabalável em mim — disse, parecendo incerta por um segundo. — Eu realmente nunca entendi por quê. *Eu* sabia que podia fazer funcionar, o máximo que você pode saber com alguma coisa tão arriscada e especulativa, mas Tim não teria como saber. Ele simplesmente... acreditou em mim, do modo como pessoas devotas acreditam em Deus. Fé. De algum modo, Tim conseguiu transmitir sua fé a um número suficiente de seus clientes e conhecidos, todos os quais investiram. Ele lhes disse que a melhor coisa que poderiam fazer seria me deixar conduzir as coisas a meu modo.

— Ele sabia que era verdade, e era — Kerry disse.

— Ou ele estava apaixonado por mim e só se importava com isso — retrucou Gaby. — Talvez não ligasse se seus clientes e amigos perdessem todo o seu dinheiro desde que conseguisse me impressionar e fosse aquele a resolver todos os meus problemas.

— Gaby, pare — Kerry disse, e Charlie ouviu autoridade em sua voz pela primeira vez desde que chegara à Dower House. — Pobre Tim. Você não está sendo justa, e sabe disso.

Pobre Tim? Pobre Tim asfixiador de esposas? Charlie se sentia como se à deriva em ondas de esquisitice, sem um mapa ou um par de remos. Ou mesmo um barco.

— Desculpe — disse Gaby, soando sincera. Cobriu o rosto com as mãos por alguns segundos. — Ignore. Eu não dormi noite passada. Você está certa, Tim nunca teria aconselhado seus clientes a agir contra seus próprios interesses. Não sei por que disse isso — falou, fazendo uma pausa para suspirar. — O tempo todo ele alegou saber que eu teria sucesso, que não havia qualquer risco, apenas um enorme lucro para todos os envolvidos. Eu não sabia de nada disso, mas ele sim. Eu só acho difícil acreditar às vezes, só isso. Como ele poderia saber?

— Nós também sabíamos — Kerry falou, apertando o braço dela. — A confiança de Tim em você era tão poderosa que não duvidamos dele por um segundo, dele ou de você. E você sabia bem, Gaby; está sendo modesta. Por que mais teria gastado todo aquele dinheiro em toda aquela coisa suíça...

— Isso não tem nada a ver com nada — cortou Gaby de repente.

Charlie sentiu sua antena interna virar com a mudança do clima no aposento.

— Só estou dizendo, você devia saber que havia uma chance muito boa...

— Kerry, cacete, podemos parar com isso?

A inversão de papéis foi inesperada: de repente, Gaby era a cautelosa, e Kerry a falastrona. *Toda aquela coisa suíça...* O quê? Sonegação de impostos era tudo em que Charlie conseguia pensar.

— Tim não foi tão honesto com você e Dan sobre seus investimentos quanto acham que foi — murmurou Gaby por sobre a xícara de chá.

— Você e Dan investiram na empresa de Gaby? — Charlie perguntou a Kerry.

— Trezentas mil libras — Gaby respondeu.

— Tudo que tínhamos — Kerry confirmou. — Além da nossa remuneração do trabalho, que não era muita. Dan era contador, então tinha o que na época parecia um salário decente. Eu ganhava migalhas como cuidadora.

— Vocês investiram toda a sua poupança, tudo? — perguntou Charlie, permitindo que sua incredulidade ficasse evidente.

Kerry olhou para Gaby como se querendo que ela assumisse o resto da história.

— A mãe de Dan morreu, deixou o dinheiro para ele — Gaby contou. — Ele não o queria. Ele e a mãe não se falavam havia anos antes de ela morrer. Era uma escrota, sempre ameaçando cortá-lo do seu testamento.

— Ameaçou fazer isso quando ele quis se casar comigo — acrescentou Kerry. — Ambos achamos que tinha feito. Foi a última vez que Dan falou com ela, pouco antes de ficarmos noivos. Ela se recusou a ir ao casamento. Eu não era boa o bastante para o seu precioso filho. Era *só* uma cuidadora. De origem ruim — disse Kerry, começando a chorar, limpando as lágrimas discretamente como se imaginando que pudesse escondê-las.

Um olhar de Gaby alertou Charlie para não perguntar.

— Mulher agradável — Charlie disse. Não dizer nada teria parecido desalmado.

— Então ela morre e Dan descobre que tem todo esse dinheiro — diz Gaby, retomando a história. — Mas esse dinheiro é dela, o mesmo que havia sido usado para suborná-lo e chantageá-lo a maior parte da vida, então ele não o quer. Kerry não via a coisa assim.

— Não, não via. Que tipo de idiota abre mão de trezentas mil libras por princípios? Nós discutimos por causa disso. Interminavelmente — Kerry contou, estremecendo. — A única vez em que chegamos a extremos por causa de alguma coisa. Eu não suportava a ideia de Dan abrindo mão do dinheiro, de onde quer que viesse, mas ele não escutava. Disse que estávamos bem, e como ele poderia viver consigo mesmo se aceitasse uma herança de Pu... — Kerry se interrompeu, o rosto ficando bem vermelho. Então se corrigiu. — Da mãe.

Gaby sorriu.

— Tinha me esquecido de que você costumava chamá-la de PMC — disse, depois explicando a Charlie. — Puro Mal Concentrado. Não foi Tim quem cunhou isso?

Kerry afirmou que sim.

Charlie bebericou seu chá.

— Então quando Tim apareceu sugerindo que vocês investissem as trezentas mil libras na empresa de Gaby...

— Foi a solução perfeita — disse Kerry, os olhos se iluminando, como se tivesse descoberto isso naquele segundo. — Poderíamos dar o dinheiro, todo ele, e o dinheiro que receberíamos de volta não seria *dela*. Seria um dinheiro diferente, dinheiro de qualquer que fosse a empresa que comprasse a de Gaby. A Keegan Luxford, como acabou sendo.

Lavagem de herança, Charlie pensou.

— Um dinheiro diferente, e muito mais, se as coisas saíssem como planejado; o que, felizmente para todos nós, saiu — disse Gaby. — Enquanto isso eu teria gastado o dinheiro da mãe de Dan levando meu produto à fase de testes, algo em relação a que eu não tinha problemas morais, posso admitir com tranquilidade. Ela não era a *minha* mãe escrota.

Gaby e Kerry trocaram um sorriso; elas claramente haviam tido uma variação dessa conversa antes, provavelmente muitas vezes.

— Tim e Francine não podiam investir — Kerry contou a Charlie. — Eles não tinham uma quantia como a nossa, e Tim não poderia se beneficiar de seu próprio conselho brilhante modificador de vidas. Outra razão pela qual Dan e eu sempre cuidaremos dele.

— Eles poderiam ter dinheiro saindo pelas orelhas — Gaby disse em voz baixa. — Francine não teria deixado Tim investir dez libras na GST. Nem mesmo cinco.

A boca de Kerry se retesou. Ela ficou tensa na cadeira. O que ela não queria que Charlie soubesse? Que Francine e Tim não tinham o melhor casamento do mundo? Que Francine havia sido uma vaca controladora que tornara a vida de Tim uma infelicidade? Se isso fosse verdade, Charlie não conseguia descobrir por que deveria ser um grande segredo, já que Tim Breary confessara o assassinato da esposa semanas antes e reafirmara sua culpa em todas as conversas que tivera com a polícia desde então.

— O que é GST? — ela perguntou. *Grande Sufocador Tim?*

— A empresa que eu vendi. Gaby Struthers Technologies.

Charlie se voltou para Kerry.

— Então você trouxe Tim e Francine para morar com você, pagou pelos cuidados em tempo integral para Francine... — começou, depois perdeu o fio da meada. Gaby empurrara a cadeira para trás e se levantara de repente, como se lembrando de algo urgente.

— Gaby? — perguntou Kerry, se levantando também. *Siga o líder.* — Você está bem?

— Eu quero ver o quarto de Tim. O quarto dele aqui. Preciso vê-lo.

Kerry olhou para ela, piscando como se não tivesse entendido as palavras. Charlie esperou.

— Não estou certa se deveria permitir. Deus, Gaby, eu odeio dizer não, mas sem a permissão de Tim...

— Você terá de me impedir fisicamente — disse Gaby, a meio caminho da porta.

Kerry pensou em segui-la, depois hesitou. Olhou para Charlie, um apelo nos olhos.

— Há algo no quarto de Tim que você não quer que Gaby veja? — Charlie perguntou.

— Não — disse Kerry, rápido demais. Girou os cabelos na mão.

— Então deixe-a ir. Conte sobre o dia em que Francine foi assassinada. O que aconteceu exatamente?

11

Sexta-feira, 11 de março de 2011

Subo as escadas correndo e quase me choco contra Dan no patamar. Eu me esquecera completamente dele. Ele não parece estar a caminho de nenhum lugar, simplesmente está de pé ali. Seus olhos culpados me dizem tudo o que preciso saber.

— Então você está se escondendo aqui em cima, não é? Evitando a conversa agradável com a polícia. Você não mente bem, Dan. Você deve estar farto de mentir sobre a morte de Francine.

— Não sei do que está falando, Gaby.

— Tem medo de deixar escapar a verdade?

Ele me dá as costas, segue dois passos na direção do alto da escada.

— Então vá em frente, desça — digo. — Só que você não fará isso, não é mesmo? Você não quer acabar na cozinha com a sargento Zailer. Kerry lhe disse para ficar fora de vista e evitar que escape alguma coisa?

Assim que disse isso, tive uma ideia melhor.

— Ela está se fazendo de mártir, não é? Vocês dois odeiam mentir, mas Kerry aceita melhor passar por isso que você. Você está sendo poupado do sofrimento.

— Gaby, por favor, pare e pense — Dan sussurra, enfático.

— No quê?

Ele olha para além de mim. Eu me viro. Não há nada lá a não ser um corredor comprido com cinco portas de cada lado, e outra no fim. *O segundo andar do Museu das Portas de Culver Valley.* Uma janela em algum lugar teria sido uma boa ideia. Tudo aqui é marrom acinzentado ou é a falta de luz natural que faz com que pareça assim?

Quando me viro para encarar Dan novamente, ele continua não olhando para mim.

— Eu adoraria parar e pensar — digo a ele. — Adoraria pensar sobre exatamente em que você está pensando neste instante, mas não posso, a não ser que me conte que porra está acontecendo?

— Gaby — ele começa, colocando as mãos suavemente em meus braços. — Não sou seu inimigo.

— Ótimo. Agora me diga quem é.

— Eu sou amigo de Tim. O melhor amigo dele. Lembre-se disso.

Eu gostaria de gritar até arrancar o telhado daquela casa que meu trabalho tornou possível a ele comprar, mas isso não faria bem algum.

— Quer saber, Dan? Eu preferiria que você não me dissesse absolutamente nada a me falar coisas que já sei. O olhar significativo em seu rosto não está adicionando uma camada a mais de significado, não para mim; apenas faz com que você pareça idiota. Sim, você é o melhor amigo de Tim. Eu sei disso. Mas neste contexto, do modo como você acabou de falar, não tenho ideia do que quer dizer. Seja lá o que for que eu deveria estar sacando, não estou. Tim é seu melhor amigo, então... o quê? Isso permite que você minta sobre ele ter matado Francine?

— Tim confessou, Gaby — ele retrucou. Outro olhar significativo. — Ele confessou.

— Certo, então você e Kerry não estão conspirando para mandar Tim para a prisão por um crime que ele não cometeu. Ou melhor, vocês *estão*, mas ele também está. Ele está conspirando contra si mesmo, e você e Kerry o estão apoiando. Certo?

Dan não diz nada. Ele desligou o olhar intenso.

— Tim nunca se preocupou com seu próprio interesse — digo em voz baixa. — Você sabe disso tão bem quanto eu. Por acaso lhe ocorreu que sustentar a falsa confissão dele pode não ser a coisa certa a fazer? Como pode ser bom ou certo ele ir para a prisão pelo resto da vida sendo inocente? Lauren não acha que seja uma ideia tão boa assim. Como ela pode se sentir pior sobre isso do que você? Porque o marido dela matou Francine? É por isso? *Diga*, Dan. Se todos temos de mentir pelo bem de Tim, me explique por quê, e mentirei também! Eu faria qualquer coisa por ele; você sabe disso!

A respiração de Dan é como se ele tivesse corrido, suando pelo esforço de não dizer nada.

— Você não vai me dizer porque sabe que eu não concordaria com isso — digo. — Tim está assumindo a culpa pela morte de Francine por alguma razão idiota e louca, e vocês estão permitindo. E sabem que eu não faria isso. Sabem o quanto o amo. Ou talvez você não saiba; e nesse caso sabe agora!

Será que Dan acha estranho que eu ainda ame Tim? Sim, anos se passaram, mas é o excesso de proximidade, não de separação, que desgasta o amor. E eu nunca tive realmente Tim; ele não foi meu. Meu anseio por ele nunca foi satisfeito.

Isso não é amor. Isso é necessidade. Vício.

Eu afasto o pensamento. Ajudará se eu me mover.

— Aonde você está indo? — Dan me chama enquanto disparo pelo corredor de portas.

— Qual é o quarto de Tim?

— Gaby, você não pode simplesmente...

— Então me impeça. Este deve ser o quarto de Lauren e Jason — digo, de pé no umbral, olhando para as fotografias na parede em frente à cama: duas fotografias em preto e branco, emolduradas, de Lauren produzida: maquiagem completa, um penteado volumoso retrô, como uma estrela do cinema da década de 1940, um vestido de noite bufante e uma estola de pele sobre os ombros. Aquela devia ser a ideia que Jason tinha de bom gosto. — Sorte que ela tenha a estola para cobrir a tatuagem de "PAI" — acrescento a Dan, piscando para conter as lágrimas.

Você surtou, Struthers? Ficando sentimental por causa de duas fotos de Lauren Cookson, a cuidadora mais ignorante do hemisfério ocidental?

A única corajosa o suficiente para falar. Mesmo tendo mudado de ideia logo após ter falado.

— Gaby? Você está bem?

Digo a Dan que estou bem e me concentro nos detalhes físicos do quarto. Não espero que ele me diga nada de útil, mas olho mesmo assim. Uma parede de armários embutidos, duas mesinhas de cabeceira, luminária em uma delas. Nenhum livro. Cama de pinho com colcha florida rosa-claro, gavetas abaixo, embutidas na estrutura, todas abertas. Três brinquedos fofinhos — um urso com coração vermelho no lugar do nariz, um pato e uma coruja — estão sentados nos travesseiros, apoiados na cabeceira. Há roupas espalhadas pelo chão dos dois lados da cama, principalmente calcinhas fio-dental no que deve ser o lado de Lauren. Do lado de Jason há uma camiseta branca, uma calça jeans, algumas meias e uma embalagem prateada de camisinha, rasgada.

— Não acho que Lauren e Jason fossem querer você aqui, Gaby — Dan disse, se aproximando cautelosamente, como se estivéssemos no zoológico e eu fosse um leão à solta.

— Todos vocês dormem a poucos metros um do outro? Que bonitinho: você, Kerry, Tim, Lauren e Jason, todos dormindo simetricamente atrás de suas portas fechadas simétricas. E Francine, antes de morrer.

— Francine tinha um quarto no térreo — Dan revela. — Não que isso importe. Por que você liga para onde todos dormem?

— Não ligo — digo a ele. — Mas é conveniente para vocês. Vocês todos se encontram no patamar à meia-noite e confirmam que todos saibam suas mentiras de cor?

— Acho que você deveria ir embora se vai se comportar assim.

— Não vou embora até ver o quarto de Tim. Onde fica?

— Não.

Suponho que a porta que Dan se apressou em bloquear com o corpo seja aquela que eu quero.

— Kerry e eu não entramos lá, e é nossa casa. Nem mesmo nossas faxineiras entram lá. Tim prefere limpar ele mesmo. É a prova de o quanto ele valoriza sua privacidade.

— Às vezes — retruco. — Outras vezes ele fica contente em buscar uma vida inteira cagando na frente do colega de cela, em um

O PORTADOR

banheiro compartilhado sem porta, e ter carcereiros o encarando através de grades como se fosse um macaco em uma jaula.

Vejo o efeito que minhas palavras estão tendo em Dan e aproveito minha vantagem.

— Eu diria que valorizo a privacidade de Tim muito mais do que ele o faz neste momento; e sua felicidade e sua liberdade. Quantas vezes a polícia esteve neste quarto desde que Francine morreu?

Dan suspira e se coloca de lado.

— Não toque em nada — ele diz.

Xingo em voz baixa e abro a porta. Assim que entro, pego um livro de uma das pilhas no chão, ao lado da cama, e o agito no ar para mostrar a Dan que pretendo ignorar sua regra de não tocar. Tendo marcado posição, estou prestes a colocar o livro de volta quando noto o que é: *Poemas selecionados 1923-1958*, de e.e. cummings. Uma forte sensação de puxão toma meu corpo, como se meus vasos sanguíneos fossem rédeas e alguém os puxasse com força, me arrastando da beirada do abismo.

eu carrego seu coração comigo (eu o carrego em meu coração)

Será que Tim leu o poema pela primeira vez neste livro? Se conferir o índice de primeiros versos, o encontrarei?

Não posso olhar. Se ler aquele poema agora, na frente de Dan, irei desmoronar.

— Você está bem, Gaby? — ele pergunta, e sua voz parece vir de um milhão de quilômetros de distância.

Por que as pessoas perguntam isso? É uma pergunta sem sentido. O que é "bem"? Ainda sou capaz de ficar de pé e respirar; acho que isso é bom. Acho que estou melhor que bem.

— Preciso levar este livro — digo a Dan.

— Não!

Eu me encolho ao som de sua voz erguida. Dan Jose não grita. Nunca. Então me dou conta de que é dele mesmo que está com raiva, não de mim. Está constrangido por sua incapacidade de controlar a situação. Ele cedeu um centímetro, vários centímetros, e agora eu quero levar um livro de poemas.

— O livro é de Tim — ele diz.

— Eu vou levar. Tim não ligaria. Você sabe que não.

Dan olha para a vista exterior que era a de Tim antes de ele ter se mudado para HMP Combingham: uma vasta área verde, depois Lower Heckencott Hall a distância. Tendo esgotado toda a sua energia, Dan decidiu que a melhor coisa a fazer é desviar os olhos e deixar que eu vá em frente.

Bem.

Estou no quarto de Tim pela primeira vez. Apenas de Tim, nada a ver com Francine. Quero ficar ali para sempre. Desejo examinar cada um de seus bens detalhadamente, mas estou paralisada. Aquilo é importante demais. Estou olhando, mas não vendo; minha mente está muito desconfortável para processar as informações visuais.

Acalme-se, cacete.

É menor que o quarto de Lauren e Jason, embora ainda seja grande. Há uma cama de solteiro junto a uma parede. A visão dela me deixa com raiva.

— Camas de solteiro são para crianças — digo. — Tim é um adulto de quarenta e tantos anos.

— Escolha dele — Dan conta. — Kerry tentou convencê-lo a ter uma de casal, mas ele insistiu na de solteiro.

Travesseiro e colcha são brancos. Não há cabeceira, nada de mesinha de cabeceira, duas altas pilhas de livros ao lado da cama. Um armário, uma escrivaninha com cadeira giratória de escritório, poltrona de couro a um canto. Vou até a escrivaninha e olho para uma impecável pilha de papel de anotações, o monte de envelopes correspondentes, três canetas que parecem caras. Tudo aparenta novo e intocado. Eu me encolho, pensando que Tim poderia ter comprado aquelas coisas porque queria escrever para pessoas que não eu.

Ou as comprou pois queria escrever para mim. Desesperadamente. Mas não sabia como, ou o que dizer, então nunca o fez.

Minha mente de cientista destaca que não há evidências que sustentem minha teoria preferida, portanto não posso me permitir acreditar nela.

Na parede há poemas — sem molduras, presos com tachinhas — que parecem ter sido recortados de revistas: George Herbert, W.B. Yeats, Robert Frost, Wendy Cope, alguém chamado Nic Aubury. O poema dele — ou dela, caso Nic seja uma redução de Nicola — tem apenas quatro versos.

"O *sommelier* e o mentiroso"

Conhecedor-relaxado,
Eu digo ao garçom: "Fino",
Quanto realmente o que penso é:
"Acredito que seja vinho."

E sorrio. Lágrimas correm pelas minhas bochechas vindas dos cantos exteriores de meus olhos.
O que vai acontecer comigo sem Tim? Com Tim na prisão por... quanto tempo?
— Dan — sussurro.
— O quê?
— Eu preciso que Tim não seja trancado. Você tem de me ajudar.
— Gaby, eu... Jesus! — ele diz, depois apoia a testa no vidro da janela. Podia estar chorando também. — Eu fiz tudo o que podia, acredite em mim.
— Antes, quando Tim e eu estávamos separados, eu estava bem, podia viver com isso...
— Você mora com outra pessoa — Dan diz, acusatório.
— Sean. Sim. Isso deveria ser uma prova de minha deslealdade para com Tim? Você sabe o que aconteceu. Eu teria deixado Sean no ato.
— Eu sei — Dan diz, erguendo as mãos. — Eu não queria ter falado assim.
— Sempre soube que se quisesse encontrar Tim, poderia. Ele não me queria, deixou isso claro, e eu podia viver com isso, desde que soubesse que ele estava *lá*, em algum lugar, ao alcance quando estivesse pronta para tentar novamente. Para persuadi-lo de que

havia cometido um equívoco. Eu não tinha desistido, Dan. Estava... esperando.

Procrastinando. Deixando o tempo passar em minha relação com Sean até sentir que era o momento certo de abordar Tim novamente.

Se eu tivesse ficado grávida, teria feito isso. Teria sido a desculpa perfeita para entrar em contato com ele: *Olhe, tenho uma novidade excitante! Eu vou ter um filho com Sean, não sou mais uma ameaça ao seu casamento, por favor, podemos ser amigos?*

Eu teria mentido sem pudor para abrir caminho de volta para a vida de Tim. Ele não é o tipo de homem que mandaria uma mulher grávida se foder e deixá-lo em paz.

E você sabia disso quando parou de tomar pílula, não sabia?

— Dan, se Tim for condenado por assassinato...

— O quê? Isso arruinaria a sua fantasia de final feliz?

— Vá se foder!

Será que Lauren se sentia como me sinto agora quando atacou Bodo Neudorf no aeroporto de Dusseldorf? Desesperada, descontrolada?

— Desculpe — Dan murmura. — De verdade, Gaby. Você não é a única, você sabe. Somos todos... — começa, mas não consegue terminar a frase.

Aponto um sorriso frio na direção dele.

— As coisas parecem dar errado quando tentamos conversar, e não, não vamos tentar.

Dan dá de ombros: *como queira.* A saída fácil.

— Você já terminou aqui? — ele pergunta.

O pânico começa a crescer dentro de mim. *Terminou.* Já vi o que há para ver. Quero permanecer, mas como posso justificar isso? O que mais tenho a fazer naquele quarto? Dan claramente está ansioso para que eu saia.

— Tim não me trataria assim se estivesse aqui — digo. Não sou uma pessoa que desiste. No trabalho tenho a reputação de resolver todos os problemas que surgem no meu caminho. — Ele teria me dado as boas-vindas, me mostrado seus livros, lido para mim trechos de seus poemas preferidos.

— Acho que você estava certa, Gaby. Não deveríamos falar sobre isto, e não estou à vontade por ainda estarmos no quarto de Tim. Vamos...

— Não! Espere.

Eu me ajoelho ao lado das duas pilhas de livros. Como posso ter me esquecido de olhar as torres gêmeas de poesia de Tim? Poesia é tudo o que ele sempre se interessou em ler. "A segunda coisa mais importante no meu mundo, depois de você", ele me disse uma vez. Ri e perguntei se realmente ele dissera aquilo ou eu imaginara. "Você imaginou", me disse com um sorriso. "Mas tudo bem. É o que eu teria dito se fosse do tipo que se excita. E quase criei toda uma personalidade a partir do que você imagina de mim." Pela quadragésima terceira milésima vez desde que nos conhecíamos, perguntei o que ele queria dizer. "Você é uma inventora", ele disse, como se fosse óbvio. "Você me inventou."

Errado, Tim. Foi o oposto. Por que você nunca aceita o crédito por nada?

A não ser por algo que você não fez, algo horrendo como assassinato. Então consegue.

Eu levanto um livro do alto de uma das pilhas. *Poemas selecionados*, de James Fenton.

— Gaby... — Dan diz, tentando me levar embora.

Eu me solto dele. Meus olhos percorrem a torre, lombada após lombada, título após título. Excetuando o e.e. cummings que eu peguei, só há quatro antologias de poesia ali. Há uma voz em minha cabeça sussurrando em protesto antes mesmo que eu descubra o que está errado; demoro alguns segundos para me dar conta.

— O que é tudo isto? — pergunto a Dan. — De onde eles vieram?

O resto dos livros é sobre monstros: Myra Hindley, o general Augusto Pinochet, um criminoso de guerra nazista chamado Demjanjuk. Há um sobre o terrorista líbio de Lockerbie.

Isso não está certo. Nunca me senti tão estranha quanto naquele momento: como se tivesse vestido minha mente apressadamente naquela manhã e só então me desse conta de que a estava usando pelo avesso esse tempo todo.

Ergo os olhos para Dan.

— Tim não lê livros como estes. O que eles estão fazendo no quarto dele?

— Você está me acusando de plantá-los para fazer com que ele pareça um assassino?

Dan é uma das pessoas mais inteligentes que já conheci. Ele sabe a diferença entre uma acusação e uma simples pergunta. Será que se esqueceu de que eu também sou inteligente?

— Em vez de cair em sua armadilha de distração e perder meu tempo negando uma fictícia acusação, vou perguntar novamente: por que o quarto de Tim está cheio de livros sobre assassinos?

É Dan quem parece em uma armadilha: desesperado para me dar as costas e fugir, mas não querendo ceder território.

Será que há mais alguma coisa aqui dentro que eu não deveria ver, algo além dos livros? Por isso devo ser supervisionada enquanto estiver aqui?

A semente de determinação dentro de mim está se tornando maior e mais dura, tomando conta de mim cada vez mais, mal deixando espaço para respiração ou pensamento racional. Vou fazer as perguntas que preciso fazer, todas elas, sendo recompensada com respostas ou não.

— Estes livros são parte da encenação de sou-um-assassino, em benefício da polícia?

Mesmo enquanto sugiro, não acredito nisso. Se Tim quisesse se fazer parecer culpado, só precisaria digitar as palavras "melhor forma de matar esposa" no Google. Por que comprar livros sobre ditadores chilenos e guardas de campos de extermínio nazistas? Qual relação eles poderiam ter com algo tão doméstico quanto colocar um travesseiro sobre o rosto da esposa e sufocá-la?

Eu pego o livro sobre o terrorista de Lockerbie. O título é *You Are My Jury*.

— Gaby, largue isso, por favor.

— O que está acontecendo, Dan? O que significa Tim ter estes livros no quarto dele?

Dan balança a cabeça, como se dizendo: *Lamento, sem respostas.*

Mas há uma resposta, aqui, agora, no quarto conosco, embora eu não tenha ideia de qual é. Posso sentir sua presença na mente de Dan — silenciosa, imóvel, pronta para partir, imaginando de quanto tempo será a espera. Como um passageiro preso em um portão de embarque sem avião no qual embarcar.

Não consigo suportar. Tenho de fugir.

Eu me esforço para parecer que não estou fugindo enquanto deixo o quarto, desço as escadas e saio da casa para um mundo exterior de luz do sol inesperada e implausível.

12

11/03/2011

— É isso — Kerry Jose disse, apoiando os cotovelos na bagunça da mesa, segurando o pescoço entre as palmas das mãos e esfregando a parte de trás de sua cabeça curvada com a ponta dos dedos. — É tudo o que posso lhe contar. A única pessoa que pode preencher as lacunas é Tim, e não estou certa de que nem mesmo ele consiga.

— Não sabendo por que matou Francine, é o que quer dizer? — Charlie perguntou.

Kerry fez que sim com um movimento da cabeça.

— Você acredita nisso?

— Quanto tempo ele tem de passar preso?

Charlie sorriu.

— Você ignorou minha pergunta. Temo que não possa responder à sua. Não sei.

— Qual é a média? Para pessoas que confessam e ajudam a polícia, como Tim? — Kerry insistiu, tropeçando nas palavras na pressa de enunciá-las. — Ele nunca fez nada de errado antes, nunca teve nenhum tipo de problema até agora.

Como muitas das pessoas que Charlie entrevistara, Kerry parecia não se dar conta de que carregar de simpatia e esperança a pergunta sobre quanto tempo atrás das grades faria zero diferença para a resposta.

— Assassinar a esposa é algo grande para fazer de errado, mesmo que você nunca antes tenha sido multado por estacionamento proibido. Se você se importa com a liberdade de Tim, sempre é tempo de me dizer a verdade. Eu sei que é difícil, Kerry, mas...

— Gostaria de outra xícara de chá?

— Não, obrigada — ela respondeu. Duas era mais que suficiente.

O cérebro de Charlie parecia inquieto e inchado. — Prefiro um copo d'água — ela disse, sentindo que Kerry acharia mais fácil conversar se tivesse uma tarefa prática com a qual se ocupar ao mesmo tempo. Também seria mais fácil evitar falar enquanto cuidava de um convidado: a hospitalidade do desespero. Charlie esperou até que Kerry estivesse à pia, de costas, para dizer:

— Eu não esperava que você me contasse a história da morte de Francine do modo como fez.

— O que quer dizer?

— Você a contou do ponto de vista de Tim. Você se colocou de fora.

— Achei que você... Eu não estive diretamente envolvida na morte de Francine, então...

— Mas você estava em casa — interrompeu Charlie, erguendo a voz para ser ouvida acima do som da água fria correndo pela torneira e os canos que sacudiam. — Você estava aqui o tempo todo, não é mesmo?

Eu não estive diretamente envolvida. Era algo peculiar a se dizer, ou Charlie estava vendo coisas?

O barulho parou de repente quando Kerry fechou a torneira. Voltou para a mesa com uma grande mancha de água no centro da camisa. *Tão nervosa que não consegue encher dois copos de água sem derramar quase o mesmo volume.*

— Kerry, posso lhe dar um conselho? Obrigada — Charlie disse, pegando sua água da mão trêmula de Kerry. — Se você estiver determinada a mentir sobre a morte de Francine, terá de mentir melhor. Este é um caso de assassinato.

— Eu sei disso — respondeu Kerry em voz baixa. Ela se sentou de lado na cadeira, com o braço aferrado ao redor do encosto. Agarrou a parte encharcada da camisa com a outra mão e apertou o punho.

— Tentar evitar as perguntas que não quer responder oferecendo xícaras de chá... Isso não irá enganar ninguém. Estou sentindo que quer ajudar, Kerry. Você não é o tipo de pessoa que atrapalha uma investigação policial. Motivo pelo qual está fazendo o que pode para não me contar mentiras escancaradas, ficando em cima do muro para poder se enganar, dizendo que não faz nada de errado.

Charlie observou enquanto as manchas vermelhas nas bochechas de Kerry aumentavam e mudavam de forma. Se pelo menos o rubor culpado pudesse ser traduzido em palavras... Ainda assim, Charlie foi encorajada por toda a linguagem corporal que vira até então. Aquele nível de estresse não era sustentável. Mentir exigia vigor. Em algum momento o nível de energia de Kerry chegaria a um ponto perigosamente baixo, consumido pelo chocalhar lento e insistente de grades imaginárias. Melodramático, talvez, mas Charlie sabia por inúmeras entrevistas com testemunhas que era assim que maus mentirosos se sentiam ao mentir: como se tivessem colocado a pobre verdade vitimada em uma cela contra a sua vontade. Os bons mentirosos — como Charlie, quando necessário — eram capazes de fazer suas mentiras durar porque não acreditavam que a verdade estivesse sempre do lado certo.

— Você vai ficar com o traseiro doendo se continuar muito mais tempo nesse muro — disse a Kerry. — Se eu fosse você, saltaria: para um lado ou o outro. Ou me conta a história real ou trabalha em sua encenação. E se assegure de ser impenetrável, porque, acredite em mim, se não for, alguém mais inteligente e mais informado sobre o caso do que eu estará pronto para abrir um grande buraco nela.

Kerry não disse nada. Estava ocupada apertando e soltando a camisa. Será que estaria pensando se poderia fazer dar certo a opção da mentira coerente? A melhor chance de Charlie era negar a ela tempo para pensar com uma sequência de perguntas.

— Você estava em melhor forma antes de Gaby aparecer — disse. — O que houve na chegada de Gaby que a abalou? Na verdade, não foi a chegada, não é mesmo? Deu a ela uma recepção de salvadora assim que entrou. "Graças a Deus", você disse.

— Foi uma figura de linguagem. Eu não quis dizer... Quis dizer que estava contente por ela estar aqui, apenas isso.

— Não, foi mais que isso. Você ficou aliviada de ver que ela estava segura, não foi? Ou achou que ela seria capaz de manter *você* em segurança? Ou Tim?

— Não.

— O que Gaby pode fazer para ajudar Tim?

— Você está distorcendo minhas palavras — Kerry reagiu, piscando para conter as lágrimas.

— Desculpe, não era minha intenção — disse Charlie, tentando encontrar um meio-termo entre ser leve e aplicar pressão demais. — Sabe o que é? Às vezes me esqueço de que sou "a polícia" — falou, fazendo aspas com as mãos, tomando o cuidado de manter uma voz objetiva e amistosa. — Especialmente quando não estou de plantão, como agora. Mas em geral a maior parte do tempo. Na minha cabeça eu sou apenas uma pessoa comum como você, não um assustador símbolo da autoridade. É você quem tem todo o poder aqui, Kerry. Você sabe e eu não sei, qualquer que seja o segredo. Em minha posição, você provavelmente também ficaria frustrada e faria suposições muito inadequadas.

— Você não entenderia.

— Tente.

Kerry concordou.

— Gaby ama Tim. Tanto quanto eu. Ela sabe como ele é especial. Por isso eu disse "Graças a Deus". Estou tendo dificuldade desde que Francine morreu. Estava desesperada por alguém com quem conversar, alguém que entendesse. Eu tenho Dan, mas ele não está lidando bem com isso. Não quero aumentar a preocupação dele. Gaby é mais forte. Que qualquer um de nós, que todos nós juntos.

Traseiro ainda firmemente assentado no muro. Charlie sentiu uma pontada de impaciência. Não tinha dificuldade em acreditar que Kerry queria conversar com alguém que entendesse, mas o quê? Por que era tão crucial fingir que Tim Breary havia assassinado a esposa e proteger o verdadeiro assassino?

— Gaby fez alguns comentários que aparentemente não a deixaram à vontade. Você se lembra? Imagino que você não poderia tê-la orientado comigo aqui. Por isso ela mencionou o que não deveria ser mencionado, motivo pelo qual em tão pouco tempo você passou de agradecer a Deus até tensa como a panturrilha de alguém que anda na corda bamba.

Kerry balançou a cabeça: mais defesa pessoal automática do que uma negação específica.

— Ela disse que se Tim tivesse querido matar Francine teria feito isso há anos. E também que ele odiava a sua casa com Francine em... Heron Road, é isso?

— Heron Close.

— Por que você não queria que Gaby mencionasse essas coisas?

— Tim é uma pessoa reservada — Kerry respondeu. — Não há razão para alguém estar discutindo os detalhes de sua relação com Francine.

— Se eu estivesse desesperado para preservar minha privacidade e manter todos os narizes fora do meu casamento, a última coisa que iria fazer seria chegar às manchetes sufocando minha esposa — Charlie retrucou. — Por isso Tim está alegando não saber por que fez isso, para evitar partilhar coisas que considera pessoais demais para debater?

— Não — Kerry disse secamente.

Charlie sorriu como se nada daquilo importasse.

— Essa não foi uma resposta inteligente. Você quase, por pouco, admitiu que ele está mentindo.

— É o que você acha que estou fazendo; tentando ser inteligente?

Charlie se inclinou para frente.

— Na verdade, o oposto. Acho que está tentando *não* ser inteligente de modo a se sentir menos culpada. O logro mínimo, é o que você está almejando. Sabe quantos pontos vai ganhar com isso? Nenhum. Não gostar de mentir não conta como atenuante em uma acusação de conspiração para obstruir a justiça.

Kerry puxou os cabelos compridos com força, como se fosse a corda de um alarme, e fez um ruído bastante fácil de interpretar: puro medo. Seria aquela a primeira vez que ouvira sobre como a lei poderia ser usada contra ela caso continuasse com a encenação? Será que Sam Kombothekra havia sido educado demais para mencionar isso? Outra razão pela qual ele queria transferir o trabalho para Charlie.

— Gaby claramente não partilha sua preocupação com a privacidade de Tim. Ela está mais interessada em tirá-lo da prisão. Acho que você a subestimou.

— Gaby é brilhante — Kerry murmurou. Olhou para a porta como se desejando que a amiga passasse por ela novamente.

— Ela parece bastante determinada a descobrir a verdade. Está confiante de que pode convencê-la a ficar quieta sobre o que vier a descobrir? Eu não estaria.

Kerry se virou para encarar Charlie, fazendo contato visual pela primeira vez. A intensidade era alarmante, invasiva, como se seus olhos estivessem procurando do lado de dentro algo que não era seu.

— Meu cérebro é uma ervilha comparado com o de Gaby — disse com fervor. — Assim como o seu, assim como o da maioria das pessoas. O que Gaby fizer, o que ela quiser, eu confio nela plenamente.

— Certo. Mas não confia em si mesma — Charlie deduziu em voz alta. — Ou em Dan, ou Tim; não do modo como confia em Gaby. Você não queria que ela dissesse aquelas coisas porque...

Ela se interrompeu. A ideia era complexa demais para ser colocada em palavras facilmente.

— Eu lhe disse — Kerry falou. — Tim é muito reservado.

— É, eu sei. Desculpe, isso não foi uma pergunta. Meu cérebro de ervilha estava ocupado montando o resto do que eu tentava dizer — Charlie interrompeu, sorrindo e fazendo um olhar vesgo. Kerry não devolveu o sorriso. — Você queria que a brilhante Gaby assumisse o comando, mas apenas depois de ter sido totalmente informada. Certo? E quanto a Lauren Cookson?

— O que tem ela? — Kerry perguntou.

— Ela mora aqui, estava aqui no dia em que Francine morreu. Ela presumivelmente *foi* informada, mas parece ter contado a verdade na Alemanha ontem: que Tim não fez isso.

Quanto mais tempo ela passava naquela casa, mais convencida Charlie ficava da inocência de Tim. Por mais que tivesse tentado ficar do lado de Sam e provado que não estava indevidamente influenciada por Simon, não conseguia afastar a sensação de que tinha entrado em um cenário cuidadosamente preparado.

— Quão ruim era o relacionamento de Tim e Francine? Sei que Francine estava fora de ação há dois anos — Charlie esclareceu. — Estou falando de antes disso.

Kerry mastigou o lado de dentro do lábio.

— Não estou certa de que Francine o achasse ruim. Ela o montou exatamente como queria que fosse.

— Ela não confiava em você? Sam disse que ela e Tim eram seus melhores amigos, seu e de Dan.

— Tim era nosso melhor amigo. É. Francine era a esposa dele, então fingíamos.

— Gostar dela?

Kerry assentiu.

— Assim como eu e o noivo de minha irmã, o cretino pretensioso — Charlie disse. — Eu odiei na primeira vez em que nos encontramos, mas, quando eles ficaram noivos, fingi ter mudado de ideia para tornar a vida mais fácil para todos.

— Sua irmã acreditou nisso? — Kerry perguntou.

Charlie afirmou que sim.

— É o grande talento dela: uma capacidade de acreditar no que a fará feliz, por mais ridículo que seja — explicou. Vendo que Kerry parecia interessada, acrescentou: — É enfurecedor. Você tenta forçá-la a enfrentar algo, ela franze o cenho e parece solene por um tempo, como se estivesse levando aquilo a sério, depois é como se simplesmente se esquecesse e voltasse ao seu impenetrável eu feliz. Rá! Impenetrável é a palavra *totalmente* errada. Ela atualmente está envolvida com dois homens, o noivo e...

Charlie parou a tempo. Os caminhos de Gibbs e Kerry logo poderiam se cruzar, caso já não tivessem.

— Desculpe. Partilhando demais.

E agora eu ficaria grata se você pudesse fazer o mesmo.

— Pretender gostar de Francine não era suficiente — Kerry disse lentamente. — Dan e eu tínhamos de fingir ser tão próximos dela quanto éramos de Tim. Ela exigia status igual, status superior. Não diretamente, mas Tim deixou claro o que era esperado: será que podíamos conversar mais com ela do que com ele quando aparecessem, fazer mais perguntas a ela, colocar o nome dela antes do dele nos cartões de Natal? Será que eu poderia convidá-la para sair, só nós duas, contar a ela coisas sobre minha relação com Dan, inventando, se preciso, e pedir para não contar a Tim?

— Não me diga que você concordou — Charlie reagiu. — Ninguém deveria esperar ser instantaneamente tão importante para os melhores amigos do namorado quanto ele era. Esse tipo de coisa demanda tempo. Às vezes nunca acontece. Normalmente o amigo original continua a ser o mais próximo, e, se você se separa, as duas partes em grande medida ficam com os amigos que colocaram no jogo e perdem o resto.

— Normalmente sim — Kerry concordou. — Francine não era normal.

— Esta pode ser uma pergunta idiota, mas por que você não a mandou se danar?

— Isso teria parecido não provocado. Ela raramente nos dizia qualquer coisa diretamente. Normalmente era Tim quem nos pedia para mimá-la de todas essas formas ridículas. Ficou claro desde a primeira vez que os vimos juntos que o plano dele era mais aplacá-la do que enfrentá-la. Ele não queria perder a mim e a Dan, nós não conseguíamos suportar a ideia de perdê-lo... — Kerry diz, e dá de ombros. — Ficou evidente para nós três que nossas vidas seriam mais fáceis se acompanhássemos Francine. Então fizemos isso.

— Isso começou a parecer natural depois de um tempo? — Charlie quis saber.

Kerry riu.

— Nada sobre Francine parecia natural em um raio de cem quilômetros dela. Nunca. O que tornava mais fácil era que não precisávamos fingir com Tim. Ele sabia o que pensávamos dela. Ele também pensava. Na verdade, nossa ligação com ele foi fortalecida pela necessidade de segredo. Acredite em mim, nosso fingimento — meu e o de Dan — não era nada comparado com o que Tim suportou todos os dias de sua vida de casado, tentando satisfazer alguém que acharia um erro se você a jogasse no chão no meio do paraíso. Tudo o que Dan e eu precisávamos era garantir que não fizéssemos ou disséssemos a coisa errada. Coisas, plural; eram muitas.

— Como por exemplo?

— Discordar dela. Mencionar qualquer incidente de quando ela não havia entrado em cena, quando éramos apenas nós três. Ah; escolher o restaurante errado caso a refeição de Francine se revelasse de algum modo decepcionante. Falando sério — Kerry disse em reação às sobrancelhas erguidas de Charlie. — Continuávamos achando que tínhamos uma lista completa de todos os *faux pas* a evitar, e então nos víamos em uma nova situação e a deixávamos com raiva de um modo que não havíamos previsto. Como quando fomos ao cinema juntos pela primeira vez, os quatro. Só fizemos isso uma vez. Francine não quis mais ir depois do que aconteceu, nem mesmo sozinha com Tim.

Kerry franziu o cenho.

— Acho que ela considerou um desperdício de dinheiro, quando você podia ficar em casa e ver filmes na televisão de graça, mas Tim foi levado a crer que havia destruído o cinema para ela para sempre com sua insensibilidade.

— O que ele fez? — Charlie quis saber.

Kerry parecia ter se esquecido de seu desejo de proteger a privacidade de Tim.

— Nenhum de nós se deu conta de que havia algo errado até sairmos do cinema. Francine não disse uma palavra a nenhum de nós. Ela nos dera uma chance, disse a Tim depois. A duração do filme, algum clichê absurdo sobre roubo a banco, nem mesmo me lembro do nome; essa foi a janela de oportunidade que ela tão generosamente nos concedera para que víssemos nossos erros, e não aproveitamos. Outra marca negra contra nós. Tivemos de suplicar para que ela nos contasse, como sempre. "Por favor, Francine, nos ilumine. Deixe-nos saber quais são nossos pecados para que possamos expiá-los." Ela finalmente contava de má vontade, com os lábios apertados, ou chegaria uma mensagem de segunda mão por intermédio de Tim. E então você tinha de ser servil até que ela decidisse perdoar-lhe.

— Qual foi o pecado do cinema? — Charlie perguntou.

— Prepare-se para ficar desapontada — Kerry disse. — Nós quatro ficamos sentados lado a lado em uma fileira. Dan e Tim no meio, eu e Francine nas extremidades. Nenhum de nós se importou por Francine estar no final da fila. Foi isso.

Charlie não entendeu.

— Deveríamos ter nos preocupado em garantir que ela se sentasse em uma das poltronas do meio. Segundo ela, era o que teríamos feito se nos importássemos com ela. Deveríamos ter nos dado conta de que ela poderia se sentir excluída e nos assegurado de que tivesse um lugar que não reforçasse sua sensação de isolamento.

— Isso é uma insanidade, cacete — Charlie disse. Cobriu a boca com a mão. — Desculpe, mas...

— Não precisa se desculpar. Isso era Francine. Não insana; totalmente funcional, ocupava um cargo de grande pressão como sócia de um escritório de advocacia até ter o derrame, apenas congenitamente insegura e insatisfeita. Emocionalmente era como uma criança de dois anos de idade, exigia que todos se curvassem para que se sentisse melhor. O que nunca acontecia, e sempre era culpa nossa, principalmente de Tim. Se ele não cancelasse seus planos se ela tivesse uma dor de cabeça, para provar que se importava, se ele não gastasse uma quantia ultrajante em seu presente de aniversário quando ela *lhe dissera especificamente* para não gastar dinheiro demais...

Kerry suspirou.

— A debacle do cinema nem foi um momento único. Gostaria que sim. Eu poderia lhe contar centenas de histórias como essa.

— Por que Tim não a largou?

Kerry deu um sorriso triste.

— Eu a prenderia o dia inteiro aqui respondendo a essa pergunta. Ele finalmente a largou, depois... Mais tarde.

Ela esfregou a mão com o indicador e o médio. Ela estivera à vontade e, de repente, não estava mais.

A antena interna de Charlie se agitou. "Depois" e "mais tarde" não eram intercambiáveis. E naquele momento, Kerry estava olhando novamente para a porta e desviando os olhos rapidamente, como se tivesse recebido ordens de olhar para qualquer lugar, menos para lá. Charlie pensou sobre a repentina necessidade de Gaby Struthers de ir ver o quarto de Tim, e decidiu chegar à conclusão óbvia.

— Tim teve um caso com Gaby, não foi?

...

Gibbs havia quase terminado sua primeira cerveja no momento em que Simon chegou ao Brown Cow.

— Eu tomo outra — disse, sem fazer contato visual.

— Tomará se for ao bar e der algum dinheiro a eles.

Gibbs sorriu, mas não ergueu os olhos. Estava ocupado com seu novo passatempo preferido: adicionar mais elásticos à bola vermelha que estava criando. Ele começara pouco depois do nascimento dos gêmeos. Perguntado por quê — o que inicialmente acontecia muito —, ele disse: "Por que não? O carteiro os joga pela calçada. É algo a fazer". Assim como ajudar a esposa a cuidar de dois bebês, Simon ouvira muitas pessoas lembrando. Gibbs era disciplinado em se recusar a ser provocado. "É algo relaxante a fazer", ele eventualmente esclarecia, embora com maior frequência desse de ombros sem dizer nada. Houve especulações no trabalho sobre quanto tempo Debbie iria aguentá-lo, murmúrios sobre a bola de elásticos vermelha sendo a sua menor preocupação.

Simon duvidava que houvesse alguém trabalhando na polícia de Spilling que não soubesse sobre o longo caso de Gibbs com a irmã de Charlie, Olivia. No ano anterior, Simon contara a Proust, Sam e Sellers. Ele fora obrigado; o diário de Charlie, no qual ela escrevera raivosamente sobre o duradouro caso de Liv, fora parar em uma investigação de assassinato. Simon se sentiu culpado pelo segredo ter se espalhado para além da sala dos detetives, embora Gibbs parecesse não se importar nem o considerasse responsável — ele ou qualquer outro. Recentemente, Simon ficara imaginando se o vazador não poderia ter sido o próprio Gibbs.

— Outra cerveja, é? — disse, pegando a carteira. — Quando eu voltar do bar, precisarei da atenção que você está dando a essa bola.

O salão estava cheio demais, como sempre no Brown Cow. Simon odiava pubs lotados — qualquer coisa lotada. Ambientes silenciosos e vazios combinavam melhor com ele, fossem pubs, restaurantes, parques, casas. Havia um lugar do outro lado da cidade, o Pocket and Pound: a última de uma sequência de casas geminadas, junto ao Culver Valley Museum, e provavelmente o pub mais estreito da Inglaterra. Para uma tira fina de sujeira encharcada de cerveja, não tinha um clima ruim demais. Ou melhor, era um do qual Simon gostava e com o qual podia se relacionar: fracasso discreto aceito, mas nunca destacado, a desconfiança de que o sucesso, nunca buscado, teria desapontado — a mundos de distância da aura de hedonismo maníaco do Brown Cow.

Simon só ia ao Pocket and Pound com Charlie. Ela achava que possivelmente era o pior pub do mundo, e gostava de ir lá exatamente por isso. "É hilariante — muito mais divertido do que ir a um pub bom", dissera uma vez. "Nos pubs bons, eu passo toda a noite vendo você ficar distante. Aqui você se sente em casa, então fica de bom humor, e eu me sento, rio de você e penso: 'Este é meu marido. Este é seu pub preferido; é onde estamos passando nossa noite de sábado.'" Ambos riram disso.

— Sabe o que aprendi desde que comecei isto? — perguntou Gibbs, erguendo sua bola de elásticos vermelha no ar. — Como as pessoas são inseguras. Ninguém fala comigo se eu tiver isso na mão; como se não conseguisse escutar e esticar elásticos de borracha ao redor de uma bola ao mesmo tempo. Ela me ajuda a me concentrar.

— Não quando você está caminhando pela rua, não ajuda — Simon disse. — Olhando para trás caso tivesse deixado passar alguma, esbarrando em latas de lixo.

— Isso aconteceu uma vez — retrucou Gibbs, com um ruído de desprezo. — Não me venha também você com comentários impertinentes. Parece que sou eu e minha amiguinha vermelha contra o mundo.

— Amigona vermelha.

A bola estava se aproximando da obesidade. Simon imaginou como Liv se sentia quanto a ela. Será que Gibbs a deixava de lado por ela, mas por mais ninguém? Será que ele precisaria dela e a chamaria de amiga se Liv estivesse se casando com ele e não com Dom?

Muito psicológico, Waterhouse, Proust teria dito.

Simon tirou do bolso o poema que Tim Breary lhe dera.

— Leia isto enquanto pego as bebidas — disse. — Leia mais de uma vez.

Em vez de segurar o poema diante dos olhos, como teria feito antes, Gibbs pousou sua bola e colocou o papel sobre ela, de modo que teve de se curvar sobre a mesa para ler. Parecia o preâmbulo a um truque de mágica.

Simon se virou para ir ao bar. Gibbs o chamou de volta. Ergueu a folha de papel.

— Esqueça — disse. Quando Simon não reagiu imediatamente, Gibbs jogou o poema nele. Simon tentou pegar, mas ele flutuou para longe e caiu no chão. Curvou-se para pegar.

— Esqueça o quê? — perguntou.

— O poema não significa porra nenhuma. De jeito nenhum. O que ele está dizendo?

Uma reação extrema a um estímulo neutro: interessante. Simon guardou a carteira, se sentou.

— De jeito nenhum o quê? O que você acha que estou pedindo?

— Eu sei o que você está pedindo. Não vai acontecer.

— Eu fui ver Tim Breary esta manhã — Simon contou. — Ele me deu este poema no final de nosso encontro. Você já ouviu falar em uma mulher chamada Gaby Struthers?

O rosto de Gibbs mudou.

— Gaby Struthers? Ela me procurou hoje.

— Hoje? Quando?

— Esta manhã.

— Por que não me contou, porra? — reagiu Simon.

— Acabei de fazer isso. Está falando sério? Eu disse ao telefone que tinha algo a lhe contar quando pedi para me encontrar aqui.

— É verdade — Simon murmurou.

Mais que verdade: evidente. Sua fúria virtuosa, tão forte segundos antes, evaporara. Era de Sam que ele estava com raiva, não de Gibbs.

— Então me fale sobre esse poema.
Gibbs dirigiu o pedido à sua bola de elásticos. Constrangido com sua explosão, Simon desconfiou. *Que não tinha nada a ver com Tim Breary, nada a ver com trabalho.* Será que Gibbs tinha achado que o poema viera de Liv, por intermédio de Charlie? Isso não era da conta de Simon. Se Gibbs quisesse que ele soubesse, lhe diria. Simon estava ansioso para perguntar sobre Gaby Struthers, mas antes devia a Gibbs uma resposta.

— Breary me pediu; meio que implorou, na verdade, para dar o poema a Gaby Struthers. Quando o sujeito com quem ela mora não estivesse por perto.

— Bastante razoável — Gibbs comentou. — Eu diria isso, não é mesmo? Simpatia pelo mais fraco em qualquer triângulo amoroso.

Foi um comentário descartável, mas ainda assim revelador. Supondo que Gaby Struthers e Tim Breary estavam tendo ou haviam tido algum tipo de relação ilícita, certamente o homem com quem Gaby morava era o mais fraco no triângulo amoroso?

— Breary me pediu para não dizer a Struthers que o poema vinha dele — Simon contou. — Queria que eu dissesse que vinha de O Portador.

Gibbs rolou sua bola para frente e para trás sobre a superfície da mesa usando apenas o indicador.

— O Portador? O que isso significa?

— Não faço ideia.

— Uma doença, um bebê — Gibbs especulou. — O que mais é carregado?

— Eu estava pensando em uma doença — Simon disse. — Portadores com frequência não têm eles mesmos a doença; apenas a transmitem a outros.

— Breary não pode realmente achar que você manteria seu segredo e se envolveria em qualquer que seja o jogo que esteja jogando com Struthers. Você não vai fazer isso, vai?

— Não sei. O que você entende dele, o soneto?

— Não entendo o que está tentando dizer — Gibbs respondeu, depois terminando sua cerveja. — Provavelmente conseguiria descobrir, mas não estou com disposição.

— Mas é um poema de amor — Simon disse.

Aquilo era metade declaração, metade pergunta. Ele o lera mais de dez vezes e ainda não estava certo.

— Não é algum tipo de charada?

— Charada?

— É. Não tem a palavra "paradoxo" em algum ponto? Suponho que o amor seja um paradoxo, já que não faz sentido. Talvez seja o que ele está dizendo.

— O que levou Gaby Struthers à delegacia esta manhã? — Simon perguntou. Havia um limite de tempo que ele podia gastar discutindo amor com Chris Gibbs. *Ou qualquer um.*

— Parece que Lauren Cookson seguiu Gaby Struthers até a Alemanha ontem — Gibbs contou. — "Seguiu" é a parte quanto à qual não estou certo. Lauren certamente foi para a Alemanha no mesmo dia que Gaby. Ela reservou os mesmos voos de ida e volta, embora não tenha voado de volta com Gaby. Ainda não tive tempo de descobrir o voo que ela pegou, supondo que não continue vagando pelas ruas de Colônia.

— Espere, volte — disse Simon, erguendo a mão. — Lauren Cookson, a cuidadora de Francine Breary? Ela conhece Gaby Struthers?

— Agora conhece — Gibbs confirmou. — Elas começaram a conversar no aeroporto, não em circunstâncias mais amigáveis. Lauren surtou quando o voo atrasou. Gaby disse a ela para parar de choramingar. Então Lauren disse alguma coisa sobre um homem inocente ser preso por assassinato.

— Eu preciso conversar com Gaby Struthers — Simon disse, batendo o pé no chão. — Diga tudo que ela lhe contou.

Gibbs passou a bola vermelha de uma mão para a outra enquanto falava. Ele era bom em detalhes, melhor do que Sellers ou Sam. Quarenta minutos depois, quando Simon estava confiante de que sabia tanto quanto Gibbs, finalmente foi ao bar. Tentou não se incomodar com os empurrões de um lado e do outro enquanto esperava, os corpos pressionando o seu, como no metrô em Londres. Por que eles não estavam todos em seus escritórios? Simon se distraiu pensando em cordas inteligentes. Imaginando se poderia funcionar.

Ele voltou à mesa com humor pior. Um copo cheio à sua frente não melhorou seu humor como fez com Gibbs.

— Você está com o número de Gaby Struthers? — perguntou.

— Não, aqui não.

— Descubra, ligue para ela, diga que preciso vê-la. Quem mais sabe que ela apareceu e o que disse?

— Ninguém além de você — Gibbs respondeu. — Não vi Stepford nem Sellers desde que falei com ela.

— Escute, descobri algo ontem — Simon contou. — Algo de que você não irá gostar mais do que eu.

Ele contou a história sobre a transcrição de entrevista adulterada, deixando de fora apenas um detalhe: Regan Murray.

Previsivelmente, a primeira pergunta de Gibbs foi "Quem lhe contou?".

— Não quero dizer, por ora. Vou lhe contar, mas ainda não. Tenho de contar a uma pessoa antes.

A ideia de ser justo com Proust era uma novidade para Simon. Ele não sabia de onde viera essa ideia de que o Homem de Neve tinha o direito de saber a verdade sobre sua filha primeiro. Será que temia que o golpe que estava prestes a desferir poderia ser tão violento que haveria a necessidade de alguma consideração para suavizar o impacto?

Não era culpa. Dizer a verdade a alguém significava fazer a ela um favor. Sempre.

— Sam apareceu na minha casa esta manhã depois que saí — Simon contou. — Se estivesse lá, ele teria me contado, caso eu já não soubesse. Charlie acha que isso é um ponto a favor dele.

— Você não? — Gibbs perguntou.

— Ele deveria ter contado a nós dois assim que soube.

E daí que ele tivesse mantido segredo por menos de 24 horas? Charlie oferecera isso como atenuante quando tinham se falado ao telefone meia hora antes, como se isso devesse contar a favor de Sam. Não contava. "E se ele tivesse corrido para lhe contar no instante em que descobriu?", ela tinha dito "Ele teria demorado pelo menos quarenta segundos para ir do escritório do Homem de Neve até sua escrivaninha. Isso teria sido quarenta segundos tarde demais pelas suas regras? Quarenta segundos de traição?" Simon não gostava de deboches, então a cortara.

— Onde Sam e Sellers estiveram o dia inteiro, além de evitar encarar os parceiros que sacanearam? — perguntou a Gibbs.

— Stepford está na casa dos Jose, acho. Sellers está procurando os antigos colegas de Francine, depois os de Breary em Dignam Peacock, vendo se descobre alguma coisa que mereça ser investigado — disse Gibbs, sorrindo. — Vamos ver se os colegas de Breary o descrevem como calado e normal, os únicos dois adjetivos que qualquer um usa para descrever o amigo que se transformou em assassino.

— Breary não é nenhum dos dois — Simon disse. — Certamente não normal, seja lá o que isso for.

— É o modo que ele fala que me incomoda. Quando você ouve as entrevistas gravadas, ele soa... Nem sei como descrever. Seguindo um roteiro. Como se suas falas fossem escritas por alguém. Como se estivesse estrelando um filme.

— É, ele tem uma espécie de bizarra... — disse Simon, parando antes de dizer "qualidade de estrela". Isso teria soado estranho. — Escute, faça-nos um favor, Chris. Apenas caso queira, se não achar que não tenho o direito de pedir. Você poderia manter isto em segredo?

Simon esperava ter conseguido o tom certo. Não queria que soasse como uma ordem ou uma súplica. Nunca antes chamara Gibbs de "Chris".

— Gaby Struthers, o poema. O Portador. Não conte ao resto da equipe.

Gibbs riu.

— Está falando sério? Olho por olho? Eles esconderam algo de nós, nós escondemos algo deles? Em uma investigação de assassinato?

— E se Proust não ligasse para isso? E se ele lhe dissesse para falar comigo sobre o caso Breary, não com Sam?

— Por que ele faria isso? Você não é o líder. Stepford é.

— Enfie o porquê no rabo. E se ele fizesse?

Gibbs tamborilou com o dedo no alto da bola de elásticos vermelha.

— Eu diria a ele que preferiria me reportar a Stepford, que nunca diz "Enfie o porquê no rabo" quando faço uma pergunta.

Simon suspirou e esfregou a testa com o polegar e o indicador, um movimento de pinça. Surpreendentemente, ajudou: aliviou a tensão.

— Quando escolheram ficar calados, Sam e Sellers declararam guerra.

— É uma forma de ver a coisa.

Simon estava contente por não ser um político. Discursos como aquele eram difíceis, aqueles concebidos para conquistar as pessoas.

— Eu não comecei a guerra, mas posso vencê-la — falou. — Gaby Struthers e Lauren Cookson, a ligação entre elas, aquele poema; elas nos levarão à resposta, e logo. Posso sentir isso. Quero que Sam e Sellers pareçam idiotas quando resolvermos isto. Idiotas que sabiam tudo. Vou mostrar a eles, cacete. Lamento se você acha que isso está abaixo de mim. Não está.

— Liv ainda não pediu a você, pediu?

De todas as coisas que ele poderia ter dito...

— Liv?

Simon injetou em sua voz o máximo de incredulidade possível.

Você está pensando em sua vida amorosa no meio da conversa mais importante que já tivemos?

— Sobre ler no casamento dela — Gibbs explicou.

— Charlie mencionou isso. Eu disse que leria uma passagem de *Moby Dick*. Aparentemente isso não é bom o bastante.

— Não diz respeito a ser bom o bastante, diz respeito a ser certo para a ocasião. *Moby Dick* não é.

Nem o soneto de Tim Breary que podia ou não ser sobre amor. Por isso, Gibbs reagira mal ao poema. Seu primeiro pensamento fora sobre o casamento de Liv, não sobre o assassinato de Francine Breary, e atribuíra a Simon as mesmas prioridades.

— O que você e Charlie farão amanhã à noite? — ele perguntou.

— Nada, pelo que sei — Simon respondeu.

— Jantem comigo e Liv; amanhã é uma das nossas noites. Há algo que precisamos pedir a vocês juntos. Por nossa conta.

Uma das noites deles. Enquanto Debbie ficava em casa cuidando sozinha dos gêmeos? E o que significava "nossa conta"? Eles certamente não podiam ter uma conta conjunta. Simon e Charlie não tinham; Charlie lhe dissera quando estavam noivos que ele podia se mandar se achava que ela iria fundir suas finanças com as dele.

— Você me faz esse favor e eu farei o que você quiser no trabalho — Gibbs disse. — Contar, não contar, estou me lixando; como você quiser.

— Fechado.

Simon estendeu a mão para que Gibbs a apertasse. Em vez disso, ele jogou para ele a bola vermelha.

...

— Alô, este é o número do Incrível Ressentido? Sou eu. Pode parar de ser criança e ligar para mim? Obrigada. Tchau.

Charlie apertou o botão de "encerrar chamada" e equilibrou o telefone sobre a caneca vazia.

— Caixa postal — disse. — O que significa que estou sendo ignorada. Ele teria atendido, caso tivesse me perdoado — falou, e balançou a cabeça. — Maridos; eles não a deixam louca?

— O meu não — Kerry respondeu. Seu corpo assumiria a posição curvada defensiva.

— Então você tem sorte. O meu é cheio de chiliques. Quando saí há pouco para fumar, ousei ligar para ele e contar que alguém com quem está furioso ajeitou as coisas e está ansioso para se desculpar.

Charlie esperou ser perguntada por que qualquer pessoa magoada se oporia ao ato de contrição do ofensor.

Silêncio da parte de Kerry.

— Não há nada que meu marido odeie mais do que um pedido de desculpas instantâneo — disse Charlie, chateada por não poder mencionar Simon pelo nome; seria bom para ele se a testemunha--chave de seu caso descobrisse como era um cretino. — Ele gosta de desfrutar a raiva, não suporta ter seu prazer interrompido por seu inimigo se revelar não estar contra ele, afinal. Relações são estranhas, não são? Então, fale sobre o caso de Tim Breary com

Gaby. Ou você prefere deixar isso para outra hora, quando ela não estiver lá em cima?

— Ela não está mais — Kerry disse. — Você não ouviu a porta da frente bater? Foi Gaby indo embora. Com raiva ou pressa. Ou ambos.

Charlie esperou.

Finalmente, Kerry disse:

— Não foi um caso, não no sentido habitual. Tim e Gaby nunca dormiram juntos, até onde sei, e acho que eu saberia. Gaby teria me contado.

— Por que não?

— Tim não faria isso. Ele não explicaria o motivo, nem para mim nem para Gaby, mas acho que sei: medo de Francine. Ele não queria que houvesse qualquer evidência de sua infidelidade, o que, se não tivesse sido infiel fisicamente, não poderia haver.

— Francine poderia ter encontrado evidências de um relacionamento platônico, não poderia? — Charlie sugeriu.

— Certamente. Para ser honesta, fiquei surpresa que não tivesse, considerando o volume de tempo que Tim passava com Gaby. Imagino que ele sempre poderia ter dito: "Não estou dormindo com ela", e isso seria verdade. Imagino que muitas pessoas aplacam suas consciências desse modo.

E uma mulher de sucesso e confiante como Gaby Struthers teria aceitado esse caso não físico, também conhecido como completa perda de tempo? Charlie tentou conter sua irritação. Por que alguém não podia dizer a homens como Simon e Tim Breary que os caras deveriam querer sexo? O tempo todo, com qualquer um, independentemente das consequências. Qual o sentido de ser homem se você não segue essa regra básica? Traidores do gênero, é o que eles eram.

— Foi uma época estranha, e certamente a mais feliz que Tim já teve — Kerry disse. — Gaby era como sua esposa paralela. Por mais de um ano, Dan e eu fizemos parte de dois quartetos.

— Significando?

— Nós ainda tínhamos nossas noites artificiais e descalças com Tim e Francine, mas também saíamos com Tim e Gaby e nos divertíamos; ainda mais, por termos muita consciência do contraste. Descalças? Charlie decidiu deixar passar.

— Na primeira vez em que Tim nos convidou para jantar e conhecer sua nova amiga, como a chamava, eu não consegui descobrir com o que estava brincando. Ele estava evidentemente apaixonado, embora preferisse morrer a admitir isso, e pensei: por que está envolvendo a mim e a Dan? Eu não liguei, estava contente por ele se sentir capaz de partilhar aquilo conosco, mas... a maioria das pessoas que planeja um caso não convida os amigos para participar. Elas mantêm isso o mais discreto possível.

— Tim parece incomum de muitas formas — Charlie comentou.

Kerry concordou.

— Tim é único. Quero dizer, todos são, supostamente, mas com Tim você nunca sabe o que ele irá dizer ou fazer a seguir. É... bem, é excitante. Todos que ele conhece o adoram; dá pra ver. Você vê as pessoas não conseguindo descobrir por que são tão atraídas para ele, e então se dão conta: não conhecem ninguém que consiga fazer de uma conversa algo como um... passeio de montanha-russa. Lamento, sei que soa idiota, mas... não é apenas a imprevisibilidade. Tim tem um modo de concentrar toda a sua atenção em você enquanto conversa; atenção e admiração. Ele faz com que as pessoas se sintam como se realmente as *visse*. As ouvisse. Cada palavra que você diz importa enquanto conversa com Tim. Isso é muito raro, não é? E, se você o viu... bem, ele tem uma aparência incrível.

— Melhor parar antes que me apaixone por um homem que nunca vi — disse Charlie, interrompendo o monólogo de admiração. — Então, por que Tim não se incomodou que você e Dan participassem de seu não exatamente caso com Gaby?

— Acho que ele decidiu que nunca se permitiria deixar Francine, mas queria experimentar a outra opção — Kerry contou. — Jantares comigo, Dan e Gaby; um simulacro da vida que não podia ter. Por isso era tão importante para ele ter um gostinho dela, mais importante do que ser discreto e manter Gaby escondida de nós.

— Mas ele acabou largando Francine, como você disse?
— Sim. Pouco depois de as coisas darem errado para ele e Gaby. Não sei o que aconteceu, antes que você pergunte. Nenhum deles disse uma palavra sobre isso. Quase acabou com Tim. Acho que, àquela altura, ele estava tão infeliz que não podia mais fingir com Francine. Também abandonou a mim e a Dan, e seu trabalho; literalmente abandonou sua vida, deixou tudo para trás. Não acho que ele teria largado *apenas* Francine, se entende o que eu quero dizer. Tinha de ser tudo, para que ela não considerasse aquilo pessoal demais. E, estranhamente, não considerou... Estranhamente para alguém acostumado a achar que tudo dizia respeito a ela. Ela me contou que Tim teria surtado: se estivesse com a cabeça no lugar, nunca a teria deixado.

— Ela tentou entrar em contato com ele? — Charlie perguntou. — Aposto que o descartou como algo estragado assim que ele passou pela porta, não foi?

Kerry pareceu surpresa.

— Como você sabia? Dan e eu ficamos chocados com a reação. Não parecia nada com ela. Ainda não entendo.

— Você acabou de descrever a mulher mais manipuladora do mundo — Charlie comentou. — Manipuladores são tão sensíveis às suas variações de poder quanto corretores são aos mercados. Eles usam esse conhecimento para garantir que nunca parecerão perdedores. Assim que Tim fez o inimaginável, arrancar as correntes e ir embora, Francine teria sabido que seu feitiço fora rompido e que não havia nada que pudesse fazer para trazê-lo de volta. Isso a teria incomodado enormemente, mas seu orgulho teria entrado em ação para esconder a derrota.

— Então ela começou a se apresentar como a vencedora — disse Kerry, franzindo o cenho. — A mulher forte, melhor sem o marido mentalmente doente. Uau. Acho que você pode ter alguma razão nisso.

Charlie sorriu. Será que repetiria sua sacada para Simon mais tarde? Sempre era difícil prever o que o impressionaria. Às vezes, ela contava detalhes do que imaginara que seria uma conquista e ele iniciava um sermão sobre quão errada ela estava.

— Na época, eu disse a Dan que era uma sorte Tim também ter rompido o contato conosco ao desaparecer. E se não tivesse feito isso e perguntasse como Francine estava levando a vida?

Charlie esperou, sem saber o rumo daquela conversa.

— Teríamos de mentir. Se eu dissesse: "Ela está perfeitamente bem, indo trabalhar como de hábito, não desmoronou nada, não pergunta sobre você..."

— Ele teria se odiado por não ter se separado antes?

— Difícil dizer, sendo Tim. Eu certamente teria, na posição dele. Todos aqueles anos desperdiçados — disse Kerry, estremecendo. — Claro que no fundo Francine não poderia estar bem, qualquer que fosse o disfarce que estivesse usando. E de qualquer forma, tudo o que eu ouvia era de segunda mão, por intermédio de nossa única conhecida em comum, e ela não conhecia Francine *tão* bem assim. Eu preferia pensar que Francine estava desmoronando em segredo. Merecia estar.

— Kerry, o que aconteceu aqui em 16 de fevereiro? — Charlie perguntou, como se fosse uma continuação natural do que estava sendo discutido. — Do seu ponto de vista, não daquele de Tim. Conte como foi. Tudo de que consiga se lembrar. Se não se importa, isto é — acrescentou, fazendo questão de olhar para o relógio. — E depois terei de partir. Deixe-me apenas... — falou, enquanto tirava o telefone da bolsa e começava a digitar uma mensagem para Sam — chamar meu motorista, o detetive Kombothekra.

Isso deveria ser o suficiente para deixar Kerry à vontade; se Charlie estava fazendo planos para partir, elas não podiam estar prestes a ter a parte mais importante da conversa.

— Certo. Feito. Desculpe, continue.

— Eu estava aqui preparando a ceia — Kerry começou. — Era uma receita que nunca havia tentado antes, crepes de espinafre e aspargos com molho bechamel. Eu estava excitada. Isso deve soar idiota.

— De modo algum.

Na verdade muito. Nada entediava mais Charlie do que pessoas fazendo discursos sobre comida.

— Tim estava no quarto de Francine. Disso eu sei. Ele viera me contar que estava indo vê-la. Ele sempre dizia a mim e a Dan com antecedência para que não entrássemos e o interrompêssemos. Nós avisávamos a Lauren, para garantir que também não invadisse.

— Então Tim não dizia pessoalmente a Lauren? — Charlie invadiu verbalmente.

Kerry balançou a cabeça.

— Não. Nós éramos o canal. Ele falava com Jason, mas não com Lauren, se pudesse evitar.

— Por quê?

— Ele a considerava irritante em todos os sentidos: principalmente sua falta de inteligência, acho. E também...

— O quê? — perguntou Charlie, observando enquanto Kerry debatia em silêncio se iria ou não responder à pergunta.

— Tim e Lauren tinham uma espécie de disputa pelo poder. Ambos queriam estar... meio que encarregados de Francine.

— Eles dividiam os cuidados diários?

— Não, Lauren fazia todos os cuidados íntimos. E qualquer movimentação e levantamento, normalmente com a ajuda de Jason, com exceção de uma ou duas vezes. Mas Tim entrava todo dia, para conversar com Francine ou ler para ela — Kerry contou, de repente erguendo os olhos para Charlie. — Garantam que todos saibam disso, sim? A polícia, a imprensa. Os que julgam e odeiam. Quaisquer que fossem os problemas no casamento deles, embora ele a tivesse deixado e achado que para sempre, quando Francine teve o derrame Tim voltou imediatamente para cuidar dela. Por isso todos voltamos.

De onde? Charlie perguntaria mais tarde.

— Voltando à disputa de poder entre Tim e Lauren... — instigou.

— Não era realmente uma disputa — Kerry disse, se ajeitando na cadeira. — Nunca nada foi dito. Era mais territorial que qualquer outra coisa. Dan e eu raramente entrávamos no quarto de Francine. Jason nunca entrava, a não ser que estivesse procurando por Lauren ou ela precisasse de sua ajuda para erguer Francine. Lauren e Tim entravam, e os dois achavam irritante quando o outro estava lá. Na verdade, nunca foi muito mais que isso. Um deles sempre parecia estar esperando do lado de fora da porta, impaciente para que o outro saísse de modo a poder entrar para uma conversa. Bem, não uma conversa bilateral, mas... você sabe o que quero dizer.

— Então Tim ainda se importava com Francine? — Charlie quis saber.

Kerry pareceu distraída, como se pensando em outra coisa.

— Não. Não no sentido que você pensa, de modo algum. Mas... É difícil explicar. Francine era a esposa dele. Ele voltara para cuidar dela, e acho que não queria que Lauren a assumisse.

Por que não? A explicação de Kerry quase fazia sentido, mas não totalmente.

— Voltando a 16 de fevereiro — Charlie insistiu. — Você estava aqui na cozinha. Sozinha?

— Sim.

— E?

Os olhos de Kerry ficaram vidrados.

— Eu ouvi Lauren gritar — disse em tom embotado. — Aquilo... Aquilo não parou, os gritos. Eu corri para o lugar de onde vinham os gritos.

— Que era?

— O quarto de Francine. Jason estava comigo. Ele saiu da sala enquanto eu saía da cozinha. As portas ficam uma em frente à outra. Quase colidimos. Corremos juntos até o quarto de Francine e, bem, a vimos. Ela parecia... — disse Kerry, fazendo uma pausa e fechando os olhos com força. — Soubemos imediatamente.

— Continue — Charlie incentivou.

— Havia travesseiros no chão. Tim estava de pé junto à janela, olhando para fora, e Lauren gritando, segurando uma pilha de roupas limpas, a apertando sobre o corpo. Algumas haviam caído no chão. Ela estava na lavanderia quando aconteceu, ao lado do quarto de Francine. Tim entrou lá, disse a ela o que tinha feito, e então...

— Kerry, me desculpe — interrompeu Charlie. — Apenas me diga o que você viu e ouviu. Quarto de Francine: você, Jason, Tim, Lauren, roupas lavadas. Travesseiros no chão.

Kerry assentiu.

— Dan então entrou, molhado, com uma toalha amarrada na cintura. Estava no banho no segundo andar. Eu abracei Lauren até que parasse de fazer barulho. Tim disse: "Eu matei Francine. Eu a sufoquei com isto." Ele ergueu um dos travesseiros.

— Por quanto tempo ele o segurou? — Charlie perguntou. — Ou o largou assim que mostrou qual usara?

— Eu... — começou Kerry, depois engasgou-se e desviou os olhos. — Não me lembro. Acho que ele... Não, não lembro, lamento.

Uma mentira.

— Quando você diz que ele levantou o travesseiro, quer dizer levantar acima da cabeça? Ou o segurou ao nível do peito?

— Ele... Ele o segurou ao nível do peito.

Charlie havia conhecido muitas pessoas — normalmente mais jovens que Kerry Jose — que faziam tudo soar como uma pergunta. Algo muito diferente estava acontecendo ali, algo que parecia assim: *Eu não pensei o suficiente sobre essa parte da minha história, e não estou certa de o que deveria dizer. Sei que você é a pessoa para quem estou mentindo, mas poderia, por favor, me ajudar?*

— O que Jason estava fazendo na sala? — Charlie perguntou, imaginando a colisão quando ele e Kerry foram correndo para o corredor ao mesmo tempo. Ela não estava certa de por que esse detalhe permanecia em sua mente. Então sacou. — Lauren estava na lavanderia arrumando as roupas lavadas. Esse era um dos seus trabalhos habituais?

Kerry fez um gesto afirmativo. Estava brincando com os cabelos novamente, puxando a cabeça para um lado. Parecia doloroso.

— Dan estava no banho, você estava cozinhando. Tim estava ocupado com Francine. Sei o que todos estavam fazendo, a não ser Jason. O detetive Kombothekra me disse que ele é o faz-tudo aqui, além de jardineiro. É isso?

— Sim.
— Bem, não há jardim na sala. Ele estava consertando algo?
— Sim — disse Kerry, ofegante. Rápido demais.
— O que ele estava consertando?

Algo naquela casa precisava de conserto, isso era certo; Charlie achou improvável que fosse algo que um faz-tudo pudesse resolver facilmente com sua caixa de ferramentas.

Silencio de Kerry.

— Tem certeza de que Jason não tinha encerrado o trabalho do dia?

Uma boia ou uma armadilha; Charlie estava interessada em ver como aquilo seria recebido.

— Não, ele... Estou errada, desculpe. Eu devo ter... — começou Kerry, inspirando de modo irregular. — Ele estava do *lado de fora* da sala, na frente da casa.

— O quê? Mas você disse que ele saiu da sala quando você saiu da cozinha. Vocês quase colidiram ao sair das portas que ficam uma em frente à outra; foi o que você disse.

— Nós quase colidimos. No corredor, quando Jason entrou depois de limpar o lado de fora das janelas da sala. Eu estava saindo correndo da cozinha e...

— Jason também estava correndo?

— Sim. Ambos estávamos em pânico. Lauren estava gritando.

— Desculpe, Kerry, deixe-me entender isto — Charlie disse, fingindo confusão. — Há um minuto eu lhe perguntei se Jason estava consertando alguma coisa na sala. Você disse que sim.

— Desculpe, eu fiquei confusa. Não, Jason estava do *lado de fora*, limpando as janelas da sala quando Tim matou Francine.

— E então, quando Lauren gritou, ele correu para dentro e quase esbarrou em você no corredor?

Kerry concordou.

— Onde exatamente?

— Ao pé da escada.

Charlie pegou telefone e bolsa, e se levantou. Ficou tonta depois de sentar na mesma posição por tempo demais.

— Você se importaria de participar de uma experiência? — perguntou a Kerry. — Eu vou sair e ficar de pé na frente da casa, junto às janelas da sala. Você pode ir ao quarto de Francine e gritar com toda a força por dez ou vinte segundos? Quero ver se consigo ouvir você. Estou supondo que as janelas da sala estivessem fechadas enquanto Jason as limpava. E quanto à porta da frente; também estava fechada? Seria bom reproduzir as condições o mais fielmente possível.

Kerry ficou boquiaberta. O rosto perdera toda a cor.

— Pode ajudar tanto a você quanto ajuda a mim — Charlie disse. — Nada libera tensão como uma sessão de gritos.

Sentada à mesa da cozinha, Kerry abriu a boca e gritou o nome do marido.

PROVA POLICIAL 1434B/SK — TRANSCRIÇÃO DE CARTA MANUS-
CRITA DE KERRY JOSE PARA FRANCINE BREARY DATADA DE 4 DE
JANEIRO DE 2011

Olá, Francine,
    Esta é a primeira oportunidade que tive de lhe escrever desde a véspera do Natal. Eu estava querendo lhe dizer que lamento ter tomado o presente de Natal que Tim lhe deu. Ele o deixou em sua mão, mas tive de colocá-lo onde não fosse visto. Não tive escolha. Espero que não se importe. Era apenas um poema. E um bastante deprimente. Você odeia poesia, e não vê sentido nela, certo? De qualquer forma, não o destruí. Está embaixo do seu colchão, com as cartas de Dan e as minhas para você, então está seguro, e ainda é seu, no que me diz respeito.
    Você teve um Natal infeliz, presa aqui sem companhia além das rápidas visitas práticas de Lauren? Imagino que a temporada de festas deva ser insuportável quando se está presa à cama e incapaz de desfrutar da vida. Não consigo sentir compaixão por você, Francine — pelo que lamento, acredite ou não —, mas posso sentir compaixão pela sua situação quando a remove dela. Talvez isso conte um pouco. Não estou certa de que sim.
    Eu tive um Natal bom? Não especialmente. Fiquei tensa o tempo todo. Meus ombros estão tão rígidos que são como um colete de concreto ao redor de meu pescoço. Que também está bastante duro e doído, agora que penso nisso. É verdade o que aquela poeta escreveu no poema que Tim lhe deu: "o corpo é um registro da mente." Dan acha

que uma massagem profunda resolverá meu problema, mas só há uma coisa agora que pode fazer com que eu me sinta bem, que é esta situação horrível em que estamos chegando ao fim. E, correndo o risco de ser gananciosa e pedir demais, eu adoraria que terminasse de um modo que não envolvesse ninguém indo para a prisão por assassinato. Então, mais uma vez, Francine: tem certeza de que ainda quer e precisa estar aqui? Caso contrário, poderia, por favor, se desligar de algum modo?

Lauren passou o dia de Natal inteiro nos contando freneticamente como estávamos todos tendo momentos fantásticos e adoráveis, entre visitas ao seu quarto para vê-la. Parecia à beira da histeria, pelo menos para mim. Desconfio que estava pensando, e tentando não pensar, no contraste entre a sua infeliz experiência do Natal e a nossa, concebida para ser alegre, com seus fogos, Porto, música e jogos de tabuleiro. Sabe que ela e Jason só passaram o Natal conosco por sua causa, Francine? Ela me disse que podia ver a família a qualquer momento, mas não suportava deixar você, não no dia de Natal. Ela me perguntou no começo de novembro se você poderia participar das festividades. Tive de dizer que não. Tim insistiu: nada de sua cama ser levada para a sala, nada de levarmos várias cadeiras e toda a parafernália de Natal para seu quarto, de modo que assim você pudesse ser incluída.

Ficou confusa nos preparativos para o Natal? Lauren decorou seu quarto, só para Tim arrancar tudo assim que viu. Ele ficou ultrajado, e pensando por que Lauren, de repente, estava fazendo um esforço este ano. Eu disse que ela, provavelmente, também quisera incluir você no Natal ano passado, mas não ousara pedir. "Isso não é da conta dela", Tim disse. "Explique o que nós sabemos e ela não: nunca fez qualquer sentido tentar deixar Francine feliz, e faz ainda menos sentido agora. Você sabe o que ela diria, caso pudesse falar, se a incluíssemos no Natal? Ela nos acusaria de forçar a barra: desfilar nossa diversão diante dela com o único objetivo de fazer com que se sentisse pior!"

Não precisei explicar nada a Lauren. Ela estava de pé atrás de Tim, escutando todas as palavras que ele dizia.

Eu adoraria saber o que você sente por Lauren, Francine, supondo que sente alguma coisa por ela. Gostaria de tornar a vida e o papel dela aqui mais fácil, mas o que posso fazer? Ela é uma garota gentil, mas Tim está certo: é uma empregada. Eu a contratei para cuidar de você, para que nem Tim nem eu tivéssemos de colocar mãos à obra. Não posso ficar ao lado dela contra ele. Não quero. Odeio soar como se estivesse afirmando minha superioridade, mas imagino que esteja: Lauren não a conhecia antes do derrame, e Tim, Dan e eu sim. Isso faz diferença.

Então não desfilamos nossa diversão natalina na sua frente, nas palavras de Tim. Se tivéssemos feito isso, você teria sido sensível o bastante para perceber que não era nada divertido, não para qualquer um de nós? Ou, depois do derrame, você continua sendo sensível apenas aos seus próprios sentimentos? Talvez essa seja uma forma sensível de ser. Eu certamente teria tido um Natal mais relaxante se não estivesse totalmente consciente da agitação emocional de todos os outros. Jason estava de mau humor por Lauren estar tão agitada. Passou o dia lançando olhares feios que surtiram nela o efeito oposto de acalmar. Tim enrijecia de irritação cada vez que Lauren anunciava que Natal maravilhoso todos estávamos tendo. Ele sempre a tratou como se fosse invisível ("e, mais importante, inaudível", como poderia dizer), mas recentemente tem parecido menos capaz de apagá-la. Isso chegou ao auge no Natal. Dan e eu passamos o jantar aterrorizados que ele explodisse e dissesse algo horrendo para ela, e então Jason o socaria. Diferentemente de Dan ou Tim, Jason é o tipo de homem que socaria qualquer um que insultasse sua esposa na sua presença.

 Lauren não podia saber ou antecipar o efeito que teria em Tim toda vez que nos dizia que nosso Natal era um de que lembraríamos para sempre como tendo sido perfeito (dica: unhas raspando um quadro-negro). Lauren não sabia sobre a Noite de Criar Lembranças, não é, Francine? Você não está em posição de contar nada a ela, está? Isso supondo que você se lembrasse (ah, a ironia!).

 Mas falando sério: mesmo antes do derrame, havia algo errado com a sua memória. Com grande frequência, você dizia "Não, isso não aconteceu" sobre coisas que, sem dúvida alguma, tinham acontecido e na frente de testemunhas confiáveis. Depois de um tempo, Dan e eu começamos a colecionar os não acontecimentos. Eis alguns dos meus preferidos:

1. "Eu não pedi vinho branco seco. Eu pedi Bacardi e Coca. Você poderia tentar escutar o que digo pelo menos uma vez na vida." (Você pediu a Tim para pegar um vinho branco seco para você. Todos ouvimos.) 2. "Tim, por que o aquecimento está ligado? Está fervendo. O quê? Não, eu não. Por que eu ligaria o aquecimento quando estou fervendo?" (Dan, Tim e eu vimos você ajustar o termostato passando de 20 para 25.) 3. "Eu não disse que o Dia dos Namorados era uma perda de tempo comercial sem sentido. Eu provavelmente estava tendo tato, para que você não achasse que precisava ter muito esforço e despesa para me surpreender — o que você claramente não tinha qualquer intenção de fazer, de qualquer modo, porque evidentemente está se lixando para mim." (Quando você provavelmente estava tendo tato, Francine? Quando você não disse a coisa que todos a ouvimos dizer?)

Dan acha que você não é exatamente desonesta, mas incapaz de pensar claramente quando está com raiva ou magoada, o que me recuso a aceitar. Se tudo o que havia de errado com você antes do derrame fosse resultado de uma falha psicológica que você não podia evitar, eu seria obrigada a dar descontos, e não posso. Quero odiar você, por mais medonho que isso soe.

Por isso sempre acho tão perturbador quando acontece algo que parece sustentar a teoria de Dan. Lembra-se de quando você ficou apoplética com Tim por causa da virada no final daquele filme? Não consigo me lembrar do título — era um filme vagabundo, para a TV, do seu tipo preferido. Para uma pessoa tecnicamente brilhante, você tinha um gosto muito idiota em tudo, Francine. Programa de TV preferido: a novela *Hollyoaks*. Livros: você só lia romances fantásticos absurdos sobre goblins — não estava interessada em ler sobre seres humanos, estava? Música preferida: "That Don't Impress Me Much", de Shania Twain. Pelo menos suponho que isso fosse adequado, nada impressionava você. Sabe? Acho que nunca a ouvi dizer em um restaurante que a comida estava boa, adorável ou correta. Tim sempre lhe perguntava "Como está a sua, querida?", com medo de ser acusado depois de não se preocupar com ela, e a resposta consistia em lábios apertados e um balançar de cabeça de desgosto: a massa da pizza era fina demais, o curry apimentado demais, a carne passada demais, os legumes encharcados demais ou secos demais.

Quando o filme vagabundo terminou, nós desligamos a televisão e tivemos a discussão que todos que viram tiveram: nós adivinhamos a virada ou não? "Eu adivinhei", você disse com orgulho, esperando nossa admiração. "Você adivinhou?", Tim perguntou. "Em que momento?" Pobre coitado, ele achou que seria uma oportunidade de louvar a sua intuição, reforçar seu ego. "Adivinhei assim que ela abriu o arquivo na garagem e viu o que havia dentro", você disse. "Foi óbvio."

Dan, Tim e eu nos entreolhamos, chocados. Se pelo menos não tivéssemos feito isso... Você percebeu o olhar e exigiu saber o que significava. Dan tornou as coisas piores negando ter havido uma troca de olhares. Tim decidiu reduzir o prejuízo e ser honesto, esperando ganhar pontos pela sinceridade. "Não acho que isso conte como adivinhar a virada, querida", ele disse o mais suave e bondosamente que pôde. "Esse foi o momento da revelação oficial, quando ela abre o arquivo." "O que você quer dizer?", você retrucou. "Revelação oficial. Do que você está falando?" Tim prosseguiu, como se não tivesse notado a imitação debochada que você fez dele. "Foi quando os produtores mostraram a verdade ao espectador." Ele reforçou a palavra "mostraram". "Você sabe: o momento ta-dã!"

Você pensaria que Dan e eu estaríamos rindo a essa altura, não é? Não estávamos. Estávamos sentados tensos nas beiradas das cadeiras, esperando o Armagedon social. "Não", você disse, indignada. "Ninguém revelou nada! Ninguém disse nada. Eles apenas a mostraram abrindo a gaveta do arquivo e vendo o que havia dentro."

"Essa foi a revelação", eu disse a você, achando que Tim não deveria ter de carregar o fardo sozinho. "A essa altura, todos que viam o filme sabiam a virada." Sim, admito: enquanto projetava essas palavras para seu rosto totalmente incapaz de compreender, Francine, eu pensava se Dan poderia estar certo e talvez houvesse algo estruturalmente errado com seu cérebro — algo que um neurologista poderia mostrar em raios X e dizer: "Está vendo esse nódulo caloso ali com um nome latino absurdamente longo? É o que tem causado todos os problemas."

Nunca vi ninguém sair tão rápido de uma sala. Tim, Dan e eu não tivemos a oportunidade de trocar uma palavra antes que você voltasse com um martelo e se colocasse ao lado da TV, o agarrando com tanta força que eu podia ver a protuberância muscular na manga da sua camiseta. "Francine, por favor, não...", Tim começou a dizer. Você o interrompeu falando tão rápido como se tivesse tomado uma garrafa de estimulante de um gole só. "Por favor não o quê? Por favor, não pendure a pintura que estou querendo fazer há séculos? Por que não?" Você então insistiu para que Tim se levantasse e procurasse em toda parte uma pintura hedionda de duas ovelhas em um campo, que você havia comprado em uma feira de artesanato por trinta libras um ano antes, como depois descobri com Tim; era a obra de arte que, de repente, você, urgentemente, precisava pendurar, a despeito de ter se esquecido totalmente de onde a havia colocado. Enquanto Tim procurava, você ficou de pé junto à TV, olhando para a tela, balançando o martelo perigosamente perto dela. Você queria que todos nós ficássemos com medo do que poderia fazer, não é? Com a TV, conosco? Queria que tivéssemos medo do que poderia acontecer se Tim não encontrasse a pintura e a lata com os pregos dentro. Felizmente ele achou. Eu me lembro de pensar: "Por Deus, tire o martelo da mão dela."

Aquela pintura está na parede do corredor do lado de fora do seu quarto. Uma pena que você não possa ver.

Gostaria de ter mantido um diário, Francine. Talvez um dia reúna todas as cartas que Dan e eu estamos escrevendo para você e as transforme em alguma coisa — não sei o quê. Estou cada vez mais certa de que é importante se lembrar das coisas ruins que acontecem, assim como das boas. Você infligiu sofrimento em uma escala que deve ser lembrada, Francine. Eu realmente acredito nisso. Fico incomodada por não conseguir me lembrar de quando foi a noite de terror do martelo, cronologicamente. Seis meses depois da Noite de Criar Lembranças? Não, mais tarde. Você e Tim estavam morando na casa da Heron Close, na época.

E agora não tenho tempo para escrever sobre a Noite de Criar Lembranças porque tenho de ir de carro ao depósito de lixo com todas as garrafas de Natal vazias. Que, tendo escrito isto, eu sinto mais vontade de esmagar em sua cabeça, Francine.

13

Sexta-feira, 11 de março de 2011

Fico de pé diante de minha casa e olho para a chave em minha mão. Isso prova que minha vida deve estar dentro deste prédio — minha vida real. Às vezes me sinto como se ela não estivesse situada firmemente em nenhum lugar, mas constantemente deslizando para fora de vista enquanto corro para alcançá-la.

Depois de tudo pelo que passei para voltar, gostaria de me sentir mais feliz por estar aqui. O som do futebol sai pelas janelas de vidro simples para me saudar; a trilha sonora sempre presente de minhas noites em casa. O West Ham poderia enfrentar o Liverpool em minha sala, convidando todos os seus torcedores, e acho que eu não notaria; passaria pela porta fechada a caminho da cozinha, supondo que fosse a TV fazendo o barulho medonho de sempre.

Tiro meu São Cristóvão e o coloco no bolso do paletó antes de entrar. Sean não o viu desde que o desembrulhei pela primeira vez, e provocou uma briga que arruinou meu dia de Natal. Correção: quando *Sean* provocou uma briga que arruinou o dia de Natal. Ele me acusou de comprar o medalhão para causar uma impressão, para marcar posição: que eu planejava viajar ainda mais no ano seguinte e era melhor que ele se acostumasse com isso. Foi uma das poucas vezes em que caí em lágrimas em vez de retrucar. Não consegui explicar que comprara por minha causa — que eu era uma pessoa que tinha interesses próprios; Sean claramente não estava pensando em mim, e não planejava fazer isso tão cedo.

Eu me esqueço dos detalhes da maioria de nossas brigas logo depois que acontecem, mas aquela não briga foi um marco que levou à introdução de novas políticas: decidi que São Cristóvão e eu só ficaríamos juntos quando Sean não estivesse olhando, e que no futuro seria sensato manter minha alma seguramente fora de alcance.

Abro a porta da frente, me sentindo como uma adolescente que ignorara estar de castigo e agora precisava suportar as consequências. Sean está de pé no corredor com uma tigela de alguma coisa em uma das mãos e um garfo na outra. Vapor da comida se eleva no ar entre nós. Sorrio para o homem com quem vivi por oito anos. Se quero que aquela conversa me surpreenda não degenerando instantaneamente em animosidade, sorrir é um primeiro passo sensato.

A reação de Sean é desalentadora. No que diz respeito a comitês de boas-vindas, este tende à censura como um cretino autocentrado.

— Então — ele diz. — Você decidiu voltar.

Diga a ele. Diga a ele que você só voltou para explicar que tem de ir embora.

Não sei como dizer isso. É mais fácil cair na trilha familiar de pequenas vitórias mesquinhas, em que eu por acaso sou ótima. Não tenho experiência em abandonar um companheiro e uma casa em comum. Sean é o único homem com quem já morei.

— Decidi voltar ontem à noite — digo em minha voz mais animada, olhando para o relógio. — Eu fiz o *check-in* para meu voo de volta às 18 horas, 23 horas atrás. Demorou isso tudo. Uma droga, não é?

Ainda estou sorrindo, a pele toda esticada.

— Inicialmente fiquei furiosa com o clima alemão, mas superei.

Eu me obrigo a olhar para o rosto de Sean como forma de evitar ver seus pés. Continuo a notar novas coisas sobre ele que irritam, e hoje são suas meias — do mesmo tipo que ele sempre usou desde que o conheço, mas elas nunca me incomodaram antes: felpudas, grandes como sapatos, com coisas como "Escalada de Precipício Radical em Cratera" gravadas. O que não seria um problema se ele as usasse em missões mais aventureiras do que ir à cozinha pegar outra cerveja.

— Não preparei jantar para você — diz, erguendo a tigela. — Se tivesse ligado para me dizer quando estaria de volta...

— Não estou com fome. Sono é do que preciso. Não dormi nada noite passada.

Por que disse isso? Não quero ir lá para cima e me meter em uma cama com o cheiro de Sam; quero fazer uma mala e ir embora. Só que, antes, posso ter de me deitar e fechar os olhos por uma hora. Do modo como me sinto agora, não estou certa de que consiga dirigir.

Sean sabe que sou uma pessoa que dorme em quaisquer circunstâncias. Ele me viu dormir no piso de aeroportos, em vagões de trem barulhentos, em boates com música ensurdecedoramente alta. Espero que me pergunte o que aconteceu noite passada para me manter acordada, mas tudo o que consigo é um murmurado "Desculpe se a estou mantendo acordada". Não é um verdadeiro pedido de desculpas; seu único objetivo é chamar a atenção para o pedido de desculpas que não estou oferecendo, aquele que ele está convencido de que merece. Ele me dá as costas e segue para a sala. Há uma lata de cerveja se projetando de cada um dos bolsos de trás da calça.

Não. Não hoje. Não a rotina de cerveja e futebol.

Chego antes dele ao controle remoto e tiro o som.

— Eu não dormi porque quase tive de dividir uma cama de casal minúscula com uma esquisitona que terminou saindo correndo no meio da noite, mas não antes de me dizer que incriminara um homem inocente em assassinato.

Sean pousa tigela e garfo no chão, tira as duas latas de cerveja dos bolsos e as coloca no braço do sofá. Senta e dedica sua silenciosa atenção à televisão igualmente silenciosa, como se ele e ela tivessem marcado meditar juntos.

Nada. Absolutamente nenhuma reação. Inacreditável.

Eu não deveria ter concordado com uma TV tão enorme. Mesmo desligada, ela seria a presença mais marcante em qualquer aposento. Lamento todas as discussões que permiti que Sean vencesse nos primeiros dias de nosso relacionamento: o colchão macio demais, o banheiro aberto no qual ele sempre acabou de tomar uma chuveirada, de modo que o assento do vaso precisa ser enxugado com papel higiênico antes que eu possa me sentar. E, finalmente, mas não menos importante, nossa política de pendurar quadros. Como resultado de minha fraqueza induzida por luxúria, quando Sean e eu compramos aquela casa, cada uma de nossas pinturas e gravuras pende de um triângulo de cordão, que por sua vez pende de um trilho. Parece exagerado e antiquado, e odeio quase tanto quanto detesto o fato de que um dos quadros, emoldurado por meras 56 libras, é um pôster de um cara que costumava jogar pelo Chelsea e que qualquer um com um cérebro veria que é hediondo e jogaria na lata de lixo mais próxima.

— Não há nenhuma parte do que acabei de lhe contar que você gostaria de debater mais a fundo? — pergunto a Sean. — Assassinato etc. Posso ir mais fundo, se você quiser. Essa foi minha introdução resumida, não a história completa.

— Seu avião pousou em Combingham às 11 horas da manhã — ele diz.

— É, eu sei. Eu estava nele.

É a vez de Sean conferir o relógio.

— São 5 horas. Não demora seis horas vir do aeroporto de Combingham para Spilling.

— Não. Demora uma hora e meia. Ah, espere! — digo, fingindo um momento de compreensão. Encenação desempenha um papel principal em meu relacionamento com Sean, de muitas formas.

— Você está com raiva porque não corri para casa imediatamente, embora você estivesse trabalhando.

Ele está novamente comungando com a televisão, me deixando de fora. Se erguesse os olhos, se expressasse a mínima preocupação com o meu bem-estar, eu poderia contar tudo a ele. *O amor da minha vida está na prisão, acusado de um assassinato que não cometeu. Achei que ele poderia contar com Kerry e Dan para tirá-lo de lá, mas eles também estão mentindo. Tudo isso me mostrou que se eu só tenho você, Sean, então não tenho nada. Há um livro de poemas de e.e. cummings em minha bolsa que significa mais para mim do que você.*

Provavelmente será melhor se eu ficar calada sobre todas as coisas importantes.

— Quando você voltou? — pergunto. — Há dez minutos? Cinco? E encontrou a casa vazia. Você procurou na internet, descobriu quando meu avião pousou, e estava esperando que eu chegasse em casa antes de você. Mas eu não estava aqui. O que significa... o quê? Que sou uma vaca desalmada que não o ama?

É isso o que sou? Estou apresentando essa descrição de mim mesma para ver se ele a reconhece e me identifica?

— Eu liguei para cá, liguei para seu trabalho — ele diz, lábios apertados. — Nenhum sinal de você.

— Deus do céu, Sean! Passei um tempo incomunicável; isso não é um crime. Quando nos falamos ontem, eu lhe disse que estaria em casa assim que pudesse. Eu precisava ir à polícia, então é isto, agora: o mais cedo que eu pude voltar.

— Eu liguei para o seu celular; sem resposta.

Não consigo desviar os olhos do rosto dele. Se ele não está constrangido de fazer aquela expressão, deveria estar. Ela sugere esperanças cruelmente esmagadas. Eu quero gritar: "Nada de ruim aconteceu a você! Absolutamente nada!"

— Você não pensou em ligar para a delegacia de Spilling? — digo. Não há sinal de deboche em minha voz; eu não seria tão descuidada. Sou mestre em técnicas de guerra doméstica passivo-agressiva.

— Delegacia de *polícia*?

Sean diz isso em uma voz ofendida, como se fosse um enorme inconveniente para ele ter de ouvir sobre isso. Em momentos como este, sinto a presença do egoísmo dele como se fosse uma terceira pessoa na sala conosco, imponente e invisível: o dobro do tamanho de Sean, sentado ao lado dele no sofá, se recusando a ceder.

Algumas pessoas poderiam esperar que uma referência a assassinato fosse acompanhada por uma alusão à polícia. Se eu relatasse essa conversa a uma testemunha imparcial, estou bastante certa de que ele ou ela ficaria chocado ao ouvir que Sean não fez perguntas sobre o crime violento ao qual me referi de passagem. "*Absolutamente* nenhuma?", diriam, e eu teria de explicar que Sean circula — ou melhor, repousa — envolto em um denso manto de O Problema Não é Meu. Ele rejeita qualquer forma de experiência que não seja o tipo de coisa que acontece a pessoas sensatas como ele ou que não o afeta pessoalmente.

Exceto que este assassinato afeta. Se Francine Breary ainda estivesse viva, Lauren Cookson não teria me seguido até a Alemanha. Se eu não tivesse conhecido Lauren, não saberia que Tim estava em apuros e não estaria pensando em sair de casa.

— Isso mesmo — digo empolgada, tirando o casaco e fazendo um sotaque cockney. — Eu estive na delegacia. Aonde mais iria para resolver toda essa coisa de homem inocente acusado de assassinato?

Largo a bolsa no chão por engano e descubro que estou esgotada demais para pegá-la.

Não há como eu consiga sair daqui esta noite. Sean me encontraria pela manhã desmaiada no degrau, em coma. Minhas pálpebras começam a se fechar enquanto imagino meu eu apagado.

— É isso, finja que está cansada demais para conversar — ele diz com amargura.

Eu havia esquecido: não tenho o direito de estar cansada demais quando chego em casa de uma viagem de negócios — para nada. É o preço que pago por ter estado longe. Sean espera que eu volte cheia de energia para sexo e briga de reencontro, um depois do outro. Nunca sei qual será a ordem.

— Você não poderia ter me dado um telefonema rápido, avisando que estava bem? — ele insiste.

Meus dedos querem se cravar nele, arrancar pedaços de carne. Afundo em uma poltrona.

— Você não liga se eu estou bem, então por que eu deveria ligar.

— Eu não *ligo*?

Sean ergue as mãos como se dissesse: *Então por que estou ressentido e gritando?*

— Você liga para uma falha em seu sistema de vigilância remota e confunde isso com se importar comigo — digo.

— De que *porra* você está falando?

Estou experimentando lhe dizer como realmente me sinto. Provavelmente me arrependerei. Deveria parar.

— Sistema de vigilância remota? — diz, balançando a cabeça. Pelo menos não liga que sua comida esteja esfriando; um ponto a favor dele. — Coloque-se na minha posição por dois segundos, Gaby.

— Se você quiser que eu faça isso, terá de tirar a bunda do sofá.

— Sinto sua falta quando você está longe — ele diz em voz baixa. — Anseio pela sua volta. Isso é assim tão terrível?

Eu deveria dizer a ele para não perder seu tempo, que é impossível o Antídoto do Papo Afetuoso funcionar a esta altura: meu ressentimento é grande demais. Do modo como me sinto no momento, preferiria quase qualquer outro homem a Sean. Um estranho seria legal — não esperaria demais de uma conversa. Não ligaria para quais características ele tivesse, desde que a primeira coisa que sempre dissesse quando eu chegasse de volta de uma estafante viagem de trabalho fosse: "Você parece péssima. Vou colocar a chaleira para esquentar. Earl Grey com leite?

Talvez meu próximo projeto profissional devesse ser inventar meu homem ideal. Eu me asseguraria de que todas as últimas falhas de projeto fossem eliminadas antes que o deixasse se mudar. Se não estivesse tão obcecada pelo trabalho quando conheci Sean, teria notado que atração física não é uma razão boa o suficiente para se meter em uma relação de longo prazo com alguém.

E Tim? E quanto a falhas de projeto lá? Um homem que não deixaria a esposa que não ama por você, embora você tenha suplicado? Expulso o pensamento da cabeça.

— Nós já passamos por isto antes — digo a Sean. — O eu de quem você sente falta não é real. É um eu diferente daquele que tem de viajar muito a trabalho; você não gosta nada desse eu, gosta? Se gostasse, seria mais legal com ela.

— Gaby, uma coisa é viajar muito e outra é ser uma *workaholic* fanática que não deixa espaço para vida pessoal. Mesmo quando você está aqui, está planejando seu próximo passeio ao exterior: olhando sites de hotéis, reservando passagens de avião...

Passeio ao exterior. Essa é nova.

— Eu estive fora em média três noites por semana nos últimos seis meses — enuncio. Fiz minhas estatísticas de agenda no avião de volta, antecipando que precisaria tê-las à mão. — Isso significa uma média de quatro noites por semana em casa no mesmo período.

Esfrego a nuca, que dói do esforço de manter a cabeça erguida.

— O que mais posso fazer, Sean? Por que nunca lembro a ele que meus deslocamentos relativos a trabalho — e ele está certo, faço muito isso — levaram à criação de uma empresa que depois foi vendida por 48,3 milhões de dólares, nos permitindo comprar aquela casa à vista, além de uma casa para meus pais, uma para meu irmão e sua família e um apartamento em Londres para a irmã de Sean?

Sean também nunca menciona isso. Quando disse a ele que minha nova empresa poderia acabar sendo vendida por tanto ou mais se tudo corresse de acordo com os planos, ele retrucou: "Se for assim, você irá parar de criar empresas e passar mais tempo em casa?"

O trabalho de Sean não envolve viajar fora do horário do expediente. Ele segue uma rotina clássica: sai de casa às sete e meia toda manhã, passa o dia ensinando alunos secundaristas de Rawndesley a jogar futebol, tênis e hóquei, e volta para casa entre quatro e meia e cinco. Seu emprego tem os bons modos de se limitar às horas de trabalho regulares; ele não entende por que o meu não pode seguir a mesma linha.

— Enquanto isso, estou perdendo o futebol — ele diz, esticando a mão para pegar o controle remoto.

Penso na menina cantora que se sentou atrás de mim no ônibus, aquela com um irmão chamado Silas.

— Digamos que eu estivesse grávida, e fosse um menino — digo a Sean. — Digamos que ele crescesse e se tornasse um jogador de futebol famoso.

— Você vai me dar o controle?

Se Silas jogasse no Manchester United, você torceria por ele ou continuaria a torcer pelo Stoke City? Nunca ouvi o que o pai de Silas respondeu; Lauren me distraiu.

— Se ele jogasse pelo Liverpool, você continuaria a torcer pelo Chelsea? — pergunto a Sean. — Ou torceria pelo time do seu filho, porque ele seria mais importante para você do que o futebol?

— Não seja idiota — diz Sean, que depois abre uma cerveja e a boca, e bebe. Eu já vi bombas de gasolina lidando com a transferência de líquidos com mais elegância. — Você sabe a resposta.

— Qual seria?

— Você está querendo me provocar? Ninguém que se importa com futebol deixa de torcer por seu time só porque o filho acaba indo jogar em outro.

— Isso não pode ser verdade — digo, mas o riso de desprezo de Sean me faz ter dúvidas no meio da frase.

Será que ele podia estar certo? O mundo é realmente tão maluco que milhões de homens dariam prioridade... ao quê? Camisa e shorts em uma combinação específica de cores em detrimento dos próprios filhos? Certamente as torcedoras de futebol não fariam isso. Gosto de pensar que as mulheres são mais saudáveis.

— Se tivéssemos um filho e ele jogasse no Liverpool, ou em qualquer outro time, eu torceria pelo Chelsea até o último respiro.

— Certo — digo. *Que patético*. — Então é Chelsea x Liverpool no final da FA Cup, e seu filho está prestes a bater um pênalti para o Liverpool, possivelmente marcando o gol da vitória. Você sabe que seria um dos momentos mais importantes da vida dele...

— Eu torceria pelo meu time, o Chelsea. Mais precisamente, também ele — Sean acrescenta, como se tivesse lhe ocorrido.

O quê? Eu devo ter ouvido mal, ou não entendido. Estou lenta como Lauren, esse é o meu problema.

— Também ele quem? — pergunto.

Sean revira os olhos.

— Meu filho. Muitos jogadores jogam em um time e torcem por outro; não é nada demais, só... seu time é o seu time. Uma vez torcedor do Chelsea, sempre torcedor do Chelsea.

Não acredito no que estou ouvindo.

— Seu filho, o jogador famoso, batendo um pênalti para o Liverpool, iria querer *perder*?

— Por mais que seu orgulho profissional fosse querer marcar o gol da vitória, a vitória do Chelsea significaria mais para ele — Sean diz com autoridade.

— Porque... ele seria um torcedor tão devotado do Chelsea?

Acho que estou acompanhando, mas melhor conferir.

Sean está concordando.

— Como você sabe? — pergunto. — E se ele torcer pelo Arsenal?
— Que porra! Qual o sentido de tudo isso? Passe o controle.
Ele torceria pelo Chelsea porque seria meu filho, e eu o criaria para torcer pelo Chelsea.

Obrigada por me contar tudo o que eu precisava saber. Esta pode ter sido a conversa mais útil que tive na vida.

— Sean, eu não quero mais ficar com você. Desculpe por apresentar isso sem aviso — digo e me levanto, e quase perco o equilíbrio, tonta de fadiga. — Eu não o amo mais. Não quero morar com você ou ter filhos com você, e mesmo se tivesse, eu não ficaria quieta e deixaria você dizer a essas crianças o que elas são e o que é melhor que elas sejam.

Pego minha bolsa e a seguro diante do corpo, me esquecendo por um segundo que não é um bebê que estou protegendo do controle mental do pai.

— Eu vou subir e arrumar algumas coisas. Não me siga.

É quando a minha vida explode em lágrimas e xingamentos, e me dou conta de que, não tendo feito nada em relação à crise em meu relacionamento em anos, agora tenho de agir rápido. Muito. Segundos depois estamos ambos subindo a escada correndo, Sean esticando a mão para segurar meus cabelos e minha roupa. Meu corpo queima e arde em diferentes lugares; é difícil prever de onde virá a próxima dor, e se será latejante ou lancinante, especialmente com uma trilha sonora de vaca, puta, malvada e monstro. E mantenho a boca calada para poder me concentrar em me mover, escapo das mãos dele duas vezes no patamar e consigo chegar ao quarto. Ele está perto demais atrás de mim para que eu bata a porta, e então não estou mais em nosso quarto porque ele me puxou de volta para o patamar, e a única forma em que consigo pensar de impedi-lo de realmente me machucar é surpreendê-lo com palavras.

— Há outra pessoa! — grito contra o braço que aperta meu rosto. — Estou deixando você por causa de outro homem.

Funciona.

Sean desmonta em uma pilha do lado de fora da porta do banheiro. Está chorando. De modo irrelevante, noto que não é choro de tristeza; é de raiva, como o de Lauren no aeroporto de Dusseldorf. Como se toda a umidade fosse espremida de um ressentimento inchado.

E baixo até as coxas, ofegante. Preciso explicar devidamente. Assim que Sean entender, talvez não fique tão aborrecido — logo que se der conta de que estou enlouquecendo e fodendo com minha vida em vez de cavalgar rumo ao poente com uma nova alma gêmea.

— Você se lembra de Tim Breary?

— Quem?

— Ele era meu contador, anos atrás. Você nunca o conheceu — digo. *E eu não o mencionava a não ser que fosse absolutamente necessário.*
— Não aconteceu nada entre nós, nada físico, mas...

— Então alguma coisa aconteceu!

— Eu me apaixonei por ele. Acho que ele também se apaixonou por mim. Talvez não tenha, mas na época foi a impressão que tive. Mas... ele terminou tudo. Não que realmente houvesse algo a terminar.

— Ele largou você?

Afirmo que sim com um gesto.

— Bem — diz Sean, cuspindo a palavra em meu rosto. — Espero que tenha sofrido.

— Sofri.

Quero contar mais a ele sobre meu sofrimento. Vou deixar toda culpa e todo julgamento de fora, como uma vez me ensinaram a fazer em um curso para diretores de empresa que um dos meus investidores sugeriu que eu fizesse, um cujas sugestões eu não podia ignorar.

— Você não notou que eu estava desmoronando discretamente. Escondi o melhor que pude, mas não consegui esconder tudo. Descobri que estava segura desde que houvesse futebol na televisão. Eu podia me sentar em frente a você, apoiar o cotovelo no braço da cadeira azul e chorar atrás da mão.

E você nunca notou.

Sean enxuga os olhos.

— Não preciso ouvir essa merda — diz.

O curso não abordava o que fazer se você tentasse uma comunicação sem julgar e recebesse uma reação agressiva. Ou talvez tenha abordado depois do almoço; tive de sair ao meio-dia para voar rumo a San Diego.

— Por que você não vai embora, já que está indo? — Sean diz.

— Duvido que vá notar a diferença; você nunca está aqui mesmo. Atualmente o sexo é uma piada. Você fica deitada lá como uma morta, provavelmente desejando que eu fosse ele.

— Mais provavelmente repassando meus compromissos do dia seguinte, Sean. Não vou deixar você para começar uma relação com Tim.

A esperança queima nos olhos dele.

— Você acabou de dizer...

— Sim, é por causa dele que eu estou indo, mas não é como parece. Eu o amo, sim, mas não tenho motivo para crer que ele esteja interessado em uma relação comigo. Ele não me quis antes, então por que iria me querer agora?

— Mas então que porra...

— Ele está na prisão. Confessou o assassinato da esposa.

— O assassinato da esposa — Sean repete em voz baixa. — Você enlouqueceu, Gaby?

Nunca ouvi esse tom antes. Nunca. Pela primeira vez em oito anos, ele está verdadeiramente preocupado comigo?

— Ele não fez isso. Tim não é um assassino. Eu não entendo, mas... tudo o que sei é que até que ele esteja livre e todos saibam que é inocente minha vida dirá respeito a isso: ajudá-lo, fazer tudo o que puder por ele. Até saber que ele está em segurança, eu não posso pensar em mais nada, não posso *estar* com mais ninguém. Não posso sequer trabalhar. Sei que isso provavelmente não faz sentido...

Sean ri.

— Você é a porra de uma maluca. Não tenho ideia de quem você é, sabia disso?

Concordo com ele. Claro que Sean não me conhece; tenho me escondido dele há anos — eu e meu São Cristóvão juntos.

— Bons ventos a levem — ele diz, ficando de pé. — Saia da minha vida, quanto mais cedo melhor, e fique longe, porque posso lhe prometer uma coisa: não vou receber você de volta quando tudo der errado.

— Já deu — digo. — Tim atrás das grades por um assassinato que não cometeu é a pior coisa que poderia me acontecer, então não precisa esperar para sentir prazer. Pode começar agora.

— Vá e desperdice o resto de sua vida com um assassino, fique à vontade! Você e esse tal Tim parecem combinar perfeitamente. Todo assassino merece uma vaca insensível como você! Está esperando convencê-lo de que ele a quer desta vez?

— Estou esperando salvar a vida dele — eu me ouço dizer, e minha missão, de repente, se torna real, uma coisa palpável em minha mente. Dei minha primeira declaração oficial, afirmei meu objetivo. Eu me sinto melhor por isso. — Não confio em mais ninguém para arrumar isso.

— Vaca arrogante — diz Sean com desprezo. — Você não suporta fracassar. Tudo diz respeito a isso. Um homem a rejeitou uma vez, e você tem de fazer com que ele a queira; é apenas isso, nada a ver com *amor*.

E engulo em seco. Gostaria de arrancar as palavras dele de minha cabeça, mas é tarde demais.

— Tome uma decisão — digo. — Ou você me conhece, ou não.

— Eu não quero conhecer você! Gostaria de nunca ter encontrado você!

Sean se levanta do chão e passa por mim a caminho do térreo. Alguns segundos depois ouço uma batida forte, depois o maldito futebol, mais barulhento que de hábito. No quarto, tremo enquanto jogo coisas em uma mala: pijamas, escova de dentes, escova de cabelos, lentes de contato descartáveis, algumas roupas.

Eu nunca voltarei aqui. Não quero ver nada disto novamente. Sean pode ficar com tudo.

Eu me esgueiro escada abaixo e saio da casa, fechando a porta da frente, suavemente, atrás de mim.

Livre.

Corro para o carro, me atrapalhando com as chaves. *Quase lá, quase fora daqui.* Aperto o botão no controle, ouço a porta destrancar. *Graças a Deus.*

— Gaby — sussurra uma voz atrás de mim. Não Sean, não uma voz que eu reconheça. Tento me virar, mas, antes que possa me mover, há um braço ao redor do meu pescoço, apertando, e sinto minha mente deslizar para um ponto de preto brilhante, fora de alcance.

14

11/3/2011

Proust está em seu escritório: bom. E não havia mais ninguém por perto. Aquilo ia ser fácil.

Da porta da sala dos detetives, sem ser visto, Simon observou a cabeça careca imóvel do inspetor em seu aquário, notou o modo como a luz da luminária alta no canto batia nela, como se para chamar a atenção de uma plateia. Silencioso, ignorando sua presença, e olhando na direção oposta, Proust ainda conseguia projetar uma aura de "Traia-me e seu destino será de inimaginável terror". *Babaquice.* Apenas coisas que não existiam conseguiam produzir esse grau de inimaginável.

Simon se levantou fora de vista, não estando ainda pronto para mudar sua relação com o chefe de um modo que poderia se revelar irreversível, e encarou a cúpula de pele rosa reluzente. *Uma cabeça careca comum. Ninguém pode dizer o que há dentro apenas olhando.* Simon sabia o que havia lá: a maior e mais impressionante coleção de estratégias egoístas de todo o mundo. Nada de poderes especiais. Proust poderia não gostar do que estava prestes a ouvir, mas não havia nada que pudesse fazer além de emburrar e rosnar, e, de qualquer modo, ele já fazia isso. Proust poderia tentar demitir Simon, mas não correria o risco de perder seu bem mais valioso.

— Se há algo que você gostaria de dizer, Waterhouse, sugiro que entre aqui, seja homem e diga. O contribuinte não o paga para espreitar em umbrais me observando.

Simon entrou no pequeno escritório de canto do inspetor e fechou a porta atrás de si. Primeiro, decidiu concluir a conversa de trabalho. Isso o ajudaria a avaliar o humor de Proust antes de puxar o assunto Regan.

— Eu sei o que Tim Breary disse em sua primeira entrevista com Sellers, e sei que você cometeu fraude de modo a esconder isso de mim — disse ao Homem de Neve. — Eu poderia procurar diretamente o superintendente Barrow.

— Ah, desça desse seu cavalo de herói, Waterhouse! Eu sinto pena da pobre criatura exausta — retrucou Proust, que estava arrumando seus papéis em pilhas retangulares perfeitas. — Cavalos de corrida que tropeçam em cercas no Grand National e são abatidos têm uma vida mais fácil. E da próxima vez, verifique as evidências antes de me acusar.

— Ah, estou certo de que agora você substituiu a transcrição da entrevista original — Simon disse. — Não torna certo que você tenha substituído outra versão e ordenado a Sam e Sellers que não me contassem.

— Eu concordo. Isso seria inaceitável. Também seria sua palavra contra a minha que eu tenha feito tal coisa. Se você imagina que o sargento Kombothekra e o detetive Sellers fossem apoiá-lo, você está mais iludido do que pensei. Aqueles dois juntos não têm uma dose de caráter. E quanto ao bufão Barrow, eu poderia contar a ele tantas histórias reveladoras sobre seu código de conduta profissional quanto você poderia sobre o meu.

Bastante verdade.

— Vou ser honesto com você, Waterhouse: a orientação que lhe dou é principalmente autocentrada. Eu só me importo em mantê-lo em seu emprego enquanto eu estiver no meu. Os resultados que você consegue como integrante da minha equipe têm um bom efeito em mim.

— Você queria que Sam me contasse — Simon disse.

— O que ele evidentemente fez.

— Não. Ele não disse nada — retrucou Simon. Ele chegara ao ponto em que não concordava mais com a própria avaliação irracional do comportamento de Sam, mas ainda não estava pronto para abrir mão dela totalmente.

— Então quem fez? Sellers não teria ousado, e ninguém mais...
— Proust disse, e se interrompeu, visivelmente irritado consigo mesmo por ter permitido escapar uma admissão.
— Ninguém mais sabia? Tem certeza?
— Quem? — perguntou Proust, cuspindo a palavra em Simon.
O telefone na mesa dele começou a tocar. Ele desligou o farol alto do olhar raivoso enquanto atendia, rosnando para o masoquista que ligara para sua linha pessoal. Manteve os olhos em Simon e fez anotações em um bloco em posição inconveniente sem olhar para o que estava escrevendo. Em vez de mover o bloco, passou o braço direito sobre o peito, desajeitado, como se tentando vestir uma camisa de força.
Simon reconhecia uma oportunidade perfeita quando ela aparecia. Proust não estava concentrado exclusivamente nele. Aquele era o momento; nunca seria mais fácil dizer do que então.
— Sua filha sabia — disse. — Amanda. Ela me contou.

...

— Gibbs! Estive procurando você por toda parte.
Depois de encontrá-lo, o policial Robbie Meakin bloqueou a passagem de Gibbs, uma obstrução cheia de acne com um sorriso irritante. Voltar ao trabalho depois de uma tarde gazeteando no Brown Cow era sempre um equívoco, um que Gibbs só cometera porque se aparecesse em casa antes das sete não conseguiria evitar colocar os gêmeos na cama ou a arrumação da casa logo em seguida. Ele queria evitar as duas coisas mais do que o trabalho ou os colegas — até mesmo Meakin, o feliz e orgulhoso Superpai da delegacia. Meakin tinha três filhos. Gibbs o ouvira... Qual era aquela palavra de que Liv gostava? Pontificar. Ele ouvira Meakin pontificar na cantina sobre como toda a coisa de crianças era um trabalho duro, sim, mas valia muito a pena. *Maldito irritante.* Gibbs não teria objetado se ele estivesse falando apenas sobre si mesmo e sua experiência de pai, mas era claro que não estava; não havia nada de que Meakin gostasse mais do que dizer a pais recentes o que deveriam sentir e logo perceberiam, caso ainda não sentissem.

— Tem um segundo? — Meakin perguntou.

— Na verdade não — Gibbs respondeu secamente.

— Acredite em mim, você vai querer ver isto. Envolve Tim Breary.

Gibbs estendeu a mão para pegar os papéis que estavam na mesa de Meakin. Soube sem olhar que eram tudo de que precisava, com a mesma certeza que tinha de que Meakin iria insistir em tomar mais do seu tempo do que era necessário.

— Podemos tomar uma xícara de chá enquanto eu explico tudo?

— Meakin sugeriu.

Provavelmente havia um modo de conseguir a informação, simultaneamente negando ao Superpai seu momento de glória, mas Gibbs não estava disposto a manipular a situação.

— Tudo bem — disse. — Por sua conta.

— Poupando centavos, não é mesmo? — disse Meakin, rindo enquanto caminhavam pelo corredor na direção do cheiro de cordeiro e repolho que sobrara do almoço. — É chocante como crianças são caras, não é mesmo?

Não diga. Não diga, porra.

— Mas vale cada centavo, não é mesmo?

— Cedo demais para dizer.

Gibbs não via motivo para mentir em benefício de Meakin. Quando seus gêmeos estivessem crescidos, Debbie certamente já o teria chutado e ela e a mãe teriam virado os filhos contra ele. Por mais que se esforçasse, Gibbs não conseguia se convencer de que a paternidade era um investimento sensato, financeira e emocionalmente.

— Você não está falando sério — retrucou Meakin, rindo novamente. — Não se preocupe, pode admitir que morre de amor por eles. Não vou contar a ninguém.

Eles chegaram à cantina.

— Por que eu não vou dando uma olhada no que tem aí enquanto você pega os chás? — sugeriu Gibbs, estendendo a mão uma segunda vez. Havia uma longa fila no balcão; seria bom ter algo a fazer enquanto esperava.

— É apenas um segundo — retrucou Meakin, se aferrando ao fardo de papéis que, temporariamente, o tornava mais importante e interessante do que normalmente era. — Por que não pega um lugar? Eu vou passar na frente e pegar os chás.

Gibbs se sentou à última mesa vazia do salão e tirou a bola vermelha do bolso do paletó, juntamente com alguns elásticos novos que pegara na volta do Brown Cow. Ele os esticou ao redor da bola. Meakin entrara no fim da fila. Por que dizer que ia passar na frente e depois não fazer isso? Quem aquilo iria impressionar? *Idiota*.

— Gibbs — disse o sargento Jack Zlosnik, aparecendo ao seu lado. — Robbie Meakin está procurando você.

— Ele me encontrou — Gibbs respondeu, apontando com a cabeça para o balcão.

— E você ainda está sentado aqui? Então ele não lhe contou?

— Não. Alguma chance de que você me conte enquanto espero por ele? — perguntou Gibbs, espiando Meakin, que estava ocupado olhando diretamente à frente e não tinha ideia de que Zlosnik estava prestes a tornar redundantes todos os seus cuidadosos preparativos.

— Parece que seu assassino Tim Breary tem tuitado no Twitter desde a prisão.

— Possível, mas altamente improvável. A não ser que ele tenha enfrentado um guarda e tomado seu iPhone, e esse não é o estilo de Breary.

Graças a Liv, Gibbs sabia tudo sobre Twitter. Sabia que ninguém que o usasse diria "tuitando no Twitter". Liv estivera determinada a abrir uma conta para ele, insistindo que do contrário iria se lamentar. Ele escolhera um apelido — @boringbastardcg — e não adicionara uma foto sua ao perfil em substituição à imagem anônima do ovo branco. Até então ele tuitara uma vez, para Liv, dizendo que sentia sua falta. Ela o cortara. Ele havia se esquecido de que o Twitter era público? Não, não tinha; ele estava cagando.

Quando não conseguia ver Liv pessoalmente e sua frustração o fazia querer abrir um buraco na parede a cabeçadas, ele lia a *timeline* dela. Ela tuitava principalmente sobre livros e edição, com um bando de gente que fazia a mesma coisa. Com frequência, havia um tema de discussão que Gibbs não conseguia se imaginar dando atenção: os agentes literários estavam se tornando supérfluos? As editoras também? Autores? Leitores? Livrarias físicas? Livros físicos? Apóstrofes? Gibbs achava que o noivo de Liv, Dominic Lund, era supérfluo. Eventualmente ficava imaginando se algum dos grandes amigos editores ou jornalistas de Liv no Twitter gostaria de debater isso com seu alter ego de ovo branco.

— Certo, então alguém tem tuitado usando o nome de Breary — Zlosnik disse. — Alguém telefonou por causa da natureza do que estava sendo dito.

— Que era?

— Basicamente um SOS. Algo sobre uma mulher ser atacada fora de casa. Um endereço em Silsford; a delegacia de Sislford notou a ligação com Tim Breary e...

— Qual mulher? Havia um endereço? — Gibbs perguntou. Já estava de pé. — Silsford mandou um carro? Eles são umas porras inúteis.

— Não sei. Horse Fair Lane, Silsford. Claro que o tuitador poderia estar brincando ou equivocado...

Gibbs estava a meio caminho da porta da cantina.

— O nome da vítima é Gaby Struthers — disse Zlosnik às suas costas.

...

Proust bateu o telefone, não tendo contribuído com mais do que eventuais grunhidos de concordância nos dez minutos finais da conversa. Pensando bem, talvez o telefonema tivesse terminado muito antes e os dez minutos finais tivessem sido uma fraude em benefício de Simon; Proust não era um ouvinte tão bom assim.

— O que você estava dizendo, Waterhouse? Eu disse ao sargento Kombothekra e ao detetive Sellers para não contar a você, mas, na verdade, queria que eles contassem? Por que faria isso?

Por que esta pergunta em vez daquela que você deveria estar fazendo? Será que ele não ouvira Simon dizer "Sua filha me contou"? Ele até dissera seu nome. Seu antigo nome: Amanda. Será que Proust poderia ter deixado passar?

— Isso pode ser uma surpresa para você, mas não pedimos o oposto daquilo que queremos. Essa é uma das muitas diferenças entre mim e você, Waterhouse. Por isso que, quando a perspectiva de um casamento com a sargento Zailer — ela dos muitos donos descuidados — encheu a ambos de horror, você a pediu em casamento e eu não.

Simon desejou que alguém assassinasse Proust. Desejou ter a força mental para fazer isso e suportar as consequências. O mundo seria um lugar melhor.

— Isso não foi para me fazer duvidar da história de Tim Breary, foi? — disse. — Chamar a minha atenção para algo que ele disse que, provavelmente, significa que não matou a esposa; tentando parecer que você está escondendo de mim, para que quando eu descobrir pareça mais significativo do que é. Não foi por causa de nada disso.

Proust grunhiu, recostou-se na cadeira e dobrou os braços atrás da cabeça.

— Você me deixou perdido, Waterhouse. Isso acontece toda vez que conversamos: você abre uma trilha para sua terra particular especial no alto da árvore do delírio e eu não entendo uma palavra do que você diz a partir desse ponto.

— Você não acredita que Breary é um assassino.

— Na verdade, eu acredito.

— Não, não acredita. Eu também não. Mas, se ele confessou, se todos os outros na casa naquele dia o confirmam, se todas as provas forenses se encaixam e sustentam a história dele, o que eu tenho para trabalhar? Você sabe que sou teimoso, mas talvez desta vez isso não seja suficiente para derrubar o muro de mentiras. Então você decidiu me dar um incentivo extra.

— Muro de mentiras? — Proust murmurou. — É aquele que margeia o pomar de obsessão que contém a árvore do delírio?

— Breary foi acusado. Isso o preocupa. Nunca aconteceu antes, não é mesmo, que eu tenha falhado em chegar à verdade a tempo de impedir que a promotoria acuse um homem inocente? Você deve ter temido que eu estivesse perdendo o toque.

— Você quer iniciar conflitos raciais em Culver Valley, Waterhouse? É o que você está tentando fazer?

O que raça tinha a ver com aquilo? Simon não disse nada. Ele já caíra em muitas das armadilhas de Proust no passado e conhecia os sinais de alerta. Um absurdo evidente era o equivalente verbal de um neon piscando.

— Porque, se você seguir nesse caminho, eu irei me lançar pela janela. As pessoas me filmarão com seus telefones celulares, a imprensa local saberá da história, depois a imprensa nacional, e todos pensarão que a delegacia de polícia de Spilling foi atacada por um avião sequestrado por um jihadista, o que alimentará tanto a islamofobia quanto o radicalismo islâmico. Tudo isso será culpa sua, Waterhouse.

— Você achou que eu trabalharia melhor se achasse que todos estavam contra mim? — Simon perguntou. — Talvez você esteja certo: me coloque contra Sam e Sellers e precisarei provar meu valor de novo, como costumava precisar fazer quando ninguém dava a mínima para o que eu dizia sobre alguma coisa.

— "Nada de chamas se erguendo, nada de teto desabando, nada de colegas berrando de agonia" — disse Proust na direção de sua caneca vazia de Maior Avô do Mundo, como se ela fosse um microfone. — "Segundo nossas informações, o pobre inspetor Giles Proust saltou para a morte de modo a pôr fim à sua conversa com o detetive Waterhouse, porque era a única forma."

Simon ignorou o espetáculo.

— Você decidiu que eu precisava de um novo inimigo, para extrair o melhor de mim. Que eu trabalharia melhor contra Sam do que com ele.

— Talvez você esteja certo. Não tenho certeza. Não me lembro de nenhum dos meus pensamentos além de "Por favor, faça com que isto pare, ó Senhor".

— Você sabia que Sam iria me contar. Também sabia que não me contaria imediatamente, e sabia como eu reagiria quando descobrisse isso. E você estava certo. Você queria esta reação minha, e conseguiu. Não estou mais trabalhando com Sam, não neste caso. Não vou contar porra nenhuma a ele: não onde estou, não o que estou fazendo, nada. Ele não saberá o que estou pensando, quais são meus planos...

— Você não vai contar a ele o que está pensando? — Proust o cortou. — Minha inveja fervorosa do homem é indistinguível do ódio. Se o sargento invertebrado estivesse aqui agora, eu acabaria fazendo a ele algo de que me arrependeria.

— Tudo o que disse também se aplica a Gibbs — Simon contou. — Ele está trabalhando comigo.

— Fiquei imaginando quando o ventríloquo iria mencionar seu boneco. Aquela bola vermelha pela qual seu boneco tem tanto afeto foi um presente seu, não é mesmo?

— Eu deveria lhe agradecer — Simon disse. — Sem a mediocridade de Sam e Sellers nos arrastando para baixo, chegaremos lá mais rapidamente. Você está certo de estar de bom humor. Seu plano trará dividendos. Se eu perdi um amigo por causa disso... — Simon falou, depois dando de ombros. — Você não liga para isso, nem eu. Sam não pode ser um amigo tão bom quanto pensei que fosse.

Quanto mais duro fosse com Sam naquele momento, mais fácil seria para Simon fazer as pazes com ele em algum momento no futuro. Era importante que o pior comportamento fosse o seu, de Simon. Era a única forma pela qual conseguia perdoar a alguém. Ele não esperava que Proust compreendesse. Ou Charlie, aliás.

— Não há como negar que o sargento Kombothekra é menos que perfeito em quase todos os níveis — concordou o Homem de Neve. — Embora você possa tê-lo em maior estima quando atingir a fase de expiação de seu ciclo. Caso você não tenha descoberto, Waterhouse, você tem um ego bulímico. Ele se abarrota de autoestima até ficar tão inchado que não aguenta mais. Nesse momento, ele vomita toda a autoestima que acumulou pelo período anterior, fazendo que você se sinta no ponto mais baixo — disse Proust, se erguendo, esticando as costas e caminhando até a janela. — Diga que estou errado.

Simon teria adorado fazer isso. As palavras não estavam lá.

— Não irá demorar antes que decida que você e o sargento Kombothekra são quase tão inúteis e imorais quanto o outro. Logo estará estimulando-o novamente, ajudando-o a fingir que é uma pessoa de primeira categoria, e ele estará fazendo o mesmo por você. Um revés; é tudo o que será necessário para colocar em movimento sua expiação de ego.

— Serei capaz de lhe dizer quem matou Francine Breary em uma semana no máximo, e serei capaz de provar — Simon se ouviu dizer. Ele não se importava de ter se encurralado; estava prestes a fazer isso novamente. — Você me perguntou quem me contou sobre a transcrição da entrevista; sua pequena conspiração. Eu recebi uma visita noite passada. Ela me contou.

— *Ela*?

Será que Proust ainda não havia descoberto? Ele realmente não ouvira Simon dizer "Amanda" antes?

— O nome Regan Murray significa alguma coisa para você?

O inspetor franziu o cenho.

— Murray é o sobrenome de minha filha. Eu não conheço nenhuma Regan.

— Regan Murray é sua filha. Ela trocou de nome. Legalmente. Não conseguia suportar manter o nome que você escolheu para ela.

Simon viu o pomo de adão do Homem de Neve fazer uma dança agitada sob a pele.

— Ela está com medo demais para lhe dizer que não é mais Amanda. Regan é um personagem de *Rei Lear*, por falar nisso: a filha de Lear que está se lixando para ele, mas finge que se importa. Soa familiar? Ela também tem medo de lhe contar sobre o psicoterapeuta com o qual tem se consultado.

— Nenhum membro da minha família desperdiçaria dinheiro com psicoterapia — Proust disse. — Sua necessidade de inventar tal história diz mais sobre você do que diz sobre minha filha.

— Ela me procurou para compararmos impressões. Sou o herói dela por enfrentá-lo. Eu disse que ela deveria lhe dizer como realmente se sente. Ela parece aterrorizada. Quando disse que lhe contaria a verdade se não o fizesse, sabe o que ela fez? Caiu em lágrimas, me suplicou que não dissesse nada. Sabe qual é seu maior medo? Que você impeça Lizzie de vê-la. Está furiosa com Lizzie por não protegê-la de você quando criança. Ao mesmo tempo a vê como outra vítima, assustada demais para reconhecer o que acontecia.

O Homem de Neve não parecia uma pessoa escutando outra — era mais uma estaca com uma cabeça cheia de veias que foi fincada no piso de seu escritório. Simon não conseguiu eliminar a sensação de ter deslizado para dentro de um filme de terror contra sua vontade. Seu coração batia forte; suor escorria pelos lados do corpo de sob os braços.

— Eu reconheço mentiras quando as ouço — Proust disse.

— Acha que eu estou inventando?

— Minha filha não discutiria questões familiares com um estranho.

— Não discutiria? Então como sei sobre o aniversário de dezoito anos de seu amigo Nirmal? O táxi de Amanda quebrou. Ela teve de saltar e chamar outro, e chegou em casa dez minutos atrasada. Dez minutos, apenas isso. Lizzie ficou aliviada por ela estar em segurança, mas isso não foi suficiente para você. Quantas horas a obrigou a ficar de pé sob a chuva do lado de fora, com Lizzie encolhida ao fundo, com medo demais de lhe dizer que você estava sendo irracional?

Nenhuma reação.

— Eu sei a resposta — Simon disse, para o caso de Proust ter pensado que a questão era retórica. — Eu sei quantas horas foram porque Regan se lembra. E você?

O Homem de Neve caminhou não diretamente de volta à sua escrivaninha, parando diante de seu arquivo no caminho sem qualquer motivo que Simon pudesse identificar. Tirou o paletó do encosto da cadeira, pegou as chaves no bolso e, balançando-as em uma das mãos, saiu do escritório. Ia trancar a porta a seguir. Simon viu o que estava prestes a acontecer e não fez nada para impedir.

Será que Proust o trancara do lado de dentro deliberadamente? Mais provavelmente fizera isso de forma automática. Estaria em choque? Caso positivo, ele não era o único.

A conversa que Simon sabia que precisava ter com a recepção, de modo a ser libertado, era do tipo que ele mais temia: desajeitada, absurda, humilhante. Charlie podia cuidar daquilo por ele; ela faria parecer administrável e inofensivo. Pegou o telefone no bolso e ligou para ela. Quando ela atendeu, disse:

— Sou eu. O Homem de Neve me trancou em seu escritório. Preciso que você venha aqui e me tire deste lugar.

— Então agora está falando comigo? Agora que precisa de alguma coisa — ela disse, soando alegre.

— Isso é um sim?

— É meu dia de folga.

— Por isso você passou o dia inteiro na Dower House, fazendo o trabalho de Sam para ele?

— Você não sabe da metade. Não quero me vangloriar, mas houve um desdobramento interessante, graças aos meus esforços.

— Suponho que Buzz Lightweight já soube desse desdobramento.

— Ah, *Deus*! *Jure* que você vai parar de tagarelar sobre traidores e traições como a porra de um monarca medieval neurótico, ou eu o deixarei trancado aí!

Simon ouviu Charlie acender um cigarro. Era um dos sons preferidos dele, especialmente pelo telefone. Achava reconfortante: o estalo do celofane, o raspar-esmagar da roda do isqueiro, a longa inspiração.

Ele caminhou até a escrivaninha e se sentou nela, apoiando os pés na cadeira de Proust.

— Eu contei ao Homem de Neve sobre Regan.

— Há-há. Eu sabia que faria.

Simon prestou atenção em pistas. Ou era um anel de fumaça ou um suspiro desolado.

— Você disse para não fazer isso.

— Por isso eu sabia que faria. Por isso Proust o trancou?

— Contar a ele era a coisa certa a...

As palavras evaporaram na boca de Simon quanto percebeu o bloco de Proust, aquele no qual ele rabiscara quando ao telefone. A caligrafia parecia mais com germes sob um microscópio do que com letras do alfabeto, mas Simon conseguiu identificar algumas palavras. "Ataque" era uma delas. E o nome Gaby Struthers.

— Tire-me da porra do escritório do Homem de Neve — disse a Charlie. — Agora!

Quando ele se lembrou de acrescentar um "Por favor", ela já tinha desligado.

15

Sexta-feira, 11 de março de 2011

Não consigo ver. *Errado, dolorosamente errado, não entendo.* Isto não pode ser eu, não pode dizer respeito a mim, tem de parar logo. Há alguma coisa cobrindo meu rosto e minha cabeça. *Plástico.* Quando inspiro, ele toca minha boca, cheira a uma japona barata que tive quando criança. Tento soprar para longe, mas o vento volta, pressionando-o sobre meu rosto. *Vento.* Então estou do lado de fora. Do lado de fora da minha casa. Meus braços estão às costas, seguros juntos. Por ele?

Corpulento, cabelos curtos. Eu o vi. O pescoço dele...
Quero ficar inconsciente de novo. É para onde estou indo.

Minha mente se faz em pedaços. O pânico me inunda quando recobro a consciência, aterrorizada. Estou na vertical. Devo estar de pé, embora minhas pernas pareçam trêmulas e vazias, não sólidas o bastante para me sustentar.

Não exagere na reação. Absolutamente não reaja.

E luto para afastar as mãos. Algo se solta, deixa um pequeno pedaço de pele em meu pulso ardendo, mas o movimento é mínimo. *Tente novamente.* Não faz nenhuma diferença na segunda vez. *Fita. Ele prendeu meus pulsos com fita.* Alguma coisa pressiona minha traqueia. Não esmaga — é desconfortável, mas não há dor. Aperto firme no pescoço, mas não fica mais apertado.

Isso deve significar que estou calma: sou capaz de distinguir entre inconveniente e mortal.

Posso controlar este medo se me concentrar. É uma oportunidade de ser boa em alguma coisa. Não posso fracassar.

Som de algo arrancado: fita se soltando de um rolo. *Mais apertado. Dor.* Ele está passando fita ao redor de meu pescoço para manter no lugar o que colocou sobre a minha cabeça.

Meu cérebro desaba sobre si mesmo. Vou me sufocar e não sei por quê. Não posso morrer sem saber por que e quem.

Um homem de cabelos curtos e coisas no pescoço. Eu o vi.

— Gaby, Gaby, Gaby. Você realmente saiu da linha, não foi mesmo?

O som da voz dele causa um espasmo em meu corpo. Isto é real. E está acontecendo. Tento correr, cega, e acerto uma barreira — o corpo dele? — que me joga de volta sobre uma superfície mais dura e lisa. Meu carro. Eu estava de pé junto ao meu carro. Deixando Sean.

Ele vai me matar. Porque eu saí da linha. Qual linha?

Não posso desistir. Nunca há qualquer recompensa para aqueles que desistem. Deve haver uma saída que envolva pensar; só preciso encontrá-la. Sou boa em pensar, melhor que a maioria.

— Eu gostaria de não precisar fazer isto a você — ele diz, provocando outra onda de repulsa em meu corpo. — Não vou gostar disso.

A fala dele é a pior coisa, pior que o saco sobre minha cabeça: ouvir que ele acha ter justificativa, estar fraca demais de medo para argumentar.

Ele soa muito banal. Tento encaixar o rosto dele em algum homem periférico em minha vida: o engenheiro de aquecimento que foi consertar o boiler semana passada e o deixou pior, o entregador, o motorista de comida para viagem. Não, não é nenhum desses. Eu nunca o vi antes. Ele não é ninguém do meu mundo. Como posso ser a pessoa que ele quer ferir? Nunca fiz nada para machucá-lo. Sei que a vida não é justa, porém é mais justa que isto, mais justa comigo.

— Para mim isto tudo é um trabalho que precisa ser feito — ele diz. — Resolver as coisas. Não me dá absolutamente nenhum prazer, mas você tem de aprender.

Preciso dizer-lhe para me soltar, mas não consigo moldar meu medo em palavras que ele possa reconhecer.

Aprender o quê?

Ele vai gostar disso. Por isso continua dizendo que não vai.
O medo sugou toda a força dos meus músculos. Alguns segundos antes corri. Não poderia agora. Meu oxigênio está acabando, e não conseguirei mais quando tiver terminado. *Não é justo.* Quanto mais tento não respirar rápido demais, mais veloz respiro: desperdício e desamparo, enterrada viva acima do chão. Ele fez um caixão de plástico para minha cabeça e me enrolou nele.
Sugo, sinto dedos em minha boca. Então alguma coisa bate em meu nariz e há um som de rasgo, uma rajada de vento em meu rosto. Consigo ver a janela do meu carro e sinto cheiro de cigarro. Demoro alguns segundos para me dar conta de que ele rasgou um buraco no plástico.
— Por favor, me deixe ir — consigo dizer. Ele me deu ar. Não quer que eu me sufoque. *Aferre-se a isso.*
— Mas você aprendeu? — ele pergunta, perto do meu ouvido, através do plástico. — Não acho que tenha aprendido.
Digo a ele que aprendi. Repetidamente, tagarelando. Meu estômago está virando do avesso.
— É mesmo? O que você aprendeu? Vamos ouvir.
Nada a oferecer a ele. Absolutamente nada. Eu fingiria, se soubesse como.
Não é Jason Cookson, não é Sean. Eu o vi.
Não consigo pensar em mais alguém que me odeie o suficiente para fazer isto.
— Você não aprendeu nada porque ainda não lhe ensinei nada, mais irei — ele diz, pressionando seu corpo repulsivo contra o meu, me prendendo contra meu carro. — Parece que também terei de ensiná-la a não mentir. Abra a boca e coloque a língua para fora.
— Não.
— Não diga não.
Estremecendo de terror, obedeço à ordem.
— Mais para fora. O que você acha que vou fazer, cortar fora?
Ele ri, debochado. Se eu tivesse ouvido apenas o riso sem palavras, acharia que era mais jovem: um adolescente, não um homem de trinta e tantos ou quarenta e poucos.

Eu o vi. Isso significa que ele terá de me matar? Se não o fizer, procurarei a polícia. Ele será punido. E tem de saber disso.

— Língua para fora.

— Não consigo! — digo. Tremores frios sacodem meu corpo. Se vou morrer, preferiria que acontecesse imediatamente. *Não posso dizer isso. Ele poderia me matar.*

— Você não está tentando, Gaby.

Eu tento. O que está cobrindo meu rosto escorregou para baixo, a beirada rasgada tocando meu lábio superior. Não consigo mais ver nada.

— Com o que você acha que se deve lavar a boca de um mentiroso? — ele me pergunta.

Eu desabo. Estou caindo por um espaço estreito, deslizando pelos lados. Ele me ergue pelos braços. A qualquer segundo alguém vai passar caminhando, nos verá e correrá para me ajudar. A qualquer segundo. Um casal passeando com o cachorro irá notar...

Não irá não. Eu estacionei em frente à garagem nos fundos, não no lado da rua, onde costumo parar. *Para que demorasse mais tempo caminhar até a porta da frente, de modo que pudesse adiar encarar Sean por mais alguns preciosos segundos.*

Seja lá o que for que esse monstro faça comigo, ninguém verá.

— Posso pensar em algumas coisas com as quais poderia lavar sua boca — ele diz. — Muitas opções, na verdade.

Tento não escutar os ruídos lamentáveis que estou fazendo, ou ele me dizendo que não precisarei de mais lições depois daquela, pois ele é um professor muito bom. O melhor.

Não sei quanto tempo se passa antes que ele fale.

— Pode recolher a língua. E pode me agradecer por lhe dar uma chance — diz, e me agarra pelo rosto, polegar e indicador apertando o osso do queixo por cima do plástico. — Mas estou avisando: minta para mim de novo e vou lavar sua boca com alguma coisa cujo gosto você não vai gostar.

Mais humilhante que lhe agradecer é querer isso. Ele está me dando uma chance. Não vai me matar. Tudo o que quer é me ensinar alguma coisa. Aprendo bem. *Obrigada, obrigada.*

Ele me vira, me empurra sobre o carro. Apoiado em mim, passa os braços pela minha cintura, segura o meu cinto. *Só para me assustar. Ele não vai soltá-lo.* É uma ameaça vazia, como o plástico sobre o meu rosto. Está vendo? Ele não o soltou. Ainda posso sentir o cinto ao redor de mim... E então não posso mais. Ele deve ter desafivelado. Fico tensa, espero o som dele saindo dos passadores. Ele poderia me estrangular com isso. Não, está puxando minha calça para baixo. Tem em mente um horror diferente.

Eu berro. Ele me bate com força num lado da cabeça.

— Por favor, não faça isso, por favor — peço, soluçando. Ele não pode me estuprar na frente da minha casa. Ainda não está devidamente escuro. Coisas assim só acontecem quando está escuro.

— Eu não quero fazer isso — ele diz. — Como disse: não me dá prazer algum.

Então por quê?
Porque eu tenho de aprender.

— O quê? Por favor, simplesmente me diga. Diga o que preciso aprender. Farei qualquer coisa que você quiser.

Eu gostaria de dizer mais para convencê-lo, mas há um bloqueio em minha garganta e minha boca, uma torrente. Engasgo, tusso, sujo o lado de dentro do plástico com bile.

— Você nunca sentiu tanto medo quanto sente agora — constata objetivamente o monstro. — Não consigo imaginar como é estar com tanto medo que vomita em si mesma. É constrangedor? Ou apenas nojento? Qual é a sensação?

O que ele me fará se eu ignorar a pergunta? Não quero descobrir. Dou uma resposta, não ousando mentir para o caso de ele conseguir ler a minha mente.

— Você não vai contar a polícia sobre isto, vai? Seria a coisa mais idiota que poderia fazer. Mostraria que não aprendeu nada.

Ele puxa minha lingerie para baixo. *Não, não fez isso. Não, não fez isso. Isto não está acontecendo. Este é um pesadelo passageiro. Não é real.*

Eu penso no sonho recorrente de Tim. "Recorrente" significa que ele some nos intervalos. Eu faria alegremente esse trato, se pudesse, se fosse a única escapatória. *Vamos interromper isto agora e voltar a acontecer amanhã — semana que vem, mês que vem. Apenas não agora.*

— Isto não é engraçado, é? — pergunta meu agressor. — Nem um pouco engraçado; não para você e certamente não para mim. Pense nisso. Eu quero me meter em você à força? Não, não quero.

Eu me aferro à ideia de Tim em minha cabeça. Ele está sofrendo mais: na prisão, acusado de assassinato. Ele deve estar com medo.

Ar frio em minha pele nua. *Pele demais.* Sou toda superfície, nenhuma identidade. Desintegrando, perdendo demais, muito rápido. *Não sinta isso. Pense em Tim. Pense no pesadelo dele, não no meu. A primeira vez que ele me contou, a conversa que tivemos...*

Demanda toda a minha energia mental criar o ambiente: Passaparola, a mesa junto à janela projetada. Consigo me colocar no quadro, esquecer onde estou? Hora do almoço, três semanas antes de Tim sair da minha vida. "Acho que Francine pode ter tentado me matar uma vez", ele disse. "Mas isso é impossível, não é? E se eu não tiver certeza." No prato dele, linguine preto com lulas: seu preferido.

Meu lugar seguro desmancha quando palavras vis penetram meu ouvido.

— Está envergonhada? Sinto pena de você. Realmente sinto. Não sou tão insensível quanto pareço, não depois que você me conhece.

Não sinta isso.

"Não é impossível, não. As pessoas realmente tentam matar pessoas, com frequência maridos e esposas. Embora seja estranho você não ter certeza."

— Eu ficaria envergonhado se fosse você. Você diria que é covarde, Gaby? Pessoas como você com frequência são. Eu sim, por falar nisso; eu diria que você é covarde.

Não. Covardes não escapam. Apenas os mais corajosos escapam, como eu, de volta a Tim.

"Eu tenho um sonho recorrente. É ambientado na Suíça, muito adequadamente."

"Isso é sorte. Se você tivesse um sonho recorrente ambientado no Reino Unido, imagino os impostos que teria de pagar por ele. A alíquota provavelmente subiria a cada repetição."

"Repetido com efeitos colaterais de suores frios em média três vezes por semana. Guarde isso para você, certo? Não contei a Dan e Kerry. Não é fácil admitir ser atormentado por um sonho. Se você quer manter alguma dignidade, quero dizer."

— Isso já lhe aconteceu antes, quando sentiu medo? — pergunta o monstro. Minha pele queima como se estivesse em chamas. — Então? Quando eu faço perguntas espero respostas, Gaby.

Eu não ouço minhas respostas, apenas as perguntas de Tim. "Por que Francine teria tentado me matar na Suíça? Sei que sonhos não são confiáveis, mas a ambientação é sempre a mesma."

"Vocês dois estiveram juntos na Suíça?"

"Uma vez; em Leukerbad, de férias. Foi onde ela me pediu em casamento."

"*Ela* o pediu?"

"Sim. Em 29 de fevereiro, um ano bissexto. As mulheres podem pedir em casamento, e os homens têm de dizer sim."

Eu caio na armadilha dele. "Os homens não *têm* de dizer sim", retruquei.

Tim fingiu ficar chocado. "Mesmo? Francine me disse que sim."

Eu esperei.

"Foi provavelmente o período mais fácil que tive com ela, aquelas férias. Ela estava feliz — para Francine. Por que tentaria me matar quando eu acabara de dizer que me casaria com ela?" Eu o observei enquanto ele perdia paciência consigo mesmo. "Deus do céu, se minha esposa tentou me matar, na Suíça ou em qualquer outro lugar, por que não me lembro disso quando estou acordado? Se não fosse pelo sonho, eu não teria essa ideia absurda na cabeça."

"O que acontece no sonho?", perguntei.

Nenhuma resposta. Não de Tim. Eu que devo responder: o que é pior, a vergonha ou o medo? O que exatamente está passando pela minha cabeça? Qual é a pior coisa que o monstro poderia fazer comigo agora? As três piores coisas? Será que vou tentar me esquecer disto assim que tiver terminado? Por que isso seria contra o espírito da lição: eu tenho de me lembrar disso todo dia, para não sair da linha novamente.

Escorro por duas zonas separadas: em um restaurante de Spilling e no inferno.

"Conte sobre o sonho", digo em silêncio, para fazer o inferno desaparecer.

Tim está de volta. *Graças a Deus.* "Não há muito", ele diz. Estou em um quarto pequeno — nosso quarto de hotel em Leukerbad, acho, só que no sonho é muito menor, do tamanho de um banheiro. Quadrado. Francine está caminhando na minha direção, na diagonal, através do quarto. Decididamente uma linha diagonal. Caminha muito lentamente. Não consigo vê-la, apenas sua sombra sobre a parede branca, chegando cada vez mais perto. Carregando a bolsa — não na mão, pendurada no braço. É da bolsa que tenho mais medo. O que ela irá usar para me matar está naquela bolsa. Encaro o triângulo de parede branca entre a bolsa e sua alça. Não consigo me forçar a olhar diretamente para a bolsa.

— Sorte você ter um saco sobre a cabeça — o monstro diz. — Sorte você não poder ver como parece patética com as mãos presas com fita às costas: como um animal com uma cauda, uma cauda rosa que se sacode.

Eu paro de mover os dedos. Eles enrijecem. Meus talheres caem no chão com ruído.

Não, não caem. Não estou no restaurante agora. Foi meu São Cristóvão que caiu, do bolso do paletó.

"O braço de Francine parece estar quebrado, o braço pendurado na bolsa dela conforme ela se move para mim", Tim diz. "Algo no ângulo dela..."

"Você quebrou o braço dela? Os dois tiveram uma briga física?"

— Gaby! — um chamado e uma batida seca de dedos no lado da cabeça. — Você não está prestando atenção. Quando falo com você, espero que escute. Quando faço uma pergunta, espero que responda.

"Eu nunca quebrei um osso", diz a sombra de Tim. "Nem um dos meus, nem o de alguém. No meu pesadelo eu sou a presa, não o predador. Estou petrificado, agachado em um canto, tentando ficar totalmente imóvel e não me delatar, mas não consigo. Meu corpo está tremendo, se sacudindo em direções estranhas. Não consigo controlá-

-lo. Sei que Francine nunca deixará de deslizar na minha direção. Ah, ela está deslizando, não caminhando — eu mencionei isso? Quando me alcançar eu serei eliminado, para sempre. E não há nada que possa fazer para impedir, isso vai acontecer. Tudo o que posso fazer é encarar a sombra que desliza ao longo da parede branca, chegando mais perto. O braço torto de Francine, o triângulo branco entre a bolsa e sua alça.

— Você sabe o que significa a palavra "humilhar"? "Tornar humilde." É o que eu estou fazendo com você, estou tornando você humilde. A humildade é uma virtude, não é mesmo? Não uma que seja natural em você, pelo que ouvi dizer.

Tim, para onde você foi? Para onde foi a mesa?

— Vamos lá, não chore. Pare de choramingar como um bebê. Você não sabe que nasceu.

Posso fazer isto sozinha, sem Tim. Posso falar pelos dois.

O braço torto tem de ser significativo.

É fino demais, exageradamente fino, como o de uma pessoa faminta. E... algo se projeta dele, um calombo de osso se projetando da carne.

Ou um cotovelo?

Não, acho que não. Lugar errado.

Francine alguma vez quebrou um osso?

Não que eu saiba.

— Fique longe de Lauren Cookson e não teremos problemas no futuro.

E quanto ao outro braço de Francine? Está normal no sonho?

Não sei. Essa é uma boa pergunta. Acho que não consigo ver. Pelo menos não noto. Só vejo o braço fino demais e a bolsa. A bolsa era real — cara. Ela comprou especialmente para nossa viagem. Nunca mais a vi desde que voltamos. Quando perguntei sobre isso, ela disse que a alça tinha rompido, então ela levou de volta à loja.

Você chega à parte do sonho em que Francine assassina você? Sabe como ela faz isso?

— Você não tem de cruzar o caminho de Lauren no futuro. Tenha a certeza de não fazer isso.

Não. Para ambos.

O sonho começou enquanto vocês estavam na Suíça?

E tive pela primeira vez dois dias depois de voltarmos. *Alguma coisa aconteceu lá, Gaby. Eu só gostaria de saber o quê.* A maioria dos homens revisaria suas opções caso suas noivas tentassem matá-los. Caso não tivessem medo de ser mortos, quero dizer. Meio Ardil-22, não é?

— Fique longe de Lauren e ficarei longe de você. Você não vai querer estar sempre olhando por sobre o ombro, vai? Esqueça Francine e não terá de se preocupar, isto estará terminado.

Você contou a Francine sobre seu sonho recorrente?

Está brincando? E se estiver ficando maluco, imaginando a coisa toda? E se souber que eu sei a fizer tentar de novo?

— Lauren nunca deveria ter ido procurar você, para começar. Você não é a única com uma lição a aprender.

PROVA POLICIAL 1435B/SK — TRANSCRIÇÃO DE CARTA MANUSCRITA DE KERRY JOSE PARA FRANCINE BREARY DATADA DE 12 DE JANEIRO DE 2011

Como você se sentiria, Francine, se eu lhe dissesse que, quando se casou com Tim, assumiu o sobrenome de seu professor de inglês do secundário? Você manteria a mente aberta por ele, porque se importa, ou atropelaria a curiosidade em sua pressa de ficar furiosa? Eu perguntei isso a Dan esta manhã. Ele quase cuspiu seu cereal. "Francine, cabeça aberta?", reagiu. "Ela ficaria colérica." Começamos a rir diante de nossos cereais Weetabix como crianças excitadas. A ideia de alguém cuja raiva é assustadora ficando realmente com raiva é engraçada desde que não esteja realmente acontecendo.

Eu gostaria de lhe contar — não a história toda, apenas um trailer. Você ficaria desesperada para colocar as mãos em todos os detalhes, mas como não consegue falar não seria capaz de exigir isso. Talvez eu devesse adotar o tom superior que costumava ser sua marca registrada e fazer um teste: "Você quer saber pela razão certa", eu diria, "ou apenas de modo a poder montar sua narrativa Mais Outra Coisa Terrível Feita a Mim? A Verdade Que Meu Marido Escondeu e Eu Tinha o Direito de Saber." Caso me sentisse realmente vingativa, poderia então fazer uma cena de esperar pela resposta que você seria incapaz de me dar. Como você me odiaria por usar sua adorada frase "razão certa" contra você, por saber algo sobre Tim que você não sabe. Como ele ousou contar a mim e a Dan e não a você?

Caso você ainda não tenha descoberto. Tim ousa contar coisas a mim e a Dan porque sabe que aceitaremos suas decisões, mesmo as ruins. Como a de se casar com você. Como a de voltar a morar com você depois do derrame. Embora isso, na verdade, tenha feito bem a ele. Eu tinha certeza de que qualquer contato com você seria perigoso, mas estava errada. (Por isso você nunca deveria atacar a autonomia de outra pessoa, Francine — porque, e se você estiver errada? E se você a chantageia emocionalmente a fazer o que você "sabe" que é certo, e é revelado que não é? E não é meio inacreditável que haja pessoas como você a quem isso precisa ser dito?)

Ver Tim perder seu medo e começar a ser mais natural perto de você me convenceu de que eu calculara errado. Parei de me preocupar que ele pudesse tentar se matar novamente; agora me preocupo que ele possa matar você, o que poderia ser para ele um encerramento psicológico, mas que também o colocaria na prisão. Tendo dito isso, acho que Tim poderia viver alegremente na prisão — mais do que a maioria das pessoas. Ele não liga para seu ambiente físico desde que haja livros nele. Ele tem uma rotina básica: muito tempo para ler, muitas pessoas para encantar e impressionar e, de modo determinante, a prova de que é um cara ruim. Creio que ele acharia isso reconfortante.

Graças a Deus que a prisão é o pior cenário possível para ele. Recentemente tenho pensado muito sobre nossa discussão sobre a pena capital — lembra-se daquela noite horrenda, Francine? Se palavras deixassem cicatrizes, as suas teriam. Começou como um debate, mas você rapidamente tornou isso nojento e pessoal. Você era (é?) a favor da pena de morte, e Dan e eu éramos (somos) contra, e quando tentamos explicar o motivo você não conseguiu suportar, não foi? Começou a gritar conosco, dizendo que era graças a pessoas como nós que múltiplos homicidas matavam repetidamente. Você nos disse que tínhamos sangue nas mãos. Lembro que depois Dan e eu rimos sobre como tínhamos olhado para nossas mãos naquele momento. Nós as examinamos, as descobrimos sem sangue, e depois fizemos o que sempre fazíamos quando você fazia uma cena: fingimos que você não estava se comportando mal, aumentamos nossos próprios níveis de polidez para compensar sua hostilidade ofendida. Qualquer um que nos visse teria achado a cena surreal, como se você e nós estivéssemos participando de dois diálogos totalmente distintos: um sibilado e ardente, "Tudo o que sei é que não tenho mortes de crianças na *minha* consciência!", seguido por um sedoso "Absolutamente, e sua noção de justiça é realmente admirável, e entendo perfeitamente por que você se sente assim, mas...". E então um discreto dar de ombros, porque teria sido incendiário demais dizer: "Mas acreditamos que é errado matar pessoas, mesmo que seja legal e essas pessoas sejam criminosos violentos."

Tim nos telefonou três dias depois para se desculpar pela sua agressão. Sendo Tim, ele não usou a palavra "agressão", nem disse "Lamento" em nenhum momento da conversa. Eu atendi ao telefone e ele deu um risinho e falou: "Vocês dois escaparam de boa na outra noite." Meu coração afundou. Eu teria preferido que Tim tivesse escapado de boa, já que fora ele aquele incapaz de partir no final da noite, ou ao final de qualquer noite com você. Tim era aquele que tinha de dormir ao seu lado, acordar com você. Diferentemente de mim e de Dan, ele não tinha como fugir com alguém que o amava incondicionalmente e o aprovava; ele não podia dar uma risada catártica e comparar impressões sobre sua necessidade insana de criar infelicidade para si mesmo e todos ao seu redor.

Fiquei surpresa de ouvir que ele não escapara de boa, idiota ingênua que eu era. Mesmo então, já bem adiantado o casamento dele com você, eu não me dera conta de toda a extensão de sua mordacidade. Pelos seus padrões, pensei, Tim certamente se comportara melhor do que Dan e eu. Na medida em que é possível para alguém não fazer nada de errado no Mundo de Francine, ele não tinha feito nada de errado. Não discordara de você sobre a pena de morte, não dissera uma única palavra até a conversa ter passado para um assunto menos polêmico. "Você disse alguma coisa para irritá-la depois que fomos embora?", perguntei, achando isso inacreditavelmente improvável. Tim sempre tomava o cuidado de dizer o mínimo possível em sua presença.

"O problema foi o que eu não disse", ele explicou. "Meu silêncio aparentemente foi desleal. Eu deveria ter deixado claro que estava do lado dela." "Você é a favor da pena de morte?", reagi, surpresa. Provavelmente é um erro meu, mas naturalmente suponho que todos de quem gosto são contra. Tim disse: "Se eu só estiver executando abstratamente, então eu enforcarei, guilhotinarei e crucificarei todos os dias para ter minha própria sentença comutada." Dois dias na nuvem negra pela deslealdade menor de não defender o ponto de vista de Francine. Eu pegaria pelo menos uma quinzena pela deslealdade maior de não concordar com ele. E ela está bastante certa: ela nunca foi desleal para comigo, de modo menor ou maior. Quando eu começar a defender o assassinato pelo Estado em público — e, francamente, o que me impede? —, ela estará no centro da primeira fila me aplaudindo, mesmo depois do meu comportamento imperdoável da outra noite.

Fiquei chocada. "Ela realmente disse isso? Que ela o defenderia caso você estivesse transmitindo as opiniões *dela*?" Resisti à ânsia de dizer "opiniões bárbaras e intolerantes". "É", respondeu Tim alegremente. "E ela falava sério. Minha esposa é uma pessoa melhor do que eu: nunca diz coisas que não pensa. Eu faço isso o tempo todo. E, para ser justo, ela acha que nossas opiniões são intercambiáveis. Ela é muito melhor em ser casada do que eu sou." Deus, ele podia ser irritante: o modo impassível como descrevia seus atos e comportamentos ultrajantes para com ele como se não os desaprovasse, apenas para me animar.

Qual seria a pena por mentir sobre seu nome e sua família, caso você estivesse em posição de impor punições, Francine? A sentença de Tim seria dura ou leniente? Quanto tempo na nuvem negra por lhe dizer que os pais estavam mortos e ele não tinha irmãos, quando, na verdade, tem dois — um mais velho, um mais novo — e que os pais estão vivos e morando em Rickmansworth? O sobrenome deles não é Breary, é Singleton. Era como Tim costumava ser chamado. Breary veio de seu professor de inglês da quarta série, Padraig Breary — professor da Gowchester School de dia, poeta à noite, morto de um tumor cerebral em 2007, aos 63 anos. Tim leu sobre sua morte em uma das revistas de poesia em sua biblioteca local: não fosse pela biblioteca, ele disse a mim e a Dan, não teria feito o esforço de deixar seu quarto em Bath para comprar comida. Teria morrido de fome e se poupado o esforço de precisar fazer coisas melodramáticas com uma faca.

Foi exatamente um mês depois da morte de Padraig Breary que Tim decidiu seguir o exemplo dele: a mesma data no mês seguinte. Tim não me contou isso. Descobri por acaso meses depois, quando li um obituário de Padraig Breary no *The Times* que Tim recortara e guardara. Nunca mencionei a ele que estabelecera a relação entre as datas.

Não acho que você estaria muito interessada em Padraig Breary, estaria, Francine, mesmo se eu lhe contasse como era um poeta brilhante? Você se orgulharia de sua crença de que poesia era uma perda de tempo de todos. Mas iria querer saber tudo sobre os Singleton: os parentes que Tim lhe negou e que eram seus por direito — os pais dele, Veronica e Trevor, ambos agora aposentados, e os dois irmãos, Stuart e Andrew. Verônica era advogada como você, embora sua área fosse direito trabalhista, não pensões, de modo que não incomodamente similar. Trevor tinha algum alto posto administrativo na British Airways. Stuart meio que seguiu o exemplo do pai e é piloto. E Andrew comanda uma empresa de pizza gourmet para viagem. Ambos são casados, com um filho cada.

Tim não me contou sobre as carreiras ou famílias dos irmãos porque não sabe. Pouco depois de sua tentativa de suicídio eu paguei a um investigador particular por informações sobre Stuart e Andrew Singleton. Caso Tim um dia quisesse localizá-los, eu teria lhe poupado trabalho. Embora, na verdade, não tenha sido por isso que o fiz: teve mais a ver com querer ser capaz de entrar em contato com eles, rápida e facilmente, caso algo acontecesse a Tim. Ele não tem qualquer relação com eles agora, mas eu iria querer avisá-los, e gostaria de saber se fosse eles.

Não acho que haja alguma circunstância que me faria querer entrar em contato com Veronica e Trevor Singleton, que nunca conversaram com os filhos a não ser sobre os aspectos práticos da vida cotidiana, nunca os beijaram, abraçaram ou disseram que os amavam, nunca os levaram a qualquer lugar que uma criança poderia querer ir fora do mundo adulto. De todas as histórias que Tim contou a mim e a Dan (como se fossem hilariantes e tivessem acontecido a outra pessoa), o que mais permanece em minha cabeça é sua descrição das refeições familiares: Veronica e Trevor lendo em silêncio enquanto engoliam a comida idêntica de todos os dias — mingau no café da manhã, salada e peixe em lata no almoço e refogado no jantar —, com os livros erguidos tão perto que os filhos não conseguiam ver seus rostos. Eles nunca compraram livros para os filhos, jamais, embora não ligassem se Tim lesse os romances em brochuras que tivessem terminado, o que ele fez assim que teve idade. Stuart e Andrew nunca demonstraram interesse, e liam apenas na escola quando obrigados.

Os meninos Singleton não eram autorizados a ficar aborrecidos ou chorar, não eram autorizados a sentir raiva, discutir ou fazer qualquer tipo de bagunça, não eram autorizados a ter problemas de qualquer tipo, não podiam ter amigos brincando em casa, para que esses amigos não causassem inconvenientes, não podiam ter animais de estimação. Era deixado claro a Tim, Stuart e Andrew todos os dias que sua presença só seria tolerada por Trevor e Veronica se imitasse uma ausência. Esperava-se deles serem crianças sem problemas nas sombras.

Durante os dezoito anos que Tim morou na casa dos pais, não se queixou e foi obediente — o bom filho cujas necessidades nunca incomodaram os pais, porque ele parecia não ter nenhuma. Stuart sofreu de todos os tipos de estranhas desordens alimentares quando criança e foi hospitalizado diversas vezes por subnutrição por não conseguir manter a comida na barriga. Quando o visitavam, Veronica e Trevor levavam pastas cheias de papelada e os livros que estavam lendo e eventualmente erguiam os olhos das páginas impressas para dizer a Stuart que era melhor ele ficar bem rapidamente, porque era outro problema para eles quando não estava bem.

Os médicos nunca conseguiram descobrir nada de errado com ele. "É porque a filiação à família Singleton não aparece em radiografias", Tim disse a mim e a Dan. Os três com frequência ríamos sobre nossas medonhas famílias. O que mais podíamos fazer? Eu nunca lhe contei, Francine, mas meu pai é um pedófilo condenado. Esteve duas vezes na prisão. Inacreditavelmente, minha mãe continua com ele. Ficou ao lado dele, e agora leva a vida de esposa de um criminoso sexual conhecido. Da última vez que ouvi falar, minhas irmãs ainda entravam em contato com ele intermitentemente, tentando extrair o máximo de uma situação ruim; não falei com nenhuma delas por quase dez nos. É o único modo pelo qual consigo lidar com isso, deixando de fora, seguindo com a vida, tentando com força ser a melhor pessoa que consigo. (O que você torna difícil, Francine.)

Eu deveria lhe contar sobre Tim, não sobre mim. Os pais medonhos dele, não os meus. O irmão Andrew se envolveu com força no mundo das drogas local quando adolescente, e acabou em uma instituição para menores criminosos. Verônica e Trevor não o visitaram uma única vez. O comportamento criminoso de Andrew para chamar a atenção não podia ser recompensado, disseram. Stuart o visitou uma vez e como punição foi ignorado por Trevor e Veronica por quase seis meses, mas Tim não estava disposto a ir contra a determinação paterna. "Eu não podia me arriscar. Mamãe e papai estavam sempre debatendo se valia a pena pagar as mensalidades escolares de Stuart e Andrew, considerando que eles eram um problema tão grande. Nunca disseram isso de mim, mas sei que diriam se eu começasse a sair da linha. A escola era o único lugar de que eu gostava."

Tim se saiu brilhantemente em Gowchester e se formou em primeiro lugar em inglês na Rawndesley University. Depois veio o estudo de contabilidade, o bom emprego, o apartamento alugado debruçado sobre o rio — tudo parte de seu plano de fuga desde o início. Finalmente, ele tinha uma casa e uma renda própria, e não precisava mais dos pais para nada. A essa altura ele já havia mudado o sobrenome para Breary, embora a família ainda não soubesse. Também não lhes contara sobre o apartamento, e mentira sobre a empresa em que trabalhava. Saiu de casa sem avisar aos Singleton, e não teve contato com nenhum deles desde então. Pelo que sabe, nenhum deles jamais tentou entrar em contato.

Como você usaria esse conhecimento, Francine? Se eu lhe contasse a história que acabei de escrever, e se você estivesse em forma e saudável, o que faria? Ou talvez eu devesse perguntar em vez disso: o que você obrigaria Tim a fazer? Ficaria tudo bem para você ele ter desistido da família e do nome com o qual nasceu? Não acho que ficaria. Você o criticaria por abandonar os irmãos? A maioria das pessoas, sim. O sofrimento de Tim quando criança não foi culpa de Andrew ou de Stuart. Verdade, Francine, mas eles mantêm contato com Trevor e Veronica, e isso dificilmente mudará, Tim acha — por isso não pode permitir a presença deles em sua vida.

Não acho que você confiaria em que ele tivesse tomado a decisão certa. Você insistiria em conhecer todos eles. Por isso Tim nunca teria corrido o risco de lhe contar — você teria tentado assumir o controle. Por isso é difícil lamentar seu desamparo, Francine. Você não pode se defender, o que significa que, finalmente, Tim pode. Espero que não a mate pelo bem dele, mas se o fizer será o mais claro caso de defesa pessoal que já existiu. Não ligo se a lei diz o contrário.

16

12/3/2011

— A própria Gaby escreveu aqueles tuítes sobre ser atacada — Sean Hamer disse.

Ele parecia totalmente errado no aposento que o continha, que, imaginou Gibbs, tivera seu esquema de cores e mobiliário escolhido por Gaby. Havia muito rosa-claro e verde-claro, cortinas de seda, vasos chineses de aparência cara ocupavam várias superfícies lisas. Ou talvez japoneses. Uma pequena bolsa de seda com alça longa e um padrão de dragões bordados pendia da maçaneta do lado de dentro. Os elementos estranhos ali eram a TV no canto, transmitindo futebol sem som, e Sean Hamer de brilhante camiseta de clube, jeans desbotado e tênis gastos. E Gibbs, que desde que chegara estava pensando se aquela sala era algo parecido com o que Liv teria feito. Ele sabia que nunca lhe perguntaria; ela o provocaria. De qualquer forma, seria deprimente demais, já que os dois nunca partilhariam qualquer tipo de espaço de moradia.

Gibbs esperou para o caso de Hamer ter algo a acrescentar. Será que ele tinha consciência de ter deixado lacunas? Não, parecia que não. Seu tom não poderia ter sido mais razoável; ele acreditava estar ajudando. Seus modos fizeram Gibbs se sentir desconfortável por pedir a ele evidências que sustentassem sua alegação. Mais que desconfortável; cúmplice. Inicialmente não conseguiu descobrir por quê, depois se deu conta: Hamer estava se comportando como se ele e Gibbs tivessem provado juntos, para sua mútua satisfação, que Gaby estava por trás dos tuítes da conta de Twitter de Tim. Havia um não enunciado "Nós determinamos que..." no que ele dissera.

No que dizia respeito a Gibbs, nada havia sido determinado.

— O que o deixa tão certo de que foi Gaby? — perguntou.

— Porque sei que ela não foi atacada, e ninguém mais inventaria algo assim — Hamer disse, novamente como se já tivessem coberto tudo necessário de modo a chegar a essa conclusão.

Estranho.

— Como você sabe que ela não foi atacada, sr. Hamer? Como sabe que ninguém mais teria inventado isso?

Você conhece todo mundo no planeta?

— Falando sério, seja lá onde for que Gaby esteja, ela está absolutamente bem. Gaby está sempre bem. Ela se assegura disso.

— Você tem qualquer prova de que Gaby enviou aqueles tuítes? — Gibbs insistiu.

Hamer afirmou que sim.

— Ela teria sabido a senha desse Tim Breary no Twitter. Decididamente. Ela provavelmente estava tendo um caso com ele pelas minhas costas há anos.

— Ela *teria* sabido sua senha? Ou ela sabia?

— Claro que sabia — respondeu Hamer, olhando por cima do ombro para o futebol mudo na televisão, depois se voltando novamente para Gibbs em câmera lenta, como se fosse necessário um esforço sobre-humano para virar a cabeça de novo nessa direção.

— Como você sabia que Gaby conhecia a senha de Tim Breary no Twitter? Como sabe que ela não foi atacada?

— Eu já lhe disse — Hamer falou, a voz uma mistura de impaciência e confusão.

Gibbs podia imaginar que devia ser muito confuso se você era carente de lógica e acreditava, verdadeiramente, ter oferecido muitas provas quando, na verdade, não dera nenhuma.

— Você me disse o que acredita ser verdade, mas não me ofereceu qualquer evidência que sustente isso — disse. — Então não estou certo de por que acha o que acha.

Hamer suspirou.

— Olhe, eu sou a vítima aqui, não Gaby.

— Vítima do quê?

— Ela me largou. Simplesmente foi embora; sem aviso, sem tentar salvar nada. Nada.

— Então você é vitima dela tê-lo deixado — Gibbs disse. — Não significa que ela não tenha sido vítima de um ataque ontem à noite.

— Nada aconteceu a Gaby ontem. Eu disse isso.

Jesus Cristo, cacete.

— Sim, sr. Hamer, você *disse* isso. Mas, sem saber em que você baseou sua opinião, eu não posso concordar ou discordar. Tudo o que posso dizer é: "Ah, sim, algo *de fato* aconteceu a Gaby noite passada." E então você diria: "Ah, não, não aconteceu." Essa seria uma conversa sem sentido para nós, não seria? Não avançaríamos.

— Nada aconteceu a ela — Hamer insistiu. — Gaby cuida dela mesma, sempre. Ela nunca tem um deslize. Ela é... Qual é a palavra?

Gibbs sentiu a tentação de dizer algo aleatório — "carrinho de mão" — para ouvir Hamer dizer: "Não, não era a palavra que eu estava procurando."

Sim, é. E deixe-me "provar" dizendo mais uma vez: sim, é.

— Para ser honesto, eu ficaria feliz se nunca mais ouvisse o nome Gaby Struthers — Hamer disse.

— Você estaria surdo se nunca mais ouvisse o nome Gaby Struthers — Gibbs disse a ele. — Tem certeza de que ela não entrou em contato desde que saiu daqui ontem à noite?

— Mal tivemos contato antes dela sair — disse Hamer, novamente esticando o pescoço para conferir os jogadores silenciosos. Dessa vez não se virou, continuando a falar com a nuca voltada para Gibbs. — Por isso não vou sentir a falta dela. Ela nunca estava aqui e, mesmo quando estava, a cabeça estava na próxima viagem, ou... *nele*, provavelmente. Tim Breary. Ela só fez isso para me preocupar: simular esse ataque, me fazer pensar que foi sequestrada ou algo parecido.

— Sequestrada? — reagiu Gibbs à palavra que saltou sobre ele. — Por que diz isso?

— Provavelmente é o que ela quer que eu pense. Ou pior: estuprada, assassinada, feita em pedacinhos — disse Hamer, relutantemente se virando para Gibbs. Deu de ombros. — Quem sabe?

— Você não parece preocupado — Gibbs comentou.

— Não estou. A partir de agora vou me preocupar comigo. Fiquei tempo demais por conta de Gaby. Não mais.

Gibbs não acreditou por um segundo que o ar de "Por que eu deveria me preocupar com alguém além de mim?" tivesse menos de vinte e quatro horas. Se ele tivesse sido tão dedicado a Gaby até ontem, não estaria falando tão descontraidamente hoje sobre ela ser feita em pedacinhos.

— Você a seguiu quando ela saiu? — Gibbs perguntou. — De carro ou a pé? Ou talvez tenha ligado para ela?

— Não, eu a deixei ir.

— Mesmo? A namorada com quem você mora desiste da relação após anos e você não corre atrás dela?

— Eu estava muito acostumado — Hamer retrucou. — Tenho deixado Gaby ir embora desde que ficamos juntos. Ela estava sempre indo embora. Eu estava acostumado.

— Para o trabalho, é o que quer dizer?

Hamer assentiu.

— Não conheço muitos caras que suportariam isso, para ser honesto.

Gibbs achou a ideia interessante, ser um cara que suportaria e não suportaria, ao mesmo tempo. De Debbie: nenhuma chance, mas se ele fosse casado com Liv, ou se morassem juntos... Do modo como Gibbs se sentia naquele momento, ele teria aceitado de boa vontade Liv ficar longe seis noites por semana se ele pudesse passar uma de sete na mesma cama que ela. Ficou pensando se só estava se sentindo assim pelo fato de o casamento dela estar se aproximando.

— Onde você estava quando Gaby saiu de casa? — perguntou a Hamer.

— Estava aqui. Eu lhe disse, nós brigamos. Estava tudo acabado entre nós. Eu a deixei lá em cima, vim para cá, fechei a porta, assisti ao futebol. Quando ouvi a porta da frente se fechar, soube o que significava e pensei: "Já vai tarde."

— Então você não saiu para o corredor e conferiu para onde ela estava indo?

— Não. Fiquei aqui dentro.

Gibbs espiou os dragões de seda na bolsa pendurada na maçaneta. Uma pena que eles não pudessem corroborar.

— Então você não viu se ela levou uma mala?

— Não, mas ela levou muitas roupas. Dei uma olhada quando fui para cama noite passada.

— Você não viu se ela saiu de carro ou não?

— Não liguei.

Gibbs estava cada vez mais convencido de que Hamer ligava muito para Gaby, embora de um modo ressentido e contraproducente. Do modo como muitos homens ligavam para as mulheres. Incluindo-o? Não, ele não ficava ressentido com Liv havia muito tempo. Ele a poupara desse lado seu, em vez disso o levando para Debbie em casa. Não era justo, sabia, mas era mais simples para ele manter luz e escuridão separados; um alívio, de um modo estranho, ser duas pessoas completamente diferentes partilhando um corpo em vez do que ele havia sido por tanto tempo antes de conhecer Liv: um cretino permanentemente no piloto automático que nunca pensava em como se sentia e que não teria conseguido descobrir mesmo pensando sobre isso.

Liv o salvara. Seu maior medo era que o casamento dela mudasse as coisas entre eles, o jogasse de volta para onde estava antes.

— Você não ouviu nada do carro de Gaby? — perguntou a Hamer. — Ou qualquer carro?

— Não. Aumentei o volume e me concentrei no futebol. Pelo menos tentei. Seu pessoal tornou isso um pouco difícil.

— Segundo os policiais Joseph e Chase, foi você quem tornou as coisas difíceis para eles — Gibbs corrigiu. — Eles disseram que você se recusou a responder a perguntas e não os deixou entrar sem um mandado. Ambos descreveram seu comportamento e sua postura como suspeitos.

Hamer balançou a cabeça como se não conseguisse acreditar naquilo.

— Olhe, eu só queria me livrar deles o mais rápido possível, então os mantive do lado de fora.

— Essa foi a parte que eles acharam suspeita, considerando que estavam tentando encontrar a sua namorada desaparecida.

— Ex — Hamer corrigiu.

— Sabe o que o policial Joseph me disse? Eu não deveria lhe contar, mas vou. Ele disse que você estava agindo como se tivesse um corpo morto apoiado atrás da porta e não pudesse esperar para se livrar dele para poder enterrá-lo no jardim.

Hamer sorriu. Depois deu um risinho.

— Isso é engraçado.

— Vamos pedir o mandado assim que Gaby estiver desaparecida há vinte e quatro horas.

— Reviste a casa agora, se quiser — Hamer sugeriu. — E o jardim. Fique à vontade. Não tenho um corpo morto apoiado em lugar nenhum. Só não queria perder mais do futebol. Por isso mandei seus colegas policiais embora. Já desperdicei o suficiente da minha vida com Gaby; não queria desperdiçar mais. Disse isso a eles, mas... bem, soa um pouco grosseiro, não é? Se você não conhece o contexto.

Gibbs teria gostado de atualizar a definição de Hamer para a palavra "grosseiro", mas isso não teria sido profissional. Ele esperava que, onde quer Gaby Struthers estivesse, e o que quer que lhe tivesse acontecido, pelo menos ela fosse capaz de gostar de não estar mais ali.

Ele se levantou.

— Então vou começar pelo andar de cima — disse a Hamer.

...

— Todos conhecíamos o ID de Tim: @mildcitizen — Kerry Jose contou a Sam. — É o título de um de seus poemas preferidos, de um poeta chamado Glyn Maxwell; a senha dele é "dowerhousetim". Todos também sabíamos disso. Na verdade, nós sugerimos quando ele estava com dificuldade de pensar em uma.

— Quem sugeriu? — Charlie quis saber.

O rosto de Kerry ficou vermelho.

— Não consigo lembrar. Estávamos todos juntos aqui. Neste aposento. Tim estava sentado aqui, onde estou agora, com o laptop sobre os joelhos.

Lauren Cookson — magra, branca como um holograma e enrolada em um robe marrom felpudo — concordou com as palavras de Kerry, como se a estimulando a prosseguir.

— Aqui? — reagiu Charlie, não fazendo qualquer tentativa de esconder seu sarcasmo. — Reunidos ao redor do fogo, taças de vinho nas mãos, todos debatendo como Tim deveria se chamar em uma mídia social, e qual deveria ser a sua senha?

— Sim — disse Kerry em um meio sussurro.

— Jason também estava aqui?

— Sim.

Mais uma vez, Lauren assentiu vigorosamente em apoio à resposta de Kerry.

— Que oportuno que todos vocês estivessem envolvidos — Charlie disse em tom frio. — Que inclusivo. Então, decididamente, não apenas *um* de vocês conhecia os detalhes de Tim.

— Então, qualquer um de vocês poderia ter tuitado três vezes da conta dele noite passada — Sam comentou. — Sabemos que ele não fez isso; temos o testemunho do bibliotecário da prisão que nos diz isso. Então, qual de vocês fez aquilo?

— Nenhum de nós — disse Kerry, a voz trêmula. — Passamos a noite inteira aqui, juntos. Desde quando Jason trouxe Lauren do aeroporto, às quatro e meia, até irmos para cama. Às onze.

— A segurança nos números — Charlie murmurou. — Certo, vamos tentar isto: Kerry, você provou que decorou suas falas, muito bem. Você teve sua vez como porta-voz. Lauren, por que não assume por um tempo? Onde está Jason esta manhã?

Sam estava tentando não pensar no *Assassinato no Expresso Oriente* de Agatha Christie, no qual todos os suspeitos haviam cometido o assassinato juntos. Era difícil. A Dower House era exatamente o tipo de casa que poderia aparecer em uma adaptação de Poirot para a rede ITV, e, embora Kerry e Dan Jose chamassem o aposento em que estavam de "sala de estar", Sam não conseguia pensar nele como nada a não ser uma sala íntima, com sua lareira de pedra finamente esculpida, persianas, bancos de madeira fundos nas janelas e teto decorado. Era impecavelmente arrumado, em chocante contraste com a cozinha, o aposento mais bagunçado que Sam já tinha visto. Era raro encontrar os dois extremos na mesma casa.

Charlie caminhara até a janela, e estava de pé virada para o verde além e o ar cinzento de garoa. Será que também estaria pensando no *Assassinato no Expresso Oriente*? *Tim Breary, Kerry Jose, Dan Jose, Lauren Cookson, Jason Cookson*. Talvez eles não fossem conjuntamente responsáveis pelo assassinato de Francine, ou pelo ataque a Gaby na noite passada. Nesse caso, por que contavam cada nova mentira como um grupo perfeitamente coordenado? Também encaravam e desviavam os olhos ao mesmo tempo. Sam notara. Sempre que olhava para eles — qualquer um deles —, todos baixavam os olhos, mas, sempre que desviava os seus, podia sentir três pares se fixando nele. Dois deles, os de Kerry e Lauren, estavam vermelhos e inchados quando Sam e Charlie chegaram naquela manhã. E embora Dan Jose não parecesse ter chorado, parecia ainda mais mergulhado em desespero que as mulheres. Ele mal falara, mas Sam notara um peso chocado em suas palavras e em seus movimentos que sugeria que não conseguia acreditar onde tinha ido parar nem enxergar um modo de sair. Assim como Lauren, vestia pijamas e um robe; Kerry era a única dos três que conseguira se vestir, embora Sam os tivesse avisado com uma hora e meia de antecedência.

— Lauren? — Charlie instigou.

Lauren caiu em lágrimas e enterrou o rosto na gola marrom do robe.

— Por que vocês não nos deixam em paz, cacete? — disse, através do material.

— Jason está trabalhando na reforma da casa de um amigo hoje — Kerry disse. — Vai passar o dia fora.

— Não importa — retrucou Charlie. — Você pode simplesmente nos dizer o que ele diria caso estivesse aqui. Ou há um roteiro em algum lugar com as falas dele destacadas?

— Não, não há — Kerry respondeu, como se tivesse sido uma pergunta séria.

— Alguma pergunta que queiram nos fazer? — Sam perguntou, olhando para Dan.

— Achei que vocês estavam aqui para nos perguntar coisas, não o contrário! — cortou Lauren. Sam estava chegando rapidamente à conclusão de que ela não era tão desamparada quanto supusera ao vê-la pela primeira vez.

— Estou apenas imaginando por que nenhum de vocês perguntou o que havia nos tuítes enviados da conta do Twitter de Tim noite passada — ele disse. — A não ser que já saibam.

Dan agarrou os finos braços estofados de sua cadeira. Kerry se recuperou mais rápido.

— Eu teria perguntado, mas não achei que estivessem dispostos a nos contar — disse ela.

Sam tirou do bolso um pedaço de papel dobrado e o abriu no colo.

— Tim só tuitou seis vezes, e em três não era ele. Os números de um a três são de maio do ano passado. Os dois primeiros foram uma citação de um poema que não cabia em um tuíte. Nenhuma referência ao título ou a quem o escreveu. "Eu retratei a tentação como divertida / Agora ele pode ficar indeciso ou se abster. / A dele é uma perda superior / E o meu é um tipo inferior de ganho." O terceiro também é uma citação. Sem título, mas do poeta C. H. Sisson: "A melhor coisa a dizer é nada / E isso eu não digo / Mas direi quando ficar / Em silêncio o dia todo."

— Tim adorava esse poema — Kerry comentou. Ela e Dan olharam um para o outro, trocaram uma mensagem silenciosa que Sam não conseguiu interpretar. Mas ele captou a carga emocional: dor.

— Os tuítes de quatro a seis são da noite passada — disse. — São um pouco menos poéticos. "Chamem a polícia urgente mulher sendo atacada na frente de casa horse fair lane spilling não sei número, por favor não ignorem"; esse é o primeiro. Depois "URGENTE mulheres Gaby Struthers sendo atacada na rampa atrás de casa ele vai estuprar matar se alguém não chamar polícia". E o último: "ajudem Gaby Struthers chamem polícia AGORA não posso fazer nada surtando NÃO É TROTE!!!"

— Algum de vocês sabe alguma coisa sobre esses três últimos tuítes? — Charlie perguntou.

Lauren e Kerry balançaram as cabeças. Dan olhou para o colo.

— Dan? — Sam incitou.

— Não. Nada.

Ele não poderia ter soado mais derrotado.

— Isso é verdade? — Sam quis saber. — Por que não sabemos onde Gaby está. Qualquer coisa que nos digam pode nos ajudar a encontrá-la.

— Vocês não sabem onde ela *está*? — Lauren explodiu, pulando da cadeira como um animal selvagem. — Que porra isso significa?

Ela ficou de pé na frente de Sam, tremendo de raiva, como se fosse culpa dele — como se ele tivesse, deliberadamente, perdido Gaby Struthers por maldade.

— Lauren, calma — Kerry alertou.

— Ela quer dizer "Fique calada", Lauren — Charlie disse. — Está com medo de que você se engane e diga algo que não é mentira.

— Por que não estão procurando por ela? — Lauren perguntou, soluçando. — Por que estão perdendo tempo aqui quando deveriam estar lá fora encontrando Gaby? — perguntou, e se virou para Kerry. — E se ela tiver feito algo idiota? Ela não faria isso, faria? Gaby é a última pessoa a fazer algo idiota, alguém tão inteligente quanto ela...

Kerry fechou os olhos.

— Estamos fazendo tudo que podemos para encontrá-la — Sam afirmou.

— Não estão não! Você está sentado na porra de uma cadeira sem fazer porra nenhuma!

— Não somos os dois únicos policiais em Culver Valley — Charlie disse.

— Eu nunca disse que eram, disse?

— Outros detetives estão procurando por Gaby — Sam explicou. — Os hotéis mais próximos a HMP Combingham são a primeira tentativa. Se não tivermos sorte lá, procuraremos parentes, amigos...

— *Você* deveria estar fazendo isso agora — Lauren disse, acusadora. — Em vez de estar com a bunda sentada em uma casa grande elegante!

— Sam não está aqui para melhorar sua posição social — Charlie disse a ela.

— Eu já falei com alguns dos colegas mais próximos de Gaby esta manhã, incluindo aquele que ligou para falar sobre os tuítes, Xavier Salvat.

Sam inicialmente desconfiara da explicação de Salvat, de que encontrara os tuítes enquanto procurava o nome de Gaby no Twitter sem nenhuma razão específica. Alegara que fazia isso com frequência, por curiosidade, para ver se havia alguma referência a Gaby, Rawndesley Technological Generics, o trabalho que eles faziam. Sam achou a aleatoriedade disso bastante implausível, mas sabia que Charlie discordava. Ela lhe contou que sua irmã estava sempre procurando no Twitter menções ao seu nome e aos nomes de pessoas que conhecia, para "se manter atualizada com as fofocas", aparentemente.

Lauren surgira bem diante do rosto de Sam. Apontava o dedo para ele.

— Pare de *falar* e comece a *fazer* — rosnou para ele. — Se Gaby tiver feito algo idiota...

— Espere um segundo, Lauren — Charlie interrompeu. — Por mais conveniente que possa ser nos culpar, qual o seu papel nisto? Se Gaby está em perigo, qualquer tipo de perigo, representado por ela mesma ou alguém, você realmente acha que a está ajudando mentindo para nós? Sei que você *quer* ajudá-la, e entendo que está com medo...

— Não estou!

— Você está. Está morrendo de medo da verdade, qualquer que seja ela — enfatizou Charlie, começando a andar na direção dela. — Por isso foi até a Alemanha para falar com Gaby, não foi? Você queria dizer a ela o que estava acontecendo a Tim; queria lhe dizer que ele era inocente, para que pudesse fazer algo quanto a isso. E sabia que a única forma de conseguir enfrentar isso era em outro país, a milhares de quilômetros de casa. Um mundo diferente, que não tinha nada a ver com o resto da sua vida. Mas, mesmo assim, você não conseguiu fazer, não é mesmo? Você fugiu.

Lauren estava roendo as unhas, olhando para as tábuas corridas enceradas.

— Se você se importa tanto com Gaby...

— Eu me importo!

— Então por que só ficou perturbada quando ouviu que ela estava desaparecida? Por que não ficou perturbada quando Sam leu para você três tuítes sobre ela estar sendo atacada, talvez estuprada e morta? Você quer que eu lhe diga por quê, não é?

— Eu quero que você se foda! — berrou Lauren na cara dela.

Sam deu um pulo. Ele desejou poder imitar a compostura de Charlie diante da agressão.

— Você não ficou perturbada sobre os tuítes porque já sabia sobre o ataque a Gaby, não é mesmo? — disse Charlie, se virando para Kerry e Dan. — Todos vocês sabiam, por isso os olhos vermelhos esta manhã. Mas vocês pensavam que Gaby fosse ficar bem depois do ataque: viva, inteira, sem graves ferimentos. Como sei disso? Porque quando você ouviu que ela estava desaparecida, Lauren, perguntou a Kerry se poderia ter feito algo idiota. Embora soubesse pelos tuítes que havia uma boa chance de Gaby ter sido atacada na frente de casa, você sabia que o agressor não era responsável pelo desaparecimento dela, não é? Talvez você estivesse lá, observando; um ou todos vocês. Talvez um de vocês fosse o agressor. Talvez todos fossem.

— Como pode pensar isso? — perguntou Kerry, a voz trêmula. — Isso é... nojento. Eu amo Gaby. Nunca a machucaria.

— Então foi Jason quem a feriu: aquele que vocês estão protegendo ao fingir que estava aqui quando ela foi atacada? Por falar nisso, antes de sairmos vamos precisar do nome e endereço do amigo cuja casa ele está ajudando a reformar hoje. Isso será um problema?

— Eu não sei o nome! — Lauren disse, olhando para Charlie de olhos arregalados. — Jason não me conta esse tipo de coisa. Ele só disse um amigo, uma casa. É só o que eu sei.

Conveniente, Sam pensou.

Kerry começou a chorar. Dan desviou os olhos.

— O ataque foi para alertar Gaby para não investigar a possível inocência de Tim? — Charlie perguntou, olhando ao redor da sala. — Nesse caso vocês não precisariam tê-la machucado muito, ou Jason não precisaria. Assustá-la poderia bastar. Foi com isso que vocês todos concordaram, já que amam tanto Gaby? Só um pequeno ataque, nada sério demais? E então alguém fugiu ao combinado, alguém acompanhando o ataque achou que estava saindo do controle, não sabia como iria acabar. Essa pessoa entrou em pânico. Foi você, Lauren? Não podia dizer nada, não podia correr o risco de sair correndo ou gritar, no caso de Jason se voltar contra você, então usou seu telefone para tuitar um pedido de ajuda, enquanto ele estava ocupado atacando Gaby?

Lauren estava balançando a cabeça.

— Há detetives rastreando os três tuítes — Sam disse. — Vamos descobrir de qual dos seus telefones ou computadores eles saíram em um ou dois dias, então vocês poderiam nos contar agora.

Lauren deu um uivo alto.

— Você é um idiota babaca? — disse, berrando com ele, quase fazendo seu coração parar. — Estou cagando para o que você faz com meu telefone, por mim pode enfiar em sua bunda suja! Apenas encontre Gaby!

Ela enfiou a mão no bolso do robe, tirou alguma coisa. Sam viu um brilho prateado.

— Largue isso! — Charlie gritou.

— Está tudo bem.

Sam conseguiu ver: não era uma faca, apenas o telefone de Lauren. Ela o jogou no seu colo e saiu correndo da sala.

17

Sábado, 12 de março de 2011

A mulher à minha frente na fila tem caspa nos ombros do paletó preto. Está mais aborrecida do que eu. *Como Lauren no aeroporto.* O nome Lauren em minha cabeça torna difícil para mim ficar onde preciso estar, embora logicamente saiba que não é possível atrair outro ataque simplesmente pensando nela.
Eu ainda posso ser racional. Vou provar isso ficando parada. Se eu correr, meus pensamentos me acompanharão. Se correr de um homem que não está aqui, como saberei que não estou correndo na direção dele? Ele poderia estar em qualquer lugar.
Como Lauren no aeroporto, a mulher à minha frente está gritando. Não consigo ver o rosto do homem com quem ela grita, apenas parte de seu corpo no uniforme policial atrás da barreira de vidro. Imagino o rosto de Bodo Neudorf; ele está seguro bem distante daquela diatribe, na Alemanha.
— Quer saber, não se preocupe em me devolver minha carteira de motorista desta vez. Fique com ela! Pode me poupar o trabalho de ter de trazê-la aqui a cada cinco minutos!
Eu fixo meus olhos em um grande adesivo cinza na parede e tento não prestar atenção. As palmas das minhas mãos estão molhadas e coçando. O adesivo tem cantos curvos e diz: "Esta instalação dispõe de circuito de indução auditiva."
— Eu teria sido parada se estivesse consultando um mapa? — cobra a mulher. — Eu não tenho um GPS; eu teria, só que não tenho tempo para comprar um ou mesmo para pensar em comprar um. Tenho um atlas rodoviário gasto e rasgado, mas desde o ano passado

ele está na mala, coberto de lama das chuteiras dos meus filhos! Eu *só* uso o telefone enquanto estou dirigindo para ler as indicações que mandei para mim mesma por e-mail. Eu não teria sido parada por olhar um mapa, então não deveria ser multada por estudar indicações no meu telefone!

Ela é vítima de uma injustiça imaginária, com inveja de fantasmas: aqueles que circulam pela rodovia M25 folheando seus atlas rodoviários impecáveis e sem lama, sendo aplaudidos pela polícia.

Você tem de olhar para a estrada e seus espelhos, e mais nada.

Eu não digo isso à mulher raivosa porque estou com medo dela — e também do homem com quem ela não para de falar e das duas mulheres sentadas atrás de mim na área de espera. Estou com medo de todos eles. Estive monitorando meus sentimentos cuidadosamente desde ontem, e aquele que bloqueia todos os outros é o medo. De tudo: o que me cerca, eu mesma, barulho, silêncio, qualquer pessoa que eu vejo, ouço ou passa pela rua. Previsivelmente, estou com medo do homem que me aterrorizou, porque não o vejo, então não sei onde ele está, quão perto está, mas pareço estar igualmente com medo de todos que não são ele, o que eu não teria esperado. Sozinha e trancada em meu carro, tenho medo de não ser capaz de destrancar as portas e sair caso precise; do lado de fora, tenho medo de que alguma coisa terrível esteja prestes a acontecer, algo ainda pior.

Achei que meu pânico começaria a passar assim que o ataque tivesse terminado. Quando isso não aconteceu, supus que avaliara mal quanto tempo isso iria tomar. Isso ainda podia ser verdade, suponho. Menos de vinte e quatro horas se passaram, cedo demais para decidir que irei me sentir como me sinto agora.

Isso é o que mais temo: ficar presa assim, em um grito de terror silencioso. Ele soltou meus pulsos antes de ir embora — lentamente, satisfeito, nem mesmo se preocupando em correr —, mas não libertou minha mente. Essa é a parte que eu realmente precisava que ele libertasse; ainda posso sentir o plástico dele apertado firmemente ao redor dela.

Será que eu deveria me dar mais tempo? Será que tenho escolha?

Eu me recuso a sacrificar o resto de minha vida a isto. Se achasse que poderia conviver com isso, eu me recusaria a sacrificar o resto do dia. Há decisões e negociações importantes esperando no trabalho: temos de refinar nossa proposta de valor, convencer a Sagentia de que a percentagem de lucro significativa precisa estar nos descartáveis, que precisam ser mantidos o mais simples possível. Tenho de cuidar de tudo isso e parecer normal, me assegurar de que ninguém consiga ver o que está acontecendo por baixo das aparências.

Tenho de tirar Tim da prisão.

A mulher à minha frente se afasta do balcão de recepção revoltada. Nossos olhos se encontram.

— Desculpe pela demora — ela diz. — Eu deveria estar envergonhada, mas estou com muita raiva. "'Eu estava no meu limite', diz mãe de dois." Essa seria a manchete se eu acabasse estrangulando aquele cara.

Ela só está falando. Não fará nada com você aqui, na frente de testemunhas.

— Não se preocupe — digo a ela, fechando a mão ao redor do meu São Cristóvão no bolso do paletó. É só o que eu consigo pensar em dizer.

— Minha relação com o policiamento de trânsito do Reino Unido não é feliz — a mulher explica.

Quando não está gritando, ela tem uma bela voz. O que eu teria achado dela se a tivesse conhecido antes? E se disser a mim mesma que não há motivo para ter medo dela, e estiver errada? Ela estava gritando com alguém que não merecia isso. E se colocar a culpa no que aconteceu ontem sempre que sentir medo, como conseguirei diferenciar entre perigoso e inofensivo? Se não consigo fazer essa distinção básica, como poderei lidar com o mundo?

Mais do que qualquer coisa, gostaria de saber se minha reação é normal. Não acredito que seja. Fico imaginando se isso já aconteceu a mais alguém. Ouvi falar em estresse pós-traumático, mas nunca sobre o terror nunca cessar, mesmo muito tempo após o que o causou ter terminado.

— Gaby?
É Charlie Zailer. Ao meu lado. De onde ela veio?
Eu me ordeno não me virar e correr. Quando conheci Charlie ontem, antes de ser atacada, não senti medo dela. Eu me lembro de não sentir isso. Eu a aprovei; ela queria descobrir a verdade, e eu também. Ela me escutou.
— Gaby, você está bem? Não parece estar.
— Sim, estou. Eu pareço bem — digo. Lavei cada centímetro de mim mesma e coloquei roupas limpas. Consigo falar e dizer o que penso. Não estou desmoronando, não estou chamando a atenção para mim mesma por gritar em público como a mulher à minha frente. Estou parecendo mais que bem, dadas as circunstâncias. — Posso conversar com você assim que estiver disponível?
— Eu posso estar disponível agora.
Sorte sua.
— Gaby, sabe que há equipes da polícia procurando por você?
— Não. Por quê? Estou aqui.
Charlie Zailer sorri.
— Você parece estar — diz. — O que você tem no bolso?
— Você não vai pegá-lo — digo. Eu não tenho mais uma casa. Preciso dele onde quer que vá.
— Só estou perguntando o que é. Tenho certeza de que não é problema. O que é?
E solto o punho dentro do bolso.
— Uma medalha de São Cristóvão em uma corrente.
— Posso ver? Não vou tomar. Só quero dar uma olhada.
E mostro a ela.
— É bonito — diz. — Podemos ir a algum lugar mais reservado para conversarmos direito?
— Não.
O que ela quer dizer com "algum lugar mais reservado"? Por quê?
— Prefere conversar aqui?
Ela olha para as cadeiras na área de espera. O homem na recepção está dizendo à gritadeira para se sentar lá.
— Não — digo. — Não aqui.

— Temos uma bela sala de consultas privadas — Charlie diz.

— Podemos deixar a porta aberta, caso queira.

A ideia de uma porta aberta me incomoda. E de uma fechada. Não digo nada.

— Gaby? Fico feliz em fazer como você quiser. Onde podemos conversar?

Em algum lugar onde já estive antes. Um lugar do qual sei que não tenho medo. E ficarei bem longe da delegacia de polícia se tiver Charlie comigo.

— A Proscenium.

— O que é isso?

— Não, é longe demais — digo. Não estou pensando direito.

— É uma biblioteca particular para sócios em Rawndesley. Onde conheci Tim. Tem a melhor coleção de livros de poesia do país. Todos eles primeiras edições, autografadas pelos autores.

— Eu dirijo até Rawndesley se for aonde você quer ir para conversar.

— Eles servem almoço para os sócios. Tim é sócio. Assim como eu. Eu poderia levá-la como convidada, mas não estou com fome.

Estou demorando demais para tomar uma decisão. Se ontem não tivesse acontecido tudo aquilo, eu agora já saberia o que quero fazer.

Olho para as portas pelas quais passei há dez minutos. Não sou corajosa suficiente para sair para a rua novamente, não ainda.

— Vamos ficar aqui — digo a Charlie Zailer. — A sala de consultas privadas parece boa. Com a porta fechada.

— Boa ideia — ela diz. — Vamos passar pela máquina de chá e café? Eu não recomendaria o café, mas há uma variedade decente de chás; poderia ajudar a mantê-la desperta. Você ainda não dormiu, não é?

— Não me sinto cansada — digo a ela.

Sono. Será que isso irá acontecer novamente? Vou precisar ir a meu médico, conseguir uns comprimidos fortes que me apaguem. Sem sono não serei de ajuda para Tim. Esta manhã só tive energia para cancelar as três reuniões que havia marcado para hoje, porque a semana de trabalho já não suporta adequadamente tudo o que preciso fazer. No que diz respeito a mentiras, a minha não foi nada inspirada. "Estou doente. Podemos remarcar? Entrarei em contato assim que estiver melhor." Eu sabia que ninguém duvidaria de mim. Eu não cancelaria uma reunião a não ser que estivesse semimorta.

Sigo Charlie Zailer por um corredor com paredes de tijolos, os tijolos interrompidos por finas janelas de vidro fosco, do piso ao teto, de um dos lados. Ela continua desacelerando para que eu consiga alcançá-la, mas não quero estar junto a ela. Quero ser capaz de vê-la e ela não me ver, especialmente sabendo que logo a estarei encarando do outro lado de uma mesa e não haverá escapatória. Tentar manter minhas expressões faciais e a respiração sob controle tem sido a parte mais difícil de hoje. Um homem por quem passei no caminho do estacionamento até a delegacia me parou e perguntou se eu estava bem. Não disse nada nem olhei para ele; tudo o que fiz foi passar por ele.

Na máquina de bebidas, escolho chá Earl Grey porque é o que costumo preferir, embora, para variar, eu pudesse ter tomado um comum. Não é o que você deveria beber para ajudá-la a passar por uma provação? Chá simples de trabalhador? Uma provação é desculpa para me permitir virar um clichê?

A sala de consultas privadas é pequena e quente, com dois quadros nas paredes, emoldurados, mas não envidraçados. Devem ser óleos. Você não precisa colocar óleos atrás de vidros, apenas recepcionistas da polícia. Uma das pinturas é de uma pequena construção na entrada de um parque — uma guarita, com folhas vermelhas no telhado. Parece familiar. Blantyre Park, talvez. A outra é de um homem tocando um piano. Não, afinando um piano. O mesmo artista. Vou conferir a assinatura: Aidan Seed.

No centro da sala há duas poltronas de tecido azul, cada uma junto a uma pequena mesa lateral de madeira, duas plantas altas em vasos e, pela única janela, uma visão de uma fileira de unidades de ventilação embutidas em uma parede molhada. A visão delas me deixa imediatamente claustrofóbica. Quero ir a algum outro lugar agora que vi aquilo, mas estou constrangida demais para pedir. Mas há uma cortina — uma branca de enrolar simples. Vou até a janela e a baixo. Ficará melhor se não puder ver as grades das unidades de ventilação. Poderei imaginar a visão de uma parte diferente da delegacia. Nos fundos do prédio deve haver salas debruçadas sobre o rio e a ponte vermelha. Imaginarei isso.

No canto mais distante, há uma mesa de metal com tampo de plástico e quatro cadeiras de pernas de metal. Eu gostaria que Charlie Zailer se sentasse ali de costas para mim e anotasse o que eu disser, mas ela irá querer discutir tudo comigo e olhar para mim, e provavelmente fazer perguntas, embora não haja necessidade. Tudo de que preciso é que ela escute. Fiquei ensaiando meu discurso a caminho dali.

— Os móveis aqui mudam de um dia para outro — ela diz. — Quer sentar nas poltronas?

Eu me sento. A pior coisa que posso fazer é deixar que ela comande tudo. Tenho de dirigir aquele espetáculo; assumi a liderança indo lá, e não posso perdê-la.

— Você conseguiu arrancar a verdade de Kerry e Dan? — pergunto a ela. — Você sabe que eles estão mentindo, certo?

Ela parece surpresa. Após alguns segundos, diz:

— Gaby, se não for problema, eu preferiria falar primeiro sobre você. Vários dos meus colegas estão muito preocupados com você.

— Eu? — reajo. Eu estou bem, ou logo estarei. É Tim que está na prisão. — Não. Não quero falar sobre mim primeiro. Quero que você responda às minhas perguntas.

— Certo. Sim, todos achamos que Kerry e Dan não foram sinceros conosco. Mas acho e espero que estejamos chegando perto do que precisamos. Você parece se importar com a verdade tanto quanto nós, o que é... ótimo. Não costumamos encontrar pessoas como você. A maioria das pessoas ou se importa apenas em manter a si mesmas e aos seus fora de problemas, ou não se importa com nada.

— Eu só me importo em manter Tim fora de problemas — digo a ela. — Sei que ele não matou Francine, mas se tivesse, eu mentiria e diria que não. Não sou uma pessoa boa.

Charlie parece achar isso aceitável.

— Quem é? — pergunta.

— Tim. Bom e idiota. Ele está protegendo Jason Cookson por alguma razão. Não sei por que especificamente, mas posso lhe dar uma explicação ampla: Tim acredita que seu próprio sofrimento importa menos que o de qualquer um e todos. Veja seu casamento com Francine, caso queira uma prova de que ele é capaz de sacrifício pessoal a longo prazo.

— Está dizendo que Jason Cookson matou Francine Breary?

— Sim.

Charlie assentiu. Eu esperava uma avalanche de perguntas. Em vez disso, ela está aguardando que eu prossiga no meu ritmo.

— Você me ouviu falar com Kerry ontem sobre conhecer Lauren Cookson no aeroporto de Dusseldorf — digo. Essa parte é fácil, eu a repassei de cabeça durante quase a noite inteira, as palavras exatas que usaria. — Então sabe como descobri sobre Tim ser acusado do assassinato de Francine: por Lauren. "Um homem inocente", como ela o chamou. Não consegui convencê-la a me contar mais. Ela estava aterrorizada: fugiu, perdeu o voo para casa. Para que você veja o quanto ela não queria conversar comigo sobre isso. Pelas suas muitas referências ao marido Jason, outras coisas que ela disse, nada a ver com assassinato, concluí que tinha de ser dele que ela sentia medo. Ontem de manhã, quando voltei da Alemanha, vim aqui e contei ao detetive Gibbs que Jason Cookson devia ter matado Francine. Por que mais Lauren ficaria calada se sabia que Tim era inocente?

— Gaby...

— Não, espere. Não tenho certeza de que Jason atormenta Lauren, mas, quando saí daqui ontem e fui à Dower House, adivinhe quem encontrei saindo de carro pelos portões? O próprio valentão. Ele foi rude e ameaçador, me alertou para deixar Lauren em paz e esquecer o que tinha me dito. Ele poderia muito bem ter "Capanga" tatuado na testa, aumentando sua coleção. Sabia quem eu era antes que lhe dissesse. Lauren devia ter ligado para ele da Alemanha, em pânico. Ela havia colocado em risco a segurança, não é mesmo? Provavelmente estava com medo que eu aparecesse na Dower House fazendo perguntas, e queria alertar Jason antecipadamente.

A expressão de Charlie não mudou desde que comecei a falar.

— Você não saca? — pergunto a ela. Não estou fazendo sentido a não ser em minha própria cabeça?

— Sacar o quê?

— Por que Jason iria me ameaçar e me mandar manter distância se não fosse ele quem matou Francine?

— Então vamos supor que tenha sido ele — Charlie diz. — Como isso se encaixa com Kerry e Dan mentirem? Eles também o estão protegendo?

— A ele ou a si mesmos. Não estou certa. Você precisa descobrir se Jason tem algum tipo de poder sobre eles. Lauren é a esposa assediada dele, mas não consigo pensar em nenhuma razão pela qual o resto deles preferisse que Tim fosse preso pelo assassinato de Francine em vez de Jason, a não ser que tenham medo de que Jason os ataque fisicamente. O que podem muito bem ter. Jason tem comparsas: pessoas para fazer o trabalho sujo que ele preferiria não fazer pessoalmente.

— Como você sabe disso, Gaby?

Também ensaiei essa parte: contar sem contar. O mínimo possível, depois seguir em frente.

— Um deles me fez uma visita em casa noite passada. Para me alertar. O mesmo alerta de Jason: mantenha distância de Lauren. Não surpreende, já que foi Jason quem o mandou.

— Como você sabe que Jason mandou esse homem à sua casa? — Charlie pergunta.

— Não posso provar. Isso é trabalho seu. Assim como proteger mulheres vulneráveis. Se eu fui alertada por Jason, e depois novamente por ordem de Jason, o que você acha que está acontecendo com Lauren, que me arrastou para isto? Pior que alertas, certamente. Você precisa tirá-la daquela casa.

Essa última parte produziu efeito. *Bom*.

— Entendo sua posição, Gaby, mas eu vi Lauren esta manhã. Sam Kombothekra e eu conversamos com ela.

— Ela parecia aterrorizada?

— Todos pareciam... perturbados — Charlie diz. — Não apenas Lauren. Se ela é parte de uma conspiração para obstruir, como estamos ambas achando que seja, isso seria suficiente para explicar o nervosismo dela, não seria? E se é mais que isso, se está com medo do marido...

— É. Você precisa afastá-la dele!

— Não posso, Gaby. Não temos o poder de separar mulheres de seus maridos contra sua vontade. O que *posso* fazer é ir a casa novamente, ter outra conversa com ela...

— Se Jason estiver nas proximidades, ela não lhe contará nada. Mesmo que não esteja, ela provavelmente não dirá — digo, e fecho os olhos. — Você não está sacando, está?

— Na verdade, estou — Charlie diz. Eu ouço um tom defensivo em sua voz. — Estou tentando explicar que meus poderes são limitados, mas farei o possível. Nesse ínterim, estou mais preocupada com você.

— Não fique. Posso cuidar de mim mesma. Lauren não pode.

— Este... alerta do capanga de Jason, o que aconteceu? Você diz que ele foi à sua casa? Ele a alertou verbalmente?

Faço um gesto afirmativo.

— Foi tudo o que ele fez?

— Por que pergunta?

— Você parece muito perturbada. E fomos alertadas sobre um possível ataque. Alguém fez um pedido urgente de ajuda pelo Twitter. *Pelo Twitter. Onde as coisas podem ser retuitadas dezenas, centenas de vezes.*

Então já está correndo pelo mundo. As pessoas sabem. Cravo as unhas nas palmas da mão enquanto o horror em minha mente tira o plástico que cobre a cabeça e se vira para me encarar. Eu não podia ver enquanto estava acontecendo; agora está em toda parte que olho.

— Seja lá quem for, usou a identidade de Tim Breary no Twitter e conclamou qualquer um que lesse a procurar a polícia. Disse que você estava sendo atacada em sua rampa de garagem. Atrás de casa.

Alguém quis me ajudar. Não posso me deter nisso; envolveria me ver pelo lado de fora, como eles me viram. Autopiedade não vai levar a nada.

Fumaça. Senti cheiro de fumaça.

— Gaby? O que há?
— Os tuítes dizendo... eles eram... Quão mal escritos eles eram?
— O que quer dizer? — Charlie pergunta.
— Gramática, ortografia, pontuação.
— Muitos erros de ortografia. Gramática e pontuação basicamente inexistentes.
— Lauren — digo. — Ela fuma. Ela estava lá. Observando.

Minha visão fica distorcida. Estou olhando para a sala através de uma camada de óleo, uma película instável que cobre meus olhos. Posso ver coisas em sua superfície: linhas, pontos escuros nadando na diagonal para baixo.

— Havia alguém fumando. Eu supus que fosse o homem que me atacou, mas ele não cheirava a fumaça. Cheirei o hálito dele: sem fumaça. Era Lauren fumando. Quem quer que ele fosse, a levou junto. Ela deve ter querido impedi-lo, mas estava com muito medo e foi fraca demais. Ele precisa que ela permaneça com medo. Veja, por favor, você pode verificar se ela está bem? Agora?

— Ela estava bem há duas horas, mas vou pedir que alguém verifique novamente — diz Charlie, tirando o celular do bolso. Ela o aperta com o polegar, xingando em voz baixa quando aperta a letra errada. — Esse homem atacou você fisicamente? — ela me pergunta, ainda de olho na mensagem que está redigindo.

— Isso é em *off*?

Charlie ergue os olhos.

— Lamento, mas não acho que possa ser. Qualquer coisa que você me disser que eu considerar relevante para o caso Francine Breary, terei de passar adiante.

— Nesse caso, vamos avançar.

— Gaby, eu entendo que possa se sentir assustada ou envergonhada...

— Não é isso — digo a ela. — Quero falar com Tim primeiro. Até saber o que passa pela cabeça dele, por que está dizendo que matou Francine... — acrescento, e me interrompo. Eu sei o que quero dizer, mas é difícil colocar em palavras sem ter dormido. — Não estou preparada para adicionar pressão extra à situação até compreender todas as permutações daquilo que estou adicionando. Isso faz algum sentido?

Charlie assente lentamente.

— Quando poderei ver Tim? Hoje?

— Isso é improvável. Amanhã, talvez. Se o detetive preferido da prisão, Waterhouse, usar sua varinha mágica.

— Então faça com que ele use.

Amanhã. O pensamento dissolve todos os outros. Sentada em frente a Tim, o vendo sorrir... E se ele não sorrir? Qual será a primeira coisa que me dirá? O que estará secretamente pensando?

Jamais gostei de surpresas. Tim é suficientemente surpreendente para mim em circunstâncias triviais, em ambientes cotidianos. Embora, quando estávamos juntos, nunca fosse trivial.

Ele tentará não permitir que você o ajude. Como sempre.

— Eu quero ir a essa prisão sabendo o máximo possível — digo a Charlie. — Quanto mais você conseguir descobrir e me contar antes que eu vá, melhor. Sei que você não tem de me contar nada, mas...

— Gaby, eu não posso... — ela começa a dizer.

Eu a interrompo:

— Vocês revistaram a casa de Kerry e Dan? Vocês precisam revistar o quarto de Tim. Não sei o que irão encontrar, mas há alguma coisa. Tem de haver. Dan estava de guarda o tempo todo em que estivemos lá dentro ontem, ansioso para me colocar para fora assim que possível. Não acho que fosse apenas por ele não querer que eu notasse os livros.

— Livros?

— Livros de crimes reais, biografias de assassinos, terroristas, ditadores; Tim nunca compraria ou leria nada assim. Alguém os colocou lá para fazer parecer mais com o quarto de um assassino.

— Talvez o próprio Tim — Charlie sugere.

— Não penso assim. Ele poderia querer fingir ser um assassino, mas não usaria cenografia. É inteligente demais para isso.

Perco a paciência com o som da minha própria voz. Charlie e eu poderíamos passar horas especulando, quando há pessoas que têm certeza.

Procuro em minha bolsa, tiro o envelope amassado e o entrego a Charlie.

— Poderia, por favor, dar isso a Lauren? Assegure-se de que Jason não esteja por perto quando o fizer. É a carta que escrevi para ela na Alemanha depois que saiu correndo.

— Importa-se se eu a ler primeiro? — Charlie pergunta.

Pode haver algum mal em a polícia conhecer minha história com Tim, tal qual ela é? Isso não pode ser uma invasão da minha privacidade, se sou eu quem está dando-lhe o envelope. Ela não saberia nada sobre a carta se eu não houvesse contado.

Ainda assim, não consigo me fazer dar a permissão.

— Você a lerá de qualquer forma, independentemente do que eu diga. Apenas não a leia na minha frente. E quando tiver lido, não me faça perguntas. — Não sei como alertá-la sobre o conteúdo, ou se preciso. Não seria como avisar a um ventanista que os cantos agudos de sua TV podem danificar a jaqueta dele? No fim, digo: — É mais uma história de amor do que uma carta. Apenas achei que se isso não fizer Lauren querer contar a verdade nada fará, e algo tem de fazer.

— Gaby, preciso lhe fazer uma pergunta. Você pode achar perturbador, mas tenho de perguntar. Você foi sexualmente agredida?

— Não.

Isso não é uma mentira. Ele não tocou em mim, não desse modo. Apenas em meus pulsos e pescoço e se apoiando sobre mim, me esmagando sobre o carro. Eu me dou conta de que não tenho noção se retirada de roupas conta como agressão sexual, e não posso perguntar sem revelar mais do que estou disposta a esta altura.

— Tem certeza?

— Sim.

— Você sofreu algum ferimento físico? Precisa que a leve a um hospital?

— Não.

Dois homens me agrediram fisicamente nas últimas vinte e quatro horas — Sean e o monstro — e não tenho marcas para provar. Escolho considerar isso prova de minha resistência.

Charlie suspira.

— Certo. Se você decidir contar mais sobre o que aconteceu, pode. Quando estiver pronta.

— Obrigada.

Se o fizer será uma decisão estratégica. Gostaria que ela parasse de falar comigo como se eu fosse um fardo de emoções voláteis.

— Você precisa dormir — ela diz. — É verdade que deixou seu companheiro, Sean?

Confirmo que sim. *Companheiro*. Isso é uma piada; Sean nunca foi isso.

— Então precisamos arrumar um lugar onde você possa ficar. Tem algum amigo com quem possa ficar?

— Eu tenho muitos amigos com os quais não preciso ficar. Eu me hospedei em um quarto no Best Western de Combingham. Você precisa fazer outra visita à Dower House — digo a ela.

Caso ela tenha se esquecido da lista de tarefas que passei ou ache que não importa, decido repassar todos os pontos novamente, como faria ao fim de uma reunião. Em meu trabalho, sou conhecida por ser muito minuciosa, ou meticulosa demais, dependendo do seu ponto de vista. Alguns CEOs não trabalham comigo por causa disso. Minhas empresas regularmente têm desempenho melhor que as deles.

— Volte à Dower House — digo a Charlie. — Dê minha carta a Lauren. Tire-a de lá, para longe de Jason; isso é uma prioridade. Seja lá como for, faça isso. E diga a Kerry...

Hesito. Será que estou certa? Poderia esperar e perguntar a Tim. Ou falar com Kerry antes. Se ela admitir, Tim não será capaz de negar. *Grande ideia: procurar novamente duas pessoas que mentiram para você e dar a elas a oportunidade de mentir de novo.*

— Diga a Kerry que sei que Tim tem um histórico de ficar com o crédito por coisas com que ele não tem nada a ver.

— Significando?

— Eu sei quem é O Portador; diga isso a ela. Não era Tim. Era ela.

PROVA POLICIAL 1442B/SK — TRANSCRIÇÃO DE CARTA MANUSCRITA DE GABY STRUTHERS PARA LAUREN COOKSON, SEM DATA, ESCRITA EM 11 DE MARÇO DE 2011

Minha cara Lauren,
    Bem, não consigo encontrá-la, e não consigo pensar em onde mais procurar. E não consigo dormir porque estou abalada demais com o que descobri, então pensei em escrever a você. Espero que se acalme e chegue ao aeroporto a tempo de nosso voo pela manhã. Caso contrário, irei procurá-la em casa. Não deve ser muito difícil.
    Lauren, eu não a conheço, mas sei que pareceu interessada quando estava lhe contando sobre meus sentimentos por Tim. Realmente interessada. E você parece se importar com o fato de ele estar sendo acusado de um crime que não cometeu. Acho que você é uma boa pessoa (lamento se não deixei isso claro no breve período que passamos juntas), e espero que se importe ainda mais se lhe contar o que Tim significa e significou para mim. Preciso fazer com que ele importe para você tanto quanto importa para mim, de modo que você faça a coisa certa e conte a verdade.
    Você conheceu Tim bem depois de mim, e pode muito bem conhecê-lo melhor do que eu pude, mas gosta dele? Tim nem sempre é descomplicadamente gostável. Ele não é descomplicadamente nada. Eu, às vezes, acho que é o equivalente humano de uma pergunta sem resposta, e por isso me sinto tão atraída por ele. Nunca conheci ninguém mais não resolvido do que Tim, ou mais contraditório. Ele faz com que eu

queira formular teorias, provar que certas coisas sobre o seu caráter são verdadeiras. Nunca me senti assim com mais ninguém. Devo destacar que essa reação não é exclusivamente minha. As pessoas querem resolver Tim, curá-lo, defini-lo, mas ninguém nunca consegue. Todos dizem a si mesmos que serão os que farão isso. Se você conhece Tim bem, Lauren, com sorte talvez entenda o que quero dizer. Você sabe que todo tempo que passa com ele a deixa menos certa de quem ele é, e mais certa de quem você é. Ele tem um talento raro, mas eu não conseguiria começar a descrever qual é. Como alguém que resolve facilmente a maioria dos problemas analíticos e práticos, sempre achei isso irritante e irresistível.

Você ainda está lendo ou já desistiu? Eu deveria tentar não tornar isto complicado demais.

Eu conheci Tim em uma biblioteca em Rawndesley chamada Proscenium. Não é uma biblioteca comum. É também um clube particular ao qual você pode se associar, e quem não for sócio ou convidado de um sócio não pode entrar, a não ser para fazer uma consulta sobre associação. Entre outras coisas, a biblioteca tem uma grande coleção de livros de poesia antigos e raros, principalmente primeiras edições, bem como muita poesia moderna — essa é a sua especialidade. Também há um restaurante onde sócios e convidados podem almoçar, uma sala íntima onde as pessoas podem conversar, embora apenas em voz baixa, e uma sala de leitura onde, se você ABRIR A BOCA, a bibliotecária se lançará sobre você em fúria e ameaçará colocá-la para fora, sócia ou não.

Lembra que lhe contei que tinha minha própria empresa e que a vendi por milhões? Bem, quando eu estava pensando em abrir essa empresa, precisei encontrar dinheiro para isso. Muito dinheiro. Fiz uma pesquisa e fiquei de olho em Sir Milton Oetzmann como um possível grande investidor. Você provavelmente ouviu seu nome no noticiário local, mas caso contrário: ele é um filantropo (significando alguém cujo passatempo é dar enormes volumes de dinheiro a causas importantes), e eu sabia que era sócio do Proscenium. Eu o conheci pessoalmente pouco depois de me associar à biblioteca. Fui direta com ele sobre o que esperava que pudesse fazer por mim, e ele ficou interessado. Viu que havia uma boa chance de que terminasse ganhando um caminhão de dinheiro.

Quando Tim me abordou, eu não o havia visto antes no Proscenium. Devia estar cega, pois ele depois me disse que havia me visto diversas vezes. Mas eu absolutamente não o notei até ele se sentar em uma cadeira que havia sido desocupada dez minutos antes por Sir Milton, depois de uma de nossas longas conversas. Eu estava juntando a minha papelada, ergui os olhos e vi um rosto que me chocou (alerta: isso vai soar muito bizarro e meloso) por ser o rosto que eu passara a vida inteira ansiando ver, embora não soubesse disto até ver Tim. Nem sequer me interessei por ele, não à primeira vista, nem por um bom tempo depois. Foi mais a sensação de "É ele", acompanhada de um anseio por proximidade que inicialmente não tinha nada a ver com atração sexual. Era muito mais estranho do que se interessar por alguém, de jeito algum como o modo como eu me interessei por Sean quando o conheci. (Sean é meu companheiro, lembra?)

Isso faz algum sentido? Eu não consegui desviar os olhos, e Tim também pareceu não conseguir. Ambos sabíamos que não precisava haver nenhuma razão para ele ter se aproximado e sentado ao meu lado. A razão não poderia ter sido mais completamente óbvia. Após alguns segundos fiquei constrangida. Nós nos demos conta de que, sendo estranhos, teríamos de passar pelo processo de fingir não saber o que sabíamos, de modo que Tim se apresentou e disse esperar que não me importasse com sua abordagem, mas ele temia que eu estivesse prestes a cometer um grave erro. Ele era contador, disse, especializado em planejamento fiscal, e um de seus clientes tivera grandes negócios com Sir Milton que o fizeram não querer ter mais nenhuma relação com ele, mesmo que isso significasse perder uma parcela substancial de seu fluxo de recursos.

Estou certa de que você não está interessada em todos os detalhes, Lauren, mas em síntese: Tim disse que sim, Sir Milton poderia estar ansioso para investir em minha empresa, mas ele também iria querer administrar tudo (se envolver em todos os aspectos da minha empresa, em vez de simplesmente me deixar cuidar dela), e eu acabaria desejando nunca tê-lo procurado. Estava prestes a perguntar a Tim se não poderia estar um pouco predisposto por causa da experiência negativa de seu cliente, quando ele falou: "Eu consigo todo o dinheiro de que você precisa." Foi tão ultrajante que me fez rir. Eu precisava de muito dinheiro de um capitalista de risco (uma pessoa ou empresa valendo várias centenas de milhões cujo único objetivo e função é financiar novas empresas), e ali estava um contador local se oferecendo para levantar algum dinheiro para mim. Perguntei a Tim o que tinha em mente. Ia organizar uma rifa? Vender ingressos para uma noite de karaokê no seu pub preferido?

Parei de rir quando ele me contou que cuidava das questões fiscais da Lammonby Foundation e que Peter Lammonby tendia a seguir seus conselhos ao pé da letra. Eu pensara em procurar Lammonby em vez de Sir Milton, e só não o fizera por uma razão ridícula: a filha de Lammonby acabara de ganhar uma fortuna (uma que não merecia, em minha nada humilde opinião) com um livro *new age* do tipo que o ajuda a reinventar a vida. Não que isso fosse culpa do pai, mas mesmo assim. Milton Oetzmann não tinha ligação com nenhum absurdo de crescimento pessoal, pelo que eu sabia, então decidi me concentrar nele.

"Acho que a esta altura já sei quase tanto sobre sua empresa quanto Sir Milton", Tim me disse, presunçosamente. "Escutei pelo menos duas de suas conversas com ele. Estou confiante de que posso colocar Peter Lammonby no seu barco, e ele realmente manteria distância — ele é o investidor dos seus sonhos. E meu amigo Dan também poderia se interessar." Seu amigo Dan?", reagi, indignada. "O que você acha que ele iria querer jogar, umas vinte pratas?" "Talvez umas trezentas pratas", Tim me corrigiu. "Gaby", ele me disse, causando um arrepio de reconhecimento em meu corpo ao dizer meu nome, como se eu o tivesse ouvido dizê-lo milhares de vezes antes. "Eu não sei nada sobre inovações científicas, mas, se o que a ouvi dizer a Milton Oetzmann for verdade, não vejo como sua empresa poderia fracassar." Disse a ele que qualquer empresa podia fracassar, mas ele desconsiderou. "Preciso de um mês para lhe conseguir os recursos de que necessita para começar. Se eu a decepcionar, volte a Sir Milton e me descarte como um idiota iludido."

Concordei no ato. Teria concordado no ato com qualquer coisa que ele tivesse sugerido, acho. Tim estava empolgado. Não conseguimos parar de falar, fazendo um ao outro centenas de perguntas, querendo saber tudo um sobre o outro. Qualquer um que escutasse poderia muito bem ter pensado que não estava acontecendo nada além de dois sócios da Proscenium se conhecendo entusiasmadamente.

Marcamos de nos encontrar novamente. Tínhamos muito a conversar, então precisávamos nos encontrar com frequência — ah, que vergonha! (Essa sou eu sendo sarcástica.) Não conversávamos apenas sobre meu trabalho e a necessidade de financiá-lo. Tim era obcecado por poesia, e logo eu também era, embora nunca tivesse pensado sobre isso duas vezes antes de conhecê-lo. Almoçávamos juntos sempre que possível. Nunca mencionamos o que sentíamos um pelo outro — isso era considerado certo, não precisávamos discutir o assunto, e teria sido constrangedor se o fizéssemos. Tim me contara logo que era casado e que sua esposa ficaria furiosa se soubesse que ele estava se encontrando com outra mulher para pequenos almoços. Também disse que saber disso não era suficiente para detê-lo, que preferia minha companhia à dela e que não havia nada em seus votos matrimoniais dizendo que não podia almoçar ou conversar com outra mulher.

Entendi a mensagem: ele não estava pronto para fazer nada que fosse contra as regras. Ele não queria ter um caso. Ou melhor, queria, mas não ia fazer isso. Àquela altura, achei que podia aceitar se as coisas nunca fossem além. Simplesmente estar com ele e saber como nos sentíamos em relação ao outro era suficiente para mim, no início. Apenas olhar para seu rosto, ouvir sua voz, ler suas mensagens de texto e seus e-mails faziam com que eu sentisse como se algo estivesse segurando meu corpo por dentro e o sacudindo. Como se tivesse engolido um terremoto.

Se você estivesse aqui agora, Lauren, desconfio que a esta altura perguntaria como Sean se encaixava em tudo isto. Não consigo imaginá-la sendo uma hipócrita egoísta traidora como eu era. Sean e eu já estávamos morando juntos e, sim, eu o estava traindo, emocionalmente, mesmo que não fisicamente. Mais ainda, estava adorando isso — adorando a ideia de que o estava tratando mal. Eu não tinha absolutamente nenhum problema moral com isso. Quando tentei dizer a mim mesma que deveria me sentir culpada, pensei em como Sean reclamava sempre que eu tinha de passar uma noite fora de casa por causa do trabalho e de como ele esperava que eu me sentasse e o observasse assistindo ao futebol sempre que não estava fora, e pensei: "Lamento, mas estou cuidando das minhas necessidades, e você não poderá reclamar disso porque não saberá." Minha relação com Sean não é ideal, Lauren, como eu lhe disse antes. Sempre soube que não era ideal, mas precisei de uma noite esquisita em um hotel de merda com você para me dar conta de como é desalentadora.

Como prometido, Tim colocou Peter Lammonby e seu amigo Dan (Jose, claro) no meu barco no valor de quase três milhões de libras, inicialmente, com uma garantia de mais da parte de Lammonby, se tudo acontecesse de acordo com os planos. Tim achou que seria uma boa ideia abrir um pouco mais as oportunidades, e com esse objetivo teve uma ideia genial que me fez ficar ainda mais apaixonada por ele, se pretendo ser honesta. Ele me disse que estava certo de que vários de seus clientes de alto valor estariam interessados, mas muitos ficariam nervosos com algo tão arriscado. Minha empresa ainda não havia feito nada, de modo que as pessoas estariam literalmente colocando dinheiro em uma esperança e uma prece. Tim me perguntou se eu estaria disposta a gastar cinquenta mil libras do dinheiro da empresa (o que naquele momento significaria pegar dinheiro emprestado no banco), de modo a financiar o que ele inicialmente chamou indiretamente de "uma prova de confiança".

Perguntei a ele o que queria dizer. Tim apresentou um plano que era tão elegante e perfeito quanto um soneto de Shakespeare: eu gastaria cinquenta mil libras em seus serviços profissionais e nos serviços de uma empresa com sede em Genebra chamada Dombeck Zurbrugg. Não quero sufocá-la com detalhes, Lauren, então vou explicar isso do modo mais simples possível. A Dombeck Zurbrugg é uma firma que ajuda altos investidores do Reino Unido (isso basicamente significa pessoas muito ricas) a evitar impostos criando trustes e empresas controladoras que lhes permitem ter firmas com sede na Suíça para fins oficiais. Eles fornecem serviços de gestão e secretaria, e uma estrutura em camadas diabolicamente complicada que faz parecer que é uma empresa suíça, quando não é, a não ser no papel. Isso permite a altos investidores do Reino Unido pagar muito menos imposto. Não é cem por cento seguro, e as autoridades fiscais do Reino Unido certamente poderiam desmontar isso caso estivessem dispostas a dedicar um enorme volume de tempo, mas muitas, muitas pessoas se deram bem com isso e pouparam milhões.

Eu disse a Tim, diretamente, que não estava preparada para fazer isso. Não por ser fã de pagar muito imposto (eu sou o oposto: acho que deveria haver uma alíquota de imposto baixa e igual para todos), mas porque não queria ficar o tempo todo olhando por cima do ombro, imaginando se a Receita estava vindo atrás de mim. Tim concordou quando eu disse isso, como se estivesse esperando. "Ninguém virá atrás de você, porque você não vai fazer isso. Você não vai realmente colocar nenhum dinheiro na empresa que a DZ criou para você. Isso seria complicado, de qualquer modo, a não ser que você estivesse preparada para se reassentar na Suíça — e você não estaria, não é mesmo?" Eu flertei com Tim perguntando se ele se reassentaria comigo, depois fiquei pensando no que havia dito de tão errado. Tim pareceu ter recebido um soco meu no estômago. Durante um segundo medonho, eu fiquei em pânico de ter entendido errado a mecânica entre nós: talvez seu interesse em mim fosse unicamente profissional, talvez ele olhasse fundo nos olhos de todos os empreendedores tecnológicos que conhecia.

"Gaby, eu preciso ser honesto com você sobre uma coisa", ele disse. "Eu não acho que tenha em mim fazer... algo assim. Deixar minha esposa ou mesmo... bem, qualquer coisa. Espero que isso não arruíne a nossa amizade." Uma quinzena antes, eu poderia ter concordado e dito "Certo", mas estava irreversivelmente me apaixonando mais por ele a cada dia, e sua declaração de indisponibilidade soou terrivelmente definitiva. Ele estava me dizendo que, em um nível fundamental, eu tinha de desistir dele. A decepção foi demolidora. Quase um minuto se passou antes que eu conseguisse dizer algo. "Escrúpulos morais ou medo?", perguntei. "O último", ele respondeu, depois esclareceu: "Não, ambos. Tenho medo de que se fizer algo que, em geral, se concorda ser errado..." Ele deixou a frase sem conclusão. Eu estava furiosa, embora tentasse não demonstrar. Do que tinha tanto medo? Ele não podia ignorar a concordância geral e pensar por conta própria? Como podia achar que estarmos juntos pudesse ser errado em algum nível?

Não disse nenhuma dessas coisas. Os desconfortos éticos dele me faziam parecer impiedosa. Na verdade, eu meio que sempre soube ser impiedosa, Lauren, mas, verdade seja dita, sempre meio que gostei disso em mim. Eu achava ser impiedosa de um modo refrescante e saudável, mas, de repente, Tim fez com que me sentisse como uma ladra de maridos insensível.

Nada disso me fez amá-lo menos, infelizmente para mim. Se uma amizade sexualmente frustrada era tudo que restava, eu estava apaixonada demais por ele para recusar. Mantendo o tom leve, eu perguntei: "A regra das noventa meias-noites ainda se aplica?" Tim disse que sim. (Se você não quer pagar impostos no Reino Unido, não pode passar mais de noventa meias-noites no Reino Unido.) "Então poderíamos passar duzentas e setenta e cinco meias-noites juntos na Suíça, depois durante noventa meias-noites todo ano no Reino Unido você viveria com Francine e eu viveria com Sean. Que, francamente, tem mais meias-noites minhas do que está merecendo no momento." Eu com frequência fazia comentários cáusticos sobre Sean com Tim. Ele mencionava Francine com a menor frequência possível. Inicialmente achei que fosse uma tentativa de ser cavalheiresco, até me dar conta de que ele não suportava dizer o nome dela.

Tim estava ansioso para voltar a conversar sobre planejamento empresarial. Ele me disse que não importava se eu não estava preparada para me tornar uma exilada fiscal e me mudar para a Suíça. Só precisava estar disposta a gastar cinquenta mil libras. Ele e a Dombeck Zurbrugg então fariam o trabalho e montariam um esquema labiríntico que eu nunca usaria. A coisa importante era que Tim poderia dizer a seus clientes que eu me sentia tão confiante em ganhar uma fortuna que estava disposta a gastar uma fortuna em planejamento fiscal. "Muitas empresas na Suíça e na Ilha de Man oferecem serviços similares, mas a DZ é a melhor e mais cara", ele disse. "Se eu disser aos meus clientes de alto valor que você está gastando cinquenta mil com a DZ neste estágio, acredite em mim, eles farão fila para investir. Eles pensarão: essa mulher sabe que vai ganhar centenas de milhões."

Ele se provou certo. Desperdiçar cinquenta mil no esquema suíço que nunca usei atraiu todos os investidores de que precisava, e todos eles eram clientes de Tim, exceto Dan Jose, que era o melhor amigo de Tim. Mas estou me precipitando. Naquela noite, depois de Tim me dizer que nunca deixaria Francine, eu disse a Sean que não estava me sentindo bem e que ia dormir no quarto extra. Fiquei acordada a noite inteira, chorando — tanto de frustração quanto de tristeza, para ser honesta. Como Tim podia aceitar tão prontamente que o que ele queria não era possível? Sou o tipo de pessoa que acredita que qualquer coisa e tudo é possível. Qualquer um que não acredita nisso me deixa com raiva.

Pela manhã, meu otimismo tinha retornado e decidi que cabia a mim mostrar a Tim que havia um homem corajoso dentro dele, esperando para ser libertado. Concebi o equivalente romântico de um planejamento de negócios e fiz um esforço consciente de levá-lo a me amar mais — tanto que ele logo estaria pensando: "Quem é mesmo Francine?" Tão disposto a descartá-la quanto se fosse um guardanapo de papel usado. (Você desaprova isso, Lauren? Caso positivo, então talvez ainda não tenha conhecido um homem que ame tanto quanto eu amo Tim. Eu precisava dele. Para mim, Tim era a diferença entre me sentir cem por cento viva e me sentir um por cento viva. É fácil seguir um princípio quando você não está tomado por uma necessidade ardente que não pode ser negada.)

Minha campanha funcionou. Certo dia, no restaurante da Proscenium, enquanto almoçávamos, Tim pegou minha mão sob a mesa. Era a primeira vez que nos tocávamos além dos esbarrões um no outro acidentalmente de propósito. Havia outras pessoas lá que podiam ter visto. Tim sabia que estava sendo indiscreto, mas estava disposto a correr o risco. Pensei comigo mesma: "Não importa o que aconteça daqui para a frente, mesmo que meu coração termine em pedaços, isto faz com que tudo valha a pena, este momento."

A partir de então, ficamos de mãos dadas sob o maior número possível de mesas da Proscenium: no restaurante, na sala de leitura, na sala íntima. Pessoas devem ter notado, mas todas fingiam que não. Certo dia, Tim me perguntou se estaria disposta a jantar com ele. Fiquei encantada, mas depois intrigada quando ele me disse que Dan Jose e sua esposa Kerry também iriam. "Eles estão ansiosos para conhecer a gênio que vai deixá-los ricos", disse. Eu fiquei confusa. O modo como ele iniciara a conversa — "Quer jantar comigo, Gaby?" — soara como uma proposta diferente. "Então é um jantar de negócios?", perguntei. "Não",

Tim disse, alegre. "Dan e Kerry são meus melhores amigos. Já é hora de eles a conhecerem. Se eles não conhecem você, e você e eu juntos, então não me conhecem, e acho que deveriam, já que eles são a família que escolhi. Tudo bem para você?" Disse a ele que era mais que tudo bem. Era só uma questão de tempo até Francine ser passado, pensei.

Tim e eu nunca jantamos sozinhos, mas os jantares com Kerry e Dan (nossos guardiães, como Tim os chamava) se tornaram algo regular. Assim como os beijos. Eu fui arrebatadamente feliz por alguns meses, achando que as coisas estavam indo como eu queria. Depois comecei a ficar com raiva. O amor de Tim por mim era evidente, mas ele não dissera que me amava, nem uma só vez. Eu também não, e em certo momento decidi que não o faria, a não ser que ele dissesse primeiro.

Fomos juntos à Suíça nos reunir com o pessoal da Dombeck Zurbrugg. Mesmo hotel, quartos separados. Isso me matou, Lauren: o puro e ultrajante desperdício. Tim gaguejou alguma coisa sobre não ser fácil para ele. Isso foi em nossa primeira noite lá. Eu esperava que ele visse a razão a tempo para passarmos a segunda e última noite da viagem juntos. Não aconteceu. A caminho do aeroporto para voltar para casa, novamente mencionei de brincadeira o plano das noventa meias-noites, e Tim se virou para mim no banco de trás do táxi e me disse: "Gaby, o que nós temos agora... Eu realmente não acho que um dia poderei lhe oferecer mais. Francine saberia se algo acontecesse. Ela sentiria isso, tenho certeza que sim. É só... É uma linha que eu não quero cruzar. Entende o que estou dizendo?" Eu entendi. Nada de sexo, nunca: era o que estava me dizendo. Ele perguntou se estava bem para mim, se eu podia lidar com isso. Cada célula do meu corpo estava berrando "Não!" e "Maldito hipócrita! 'Francine saberia se algo acontecesse?' Mas muito *está* acontecendo, o tempo todo — nós nos beijamos apaixonadamente na rua, os corpos apertados, e Francine não sabe nada sobre isso! Pelo menos se fizéssemos sexo, provavelmente seria mais discretamente, em um quarto com as cortinas fechadas!" Eu não disse nada disso para Tim, Lauren. Em vez disso, falei: "Sim, claro." Eu disse isso porque a) se você quer convencer um homem a largar ou trair a esposa, transformar-se em uma megera chorosa não é a melhor abordagem, e b) eu, finalmente, tinha acordado e me dado conta de que poderia ter de aceitar os limites de Tim. Se ele nunca pudesse abandonar Francine ou ser devidamente infiel a ela, eu enfrentaria uma escolha dura: perdê-lo totalmente ou viver com o melhor que ele podia fazer.

Não era uma escolha, Lauren. Eu não podia perdê-lo. Eu me resignei a uma existência torturada. E então, para meu assombro, menos de duas semanas depois, algo impressionante aconteceu. No Dia dos Namorados. Sean não me deu nada, nem mesmo um cartão. Ele e eu nunca nos preocupamos com o Dia dos Namorados. Sou tão pouco o tipo Dia dos Namorados que nem pensei em mandar um cartão para Tim, mas chegou um cartão para mim no meu trabalho naquela manhã. Havia nele um poema de um poeta chamado e.e. cummings, um poema apaixonadamente romântico. Você o encontrará na internet se digitar no Google "eu carrego seu coração comigo, eu o carrego em meu coração". O cartão continha as palavras "eu te amo", e estava assinado "O Portador". Só podia ser de Tim, pensei. Tim era quem portava meu coração, e sabia disso.

Eu larguei o trabalho imediatamente e fui ao trabalho dele, onde nunca havia estado antes. Sempre nos encontrávamos na Proscenium. Entrei no escritório dele, sentei em sua escrivaninha e disse: "Eu também te amo, Tim. Lamento não ter lhe mandado um cartão, mas o seu valeu não apenas meu dia, mas minha vida inteira." Ele pareceu aterrorizado. Eu me senti instantaneamente idiota, grossa e insensível. Eu me dei conta de que Tim assinara o cartão como "O Portador" por um motivo. Escrever as palavras "Eu te amo" e assinar o próprio nome no cartão teria sido demais para ele, considerando seu medo de Francine. Ele teria ficado paranoico que algum cartão desses com sua assinatura pudesse cair nas mãos dela. Precisava se esconder atrás da segurança de um pseudônimo. Sentindo-me desajeitada e dolorosamente exposta, comecei a me desculpar, mas Tim me interrompeu e disse: "Você realmente me ama, Gaby?" Ele parecia tão cauteloso que me fez rir. Eu disse que o adorava, e tinha sido assim desde o instante em que o conhecera. Disse que me sentia como se houvesse um ímã em minhas entranhas, me puxando para ele a cada momento de cada dia. Ele disse: "É isso. É como eu também me sinto em relação a você. Precisamos resolver alguma coisa, não?" Não ousei dizer uma palavra, não conseguia acreditar que ele queria dizer o que eu achava que queria. Mas ele queria. Acho que me ouvir dizer que o amava fez diferença.

Na ocasião seguinte em que almoçamos juntos, Tim me falou sobre seu pesadelo recorrente. Será que ele achava que aquele era o primeiro passo no sentido de "resolver alguma coisa"? Não sei. Também não sei o que teria acontecido se ele não tivesse reunido a coragem para me contar sobre o sonho. Talvez ainda estivéssemos almoçando juntos na Proscenium duas vezes por semana e jantando com Kerry e Dan uma vez por mês. Talvez ainda estivéssemos nos beijando apaixonadamente em umbrais e estacionamentos. Ou talvez eu tivesse me cansado da hipocrisia e exigido saber como Tim conseguia dizer a si mesmo que não estava sendo infiel a Francine quando qualquer idiota podia ver que estava. Se ele ficasse bêbado toda noite de sexta-feira e fodesse uma mulher sem nome diferente que pegasse em uma boate, isso seria uma traição menor ao casamento do que o que estava fazendo comigo. Como ele podia não ver isso? Mesmo agora, anos depois, a irracionalidade disso me faz querer uivar de fúria.

Tim tinha (tem?) um pesadelo recorrente no qual Francine tenta matá-lo. Ou está prestes a tentar matá-lo: ele sempre acorda antes que aconteça. No sonho, ele está preso com ela em um pequeno quarto de hotel, o quarto de hotel em que se hospedaram quando foram de férias para Leukerbad, na Suíça. Ela o pediu em casamento nessa viagem, e ele está convencido de que ela também tentou matá-lo, porque desde que voltaram ele é regularmente acordado por esse pesadelo. Francine está cruzando o quarto na diagonal, andando na direção dele. Tim está encolhido em um canto, tremendo, incapaz de ficar imóvel. Ele não consegue realmente ver Francine, apenas sua sombra na parede branca, se aproximando. O braço dela parece engraçado, fino como um barbante e com um calombo, como se tivesse sido quebrado e curado errado. Está carregando uma bolsa. Na bolsa há algo que vai usar para assassinar Tim; ele não sabe o que é. Sempre acorda antes que ela o alcance.

Depois que me contou sobre o sonho, eu entendi um pouco melhor por que sentia tanto medo de Francine. Se, honestamente, acreditava que ela fizera uma tentativa contra sua vida e poderia fazer novamente, então sim, eu podia entender por que não se arriscaria a deixá-la. O que não entendi foi como era possível ela ter tentado matá-lo e ele não lembrar. Sei que as pessoas eventualmente falam sobre trauma e perda de memória, mas simplesmente não acredito nisso. Se seu companheiro tenta matá-lo, geralmente você sabe disso conscientemente. Não se baseia em indícios de sonhos.

Eu fui à Suíça, Lauren. Um pouco como você me seguindo até Dusseldorf, eu segui o pesadelo de Tim. Não achei que fosse necessariamente fazer algum bem a mim ou a ele, mas estava apaixonada por ele e obcecada com tentar ajudá-lo. Achei que os funcionários do hotel poderiam se lembrar de alguma coisa. Se eu fizesse as perguntas certas, talvez um deles pudesse dizer: "Ah, sim, Tim Breary, ele ficou aqui com a namorada, e ela enfiou uma chave de fenda na artéria carótida dele no meio da noite." Fiz uma reserva no hotel em que eles ficaram: Les Sources des Alpes, em Leukerbad. Mesmo quarto. Tive de subornar a equipe do hotel para examinar antigas fichas e descobrir qual havia sido o quarto deles.

Você acreditaria em mim se lhe dissesse que resolvi o mistério, Lauren? Pois é, resolvi. Não havia nenhuma pista no quarto ou no hotel, mas um dia fui dar uma caminhada e vi a resposta. Vi que nada era o que Tim pensava ser, e me dei conta de que seu pesadelo não era uma lembrança. Era uma metáfora (alguma coisa que representa algo diferente). Significando que, muito provavelmente, Francine não tentara matá-lo, o que explicava por que ele não tinha qualquer lembrança consciente dela fazer isso.

Excitada e orgulhosa com minha descoberta, mal consegui esperar para contar a Tim. Agora meu maior arrependimento foi não ter mantido a boca fechada. Assim que ele soube que eu estivera em Leukerbad, seu comportamento para comigo mudou totalmente. Eu deveria ter identificado instantaneamente e começado a recuar, mas estava muito cheia de mim e minha grande descoberta. Disse a ele que achava saber o que seu sonho significava, pelo menos em parte, e ele surtou completamente. Não me deixou contar, disse que eu deveria deixá-lo em paz, me afastar dele e ficar longe, ou ele poderia dizer algo de que iria se arrepender, que, claro, era pior do que se ele realmente dissesse o que estava em sua cabeça. Imaginei a pior coisa possível: "Eu não a amo, e nunca amei, tudo isto foi um terrível equívoco. Eu a odiarei até o dia em que morrer."

Você deve ter notado que eu não lhe contei o que descobri em Leukerbad sobre o sonho de Tim. Como ele se recusou a ouvir, e achou com tanta veemência que eu não tinha absolutamente nada para saber, acho que não seria justo se contasse a mais alguém.

Então, aí está: minha relação com Tim e como terminou. Desde então minha vida tem sido monocromática. Reduzida. Eu não tinha me dado conta de quanto até conhecer você e, de repente, meu passado ser arrastado para o meu presente.

Vou ser honesta com você, Lauren: fico arrasada de pensar em Tim na prisão por um assassinato que não cometeu. Mas ao mesmo tempo fico excitada, porque é uma oportunidade para mim. Para mim e para ele, para nós. Anos se passaram, Francine está morta e Tim precisa da minha ajuda. Eu tenho a esperança queimando dentro de mim de novo. É uma agonia, mas prefiro isso à sensação anestesiada e doente que tinha antes, quando achava que tudo o que podia esperar era uma vida inteira vendo Sean assistir ao futebol.

De modo a ajudar Tim e salvar as nossas vidas (sim, é realmente assim que parece), eu, primeiro, preciso da sua ajuda, Lauren. Eu não sei quem matou Francine. Você sabe, acho. Por favor, por favor, me conte o que está acontecendo. Ou conte à polícia. Por favor, seja corajosa. Faça a coisa certa. Não deixe que Tim pague o preço pelos erros de outro. Sei que você é uma pessoa boa demais para deixar isso acontecer. Sei que lerá isto e decidirá que o homem que eu descrevi nesta carta — o Tim que conheço, com todos os seus mistérios e falhas, todos os seus medos e hipocrisias, todo o amor que sente e não consegue expressar — merece mais do que ser incriminado por um crime que não cometeu.

Atenciosamente,
Gaby x (07711 687825)

18

12/3/2011

— Você nunca viu *Amor, Sublime Amor*? — Liv guinchou para Simon por sobre o braço do garçom que raspava migalhas de pão da toalha de papel branca da mesa com algo que parecia a lâmina de um patim de gelo. — Não consigo decidir se é comoventemente antiquado ou apenas culturalmente pobre. Chris *adora*. Você *tem* de ver.

— Ele não está interessado — Gibbs comentou.

— "One Hand, One Heart" — disse Simon, praticando o título da música, tentando se imaginar lendo a letra para mais de cem convidados no casamento.

— É a música que Tony e Maria cantam quando imaginam estar se casando — Charlie lhe disse. — Eles sabem que não pode acontecer de verdade, então encenam um casamento imaginário no quarto dela e cantam seu dueto trágico. É um pouco demais fazer Simon ler as duas partes — ela acrescentou a Liv. — Há alguma razão para eu não ter sido convidada a cantar a parte de Maria, ou estou sendo paranoica?

— Você é desafinada, e eu não vou *cantar* nada — Simon disse, desconfortável. A deles era a única mesa ocupada, e o salão era pequeno o bastante para que os garçons os ouvissem.

Em sua mensagem naquela manhã, Liv descrevera o restaurante como descontraído e íntimo — duas palavras que, para Simon, não podiam existir juntas, embora ele pudesse entender que poderiam, caso você fosse o tipo de pessoa que dormia com os maridos de outras mulheres. "Quase como jantar em sua própria casa!", prometera o texto de Liv. Simon discordava totalmente. Sua casa não tinha uma adega, um teto rebaixado em forma de cúpula, feito de massa branca ligeiramente irregular, e homens de terno que lhe perguntavam se tudo estava bem a cada vinte segundos.

— Não queremos que seja cantado, queremos que seja lido em voz alta com bom gosto — Liv explicou. — Pelo seu encantador marido — elogiou, lançando um olhar brilhante para Simon.

— Nós? — reagiu Charlie. — Quer dizer você e Dom?

— Não. Eu e Chris. Chris e eu — respondeu Liv, pegando a mão de Gibbs.

Charlie chutou Simon sob a mesa. Ele chutou de volta, sabendo que ela interpretara errado. Grosseiramente, o chute dela significava: "Olhe para eles apertando as mãos em público como se fossem um casal decente." O dele significava: "cacete, pare de olhar."

Ele ficou pensando na bola de elásticos de Gibbs. Ainda não fizera uma aparição naquela noite. Estaria em casa com Debbie?

Um garçom foi na direção deles, segurando no alto a maior bandeja que Simon já vira. Mais comida para a qual ele não tinha apetite. O que Charlie pedira como seu prato principal? Ele não conseguia se lembrar. Não gostara da entrada que ela escolhera: fatias de mozarela com fatias muito finas de um presunto escuro de gosto forte, tudo coberto de azeite amarelo-esverdeado, com pitadas de alguma coisa.

— Dom fica feliz de deixar que eu resolva os detalhes da cerimônia — Liv explicou. — Ele dá atenção ao trabalho, como de hábito. Escolhi todas as outras leituras com ele em mente, e escolhi esta para mim e Chris. *Nós* escolhemos.

— Mas você nem sequer estará lá — Charlie disse a Gibbs.

— Não?

O garçom colocou os pratos diante deles. Simon ficou aliviado de ver um filé no seu. Teria gostado de batatas fritas acompanhando. Em vez disso, havia o que parecia um punhado brilhante de batatas em uma pequena decoração cilíndrica.

— Você e Debbie vão ao casamento de Liv? — perguntou Charlie, a voz irradiando incredulidade. Ela chutou a perna de Simon novamente.

— Chute Gibbs — ele lhe disse. — É com ele que você está falando.

— Não Debbie. Apenas eu — Gibbs disse.

— Eu sei o que você está pensando, Char — Liv disse. — Obviamente não será fácil para Chris, mas, ao mesmo tempo, como ele pode não estar lá? Isso seria pior, para os dois. Seria como... Olhe, sei que é uma analogia meio horrível, mas se eu estivesse no hospital, morrendo, iria querer Chris lá.

— Analogia *meio* horrível? Liv, essa é uma porção dupla de horrível com acompanhamento de deprimente pra cacete.

— Você pode dizer não — Gibbs disse a Simon.

— Isso não é mais deprimente do que "One Hand, One Heart" é trágica — disse Liv, indignada. — Como uma canção de amor que desafia a morte pode ser trágica? Nem todos escolhemos ver o mundo pelas lentes escuras de Charlie Zailer.

— Você disse que não iria perder a cabeça, o que quer que acontecesse — Gibbs lembrou a ela.

Simon ficou pensando no que eles haviam esperado que acontecesse.

— Eu não perdi nada — Liv retrucou. — Eu *encontrei* uma metáfora útil: lentes que permitem ao usuário ver apenas... corpos mortos e infelicidade!

— Nem todos estão dispostos a ficar cegos de modo a ser felizes — Charlie devolveu.

— Isso não vai levar a lugar algum — Gibbs disse. — Olhe, Charlie, ninguém aqui é cego. Todos sabemos o placar. Nós vemos as coisas de modo diferente, apenas isso.

— Eu não me vejo lendo isto — disse Simon, devolvendo a letra impressa a Liv. — Desculpe. Estou disposto a ler alguma outra coisa, se isso importar muito para você. Algo que transmita a mesma mensagem, mais ou menos.

— Sério? — reagiu Liv, pulando na cadeira. — Que maravilha! Você realmente faria isso?

— Não pode ser qualquer coisa — Gibbs disse. — Tem de significar alguma coisa.

Charlie riu.

— Minha irmã não lhe ensinou nada, Gibbs? Você finge que significa o que você quiser que signifique. As palavras exatas poderiam ser "Chamam-me Ishmael", mas podemos dizer a nós mesmos que significa "Este é secretamente o casamento de Liv e Gibbs, embora pareça ser o casamento de Liv e Dom".

— "Chamam-me Ishmael"? — disse Liv, parecendo preocupada.

— Simon só irá concordar se puder ler um trecho de *Moby Dick*.

— Eu posso falar por mim mesmo, Charlie.

— Estou tentando poupar tempo.

— Você pode pedir a alguém para ler "One Hand, One Heart", qualquer um — Simon disse. — Se você me quiser... Veja, nunca li em um casamento antes. Eu me sentiria mais à vontade lendo algo com que estou acostumado.

— Como por exemplo? — perguntou Gibbs.

— "Arco-íris não surgem no ar claro; eles apenas irradiam vapor" — Simon citou. — "Então, através de toda a neblina densa das pequenas dúvidas em minha mente, intuições divinas de tempos em tempos brotam, iluminando minha névoa com um raio celestial. E por isso eu dou graças a Deus, pois todos têm dúvidas; muitos negam; mas dúvidas e negações, poucos juntamente com elas têm intuições. Dúvidas de todas as coisas terrenas, e intuições de algumas coisas celestiais; esta combinação não gera crente nem infiel, mas gera um homem que vê ambas com igual olhar."

— Isso é bonito — reagiu Liv, suspirando e piscando. Olhou para Gibbs. — O que você acha?

Ele deu de ombros.

— É com você.

— Não *diga* isso! Eu odeio quando você diz isso, como se sua opinião não importasse.

— De modo algum essa passagem diz a mesma coisa que "One Hand, One Heart" — comentou Charlie, incomodada por eles estarem considerando aquilo. Realmente importava tanto assim para eles que Simon lesse em sua farsa de casamento dentro de um casamento real? — E quanto a mim? — ela se ouviu dizer. — Falando sério, eu leio "One Hand, One Heart".

— Você lê? — reagiu Liv, juntando as mãos sobre nariz e boca e apertando a ponta dos indicadores nos cantos dos olhos úmidos. Simon desviou os olhos. Nada o deixava mais desconfortável do que pessoas chorando perto dele.

"Você não está só fingindo para me deixar feliz, para que eu fique ainda mais triste quando me der conta e que é uma grande mentira?", perguntou Liv por entre as mãos.

Charlie suspirou.

— Sim, é o que eu estou fazendo, porque sou a definição do dicionário para malvada. Você tem certeza de que me quer na lista de convidados?

— Não malvada, apenas contra mim e Chris.

— Um dia, talvez. Agora a única coisa contra o que sou é vocês dois ficarem com pessoas que não amam mais.

— Acho que podemos ter os dois — Gibbs disse.

— Evidentemente — debochou Charlie. — Você tem Debbie e Liv, Liv tem você e Dom.

— Eu me referi aos dois textos. "One Hand, One Heart" e *Moby Dick*.

— Sim! — guinchou Liv. — Eu realmente adoro essa citação de *Moby Dick*. Dúvidas terrenas e intuições celestiais. Perfeito!

Um garçom estava se aproximando. Simon baixou os olhos para seu prato. Nenhum deles havia comido nada.

— Está tudo bem? Algum problema com a comida?

— Estamos ótimos, obrigada — disse Liv, o sorriso murchando enquanto ele se afastava. — Eu nunca tentei lhe explicar antes, Char, mas temos nossos motivos. Não achei que você se interessasse.

— Eles não precisam conhecer nossos motivos — Gibbs murmurou.

— Eles não *precisam*, mas acho que merecem.

Uma declaração dessas podia ser recebida de duas formas, Simon pensou. Ficou imaginando se Charlie estaria pensando a mesma coisa, ou se ele ficava vendo coisas que não estavam lá para ser vistas. Como o que havia sido retirado do quarto de Tim Breary na Dower House, antes que Simon e Charlie o tivessem revistado no fim daquela tarde. Simon sentira uma ausência. Será que Dan Jose descobrira na sexta-feira que Gaby Struthers desconfiara de sua ansiedade de tirá-la do quarto de Breary? Teria se livrado de algo incriminador assim que ela partira? Se fosse assim tão incriminador, ele não teria se livrado disso no dia ou pouco depois de 16 de fevereiro, o dia em que Francine foi morta?

No caminho para o restaurante, Simon quase dissera a Charlie que aquele era o caso mais enigmático e frustrante no qual já havia trabalhado, mas se contivera, sabendo que ela teria rido e o chamado de dramático. Aquele era seu momento o-lobo-está-vindo, Simon reconheceu. Ele já se queixara a Charlie, inúmeras vezes, sobre casos que eram tão incompreensíveis que faziam seu cérebro doer. Ele devia ficar quieto, guardar sua hipérbole para Tim e Francine Breary, o casal que não fazia sentido em nenhum momento de sua história.

Ele a odeia, então fica. Ele a deixa, e então, finalmente livre, tenta o suicídio. Ele diz a Dan e Kerry Jose que não pode jamais voltar a Culver Valley porque Francine está lá, depois volta para cuidar dela quando sabe que teve um derrame. Ele a sufoca, admite isso, e espera que todos acreditem que não teve nenhuma razão para fazer isso.

Ao seu lado, Liv estava falando:

— Dom está feliz no momento, porque não faz ideia. De certo modo, eu ainda o amo, Char; do modo como amo você, ou mamãe, ou papai. Gibbs ama Debbie do mesmo modo, provavelmente.

— Eu absolutamente não amo seus pais, ou Charlie, então... É — concordou Gibbs. — Da mesma forma.

— O quê, nem mesmo de um modo grande amiga e ex-chefe? — reagiu Charlie, fingindo estar magoada. — Muito obrigada!

— Não me é permitido abandonar meus filhos — disse Gibbs, baixando os olhos para seu filé de perca.

— Não é permitido por quem? — Simon perguntou.

— Olivia.

— Eu apenas não quero magoar ninguém — Liv disse. — Dessa forma cumprimos nossas obrigações para com as pessoas que dependem de nós, e a dor é reduzida ao mínimo.

— A não ser que Debbie ou Dom descubram — Charlie emendou. — E nesse caso, poderia haver um pouco de maximização no campo da dor, não é mesmo?

— Sim — respondeu Liv, desafiadora. — Mas não posso tomar decisões de vida importantes com base em medo e na pior hipótese.

Eu poderia lhe dar umas aulas, Simon pensou.

— Ninguém nunca descobre a verdade completa, em um belo pacote conveniente, Char. Nem mesmo você, Simon, com seu cérebro luminoso. Mesmo se alguém entrasse aqui agora e me visse com Chris, eis tudo o que veria: um momento de nós juntos. Realmente arrasaria Debbie ou Dom ouvir que estivemos juntos em um restaurante *uma vez*? É impossível para eles descobrir a verdade emocional, ou algo mais do que a coisa que por acaso testemunhem, a não ser que contemos. O que nunca faremos.

— Eu reconheço isso! — Charlie anunciou, triunfante. — A sabedoria reciclada de Colin Sellers. Seu influente tratado Como Se Dar Bem Fodendo Por Aí. Alguma coisa a declarar, Gibbs?

— Sellers está certo — Gibbs disse. — A não ser que você deixe alguém filmá-lo na cama, você não será apanhado de um modo que não tenha como se safar. A maioria dos traidores desmorona ao primeiro desafio de um companheiro desconfiado.

— Nessas situações são os sentimentos que magoam, não o flagra na cama — Liv disse. — E você não tem como provar sentimentos. Ninguém pode filmar a paisagem emocional de outra pessoa.

Simon empurrou seu prato e se levantou. O começo de uma ideia estava se formando nos cantos inferiores de seu cérebro, tão vaga que tentava não ser notada.

— Cada traidor é diferente, certo? — ele disse. — Alguns desmoronam, outros não. Alguns esperam o melhor, alguns temem o pior.

— Eu poderia parar de trair Dom, facilmente — Liv disse. — Mas então me sentiria como se estivesse traindo a mim mesma e Chris, e... a generosidade da vida para comigo.

— Eu sinto que estamos indo embora — disse Charlie, enfiando na boca uma garfada de lasanha. — Simon não está mais pensando em você, Liv. Lamento. Mas foi uma boa frase.

Um novo garçom se aproximou.

— Senhor, está tudo bem?

— Não é aleatório. Eles foram escolhidos por uma razão.

— Senhor?

— Qual razão?

— Não estou certo do que está me perguntando, senhor — disse o garçom.

Simon não perguntava a ele e não estava interessado em discutir. Ele precisava sair do restaurante para poder pensar. Enquanto destrancava o carro, ouviu Charlie falando com Liv, algo sobre praticar seu sotaque porto-riquenho. Ele não tinha ideia do que ela estava falando.

...

— Você ainda está aqui — Sam disse a Proust, sentado em seu escritório escuro com a porta entreaberta. Sam não o vira; sentira a sua presença.

— Sou como um garotinho que perdeu um dente — disse o Homem de Neve, a voz emergindo das sombras. — Esperando dar uma espiada na fada dos dentes trazendo uma nova moeda reluzente de uma libra.

— Prepare-se para a decepção — disse Sam. — Não tenho nada novo e reluzente para você. Apenas os mesmos mentirosos da Dower House que tenho desde o início, todos ainda mentindo, se aferrando à nova história: Jason Cookson estava do lado de fora limpando as janelas da sala de estar quando Francine Breary foi morta, e todos de algum modo se esqueceram de nos contar de início. Ah, e todos eles ficaram confusos exatamente da mesma forma; todos equivocadamente nos dizendo que ele estava *dentro* da sala quando os ouvimos pela primeira vez. E todos estão ecoando o que Kerry contou a Charlie ontem, sobre Tim Breary pegar o travesseiro que usou para sufocar

Francine e o segurar à altura do peito; de repente esse detalhe é parte de cada uma das suas histórias, e todos o expressam exatamente da mesma forma: "nível do peito". Antes que você diga para separá-los e sacudi-los, nós tentamos. Sem sorte até agora.

— Sorte?

— Senhor, nós conversamos, ameaçamos, adulamos e fizemos tudo. Se acha que pode fazer melhor, vá em frente e tente.

— Então essas são as duas únicas opções? Você se saindo mal ou eu me saindo melhor? Que tal você se sair melhor? Ou a sargento Zailer, já que vejo que ela se envolveu: a Mulher de Preto da divisão de detetives, cujo espírito aparentemente não conseguimos colocar para descansar — ele disse, e um ruído estranho emergiu da escuridão: um híbrido de suspiro e grunhido. — Acenda a luz, sargento. Ou devemos fazer uma sessão espírita? Se houver uma chance de sua iniciativa tentar fazer contato...

— Minha iniciativa se dedicou a isso o dia inteiro e não consegue pensar em mais nada — disse Sam, com aquilo soando definitivo demais. — Estou certo de que me sentirei diferente pela manhã — esclareceu, acendendo a luz. O Homem de Neve estava esfregando o queixo com o polegar e o indicador, como se tivesse inventado um novo gesto obsceno.

"Não podemos negligenciar a possibilidade de que Tim Breary tenha matado a esposa, senhor. Ele diz que o fez, e Charlie poderia estar certa: poderia ser um blefe duplo. Breary sabe que a suspeita recairia nele, então se antecipa, confessa, coloca seus discípulos na jogada. Eles fazem a coisa toda parecer tão frágil que nós supomos que não pode haver nenhuma verdade em suas mentiras."

— Discípulos?

— Estou bastante certo de que Breary é o cérebro por trás do que quer esteja acontecendo — Sam afirma. — Se isso vale alguma coisa, ainda acho que ele é o nosso homem. Ele não tinha dinheiro próprio, nenhuma renda. A morte de Francine significa que ele podia embolsar o dinheiro do seguro de vida dela. Ninguém mais tinha motivo, pelo que posso ver.

— Os Jose? — sugeriu Proust. — Francine drenava seus recursos. Você gosta de ter amigos para passar o fim de semana, sargento?

— Gosto sim.

— Não, não gosta. Pense em como você fica contente quando eles partem. Agora imagine que eles trouxeram seus ex-companheiros vegetativos e pretendem permanecer não um fim de semana, mas pelo resto da vida.

Sam teria apostado o próprio seguro de vida que nem Dan nem Kerry Jose haviam sufocado Francine Breary com um travesseiro.

— Se Tim Breary não matou a esposa, minha segunda escolha seria Jason Cookson — disse ao Homem de Neve. — Ele tem um histórico de violência. Coloquei Sellers para pesquisar um pouco.

— E?

— Duas acusações de lesão corporal retiradas: uma de 1998, outra de 2008. A segunda vítima perdeu um olho. Sellers está procurando os detalhes da primeira, mas a segunda acusação foi retirada porque a vítima mudou sua história no último minuto, se disse incapaz de identificar Cookson como o homem que o atacou com uma faca no estacionamento de um asilo.

— Então, de algum modo, Cookson lidou com ele — Proust disse.

— Cookson não estava lá hoje. Aparentemente está trabalhando na reforma da casa de um amigo. Todos deram um álibi para ele noite passada, mas tenho certeza de que estão mentindo. Acho que ele fez isso — disse Sam, erguendo as mãos, vendo a descrença no rosto do Homem de Neve. — Sei que Gaby Struthers diz que o homem que a atacou não foi Jason Cookson. Acho que ela também pode estar mentindo. Pela mesma razão: medo. Cookson arrancou o olho de um homem, senhor. Dan, Kerry e Lauren estão todos assustados...

— Não necessariamente com Cookson — Proust disse. — Talvez estejam todos assustados por saber que estão mentindo para a polícia em uma investigação de assassinato e logo terão de encarar as consequências. E se Gaby está com tanto medo de Cookson após ele tê-la atacado, por que denunciar o ataque?

— Não sei — respondeu Sam, que tinha pensado nisso. Jason Cookson parecia de longe o candidato mais evidente; se não ele, então quem? Dan Jose? Não, de jeito nenhum. — Digamos que Gaby está certa e Cookson mandou um parceiro deixá-la morrendo de medo por não querer que ela arranque mais informações de Lauren. Digamos até que encontremos esse capanga; aonde isso nos leva? Ainda não saberemos o que o bando da Dower House está escondendo. Acho que temos um problema que não podemos resolver facilmente, senhor — Sam disse, suspirando.

— Poderia ser porque somos uma unidade de investigação de grandes crimes, não escoteiros? — cortou Proust. — Você está certo: isto não será resolvido pelo detetive Gibbs, saltando em um cogumelo e cantando "Nós somos gnomos, ajudamos em casa". Não que Gibbs *realmente* ajude em alguma casa, muito menos na própria — disse o Homem de Neve com um risinho. — Ah, veja, o barulhento está de volta. O pesado nômade — acrescentou quando Sellers entrou.

— A primeira acusação de lesão corporal teve o mesmo fim da segunda, sargento — disse Sellers a Sam, ignorando Proust. Estava sem fôlego. Ele precisava perder alguns quilos, sem dúvida. — A vítima e duas testemunhas mudaram de cem por cento certas de que Jason Cookson era o agressor para não terem visto nada. A primeira lesão corporal também não foi apenas uma briga de bêbados. Foi um sujeito que cometeu o erro de conversar com a então namorada de Cookson, Becky Grafham, em um restaurante chinês para viagem. Terminou no hospital com múltiplos ossos quebrados. Quando ouvi isso achei que valeria a pena perguntar o motivo do segundo.

— E? — Proust perguntou.

— O mesmo. Cookson já era casado com Lauren. O homem que ele esfaqueou no olho era filho de um dos... internos do asilo onde Lauren trabalhava, se é assim que eles se chamam. O pobre sujeito cometeu o equívoco de trocar algumas inofensivas palavras amigáveis com Lauren quando ia visitar a mãe. Certo dia, Jason estava lá pegando Lauren no trabalho e ouviu.

— Esse é um equívoco que você costuma cometer, não é mesmo, Sellers? — disse Proust. — Trocar palavras inofensivas com as mulheres dos outros, como prelúdio a outras trocas. Pelo lado bom, imagino que você pesaria menos se perdesse um olho.

— Senhor, eu tentei entrar em contato com essa Becky Grafham...

— Por quê? — rosnou Proust.

— Talvez eu seja idiota, mas não consegui ver relação entre as histórias de lesão corporal de Cookson e o que aconteceu com Gaby Struthers ontem. Sei que Charlie disse não ter conseguido arrancar a história toda de Struthers, mas ela a viu, falou com ela. Não há ossos quebrados, não faltam olhos ou outras partes do corpo, não há ferimentos físicos graves. Suponho que apenas fiquei pensando que, se Jason Cookson tem o hábito de atacar mulheres e homens, ou de fazer com que sejam atacados, ele adapta o método dependendo do sexo da vítima?

— E? — perguntou Proust, impaciente.

— Falei com a mãe de Becky Grafham, que disse que foi Cookson que trocou Becky por outra garota, o que eu não suponho que signifique nada necessariamente, mas ela também mencionou que no começo avisara a Becky que Cookson a largaria. Era só uma questão de tempo, disse, e estava certa. Antes de conhecer e se casar com Lauren, Jason Cookson tinha fama de não se prender a ninguém. Podia ficar uma semana, um ano, dois anos, mas com o tempo partia para novas pastagens. Ele deixou todas as namoradas que teve.

— Alguém que passa dois anos em um relacionamento não pode ser descrito como inconstante — Proust disse. — Esse é um investimento de tempo significativo, dois anos.

— Certo — disse Sellers, parecendo satisfeito. — Também foi o que pensei. Então fiquei imaginando: como um cara que tem uma série de relacionamentos de durações variadas acaba com fama de alguém que larga o outro?

Proust ergueu as mãos em um gesto exagerado de confusão entediada e irritada. Sua linguagem corporal sempre fora mais cheia e mais complexa do que de qualquer outra pessoa que Sam havia conhecido.

— E se foi assim porque ninguém nunca o deixou; jamais? — continuou Sellers. — E se nenhuma namorada foi embora por achar que não conseguia? Ou por ele ter dito que elas não podiam fazer isso ou por terem medo demais?

Proust tamborilou na escrivaninha com as palmas das mãos.

— Não sei aonde isso nos leva, mesmo que seja verdade — disse finalmente.

— Só saberemos aonde nos leva se seguirmos esse caminho — disse Sam, depois se virando para Sellers. — Rastreie as ex de Cookson. Vamos ver quantas delas ainda estão com medo demais dele para falar abertamente, mesmo a uma distância de vários anos.

...

Simon parou na frente de casa e desligou o motor. Não fez qualquer gesto de saltar do carro. Ele sempre era mais lento para sair do que Charlie, como se dirigir o tivesse lançado em um transe do qual não conseguia escapar facilmente. Às vezes, ela perdia a paciência e entrava em casa sozinha. Naquela noite, não se moveu.

— Você vai me contar? — ela perguntou.

— Nada de Harold Shipman, nada de Fred e Rosemary West. Nada de Saddam Hussein ou Osama Bin Laden.

— Verdade — disse Charlie. — Muito bom que nenhum desses caras esteja lá.

— O quê?

— No casamento de Liv e Dom.

— Não foi o que eu quis dizer — Simon disse, e deslizou o banco para trás de modo a ter mais espaço para as pernas.

— Vamos estar melhor sem eles do que estaríamos com eles. No mínimo porque estão quase todos mortos.

— De que porra você está falando?

Charlie sorriu em silêncio e tentou não rir. Por que ela não havia pensado nessa tática antes? Culpou o excesso de sobriedade; naquela noite, ela tomara três grandes taças de vinho e se sentia inspirada. Em geral era ineficientemente direta quando não tinha ideia do que Simon estava murmurando: dizendo que não entendia, pedindo para explicar a cada cinco segundos, até que finalmente o fazia — quando era adequado para ele, e nem um segundo antes. Aquela nova técnica era mais divertida: a cada declaração perturbadora que ele fazia, ela retrucava com outra. Por que deveria ser a única incapaz de acompanhar o rumo da conversa?

— Pense no quarto de Tim Breary — disse Simon. — Os livros junto à cama.

— Aqueles sobre assassinos?

— Eu preciso de um chá preto forte — Simon disse de repente.

— Tradicionalmente, isso implica entrar em casa.

— Eu consigo pensar melhor aqui fora.

— Você é insano. Ah... Maldição! Tudo bem — Charlie disse, saltando do carro e batendo a porta. — Eu posso praticamente *sentir* que estou arrumando problemas para o futuro — murmurou, tirando as chaves da bolsa. O telefone estava tocando quando entrou. Ela o ignorou e foi para a cozinha, achando que só poderia ser Liv. Tocou mais cinco vezes enquanto ela fazia o chá de Simon. De algum modo, a cada vez soava mais urgente, embora o som fosse exatamente o mesmo.

A curiosidade de Charlie foi mais forte.

— O quê?

— Charlie? É Lizzie Proust.

— Ah. Oi, Lizzie. Está tudo bem? — *Ou meu marido destruiu toda a sua dinâmica familiar?*

— Sim, bem. Desculpe ligar tão tarde.

— Tudo bem. Não é tarde.

— Ah, bom — disse Lizzie, parecendo surpresa. — Charlie, isso é um pouco estranho. Suponho que você sabe sobre Amanda, ou Regan, como ela é agora. Você sabe que Simon teve uma conversa com Giles e... explicou a situação a ele?

— Eu tentei impedi-lo.

— Mas você não teve sucesso?

— Bem, obviamente não.

Caso houvesse tido sucesso, Lizzie não estaria ligando para ela às nove e quarenta e cinco de uma noite de sábado. Nem saberia que sua filha mudara o nome para Regan.

— É só que... Bem, Ama... Regan e eu estamos um pouco confusas.

— Devo pedir a Simon para ligar para você? — perguntou Charlie, ansiosa para ficar fora daquilo. Ela não queria a tarefa de desconfundir ninguém; esse era o departamento de Simon.

— Veja, Giles não disse nada. Nada. Ele está se comportando exatamente como se nada houvesse mudado. Só sei sobre isso porque Simon ligou para Amanda mais cedo e... Desculpe — disse Lizzie, com um riso nervoso. — Não estou certa de que um dia me acostumarei com o novo nome, mas prometi a ela que iria tentar, desde que Giles não esteja por perto. Simon ligou para *Regan* mais cedo e lhe contou o que havia feito, e ela me ligou muito perturbada. Estava fora de si, falando sobre ter de se mudar para o exterior, se saindo com todo tipo de absurdo histérico. Disse que Simon havia contado tudo a Giles, e como ela poderia encarar o pai novamente sabendo que ele sabia?

— Espero que Simon tenha se desculpado com Regan por tê-la jogado na merda — Charlie disse. — Eu disse isso a ele.

— Eu falei que de modo algum ela deveria fugir; deveria ir para casa comigo e o encararíamos juntas. Achei que a melhor coisa seria negar tudo, dizer que era mentira do começo ao fim, mas ela não achou que Giles acreditaria nisso, e como agora Regan é seu nome legal...

— Espere um segundo — disse Charlie, tomando um gole do chá de Simon. Isso confirmou sua desconfiança de que ninguém que preferia chá sem leite podia ser totalmente são. — Você quer evitar problemas para si e Regan, apresentando Simon como um mentiroso quando ele está dizendo a verdade? Sei que ele é um cretino irritante, mas isso não parece muito justo.

— Não — disse Lizzie, suspirando. — Claro que não é. Não me orgulho de nada disso, mas acho que entrei em pânico. Você sabe como Giles pode ser. Não era apenas Amanda e eu nervosas. Você deveria ter visto meu genro, estava branco como papel. Seja como for, como disse, Amanda, *Regan*, achou que Giles não acreditaria nela se negasse peremptoriamente...

— Lizzie, cacete! — soltou Charlie. — Isso é uma maluquice completa.

— Eu sei — disse Lizzie chorosa. — Eu sei, Charlie. Mesmo! E lamento muito envolver você nisso.

— Esqueça de *mim*. Pense em si mesma e em Regan. Conte a verdade a Proust, deixe que ele veja a situação como realmente é: a filha tem um problema com ele. Grande.

— Não posso fazer isso. Giles sempre se apoiou na família. Mais do que a maioria das pessoas, talvez. Nós somos seu rochedo.

— Por que sempre era um rochedo? — Charlie pensou. Onde rochedos eram especialmente úteis para pessoas comuns em ambientes urbanos e suburbanos? Por que ninguém dizia "Ele é meu aquecimento central" ou "Ele é meu carpete sob medida"?

— Se Giles achar que sua esposa leal e sua única filha sentem algo que não amor e respeito por ele, ficaria arrasado.

— Você sente amor e respeito por ele? — Charlie perguntou.

— Claro que sim!

— Por que "claro"? Regan não.

— Ah, eu consigo entender — disse Lizzie, impaciente, como se isso fosse fácil como fazer as compras semanais. — É o terapeuta que ela está vendo. Essas pessoas são maliciosas, Charlie. Maliciosas. Elas tomam seu dinheiro suado e o enchem tanto de rancores e queixas que você fica pior do que quando começou, e não apenas financeiramente. Honestamente, eles fazem mais mal do que bem. Alguns deles implantam falsas lembranças de abusos. Eu li um artigo...

— Lizzie — Charlie interrompeu. — Eu tenho de ir. Se você quer enterrar a cabeça na areia, é com você, mas acho que deveria escutar Regan. Ela está certa sobre Proust: ele é um valentão. Desde que o conheço. Estou certa de que ele tem características redentoras, mas... bem, nunca tive o menor vislumbre delas.

— Por que está dizendo isso? — reagiu Lizzie, a voz trêmula. Abandonou a persona organizada que sabe da vida e pareceu ter oito anos. — Giles tem um enorme carinho por você e Simon. Pensa o melhor de ambos. "Características redentoras" implica que há algum terrível... p*ecado* ou algo que ele cometeu. Se você dissesse "qualidades ímpares", estaria mais perto da verdade! É você quem deveria ouvir Amanda; agora, quero dizer. Ela está terrivelmente constrangida com seu discurso para Simon. Admite que exagerou.

— Porque está com medo — Charlie disse.

— Do que exatamente? Giles é devotado a ela e aos filhos. Ela sabe disso perfeitamente bem — Lizzie disse. O tom dela estava ficando austero novamente: tolerância zero. *Ela está imitando Proust*, Charlie pensou, estremecendo. Tinha de ser isso: em sua mente, alternava entre sua voz e a dele, os próprios pensamentos e os do seu mestre. *Como uma esquizofrênica.* — Giles nunca colocou um dedo em Amanda, e nunca o faria.

— Dedos não são as únicas coisas a temer. Crueldade psicológica pode ferir mais, e é mais fácil de ocultar. Não há cicatrizes visíveis. *Continue, Zailer. Se alguém pode desfazer a lavagem cerebral de um casamento de quarenta e um anos em uma conversa telefônica, não é você. Mas não permita que isso a impeça.*

— Se Giles é tão dotado de qualidades ímpares, por que acha que Regan sentiu a necessidade de criar uma nova identidade? E por que você está disposta a chamá-la de Regan? Não está aceitando a deslealdade dela cada vez que faz isso?

— Provavelmente — disse Lizzie, desafiadora. — É tudo uma maldita farsa idiota, Charlie. Se você quer saber como realmente me sinto, acho que Amanda está afundada em negatividade e tirando de proporção todas as pequenas coisas que já aconteceram; mas, claro, não posso dizer isso a ela. Tenho de aplacá-la e chamá-la pelo novo nome idiota para que ela ajeite as coisas com Giles, ou eu poderei acabar não podendo mais ver meus netos, o que, francamente, é impensável. Se Giles decidir que não podemos mais ver Amanda...

— Mande ele se foder. Vá ver os netos sozinha.

Será que Lizzie estava soprando um balão do outro lado da linha? As pessoas não davam a ela esse tipo de conselho o tempo todo? Suas amigas, conhecidos, vizinhos?

— Charlie, você não está facilitando para mim. Eu não liguei para falar sobre minha filha carente.

— Então pare de falar sobre ela, antes que eu comece a folhear as *Páginas Amarelas* para descobrir se existe algo como um orfanato para adultos.

Adoção para maiores de 18 anos: por que ninguém inventou isso? Era uma ideia brilhante, novos pais para adultos.

— Giles não disse *nada*.

— O que você quer dizer?

— Ele está se comportando como se nada tivesse acontecido, nada tivesse mudado — Lizzie disse. — Regan e eu ficamos esperando pela explosão, mas... nada. Era como se ele não soubesse, Charlie. Você tem certeza absoluta de que Simon contou a ele?

— Não vejo por que ele mentiria sobre isso.

— Então por que Giles não tocou no assunto?

— Por que você não toca no assunto? — Charlie sugeriu.

— Estou me aferrando à esperança de que Simon não tivesse dito nada a ele.

— Lizzie, se ele disse a Regan que contou, então contou. Eu sei por que Proust não está falando nada, e você também saberia se pensasse nisso. Como todos os déspotas, ele não chegou aonde está hoje abrindo mão do poder. Pense bem: no instante em que reagir, ele será uma bomba que explodiu. Você estará ocupada lidando com os danos. Ninguém tem medo do que já aconteceu, não é mesmo? Ao não reagir, ele pode manter vocês suspensas em um estado de medo, esperando pelo que vem pela frente. Imaginando por que nunca vem, com medo demais para perguntar. Vocês não têm sequer certeza de que ele *sabe*. Isso é ainda melhor; ele as está privando de certeza, além de conhecimento. Ele retém todo o poder.

— Exatamente que tipo de monstro você acha que meu marido é? — retrucou Lizzie.

Saddam Hussein, Harold Shipman, Osama Bin Laden. *Giles Proust*.

De repente, Charlie soube: a resposta à pergunta que Simon não chegara a fazer.

— Eu tenho de ir, Lizzie.

— Espere! Desculpe eu ter erguido a voz. Olhe, eu a entendi. Você provavelmente está certa no geral.

Será que isso terá fim?

— Preciso lhe pedir um favor, Charlie. Por isso liguei. Será que você... você se importaria de perguntar a Simon se ele poderia fazer outra tentativa, conversar com Giles novamente sobre isso? Talvez aparecer uma noite, para eles não precisarem ter a conversa no trabalho. Eu poderia dar um jeito de estar fora, não seria problema. Eu só... Eu conseguiria lidar com isso muito melhor sabendo o que Giles estava...

Pensando. Charlie não ouviu a última palavra; apertou o botão de "encerrar chamada" e recolocou o telefone na base. Ele começou a tocar novamente. Ela soltou-o da tomada, voltou à cozinha, jogou fora o chá de Simon e preparou uma nova xícara.

Lizzie nunca iria liberá-la.

Simon não se movera, e não ergueu os olhos quando ela entrou novamente no carro. Não fazia sentido contar a ele naquele momento sobre a conversa telefônica mais anormal da história humana; ele mergulhara em um fundo e escuro bolsão de obsessão, e ainda passaria um tempo lá.

— Pergunte — Charlie disse, dando a bebida a ele.

— Ahn?

— A pergunta em sua cabeça. Nada de Harold Shipman, nada de Fred e Rose West... Acho que eu posso ter a resposta.

— Por que esses assassinos? Os livros no quarto de Tim Breary: por que Pinochet, aquele nazista velho, o terrorista de Lockerbie, Myra Hindley? Por que a mistura de assassinato político e não político?

— Coincidência? Acaso?

— Essa é a sua resposta?

— É *uma* resposta. Provavelmente a que a maioria das pessoas daria.

— Você não é a maioria das pessoas. Você é melhor que a maioria das pessoas.

— Então vou me apressar para provar meu valor — Charlie disse, sarcástica. — Hindley, o guarda de campo de concentração, todos os assassinos nos livros de Tim Breary: eles estão distantes dos crimes de um modo significativo, seja pelo tempo, por contrição, suposta contrição...

— O que não se aplica aos assassinos sobre os quais Tim Breary *não estava* lendo — Simon disse, e Charlie ouviu a excitação em sua voz. — Harold Shipman, os West, Saddam Hussein, Bin Laden. Shipman ainda estava se dedicando a isso, não é mesmo? Só parou de matar ao ser apanhado. Fred West: a mesma coisa. Ele e Rose, provavelmente, teriam continuado se a polícia não os tivesse impedido.

— Sabemos o suficiente sobre todas essas pessoas para poder dizer isso com certeza? — Charlie perguntou.

— Acho que sim. Bin Laden e Saddam Hussein continuavam abertamente orgulhosos de suas realizações assassinas quando foram mortos, não? Poderiam ter encontrado tempo para mais alguns assassinatos se tivessem sobrevivido.

Então você não tem certeza. Charlie foi sensata o suficiente para ficar de boca fechada.

— Alguns assassinos sempre serão assassinos — Simon disse. — É como eles são. Outros você sabe que não farão novamente. Pinochet e aquele nazista; as pessoas não disseram em relação a ambos que não fazia sentido colocá-los em julgamento quando estavam velhos e doentes?

— Não faço ideia — disse Charlie.

— Ambos estavam livres havia anos, décadas, e não fizeram novas vítimas. O mesmo vale para o terrorista de Lockerbie. Está doente, morrendo e alegando ser inocente desde que me lembro. Seus dias de assassino acabaram há muito tempo, supondo que tenha sido um assassino.

— Myra Hindley — disse Charlie, deixando suas dúvidas de lado e participando. — Arrependida, bacharelado com honra, alegando ser uma nova pessoa reluzente, aquele idiota lorde Sei lá o quê fazendo campanha para libertá-la.

Ela pegou o chá de Simon e tomou um gole. Ele pareceu não notar.

— Então... O quê? Tim Breary queria matar Francine, mas não queria suportar a culpa para sempre? Ele queria saber se era possível se livrar da marca da maldade depois de ter feito algo terrível?

— Não, não a marca da maldade, não nele mesmo — retrucou Simon. — Isto é sobre tentar identificar a *presença* da maldade. Ou da culpa.

— Em quem? — perguntou Charlie, que só conseguia pensar em um possível candidato. — Francine?

— Espere. Vamos nos assegurar de estarmos certos sobre isto. Hindley é diferente dos outros na coleção de Tim Breary. Ela nunca teve a chance de provar que não voltaria a cometer crimes, se libertada.

— Mas...

— Mas ela não teria, não é? Ninguém acreditava que ela teria matado ou torturado novamente.

— Não. A combinação dela com Ian Brady é que era letal — Charlie disse. — Sem ele, ela nunca teria feito. Espere, é outra coisa que eles têm em comum, os monstros nos livros de Breary? O nazista, ele se saiu com a velha desculpa sobre ter de obedecer a ordens?

— O quê, quer dizer que sem Hitler ele não teria feito? Provavelmente. A maioria dos nazistas que não eram comandantes disse depois que estavam apenas cumprindo ordens. Os defensores de Pinochet certamente alegaram que ele nunca soube dos assassinatos e torturas em que seus comparsas se envolveram. O terrorista de Lockerbie; algumas pessoas, incluindo ele, parecem achar que não é culpado.

Simon se virou para encarar Charlie.

— Isto é sobre a presença de culpa. Ou sua ausência. A coleção de assassinos de Breary, são todas pessoas sobre quem você poderia debater: em que medida ainda podem ser culpados. Teriam sido um dia maus? Ainda são maus agora, e apenas escondendo isso com mais sucesso que pessoas como Harold Shipman e os West?

— Então... Antes de Francine ter o derrame, ela tornou a vida de Tim e de todos uma infelicidade — Charlie disse.

— Mas não poderia ter feito isso sem a participação intencional dele, para voltar à sua observação sobre serem necessários dois para dançar o tango — falou Simon, novamente excitado. — Ele ficou com ela, então até que ponto ela podia ser considerada individualmente responsável pelo que aconteceu entre eles?

— Ele estava apenas obedecendo a ordens, a crer em Kerry Jose — Charlie disse. — Ordens que ele podia e devia ter desobedecido.

— Depois do derrame, Francine era inofensiva, impotente, quase irreconhecível, mas ainda era Francine — Simon disse. — A mente dela estava pelo menos em parte intacta. Talvez lamentasse e não pudesse dizer isso.

— Não há razão para supor que lamentasse, há? Exceto lamentar por si mesma.

— Não — Simon respondeu. — Essa é a questão: Breary não sabia o que pensar, e queria saber. Precisava. O derrame colocou Francine a uma distância da pessoa que costumava ser. Breary não tinha ideia se ainda era aceitável ter por ela os mesmos sentimentos que tivera antes.

— De querer matá-la, você quer dizer?

— Talvez. Pense nisso: imagine que ele *tenha* querido matá-la, antes. Na posição dele, você poderia ter feito isso assim que ela teve o derrame e estar certo de que matava a mesma pessoa? E se não lembrasse nada de quando ela e Breary moravam juntos? E se o derrame tivesse afetado sua mente tão radicalmente quanto afetou seu corpo e ela estivesse desesperadamente arrependida, mas não pudesse dizer isso?

— E você acha que Breary estava procurando respostas em seus livros sobre monstros que poderiam ter deixado de ser monstros, ou poderiam nunca ter sido monstros, para começar?

— Se eu tivesse de chutar, e isto *é* apenas um chute... — disse Simon, tamborilando os dedos no volante. — Ele não podia perdoar Francine. Ele leu aqueles livros para ver se o ajudariam a decidir quem era mais culpado, ele ou ela. Ele por ser incapaz de perdoar-lhe mesmo em seu estado enfraquecido e alterado, ou ela por ter sido a pessoa que foi antes do derrame; e talvez *ainda* fosse, até a morte. A maioria das pessoas tem sentimentos e pronto. Não Breary; ele os analisa até seus menores componentes. Aquele soneto que ele me deu, endereçado a Gaby Struthers, é sobre o amor ser um paradoxo. O poeta tentando descobrir o que é o amor.

— Não é congelar a bunda em um carro frio? — sugeriu Charlie.

— Foi o que ouvi dizer.

— Tim Breary é obcecado por amor e por culpa. Ele quer compreender melhor os dois: seu amor por Gaby e sua culpabilização de Francine. A grande questão é: o que é mais importante para ele, o amor ou o ódio?

— Explique? — pediu Charlie, esperançosa.

— Quando ele deixou Culver Valley e se mudou para oeste, foi seu amor por Gaby que o mandou embora ou seu ódio a Francine?

— Não sei. Não poderia ter nenhuma ideia, mesmo tentando.

— Ele partiu por ambos: amor e ódio. Então, quando Francine teve o derrame, ele voltou para Culver Valley. Foi o amor por Gaby que o trouxe de volta ou seu ódio a Francine?

— Isso é... mais fácil? — Charlie disse, duvidando. — Tinha de ser o amor, certamente? Embora Gaby diga que ele não entrou em contato em nenhum momento. Mas por que voltar e cuidar da esposa inválida se você a detesta e não estão sequer mais juntos?

— Porque você vê como seria fácil matá-la — disse Simon, como se fosse a coisa mais óbvia do mundo. — Então, assim que ela estiver morta e você desimpedido, é quando você pensará em entrar em contato com a mulher que realmente ama.

— Mas Tim Breary *não* entrou em contato com Gaby mesmo depois da morte de Francine. E você não acha que ele matou Francine — Charlie lembrou.

— Eu *não achava* — admitiu Simon. — Não sei mais o que penso, exceto que, qualquer que seja a porra acontecendo, é mais estranha e complicada do que qualquer coisa com que me deparei antes.

— Bem, que sorte — disse Charlie, engolindo um suspiro. — Mais estranha e complicada é exatamente o que você precisa. Virtualmente, todos que eu conheço comentam a desapontadora falta de estranheza e complicação em sua vida profissional.

— Comentam? Não, não comentam.

— Não, não comentam.
— Este caso é todo sobre sentimentos, Charlie.
Então você deveria pedir para ser afastado dele. Ela não disse isso; teria sido cruel. Todos os casos não eram sobre sentimentos? Ele se referia especificamente a sentimentos românticos? Ele parecia ter se aferrado à ideia de Gaby Struthers e Tim Breary como herói e heroína de uma história de amor condenada; até o momento Charlie não tivera coragem de destacar que Breary poderia querer que Simon pensasse exatamente isso, ou dizer a ele para parar de olhar para aquele maldito soneto como se, de repente, fosse oferecer uma solução brilhante. Ela foi acordada às 3 horas daquela manhã com Simon acendendo a luz de cabeceira, e abrira os olhos desinteressados para descobri-lo deitado de costas e sem travesseiro, segurando o poema logo acima do rosto como se para se proteger de uma chuva não existente.

Charlie não conseguira voltar a dormir. Estivera esperando uma noite que terminasse cedo para compensar. *Quem sou eu para julgar Lizzie Proust?*, pensou. Será que Lizzie conseguiria entender Charlie não ousando dizer "Vou entrar agora; eu me recuso a passar a noite inteira no carro", com medo de romper algum tipo de feitiço?

— Eu deveria ser capaz de compreender este caso — Simon disse. — Sou exatamente como Breary. Coloco todas as emoções sob o microscópio.

— Mesmo seu amor apaixonado por mim? — Charlie perguntou, tendo antes preparado as habituais baixas expectativas.

— Não. Grande demais. Não caberia sob as lentes — respondeu Simon, sorrindo para ela.

— Perdão? Poderia dizer isso novamente.

Ele se virou.

— Um dia nunca veremos um ao outro novamente. Você pensa sobre isso?

— Não. O que quer dizer?

— Quando um de nós morrer.

— Eu nunca, jamais penso nisso.

— Eu penso. O tempo todo. Tento não deixar que isso arruíne tudo — acrescentou Simon em um tom mais animado.

— Bem, isso é... bom. Acho.

Charlie desejou ter trazido a vodca para o carro. Seu coração estava fazendo atletismo dentro do peito.

— Não é verdade, é? Aquela letra idiota de *Amor, Sublime Amor*: "Agora nem mesmo a morte irá nos separar." Sim, irá. Tem de. Você estará lendo uma mentira — disse Simon, empurrando o banco mais para trás e colocando os pés no painel dos dois lados do volante. — Por que eles não se importam de *viver* uma mentira? Você acha que Liv finge quando está com Dom? Finge que ele é Gibbs?

— Em qual contexto? — Charlie perguntou, fingindo inocência.

— Quando estão no supermercado? Ou em um restaurante?

Ela riu consigo mesma. Ela não ia se preocupar com a morte. Em algum momento — quando estivesse com cinquenta e tantos, talvez — ela descobriria um modo de evitar isso, mesmo que significasse se obrigar a acreditar em alguma coisa absurda.

— Você sabe o que quero dizer — Simon disse. — Na cama.

Houve um tempo, não muito antes, em que ele não estaria disposto a pronunciar essas palavras. Como casal, eles estavam fazendo progresso. Na verdade, um progresso impressionante. Charlie sabia que devia apreciar cada passo na direção certa, em vez de querer dele mais do que podia dar.

— Eu gostaria de poder lhe dizer que não faço ideia, mas infelizmente sei a resposta. Liv tentou fingir, mas não funcionou. Dom e Gibbs são muito diferentes em relação à técnica. Eu posso fornecer mais detalhes caso queira, mas não recomendo. Poupe-se. Já é tarde demais para mim, mas você ainda pode escapar.

— Eu finjo — disse Simon, quase inaudível.

Charlie não tinha dúvida do que havia ouvido.

— Por isso estamos sentados em um carro escuro? — perguntou calmamente. Ela estava ficando boa em evitar que os sentimentos transparecessem na voz. — Para que você não possa me ver? Isso tornará o fingimento mais fácil quando formos para a cama?

— Não seja idiota. Não quis dizer isso. Saiu errado.
Ah. Minha vida inteira sabe como é isso.
— Não quis dizer fingir que você é outra pessoa. Por que faria isso? Não há mais ninguém com quem eu queira estar.
Charlie esperou. Aquilo iria ser outra brilhante merda, ao estilo "Eu te amo, mas estamos todos condenados a morrer"?
— Estou falando sobre mim — ele disse.
— Você quer dizer... — começou Charlie, depois parou para conferir: implausível, sim, mas não havia outra possibilidade. — Quer dizer que você finge *ser* outra pessoa?
Simon ficou calado.
— Quem?
Porra, porra, porra. Seria essa uma pergunta grosseira? Charlie conhecia Simon bem o bastante para saber que não seria dito nenhum nome.
Gordon Ramsey? Nick Clegg? Colin Sellers? Irc, não, por favor.
— Ninguém real, apenas... Não sei. Uma manifestação física de ninguém ou nada. Uma figura simbólica sem aparência, fazendo o meu papel. Só consigo avançar se nunca pensar como sendo eu. Se eu me permitir ver isso como uma cena da qual faço parte, é quando não funciona bem.
Este é o momento em que você lhe diz que uma analista, que ele um dia conheceu, tem uma teoria que explica elegantemente tudo que há de errado com ele: é a oportunidade perfeita.
— Você acha que isso me torna esquisito? — Simon perguntou.
— Não.
Isso faz de você alguém com um quadro psicológico comum, mas raramente diagnosticado. Se eu lhe disser seu nome, você nunca conseguirá tirar isso da cabeça. Acredite em mim, eu sei. Síndrome do Incesto Emocional. Você pode chamar de SIE, se preferir, ou de SIO: Síndrome do Incesto Oculto. Mas você consegue curar isso? Se não, qual o sentido de saber que sofre disso? E se isso apenas o fizer se sentir mais esquisito?
Então é muito mais fácil mudar de ideia.
Para provar a si mesma que não era nada como Lizzie Proust, Charlie disse:

— Você precisa contar a Sam tudo que não contou a ele. O soneto, tudo que Gaby Struthers disse a Gibbs, o pacote todo.
Está vendo? Não tenho medo de contar ao meu marido coisas que ele não quer ouvir se tenho certeza de que ele precisa ouvir.
— O quê? — reagiu Simon, soando surpreso. Felizmente não com raiva. — De onde saiu isso?
— Não estou defendendo o perdão — Charlie disse. — Isto é sobre as regras corretas de competição. Chegar lá primeiro só vale se os dois estiverem partindo do mesmo ponto. Por que você coloca uma venda em Sam e o tranca em um armário? Desse modo, você, decididamente, irá descobrir a resposta antes dele.
— É como você vê isto?
— É como poderia parecer aos outros, decididamente.
Simon xingou em voz baixa. Depois um pouco mais. Era o que ele sempre fazia ao se dar conta de que estava errado, e Charlie certa.

...

Poderia muito bem ser o meio da noite, Sam pensou enquanto saía pelas portas duplas da delegacia para o estacionamento. Spilling era bem conhecida por ficar em silêncio e deserta mesmo nas noites de fim de semana: as pessoas que queriam vida noturna iam para Rawndesley. E costumavam não morar na convencional e respeitável Spilling, para começar.

Sam adorava o silêncio e a calma, embora em certa companhia ele fingisse achar opressivo. Conferiu o relógio: dez horas. Sua esposa Kate ficaria contente de vê-lo em casa antes das 11, quando dissera que podia esperar por ele. Particularmente desejara estar em casa às 10 horas, portanto imaginou que nunca conseguiria. "Preparando tudo para a próxima decepção", como Kate chamava.

Discussões como a que ele acabara de ter com Proust estavam desgastando o ânimo de Sam. Ele entregaria seu pedido de demissão assim que tivesse resolvido tudo com Simon. Não podia ir embora com a situação entre eles como estava. Ele não admitira a Kate como se sentira com a nada sutil e apaixonada rejeição a ele como amigo e colega. Como poderia explicar? Era como se seu coração fosse pressionado por algo pesado. Kate riria dele se lhe contasse como o desprezo de Simon o fizera se sentir vazio e insubstancial — isso se tivesse sorte. A possibilidade mais assustadora era de que Kate ligasse para Simon e gritasse com ele, algo que Sam não podia arriscar. Se isso acontecesse, ele teria de pedir demissão do planeta Terra, não apenas da polícia de Culver Valley.

"Temporada de demissão novamente, é?", Kate vinha dizendo ultimamente, como se tudo fosse uma grande piada. Sam não se incomodava por ela provocá-lo. Achava isso reconfortante; como as coisas poderiam estar ruins se ela ria disso? Kate não acreditava que ele um dia pediria demissão; logo veria que estava errada. Sam resolvera não lhe dizer que fora uma dica útil de Charlie, naquela tarde, que finalmente o convencera.

Ele sabia o que iria dizer: "Deus do céu, Sam, você está fazendo o que ela quer. Ela não estava absolutamente tentando ajudá-lo. Fez isso deliberadamente para abalar a sua confiança e levá-lo a pensar que precisava desaparecer em desgraça por ser um lixo de detetive. Você não é, por falar nisso, e eu não consigo acreditar que possa confiar nos motivos de Charlie mais do que pode descartá-los. Ontem ela lhe disse que lamentava ter abandonado o posto, deixando-o disponível para você, e agora espera que seja bom o bastante e frouxo o bastante para retribuir o favor. Que é exatamente o que não pode fazer. Você não sabe sequer se ela está certa. É um palpite, apenas isso. Como todos os palpites, mais provavelmente está errado."

Sam sentiu o rosto esquentar ao se dar conta de que estava conversando consigo mesmo dentro da cabeça, escrevendo as falas de Kate em seu diálogo imaginário, as palavras que ele queria e precisava desesperadamente ouvir. *Patético.* E injusto com Charlie, que, Sam acreditava, tentara verdadeiramente ajudá-lo: não para resgatar sua carreira banal como um fracasso, mas para resolver a briga com Simon. "Eu não deveria lhe dar isso", ela dissera, colocando uma folha dobrada de papel A4 branco na mão de Sam. "Estou em uma missão de persuadir Simon a deixar de ser um cretino e voltar a falar com você novamente, mas enquanto isso..."

"O que é isso?", Sam perguntara.

"Um poema. Simon foi a Combingham ontem ver Tim Breary. Breary deu isto a ele, pediu que o repassasse a Gaby Struthers. Breary e Struthers são ambos sócios da biblioteca Proscenium em Rawndesley, uma biblioteca que tem a maior e melhor coleção de livros de poesia, do passado e do presente, do hemisfério ocidental. Aparentemente."

Sam ficara imaginando por que Charlie o encarava de um modo peculiar, como se esperando que ele se desse conta de algo.

"Esse poema poderia estar em um livro na Proscenium, não acha?", disse finalmente. "Considerando sua ampla coleção."

"Suponho que sim. O que está sugerindo?"

"Leia o poema", ela disse. "É muito ambíguo, nenhuma mensagem clara. Não entendo por que Breary iria querer que fosse repassado a Gaby Struthers. Superficialmente parece um poema de amor, mas não é, não de verdade. Então talvez não seja o poema em si e o que ele diz; talvez não seja essa a mensagem pretendida. E se Breary quiser que Gaby vá à biblioteca e descubra a página relevante do livro relevante? Obviamente é uma aposta arriscada, mas..."

"Você acha que ele deixou uma mensagem para ela no livro?", Sam perguntou.

"Na verdade, não", disse Charlie alegremente. "Mas, se você tiver essa ideia antes de Simon, ele ficará impressionado e mais disposto a perdoar-lhe. Apenas não diga que lhe dei o poema, se puder evitar, ou ele colocará minha cabeça na ponta de uma lança."

Sam ficara excitado até se dar conta de como era absolutamente humilhante: Charlie lhe dando ideias que ele fingiria serem suas. Esse fora o sinal que não conseguiu ignorar de que era a hora de seguir em frente.

Antes disso faria uma versão do que ela sugerira: teria a ideia dela na frente de Simon se, e apenas se, pudesse provar que tinha valor. Na segunda-feira cedo, ele iria à Proscenium e tentaria localizar o soneto, embora estivesse certo de que a solução do caso não iria depender de pistas escondidas em livros, mas da interpretação bem-sucedida da complexa teia de relações e segredos na Dower House.

Sam teria adorado ouvir a opinião de Simon sobre isso. Sozinho ele não conseguia encontrar. Não, era mais que isso: ele não podia descobrir se havia algo a desvendar. Talvez a história dos Breary, dos Jose e de Gaby Struthers não fosse mais anormal que as histórias de vida da maioria das pessoas. Veja Gibbs e Olivia Zailer; veja Sellers e seus encontros de uma hora em motéis baratos com qualquer mulher com menos de sessenta anos que o quisesse. E Simon, que pedira Charlie em casamento quando não eram mais que colegas — que não haviam namorado, nunca dormido juntos. E Charlie dissera sim. Loucura, tudo isso.

Então, talvez não fosse tão impressionante que Tim Breary tivesse sido infeliz com a esposa e apaixonado por Gaby Struthers, mas decidido a manter seu casamento infeliz embora não houvesse filhos para prendê-lo ali. Sam lembrou a si mesmo que só sabia o que Dan e Kerry Jose haviam lhe contado. Principalmente Kerry; dos dois, foi quem mais falou. Sabendo em primeira mão como ela era uma péssima mentirosa, Sam acreditara. Ela contara a história naturalmente e sem esforço.

Após ordenar a Gaby que se esquecesse dele, Tim Breary fizera exatamente o que havia insistido que iria ou poderia: deixou Francine, não contou a Gaby, abandonou o emprego, os Jose e Culver Valley, e se mudou para um conjugado sórdido em Bath. Vários meses depois tentou se matar, mas sabotou a tentativa de suicídio convocando Dan e Kerry para resgatá-lo. O que eles fizeram, localmente e de modo mais geral: chamaram uma ambulância e conseguiram para Tim os cuidados médicos de que precisava, e pouco depois largaram seus empregos para cuidar dele pratica, emocional e financeiramente. Ficaram felizes de fazer isso, Kerry disse — tudo isso. E não precisavam mais dos salários; graças a Tim e a Gaby Struthers, eles pouco antes haviam se tornado extremamente ricos.

Tim foi inflexível quanto a sua intenção de não voltar mais para Culver Valley porque lá havia Francine, então Kerry e Dan compraram um celeiro adaptado perto de Kemble, Cotswolds. Kerry mostrara fotos a Sam, colocando a mão sobre o coração e ficando chorosa enquanto falava sobre sua antiga casa e como odiara ter de sair dela.

Então por que fizera isso? Sam perguntara e ela respondera, mas ele não entendeu, e fora educado demais para lhe dizer que a explicação não esclarecia nada. Por que os Jose estavam tão dispostos a se realocar sempre que Tim Breary mudava de ideia sobre onde precisava estar? Kerry encontrara trabalho em Cotswolds, ajudando em uma reserva natural — "o único trabalho verdadeiramente prazeroso que já tive", ela definira —, e Dan estava no meio de um doutorado que exigia que fosse a Londres uma vez por semana no período letivo. De carro ou trem, Kemble ficava meia hora mais perto de Londres que Spilling. Essa era a parte que Sam não sacava: tendo se mudado uma vez por causa de Tim, por que os Jose concordaram em fazer isso novamente? Quando Francine teve o derrame e Tim decidiu que queria voltar a Culver Valley para cuidar dela, por que Kerry e Dan não disseram: "Desculpe, mas não iremos com você desta vez"? Em vez disso, Kerry desistiu do trabalho dos seus sonhos e da casa que amava, e rompeu os laços uma segunda vez.

Será que achava que Tim não sobreviveria sem ela e Dan por perto? Seria tão simples assim? Essa era a única explicação que satisfazia Sam, que sabia que estaria disposto a se mudar para algum lugar inconveniente, arrastando atrás de si a família queixosa, para salvar a vida de Simon.

Não, ele ainda faria isso. Outra coisa, nunca mencionar a Kate, que acreditava firmemente na regra da reciprocidade e sentia grande prazer em eliminar de sua lista de cartões de Natal o nome de qualquer amigo ou conhecido que ousasse enviar um cartão eletrônico em vez de um de verdade. "Isso é pior do que não mandar nada", dissera quando Sam a questionara.

Para muitos aspectos do comportamento de Tim Breary, Sam não conseguia imaginar nenhuma explicação possível: por que ele dissera a Gaby que nunca deixaria Francine, depois mudou de ideia quase imediatamente e a deixou? Por que, tendo feito isso, não procurou Gaby para lhe dizer que as coisas haviam mudado e ele se encontrava disponível? E por que, de repente, depois do derrame, Tim estava novamente preparado a dividir um lar com Francine, quando anteriormente não estivera disposto a dividir um condado com ela?

Na verdade, Sam podia se ver fazendo isso: caso deixasse uma esposa — qualquer esposa, por mais inadequada e não atraente —, ele voltaria e cumpriria seu dever marital no caso de doença ou desastre. E também podia facilmente se imaginar casado com uma mulher que não amava, mas com medo demais de mudança para deixá-la.

Ele suspirou e desejou, não pela primeira vez, ter menos autoconhecimento. Era deprimente ter tanta consciência das próprias carências. Ele preferia ser sem noção como Sellers, que acreditava ser um deus do sexo, pronto para a maior aventura de sua vida, toda vez que se hospedava no Fairview Lodge B&B com uma mulher bêbada demais para saber quem ele era ou sentir muito do que fazia com ela.

Sam destrancou o carro, protegendo os olhos quando outro carro entrou no estacionamento da delegacia, os faróis altos. A despeito da claridade, Sam conseguiu ver que não havia placa na frente. Alguém a retirara. Antes de ir à delegacia? A maioria dos escrotos de Culver Valley não era tão ousada.

Nada aconteceu, por um longo tempo. Sam sentiu um aperto nas entranhas. Só conseguia pensar em armas, e recuou um passo quando as portas de trás do carro se abriram. Algo começou a sair horizontalmente. Uma pessoa saltando? Não, nenhum pé tocando o chão. Mais como... um grande pacote, se inclinando para baixo à medida que saía mais.

Ele caiu no solo com um baque. Assim que estava do lado de fora, a porta se fechou com força e o carro saiu de ré do estacionamento e acelerou cantando pneus. Também não havia placa na traseira.

Sam tinha consciência de como estava imóvel, prendendo a respiração. Não se passara mais de um segundo entre a porta traseira ser fechada e o carro voltar para a rua: não era tempo suficiente para uma pessoa saltar do banco de trás para o da frente. Então, motorista e pelo menos um passageiro.

Não poderia ser o que parecia de onde Sam estava. Não entregue na delegacia. Quem faria isso?

O que mais poderia ser? Só porque nunca havia acontecido antes não significava que não estivesse ocorrendo naquele momento.

Sam andou até onde pousara a grande coisa pesada. *Ah, Jesus Cristo*. Era; havia um pé se projetando para fora da embalagem. Plástico bolha, muita quantidade, ao redor de um pacote tubular volumoso e mal coberto.

Um corpo humano inteiro. Morto.

PROVA POLICIAL 1436B/SK — TRANSCRIÇÃO DE CARTA MANUSCRITA DE KERRY JOSE PARA FRANCINE BREARY DATADA DE 10 DE FEVEREIRO DE 2011

Olá, Francine,
Sabe que dia é hoje? Provavelmente não. Você não precisa mais saber sobre datas e horas, então por que saberia? Eu também não preciso tanto quanto costumava. Quando eu era uma cuidadora em tempo integral, estava sempre conferindo o relógio. Agora tendo a avaliar a passagem do tempo por quanta fome sinto. O que nem sempre é confiável — não sou exatamente conhecida pela falta de apetite!

Seja como for, é aniversário de Dan, e aniversário da Noite de Criar Lembranças. Fazia algum tempo que eu estava querendo lhe escrever sobre isto, e que dia melhor que hoje? Você terá de perdoar minha falta de sobriedade. Dan, Tim e eu fomos almoçar no Passaparola e tomei dois Kir Royal — e isso foi antes de começarmos o vinho.

O nome significa algo para você, Francine? Obviamente você nunca a ouviu descrita como Noite de Criar Lembranças. Pelo menos se lembra do que aconteceu? Se suas reações lhe pareciam razoáveis e comuns, talvez a noite não tenha ficado em sua mente. Certamente ficou na minha. Ao longo dos anos, eu desperdicei muitas oportunidades de deixar claro para Tim com que urgência eu achava que ele precisava ser salvo de você, mas aquela noite foi a primeira. Só é necessário um incidente para iniciar um padrão, e a Noite de Criar Lembranças deu o tom.

Foi alguns meses antes do seu casamento com Tim. Vocês ainda moravam em apartamentos separados, procurando casas, ainda não ligados por casamento ou hipoteca. Se eu tivesse agitado uma metafórica bandeira vermelha naquela noite, Tim poderia ter prestado atenção. Poderia ter escapado de suas garras.

Arrependimentos não têm sentido, eu sei, mas encarar os erros que você cometeu é um uso valioso do tempo de qualquer um. Eu fui fraca e indecisa naquela noite, e em muitas oportunidades posteriores. Permiti que você tomasse o poder, Francine. Você estava muito mais preparada do que eu, com seu plano detalhado para todos os aspectos da vida de Tim, e suas mensagens de aniversário e Natal que pareciam manifestos: "Feliz aniversário, querido Tim. Ninguém no mundo poderia amá-lo mais do que eu." "Eu o amarei qualquer que seja a sorte, até o dia da minha morte." Você tinha talento para escolher palavras de afeto que soavam como ameaças.

Dan e eu também amávamos Tim, mas não podíamos nos casar com ele. Éramos casados um com o outro. E Tim precisava de alguém em sua cama toda noite para poder provar ao mundo que ele havia sido escolhido, que não era um enjeitado. É comum que filhos de pais extremamente negligentes confundam desejo de controle com amor.

É o que eu deveria ter dito a ele na Noite de Criar Lembranças, depois que você subiu as escadas correndo, furiosa. Eu sempre quis lhe perguntar, Francine; em que momento você decidiu transformar meu quarto e de Dan no quartel-general do seu chilique? No meio da escada? Você parou e pensou sobre isso? O banheiro ou o quarto extra teriam sido uma escolha mais adequada. Ouvimos a porta bater, e Dan olhou para mim formando as palavras "Nosso quarto?".

Qualquer que fosse o lugar escolhido para encenar seu protesto, teria sido inadequado. Tudo o que Tim fez foi criticar um hotel que você pedira que ele olhasse em um folheto — possível hospedagem de lua de mel. Não era como se seus pais fossem os donos ou o lugar tivesse algum significado sentimental para você. Sua única ligação com o Baigley Falls Hotel (não me esquecerei jamais do nome) era ter visto uma foto da piscina e do terraço e achado que parecia legal.

O texto publicitário abaixo da foto dizia: "No minuto em que você chega a Baigley Falls, começa a criar lembranças." Tim perguntou: "E se não criarmos? Acha que eles nos colocarão para fora? E se insistirem em que levemos cada nova lembrança que criarmos à recepção, para que possam inspecionar?" Dan e eu rimos, mas você não entendeu a piada, não é mesmo, Francine? "Por que eles fariam isso", perguntou. "Como poderiam? Você não consegue ver uma lembrança." Eu fiquei pensando em como você podia trabalhar como advogada sendo tão surda a nuances como tão evidentemente era. Tim deixou de lado a brincadeira leve e explicou que lembranças, quando existem, surgem sem qualquer esforço ou luta da parte de ninguém, do contrário há algo de falso nelas. Você manteve posição, determinada a não entender. "Então você não quer tentar lembrar de nenhuma parte de nossa lua de mel", você disse em voz baixa. "Eu não vou precisar tentar", Tim disse. "Tentar lembrar é para listas de compras e anotações para provas, não para luas de mel." Dan e eu pioramos as coisas participando da coisa. Eu disse: "Eles provavelmente tiram fotos suas quando chegam, para vender quando vão embora." Dan falou: "O anúncio poderia muito bem dizer: 'Não viva o momento; faça tudo de modo a poder rever depois.'"

Você se fechou nesse momento, Francine. Deixou todos de fora. Levantou-se, saiu da sala, subiu a escada marchando. A próxima coisa que ouvimos foi a porta do nosso quarto batendo, tão alto que sacudiu a casa. Tim subiu correndo atrás de você. Eu deveria ter tentado impedi-lo, mas não fiz isso. Dan e eu o ouvimos chamar seu nome repetidamente, tentando argumentar com você. Ouvimos o que soou como ele se esforçando, empurrando a porta. Dez minutos depois, ele desceu e ficou de pé no meio da sala, parecendo mais perturbado do que eu já vira alguém. "O que está acontecendo?", Dan perguntou. Como não havia acontecido nada que justificasse sua saída, ele imaginou que tinha perdido alguma coisa. Tim deu de ombros, um gesto de derrota que dizia: "Você sabe tanto quanto eu." Disse a Tim que a porta do nosso quarto não tinha tranca, e ele fez com a boca: "Está apoiada nela." "Ela acha que estávamos debochando dela?", perguntei, repassando a conversa de cabeça, me sentindo culpada antes mesmo de saber o que havia feito de errado, caso tivesse. "Ela não pode achar. Não estávamos debochando."

O celular de Tim zumbiu no bolso. Ele leu a mensagem e começou a digitar a resposta. Eu me virei para Dan, incrédula: Francine se trancou em nosso quarto e Tim estava respondendo uma mensagem de texto qualquer? O olhar que Dan me lançou, olhando para cima, me esclareceu: claro que não era uma mensagem qualquer. Era de cima. Isso era evidente pela expressão de intensa concentração no rosto de Tim enquanto digitava com os polegares. Você se recusou a abrir a porta e conversar com ele cara a cara, Francine, mas enviou uma comunicação de cima. Embora eu soubesse que tinha de ser verdade, não conseguia acreditar. Falei: "Tim? Você está respondendo a uma mensagem de Francine?" Ele assentiu. Perguntei: "O que ela disse?" Ele não me contou, apenas se moveu com o telefone para o outro lado da sala, como se pensando que eu poderia arrancá-lo das suas mãos. Essa foi a primeira vez em que ele a protegeu, a primeira de centenas.

Você gostou de ele tentar protegê-la da condenação que merecia, Francine? Muito depois de não fazer sentido, ele ainda se esforçava. Sabia que Dan e eu sabíamos exatamente como você era irracional e maldosa, mas escondia de todos o máximo possível de seu comportamento atroz. Para se poupar da humilhação pública, sim, mas não era apenas isso. Minha teoria, se vale alguma coisa, é que ele nunca parou de acreditar que havia um lado bom no seu caráter, Francine. Acho que sempre pensou que nos contar as coisas medonhas que você tinha feito seria enganoso — faria com que associássemos a você o mau comportamento e imaginássemos que você era só isso.

Quantas mensagens você e Tim enviaram um ao outro enquanto estava trancada no meu quarto e de Dan? Dez? Quinze? Houve uma boa dose de vai e vem por texto antes que você se dignasse a sair. Voltou à sala para dizer adeus e desculpe. Dan e eu não fomos levados em conta: nós fomos os otários que deram o palco para sua cena, mais nada. Não pessoas com sentimentos que se importavam, não os amigos de Tim com quem ele tinha querido passar uma noite divertida. E no dia do aniversário de Dan — não numa noite qualquer.

Você esperou por Tim fora da casa. Tendo passado uma boa hora e meia de pé em nossa sala golpeando o telefone, ele, de repente, estava com uma pressa desesperada de partir, por ordem sua. Ele se desculpou

O PORTADOR 339

conosco — não por você, mas como se tivesse sido ele a arruinar a noite. Eu falei: "Não precisa se desculpar", depois me arrependi disso assim que ele saiu, caso achasse que queria dizer que ninguém precisava, e não que ele não precisava.

Nunca descobri o que havia naquelas mensagens, Francine. Ainda gostaria de saber. Era apenas agressão com xingamentos e acusações de sua parte e bajulação contrita da parte dele por tê-la ofendido? Aposto que foi mais sutil e passivo-agressivo. "Você alega me amar, mas então debocha de mim na frente dos seus amigos. Estou certa de que estão se divertindo mais rindo de mim sozinhos do que estariam se eu estivesse lá."

Assim que você e Tim foram embora, Dan se virou para mim e disse: "O que foi tudo isso? Nervosismo pré-nupcial, talvez?" Foi uma justificativa tão absurda e inadequada que caí na gargalhada e comecei a chorar ao mesmo tempo. Você provavelmente me consideraria uma fraca por chorar, Francine. Só posso dizer em minha defesa que, até você se meter em minha vida, eu não costumava ter minhas noites destruídas por atos aleatórios de violência emocional. (Eu nunca a vi chorar, nem uma vez, não importando o quão supostamente aborrecida estivesse.)

O comentário de Dan sobre o "nervosismo pré-nupcial" logo se tornou uma de nossas brincadeiras habituais. Ainda é uma que nunca deixa de me fazer rir, mesmo agora, anos depois. Sempre que sai na imprensa que alguém fez algo indizível, Dan e eu nos viramos um para o outro e dizemos: "Nervosismo pré-nupcial, talvez?" E caímos na gargalhada.

Se eu pudesse voltar o relógio até a Noite de Criar Lembranças, eu diria: "Tim, você não pode se casar com ela. Ela é perturbada. Suas reações e seu comportamento são anormais demais para serem descartados. Se você ficar com ela, ela o fará sofrer todo dia. Vai começar cancelando a lua de mel; para puni-lo por questionar sua escolha de hotel."

Certo, admito: estou trapaceando. Por mais chocada que tenha ficado com seu comportamento naquela noite, Francine, nem mesmo eu teria previsto que você iria se vingar na lua de mel. Tim voltou ao escritório dois dias depois do casamento, tentando fingir que, na verdade, foi muito útil não precisar viajar quando tinha tanto trabalho acumulado.

Eu não disse nada. Deixei que ele acreditasse que eu ainda gostava de você, entendia que era muito sensível e suscetível ao estresse e conseguia ver o que ele via em você. Consolidei minha covardia em uma posição que apresentei a Dan. "Temos de ser inteligentes", expliquei. "Tim está nos convidando a nos juntarmos a ele na mentira que está escolhendo viver. Se criarmos caso por causa de Francine, iremos chamar a atenção dele para o fingimento de um modo que o deixará desconfortável demais. Ele se sentirá envergonhado por ficar com ela, culpado por infligi-la a nós. Nós o afastaremos. Temos de fingir que não notamos nada disso e simplesmente seguir em frente, ou o perderemos."

Eu comecei a pensar, Francine: o que Tim diria se eu a matasse, e então contasse que tinha feito isso? Em vez de escrever cartas especulando quem mais poderia fazer isso e quando, podia fazer eu mesma. Em um mundo ideal, eu o faria puramente para experimentar a sensação, depois desfaria imediatamente. Não estou certa de que quero que você parta, de um ponto de vista pessoal. Ter você aqui assim protege Tim, e é com ele que me importo. Mas, por mais que possa soar contraditório, isso não significa que eu não gostaria de acabar com a sua vida.

Será que eu um dia terei a coragem, Francine? Serei corajosa o suficiente para criar a última das suas lembranças?

19

Domingo, 13 de março de 2011

— Vou lhe mostrar a primeira fotografia — diz o detetive Simon Waterhouse. — Quero que me diga se já viu este homem antes. *Estou em uma delegacia policial. Há policiais por toda parte. Ele não pode me ferir aqui.*

— É apenas uma foto — diz Charlie Zailer em voz baixa ao meu lado. — Você está totalmente segura nesta sala. E não precisa olhar até estar pronta. Simon não irá virá-la até que você diga que está preparada para ver.

Concordo. Nada acontece. Será que ele está esperando literalmente uma palavra em vez de um gesto?

Tenho de pedir que vá em frente? Não quero identificar o homem que me atacou tanto quanto quero não ter de ver seu rosto novamente, mas o detetive Waterhouse estabeleceu a sequência dos acontecimentos quando entrou e assumiu o controle: primeiro as fotografias, depois algumas perguntas, e então ele me levaria para ver Tim.

Preferiria ir eu mesma de carro até a HMP Combingham ou pedir que Charlie me levasse. Se ela e eu estivéssemos sozinhas, eu poderia conseguir convencê-la a me contar o que mudou. Ela deixou a sala para dar um telefonema e, quando voltou, parecia bastante abalada, e o detetive Waterhouse a estava acompanhando. Agora se mudou para o meu lado da mesa. Ou ela não suporta ficar perto dele ou acha que preciso ser protegida dele. Parece nervosa desde que ele se juntou a nós, e isso está me fazendo querer me afastar dela, dos dois.

Achei que me sentiria segura na mesma sala em que estive ontem, mas tudo está errado hoje: a mesa e as cadeiras duras estão onde as poltronas deveriam estar, a cortina não foi baixada, as grelhas das unidades de ventilação são visíveis através da janela; posso ver suas múltiplas bocas finas, ouvi-las respirando sobre mim.

Estou lutando para controlar minha respiração e temperatura corporal. Meus pés estão dolorosamente frios, como se estivesse de pé no gelo.

E se eu estiver assim na frente de Tim? Não posso ficar. De algum modo preciso sair desta sala com mais força do que me trouxe para cá.

— Gaby? — Charlie chama. — Está bem?

— Mostre a fotografia.

Waterhouse a vira e coloca na mesa diante de mim. Lá está: os mesmos cabelos curtos, testa quadrada pequena, lábios finos; os mesmos fibromas moles marrons no pescoço. Não consegui me lembrar do nome disso na sexta-feira, mas é assim que são chamados.

Eu me lanço sobre a fotografia e rasgo ao meio, e mais uma vez. Continuo a rasgar até não conseguir mais porque os pedaços estão pequenos demais.

— Desculpe — digo, sem falar sério.

— Você o viu antes? — Charlie pergunta. Claramente uma resposta não verbal não basta.

— Na sexta-feira, na frente da minha casa.

— É o homem que a alertou para manter distância de Lauren? Tem certeza?

— Sim.

Charlie puxa os fragmentos da fotografia sobre a mesa, para longe de mim. Gostaria de poder colocar fogo nas partes separadas do rosto dele. Juntas, elas ainda o formam. Queimar resolveria isso.

— Gaby? Há alguma coisa que gostaria de nos perguntar?

— Lauren está bem? Onde ela está? Diga que vocês não a deixaram na Dower House.

Por que eu sou a única pessoa que se preocupa com a segurança dela?

— Por que está tão preocupada com Lauren? — indaga Waterhouse, sua pergunta uma imagem especular da minha não enunciada.

— Porque ela é casada com Jason, que é um assassino e que manda seus capangas às casas dos outros para...

Minha garganta se fecha, engasgando o resto da frase.

— Para quê? O que ele lhe fez, o homem na foto? Ele fez mais do que alertá-la, não foi? Do contrário, por que rasgaria a foto dele? Eu poderia objetar que não gosto de receber ordens de estranhos, o que é verdade. Ou poderia ficar calada.

— Você não nos perguntou nada sobre ele — comenta Waterhouse. — É porque você já sabe quem ele é? Gaby?

— Como eu poderia saber?

— Você não quer saber o nome dele? A maioria das pessoas ficaria curiosa.

— Ficaria? Estou certa de que Jason Cookson tem muitos amigos bandidos, qualquer um dos quais estaria disposto a intimidar uma mulher por ele. Não ligo para qual é o nome do Capanga X; poderia muito bem ser Capanga Y ou Capanga Z.

— Você se importa se encontrarmos e punirmos X, Y ou Z pelo que fez a você? Não parece.

— Não é ilegal alertar alguém para ficar longe de outro alguém, é? Não, eu não me importo se vocês o punirem. *Qualquer coisa que vocês façam não será suficiente. Eu preferiria não ter de saber seu nome.*

— Por favor, Gaby, você poderia pensar seriamente em nos contar o que realmente aconteceu na sexta-feira? — Charlie pede.

— Isso nos ajudaria muito e poderia ajudar Tim. Se você preferir falar comigo em particular, o detetive Waterhouse pode nos deixar sozinhas por um tempo.

É assim que a polícia faz com que as pessoas falem quando não querem: enganando-as até que sintam não ter escolha a não ser protestar e esclarecer tudo?

— A razão pela qual não estou contando não tem nada a ver com constrangimento ou incapacidade de dizer a palavra "vagina" na frente de um homem. Eu lhe disse: não sofri agressão sexual.

— Então por que não nos conta exatamente o que aconteceu? — Charlie pergunta.

— Como vou saber que vocês não contarão a Tim? Ele não pode descobrir.

— Por que isso é tão importante?

— Temo que ele me veja como um produto danificado se descobrir que o amigo capanga de Jason violou minha honra; é o que eu diria se fosse um clichê tímido, certo?

— E se você fosse você? — pergunta Charlie.

Não faço ideia, desculpe. Não tenho sido eu há muito tempo. Para que possa ser, preciso de Tim. O que me torna um tipo diferente de clichê.

Waterhouse está tentando cortar a superfície plástica da mesa com a unha do polegar; ele se ausentou sem deixar a sala. Seria minha referência à anatomia feminina que o colocou em modo de desligamento automático, ou ele não sabe lidar com mulheres que se comportam como homens? Eu já me deparei com isso antes: me defronto com isso quase toda vez que saio de casa. Até sexta-feira eu me deparava com isso ao retornar para casa também, mas não mais, não desde que deixei Sean.

Nunca mais em minha própria casa.

Seria desonesto não reconhecer o lado ruim: que eu não tenho mais uma casa.

— Não quero que Tim se sinta culpado, e sei que sentiria — digo a Charlie, que é uma entrevistadora melhor que Waterhouse, mesmo quando ele não está me ignorando. Simon me faz sentir como se tudo o que digo fosse a resposta errada; Charlie faz o oposto. — O que me aconteceu não foi culpa de Tim mais do que foi minha. Foi culpa de Jason e do homem que... fez o que fez a mim, mas Tim não veria isso assim. Ele recuaria até si mesmo e se sentiria responsável: se não tivesse confessado o assassinato de Francine, Lauren não teria aparecido em Dusseldorf e me dito o que disse. Eu não teria ido à Dower House na sexta-feira e conhecido Jason, que não teria decidido que precisava me manter calada por quaisquer meios necessários.

— Quais meios? — Waterhouse pergunta.

— Quero uma sólida garantia de que o que lhe disser não irá além desta sala.

— Você se importa mais com os sentimentos de Tim do que com os seus — comenta Charlie. Não parece uma pergunta. — Assim como Kerry e Dan Jose.

— Vocês não entenderiam não conhecendo Tim, mas, por mais que ele seja importante para nós, isso nunca será o suficiente para compensar o quão pouco ele é importante para si mesmo. Nós somos o ego dele: eu, Kerry e Dan.

E eu gostaria de não precisar ser. Gostaria que ele fosse mais forte. Gostaria de poder ter certeza de que largaria tudo por mim, como larguei por ele.

Sufoco o pensamento em minha cabeça, digo a mim mesma que estou sendo irracional. Não posso esperar que todos sejam tão corajosos e ousados quanto eu.

— Você tem de nos dizer o que lhe aconteceu na sexta-feira — diz Waterhouse, sua voz grave com a força de um golpe inesperado.

— Isto é sobre muito mais do que Tim Breary, seu ego e sua esposa morta ou sobre a noite passada.

— O quê? O que quer dizer?

O olhar direto dele não indica qualquer intenção de fazer acordo: se eu quiser ouvir, primeiro terei de falar.

Dirijo minha resposta a Charlie.

— O emissário de Jason colocou um saco plástico sobre minha cabeça e o prendeu com fita no pescoço. Achei que ia me sufocar, mas ele então abriu um buraco no plástico perto da minha boca para que eu pudesse respirar. Prendeu meus pulsos atrás das costas com fita. Não sei quando fez isso. Acho que devo ter desmaiado com o choque. Sei que passou o braço pelo meu pescoço e apertou. Foi o primeiro movimento quando ele veio por trás de mim, esmagando minha traqueia.

— Eu deveria ter insistido em levá-la ao hospital — Charlie diz.

— Teria sido perda de tempo. Eu estou bem fisicamente.

— Continue — Waterhouse diz. Parece uma intrusão, embora os três supostamente estejamos participando da mesma conversa.

— Quando você estiver pronta, Gaby — diz Charlie, lançando-lhe um olhar que me faz pensar se ela está cansada de ser o antídoto a ele.

Como eu e Tim? Não, eu afasto o pensamento.

— Não há pressa.

— Obrigada, mas eu prefiro acabar com isto — digo. Por que as pessoas sempre querem que você se demore nas coisas ruins? *Use o tempo para contar novamente os detalhes da pior experiência da sua vida a um ritmo de uma palavra por dia, faça a história durar três anos em vez de uma hora. Não, obrigada.* — Ele disse que tinha ido lá para me ensinar uma lição. Eu perguntei qual era, mas ele não me contou logo; isso teria sido rápido e fácil demais. Eu tinha de sofrer antes, para que a lição deixasse uma impressão em mim. Ele soltou meu cinto e minha calça, a baixou até os joelhos, baixou minha lingerie. Nesse momento, achei que ele ia me estuprar e matar, mas não fez isso. Em vez disso, me fez diversas perguntas doentias: qual a pior coisa que ele podia fazer comigo? Aquilo era o mais assustada que eu já tinha ficado? Eu estava mais assustada ou mais humilhada com o que ele estava me fazendo? Esse tipo de coisa.

— Cretino pervertido — Charlie murmura.

Será que Lauren ouviu minhas respostas? Não posso, de modo algum, ter essa possibilidade em mente: a ideia de que ela era a plateia. Bloqueio isso.

— O plano dele era me assustar, depois poupar — digo. — Encher minha cabeça com o pior que podia acontecer, depois me soltar, me dar a chance de ser boa e obedecer a suas ordens: ficar longe de Lauren, não dizer nada a ninguém sobre o que havia feito comigo. Ou da próxima vez seria pior. Ele não disse isso, mas era claro o que queria dizer.

E aqui estou eu contando à polícia. Minha visão falha; tenho de fechar os olhos. Estou tentando provar a mim mesma que não tenho medo de uma próxima vez? Não vai funcionar. Estou petrificada; toda célula em meu corpo sabe disso.

— O que aconteceu, então, depois que ele a avisou? — Charlie quer saber.

— Assim que ele se convenceu de que eu havia aprendido a lição que queria me ensinar, soltou meus pulsos e foi embora.

— Eu lamento muito, Gaby.

— Obrigada.
Essa é a resposta adequada? Eu sempre odiei a fusão linguística de desculpas e simpatia. Há algo errado nisso. Eu teria preferido que ela dissesse: "Essa é a coisa mais horrenda que já ouvi." Exceto que não é; ela deve ter ouvido histórias muito piores do que as minhas, do tipo que produz manchetes chocantes: "Estuprada e deixada para morrer." "Estuprada, torturada e deixada para morrer de fome." Quem iria querer ler "Não estuprada e nem mesmo ferida"?.

— Eu vou lhe mostrar outra fotografia — Waterhouse diz. Seis segundos depois, ele enfia a mão na pasta. Espero que sua mão reapareça, mas não, não imediatamente. — Está pronta?

Eu gostaria que ele simplesmente mostrasse, em vez de demorar. Se preciso ser alertada, isso tem de significar que há algo a temer.

Ele segura a fotografia diante de mim.

— Esse é Jason Cookson — digo, tão enojada quanto estive na sexta-feira com sua barba crespa de pentelhos e o cabelo frisado à altura do ombro. Talvez não seja de ficar preso em um rabo de cavalo, talvez ele simplesmente cresça assim.

— Esclarecendo, pode nos dizer se e quando viu este homem antes? — Waterhouse pede.

— Eu disse a Charlie ontem. Encontrei Jason na sexta-feira, na Dower House. Os portões se abriram quando cheguei, e ele saiu de carro.

— Ele se identificou a você como Jason Cookson?

— Não. Não precisava. Eu sabia que era ele.

— Como?

— A tatuagem no braço: "Iron Man." Lauren me contou na Alemanha que Jason havia participado do Iron Man Challenge. Três vezes — acrescentei, desnecessariamente.

— Além da tatuagem, teve alguma outra razão para acreditar que o homem no carro fosse Jason Cookson? — Waterhouse pergunta.

— Sim. O modo como ele falou sobre Lauren e me avisou para não chegar perto dela. Foi... dominador, protetor. Por quê? O que importa como eu sabia?

— Você não sabia. Não podia saber algo que não é verdade.

Ele olha para Charlie. Eu não entendo suas palavras, mas consigo ler os olhos dele, e os dela: eles estão tendo uma discussão silenciosa sobre qual deles irá me contar. Contar o quê?

— O homem na foto não é Jason Cookson — Waterhouse finalmente diz. — É Wayne Cuffley, pai de Lauren Cookson.

A sala se inclina. Fecho os olhos até que a sensação passe, até estar pronta para recolocar as coisas na ordem certa. Eu poderia estar errada? Não consigo pensar. Preciso ser científica sobre isso: avaliar minha certeza antes de falar. Primeiro preciso repassar.

— Mas... ele é jovem demais. Ele tem uns quarenta anos, não?

Sei que isso não prova nada. Ouço a voz de Lauren em minha cabeça: *Em vinte anos eu terei quarenta e três. Ninguém de quarenta e três anos tem netos.*

Mas alguns de quarenta e três têm filhas de vinte e três.

— Wayne Cuffley tem quarenta e dois — Waterhouse diz. — Ele só é seis meses mais velho que Jason Cookson.

— Ontem você disse que Jason também poderia ter "Capanga" tatuado na testa para aumentar sua coleção — Charlie diz. — Não saquei até hoje de manhã. Eu me dei conta de que você se referia à coleção de tatuagens dele, e eu sabia que ele não tinha nenhuma. Não há nenhuma tatuagem no corpo de Jason.

Como ela pode saber? Ela viu todas as partes do corpo dele? A ideia me faz querer vomitar.

Tudo o que tenho é um forte desejo de dizer que ela tem de estar enganada, ela e Waterhouse. Quero que o homem que encontrei junto aos portões da Dower House seja Jason porque odeio estar errada. Não é suficiente. Não consigo pensar em qualquer motivo pelo qual o pai de Lauren não teria completado o Iron Man Challenge pelo menos uma vez. E sei que ele é fã de tatuagens; Lauren tatuou "PAI" no braço a pedido dele — o braço livre, aquele que ainda não tinha sido ocupado pelo nome de Jason. Fico pensando se Wayne Cuffley tem uma tatuagem de "FILHA" que não notei na sexta-feira. Jason não retribuiu; talvez Wayne também não tenha. Será que todos os homens na vida de Lauren a tratam como seu muro grafitado?

— Tudo bem — digo finalmente. — Cheguei a uma conclusão idiota.

— A outra foto, a primeira... — começa Charlie, depois deixando a frase pela metade.

— Eu rasguei a outra foto. Ela não existe mais. Capanga X. Não quero saber. Não quero ouvir isso.

— O homem na fotografia que você rasgou era Jason Cookson — Waterhouse diz.

— Eu sabia que você ia dizer isso. Eu sabia.

— Estou dizendo porque é verdade.

Não deveria fazer diferença. Entrei aqui sabendo que Jason Cookson era responsável pelo que me acontecera; por que deveria sentir como se tivesse usado Waterhouse como um canal para me atacar novamente, como se o mal tivesse chegado um passo mais perto?

— Gaby, há algo que preciso lhe contar que pode ser chocante — Charlie diz.

Você consegue ficar chocado quando já está em choque? Em um mundo ideal, o segundo choque cancelaria o primeiro. Jason Cookson cancelaria Wayne Cuffley; nenhum dos dois existiria.

— Gaby?

— O quê?

— Jason Cookson está morto. Sua morte não foi natural nem acidental.

Bom. Bom para as duas declarações.

— Gaby? Você ouviu o que eu disse? Jason foi morto.

— Eu ouvi — digo a ela. — Estou contente.

20

13/3/2011

—— Jason Cookson e Francine Breary — disse Proust, de pé diante do quadro branco onde suas fotografias ampliadas estavam afixadas. — O que eles têm em comum? Vamos lá. Nenhuma resposta é óbvia demais.

— Ambos assassinados — Sellers afirma.

— Exceto essa, detetive. Esforce-se mais.

Sam não tinha nada a oferecer, óbvio ou não. As duas taças de vinho que ele deixara escorrer pela garganta ao chegar em casa na noite anterior haviam desfocado a imagem do corpo morto de Jason Cookson em sua memória, mas ele estava pagando o preço disso naquela manhã. Devo estar ficando velho, pensou. Desde quando duas taças de vinho eram suficientes para deixá-lo de cabeça confusa no dia seguinte?

— Duas pessoas com quem você não iria querer ter uma relação — Gibbs disse. — Ambos agressivos com os companheiros de diferentes formas.

— Evidências? — cobrou Proust.

— A descrição de Kerry Jose do casamento de Tim e Francine Breary, e o catálogo de horrores da ex-namorada de Cookson.

— Ouvi dizer — disse Proust. — Ainda assim, não acho que duvidamos de nada disso, não é? Então, agora que estamos todos certos de que foi Cookson quem aterrorizou Gaby Struthers, seria interessante ouvir o que ela tem a dizer sobre o que aconteceu na sexta-feira, supondo que Waterhouse e a sargento Zailer consigam arrancar algo dela. Se ela não falar, provavelmente será por estar constrangida demais para entrar no tipo de detalhe que conseguimos esta manhã da ex de Cookson, Becky Grafham: forçada a ficar de pé nua em uma cadeira no meio da sala com um laço ao redor do pescoço preso a uma luminária, despida e penetrada com um tubo de batom por sair com maquiagem demais. Etcetera. Junte isso ao que Kerry Jose contou à sargento Zailer sobre o sofrimento infligido a Tim Breary por Francine e podemos concluir... O quê? Ah, vamos lá, não é difícil! O mundo por acaso está pior sem esses dois nele? — disse Proust, batendo no quadro com as costas da mão.

— Então estamos do lado do assassino? — Gibbs perguntou.

— Estamos do lado da lei. Dito isso, provavelmente não estamos procurando o inútil egoísta habitual, mas um altruísta com uma forte noção de justiça. Qualquer um que corresponda à descrição lhes vem à mente?

— Lauren Cookson — arriscou Gibbs.

Sellers deu um risinho.

— Estou falando sério. Quando Gaby Struthers veio na sexta-feira, eu sugeri a ela que Lauren poderia ter matado Francine Breary. Gaby disse que não, que Lauren acharia injusto assassinar alguém.

— Ela poderia ter aberto uma exceção para Jason, supondo que a tivesse submetido ao mesmo tipo de tortura que infligiu a Becky Grafham — destacou Sellers.

— Ela tem um álibi — Sam disse. — Jason foi morto entre meia-noite e 4 horas da madrugada de sábado, a princípio. Lauren estava...

— Não é possível matar alguém a princípio, sargento.

— O horário é a princípio, foi o que quis dizer. A autópsia vai confirmar.

— E quando isso acontecer, o álibi de Lauren Cookson continuará sendo inútil e um insulto a todo policial e vítima de crime violento em Culver Valley, porque os mesmos mentirosos que dão esse álibi, Dan e Kerry Jose, também disseram que Jason Cookson estava em casa na sexta-feira a partir de 16h30. Talvez estivesse, mas, caso positivo, ele também estava sendo assassinado naquele período, o que ninguém mencionou. Eu chamaria isso de omissão significativa; você não, sargento?

— Sim, senhor. Tentei ligar para os Jose e Lauren esta manhã logo cedo. Também fui até lá. Ninguém atende telefones ou portas.

— Bom — disse Proust.

— Bom?

— Qual o sentido de falar com eles? — rosnou o Homem de Neve. — Qual o sentido de escutá-los? Eles só fazem mentir. Vamos descontar tudo que eles nos disseram e, em vez disso, usar nossos cérebros. Lauren Cookson *não* tem um álibi para o assassinato de Jason; não um que valha alguma coisa.

Sam concordou, embaraçado. Ele não precisaria ter sido lembrado disso se não estivesse de ressaca.

— Os Encrenqueiros da Dower House não denunciaram o desaparecimento de Jason Cookson na noite de sexta — Proust disse.

— O que isso nos indica?

— Eles sabiam que ele não estava em casa — Gibbs contou.

— Sabiam que estava ocupado sendo morto em algum outro lugar, e sabiam quem o estava matando. Poderia ter sido qualquer um deles ou alguém conhecido deles: Gaby Struthers, talvez. Seja como for, eles sabiam.

— Nesse caso, não faria sentido eles comunicarem seu desaparecimento? — perguntou Proust. — É o que eles teriam feito se fossem inocentes e não tivessem ideia de onde Cookson estava.

— É possível que precisassem de tempo para cobrir seus rastros — Sam disse. — Eles não iam querer ninguém procurando por Jason enquanto faziam isso, então fingiram que o sujeito não estava desaparecido. Embora isso obviamente contradiga o que aconteceu em seguida.

— Então o quê, eles mudaram de ideia? — perguntou Proust, intrigado. — Em vez disso, decidiram rolar o corpo de Cookson pelo nosso estacionamento na direção dos seus pés?

— A decisão de desovar o corpo na delegacia pode ter sido um desvio do plano original — Gibbs disse.

— Certamente foi um desvio do plano de Cookson de ajudar o amigo a reformar a casa no sábado — Proust disse. Por alguns segundos, o indício de um sorriso ao redor dos seus lábios. — Certo, vamos procurar em toda parte onde Cookson, provavelmente, foi morto: invadam a Dower House se preciso. A casa de Sean Hamer, o quarto de hotel de Gaby Struthers...

— O trabalho de Gaby? — sugeriu Sellers. — As casas dos pais de Lauren?

— Todos os acima mencionados. E... — disse Proust, se interrompendo e inclinando para a direita, olhando para além de Sam.

— Policial Meakin, aquela porta deveria estar fechada. Como não está, sugiro que se coloque do outro lado de onde ficaria caso estivesse. E assuma a postura de um homem feliz de ser ignorado até o final de uma reunião para investigação de caso, tendo em mente que ninguém liga se está feliz ou não.

— Senhor, há um homem lá embaixo perguntando sobre o assassinato de Francine Breary. Achei que deveria subir e contar. Ele quer conversar com um detetive.

Proust inspirou de modo soturno: o equivalente respiratório de puxar o arco antes de disparar a flecha.

— Há quatro homens aqui em *cima* perguntando sobre o assassinato de Francine Breary, Meakin. Você acabou de interrompê-los.

— Ele também quer confessar um assassinato, senhor. Nada a ver com Francine Breary, ele diz.

— Entendo. Um desses. Ele quer ficar de pé na recepção e dizer "assassinato" o quanto puder?

— Ele pode ser maluco, mas acredita ter matado alguém na noite de sexta-feira; um homem chamado Jason Cookson.

— O quê?

Meakin recuou um passo quando Sam, Sellers e Proust foram todos na sua direção ao mesmo tempo.

21

Domingo, 13 de março de 2011

Jason Cookson morto. O marido de Lauren. O homem que me atacou.

— Certo — digo, apenas para falar algo. O som de minha voz é a prova de que não estou só; se estivesse, não me preocuparia em falar. Não posso deixar que Charlie e Waterhouse vejam como estou tendo dificuldade de processar cada nova informação. Sorte que seja impossível ler mentes; no momento, a minha seria ilegível. Eles provavelmente mandariam me desmontar.

Eu gostaria que Wayne Cuffley também estivesse morto, embora ele, provavelmente, não tenha tido nenhuma relação com o que me aconteceu na sexta-feira. Seu alerta foi o mesmo de Jason: fique longe de Lauren. Isso é suficiente para fazer com que eu o deseje morto. Ele pode não ter feito o que Jason fez a mim, mas estou certa de que teria aprovado.

— Quem fez isso? — pergunto.

— Está se referindo a quem matou Jason?

Por uns cinco segundos, fico pensando se eu poderia tê-lo matado, depois arquivado a lembrança em uma parte inacessível do meu cérebro, para evitar me entregar.

Eu gostaria de não ter rasgado a fotografia. Uma necessidade toma conta de mim: olhar para seu rosto e saborear o conhecimento de que ele está apodrecendo em um necrotério em algum lugar. Provavelmente perto; faria sentido o necrotério ser perto da delegacia.

Gostaria de ver Jason na fria carne sem vida, despido em uma bandeja dentro de uma comprida gaveta prateada. Há uma forma educada de pedir isso?

— Jason foi morto entre meia-noite e 4 horas da manhã de sábado — Waterhouse diz. — Exatamente quando não sabemos do seu paradeiro. Gostaria de saber onde você estava. Acho que a sargento Zailer já lhe falou sobre ter direito a um representante legal.

— Não quero um advogado. Gostaria de ter assassinado Jason Cookson, mas não fiz isso. Se eu fosse uma plagiadora como Tim, poderia tentar levar o crédito.

— Gaby, nem por um segundo achamos que você matou Jason — Charlie diz. — Sei que não.

— Não, você não sabe. Você só terá certeza se eu lhe disser onde passei a noite de sexta-feira.

— Vá em frente — diz Waterhouse. — Quanto mais cedo fizer isso, mais cedo vou parar de me perguntar se você fingiu não conseguir identificar um homem que você tinha bons motivos para querer morto.

— Entre meia-noite e 4 da manhã? Eu estava no estacionamento da biblioteca Proscenium, na Teago Street.

— No seu carro? — Charlie pergunta.

— A maior parte do tempo, é. Cheguei por volta de onze e fiquei lá até sete e quinze da manhã seguinte.

— Teago Street? — Waterhouse reage, franzindo o cenho. — Eu estive na Proscenium; fica em The Mallows.

— A entrada do estacionamento é na Teago Street, atrás da biblioteca — digo a ele. — É um estacionamento particular com um grande portão e um teclado numérico. Apenas funcionários e sócios conhecem a senha. Geralmente está bem vazio depois das seis, quando a biblioteca fecha, e sempre totalmente vazio depois das onze, onze e quinze. Qualquer sócio que tenha estacionado ali para jantar ou ir ao cinema ou ao teatro já terá partido essa hora. Converse com a bibliotecária, May Geraghty. Peça a ela a gravação da câmera do estacionamento na noite de sexta. Ela ficará extasiada. Ela se orgulha mais do seu sistema de segurança de primeira linha do que qualquer pessoa normal que não é obcecada por livros raros poderia imaginar.

— Câmera de segurança? — reage Waterhouse, transmitindo, com o olhar, outra mensagem silenciosa a Charlie.

— Houve duas invasões ano passado — digo a ele. — Todos os sócios se reuniram para pagar pelas câmeras. Cinco libras na maioria dos casos. Pessoas cujas vidas giram em torno de livros de antiquário não costumam ter dinheiro. Eu contribuí com mais de metade do dinheiro. Na época me pareceu importante proteger a coleção da Proscenium, e parece ainda mais importante agora.

Sem minha contribuição, as câmeras não poderiam ser compradas; eu não poderia provar que não matei Jason Cookson.

— Então, se eu vir a gravação, verei você? — Waterhouse pergunta. — Ou apenas seu carro?

— Você verá o carro entrar e passar a noite lá. Será uma visão excitante para você. Uma ou duas vezes você me verá saltar do carro, ficar ao lado dele chorando, depois entrando de novo. Você estará no meio da poltrona. Significando que de modo algum na beirada da poltrona — digo em resposta à expressão confusa de Waterhouse.

— Era o que Tim costumava dizer sobre filmes tediosos. "Passei o tempo todo no meio da poltrona."

— Por que você saltou do carro uma ou duas vezes? — Charlie pergunta.

— Para provar a mim mesma que não estava presa em uma caixinha de metal. Foram mais de duas vezes. Três ou quatro vezes, talvez. Na maior parte do tempo, eu me sentia mais segura dentro do carro com as portas trancadas, mas então começava a entrar em pânico, imaginando não conseguir respirar, ficar sem oxigênio. E se eu não conseguisse abrir a porta e sair caso precisasse? E se as trancas quebrassem? Eu tinha de sair para o ar livre quando começava a pensar assim.

— Mas então você voltava para dentro do carro e trancava as portas novamente, sabendo o efeito que isso teria em você. Convidando o pânico a voltar — diz Waterhouse, não parecendo impressionado.

Ele está falando sério?

— Eu estava sendo incoerente, sim. Bem notado. Lamento, mas a maioria das vítimas de ataques aterrorizantes costuma ser mais concentrada do que eu? Elas sacodem a poeira e, imediatamente, começam a buscar um objetivo coerente?

— Não — ele responde. — Embora você não seja o que eu chamaria de típica.

— Mesmo? Talvez eu tenha de visitar outro sistema solar para encontrar algo que você chame de típico — falo e viro minha cadeira na direção de Charlie. — Eu não conseguia ficar de pé ao lado do carro a noite inteira. Estava gelado. Eu não conseguia... Sentia como se o frio fosse me matar caso ficasse ali fora, e não sabia onde ele estava; Jason. Ele poderia se esgueirar até mim novamente. Eu estava em um estacionamento vazio em uma parte silenciosa da cidade, ninguém por perto. Sei que parece idiota.

— De modo algum — Charlie diz.

— Ele me atacou em frente à minha casa quando achei estar totalmente segura. Não houve alerta. Eu não o ouvi chegar. O que o impediria de fazer isso novamente? — pergunto e rio, surpreendendo tanto a mim quanto a Waterhouse e Charlie. — Se eu me fizesse essa pergunta, teria uma resposta, não é mesmo? Morte violenta. A melhor resposta possível para a pergunta sobre Jason Cookson.

Gosto do som da minha voz dizendo essas palavras, como se tivesse planejado friamente seu extermínio.

— Como ele morreu?

Ele sofreu o suficiente?

— Você poderia preencher uma lacuna para mim? — pede Waterhouse. — Você foi atacada atrás de sua casa no começo da noite, mas não chegou ao estacionamento da Teago Street antes das onze. Onde você esteve nesse intervalo?

— Dirigindo. Fui ao aeroporto de Combingham e voltei duas vezes.

Mais comportamento atípico; fico pensando se Waterhouse conseguirá suportar.

— Eu não queria me arriscar a ir ao estacionamento da Proscenium cedo demais para o caso de haver mais alguém lá e me vir.

— Por que o aeroporto de Combingham?

— Nenhuma razão em particular. Eu vou de carro para lá o tempo todo. Não consegui pensar em nenhum outro lugar.

— Por que não estacionar em algum lugar? No acostamento de uma rua secundária?

— Alguém que me conhecesse poderia ver meu carro. As pessoas caminham pelas ruas, não é mesmo? *Ele* poderia ter passado ou alguém. Se alguém tivesse batido na janela, eu teria de falar com a pessoa.

— Por que o estacionamento da Proscenium como local para passar a noite? — Waterhouse pergunta. — Por que não um hotel ou a casa de um amigo?

— Você não está me escutando. Eu não queria ter de lidar com ninguém. Sabia que ninguém entraria no estacionamento àquela hora da noite, e você não pode entrar a pé quando o portão está fechado; é fisicamente impossível.

— Está tudo bem, Gaby. Nós entendemos.

— Você talvez. Ele não.

— Eu não — concordou Waterhouse. — Dois minutos conversando com um recepcionista no saguão claro e quente de um hotel e você poderia ter se trancado em um quarto confortável para passar a noite. Em vez disso, escolhe um estacionamento frio e deserto.

— Sim. Você está certo. Foi o que eu escolhi; não ser *típica* — digo, cuspindo a palavra nele. — E daí? Você logo estará vendo um filme mudo em preto e branco da câmera de segurança, estrelado por mim não matando Jason Cookson, a noite inteira. Você queria provas, e eu as dei a você.

— E agora eu quero algo mais — diz Waterhouse em voz baixa. — Quero ficar confiante de que você não tem nada a ver com o assassinato de Jason. Não matá-lo e não estar envolvida são duas coisas diferentes.

Rio.

— Você acha que eu saquei meu BlackBerry e rapidamente providenciei a morte dele? Meu assassino preferido por acaso tinha um horário vago em cima da hora?

— Você não carece de dinheiro para um belo hotel — Waterhouse me diz. — Você, presumivelmente, tem pais ou parentes para onde poderia ir. Colegas, amigos na Dower House; Kerry e Dan Jose. Fico pensando por que fez questão de passar uma noite desconfortável sob o olhar de uma câmera de segurança quando tinha tantas outras opções.

— Ela não queria ver ninguém, Simon — Charlie diz, impaciente.

— Há algo que ela não está nos contando — diz Waterhouse, os olhos fixos em mim.

— Você acha que fui ao estacionamento da Proscenium, sabendo que seria filmada, para criar um álibi? — pergunto a ele.

— Você fez isso?

— Não!

— Não acredito em você.

Por que Waterhouse não é uma fotografia que eu possa rasgar? Por que tem de ser real?

— Suponho que você queira ir ver Tim hoje? — ele pergunta.

— Simon, Deus do céu — Charlie murmura.

Seja gentil com a quase vítima de estupro, é o que ela quer dizer; não ameace os restos humanos — isso poderia liberar toxinas daninhas.

Se ele está tentando me fazer sentir culpada, não está funcionando.

Eu não demando tratamento especial, e quero que ambos saibam disso.

— Se você quer saber, eu lhe contarei, mas não me culpe quando desejar não ter perguntado. Durante o ataque eu vomitei em mim mesma. Também perdi o controle dos intestinos. Quando acabou, quando tive certeza de que ele havia ido embora, meu primeiro pensamento foi "Como vou me limpar?". A coisa mais básica, mas eu não conseguia pensar em um modo de fazer. Eu acabara de largar Sean... — digo, e me interrompo. — Não. Mesmo que não tivesse, eu não voltaria para dentro de casa naquele estado. Sean nunca fez que eu me sentisse melhor sobre alguma coisa. Quanto mais difícil a situação, pior ele me faz sentir.

— Gostaria que você tivesse vindo diretamente para cá — Charlie diz.

Eu a ignoro. É um desejo irracional que não leva em conta nada do meu. Ela, provavelmente, só disse isso para soar simpática e porque sabe que Waterhouse não tentará; eu o deixei mudo novamente.

— Eu tinha roupas limpas na mala que tinha feito pouco antes de sair, mas estava imunda. Precisava me lavar, mas não conseguia pensar em algum lugar aonde ir em que não precisasse ter contato próximo com ninguém. Se não podia me lavar, então não queria ser vista, evidentemente. O estacionamento da Proscenium foi a melhor ideia que tive; a única ideia. Pensei na câmera, o quanto ela ia revelar caso alguém visse a gravação. Não que eu achasse que fossem fazer isso em um milhão de anos.

— Simon? Acho que você deveria dizer a Gaby que acredita nela agora.

— Ela ainda não terminou — ele retruca, pétreo. — Você a interrompeu.

— Não há muito mais a dizer.

Ele ainda não ouviu o suficiente? E se ainda não estiver convencido? Eu agora disse tudo a ele; não há nada mais que possa fazer.

Sim, há.

Um detalhe pequeno, mas crucial, provará que estou contando a verdade.

— Eu virei o carro antes de sair pela primeira vez — digo. — Veja a gravação da câmera. Você verá que entrei, estacionei, e então, cerca de uma hora depois, fiz uma manobra e voltei de ré para a mesma vaga, mas com o carro virado para o lado oposto. Fiz isso para que o carro fosse uma barreira entre mim e a câmera, quando eu saltasse pelo lado do motorista. Não queria ser filmada naquele estado, mesmo se ninguém nunca fosse ver.

Lamentável, não é?

— Por que mais eu teria feito isso? Você consegue pensar em alguma outra razão?

— Não. Para onde você foi quando saiu do estacionamento às sete e quinze da manhã de sábado?

Não. Ele decididamente disse isso; não imaginei. Isso significa que ele acredita em mim?

— Fui para casa. Minha antiga casa — me corrijo. — Sean vai à academia todo sábado. Sai às sete e quinze, chega lá às sete e meia, fica até às nove e meia. Eu entrei, tomei banho, ensaquei minhas roupas sujas. Depois tive de ir a algum lugar me livrar delas, e...

— O quê? — pergunta Waterhouse, lançando-se sobre minha hesitação.

— Eu tinha passado a noite em uma pilha de papelão velho, da mala do carro. Também precisava me livrar daquilo.

— Obrigada por ser tão honesta conosco, Gaby — Charlie diz. — Vou lhe dar o telefone de alguém que acho que você deveria procurar. Um conselheiro.

— Mesmo? — reajo, fingindo empolgação. — Por que não disse antes? Isso vai resolver tudo.

— Você passou por um inferno dos piores. Deveria conversar com alguém que possa ajudá-la a lidar com isso.

Waterhouse tira um envelope da sua pasta. O meu envelope, com o nome de Lauren nele. Ele o coloca na mesa entre nós.

— Não entregamos isso a Lauren Cookson.

— Estou vendo.

— Mas eu li. Gostaria que você lhe entregasse, pessoalmente, se puder.

— Lauren matou Jason?

Ela o matou por causa do que o viu fazer comigo? Ela preferia não ter visto se isso significasse que Jason ainda estaria vivo?

— Não sabemos. Lauren sabe; esse é o problema. Ela sabe tudo o que eu quero saber e tudo que você quer saber: quem matou Jason, quem matou Francine Breary, por que Tim Breary não deve estar na prisão, por que ele acabou lá e parece querer ficar — diz Waterhouse, suspirando. Por alguns segundos, ele soa e parece humano. — Se lhe entregarmos sua carta, corremos o risco de ela associar você a nós. Se fizer isso, não lhe dirá nem mais nem menos do que está nos dizendo.

— Mentiras, porra, e mais mentiras — diz Charlie.

— Se ela achar que você não tem nada a ver conosco, se conseguir convencê-la de que guardará seus segredos...

— Não vai funcionar — digo. — Lauren é idiota, mas não tão idiota. Ela sabe que eu faria ou diria qualquer coisa para tirar Tim da prisão.

— Errado — Waterhouse diz. — Ela sabe que você faria qualquer coisa *por* Tim, e sabe que ele quer ficar onde está. Você poderia tentar persuadi-la de que se é o que ele quer, então é o que você também quer. Então ela poderia se sentir segura e lhe contar a verdade.

Lágrimas ardem em meus olhos.

— Como você sabe que isso é o que ele quer? — pergunto. — Como alguém poderia levar a culpa por um assassinato que não cometeu? Não ligo para o que Tim quer! Se ele quer ficar na prisão quando não fez nada de errado, então ele é *insano*!

Não quero amar um homem que é tão maluco. Quero inventar uma versão melhor, uma que não faça nenhuma das coisas irritantes e chocantes que o Tim real faz.

Ele mentiu para mim quando disse que o havia inventado. Ele estava apostando em apelar à minha vaidade, e funcionou. A verdade é que fracassei em inventar o Tim que eu queria — o Tim ideal —, embora tivesse tentado por anos.

Não posso parar de tentar agora. Gaby Struthers não chegou aonde está hoje desistindo.

— Eu posso persuadir Tim a contar a verdade a vocês — digo. — Sei que posso.

Leve-me para vê-lo.

— Voltando a Lauren — Waterhouse diz. — Eu li as anotações que o detetive Gibbs fez após conversar com você na sexta-feira. Você disse a ele algo que Lauren lhe contou, sua explosão no aeroporto de Dusseldorf. Vou ler para você. Diga se está correto, como se lembra. "Mocinha Escrota Metida, você! Claro que é! Aposto que você nunca deixou um homem inocente ir para a cadeia por assassinato."

— Literal — confirmo.

— Você supôs, como eu inicialmente, e como Gibbs, que Lauren estava se criticando por não ser ética: ela estava deixando um homem ser preso por um crime que não tinha cometido, e ela se sentia culpada por isso. Você considerou sua explosão um jorro de culpa que ela não conseguiu conter.

— Não exatamente — retruco. — Decididamente havia alguma culpa, mas ela escapou por acidente. Sua intenção era me acusar de desconhecimento de torre de marfim.

— Explique — Waterhouse ordena. *Meio homem, meio dalek.*

— Ela estava insinuando que eu não poderia compreender como as coisas eram difíceis para ela. Eu poderia achar que ela era antiética por deixar Tim ir para a prisão, devia achar que nunca faria algo tão imoral, mas eu tinha o desplante de me parabenizar por minha superioridade quando eu não sabia o que ela enfrentava. Um caso de "Não jogue pedras até ter morado na minha casa de vidro".

— Interessante — diz Charlie.

— Eis outra interpretação — diz Waterhouse. — "Você acha que é melhor do que eu, mas isso é babaquice. Você supõe que sempre é errado deixar um homem inocente ir para a cadeia por assassinato, enquanto eu entendo que é certo para Tim fazer isso. Você nunca conseguiria porque é convencional demais, preto e branco demais. Não é eticamente sofisticada ou nuançada."

Rio.

— Eticamente nuançada? Você conheceu Lauren Cookson, certo?

— Ela usou a palavra "deixar". "Deixar um homem inocente ir para a cadeia por assassinato." Verdade que poderia significar se colocar de lado e permitir que acontecesse. Ou ela poderia ter querido dizer conceder o desejo dele.

— Isso explicaria muito — diz Charlie. Pela sua expressão, fica claro que ela não ouviu antes a teoria de Waterhouse. Mais preocupante, fica igualmente claro que está disposta a aceitá-la com base em nenhuma prova. — Kerry e Dan Jose, os melhores amigos de Tim, também estão concedendo o desejo dele permitindo que fique na prisão. As mentiras deles o mantêm lá; suas mentiras e as dele.

— Como pode ser bom para Tim ir para a prisão pelo assassinato da esposa quando ele não fez isso? — Waterhouse me pergunta. —

Por que isso é o que ele quer? Qualquer razão na qual consiga pensar, Gaby, por mais improvável que pareça, eu quero ouvir.

Anestesiada por dentro, tento ignorar minha voz na cabeça me dizendo coisas que não quero ouvir.

Ele quer ficar na prisão porque precisa de um modo de evitar você, agora que Francine está morta.

Não. Não pode ser. Sei que Tim me ama. Eu sei disso.

Mesmo? Por isso os princípios dele e seu medo de Francine significaram mais para ele do que você? Por isso lhe disse para sair de sua vida e nunca mais entrou em contato?

Waterhouse enfia a mão na pasta novamente e tira uma folha amassada de papel A4. Ele a desdobra e me entrega.

— Tim me pediu para lhe dar isto — diz. — É um poema.

Pego a página da mão dele. A minha está tremendo.

— Ele me disse para lhe dizer que vinha de O Portador. Você sabe o que isso significa?

Seu desgraçado, Tim.

De início, não consigo me concentrar no poema. A escrita de Tim é tudo o que vejo; seu único significado é ser dele. Ele segurou a caneta, tocou o papel, o dobrou...

— Ontem você disse a Charlie que Tim não é O Portador e que Kerry Jose é. O que quis dizer?

Waterhouse pode esperar até que eu tenha acabado de ler. Começo a chorar na metade. Leio o soneto de novo, e mais uma vez.

— Gaby? — Charlie chama gentilmente.

Balanço a cabeça.

— Kerry sabe que ela é O Portador?

— Ah, sim. Ela sabe.

— Portador do quê? — Waterhouse pergunta. — Uma doença? Algum tipo de fardo?

Limpo os olhos.

— Nem um nem outro. Não quero falar sobre isso. É pessoal.

— Quem e o que é O Portador? — Waterhouse pergunta de novo, como se não tivesse acabado de me ouvir dizer que não vou contar. — Você sabe por que Tim queria que você recebesse esse poema? O que significa?

Apaixonar-se é um paradoxo assim. / Ou acontece como um trovão, / Então quando dá sentido às nossas vidas ele mente...

— Isso é fácil — digo.

— O que significa?

Ou havia muito esperávamos pelo beijo / Que nos mudou, e, sabendo como sacudiria / Nosso ser, não podemos sentir surpresa.

— Não posso falar pelo poeta, mas posso lhe dizer o que Tim quer dizer com ele.

Por mais ridículo e imaturo que seja, tenho uma súbita urgência de correr para a Proscenium e procurar em cada volume até encontrar o poema perfeito para mandar de volta para ele. Idiota; estou prestes a vê-lo pessoalmente. Qualquer coisa que queira dizer a ele, posso falar diretamente, e não em quadras rimadas.

E ele não ouvirá tão claramente.

— Significa que ele não confia no amor — digo a Waterhouse.

22

13/3/2011

Sam respirou fundo antes de voltar à sala de interrogatório. Wayne Cuffley trouxera com ele uma nuvem de cheiro ruim, que não iria embora antes dele: uma combinação de loção pós-barba forte, fumaça velha e roupas que não secaram o suficiente após serem lavadas.

— Sua advogada está a caminho — Sam disse. — O nome dela é Rhian Broadribb. Caso queira, podemos esperar pela chegada dela antes de continuar o interrogatório.

— Qual o sentido? — Cuffley disse. — Não tenho nada a esconder.

Sam se sentou diante de Cuffley do outro lado da grande mesa. O equipamento audiovisual da delegacia ficava cada vez mais sofisticado, e cada sala de interrogatório tinha uma disposição diferente. Aquele só podia ser operado por controle remoto. Sam o pegou e apertou o botão que significava, embora não ajudasse dizendo, gravar.

— Detetive Sam Kombothekra interrogando Wayne Cuffley no domingo 13 de março de 2011. Interrogatório reiniciado 14h15. Sr. Cuffley, o senhor confessou o assassinato de seu genro Jason Cookson. Está correto?

— Sim.

— Gostaria que repetisse o que me disse antes de termos feito o intervalo.

— Por quê? Para conferir que não escorrego e digo algo diferente?

— É padrão. O senhor pode inadvertidamente ter deixado de fora algum detalhe importante.

Nenhuma reação de Cuffley além de uma visível contração dos músculos do braço. Sua tatuagem de "Iron Man" se torceu, esticada. Nunca uma arte corporal fora mais culpada de publicidade enganosa, Sam pensou. Cuffley não era um super-herói enorme. Sua cabeça era pequena demais para o corpo pequeno e musculoso, e seu cabelo desgrenhado fazia com que parecesse ainda menor.

— Eu matei Jason, enrolei seu corpo em plástico-bolha, coloquei no banco de trás do meu carro e o trouxe para cá, a delegacia policial. Minha esposa Lisa dirigiu o carro. Fiquei sentado no banco de trás com o corpo. Eu o empurrei para fora do carro no estacionamento, depois dirigimos de volta para casa.

Ele deixara de fora um detalhe que tinha incluído na primeira vez.

— Você fez alguma coisa em seu carro antes de sair? — Sam perguntou.

— Você sabe o que eu fiz ao carro, eu lhe contei. Tirei as placas.

— Por que fez isso, sr. Cuffley?

— Não queria que o carro os levasse a mim. Naquele momento, não estava planejando me entregar.

— Então o que o fez mudar de ideia?

Aquele era um terreno novo.

— Lauren. Estava entrando em pânico. Não tinha ideia de onde Jason estava, e ela não lida bem com o estresse. Ela ia surtar se não soubesse o que havia acontecido a ele. Achei que era melhor ela saber o mais rápido possível — contou Cuffley, respirando lentamente. — Veja, eu não queria me entregar, mas... Lauren é minha filha e eu a amo. Ela merece saber a verdade sobre o que aconteceu e por quê. Se não devesse isso à minha filha, vocês jamais teriam sabido que fui eu. Nunca teriam encontrado o corpo daquele bosta, para começar.

Sam se deparara com esse fenômeno muitas vezes antes: assassinos enfrentando sentenças longas ansiosos para que você saiba com que facilidade poderiam ter se safado.

— Lisa apoiou minha decisão. Disse: "Qual o sentido de fazer o que você fez se Lauren continuar com medo de ele voltar a qualquer momento?"

— Isso explica por que você nos deu o corpo de Cookson — contrapôs Sam. — Não explica por que está confessando.

Cuffley cruzou os braços. Parecia estar encarando Sam para derrotá-lo. Como se não pudesse acreditar que Sam tivera a coragem de chamar a atenção para algo tão banal. Ou talvez a objeção de Cuffley fosse por não saber como reagir a isso.

— Eu não poderia deixar Lauren pensando que mais alguém teria feito isso, poderia? — disse, no instante em que Sam estava prestes a perder a esperança de uma resposta. — Se ela sabe que fui eu, sabe que não irei atrás dela. Fiz por ela, para protegê-la; ela entenderá isso. Caso achasse que pudesse ser alguém do bando de Jason, alguma vingança, ficaria preocupada de ser o alvo seguinte, não?

Bando? Misturas de faz-tudo com jardineiro têm bandos?

— Eles com frequência miram nas esposas, mesmo quando elas não têm nada a ver com nada — Cuffley acrescentou.

— Lauren tinha medo de Jason? — Sam perguntou.

— Lisa e eu achávamos que sim. Ela sempre negou. Olhe, você poderia me deixar dizer a ela que ele está morto?

Que ele está morto e você o matou? Isso são dois pelo preço de um.

— Temo que isso não seja possível, sr. Cuffley. Lamento. Preciso que me conte o que aconteceu entre o senhor e Jason Cookson na noite de sexta-feira.

— O que quer saber?

— Onde e como o matou?

— Em casa.

— Sua casa?

— É. Esfaqueei o cretino no coração — disse Cuffley, sorrindo como de uma boa lembrança.

— Onde isso aconteceu?

— Eu lhe disse: em casa.

— Em qual aposento? — Sam quis saber.

— No antigo quarto de Lauren.

— Quando?

— Sexta à noite. Pouco depois de meia-noite.

— Eu preciso da história inteira, sr. Cuffley. O que aconteceu?

— Eu e Lisa estávamos vendo televisão, prestes a ir para a cama. De repente há batidas fortes na janela. Jason. Soubemos quem era assim que ouvimos o barulho. Ninguém mais que conhecemos apareceria àquela hora.

— Que horas eram? — Sam perguntou.

— Não sei, onze e meia? Ele estava chegando do pub, puto, gritando todo tipo de merda sobre Lauren.

— O que ele disse?

— Foi desrespeitoso para com minha filha. Não vou repetir — Cuffley disse com uma careta. — O que vai fazer, me mandar para a prisão? Eu vou para lá de qualquer modo.

— Certo, então... Jason estava gritando coisas desagradáveis sobre Lauren. Algo assim já havia acontecido antes?

— Uma ou duas vezes. Quando estava bêbado, o que não acontecia com muita frequência. Dessa vez, ele estava tão bêbado que baixou a guarda. Falou demais. Sempre achei que ele provavelmente fazia mais do que ficar puto de vez em quando e aparecia para me perguntar se Lauren estava transando com mais alguém. O que ela não estava, e também nunca estaria. Minha Lauren não é galinha. É totalmente fiel.

Sam esperou, sentindo que Cuffley não havia terminado.

— Eu perguntava a ela o tempo todo: ele está tratando você bem? Ela sempre dizia que sim, disse que ele só precisava enfiar na cabeça que ela não estava interessada em mais ninguém. Ele era o tipo ciumento, se poderia dizer. Lisa costumava se preocupar com isso, assim como eu, mas Lauren dizia: "Por favor, papai, deixe pra lá." Então o que eu podia fazer?

Matá-lo? Será que Cuffley se esquecera da solução que acabara encontrando?

— Você diz que Jason falou demais na noite de sexta. O que ele disse que foi demais?

— Ele estava berrando sobre o que tinha feito com Lauren; na porra da rua! Qualquer vizinho poderia ouvir. Alguns provavelmente ouviram. E você pode me perguntar quantas vezes quiser, eu não vou lhe contar o que ele fez com ela. Pode me trancar por cem anos;

estou me lixando. Minha filha já passou por coisa demais. Não vou expô-la ainda mais — disse Cuffley, cerrando os punhos. — Fui abrir a porta e puxá-lo para dentro antes que fizesse ainda mais espetáculo conosco. Quando cheguei lá, ele estava no chão. Tinha desmaiado. Eu o arrastei para dentro. Lisa mandou levá-lo para o antigo quarto de Lauren. Disse que era melhor ligar para ela. Eu disse que de jeito nenhum.

— Por quê?

— Eu não queria que Lauren aparecesse para levá-lo para casa. Eu queria matar o imbecil, porra. E fiz isso — Cuffley lembrou a Sam, coçando sua tatuagem de Iron Man. — Fui à cozinha, peguei a maior faca que encontrei, subi e enfiei nele; até o fim. Lisa não se envolveu. Não disse a ela o que estava planejando. Ela teria me impedido. Você sabe como são as mulheres.

Nem tanto mulheres quanto pessoas que desaprovam homicídio, Sam pensou. Ele se levantou, foi até a janela. Havia barras metálicas nela, de alto a baixo. Estava cansado de passar tanto tempo naquela sala e em outras como ela. Qualquer que fosse seu próximo emprego, as janelas precisavam oferecer uma vista que não fosse interrompida por faixas cinzentas.

— De onde veio o plástico-bolha? — perguntou.

— Você o quê?

— No qual você enrolou o corpo de Jason.

— Ah, certo. Eu comprei um rolo na Brodigan ontem. Olhe — Cuffley disse, enfiando a mão no bolso do jeans e tirando um pedaço pequeno de papel branco. Deu a Sam.

Um recibo.

Sam conseguiu não agradecer a ele.

— Quando a perícia revistar sua casa, que evidência encontrará de que Jason foi morto onde você disse que foi?

Cuffley não se perturbou com a pergunta.

— Nós nos livramos da roupa de cama, mas o colchão ainda está lá. Lisa não vai voltar lá até ele ter sumido. Ela pegou as crianças e foi para a casa da mãe. Digamos assim: ninguém vai olhar para o colchão e imaginar que alguém se cortou fazendo a barba.

— Você e Lisa têm filhos?
— Dois. Não são meus.
— Estavam na casa quando você matou Jason?
— Estavam dormindo — Cuffley disse, na defensiva. — Não viram nada. Eu não teria permitido que vissem. Lisa os acordou, vestiu e foi embora sábado bem cedo.

Ah, bem, então está tudo certo. Pegue de volta seu prêmio de Padrasto do Ano. Desculpe por ter duvidado de você.

— Como Lisa reagiu quando você lhe disse o que tinha feito? — Sam perguntou.

Cuffley deu de ombros.

— Ela preferiria que não tivesse sido na sua casa, mas não sentirá falta de Jason. Ambos tínhamos a sensação de que ele não estava tratando Lauren bem. Nós somos unidos, Lise e eu. Ela me trouxe de carro aqui quando precisei... Você sabe, com o corpo, e disse que estará do meu lado o que quer que aconteça. Ela sabe que fiz o que fiz por Lauren.

Algo estava incomodando Sam. Ele levou alguns segundos para descobrir o que era.

— Quanto tempo se passou entre você matar Jason e contar a Lisa o que tinha feito?

— Não sei — Cuffley respondeu. — Não muito. Alguns minutos.

— Então por que não contou também a Lauren?
— Ela não estava lá.
— Você poderia ter telefonado. Ou ido vê-la; não é longe de sua casa até a Dower House, é?

Cuffley deu de ombros.

— Você me perguntou antes se o deixaria contar a Lauren, e eu disse que não — Sam lembrou a ele. — Você poderia ter dito pessoalmente, em qualquer momento entre ter matado Jason e se entregar. Por que não fez isso?

— Não sei. Simplesmente não fiz. Eu tenho algumas perguntas para você — devolveu Cuffley, apontando o dedo para Sam. — Tim Breary matou a esposa ou não? Lauren não me conta o que está acontecendo, mas sei que alguma coisa não está certa. Jason a matou?

Sam não estava esperando por isso. Abriu a boca, mas Wayne Cuffley não tinha terminado.

— Por que Lauren foi parar na Alemanha e depois perdeu o voo de volta, e teve de pagar outro? E quem é Gaby Struthers?

— Tim Breary foi acusado do assassinato de Francine — Sam disse em tom neutro. — Você tem algum motivo para achar que ele poderia ser inocente?

— Não, mas sei que Lauren não está bem desde que Francine morreu. Ela não me conta o que é tudo isso. Ela se fecha sempre que pergunto.

E quando eu pergunto.

— Por que você perguntou quem é Gaby Struthers? — Sam quis saber. — Você a conheceu. Você sabia quem ela era antes que se apresentasse.

— Eu não sei porra nenhuma sobre ela, a não ser que conheceu Lauren em um aeroporto e a assediou, não a deixou em paz. E que é rica e metida; foi o que Lauren disse quando ligou da Alemanha em péssimo estado: Gaby Struthers, uma vaca metida. Lauren está morrendo de medo dela, mas não me conta por quê. Disse que ia procurá-la na Dower House, e ela fez isso. Isso deve ter alguma coisa a ver com Francine Breary.

— Não posso discutir o caso com o senhor — Sam disse. As perguntas de Cuffley tinham colocado outra em sua cabeça. — Por que o senhor esteve na Dower House na sexta-feira, quando encontrou Gaby? Devia saber que Lauren ainda não havia voltado, se reservou seu voo de volta.

Cuffley fechou os olhos, balançou a cabeça.

— Eu fui um idiota. Lauren estava num estado tal com essa Gaby Struthers, e eu não consegui arrancar nada dela. Achei que Jason poderia saber quem ela era e o que Lauren estava fazendo na Alemanha. Claro que Lauren não tinha dito a ele nada sobre isso, então eu fodi tudo lá. Deveria ter entendido que estava me ligando porque não podia ligar para ele, que não sabia.

— Ele ficou com raiva? — Sam perguntou.

— Ele não queria perder a calma na minha frente, mas eu podia ver o que estava acontecendo abaixo da superfície — Cuffley disse.

— Ele mal conseguia se controlar. O cara era um psicótico; desde que tinha oito anos de idade.

— Oito? — reagiu Sam, surpreso.

— Fizemos a escola primária juntos. E o secundário.

— O que ele disse quando lhe contou sobre Gaby Struthers?

— Não contei — Cuffley respondeu. — Só cheguei a perguntar por que Lauren estava na Alemanha. Jason me encarou como se não tivesse ideia do que eu estava dizendo. Depois saiu, dizendo que ia ligar para ela. Gritei para ele perguntando se queria que a pegasse no aeroporto. Respondeu que não, ele mesmo faria. Do modo como falou, não soou certo. Eu quase fui ao aeroporto, mas... — Cuffley disse, depois se interrompendo. Deu de ombros. — Ele não ia começar a bater nela no Saguão de Desembarque, não é? Que bem eu faria indo lá? Não podia impedi-lo de levá-la para casa.

E de repente Cuffley sorriu, como se ele e Sam estivessem do mesmo lado.

— Mas agora o impedi.

— Onde o senhor estava na quarta-feira, 16 de fevereiro? — Sam quis saber.

— Foi quando Francine morreu? Estava trabalhando. Lauren teve sorte; eu estaria trabalhando na sexta-feira se não tivesse tirado a semana de folga para redecorar a sala da frente. Não teria conseguido arrumar um voo para ela.

— Qual o seu trabalho?

— Motorista de entregas. Da Portabas.

— Que é...

— Empresa de entregas.

— Vou precisar entrar em contato com eles — Sam disse.

— Acha que eu matei Francine? Por que perguntaria o que está acontecendo se soubesse que a matei?

As perguntas de Sam eram diferentes: por que Cuffley teria querido matar Francine? Qual motivo ele poderia ter tido?

— Você disse algo interessante a Gaby Struthers na Dower House na sexta-feira. Você disse: "Nunca sacaneie um sacana." O que quis dizer com isso?

Cuffley ignorou a pergunta, em vez disso fazendo outra.

— Há alguma chance de Jason ter feito isso?

— Matar Francine Breary? — esclareceu Sam. — Por que pergunta?

— Se ele fez isso, quero que seja anunciado — Cuffley disse, erguendo a cabeça e olhando para além de Sam, como se imaginando uma plateia maior. — Quero que o mundo saiba que fiz um favor a todos nós — acrescentou.

23

Domingo, 13 de março de 2011

Tim. Tim Breary, de pé na minha frente.
De algum modo, ele não parece grande o bastante. Não, está errado. Não é o que quero dizer.
Seu rosto... Será um rosto que pode explicar tudo o que sinto? Eu costumava ter certeza que sim, mas depois de todo esse tempo...
Não é uma reação emocional o que estou tendo, é um ataque: tantas sensações berrando no ar que não parecem minhas. Não reconheço este incômodo, não consigo controlar nenhuma dessas sensações. Tudo o que posso é ficar de pé aqui enquanto elas rodopiam ao meu redor em uma tempestade densa, me isolando do ambiente. Estou mais perto de Tim e mais distante de mim mesma do que estive em muito tempo.
— Não consigo acreditar que você está aqui — ele diz.
Procuro pistas no silêncio que se segue às suas palavras. *Quem você era antes, Tim? Quem você é agora?*
— Gaby?
Abro a bolsa e tiro o cartão do Dia dos Namorados com o poema de e.e. cummings.
eu carrego seu coração comigo, eu o carrego em meu coração...
— Quem era O Portador? — pergunto a Tim.
Contando os segundos antes que ele responda: *um, dois, três, quatro, cinco, seis, sete...*
— Eu.
— Não. Você não me mandou este cartão. Kerry mandou.

— Eu — ele repete. — Eu sou O Portador, Gaby. Eu desejei ter mandado. Assim que soube dele, desejei ter pensado nisso. Kerry mandou por mim, mas eu sou O Portador. Você precisa saber disso. Eu *de fato* carrego seu coração, Gaby. Sempre carreguei.

— Eu fui idiota de acreditar que poderia ter sido você — digo.

— Suponho que acreditamos no que queremos acreditar, certo?

— Por favor, sente-se — diz Tim, se esgueirando na direção da porta, como se para bloqueá-la. Ele acha que eu posso sair.

Há cadeiras: confortáveis. O que é aquela sala? Não é como imaginei que uma prisão seria.

Eu me sento.

— Não descobri até ir à Dower House e encontrar o livro de e.e. cummings em seu quarto. Eu tinha lido o poema centenas de vezes no cartão, mas foi diferente quando o vi impresso em um livro. Pensei sobre todos os outros poemas que havia lido em livros, todos os que você tinha me mostrado, e me dei conta de que o cartão não poderia ter vindo de você. Não havia como você ter escolhido aquele poema.

— "E você é seja lá o que for que uma lua sempre significou / e seja lá o que for que um sol sempre cantará é você" — Tim cita. — "E esse é o assombro que mantém as estrelas separadas / eu carrego seu coração (eu o carrego em meu coração)."

Ele se senta na minha frente. Poderia ter chegado mais perto. Poderia estar me tocando agora. Há uma cadeira vazia ao meu lado.

Simon Waterhouse está do lado de fora. Nosso vigilante invisível. Francine sempre costumava desempenhar esse papel.

Isso é estranho demais.

Eu não quero que me citem poesia. Desejo os braços de Tim ao redor de mim. Quero unhar seu rosto de fúria. Jason Cookson não teria ido atrás de mim se Lauren não tivesse me seguido até a Alemanha. Isso aconteceu por causa de Tim; a pior coisa que já me aconteceu.

Não vou dizer nada disso. Em vez disso, vou falar sobre um poema.

— Isso é absurdo — digo. — Luas não significam nada. Sóis não cantam, as estrelas não são mantidas separadas por assombros.

O poema que você pediu que Simon Waterhouse me desse; esse é muito mais o seu estilo: literal. Se um poeta tem algo importante a dizer, ele diz do modo mais simples possível. Lembra?

Tim assente.

Abro o cartão. Minha vez de citar.

— "Para Gaby, eu te amo. Feliz Dia dos Namorados, com amor do Portador." Essas palavras foram escritas por Kerry. Não por você. *Ela sabia que eu pensaria que você havia mandado o cartão. Sabia que responderia do mesmo modo, declarando meu amor. Ela não estava tentando ajudá-lo a dizer o que você era tímido demais para dizer — estava tentando forçar uma crise que nos iria separar. E teve sucesso: se não fosse pelo cartão do Portador, eu não teria corrido para seu escritório e lhe dito que também o amava. Você não teria me confidenciado seu sonho, eu não teria ido à Suíça em busca de pistas... Você não teria entrado em pânico e me dito para ficar longe de você e fora da sua vida.*

— Eu deveria ter lhe contado a verdade — Tim diz. — Sei disso, eu apenas... O que poderia dizer? Teria soado patético: "Na verdade, isso vem de um dos meus amigos, mas por coincidência *é* como me sinto sobre você."

— Você sabia que Kerry tinha feito isso?

— Dan me contou quando já era tarde demais para desfazer. Kerry estava constrangida demais para me contar ela mesma. Não sei por que ela esperava que eu ficasse com raiva. Fui grato pela impaciência dela. Ela sabia como eu me sentia por você. Melhor do que eu sabia.

Ele acredita que ela fez isso com o melhor dos motivos. Claro.

— Acaba que meu estilo literal não é adequado para emoções humanas — Tim diz com um sorriso triste. — Acaba que luas significam algo. Sóis cantam.

Sentimentos, mais sentimentos. Tenho demais dos meus com os quais lidar sem precisar acrescentar os de Tim à mistura. Estou carente é de fatos.

— Então — digo. — Você tem recebido o crédito pelos trabalhos de quem recentemente? De quem é o fardo de culpa que O Portador tem carregado?

— Eu matei Francine, Gaby.
— Lauren não pensa assim. Nem Simon Waterhouse. Nem eu.
— Lauren? — reage Tim, me olhando como se eu tivesse dito uma blasfêmia. — Você confia mais nela do que confia em mim?

Não quero ter de responder a essa pergunta. Amor e confiança não são a mesma coisa.

— Então me diga: por que você fez isso?

A incerteza tremula em seus olhos. E então ele a expulsa.

— Eu disse à polícia que não tive motivo, mas isso não foi verdade.

— Nada do que você está dizendo é verdade, Tim. Eu sei que você não matou Francine — digo, depois abro a bolsa e tiro um pedaço de papel. — Meu poema para você — acrescento, entregando-o a ele.

— "Tendo ouvido mentiras como um juiz, eu desci" — ele diz, lendo em voz alta. — "Meu tribunal esvaziou aos guinchos dos libertados / Eu conheço a verdade, conheço seu som equilibrado. / Ela não falou, ou não falou comigo." Glyn Maxwell, "A sentença" — acrescenta, e sorri. — Boa escolha.

Se eu sorrir de volta, isso mudará o curso da conversa? Ou o resto de nossas vidas? Ele irá relaxar, ver quem realmente sou e me contar a verdade, ou vai considerar isso um sinal de que estou disposta a viver com a mentira e fingir que não é uma? *Duas estradas se dividem em um bosque amarelo...*

Quem você realmente é, Gaby Struthers? É alguém que pode prometer que irá amá-lo assim que souber o que está escondendo de você, seja lá o que possa ser?

Quem realmente é Tim Breary? Você sabe? E se isso for por uma fantasia inatingível pela qual você está apaixonada e não o homem de carne e osso à sua frente?

— Gaby, você tem de acreditar em mim — ele diz, se inclinando para a frente. — Eu matei Francine. Peguei um travesseiro, o apertei sobre seu rosto e a sufoquei. Eu tinha um motivo, um que não contei à polícia porque não me ajudaria a sair daqui mais rápido. Estou disposto a ser punido, mas isso não significa que precise adicionar anos à minha sentença admitindo o motivo. Não há nada admirável em meus motivos para fazer o que fiz, e eles não são da conta de ninguém além de mim. E de você. Eu matei Francine porque queria fazer isso havia muito tempo. Desde que lhe disse que não queria vê-la novamente.

Consigo ouvir o quanto ele quer que seja verdade o que está dizendo. Ainda não acredito nele.

— Não posso explicar por que esperei anos ou por que escolhi aquele dia específico. Talvez tenha me cansado de não escutar meus instintos, não fazer o que queria fazer. Não houve nenhum deflagrador específico.

Ele parece estar lendo de um roteiro.

— Você não tem de mentir para mim — digo. Odeio quando pessoas com escolhas imaginam não ter escolha.

E quando pessoas que poderiam deixar suas esposas, ou ser infiéis a elas caso realmente quisessem, fingem não poder?

— Gaby, escute.

Tim se senta ao meu lado, toma minha mão. Meu corpo zumbe como se em reação a uma corrente elétrica. Quero que ele me beije.

Não me importo com qual é a verdade. Se ele matou Francine, eu vou continuar amando-o. Se não a matou, mas fez algo pior que está tentando esconder, ainda assim o amarei.

— Não era apenas o sonho — ele diz, a respiração rápida e irregular em meio às palavras. — Naquele dia na Proscenium, na última vez em que nos vimos... você estava muito animada para descobrir o que significava. Eu não queria saber. Viver com minhas desconfianças e um pesadelo recorrente era suficientemente ruim. Achei que ter certeza seria pior.

— Não será. Você ainda pode ter certeza.

Ele continua como se eu não tivesse falado.

— Quando vejo, você está me contando que esteve na Suíça, foi a Leukerbad...

— Eu não deveria ter feito isso, não sem lhe contar — digo.

— Fico contente por ter feito isso. Agora. Na época, não consegui superar o pânico. De descobrir o que o sonho significava, em parte, mas era mais que isso. Você tinha ido até a Suíça por *mim*. Era o quanto você me amava, como eu era importante para você, e lá estava eu: preso em um casamento infeliz que, sim, tenho plena consciência de que qualquer outro homem teria deixado para trás sem pensar duas vezes, mas que eu sabia que nunca poderia. Nunca teria, Gaby.

Mas você fez isso. Estou perdendo alguma coisa?

— Você sabia que eu o amava muito antes que lhe falasse sobre ir para a Suíça.

— Eu achava que sim — Tim diz. — Quando ouvi que você tinha ido até Leukerbad por minha causa, isso... Não sei, meio que deixou claro para mim. O quanto você devia sentir por mim.

— Você continua dizendo "até". Até Leukerbad, até a Suíça, como se fosse a Nova Zelândia ou algo assim. Eu iria a Leukerbad para um almoço ou um tratamento de beleza, se houvesse algum bom por lá. E se seu sonho tivesse sido ambientado na Nova Zelândia, eu teria ido lá. Voar não é nada para mim. Faço isso cinco vezes por semana.

Tim suspira. Eu desejaria poder dizer a mim mesma que não quero ser dura com ele, e acredito em mim. Parte de mim quer fazê-lo sofrer, retribuir toda a dor que me causou.

— Há alguém além de mim por cujo sonho recorrente você voaria mesmo para o Heathrow de Londres para investigar? — ele pergunta. — Ou faria uma pausa em sua agenda lotada para passar cinco minutos pensando?

— Não.

Ele parece aliviado. Nós nos entendemos novamente.

— Gaby, o que nós tivemos... foi a melhor parte da minha vida, sem dúvida, mas não era real. Era a fantasia perfeita. Naquele dia, quando você me contou sobre ir à Suíça, eu pensei, não, não quero isso, é demais. Não quero saber se Francine tentou me matar. Ou a culpa de saber que você me ama mais do que deveria. Eu tinha deixado que as coisas fossem longe demais, e não havia futuro naquilo. Pelo nosso bem, tive de afastar você de mim e fazer com que permanecesse longe.

— Não finja que alguma coisa que você fez foi pelo meu bem, Tim — digo com cuidado. *Pare,* determina uma voz em minha cabeça. Se não parar, a amargura escorrerá de mim como lava de um vulcão. Ela poderia destruir tudo.

Tim esfrega a testa com o polegar e o indicador.

— Você está certa. Quer saber o que realmente pensei?

Sim. E também se você realmente matou sua mulher.

— Durante anos o sonho tinha me incomodado, e eu não fizera nada em relação a ele. Não dera passos para descobrir o que significava, apenas esperara que parasse. Embora soubesse que nunca iria parar. Ainda não parou. E você, alguns dias depois de ouvir a história, embarcou em um avião para a Suíça e voltou dizendo que havia descoberto a resposta! Isso me assustou, Gaby. Eu pensei: se ela pode fazer isso, ela pode me fazer largar Francine, e acabará conseguindo.

— Só se você quisesse — digo, magoada por aquilo que acho que ele me acusa de fazer.

— Eu queria, mais do que já quis alguma coisa — Tim diz. — A tentação estava ficando perigosa demais. Você acha que eu não sabia como era covarde? Eu sabia, Gaby. Sabia que, se não expulsasse você para longe de mim, você começaria a me odiar como eu me odiava. Por que eu não largava uma mulher que não amava? Não tínhamos filhos juntos. O que me levava a pensar que tinha de ficar? Apenas o sonho? Será que eu achava que Francine iria me caçar e matar, fazer o trabalho direito da segunda vez?

Eu gostaria de poder responder a essa pergunta.

E o resto.

— Você pode não querer ouvir isto, mas, se eu soubesse como me sentiria assim que lhe dissesse que estava tudo terminado, acho que teria sido capaz de fazer. Deixá-la. Eu fiz isso, logo depois, quando me dei conta de que querer matá-la não era um sentimento que passaria — diz Tim, e olha para mim para conferir se entendo o que ele está dizendo. — Eu nunca fui feliz com ela, mas depois de perder você...

— Você não me perdeu. Você me jogou fora.

Tim tenta novamente:

— Depois daquele dia quando nós... dissemos adeus, meus sentimentos por Francine mudaram. Instantaneamente. Foi como se alguém tivesse apertado um interruptor dentro de mim. Eu não poderia ter imaginado como era forte a ânsia de matar alguém até ter experimentado eu mesmo. Toda a minha energia era usada para garantir que isso não acontecesse. Eu não conseguia comer, não conseguia dormir, não conseguia trabalhar. Você já quis matar alguém? Não, não é querer; *saber* que ia fazer isso? Que a questão é apenas quando, porque no final das contas você não consegue se impedir, e, na verdade, é a única coisa com que se importa?

A única pessoa que quero matar já está morta: Jason Cookson.

— Eu deixei Francine para salvar a vida dela — Tim diz.

— Por que não me contou? Se não estava com Francine, poderia estar comigo. Por que não entrou em contato comigo?

Se eu quisesse jogar limpo, o alertaria de que não acharia sua resposta aceitável, qualquer que fosse.

Ele tenta sorrir, mas fracassa.

— Você teria imediatamente mandado que eu me fodesse, não é mesmo?

Tento me forçar a esperar alguns segundos antes de falar:

— Como você pode pensar isso? Você não pensa assim; é uma desculpa.

— Sim, teria, Gaby. Seu orgulho não teria lhe permitido fazer outra coisa. Eu sabia que você estava muito acima de mim: Gaby Struthers, a genial, a brilhante história de sucesso. Enquanto eu era um contador banal que um dia iria matar a esposa.

— Você não conseguiria ser banal mesmo tentando — digo a ele, sabendo que não fará diferença para o que sente sobre si mesmo.

— Nunca quis ser um assassino — diz em voz baixa. — Eu me mudei para o outro lado do país para garantir que não me tornaria um. Tentei me matar em vez de Francine, mas não funcionou. Eu perdi a coragem e liguei para Kerry e Dan logo depois de ter feito. Eu não queria morrer, Gaby; apenas por sua causa. Eu tinha desistido de ficarmos juntos, mas sabia que não podia deixar um mundo que tinha você.

Você não fez nada. Você me deixou pensar que você e Francine ainda estavam juntos, todos aqueles anos.

— Por que voltou para Francine quando ela teve o derrame? — pergunto.
— Eu queria estar mais perto de você. Se ela estava presa ao leito, uma inválida...
— O quê? O quê, Tim?
Ele suspira.
— Se eu não tivesse mais medo dela, então não precisava mais ter medo de você; o perigo de deixá-la por sua causa. O que ela poderia fazer deitada em uma cama, incapaz de se mover ou falar?
— Mas não entrou em contato. Você estava de volta a Culver Valley, Francine não tinha mais poder sobre você... Por que não entrou em contato comigo?
— Achei que você não ia querer saber de mim depois de como a havia tratado. Para ser honesto, fiquei feliz simplesmente de saber que você estava perto.
— Eu também poderia ficar mais feliz sabendo que você havia voltado — disse com raiva. — Mas você não me deu essa chance, não é?
— Eu lamento, Gaby. Eu esperava poder... Não sei, esbarrar em você na rua um dia. Sei como isso soa patético, acredite em mim. Mas veja o lado bom: quando matei Francine, renasci como um homem de ação, embora um assassino a sangue-frio.

Não tem graça.

— Você não voltou a Culver Valley por minha causa — digo.
— Você poderia ter se sentido assim sobre mim de qualquer lugar. Francine foi a atração irresistível, não foi? A nova Francine danificada. Quão desesperado você estava para ver isso pessoalmente?
— Honestamente? — diz Tim, a voz falhando na palavra. Como se verdade demais pudesse parti-lo. — Bastante desesperado. Não pela razão que você imagina. Não era prazer ou vingança, não de início. Eu queria ver se ainda tinha medo dela — explica, e fecha os olhos. — Você não tem ideia do quanto eu precisava responder a essa pergunta. Era como uma experiência científica. Antes de vê--la, me disseram que sua mente ainda funcionava. Presumivelmente também sua personalidade. Mas ela não podia falar nada, mal podia

se mover. Então como poderia ter o poder que Francine costumava ter sobre mim? Poderia ter sido de qualquer modo — ele diz, dando de ombros.

— O que quer dizer?

— Eu poderia ter ficado tão intimidado por ela como sempre fui. Ainda era ela, ainda lá, viva. Ou... — Tim diz, respirando fundo. — Eu poderia ter olhado para ela deitada lá e pensado: "Foda-se. Você agora não tem poder sobre mim."

— E? Como foi?

— Nenhum dos dois — Tim responde, sorrindo. — A vida nunca é tão simples quanto você espera que seja. Soube imediatamente que não conseguiria responder à minha pergunta a não ser passando mais tempo com ela. O máximo de tempo possível. Eu precisava me acostumar à nova Francine, se queria eliminar os velhos sentimentos. Desconfiei que se o fizesse, se realmente mergulhasse, chegaria um tempo em que eu absolutamente não a temeria. Quando conseguisse dizer: Quer saber, Francine? Estou apaixonado por uma mulher chamada Gaby Struthers. Você, provavelmente, não se lembra do nome; eu tinha mencionado duas vezes, anos antes. Ela era uma cliente. Seja como for, quero pedir que ela se case comigo, então... Alguma ideia de como fazemos um divórcio? Obviamente você está de cama, então terei de cuidar de todos os detalhes.

Tim cobre o rosto com as mãos e o esfrega. Tentando se apagar.

— Desculpe — ele diz por entre os dedos.

— Você ainda queria matá-la?

Ele olha para mim sem piscar.

— Você deixou passar — ele finalmente diz. — Eu a estou pedindo em casamento.

E se eu disser sim de imediato perderei o pouco poder de barganha que tenho.

— Eu te amo, Gaby. Minha esposa está morta. Graças a mim. Vou passar os próximos cinco a dez anos na prisão, no mínimo. Se isso não mata seu amor por mim, então, por favor, case comigo.

Meu coração dá saltos com vara em meu peito. Eu repito minha pergunta.

— Você ainda queria matar Francine quando a viu depois do derrame?

— Eu a matei — Tim diz. — É tudo que você precisa saber.

— Eu opero com base em querer saber.

Ele suspira.

— Sim, eu ainda queria matá-la. Mas não era a mesma coisa. Também queria saber se estava certo em querer matá-la. Se a "ela" que eu estaria matando era a mesma mulher com quem havia tido um casamento infeliz. Quanto mais tempo passava com ela naquele estado, eu simplesmente... achei mais difícil ter certeza de que estaria matando a Francine que eu quisera matar. Não espero que isso faça sentido para você.

— Faz todo sentido — digo a ele. — Então o quê, você a observou em busca de sinais? Pistas? O que ela poderia ter feito para provar que era a mesma velha Francine? Ou provar que não era?

Tim está olhando para o chão. Ele não gosta do ponto em que estou chegando: perto demais da verdade.

— Por isso você não a matou — digo. — Ela poderia ter sido mudada pelo que passou, ou não. Você não tinha como saber. Tudo o que podia fazer era sentar ao lado do leito e... O quê? Buscar o sinal que sabia que nunca viria? Tentar interpretar a expressão em seus olhos, avaliar o clima emocional ao redor dela? Enquanto isso, a Francine que o fizera sofrer estava recuando cada vez mais para a lembrança distante, onde ninguém podia tocar nela. Se safando. Eu a teria odiado mais a essa altura, acho. Embora, como você, não tivesse sido capaz de assassinar o corpo, não sem saber se a mulher que eu odiava ainda estava nele.

— Por favor, pare — Tim sussurra.

Eu me levanto, solto minha mão da dele.

— Você acha que sou perfeita, Tim? Não sou. Seja lá o que for que você tenha tanto medo de me contar, seja lá pelo que esteja tentando se penitenciar e considera *pior* do que matar Francine, talvez eu tenha feito algo tão ruim quanto.

— Duvido.

— E se tiver? Você deixaria de me amar?

— Eu a amaria não importa o que tenha feito.

Ergo as mãos. Por que ele não consegue ver? Não consigo me forçar a dizer o que ele já deveria saber de cor.

— Sabe por que o deixei em paz por tanto tempo? — digo. — Não teve nada a ver com você me dizer que estava terminado. Eu teria brigado, mas... eu achava que não merecia. Você. Todo o tempo que passamos juntos, ou como quer que você chame isso, você nunca pegou nada de mim.

— O que quer dizer? — Tim pergunta.

— Você nunca pediu nada. Era como se você existisse unicamente em meu benefício. Você não me esgotou do modo como Sean fez: esperando coisas, exigindo que me comportasse de um determinado modo, fazendo com que me sentisse como um recurso, colocado na Terra para sua conveniência; um recurso que funcionava mal e deixara de fazer seu papel devidamente anos antes. Você era o oposto: me ajudou com minha empresa, conversava comigo sobre poesia. Cada um dos efeitos que você teve em minha vida foi bom, sem exceção.

— Como isso faz com que você não merecesse? — Tim pergunta.

— Meus sentimentos por você eram fortes demais. Pareciam... antinaturais. Pensei que talvez fosse uma maldita egoísta que só consegue amar alguém que dá constantemente e não pede nada em troca.

Tim está balançando a cabeça.

— Não sei como você pode pensar isso. Posso não ter pedido nada, mas nada não foi o que consegui. Exatamente o oposto.

— Sean tinha dinheiro — falo rapidamente, querendo fazer a confissão logo, antes que possa mudar de ideia. — Dinheiro herdado, como o de Dan. Não tanto. Cinquenta mil. Ele não quis investir nada. Não pedi a ele, evidentemente...

— Por que é evidente? — reage Tim, sentando-se para frente na cadeira. — Ele era seu companheiro, e era uma brilhante oportunidade de investimento. Junte essas duas coisas...

— A empresa não tinha nada a ver com Sean. Se ele quisesse uma parte dela, teria oferecido. Ele sabia que eu estava procurando investidores — digo. Por que isso ainda dói, quando não amo mais Sean e não amei por um longo tempo? — Eu entendia o ponto de vista dele. O que supus que fosse o ponto de vista dele, quero dizer. Nunca pedi a ele, nunca conversamos sobre isso. Ele tinha cinquenta mil, e pronto, todas as suas economias. Se minha empresa tivesse naufragado...

— Eu sabia que não aconteceria — diz Tim. — Sean também saberia se tivesse se interessado.

— Se ele achasse que eu poderia multiplicar o dinheiro dele por dez, teria investido — comentou. — Quando não ofereceu, eu soube que ele não tinha fé em mim. Deixei que isso matasse nossa relação, e nunca disse uma palavra, nunca dei a ele uma chance de explicar — falo, e é um alívio estar contando a alguém.

— Isso não faz de mim a pessoa mais inferior de todas? E se você somar a isso o fato de que também me apaixonei por você, mais ou menos ao mesmo tempo que você estava concebendo planos brilhantes para me trazer milhões... E Dan e Kerry, cujo dinheiro fazia o de Sean parecer trocados, de repente, eram minha segunda e terceira pessoas preferidas no mundo, depois de você. Eu gostei tanto deles por causa de algo que não tinha nada a ver com eles, porque haviam demonstrado claramente que eram o oposto de Sean: dispostos a me apoiar quando ele não estava, embora mal me conhecessem.

Tim sorri.

— Está dizendo que se apaixonou por mim por ser um arrecadador de recursos de talento?

Quero guardar aquele sorriso para sempre. Eu me apaixonei por ele, entre outras razões, porque ele sempre sabia como me fazer rir.

— Não acho que sim, mas como posso saber? É um pouco de coincidência, não é? Sean não me ofereceu nem uma nota de dez e eu perco o amor por ele; você resolve todos os meus problemas e eu perco a cabeça por você.

— Isso é fácil de resolver — Tim diz. — Você ainda me ama? Eu não sou contador há anos. Perdi todos os meus contatos. Você dificilmente arrancará mais dinheiro de mim.

— Sim — digo.

— Então deve me querer por minha causa.

— Eu quero você fora da prisão — digo a ele. — Não ligo para o que você fez, Tim. Mas me importo que não confie em mim o suficiente para me contar.

Ele ergue os olhos para mim.

— Há outras pessoas envolvidas, Gaby. Não sou apenas eu.

— Eu não sou uma dessas outras pessoas? Aquela com quem você quer se casar?

— Sim, claro. Só quis dizer...

— Então me diga a verdade — eu o corto, interrompendo suas dúvidas. — E não me peça em casamento de novo até ter feito isso.

24

14/3/2011

N*ão pegue um. Não.*
Sam olhou para os folhetos cuidadosamente empilhados no mostruário enquanto esperava a volta da bibliotecária. Folheto, na verdade. Já que o mostruário estava cheio com muitas cópias de apenas um: rígido e de aparência cara, branco brilhante com impressão preta e uma fotografia em preto e branco na capa. "Associe-se à biblioteca Proscenium hoje", convocava. Sam pensou em fazer uma pausa entre deixar a polícia e arrumar outro emprego. Um ano passando os dias úteis sem fazer nada além de ler — era uma perspectiva atraente, mas ele duvidava que Kate partilhasse de seu entusiasmo.

Sam não lera poesia desde a escola. Não era a coleção de livros que o atraía, mas a beleza e o frescor do prédio. A Proscenium era como uma igreja de uma religião da literatura. Uma igreja com um restaurante de primeira categoria. E totalmente silencioso. Como seria possível, quando o centro da cidade de Rawndesley ficava do lado de fora? Sam ficou pensando em como Gaby Struthers e Tim Breary tinham conseguido iniciar um relacionamento em um lugar onde erguer a voz um decibel era proibido. Sussurrar tornava aquilo mais romântico? As pessoas se associavam à Proscenium de modo a se esconder do mundo? Bloquear a realidade?

Sam expulsou esses pensamentos da cabeça ao ver a bibliotecária se aproximando. May Geraghty era uma mulher alta e magra por volta dos sessenta, de cabelos grisalhos lisos com franja pesada. Formava palavras com a boca enquanto cruzava o salão, mas Sam não conseguia compreender. Ela devia saber que ele não era capaz. Sam reconhecia o tipo: desajeitado, facilmente perturbável, incapaz de ir na direção de alguém, pessoalmente, sem começar uma conversa em trânsito. Sentindo seu desconforto, Sam cruzou o salão para encontrá-la na metade do caminho.

— Isso é um pouco desconfortável — ela sussurrou. Exatamente a palavra que estava na cabeça de Sam. — O soneto que está procurando é de um poeta chamado Lachlan Mackinnon. Está em sua antologia de 2003, *The Jupiter Collisions*.

Sam ficou pensando se ela estava brincando com ele. Ou se aquele era algum teste estranho.

— Sim, eu sei — disse. Baixando mais a voz em resposta à expressão de dor de May Geraghty, ele sussurrou: — A senhora já me disse isso.

Achei que ia pegar o livro. Ele ficara impressionado quando ela dera uma olhada em sua fotocópia e reconhecera o poema imediatamente.

— Sim — disse May, assentindo, como se a decisão de dar a ele duas vezes a mesma informação tivesse sido deliberada e sensata. — A questão é que temo não poder lhe trazer o livro no momento.

Ela assentiu novamente. Evidentemente, fã de repetição.

— Certo — disse Sam. — Tudo bem. — Era uma aposta arriscada, de qualquer modo. — Talvez eu pudesse...

— Não posso trazê-lo à escrivaninha porque ele está bastante popular hoje. Nosso mais novo proprietário está sentado na sala íntima lendo-o. Se todos os nossos livros fossem tão procurados assim! — ela sussurrou, enfática.

Mais novo sócio. Sam sentiu um arrepio na nuca.

— Contudo — disse May Geraghty, brilhando na sua direção. — Acabei de falar com o cavalheiro, e ele me garantiu que ficaria encantado caso se juntasse a ele brevemente. Ele ficará feliz de permitir que dê uma olhada rápida. Posso levá-lo? E enquanto conversa com ele, conseguirei a gravação da câmera de segurança na noite de sexta-feira.

— Sim, por favor — Sam disse.

Ele seguiu May Geraghty pelo salão e ao longo de um corredor isolado por uma corda, tentando não pensar no homem que encontraria no fim dele.

Só pode ser uma pessoa...
Atrás da porta cor de mostarda de um dos lados havia uma grande escrivaninha antiga de madeira. Jornais e revistas cobriam a superfície, dispostos em quatro colunas elegantes, caídos como peças de dominó. À medida que ele e May Geraghty se distanciavam do restaurante da Proscenium, o cheiro de comida dava lugar aos odores mais adequados a uma livraria: de giz, poeira, papel velho. Era uma combinação agradável, Sam pensou. Reconfortante.

— Sargento Kombothekra — disse Dan Jose, aparecendo no umbral à frente. Tinha um livro na mão. — Não estou certo de que isto possa ser chamado devidamente de coincidência, mas parece uma.

— Sssh — sibilou May Geraghty, assustando o homem e a mulher idosos que estavam sentados a uma mesa junto às grandes janelas de guilhotina da sala íntima.

Em um canto à esquerda da lareira apagada, uma mochila de lona vermelha e cinza que Sam vira na Dower House estava apoiada em uma poltrona de couro verde e espaldar alto — uma de um conjunto de três dispostas ao redor de uma mesinha circular.

— Sente-se — Dan disse. — Posso pedir café, se quiser? Ou chá?

— Não, obrigado — disse Sam, que nunca entendera por que com frequência recusava bebidas que teria gostado de aceitar. Notou um tênis saindo da mochila, um cadarço caído do lado.

— Eu vim andando para cá — disse Dan, olhando para os sapatos de couro marrom engraxados que calçava. Levei exatamente uma hora e meia. Outra boa razão para me tornar sócio. Ou um "proprietário", como May prefere nos chamar. Bom para o corpo, bom para a mente.

— Por isso se associou? — Sam perguntou.

— Não. Na verdade, não. Bastante óbvio por que me associei, não é?

— Porque Tim é sócio?

— Bem, não tanto por ele ser um sócio quanto... — começou Dan, olhando para o colo. — Não sei. Sei o quanto este lugar significa para ele. Pelo tempo que ele não puder se valer dele... E se estiver tudo bem...

— O quê? — Sam perguntou.

— Não contei a Kerry que estava vindo para cá. Não planejava contar a ela que me associei. Não que seja um segredo ou algo assim. Apenas preferiria que não soubesse.

Sam ficou pensando em qual seria a definição de Dan Jose para a palavra "segredo". Era obviamente diferente da sua.

— Ela desaprovaria? — perguntou.

— Não. Ela diria que era uma ótima ideia, depois ficaria imaginando por que não pensara nisso ela mesma — contou Dan, mastigando o lado de dentro do lábio. — Iria querer que viéssemos juntos. O que não seria tão ruim. Não seria nada ruim.

Ele soou como se tentasse se convencer.

— Mas? — Sam incentivou.

— Não sei. Eu não estava planejando me associar. Como você, vim perguntar sobre isto — disse Dan, erguendo o livro de poesia.

— Decisão de momento, eu pensei, por que não? Quando Tim voltar para casa, podemos vir aqui juntos, para almoçar.

— Sem Kerry?

— Não, todos nós. Claro.

— Mas, até então, você preferiria vir aqui sozinho? — insistiu Sam.

— Eu precisava de algum espaço.

A voz de Dan diminuíra de baixa para quase inaudível. O rosto ficou vermelho. Será que ele imaginou que o casal idoso junto à janela estivesse escutando avidamente? Eles davam uma impressão convincente de duas pessoas que não tinham interesse em outros seres humanos, muito menos um no outro.

— Suponho que estava tentando descobrir como seria ser Tim — Dan disse. — Ficar sentado aqui lendo. Tendo o tipo de pensamentos loucos que Tim teria. Imaginando se algum deles fazia sentido quando realmente os examina.

Sam queria saber mais, mas seus instintos lhe disseram que seria melhor mudar de assunto.

— Posso ver o livro? — perguntou.

Dan o entregou a ele.

— O pema que está procurando é o último. Chama-se "Soneto".

— Como sabe o que estou procurando?

— Como sei que Tim lhe deu uma cópia desse poema e pediu que o repassasse a Gaby Struthers? — respondeu Dan com uma pergunta.

— Isso também — Sam respondeu.

Ele folheou *The Jupiter Collisions*. O soneto estava onde Dan dissera que estaria: no fim. Não havia nenhuma mensagem para Gaby Struthers enfiada entre as páginas, embora, claro, Dan pudesse tê-la encontrado primeiro e retirado dali.

Altamente improvável. Sam sempre achara isso. E ter a ideia na frente de Simon, como Charlie sugerira, não produzira nada que Sam pudesse dizer. Simon grunhira sem se comprometer, e fora embora.

— Eu sei porque decepcionei Tim — Dan disse. — Por isso teve de lhe pedir para dar o poema a Gaby. Ele me pediu na primeira vez em que o visitei na prisão. Havia escrito o poema à mão. Para Gaby. Prometi entregar a ela, mas, quando contei a Kerry, ela disse que não, que não devia, seria a pior coisa que eu poderia fazer.

— Por quê?

Dan suspirou.

— É complicado. Da última vez em que Tim meio que enviou um poema de amor a Gaby, tudo saiu de controle. Tim acabou tentando tirar a própria vida. Acho que Kerry não queria arriscar que isso acontecesse de novo. Estou certo de que ela está certa, mesmo não conseguindo acompanhar a lógica eu mesmo.

Sam também não conseguia.

— Então você veio aqui... O quê, para ver se conseguia encontrar o poema?

Dan assentiu.

— Achei que havia uma chance razoável, já que eu sabia o nome do poeta.

— Eu não — Sam contou. — Por sorte, a bibliotecária parece ter decorado todos os poemas que já foram escritos.

— Eu achei que poderia copiar, já que não há uma copiadora aqui — Dan disse. — Garantir que Gaby recebesse desta vez. Ou pelo menos tentar descobrir minha própria opinião, em vez de obedecer a Tim ou a Kerry. Usar minha capacidade de julgamento uma vez.

— Apenas em relação ao poema? — Sam perguntou.

O silêncio revelador durou quase dez segundos. Depois, Dan falou:

— Não. Em relação a tudo.

Sam esperou. As palavras que ouviu a seguir enviaram uma descarga de adrenalina diretamente ao seu coração.

— Estivemos mentindo para você. Todos nós — Dan disse, se encolhendo como que de más notícias. — Não estou lhe contando nada que você não saiba, não é mesmo?

— Não.

Não ainda.

— Todos sabíamos o que Jason tinha feito a Gaby na sexta à noite. Maldito doentio. Sempre ficamos pensando sobre ele e Lauren, o que acontecia entre eles, mas... Veja, você tem de acreditar que Kerry e eu nunca teríamos dado um álibi a Jason se soubéssemos que havia a mínima chance de ele se safar por ferir Gaby. Como ele estava morto...

— Como vocês sabiam disso? — Sam interrompeu.

— Nós sabíamos — ele respondeu. A expressão fechada no rosto de Dan indicou a Sam que não forçasse. — Não quero mais mentir. Isso significa que não serei capaz de responder a todas as perguntas que me fizer.

Então ainda está mentindo. Em que isso é diferente?

— Quem matou Francine? — Sam perguntou, lutando para conter sua decepção.

Silêncio.

— Foi Tim?

— Eu não testemunhei o assassinato de Francine — Dan respondeu, após pensar um pouco. — Então tudo o que sei é o que me foi dito. Uma das coisas que me foram ditas é que todos teríamos de mentir e continuar mentindo. Isso me foi dito por mais de uma pessoa. Inicialmente achei que deveria ser verdade. Agora não estou tão certo. Duvido muito que Gaby Struthers concordasse, e ela, certamente, é a mais inteligente de todos os envolvidos, se estamos falando de intelecto. Ou é uma forma elitista demais de ver as coisas?

O telefone de Sam começara a vibrar. Ele o tirou o bolso e deu uma espiada na tela. *Sellers*.

— Dan, sou grato por qualquer dose de honestidade, mas, se a única verdade que está disposto a me contar é que estiveram mentindo, isso não me ajuda realmente. Desculpe-me, tenho de atender esta chamada.

Sam saiu rapidamente para o corredor com a corda cor de mostarda, imaginando quanto tempo levaria para Dan Jose ir além do estágio de desconfiar que Gaby Struthers iria querer que a verdade fosse contada para o estágio crucial seguinte (sem o qual todos os outros eram lamentavelmente sem sentido, falando francamente) de realmente contá-la.

— Desculpe — Sam disse a Sellers, em vez de "Alô".

— Eu lhe perdoo, sargento. Ainda está na biblioteca?

— Estou. Não posso realmente falar.

May Geraghty aparecera na extremidade oposta do corredor e olhava para Sam com olhar de desaprovação. *Ah, vá cuidar da vida, sua bruxa*, ele pensou, sabendo que se dissesse em voz alta seria assolado pelo remorso por meses.

— Mas você pode escutar, certo? — Sellers disse.

— Vá em frente.

— Estive no trabalho de Wayne Cuffley. Sabem do seu paradeiro durante todo o dia 16 de fevereiro, de modo que ele foi descartado no caso de Francine Breary. Achei que não faria mal conferir o álibi da esposa também, já que ela o ajudou a desovar o corpo de Jason Cookson.

Bem pensado. Não custa nada ser meticuloso. Sam teria dito isso se não estivesse sujeito às restrições trapistas de May Geraghty.

— Lisa Cuffley é manicure, trabalha em um lugar chamado Intuitions, em Combingham. Um lugar legal. Acabei de passar lá. E?

— Lisa também estava trabalhando em 16 de fevereiro; o dia inteiro. Sargento, não sei o que me fez pensar nisso, mas perguntei sobre as noites de sexta e sábado passadas, sem realmente esperar nada, e adivinhe? Na noite de sábado, Lisa Cuffley tinha uma reserva privada que fora marcada por intermédio do salão; uma festa para mulheres em Spilling, todas as garotas querendo fazer as unhas e ter aulas de como fazer elas mesmas. Ela obviamente pode ter se enganado, mas a chefe diz que Lisa esteve na festa de sábado de nove até depois de meia-noite.

E, portanto, não estava disponível para dar uma carona ao corpo de Jason Cookson até a delegacia.

— Você falou com Lisa sobre isso? — Sam perguntou a Sellers.

— Ela estava lá?

— Ainda não. É, ela está lá agora, mas quis lhe contar primeiro, ver o que achava.

— Volte ao trabalho de Wayne Cuffley, também pergunte a eles sobre as noites de sexta e sábado — Sam disse a ele. Deu as costas ao olhar de profunda e duradoura decepção de May Geraghty, satisfeito de conseguir demonstrar que podia sustentar a desaprovação de um estranho em um ambiente público por até dez segundos.

— O sangue de Cookson está por toda a casa e no carro de Cuffley — Sellers disse.

— Então ele provavelmente foi morto em um e transportado para a delegacia no outro, mas não vamos aceitar qualquer coisa — Sam disse. *Nunca mais*, acrescentou silenciosamente. — Se Cuffley está mentindo sobre Lisa estar com ele quando desovou o corpo, por que achar que tudo que nos contou foi verdade?

25

Segunda-feira, 14 de março de 2011

Batidas. Altas. Tim nunca bateria assim. O que significa que não pode ser ele, portanto eu poderia muito bem ficar onde estou: deitada na cama do meu quarto de hotel com as cortinas fechadas e a tela da TV tremeluzindo muda em seu gabinete de madeira envernizada. Pelo menos não consigo ouvir a besteira que estou vendo.

Se eu amasse menos Tim, estaria trabalhando agora. Fazendo algo importante. Não consigo me imaginar novamente sendo capaz de me concentrar em algo além dele. Isso me assusta.

Mais batidas.

Saio da cama, reunindo forças para gritar com outro funcionário do hotel. A maioria deles parece pensar que meu pedido de "Não perturbe" só se aplica a um período de tempo limitado; que é impossível alguém querer ser deixado só pelo tempo que aquele aviso está pendurado em minha porta. Não me levantei da cama por quase oito horas.

A arrumadeira ficaria desapontada se a deixasse entrar. Não há nada para ela fazer. Não tomei um banho ou chuveirada, nada de serviço de quarto, nenhuma xícara de chá ou café. Mal desarrumei a roupa de cama; a coberta de cima ainda está no lugar, nem sequer amassada. Mal dormi, a não ser enquanto perdi a consciência, totalmente vestida, por meia hora aqui e ali. Toda vez acordei com o coração acelerado e a voz nauseante de Jason Cookson na cabeça.

Culpa de Tim.

Não. Isso não é justo. Não posso me permitir pensar isso.

A batida ganhou um tom ameaçador. A equipe de arrumação do Best Western não seria tão belicosa. Abro a porta um centímetro e vejo um rosto magro coberto de lágrimas.

Lauren.

O medo sobe dentro de mim, até a garganta.

Ele não pode estar com ela. Ele está morto.

Ela começa a me atacar do corredor.

— Qual é a porra do seu jogo? Isso é alguma brincadeira? Você me manda vir aqui e então não me deixa entrar?

— Eu vou deixá-la entrar.

Apenas não ainda. Não estou pronta. Fico de pé na frente da porta para que ela tenha de me derrubar para conseguir abri-la mais. Sou mais pesada que ela, mesmo depois de três dias quase passando fome. Ela nunca conseguiria.

Estou com dificuldade de acreditar que está aqui. Fiz como Simon Waterhouse pediu e entreguei minha carta a ela de manhã cedo, mas nunca pensei que responderia. Adicionei meus novos contatos, achando estar segura: nome do hotel, endereço, número do quarto.

Ela fugiu correndo de mim. E agora está de volta.

Pronta ou não, preciso falar com ela. Tenho de deixá-la entrar.

Abro a porta totalmente e me coloco de lado.

— Entre. Desculpe. É... Não achei que seria você.

— Bem, é — ela diz. A porta se fecha atrás, levando com ela a luz do corredor. — Que porra de inferno, Gaby, vai abrir as cortinas ou não? Não consigo ver porra nenhuma.

Será que deveria abraçá-la? A ideia me constrange. Ela, provavelmente, socaria minha cara.

— Vou abrir.

É verdade: eu abriria, se conseguisse me mover. Estou tentando entender por que ter Lauren aqui me deixa tão perturbada. Quase tão ruim quanto o momento em que vi Tim na prisão pela primeira vez. Não faz sentido: ela não é nada para mim. Não deveria significar nada.

Observo enquanto ela vai até a janela e abre as cortinas com um puxão, como se tentando arrancá-las do trilho.

— Jason está morto — ela diz secamente.
— Eu sei.
Ela pega o controle remoto da cama, desliga a TV.
— Quem lhe contou? A polícia? Eles disseram quem fez isso?
Eles sabem? Obviamente sim.
— Meu pai se entregou.
Olho para a tatuagem dela de "PAI", desvio os olhos rapidamente. Quero fazer muitas perguntas. Provavelmente deveria esperar. Primeiro, demonstrar simpatia.
— Lauren, eu... não sei o que dizer. Isso é terrível. Você está...
Não. Claro que ela não está bem.
— Estou bem — ela responde, enxugando os olhos.
— Não sou próxima da minha família, nem casada, mas se meu pai matasse meu marido... Um dia eu poderia garantir que esse tipo de coisa aconteceria no mundo de alguém como Lauren, mas nunca no meu.
— Eu implorei a ele para não fazer isso.
— Você estava lá?
Jesus Cristo, será que o PAI matou Jason na frente da própria filha?
— Claro que eu estava lá. Supliquei a ele para ficar fora daquilo; Lisa também. Ele nos ignorou. Disse que estava fazendo por mim, mas eu não queria que fizesse. Ninguém liga para o que eu quero; nunca. Ninguém escuta!
Fico de pé e observo impotente enquanto ela começa a ter um ataque.
— Não quero que meu pai vá para a prisão, Gaby! Outro homem inocente na prisão; eu não quero isso!
— O que quer dizer com "outro homem inocente"? Se ele matou Jason...
— Matou Jason? — reage Lauren, rindo amargamente por entre as lágrimas. — Ele não matou. Ele está *dizendo* que matou, o maldito... desgraçado idiota mentiroso! Você não escutou?
Fico paralisada, a respiração presa no peito, as palavras de Lauren girando na minha cabeça. Sim, escutei. Mas não entendi, não até agora.

Claro que eu estava lá. Supliquei a ele para ficar fora daquilo.

— Você suplicou ao seu pai para não assumir a culpa — digo. Lauren confirma freneticamente.

— A princípio, ele estava falando de enterrar o corpo; tudo bem, eu não tive problemas com isso. Mas então começou a dizer que eu ficaria louca de preocupação se Jason ficasse muito tempo sumido, imaginando se ele estava morto, e alguma merda sobre se entregar para que a polícia não desconfiasse de mim. Não me pergunte de que porra ele estava falando!

— Ele queria dizer que era o que contaria à polícia? — pergunto. É o único modo de fazer sentido.

E isso só podia significar uma coisa.

— Isso é idiota pra cacete, se quer saber — Lauren diz. — Eu não estava preocupada, estava? Eu sabia que Jason estava morto.

Ela não entende. Nenhuma surpresa.

— E você sabia quem o matou. Quem matou Jason, Lauren?

— Eu! Eu o matei — diz, a voz trêmula como se alguém sacudisse seu corpo.

— Você... — começo, mas minha garganta trava nas palavras, engasgando com elas. — Você fez isso por causa do que ele me fez?

— Não. Nem tudo diz respeito a você, sabe? Fiz isso por Francine, e Kerry, e por mim, principalmente, porque estava farta pra cacete do desgraçado, todas as merdas dele que aturei durante anos. Talvez um pouco por você — acrescenta a contragosto. — Você foi quem teve sorte sexta passada; eu recebi o pior no carro, assim que ele terminou com você.

— O que você quer dizer ao afirmar que o matou por Francine? Ela estava morta muito antes da noite da última sexta.

— Nada — Lauren resmunga.

— Vingança?

É um palpite, nada além.

Para Francine e Kerry.

— Jason agrediu Kerry? — pergunto.

Lauren me encara como se eu fosse louca.

— Você disse que o matou por Kerry.

Ela parece estar pensando em negar.

— Por favor, me conte, Lauren.

Ela se senta na cama. Suas pernas, em jeans pretos, parecem dois canos finos. Fico surpresa que tenha conseguido passar tanto tempo em pé sobre elas. Fico espantada de ainda conseguir ficar em pé sobre as minhas.

Tenho uma ideia. Mais uma superstição, na verdade. Não é baseada em nada concreto. *Se eu me sentar junto a ela na cama, ela começará a falar.*

Vale tentar.

Ela me olha estranhamente. Desloca-se para um dos lados, colocando maior distância entre nós.

— Quando chegamos em casa na sexta-feira, depois... Quando voltamos, Jason subiu as escadas e se trancou no banheiro — diz.

— Passou direto por Dan e Kerry, realmente ignorante, como se não estivessem lá. Eu sabia que ele não sairia antes de pelo menos meia hora. Kerry me perguntou se eu estava bem. Devo ter parecido meio perturbada. Sabe quando alguém pergunta se você está bem e é exatamente a pior coisa que poderia perguntar?

Sim. Sei muito bem.

— Não consegui segurar, Gaby. Eu desmoronei, contei tudo a Kerry: o que Jason tinha feito a você, me obrigando a assistir. Olhe, achei que você foi uma vaca esnobe na Alemanha, não vou fingir que não, mas você não merecia *aquilo*. Ah, você devia ter visto Kerry, Gaby. Ela ficou destroçada ouvindo que aquilo tinha lhe acontecido, mas o que ela podia ter feito?

Eu me encolho. Ela poderia ter procurado a polícia. Não fez isso. Porque Jason Cookson sabia a verdade sobre quem matara Francine, e manter essa verdade escondida era mais importante para ela. *Para que Tim permanecesse na prisão. Para que ele e eu não pudéssemos ficar juntos agora que Francine estava morta e ele poderia ficar livre.*

— Quando eu vi Kerry daquele jeito, eu não consegui suportar — diz Lauren, soluçando. — Ela sempre foi boa comigo, e lá estava ela, um lixo, por causa de Jason, *meu* marido. Eu tinha de fazer alguma coisa, não tinha, ajeitar as coisas. Era minha culpa, tudo. O que ele fez com você foi culpa minha.

— Não foi, Lauren. Como? Você não poderia tê-lo detido.
— Você vai me odiar se eu lhe contar.
— Você tuitou pedindo ajuda.
Depois agradecerei a ela. Não consigo me forçar a fazer isso agora.
— Você vai achar que sou uma vaca malvada e não vai me perdoar — ela insiste.
— Perdoar a você por quê, Lauren? Sim, vou perdoar. Claro que sim.
Ela esconde o rosto com as mãos.
— Eu disse a única coisa em que consegui pensar, para que ele tivesse raiva de outra pessoa, não de mim. Ele descobriu que eu tinha viajado sem contar. Eu fiz toda aquela coisa de mentira, como você disse, sobre estar doente na casa da minha mãe, e então meu pai idiota foi lá e estragou tudo dizendo a Jason que eu estava presa na Alemanha, então é claro que ele liga para mim! Eu estava no aeroporto, esperando para embarcar no voo que papai tinha reservado para mim. "Eu sei onde você está", ele diz. Cacete, quase tive um ataque do coração e caí morta ali mesmo, juro. Nunca tinha mentido para ele antes, não ousava. E então ele começa: "Que porra, ela vai para a porra da Alemanha e me diz que está na casa da mãe?" Eu nem sei o que disse a ele, estava entrando em pânico. Comecei a falar sobre querer ver você por causa de toda essa merda com Tim, não que fosse fazer alguma coisa ou contar algo a você, eu só...

Ela se interrompe, balança a cabeça.

Há muitas perguntas que quero fazer, mas tenho medo de interrompê-la.

— Jason começa a berrar: que porra de maluca eu sou, com o que acho que estou brincando, por que não paro de meter meu nariz? Como ele vai poder confiar em mim de novo? Ele queria saber o que eu havia contado a você. Eu estava em pedaços. Tinha de dizer que não tinha falado nenhuma palavra sobre Tim ou Francine. Quando Jason está com aquela disposição, você diz a ele o que ele quer ouvir, qualquer coisa, não importa. Para ser honesta, eu me lixei para Tim, *ou* você, ou mesmo Francine, assim que ouvi a voz dele. Sabia que ele ia surtar porque eu havia mentido, pior do que já tinha suportado dele antes. Para Jason, achar que eu ia esconder alguma coisa dele, ou fazer coisas pelas suas costas, seria seu pior pesadelo. Eu tinha de pensar em alguma coisa.

Eu ainda não entendo aonde ela quer chegar com isso. Pelo que nunca irei perdoar-lhe?

— Então você contou a ele... o quê?

Ela xinga em voz baixa, quase reverente. Do modo como algumas pessoas rezam.

— O que você falou sobre como ia virar lésbica no meio da noite. Se dividíssemos a cama.

— O quê?

Minha voz dói nos meus ouvidos. O choque vem como um riso vazio. Lésbica? Essa é exatamente a última coisa que eu esperara que ela dissesse. Então me lembrei.

— Lauren, eu não disse que ia virar lésbica. Você achou que eu estava cantando você? Só estava fazendo uma piada.

Os traços dela travaram em uma expressão de teimosia.

— Você disse que podia virar lésbica — insiste. — Por que diria isso se não fosse sério?

— Jesus. Lauren, cacete...

Eu não consigo acreditar nisso. Não consigo acreditar.

— Eu não gosto dessas coisas.

— Nem eu! Eu estava *brincando*. Você estava preocupada com nós dividirmos uma cama e eu disse: "Não se preocupe, mesmo se o lesbianismo tomar conta de mim durante o sono, meu bom gosto protegerá nós duas." Ou algo parecido.

— E agora você acabou de dizer de novo! Você admitiu.

Ah, Deus.

Respiro fundo.

— Lauren. O que eu quis dizer foi que, mesmo se de repente virasse lésbica, o que nunca acontece a nenhuma mulher heterossexual durante o sono, por falar nisso... Essa era a base da minha piada, essa premissa hipotética absurda.

Vendo o cenho franzido e confuso, digo:

— Ah, esqueça! Olhe, meu ponto era: mesmo no caso improvável de isso acontecer comigo, eu não tentaria a sorte com você porque seria uma lésbica de bom gosto. Não iria querer você.
— Ah. Certo.
A dor surge em seu rosto. Ela agora entende.
— Lauren, me desculpe. Eu estava de péssimo humor e não deveria ter descontado em você. Diga o que contou a Jason. Cada palavra.
— Eu já lhe disse!
— Você disse a ele que eu ameacei você... O quê, molestá-la? Querer indecências com você?
— É! Foi o que eu ouvi — ela diz, lacrimosa. — Como eu poderia saber que você estava apenas sendo uma vaca como sempre, dizendo que não ia me comer mesmo se você fosse... assim? Disse a ele que fui muito clara sobre não ser dessas e você disse que ia... O que quer que tenha dito. Me agarrar de noite.
— Não. Simplesmente... *não*.
Estou tremendo. Tentando entender por que isso torna tudo tão pior. A inutilidade de tudo. A estupidez.
— Lamento muito, Gaby.
— E foi por isso que Jason fez o que fez comigo? Porque achou que eu era uma espécie de predadora sexual perseguindo a esposa dele?
— Só contei isso porque ele já é obcecado com isso: lésbicas. Está sempre me perguntando sobre minhas colegas, até mesmo sobre Kerry; se alguma delas já insinuou alguma coisa assim comigo. Procurando alguém em quem jogar a sua raiva, realizar suas fantasias pervertidas doentias. Eu não me dei conta de a que ponto ele chegaria, Gaby, juro. Achei que você ficaria bem. Você é forte; não é como eu. E eu nunca tinha *visto* aquilo antes, o que ele fez. É diferente quando é com você. Você não vê, não é mesmo? Não é como assistir, como quando é outra pessoa.

Eu me levanto, vou até a janela. Quero abri-la, mas não há como fazer isso. Janelas que não abrem: todo hotel claustrofobicamente vagabundo tem delas. Quatro andares abaixo um interminável carretel de carros se desenrola ao redor do contorno.

— Jason não me atacou porque eu estava fazendo perguntas sobre a morte de Francine — digo, esperando que, ao falar a verdade em voz alta, consiga resolver o problema com ela, torná-la parte de uma realidade com a qual possa viver. — Ele não fez isso porque a matou e não queria que eu descobrisse.

É culpa sua o que ele lhe fez. Você fez uma piada cruel à custa de Lauren. O que vai...

— Ele fez isso porque é um maldito de um pervertido — Lauren diz, feroz. — Sempre foi. Também sempre foi ciumento pra cacete. Eu costumava gostar disso, nos primeiros meses. Pensava: "Tudo isso por minha causa", até ele ficar nojento com isso. Ele estava cagando se Francine vivia ou morria, estava cagando para quem se fodesse por causa do assassinato dela, desde que a vida *dele* continuasse como sempre. Ele gostava de ter poder sobre todos nós: "Eu guardo o segredo e vocês fazem o que eu quiser."

— Jason está morto. Vocês não precisam mais guardar segredos.

Lauren funga.

— Você vai contar à polícia que eu o matei?

— Não.

— Por que não? Eu quero que eles saibam. Ele mereceu o que teve.

Não posso questionar isso.

— Dan e Kerry sabem que você o matou?

— É. Eles não dirão nada. Nunca dizem, não é? Malditos idiotas. Como eu; todos somos malditos idiotas!

Lauren estremece e leva os dedos aos cantos dos olhos. Lágrimas escorrem sobre suas mãos, descendo pelos braços.

— Quem matou Francine, Lauren? Não foi Tim, foi?

— Não — ela diz com desprezo. — Eu lhe disse isso na primeira vez que a vi. Não foi ele, mas ele contou à polícia que foi, e não deixou nenhum de nós dizer o contrário. Ele me suplicou. Kerry também. Gaby, ele caiu de joelhos, agarrou minha cintura. Estava em frangalhos. Não consegui dizer não, não depois do que ele tinha feito por mim.

Então Simon Waterhouse estava certo.

— Tim quer ficar na prisão — digo, rezando para ter entendido errado. — Ele quer ser condenado pelo assassinato de Francine.

Não para proteger alguém. Ele está fingindo que a matou não pelo bem de alguém, mas pelo próprio bem. Tirando vantagem do crime de outra pessoa, transformando isso em vantagem sua.

Tim, o oportunista. Sim, consigo ver isso.

Mas por quê? Por Deus, Tim, ou mesmo por mim — por quê?

Fico pensando como o assassino de Francine se sente com isso. Ele se ressente por Tim levar o crédito por seu trabalho? Ou ele — ou ela — está aliviado? Não há muitos assassinos com tanta sorte.

— Ele está fazendo isso por *você*! — Lauren solta. — Tudo isso é por sua causa, e você não faz ideia do que está acontecendo? Isso é loucura, isso sim.

— O que quer dizer? Como isso pode ter alguma relação comigo?

— Por que você não pergunta a Kerry? Ela sabe. Ninguém me disse porra nenhuma, todos acham que eu sou idiota, assim como você. Vocês todos são tão inteligentes, não é mesmo? — diz ela na voz que usou com Bodo Neudorf no aeroporto de Dusseldorf, o tom que fez com que eu desgostasse dela instantaneamente. — Tão inteligentes, vocês acham que tudo bem um homem inocente ser trancado e um assassino ficar solto. Isso não é inteligente, isso é tudo de errado, isso sim. Posso não ser inteligente o suficiente para reservar meus próprios voos para a Alemanha, posso ter precisado pedir a Kerry para fazer isso por mim, mas eu era a única que sabia que você estava indo para lá! Se Kerry é tão mais inteligente que eu, como acreditou quando falei que queria visitar uma colega? Que colegas eu tenho na Alemanha? Nenhuma! E não iria querer colegas alemães.

Tenho vontade de sacudi-la.

— Quem está ficando solto, Lauren? Quem matou Francine?

— Não pergunte a mim! Eu prometi a Tim que nunca diria nada, *nunca*. Prometi a Kerry.

— Lauren, você não precisa ter medo de mim.

— Não estou com medo — ela retruca, ofendida, passando os braços ao redor do corpo para se proteger.

— Eu estou — digo a ela. — Mais do que já estive um dia. Mas você não precisa estar, não de mim. Eu só quero entender. Você leu minha carta. Sabe como me sinto em relação a Tim.
— É — reage com desprezo. — Foi como me senti com Jason quando o conheci. Fiquei completamente apaixonada. Não posso pensar nisso agora, ou vou ficar infeliz.
— O que Tim fez por você? — pergunto a ela. — Você disse: "Depois do que ele fez por mim."
— Ele sabia sobre Jason. O que costumava me fazer. Ele... viu uma coisa. Foi uma vez depois de conversarmos, Tim e eu. Discutir. Sobre Francine. Estávamos brigando um com o outro, só nós dois juntos em um quarto, tentando manter as vozes baixas para que Kerry não fosse meter o nariz. Jason teve uma ideia errada — diz Lauren, arregalando os olhos. — *Foi* uma ideia errada, Gaby, juro; nunca houve nada assim entre mim e Tim. Entre mim e qualquer um! Como se fosse arriscar isso, casada com Jason. Kerry e Dan achavam que Tim me ignorava porque era esnobe demais para se importar comigo, mas não era isso; ele sabia que Jason ia me agredir se ele me desse muita atenção. Talvez a ele também. Isso o deixava em pânico. Por isso me ignorava, para manter nós dois em segurança.

Ela está olhando através de mim, como se eu não estivesse lá. Tenho medo de me mover e correr o risco de interromper o raciocínio dela.

— Supliquei a ele que não contasse a Kerry e Dan, e ele não contou. Não iriam querê-lo na casa se soubessem, e se ele perdesse o emprego ficaria dez vezes pior. Na maior parte do tempo eu conseguia mantê-lo sob controle, sem problemas. Achei que Tim ficaria chocado, mas ele entendeu. Disse que você nunca sabe o que acontece nos casamentos e que não é da conta de ninguém.

Você disse isso, Tim? Conveniente pra cacete. Quanto respeito à privacidade de Lauren deixá-la nas garras de um monstro.

— Sobre o que você e Tim estavam discutindo, a briga que Jason entreouviu?

— Tim me ouviu falando com Francine. Eu costumava... Você sabe, contar coisas a ela. Principalmente sobre Jason. Não podia contar a mais ninguém, não sem me aborrecer muito: por que não o deixava, por que não ia à polícia, achava alguém melhor para mim? Até mesmo você me disse isso, e não lhe contei nada!

Porque você era evidentemente o tipo de mulher que desperdiçaria seu amor com um homem que não o merece.

É preciso conhecer uma para reconhecer outra.

— Não a culpo por dizer. É o que qualquer um teria dito, exceto Francine: deixe-o, ele não vale a pena. Francine nunca disse nada. Não podia.

— Você confidenciava a ela.

— Não importava o que dissesse. Ela nunca respondia nada.

Lauren sorri. Suas palavras são ambíguas, mas sua expressão deixa claro. A falta de reação de Francine era um ponto a favor dela. Ou mesmo a principal atração.

Lembro-me de pensar algo similar no ônibus para Colônia: que Lauren era tão burra que não importava o que eu dissesse a ela.

— Eu só precisava que alguém soubesse, Gaby. Não fizesse nada quanto a isso, apenas *soubesse*. Todas as piores coisas que aconteceram na minha vida; ninguém sabe nada sobre elas! Era como se eu olhasse para minha mãe, meu pai, Lisa e meus colegas e pensasse: "Por que estou me preocupando em conversar com vocês, quando não fazem ideia de nada?"

— Senti exatamente a mesma coisa — digo a ela. — Não poder contar a Sean ou a qualquer de nossos amigos sobre Tim.

— É, você sacou — aprova Lauren. — Assim como Francine. Eu podia sentir. Ela não me julgava como todos os outros teriam feito. Eu podia contar coisas a ela, podia contar qualquer coisa, coisas que não ousaria dizer a mais ninguém. Ela é a única que sabe... sabia... a história inteira sobre mim e Jason. As coisas que ele costumava fazer — Lauren diz, e enxuga os olhos. — Não entendo por que Tim não podia simplesmente me deixar em paz. Ele tinha de meter o maldito nariz.

— O que ele fez? — pergunto.

— Ele é como você, o Tim — Lauren responde, franzindo o cenho. — Eu nunca entendo metade do que ele diz, toda aquela

citação de pedaços de poemas, como se falando em enigmas. Mas eu sabia o que estava tentando fazer: me virar contra ela.
— Contra Francine?
— Ele não gostava que fôssemos próximas. Disse que eu não teria querido lhe contar nada se tivesse conhecido ela antes. Ela não era gentil ou compreensiva, não teria sido minha amiga. Coisas horríveis que eu não queria ouvir. Francine *era* minha amiga, minha melhor amiga — Lauren diz, coçando as lágrimas com as unhas, como se fossem insetos em seu rosto. — E daí se ela não podia falar? Se você passa tanto tempo com alguém, *conhece* a pessoa. Sabe o que há no coração dela. Você capta. Ela não precisa dizer nada, havia uma ligação entre Francine e eu. Ela sabia como era difícil para mim, assim como eu sabia que era difícil para ela. Mas eu... por muito tempo pensei... Quero dizer, tipo, o pior já tinha acontecido a ela, sabe? Nunca achei que um dia ela poderia não estar lá e que eu voltaria a não ter ninguém. Nunca me preparei para isso. Idiota, não é? Achar que nenhuma outra merda pode acontecer a alguém se alguma merda séria já aconteceu?
— É natural — digo automaticamente. Não estou mais certa se entendo ou penso qualquer das coisas que estou dizendo. Parte de mim desligou.
— Não consegui impedi-los, Gaby. Não havia nada que pudesse fazer. Sou apenas uma cuidadora, e aqueles três... Ninguém teria acreditado em mim! Ninguém se importava com Francine além de mim!
— Impedir o quê? Lauren, acalme-se. Conte. Estou do seu lado.
Ela balança a cabeça violentamente.
— Gostaria de poder contar a ela sobre Jason — ela diz.
Sobre matar Jason: é o que ela quer dizer.
— Conte-me — digo. — Não vou falar nada. Vou apenas escutar.
— Você? — ela reage rindo. — Isso é uma piada. A única pessoa que você escuta é você mesma.
— Não. Eu quero escutar você.
— O que você quer saber? — ela pergunta, ranzinza. — Eu o levei ao pub, deixei ele bêbado, levei até a casa do meu pai. Ele apagou no sofá. Sentei com papai e Lisa, vi um pouco de televisão.

Não contei a eles o que ia fazer. Eles não tinham ideia. Disse a eles que ia fazer um chá, peguei uma faca na gaveta da cozinha, subi, e simplesmente...

Ela junta as mãos acima da cabeça e faz uma mímica de esfaquear.

— Assim. Não senti nada quando fiz isso, simplesmente "Como vou contar a papai e Lisa como fiz isso, cacete?". Na casa deles. Mas não teria feito isso em casa.

Ela solta um guincho de riso agudo.

— Consegue imaginar? Kerry e Dan não são o tipo de gente que gostaria de alguém morto a facadas em sua casa chique, são?

— Francine foi assassinada na casa deles — lembro a ela. *Quem? Quem fez isso, Lauren.*

— Mas não houve sangue — ela diz, como se eu não tivesse entendido absolutamente nada.

Isso realmente está acontecendo. Estou debatendo assassinatos sujos e limpos e os tipos de casas com os quais combinam. Com Lauren Cookson.

— Acha que sou má por ter matado ele? — ela me pergunta.

— Acho que você deveria receber uma medalha — falo honestamente.

— Mesmo?

É doloroso ver a esperança em seus olhos.

— Por que você liga para o que penso? Sou apenas uma vaca metida que você mal conhece.

— Isso é verdade — diz Lauren, sorrindo por entre as lágrimas.

— Não sei. Todos os outros parecem endeusar você e achar que terá todas as respostas. Eu queria ver se eles estavam certos. Você me perguntou por que a segui até a Alemanha, em sua carta. Eis o motivo. Estou perdida. Será que perdi a parte em que ela explicou?

— O que quer dizer?

— Sempre que ouvia Kerry e Dan atacando um ao outro depois que Francine morreu, era sempre sobre você. Nunca na frente de Tim, mas sempre que não estava escutando eles começavam. Kerry continuava a sugerir falar com você, que você saberia o que fazer. Dan dizia que não, Tim nunca lhes perdoaria. Às vezes era o contrário;

eles trocavam de lado. Isso acontecia em círculos. E você precisava ter ouvido Tim, o modo como costumava falar sobre você. Eu estava farta do bando todo. Pensei: certo, vamos encontrar essa tal Gaby Struthers. Todo mundo fica dizendo como ela é ótima e como saberá o que fazer, então vamos ver se sabe mesmo. Talvez conte a ela, pensei. Não era certo o que estava acontecendo, o que Tim queria, por mais que ele fosse bom em fazer isso *parecer* certo. Eu estava confusa. Você me viu. Estava surtando, ficando infeliz. Queria ver você, descobrir o que era essa coisa toda. Assim que vi você, pensei: "De jeito nenhum eu posso falar com essa porra dessa vaca metida." Desculpe, mas você sabe o que quero dizer.

— Você ouviu Tim falando de mim para Dan e Kerry? — pergunto.

— Não — responde Lauren, parecendo confusa. — Por quê?

— Você disse que o ouviu falar sobre mim.

— Não com Kerry e Dan. Só com Francine.

— Francine?

Lauren confirma.

— Eu não era a única que costumava falar com ela. Tim também falava. E não gostava de partilhá-la comigo. Ele a queria toda para si. *Não. Ele a odiava. Ele a deixou. Ele voltou, sim, mas não porque a quisesse.*

— Quem matou Francine, Lauren? Por favor.

Ela olha para a porta.

— Se eu lhe disser quem, você vai querer saber por quê.

— Sim, vou querer.

— Eu deveria ter lhe mostrado as cartas na Alemanha — ela diz, e começa a chorar de novo. — Se eu não fosse a porra de uma cretina covarde, teria mostrado então, lhe contado tudo.

— Quais cartas?

— Elas estavam embaixo do colchão de Francine. Então, quando ela morreu e tiraram a cama, Dan as mudou de lugar. Escondeu no quarto de Tim, embaixo do colchão. Ninguém sabia que eu sabia onde tinham ido parar, mas eu sabia. Todos acharam que eu não ia notar o que estava acontecendo embaixo do meu nariz. Kerry sabia que eu sabia, e sabia que não gostava, mas não achou que eu faria alguma coisa. Imbecis! Aposto que todos acham que aquelas cartas ainda estão lá. Pensei: um dia um deles vai decidir que querem queimar isso, e nunca vou poder explicar por que Francine morreu. Não tenho o dom da palavra como Kerry ou Tim. Ou você. Por isso peguei as cartas: elas explicam isso tudo melhor do que eu poderia.

— Então você levou as cartas para a Alemanha? Para que Kerry e Dan não conseguissem destruí-las?

Lauren assente.

— Eu ia entregar todas a você. Mas então simplesmente... não consegui.

— Onde elas estão? Mostre-me, Lauren. Por favor.

— Não posso. Não estou mais com elas.

Não. Não deixe que ela diga o que acho que está prestes a dizer.

— Onde elas estão?

— Naquele banheiro, naquele hotel vagabundo. Eu entrei com minha bolsa. Elas estavam lá. Coloquei na coisa do vaso, naquela parte em cima. Pensei que não iam ficar molhadas; tinha colocado numa coisa de plástico. Agora eu queria não ter deixado lá. Entrei em pânico quando você começou a falar sobre Tim, tentando arrancar a história de mim.

Tiro o BlackBerry do bolso, digito o número que Simon Waterhouse me deu: seu celular.

— Você acha que elas ainda estão lá? — Lauren pergunta. — Eu devia ter dado a você. Sabia que devia.

— Alô? Gaby?

Simon soa assustado, como se o tivesse acordado de um pesadelo. Como irá se sentir quando lhe disser que há cartas que ele precisa ler na caixa de um vaso no último andar de um hotel vagabundo, junto a uma estrada de mão dupla na Alemanha?

PROVA POLICIAL 1437B/SK — TRANSCRIÇÃO DE CARTA MANUSCRITA DE DANIEL JOSE A FRANCINE BREARY DATADA DE 13 DE FEVEREIRO DE 2011

Francine, há uma coisa que Kerry e eu não temos feito o suficiente em nossas cartas, e é lhe contar coisas que você ainda não sabe. Parecemos estar principalmente lhe dando nosso ponto de vista sobre acontecimentos passados. Talvez tudo bem, não sei. Mas o objetivo de fazermos essa coisa de cartas é apoiar Tim. Só deveria haver uma diferença entre o que ele está fazendo e o que nós estamos fazendo: ele está falando em voz alta, sentado ao lado de sua cama dia após dia, e nós estamos escrevendo para que Lauren não possa ouvir nada.
 Eu ouvi as conversas unilaterais de Tim com você. Ele não lhe diz nada que você já saiba — tem cuidado com isso. Posso estar errado, mas acho que ele planeja antecipadamente o que vai lhe dizer, antes de entrar no quarto. Há uma organização em seus monólogos. Cada um deles contém algum tipo de revelação, mesmo que seja apenas que ele e Gaby se beijaram pela primeira vez na varanda da biblioteca Proscenium nessa ou naquela data. Nada demais para ninguém além de Tim, Gaby e você: a muito sofrida esposa traída.
 Pelo menos você não está entediada, suponho. Tim quer você na beirada do assento (desculpe, você sabe o que quero dizer), com medo do que irá ouvir depois. É tudo o que um comediante solo poderia chamar de material novo, embora não haja nada engraçado nisso. Gaby é seu único assunto, e ele é incapaz de qualquer coisa além de total seriedade

quando diz respeito a ela. Ele nunca fica sem coisas novas para lhe contar: como ela criou sua empresa, intermináveis detalhes técnicos sobre sua criação, Taction, que ninguém que não um especialista ou alguém apaixonado por um especialista poderia esperar entender, o impressionante site dela na internet, observações inteligentes que fez quatro anos antes sobre coisas banais. Tim deve ter uma memória fotográfica. Ou mais nada na vida que considere importante.

Tendo dito isso, nunca o ouvi se abrir e lhe dizer que ama Gaby, não com tantas palavras. Ainda assim, você teria de ser bastante obtusa para não ter descoberto, Francine. Nenhum homem quer falar interminavelmente sobre uma mulher, a não ser que a queira muito. Kerry e eu não nos demos conta do nível da obsessão de Tim por Gaby até que o ouvimos falar com você sobre ela.

Como não quero trabalhar mais hoje, vou seguir o exemplo de Tim e lhe dizer duas coisas que você ainda não sabe. E, como ele, planejei as duas com antecedência. Uma é algo que ninguém sabe: estou começando a pensar que desperdicei meu tempo nos últimos, Deus sabe quantos, anos. Quero desistir do meu doutorado, imediatamente, e nunca mais ver a maldita coisa. Kerry não sabe. Ela é contra desistir de qualquer coisa e tentaria me convencer a mudar de ideia. E provavelmente teria sucesso. A verdade é que não estou certo de que posso pensar ou escrever mais sobre como os tipos de arquétipos e histórias que nos atraem afetam nossas posturas relativas a risco financeiro. É demasiado confuso e interdisciplinar e, ao mesmo tempo, simples e estupidamente óbvio: o maior medo da pessoa número 1 é acabar tendo de contar uma história sobre si mesmo, na qual foi tímida demais para aproveitar uma oportunidade fantástica, e como resultado perdeu as recompensas desfrutadas por aqueles mais corajosos que ela. A narrativa de vida hipotética menos apreciada pela pessoa número 2 é uma na qual ela aposta todas as suas economias, duramente conquistadas, em algo arriscado e acaba lamentando sua imprudência na miséria completa. A pessoa número 1 obviamente tem maior chance de investir 100 mil libras em uma empresa muito arriscada sem liquidez do que a pessoa número 2.

Aí está: eu disse isso em aproximadamente cem palavras. Até você entenderia, Francine, embora eu tenha certeza de que descobriria um modo de condenar igualmente as pessoas 1 e 2. Mas você entendeu o conceito básico. Qualquer idiota entenderia. Então por que estou devotando anos a escrever um doutorado sobre isso, meses criando questionários e reunindo dados para provar o que já sei? Qual o sentido? Mesmo que termine e publique, tudo o que acontecerá é um bando de falastrões da teoria econômica fazer fila para me criticar em periódicos que ninguém lê. Eles já estão se preparando, apopléticos de fúria porque inseri um impostor indefinido como arquétipo de narrativa em sua preciosa economia.

Você deve estar imaginando por que estou lhe contando algo que não tem nada a ver com você, Francine. Se eu desistir do meu doutorado ou não, que importância tem pra você? Tim não perderia tempo lhe contando uma novidade aleatória, perderia? Correndo o risco de soar arrogante, acho que há algo que ele esqueceu de levar em conta: como você ficava ofendida quando outra pessoa ocupava o centro do palco, mesmo que por cinco minutos. Você era incapaz de sentar e escutar as novidades de outra pessoa sem começar a se agitar e se comportar mal por ter perdido os holofotes. Kerry e eu notamos isso na primeira vez em que Tim a levou à nossa casa para jantar, na primeira vez em que a vimos. De repente, seus longos discursos empolgados e divertidos, que sempre tinham sido a melhor parte das noites que passávamos juntos, não existiam mais. Toda pergunta que fazíamos ele respondia do modo mais sucinto e sem humor possível antes de voltar o foco novamente para você. "Bem, obrigado, não há muita coisa acontecendo no momento." O "bem, obrigado" em si já era suficientemente bizarro. Ainda mais bizarro era "Mas Francine está tendo um momento excitante no trabalho, não é mesmo, querida?".

Um momento excitante no trabalho. Descontando o fato de que você era uma advogada de pensões previdenciárias, Francine — era uma coisa muito não-Tim a dizer. Kerry e eu inicialmente não conseguimos entender que porra havia acontecido a ele. Então nos demos conta. De fato, foi um pouco um momento filme de terror: do modo como a heroína confiante, ao se deparar com um álbum de fotografias em preto e branco coberto de teias de aranha, acha uma foto do marido deitado dentro de um caixão com suturas de embalsamador espalhadas pelo corpo todo e se dá conta de que ele está morto há anos e por isso tem aquela estranha forma de Y costurada no tronco que sempre alegou ter sido um ferimento no tênis. (Por favor, perdoe a bem-humorada intrusão de um arquétipo narrativo aleatório. Como disse, passei a manhã inteira trabalhando no doutorado.)

Acho que magoaria você, Francine, ter de me escutar tagarelando sobre minhas ansiedades profissionais. Causaria dor ao seu ego ser colocada à força em um papel menor — ouvinte mudo —, especialmente sabendo que não terá sua vez quando eu terminar.

Passando para o segundo item planejado em minha agenda, aquele que se relaciona diretamente a você: lembra-se de quando você e Tim me deram *Imperium*, de Robert Harris, no meu aniversário? É engraçado, eu li a última carta de Kerry para você, e ela nem sequer menciona a faceta Robert Harris da noite. A Noite de Criar Lembranças, para usar seu título oficial. Você me disse enquanto eu abria meu presente, seu e de Tim, que provavelmente já tinha, mas Tim insistira que não. Você disse isso como se Tim, sendo Tim, provavelmente, estivesse errado. Na verdade, ele estivera impecavelmente certo até mais cedo naquele dia, quando não uma, mas duas pessoas me deram exemplares: meu chefe e minha secretária. Kerry riu quando contei a ela. "Você vai ter de começar a espalhar que não gosta mais de Robert Harris, do contrario vai receber vinte exemplares de seu último livro em aniversários e natais pelo resto da vida." (Por falar nisso, estou certo de que uma rápida análise estatística revelaria que suas maiores explosões foram nas datas especiais de outras pessoas, Francine.)

Eu rasguei o papel em um canto, vi o "*Imp*" do título ao mesmo tempo em que Kerry. Ela estava sentada ao meu lado no sofá. Ambos sabíamos o que tinha de acontecer. Por mais impossível que tivesse sido explicar a qualquer um que não fizesse parte de nosso quarteto louco, sabíamos que era inconcebível rir e dizer: "Na verdade, este é o terceiro exemplar que chegou até o momento." Tim lhe assegurara que eu não o tinha. Se ele tivesse errado, você o teria feito sofrer. Graças a ele, você teria sido alguém que fizera besteira na compra de um presente, o que, a seus olhos, teria lhe dado uma imagem ruim em público.

Comecei a fingir nunca ter visto *Imperium* antes e, para aumentar a segurança, não saber sequer que Robert Harris havia lançado um novo *thriller*. Kerry se levantou e disse que ia ao banheiro. Eu sabia que era uma desculpa. Ela não iria correr o risco de você subir ao segundo andar por alguma razão e ver os dois *Imperium* em nosso quarto. (Imperia?) Sabe o que ela fez, Francine? Pegou os dois outros exemplares do livro, os embrulhou em uma camisa e enfiou sob o colchão da cama. Eu teria feito o mesmo, caso não precisasse permanecer ali e executar uma encenação elaborada de adorar seu presente mais do que amava a própria vida, para garantir que se sentisse devidamente apreciada.

Tim estava tentando parecer relaxado, mas soube que ele também sabia. Tinha adivinhado pela minha expressão e a de Kerry, embora, provavelmente, achasse que era apenas o outro exemplar de *Imperium* que temíamos que você achasse, não dois. Imagine isso, Francine: aquele nível de pânico, por algo tão ridiculamente banal. Era o que você causava nas pessoas ao seu redor. Por isso não me preocupo, como Kerry se preocupa, que Lauren saiba o que está acontecendo. Ela acha que Lauren pode tê-la visto enfiar uma carta sob o seu colchão. "E qual a importância disso?", perguntei. "O que Lauren pode fazer para nos ferir?" Mas para Kerry não diz respeito a ferir. Diz respeito a culpa. Ela não suportaria Lauren (ou, na verdade, qualquer um) pensar que estava fazendo algo errado. Ela também tem medo de que Lauren possa confrontar Tim e fazê-lo sentir-se culpado. Eu posso entender isso. Na cabeça de Kerry, Tim se sentir mal corresponde a Tim, provavelmente, acabar morto.

Daí ela sempre ter estimulado as longas "conversas" dele com você, Francine. Fala sobre isso como se fosse uma espécie de terapia para ele. E daí isso: nossa correspondência unilateral com você, com a ressalva de que nossas cartas têm de ser escritas em seu quarto, sentados junto à cama. Foi como Kerry decidiu que ela e eu iríamos apoiar Tim. O revés dessas cartas, do meu ponto de vista, é exatamente o que Kerry acredita ser a melhor característica: você não pode lê-las, e não podemos lê-las em voz alta para você — regras de Kerry. Então você não sabe o que há nelas. É a única forma de ser justo com todos, na opinião de minha sábia esposa.

Que eu acho, e sempre achei, Francine, que é apaixonada por seu marido nada sábio. Sorte que ela não é o tipo dele, ou eu poderia tê-la perdido há anos.

Não quero especialmente ser justo com você. Quando você foi justa com Tim? Ou com qualquer de nós? Acho que vou ler esta carta para você. Kerry saiu. Não saberá. Vou me sentir culpado por esconder isso dela, mas isso não é o suficiente para me impedir.

Aí vai.

26

16/3/2011

Sam pegou de Simon a última das cartas. Eles estavam sentados no chão de um quarto de sótão sem cadeiras no Haffner Hotel na Alemanha, o quarto que Gaby Struthers e Lauren Cookson teriam dividido quando seu voo foi adiado, caso Lauren não tivesse fugido. Quem não teria corrido, Sam pensou, de um quarto como aquele? Era um espaço em que ninguém escolheria entrar, quanto mais passar algum tempo, a não ser que o que tivesse em mente fosse um pacto de morte ou realizar um filme em que todos deveriam ficar deprimidos o tempo todo. As cortinas estavam manchadas de sujeira, o carpete era uma colagem de áreas carecas reluzentes. Um ocupante anterior do quarto havia jogado um curativo rosa amassado em um canto, que as arrumadeiras, supondo que alguma fosse até ali, não tinham identificado e retirado. Não havia nada nas paredes, a não ser áreas irregulares de massa em forma de raios onde o papel de parede descolara. Na verdade, as paredes lembravam a Sam a sala de estar de Simon e Charlie, mas guardou o pensamento para si mesmo.

Um cheiro de velhice pairava no ar: álcool e suor velhos. Fez Sam desejar nunca ter deixado a civilizada biblioteca Proscenium.

Ele devolveu a carta a Simon assim que acabou de ler.

— Mais do mesmo.

— Lamento.

— Não, não é culpa sua. Você estava certo: uma carteira plástica cheia de cartas escondidas em uma caixa de vaso em um hotel da Alemanha, vindas de Lower Heckencott, em Culver Valley, *soa* como se pudesse ser útil. Soa como se não pudesse deixar de ser significativo. É, poderíamos ter mandado alguém pegar, mas...

— Não foi o que quis dizer — Simon interrompeu. — Eu lamento por... Você sabe. Como eu tenho estado. Você teve azar, apenas isso.

Ele largou a pilha de cartas no chão como se não passassem de uma irritação, e ergueu os joelhos até o queixo. Parecia alguém esperando que um gigante esticasse a mão e desse um tapa na sua cabeça.

Sam esperou.

— Eu sou levemente raivoso a maior parte do tempo, sem nunca saber realmente o motivo — Simon contou. — Sobrou para você. Desta vez.

Sam queria encontrá-lo no meio do caminho, mas temeu que, se dissesse "Bem, vamos ser justos, eu provavelmente deveria ter lhe contado antes", as coisas pudessem se tornar menos cordiais; Simon poderia retirar seu pedido de desculpas.

— Vamos deixar isso para trás — disse então, contente por ser perdoado, tivesse ou não feito algo errado.

— Foi útil — Simon disse.

— Talvez para você — disse Sam, sorrindo para reduzir a amargura das palavras. — Você cresce no conflito e no drama. *Você cresce não crescendo. Transforma sua própria energia negativa e a de todos os outros em...* Sam não sabia o quê.

— Não, eu me referi à carteira. As cartas. Leia novamente.

Sam pegou a que estava mais perto dele.

— O quê, acha que elas nos dizem algo?

— Acho que elas me disseram algo que não disseram a você. Talvez digam, se pedir com gentileza.

— Não quem matou Francine?

Sam não teria deixado isso passar.

— Algo mais importante do que "quem". Elas nos dizem por quê.

— Não consigo ver isso. Vejo corações, rancores, inseguranças e arrependimentos jogados no papel, apenas isso.

Sam abriu as páginas em leque, no chão à sua frente. Palavras isoladas saltaram: "lembranças", "martelo", "virada". Ele sabia que olhar daquele jeito não ajudaria, mas estava impaciente demais para ler tudo de novo. Simon iria obrigá-lo?

Alguma chance de me dar alguma folga, já que logo irei me demitir? Em algumas semanas não será mais trabalho meu descobrir as coisas. Sam passara o dia inteiro tentando pensar em como levantar o assunto; a última coisa que desejava era que Simon considerasse a sua decisão como algo contra ele, e não conseguia descobrir como formular isso para garantir que não acontecesse.

— Não consigo ver nenhum motivo aqui — disse, apontando para as cartas. — Não consigo ver um porquê.

Simon assentiu.

— Não verá. Porque você não sabe quem.

— Mas concordamos que essas cartas não nos dizem quem — falou. *O que significa...* — Você sabe quem matou Francine?

— Você também saberia se não estivesse pensando em matá-la do modo errado.

Sam demorou alguns segundos para desembaraçar a gramática. "pensando do modo errado em matá-la". Tinha de ser o que Simon quisera dizer.

— Quem? Dan Jose?

— Dan? — reagiu Simon, sorrindo da ideia. — O homem que assumiu uma corajosa postura moral contra a fraude que colocou seu melhor amigo na prisão, admitindo que estava mentindo sobre tudo e ainda assim se recusando a lhe contar a verdade? Ele nunca mataria ninguém; nunca faria nada. Kerry Jose? — Simon arriscou, antecipando a pergunta seguinte de Sam. — Não. Você leu a avaliação que Dan fez dela: quer ser justa com todos. Precisa ser vista como sendo boa. Ela admite em uma das cartas que gostaria bastante de matar Francine, mas é uma fantasia; sabe que nunca fará isso. Lauren: a única na Dower House que realmente gostava de Francine. Se é que você pode gostar de uma peça de carne deitada de bruços em uma cama — Simon acrescentou, como se tivesse lhe ocorrido. — Lauren nunca conheceu a vaca que tornou a vida de todos uma infelicidade. Perdeu seu Natal de família para estar com Francine, defendeu que fosse incluída nos festejos da Dower House. E cuidou de suas necessidades dia após dia; extremamente bem remunerada por isso, e também com o benefício de acomodação cinco estrelas e emprego para o marido. Por que Lauren iria querer assassinar Francine? Não iria. De jeito algum.

— Então... Jason? — Sam perguntou, sabendo que era a resposta errada e que por isso Simon o estava empurrando para ela. Ele era impiedoso quando tinha algo com que se exibir. Sam chegara à conclusão de que ele gostava de fazer as outras pessoas se sentirem idiotas; era um intelectual sádico. Esse conhecimento não fez nada para reduzir o afeto de Sam por ele. — Você também sabe quem matou Jason?

— Essa foi Lauren — afirmou Simon, como se fosse evidente e pouco importasse. — Wayne Cuffley pode ter tentado protegê-la, mas revelou o jogo com suas incoerências, perguntando a você se poderia ser aquele a contar a ela que Jason estava morto. Como você destacou, ele poderia ter feito isso antes de se entregar. Segundo ele, primeiro tirara as placas do carro e nos entregara o corpo para que Lauren não tivesse de se preocupar se Jason estava morto ou vivo, depois viera e se entregara para que ela não precisasse viver com a incerteza de não saber quem esfaqueara o marido. Se ele está tão preocupado com Lauren ser informada, de modo algum teria lhe dito o que fizera enquanto ainda estivesse livre e no comando. A história dele não bate. O único objetivo de contar era enfiar em nossas cabeças: Lauren não sabe o que aconteceu com Jason — um, ela não sabe que está morto; dois, não sabe quem o matou. Besteira. *Lauren se importava com Francine. Lauren matou Jason, junte os dois...*

— Jason não matou Francine — disse Simon, aparentemente lendo a mente de Sam. — Mas ele viu quem fez isso. Por uma janela.

Assombro não era uma emoção que Sam experimentasse com frequência, mas sentiu naquele momento.

— Como sabe?

Simon franziu o cenho, repassando sua história uma última vez antes de apresentá-la, para confirmar que a lógica era impecável.

— Óbvio. A mentira sobre onde Jason estava quando Lauren encontrou o corpo e gritou, aquela repetida por todos na Dower House. Como Jason não matou Francine, por que não contar a verdade sobre onde estava e o que fazia quando ela morreu?

— Mas... como você sabe que ele não a matou? — Sam perguntou novamente. Se já tivesse recebido a resposta, deixara passar.

— Porque sei quem fez — Simon afirmou. Tudo muito simples se seu nome era Waterhouse. — Assim como Jason. Ele soube antes dos outros, a não ser a própria Francine e a pessoa que a sufocou com um travesseiro. Ele estava do lado de fora, limpando as janelas como todos disseram na *segunda* versão da história. Só que não eram as janelas da sala na frente da casa, eram as janelas do quarto de Francine. Também no térreo, mas nos fundos. Quando Charlie começou a pressionar Kerry sobre o que exatamente Jason estivera fazendo na sala; se estava consertando alguma coisa e, caso positivo, o quê; Kerry entrou em pânico e apelou para o que esperava ser uma mentira mais plausível: Jason estava limpando janelas. Verdade. Qualquer bom mentiroso sabe colocar o máximo de verdade possível em uma mentira. Kerry mudou um detalhe: sala, disse, em vez de quarto. Era crucial que ninguém descobrisse que Jason era testemunha ocular. Ele teria sido convocado a descrever o que vira. Nós o teríamos pressionado demais, esperado detalhes demais. Sua versão teria sido comparada com a confissão de Tim Breary; era arriscado demais, quando o que ele estaria descrevendo seria mentira. Poderia facilmente ter escorregado em muitos pequenos pontos. Era mais simples fazer com que não tivesse testemunhado nada, e apenas repetisse a versão de Tim para o que aconteceu, como todos os outros na Dower House.

Tim Breary. Em toda a especulação, Sam quase se esquecera dele. Nesse caso, se não foi Kerry, Dan, Lauren ou Jason, então...

— Tim deve ter assassinado Francine? — sugeriu Simon, completando a pergunta de Sam. — Não. Ele não poderia, e não o fez.

Tim queria Francine viva, não morta. Depois do que ela o fizera passar, não se cansava do novo equilíbrio de poder entre eles. De não ter medo dela, de fazê-la sofrer, para variar. Palavras podem ser armas tanto quanto uma faca ou arma de fogo é, e Francine não podia revidar. Tim ficou viciado em atormentá-la, contar suas histórias sobre Gaby Struthers, a mulher que realmente amava. Ler para ela poemas sobre corpos decadentes de quarenta anos. Sabendo que, por mais que Francine odiasse ouvir aquilo tudo, não podia escapar. Ele não teria acabado com isso, acho; jamais. Por que acha que ele não correu diretamente para Gaby Struthers assim que se mudou de volta para Culver Valley depois do derrame de Francine?

Sam precisava ter o trabalho de balançar a cabeça de espanto, ou Simon considerava isso garantido?

— Ele ainda não estava livre, esse é o motivo. Ainda não estava disponível. Ansiava por Francine de um modo que nunca ansiara antes que ela adoecesse, sentiu grande prazer em puni-la. A ânsia de prosseguir foi tão esmagadora que mesmo a ideia de Gaby por perto não foi incentivo suficiente para ele abrir mão. Breary estava viciado. Mas não queria encarar isso, então disse a si mesmo que estava conduzindo uma investigação: Francine era a mesma Francine que tinha conhecido, ou não? Como chegar a uma correta avaliação ética da mulher? Uma investigação que nunca recolhe qualquer informação — disse Simon, com desprezo.

Sam só em parte escutava. Estava tentando pensar. Gaby Struthers tinha um álibi; não podia ter feito aquilo. *Quem, então?*

— Estou sem ideias — ele admitiu. — Nem mesmo as desesperadas. Se você quer que eu saiba quem assassinou Francine, terá de me contar.

Desculpe ser uma decepção. Novamente.

— Ninguém assassinou Francine — Simon disse.

— *Ninguém?* Mas...

— Você viu o cadáver dela?

Aquele meio sorriso enfurecedor novamente.

— Sim!

Mais de uma vez. Que maldição ele estava insinuando? Tinha de ser uma brincadeira.

— Ela está morta, certamente — afirmou Simon. — Legalmente, poderia ser ou não um homicídio. Depende do juiz, suponho. Ou de um júri. Mas eu pessoalmente não chamaria de assassinato. Chamaria do oposto.

— Quem a matou? — Sam perguntou. Simon certamente não poderia questionar a palavra "matou".

— A pessoa que menos teria querido matá-la. Sua única aliada na Dower House.

— Quer dizer... Lauren?

Simon fez que sim com um gesto da cabeça.

Mas há um minuto ele tinha dito... Não, Sam se deu conta. Simon dissera apenas que Lauren não assassinara Francine. Não que não a matara.

— O que eu estou pensando é: Kerry e Dan Jose partilhavam esse vício? Eles tinham o mesmo prazer sádico escrevendo essas cartas que Tim Breary sentia com suas conversinhas ao lado da cama ou faziam isso apenas para dar apoio moral a Tim, como Dan Jose diz na última carta?

Sam estava perdido. Ele decidira se sentar e ser um bom ouvinte, já que não conseguia contribuir. *Como Francine Breary.*

— Apoio moral — Simon repetiu em tom de desprezo. — Cartas que, muito refletida e analiticamente, dilaceram o caráter de Francine; a provocam e condenam de qualquer e todas as formas que podem. Fale em chutar uma pessoa caída. Enquanto isso Breary está fazendo o equivalente verbal; basicamente torturando a esposa. De que outro modo você poderia chamar isso? Lá está ela, presa a uma cama, sem poder se mover ou falar, e ele está lhe dizendo todas as coisas que sabe que a farão querer estar morta, caso já não queira. É tortura psicológica. E Kerry Jose, que sabe tudo sobre isso, acha que é uma boa terapia para Tim! Tim está trabalhando seu medo, pensa; saindo de seu sistema, fazendo progressos. Quão doentio é isso? Kerry decide que não há problema em deixá-lo punir e torturar emocionalmente uma inválida que não pode reagir, e Dan a acompanha.

Simon xingou em voz baixa, ergueu os olhos para o teto.

— Dia após dia, uma punição que nunca termina. Francine tem enfiada garganta abaixo, repetidamente, que sua vida nunca foi o que ela achava que era, seu marido nunca a amou como dizia amar. Ela se tornou nada mais que um recipiente para a amargura dele. E a de Kerry e a de Dan. As cartas, que são a ideia que Kerry tem de *justiça*, não vamos nos esquecer! Na cabeça louca deles, isso é equilíbrio. A reação moderada bem ajustada: escrever longos ataques cruéis que são tão educados, articulados e sensivelmente redigidos que é quase impossível perceber o que realmente está acontecendo.

Ele estava certo. Seguro também de que era difícil perceber o que estava acontecendo. Os relatos de Kerry e Dan pintavam Tim como a maior vítima, com os dois chegando juntos em segundo lugar. Na primeira vez em que lera as cartas, mesmo sabendo que Francine havia sido assassinada, Sam sentira pouca simpatia por ela; tal era a habilidade da narrativa de Kerry e Dan Jose.

— Kerry e Dan querem tudo — continuou Simon, com raiva. — Querem demonstrar solidariedade para com Tim, mas não ferir Francine, ou é o que imaginam. Então nunca leem suas cartas. Mas as escrevem; passam horas sentados junto à cama, escrevendo-as, colocando ali todo o seu ressentimento. Será que lhes ocorreu que Francine poderia ficar imaginando que porra eles estavam fazendo, sentados lá escrevendo merdas que nunca consegue ver? E depois as enfiando debaixo do seu colchão! Para que ela saiba que está deitada sobre aquilo, seja lá o que for.

— Se Francine era tão controladora quanto as cartas sugerem, teria odiado isso — disse Sam, satisfeito por finalmente poder contribuir com algo. — Talvez eles soubessem que não saber o que estavam escrevendo a deixaria atormentada. Isso poderia ter sido parte do barato.

— Para Kerry é — Simon concordou. — Poderia muito bem ter sido. Se você acha que é bom e justo demais para ferir alguém deliberadamente, precisa encontrar um modo de fazer isso conseguindo esconder, até de si mesmo. Especialmente de si mesmo.

Acho que era isso que as cartas significavam para Kerry. Dan... Não sei. Na melhor das hipóteses, ele estava tentando apoiar seu amigo e sua esposa, e Francine era um meio para atingir esse fim. Se ele não queria fazê-la sofrer, a tratava como um objeto. Como uma... musa para bile e ódio. Pode não ser a mesma tortura emocional objetiva que Tim Breary estava propiciando, mas ainda é bastante depravado.

— Então Lauren sabia o que todos estavam fazendo? — Sam perguntou. — Deve ter sabido.

— Sim, deve — ecoou Simon. — Claro que parte do motivo por trás da regra de Kerry, de que ela e Dan nunca lessem suas cartas em voz alta, era esse: não podia arriscar que Lauren escutasse. Ela devia saber que Lauren escutara Tim um bom bocado; no quarto de Francine, perseguindo-a com suas histórias sobre Gaby. Kerry não queria que Lauren se desse conta de que Francine estava sendo atacada por todos os lados; não por uma pessoa, mas por três. Três atacantes inteligentes e articulados que não viam nada de errado em fazer uma pessoa incapaz de se mover ou falar permanecer deitada ali dia após dia, mergulhada em todo o seu veneno.

— Você acha que foi o que Kerry quis dizer quando escreveu que alguém iria matar Francine logo, mas não sabia quem? — Sam perguntou. — Estaria pensando em Lauren?

— Lauren ou Tim — Simon respondeu sem hesitar. — Kerry estava aterrorizada que um deles fizesse isso, mas não sabia qual. Lauren, para tirar Francine da porra daquela casa onde estava sendo agredida e maltratada, ou Tim, porque assim que não sentisse mais medo de Francine e tivesse dito tudo o que queria dizer a ela, assim que ela não tivesse qualquer serventia...

— Mas, desculpe, estou interrompendo, em uma das cartas, Kerry suplica a Francine que pare de respirar.

— É, mas não porque a quisesse morta e longe — discordou Simon, estremecendo. — Isso é Kerry novamente sendo justa. "Poupe a si mesma do sofrimento de ser assassinada, Francine; e não se esqueça de ser grata a mim pela dica." E não se esqueça... — disse Simon, apontando o dedo no ar para deixar claro que dessa vez estava se referindo a Sam, de que todas essas cartas são encenações. Todos estão se editando, achando que os outros vão ler os resultados em algum momento. Todos sabem onde as cartas estão escondidas; por que não leriam uns aos outros? Dan espera que Kerry seja detida por causa do que escreveu sobre ela amar Tim Breary. Se ela puxar o assunto e lhe disser que não há nenhuma verdade em sua desconfiança, ele se sentirá melhor. Se não mencionar isso, se sentirá pior.

— Então... — começou Sam, lutando para acompanhar. — Kerry *não* queria que Francine morresse?

— Não, porra! Ah, ela provavelmente se enganou algumas vezes e pensou que fosse o que queria, e talvez parte dela quisesse. Ou queria que Tim achasse que ela queria, quando lesse suas cartas a Francine. Principalmente, porém, ela não queria que não houvesse algo impedindo que Tim e Gaby Struthers ficassem juntos. Ela queria Tim morando com ela e Dan, na Dower House. O vício dele na esposa que odiava e torturava era totalmente adequado; ela continuava a ser a mulher boa em sua vida, aquela na qual ele confiava. Assim que ele estivesse extremamente feliz com Gaby, ela seria relegada a um segundo plano. Teria odiado isso.

— Por que matar Francine? — Sam perguntou. — Se Lauren se importava com ela e queria protegê-la de...

Ele parou, relutando usar a palavra "ataque". Mas Simon estava certo: não havia outra palavra que descrevesse melhor ao que Francine Breary havia sido submetida. Um ataque continuado, embora escrito e verbal em vez de físico.

— Por que Lauren não... Não sei, denunciou os maus-tratos de Tim a Francine ao Serviço Social?

— O que ela poderia ter dito? Era apenas conversa, não era? Nem mesmo gritos, nada agressivo. Calmo. Ela ouviu um homem conversando com a esposa inválida, só isso. E lera algumas cartas que pessoas haviam tentado esconder, e, sim, ela sabe que são más notícias. Muito más.

Simon se colocou de pé e começou a caminhar pelo quarto. Estava mancando; dormência.

— Ela instintivamente sabe exatamente o que as cartas significam — disse. — Significam crueldade deliberada, mas alguém como Lauren, não exatamente a mais brilhante do mundo, como irá colocar isso em palavras e garantir que acreditem nela e não em gente como Tim Breary, com sua coleção de livros de poesia e filiação a uma biblioteca exclusiva, e Dan Jose, com sua pesquisa de teoria econômica e ternos de tweed de velho? Milionários cultos que escrevem cartas emocionais cheias de histórias, opiniões e confissões terapêuticas de tudo o que os incomodava e que nunca haviam tido a coragem de expressar até aquele momento. Coitadinhos, porra! Quem você acha que o Serviço Social irá levar a sério nessa situação? O marido e os melhores amigos ou a ajudante contratada desbocada? Kerry, a senhora da mansão, com sua arte original nas paredes da construção tombada, ou a tatuada e anorética Lauren, que não consegue abrir a boca sem que dela saia uma torrente de xingamentos?

— Quando você coloca assim... — murmurou Sam.

— Lauren consegue *sentir* exatamente o que está errado, mas não consegue elaborar — disse Simon. — E é casada com Jason, o que a deixa um tanto confusa. *Aquilo é* agressão, ela provavelmente pensa. Tortura psicológica é o que Jason faz, então como isso pode ser igual e tão ruim quanto se é tão diferente? Ela não consegue responder às próprias perguntas, está ficando cada vez mais desesperada. Então, e é um palpite, um dia ela ouve Dan Jose ler uma carta em voz alta para Francine pela primeira vez. A crueldade está aumentando, ela pensa; embora não exatamente com essas palavras. Quão ruim pode ficar? Resposta: muito. Ela tem de tirar Francine da Dower House. Então faz isso do único modo que sabe; pega um travesseiro e acaba com uma vida interminavelmente infeliz.

— Uma morte por misericórdia — Sam diz em voz baixa.

— No sentido mais verdadeiro, sim.

— E quanto à confissão de Tim Breary?

— Não posso dizer com certeza, mas acho que há uma boa chance de que a morte de Francine tenha quebrado o feitiço — disse Simon. — O vício, como você queira chamar. Pense nisso: Lauren diz a Tim o que fez e diz por quê. Está perturbada. Ele vê seu próprio comportamento pelos olhos dela. Talvez sinta culpa. Difícil ver como poderia se sentir bem por transformar uma jovem basicamente decente em uma assassina. Com sorte, isso o deixou ver a razão.

— Ele confessou para proteger Lauren — Sam disse. — Ou Jason o forçou: "Você causou toda essa confusão para minha esposa e, portanto, para mim; você vai assumir a culpa."

— Em parte, talvez — disse Simon, olhando pela janela. — Poderia ter sido um pouco de ambos, mas nenhum deles foi a força principal que o moveu.

— Gaby — Sam disse, sem saber bem o que queria dizer.

— Gaby — repetiu Simon, inexpressivo. — Breary ainda a queria, e com Francine morta não havia nada que o impedisse, a não ser sua convicção de que não a merecia.

— Ainda mais então, presumivelmente — Sam disse.

— Certo. Assim que Gaby descobrisse a verdade sobre como ele, Kerry e Dan estavam tratando Francine, não iria querer nada com ele; foi o que pensou.

— Então fingiu ter matado Francine — Sam disse. Finalmente achava estar chegando a algum lugar. — Ainda é ruim; é assassinato, é pior, mas de modo diferente. De um modo que parece menos soturno e repelente. Mais... honesto.

— Mais masculino — disse Simon. — Menos humilhante. Mal objetivo, direto, da diversidade masculina: brutal, sim, mas terminado rapidamente; não interminavelmente doentio e repulsivo, não patético. Você assassina a pessoa que odeia. É uma demonstração de força. Há algo efeminado em torturar sutilmente sua esposa desamparada com palavras cuidadosamente escolhidas. Se Lauren tivesse admitido matar Francine, a verdade seria conhecida; Breary ficaria certo de ter destruído sua chance com Gaby. Ao mesmo tempo, não queria que Gaby tivesse qualquer ilusão sobre seu caráter moral; não acharia isso justo para ela.

— Então ele diz a Lauren que assumirá a culpa — diz Sam, pegando o controle da história. — Ao fazer isso a protege, o que, dadas as circunstâncias, parece a coisa certa a fazer, e pode finalmente ser honesto com Gaby, pensa, embora esteja sendo tudo menos isso.

Ainda assim, sente como se sua... maldade estivesse sendo revelada. Muitas das cartas de Kerry e Dan mencionam a sua falta de autoestima.

— Exatamente — disse Simon. — Ele será rotulado de assassino e punido, e isso limpará a sua ficha. Ele pode dizer a Gaby: "Veja, eu sou mau assim. Fiz a pior coisa que uma pessoa pode fazer. Você consegue me perdoar?" Ao passo que não teria ousado lhe fazer a mesma pergunta em relação ao que *realmente* havia feito.

— Sim. Isso faz sentido, não? — perguntou Sam. Ainda não estava seguro.

— Total sentido — disse uma voz feminina. Ele se virou.

Gaby Struthers estava de pé no umbral.

— Correto em todos os detalhes — disse a Simon.

— Como você sabe? — Sam perguntou a ela.

— Como você acha?

— Tim lhe contou?

Gaby assentiu.

— E Lauren. Ela queria desesperadamente contar a verdade e ouvir que não tinha feito nada errado. Tim a privou dessa oportunidade ao insistir em protegê-la. Suplicou que o deixasse assumir a culpa. Jason o apoiou. Assim como Kerry e Dan, assim que viram como ele estava desesperado para enterrar a verdade. Ele os convenceu de que a única coisa pela qual tinha de viver agora era eu, que não iria querer nada com ele se descobrisse como tratara mal sua esposa presa ao leito até sua cuidadora ter sido levada a matá-la por piedade.

— Mas ele achou que você lhe perdoaria por matá-la — disse Simon.

— Você não precisa me explicar a diferença — Gaby disse a ele. — Você já disse tudo: um súbito impulso assassino por um lado e, por outro, constante vitimização passivo-agressiva por um período de anos, lenta e danosa.

De repente, ela pareceu muito séria.

— Você estava certo quando chamou de vício. Tim não planejou torturar ninguém. Simplesmente foi apanhado em algo mais forte que ele. Não estou justificando o que fez; foi errado, mas...

— Não existe "mas" — Simon retrucou.

— Se você fosse Tim, se tivesse tido exatamente suas experiências de vida e passado por exatamente o mesmo processo de formação psicológica pelo qual ele passou, pode honestamente dizer que teria se comportado de modo diferente?

Sam ficou pensando se essa pergunta fazia sentido. Se Simon fosse Tim Breary, teria se comportado como Tim Breary? Sim. Evidentemente.

— E quanto a Lauren? — Gaby perguntou. — Há um "mas" para ela? Ela também matou Jason.

— Sabemos — Simon disse.

— Ele a atacou na sexta-feira, depois de me atacar. Ela decidiu que já era o bastante. Outra vida que achou não ter escolha, a não ser tirar.

— Eu tenho simpatia, mas não estou certo de que a lei terá — Simon disse. Sam estivera pensando a mesma coisa, mas não quis falar.

— Estou certa de que não teria — Gaby disse. — Ainda assim. Antes a lei terá de encontrá-la — acrescentou, e um sorriso brincou nos cantos de sua boca. — Eu não sei, evidentemente, estou apenas chutando, mas imagino que Lauren pode estar fora de alcance a esta altura. Pode ser que quando vocês forem à Dower House procurar por ela a encontrem vazia.

— Se você sabe onde ela está, melhor nos contar — disse Simon. A intenção poderia ter sido uma ameaça, mas Sam ouviu apenas cansaço.

— Eu não sei nada — Gaby retrucou suavemente. — Estou especulando.

— Kerry e Dan estão com ela? — Sam quis saber.

— Não sei onde nenhum deles está, mas duvido que Lauren fosse capaz de chegar longe sem apoio. Ou ficar escondida indefinidamente. Não concorda? Você a conheceu.

— Vamos encontrá-la — Simon disse a Sam: uma bravata, para impressionar Gaby.

— Tenho certeza que sim, se procurarem muito e com esforço suficiente — ela disse. — Ou você poderia não procurar tanto assim, e em vez disso pegar caras maus. Não é deles que você deveria estar atrás?

Antes que Simon ou Sam pudessem responder, ela partiu.

27

Terça-feira, 5 de abril de 2011

— Marjolaine — Tim diz, encarando a porta na extremidade do corredor. Ele parara a vários metros, pálido. Sei como será difícil para ele chegar mais perto. Não vou tentar persuadi-lo. Tem de ser decisão dele. Tentei solucionar o mistério de seu pesadelo anos atrás, quando ele não estava pronto, e o afastei.

"Eu havia esquecido que os quartos tinham nomes e que o nosso se chamava Marjolaine", fala, quase sussurrando. "Todos têm nomes de flores ou ervas. Lembro-me de Francine dizer."

— Você não precisa vir comigo, mas eu vou entrar — digo. — Certo?

Reservei o quarto por uma noite para ter o acesso de que preciso nessa tarde, mas Tim e eu não vamos ficar. Estamos aqui apenas para passar o dia. De qualquer modo, Tim nunca teria concordado em se hospedar no Les Sources des Alpes, mesmo que eu tivesse sugerido isso. Se ele está imaginando por que reservei voos de ida e volta no mesmo dia, em vez de sugerir que passássemos a noite em um hotel diferente, não mencionou.

Outra coisa que não mencionou desde que saiu da prisão: o fato de que passei todas as noites no Combingham Best Western e ele na Dower House, ambos sozinhos. Eu sei e entendo suas razões. Ele não quer correr para mim.

Ao inferno com as razões dele. Elas não fazem diferença.

Seja justa, Gaby. Foi ele quem sugeriu isto, vir aqui. Para ele, isto é extraordinário.

Extraordinário para Tim já não é bom o bastante para mim. Preciso que ele faça coisas extraordinárias segundo os meus padrões. Nada menos servirá.

A chave é dourada, pesada, com a forma de um sino. Destranco a porta e entro. Para qualquer um, menos Tim, este pareceria um quarto comum de hotel. Ele chama meu nome do corredor, ansioso por não conseguir me ver.

Não suporto isso. E se esperar que ele decida entrar e nunca fizer isso?

— As paredes nem são totalmente brancas! — grito de volta. São cobertas de papel de parede: um padrão de quadrados em cores pastel sobre um fundo creme. — Tim, eu lhe garanto que não sentirá medo deste quarto no instante em que colocar os pés dentro dele. Não é o quarto do seu pesadelo. Para começar, é enorme.

Ele está se movendo. Sinto a vibração no piso. Quando entra, espero que pare no umbral, mas segue a passos largos até estar de pé bem ao meu lado, nossos braços se tocando. Ele olha ao redor. Escuto sua respiração irregular.

— Você... — ele começa, e se interrompe para pigarrear. — Tem certeza de que é onde eu e Francine ficamos? O quarto certo?

— Você me disse que seu quarto se chamava Marjolaine. Este é o Marjolaine — digo, e acrescento caso ele precise de mais garantias: — Você o reconheceu há pouco quando viu o nome na porta.

— Sim. Desculpe — ele diz, limpando a testa com as costas da mão. — Você está certa. Não é... Este não é o quarto do meu sonho.

— Não. Não é. Nem qualquer outro quarto.

— O quê?

— O quarto no seu sonho não é um quarto, Tim.

— O que quer dizer?

— Siga-me — digo, pego a chave e me movo para sair.

Ele me puxa de volta.

— Espere.

— Não. Eu esperei. Estou farta de esperar.

Os olhos dele se enchem de lágrimas.

— Gaby, entendo isso, mas preciso ficar uns segundos aqui. Não muito mais que isso, nem mesmo cinco minutos, só preciso ficar de pé aqui e saber que não é o quarto do qual tenho medo. Nunca foi.

— Certo. Nunca foi.

— Mas... agora você quer me levar a outro lugar — Tim diz, a voz cheia de sombras: a sombra de uma bolsa sobre uma parede branca. Só que não era uma parede. — Você quer me levar ao lugar do qual deveria ter sentido medo esse tempo todo, o lugar que achei ser este quarto. Não sei se consigo fazer isso, Gaby.

— Que lugar, Tim? Onde é? O *que* é?

Não faz sentido perguntar: posso ver em seu rosto que ele não faz ideia.

— É aqui, em Leukerbad. Tem de ser se você está prestes a me mostrar, mas... — diz, e balança a cabeça. — Não há mais nenhum lugar. Não fomos a nenhum lugar que não fosse público. Ela não teria tentado me matar em um lugar público.

— Ela não tentou matar você — digo. — Isso nunca aconteceu.

— Então por que sonho com isso?

Respiro fundo. Não sei se será pior ou melhor para ele quando tiver a resposta.

— Você está aceitando o sonho literalmente — digo. — Venha. Deixe-me provar isso a você.

Dessa vez, ele não protestou.

Caminhamos pelo corredor em silêncio. Para dentro do elevador, até o térreo, para fora e descendo as escadas acarpetadas de vermelho. Viramos à esquerda, Tim me seguindo como se não soubesse para onde estou indo. Será que pode realmente não saber? Para onde mais eu estaria indo?

Gostaria que a caminhada fosse mais curta. Eu poderia encerrar isto agora e simplesmente contar a ele, mas quero lhe dar todas as chances de chegar lá sozinho. Enquanto subimos a encosta, passando por lojas, restaurantes e chalés de madeira, falo:

— No sonho, o tamanho da sombra da bolsa muda? Fica maior ou menor?

O clima é claro e ensolarado onde estamos, mas há neve nas montanhas acima de nós. E tomo o cuidado de não olhar para elas.

Tim para por um segundo ao lado de uma fonte que jorra água quente. Leukerbad é famosa por suas fontes termais e gosta de exibi-las, como descobri na última vez que vim aqui.

E continuo andando.

— Não. A bolsa continua do mesmo tamanho — diz Tim, acelerando o ritmo para me alcançar.

— Você disse que no sonho Francine está caminhando na sua direção, diagonalmente pelo quarto, chegando cada vez mais perto.

— Certo.

A expressão de dor no seu rosto, enquanto o obrigo a pensar em seu pesadelo, é demais; não consigo olhar para ele.

— Então a sombra da bolsa deveria crescer ou encolher, dependendo da fonte de luz — digo. — Deveria ficar menor, ou maior e mais borrada à medida que se aproxima.

Considero reconfortante essa inabalável lei da natureza. Duvido que Tim ache.

— Se ela está caminhando na diagonal pelo quarto, na sua direção, a bolsa está ficando mais longe da parede ou mais perto dela.

— É um sonho, Gaby — Tim diz. — Não uma experiência científica.

Ele está quase certo: não há nada científico em uma representação simbólica de perigo em um sonho, motivo pelo qual estou determinada a me aferrar ao único detalhe científico: a sombra de um objeto viajando sobre uma superfície branca só permanecerá do mesmo tamanho se a distância entre ele e a superfície não mudar enquanto se move.

Viramos outra esquina e fico paralisada. Aqui estamos, mais cedo do que esperava. Estico o braço para impedir Tim de avançar mais.

— O quê? — ele diz. — O quê, Gaby?

— Olhe. Já esteve aqui antes? Você veio aqui com Francine?

A resposta tem de ser sim. À nossa frente há montanhas altas cobertas de neve. Um cabo corre do pico de uma delas até uma pequena construção de madeira na base de outra. Há um carro quadrado descendo pelo cabo, uma lenta diagonal pelo ar.

Tim está respirando como se isso o machucasse.

— Eis o seu quartinho — digo.

— O bondinho. Mas... Eu não entendo. Sim, Francine e eu subimos nele, mas não estávamos sós. Havia outras pessoas, uma família de quatro, uma família russa. Ela não teria...

As palavras dele morrem. Está olhando. Tentando juntar tudo.

— Não teria tentado matá-lo na frente deles? Não, não teria. Eu lhe disse: ela absolutamente não tentou matar você, na frente de alguém ou não. Não do modo como você entende. O que aconteceu naquele bondinho, Tim? Você e Francine conversaram? Alguma coisa importante aconteceu?

— Ela me pediu em casamento. Eu lhe disse.

Ele está distraído. Não consegue manter os olhos parados.

— Você me disse que ela o pediu em casamento, mas não onde.

— Ela me pediu no alto, quando o carro saiu. Ela disse...

Ele balança a cabeça.

— O quê? O quê, Tim?

— Eu não respondi imediatamente.

— O que você queria dizer?

— Eu não queria que ela tivesse pedido.

Eu me obrigo a não evitar a dor nos olhos dele.

— Ela disse que eu só tinha até a base para lhe dar uma resposta. Uma proposta imediatamente seguida por um ultimato. Legal.

— Eu disse sim.

— Quando? Na descida?

— Quando chegamos à base. Meu tempo tinha acabado. Ela era minha namorada, Gaby. O que eu estava fazendo com ela se não era a pessoa certa? Não sabia que *havia* uma pessoa certa.

— O tempo todo que o bondinho descia a montanha, você estava chegando mais perto; não de uma bolsa contendo alguma coisa que iria matá-lo, mas ao momento em que entregaria o resto de sua vida a uma mulher que você sabia que iria arrancar toda a alegria e esperança dela. Era o que iria matá-lo.

— Ela sempre se fez mais infeliz que qualquer um, sempre — Tim murmura. Está com raiva de mim.

— O braço torto de Francine no sonho; é o cabo — digo a ele, precisando apontar para a paisagem. — É torto porque o carro está pendurado nele e causando uma depressão na linha reta, puxando-a para baixo à medida que se desloca. A parede branca não é uma parede, é a montanha, coberta de neve. O carro ficou à mesma distância da montanha durante toda a descida, e você estava vendo sua sombra se movendo sobre a montanha branca; por isso a sombra do que achou ser uma bolsa permaneceu do mesmo tamanho. Mas não era uma bolsa, era um bondinho, aquele no qual você e Francine estavam, Tim.

— Não posso ficar aqui — Tim diz, e começa a marchar de volta ao hotel. Corro atrás dele, contra o vento. Ele queima meu rosto.

— Esse tempo todo achando que ela tentou me matar. Realmente acreditei nisso.

— Eu sei.

— Era tão vívido.

Agarro seu braço, o viro para que me encare.

— Não era tarde demais — digo. — Você poderia tê-la deixado. Você a deixou, mas não foi me procurar. Você nunca foi procurar por mim!

— Você tinha Sean.

— Sim, eu tinha, não é mesmo? Como você se sentia com isso?

Tim para de andar.

— Eu achava que ele era errado para você. Parte de mim ficava contente por você ter alguém, ainda assim, eu teria me sentido mais culpado por não conseguir deixar Francine se você estivesse completamente sozinha...

— Pare!

Eu não suporto escutar.

— O que você quer que eu diga, Gaby? Que sentia ciúmes de Sean porque ele a tinha e eu não? Claro que sentia.

— Mas você não disse isso, Tim. Disse algo diferente. Devo lhe dizer o que eu sentia por Francine? Eu a *odiava*. Não por ser uma vaca e fazer da sua vida um inferno todo dia. Por ser sua esposa. Ela poderia ter sido a mulher mais gentil e amorosa na face da Terra e eu a teria detestado com a mesma intensidade. Costumava desejar que ela caísse morta. Eu a procurava no Google cinco vezes por dia, olhava a foto dela no site da sua empresa, encarava seus olhos firmes. Eu o imaginava na cama com ela, assistindo à TV com ela, tirando a mesa do jantar juntos, e a queria morta. Depois de você, Francine foi a pessoa que inspirou meus sentimentos mais passionais. Aí está: como você se sente em relação a mim agora?

Como se sentiria se lhe dissesse que amo Lauren por matá-la, e sempre amarei, por mais errado que isso seja?

— Uau — Tim diz.

— Você não se sentia assim sobre Sean, sentia?

— Não, não sentia. Mas isso não significa o que você decidiu que significa.

— Você pode viver sem mim, Tim.

Eu não posso perdoar isso.

— Todos aqueles anos sem qualquer contato...

— Gaby, você viveu perfeitamente bem sem mim!

— Não é a mesma coisa. Achei que não tinha escolha. Você deixou claro que não me queria perto de você.

— Você poderia ter pensado "foda-se" e me caçado — Tim diz.

— Poderia ter aparecido à porta e dito a verdade a Francine, provocado uma crise. Não vê como está sendo nada razoável? Eu poderia viver sem você, sim, mas não queria. Escolhi não, jamais. E quanto a você? Você pode viver sem mim, e está prestes a provar isso. Você vai me deixar, não é?

Eu não digo nada.

Tim agarra minhas mãos. Dói.

— Diga o que posso fazer para você mudar de ideia — ele pede.

— Farei qualquer coisa.

— Não. Você *me* diz o que pode fazer. Ou, melhor que isso, não me diga; simplesmente faça. Faça com que eu mude de ideia.

— Farei.

— Adeus, Tim.

Saio andando, descendo a colina sem olhar para trás. Não preciso ter pressa; ele não vai me seguir. Embora não possa vê-lo, sei que ainda está onde o deixei, concluindo que estamos condenados, que é tarde demais; não há nada que pudesse fazer que fosse forte o bastante. *Correr atrás de mim, se recusar a me deixar partir. Voltar o relógio, fazer tudo diferente.*

Há um ponto de táxi em frente a uma pizzaria no fim do caminho da colina. Entro no primeiro da fila, digo ao motorista para me levar ao aeroporto de Genebra.

— Por qual companhia está voando, senhorita? — ele me pergunta em inglês.

Boa pergunta. Eu me lembro do aeroporto de Dusseldorf, Sean me perguntando: "Quem a leva?"

Não sei por qual vou voar. Reservei o mesmo voo de volta que Tim, mas isso agora é impossível.

— Não sei — digo. — Me leve a qualquer portão de embarque.

— Vai comprar uma passagem quando chegar? — diz o motorista, que não desiste com facilidade. — Há diferentes portões para diferentes destinos. Qual o seu destino?

— Não sei. Desculpe. Decidirei quando chegar lá.

Se chegar lá. Talvez Tim me detenha; talvez decidamos ficar na Suíça pelo resto de nossas vidas. Um recomeço. Não trezentas e sessenta e cinco menos noventa meias-noites, mas quantas nos restarem. Se tiver sorte — e até agora tenho tido em minha vida, basicamente —, nunca terei de tomar a decisão de para onde voar, jamais haverei de encarar o fato de que não existe lugar nenhum para onde queira ir sem Tim.

É nisso que vou continuar pensando até o aeroporto de Genebra. Tenho umas duas horas, um pouco mais se tiver sorte. Duas horas é muito tempo.

28

6/4/2011

— Pare onde está! Permissão para se aproximar negada.
— Eu estou... aqui, senhor.
Sam estava de pé bem na frente da escrivaninha de Proust. Mais perto e teria de tocar nela. Olhou para a assinatura do inspetor de cabeça para baixo no pé de um formulário. A tinta ainda estava molhada. Brilhante.
— Eu quis dizer onde está metaforicamente. Não a quero.
Como ele poderia saber? Não havia como.
— Acho que estamos em conflito — disse Sam, tentando descobrir o que Proust achava que ele estava prestes a entregar.
— Quer dizer que está em conflito comigo? — retrucou o Homem de Neve, retirando o formulário assinado do alto da pilha à sua frente e assinando aquele abaixo sem conferir. — Não quero sua carta de demissão, sargento.
— Minha...
— Aquela que você estava prestes a tirar do bolso interno de seu paletó e colocar sobre minha escrivaninha.
Dê a ele. Você não precisa da sua permissão. Não cabe a ele.
Com a mão trêmula, Sam tirou a carta do paletó e a estendeu na direção de Proust.
— Coloque no fragmentador — rosnou o Homem de Neve. — Não estou interessado.
— Quer que eu fique? — Sam perguntou.
Proust riu do modo que um adulto sorriria para a sugestão doce, mas ingênua, de uma criança.

— Nenhum de nós *quer* que você fique; nem você, nem eu; mas ambos teremos que aturar você aqui. Não sou pessoa de distribuir cumprimentos, sargento, mas você é o único membro de minha equipe que é quase normal. Tranquilizadoramente banal.

— Senhor, eu...

— Se você for embora, não poderei evitar ter a sargento Zailer trabalhando para mim novamente. Waterhouse odiaria isso, mas teria de fingir que era o que queria. Seu casamento iria odiar ainda mais, e isso aceleraria seu inevitável colapso. Você não quer isso em sua consciência, quer?

— O senhor quer que eu fique — Sam disse. Dessa vez não estava perguntando.

Proust ergueu os olhos para ele. Suspirou.

— Quer que mande um buquê de flores para o seu camarim? Sim, sargento, quero que fique. Você é a única pessoa com que trabalho em quem nunca tenho de pensar. E digo *nunca*. Não estou pensando em você agora, por exemplo. Estou pensando em coisas mais importantes.

Sam rezou para que o Homem de Neve não pudesse ler sua mente. O que dizia sobre ele o fato de que se sentia lisonjeado quando deveria se sentir insultado? Ele contaria a Kate mais tarde e fingiria partilhar seu ultraje, ao mesmo tempo, secretamente acreditando, que Proust queria fazer com que se sentisse valorizado da única forma que sabia.

— Vou ter de pensar nisso, senhor.

Proust deu um risinho.

— Pense o quanto quiser. Não estarei pensando em você pensando. Não estarei absolutamente pensando em você, sargento, e vou gostar muito disso.

— Senhor, se quer que eu fique...

— No prazo curtíssimo, eu preferiria que fosse embora. Do meu escritório, quero dizer. Saia, e leve sua carta sem sentido com você — disse Proust, acenando de modo pomposo, como se para uma foto de jornal, sem erguer os olhos da papelada.

Sam foi embora.

Levou sua carta sem sentido consigo.

Agradecimentos

Como sempre, um enorme obrigada à minha grande editora Hodder & Stoughton, especialmente à minha fantástica editora Carolyn Mays, que, com maestria, salva todo livro do muito menos bom. Também a Francesca Best, Katy Rouse, Karen Geary, Lucy Zilberkweit, Lucy Hale, Jason Bartholomew, Alice Howe, Naomi Berwin, Al Oliver, a equipe inteira. Ninguém faz, ou poderia fazer, melhor que a Hodder. Julia Benson merece uma menção especial por me fornecer certos fatos relativos ao futebol. Obrigada também às minhas maravilhosas editoras internacionais que fazem um trabalho muito bom, traduzindo e publicando meus livros no exterior.

Obrigada a Dan, Phoebe e Guy por realmente acreditar que cada livro é válido e importante, e por suportar a louca, cada vez mais descabelada, no sótão por outro ano.

Obrigada a Luke Hares, que forneceu não apenas conhecimento científico, mas também um álibi para a minha heroína, e que me permitiu fazer parte de um bando muito excitante. Que a *force feedback* esteja com vocês (mesmo que eu não tenha ideia do que isso significa).

Como sempre, obrigada a meus dois leais pesquisadores: Guy Martland, que me contou o que precisava saber sobre derrames, e Mark e Cal Pannone, que forneceram procedimentos policiais e curry.

Obrigada a Jonathan Walker-Kane — acho que este livro teria acabado diferente e pior se não fosse por você.

Obrigada a BW e DR pela inspiração original para PMC.

Obrigada a Chris Gribble pelo Slack Captain — o nome perfeito.

Obrigada a todos os meus divertidos seguidores no Twitter que responderam a muitas perguntas úteis, especialmente aquela sobre torcida por um time de futebol. E obrigada aos meus leitores — tudo o que faço é por vocês (como Bryan Adams disse uma vez. Embora não sobre escrever *thrillers* psicológicos).

Impressão e Acabamento:
LIS GRÁFICA E EDITORA LTDA.